焦渴

Tørst

Jo Nesbø

[挪威] 尤·奈斯博————著　林立仁————译

湖南文艺出版社
HUNAN LITERATURE AND ART PUBLISHING HOUSE

博集天卷
CS-BOOKY

/ 目 录 Contents /

序章

他凝视白茫茫的一片空无。

近三年来，他总是重复这相同的动作。

没人看得见他，他也看不见任何人。只有在每次门被打开、有足够多蒸汽从他眼前往外逸出时，他才能瞥见某个裸身男子，随即门又被关上，一切又被白雾吞没。

浴场即将打烊，只剩他孤身一人。

他将身上的毛巾布浴袍裹紧了些，从木质长椅上起身出门，穿过空荡无人的游泳池，走进更衣室。

没有淋浴间滴淌的水声，没有操着土耳其语的交谈声，也没有赤足踏过瓷砖地面时发出的踢踏声。他望着镜中的自己，伸出手指抚摸上次手术留下的疤痕。疤痕依然明显。他花了点时间才适应自己这副新面孔。他的手指往下移动，经过喉咙，掠过胸膛，在一幅刺青的起始处停住。

他打开置物柜上的挂锁，穿上裤子，将外套穿在依然潮湿的浴袍外，系上鞋带。确认周遭确实无人后，他朝另一个置物柜走去。那个置物柜上扣着一个挂锁，挂锁上有一个用蓝漆涂的圆点。他转动挂锁的拨轮圈，直到数字显示 0999，才把锁取下，打开柜门。他花了点时间，欣赏柜中躺着的那把硕大又美丽的左轮手枪，接着他握住枪柄，把枪放进外套口袋，然后拿起信封，打开。信封内有一把钥匙、一个地址，还有一些详细数据。

置物柜里还有另外一样东西。

那东西以黑漆涂覆，以铁制成。

他一手高高举起那样东西，对着光线，赞叹精巧细致的铁匠做工。

那东西还需清洁刷洗一番，但一想到可以使用它，他就兴奋不已。

三年了，他在白茫空无中度过了三年之久的虚无时日。

如今时候到了，他终于可以再一次饮用生命之井的甘露。

回归的时候到了。

哈利从睡梦中惊醒，凝视着光线暗淡的卧室。又是他，他回来了，他来到了这里。

"亲爱的，又做噩梦了？"他身旁传来温暖又抚慰人心的低语声。

哈利朝她望去，只见她的褐色眼眸正注视着自己，噩梦中的幽灵随即消散无踪。

"我在这里。"萝凯说。

"我也在这里。"哈利说。

"这次梦到了谁？"

"没梦到谁，"他没说实话，轻抚她的面颊，"继续睡吧。"

哈利闭上双眼，等到确定萝凯已闭上眼睛后才又把眼睛睁开，凝视她的脸庞。这次哈利是在树林里见到他的，那是一片荒地，四周缭绕着白茫茫的雾气。那人扬起手，指向哈利。哈利依稀见到那人袒露胸部，露出恶魔般的刺青面孔。雾气越来越浓，那人消失不见了。再度消失不见。

"我也在这里。"哈利·霍勒轻声说。

第一部

她知道这是 Tinder 配对成功时的熟悉反应……但她心跳加速不是因为这个,而是因为刚才那声"叮"不是从她的手机里发出来的。

那声"叮"在她把照片往右滑的瞬间响起。根据 Tinder 显示,那人距离她不到一公里。

1

星期三晚上

妒火酒吧里没几个客人，即便如此，空气仍令人窒息。

穆罕默德·卡拉克看着站在吧台前的一男一女，将葡萄酒倒入他们的杯子里。店里只有四名客人。第三名客人是个男子，独自坐在桌前啜饮啤酒。第四名客人只从雅座里露出一双牛仔靴，手机屏幕偶尔在黑暗中亮起。现在是九月的一个晚上十一点半，基努拉卡区高级酒吧区的酒吧里只有四名客人，这只能以"惨"字来形容，再这样下去怎么得了？有时穆罕默德会扪心自问，为何要辞去市区时髦饭店的吧台经理一职，独自出来闯天下，顶下这家只有劣质客群的衰败酒馆？可能是因为他以为只要抬高价格，就能淘汰原本的客人，换来大家梦寐以求的优质客群，也就是住在附近、生活优渥、无忧无虑的年轻族群；可能是因为他跟女友分手后，需要有个能让自己做到死的事业；可能是因为银行拒绝他的申请之后，放高利贷的达尼亚尔·班克斯看起来比较顺眼；也可能是因为在妒火酒吧里，他可以自己挑选音乐播放，不像那该死的饭店经理耳中只听得见一种声音：收款机发出的铿锵声。甩掉旧客群很简单，后来他们都转移阵地到了三条街外的廉价酒馆，然而吸引新客群却困难得多。也许他该考虑一下整体的经营理念。也许只是放上一台播放土耳其足球赛事的大屏幕电视，并不足以让人认同这是一家"运动酒吧"。也许他该更换音乐，换上比较可靠的流行经典，比如说，为男性客人播放 U2 乐队和布鲁斯·斯普林斯汀，为女性客人播放酷玩乐队。

"我用 Tinder 约见面的次数不是很多，"盖尔说，将手中那杯白葡萄酒放回吧台上，"但我知道外头怪人很多。"

"是吗？"女子说，捂着嘴打了个哈欠。她留着一头金色短发，身材苗条。穆罕默德心想，这女子大约三十五岁，举手投足显得有点焦虑，眼神疲惫，工作太卖力，并且希望借由去健身房获得她从未拥有过的优势。穆罕默德看着盖尔用三根手指捏住杯脚，拿起酒杯，跟女子拿酒杯的姿势一模一样。盖尔用交友软件 Tinder 约见过无数女子，每次都跟女伴点相同的饮料，无论是威士忌还是绿茶，急于表示他们连喝东西的口味都很契合。

盖尔轻咳一声。女子走进酒馆后已经过了六分钟，穆罕默德知道盖尔即将采取行动。

"埃莉斯，你本人比你的资料照片还要漂亮。"盖尔说。

"你已经说过了，但还是谢谢你。"

穆罕默德擦拭着酒杯，假装没听见。

"告诉我，埃莉斯，你人生中想要的是什么？"

她露出听天由命的微笑。"一个不会以貌取人的男人。"

"这我非常同意，埃莉斯，内在才是最重要的。"

"刚刚那是玩笑话。我的资料照片比我本人好看，还有，老实说，你也是，盖尔。"

"哈哈，"盖尔笑了笑，望着手中的葡萄酒杯，看起来有点泄气，"我想大部分人都会挑选比本人好看的照片放上去。所以说，你想找男人，想找什么样的男人呢？"

"一个愿意跟三个小孩一起待在家里的男人。"她看了看时间。

"哈哈。"汗水不仅从盖尔的额头上冒出，还从他剃光的脑袋上渗出。再过不久，他身上那件黑色窄版修身衬衫的腋下也会冒出两圈汗渍。他选择穿这件衬衫其实有点怪，因为他的身材既不窄，也不修长。盖尔把玩着手中的酒杯。"你的幽默感真是太合我胃口了，埃莉斯，目前对我来说家里有只狗就够了。你喜欢动物吗？"

穆罕默德心想，天哪，他怎么还不放弃？

"如果我遇见对的人，我的这里……和这里就会感觉得到，"盖尔咧嘴一笑，压低声音，朝自己的胯间指了指，"不过你可能得自己去发现我说得对不对，你说呢，埃莉斯？"

穆罕默德抖了一下。看来盖尔是豁出去了，而他的自尊心将再度受到打击。

埃莉斯把酒杯推到一旁，身体稍向前倾，穆罕默德得拉长耳朵才听得见她在说什么。"盖尔，你能答应我一件事吗？"

"当然可以。"盖尔的声音和眼神都跟小狗一样热切。

"待会儿我离开以后，你可以不要再跟我联络吗？"

穆罕默德不得不佩服盖尔竟然还挤得出一抹微笑。"当然可以。"

埃莉斯抽回身子。"盖尔，你看起来不像跟踪狂，但我以前有过一些不好的经历，有个家伙会跟踪我，还威胁到我身边的人。希望你能理解，我只是比较谨慎而已。"

"我理解，"盖尔拿起酒杯，喝完最后一口酒，"我刚刚说过了，外头有很多怪人，但你放心，你很安全，就数据来说，男性遭到谋杀的概率是女性的四倍。"

"谢谢你的葡萄酒，盖尔。"

"如果我们三人之中……"

穆罕默德在盖尔伸手指向他时赶紧望向别处。

"……今天晚上有人会被谋杀，是你的可能性为八分之一。不对，等一等，要除的话……"

埃莉斯站起身来。"希望你能算出来，祝你有个美好人生。"

埃莉斯离开后，盖尔望着她的酒杯呆呆地出神了好一会儿，还随着《修补你的心》（*Fix You*）这首歌的节奏摇头晃脑，仿佛要让穆罕默德和其他目睹刚才那一幕的人知道，这件事已经被他抛在一旁，埃莉斯不过是一首三分钟的流行歌曲，让人听过即忘。接着盖尔起身离去。穆罕默德朝店内望了一圈，那双牛仔靴和那个独自啜饮啤酒的男子也走了。店里只剩他一人。氧气全都回来了。他用手机切换歌单，切换到他自己的歌单，播放坏伙伴乐队（Bad Company）的歌曲。这个乐队里有自由乐队、喧闹者摩特乐队和深红之王乐队的前成员，绝对不可能坏到哪里去，而且主唱是保罗·罗杰斯（Paul Rodgers），绝对不可能让人失望。穆罕默德调高音量，直到吧台后方的酒杯开始互相碰撞，咯咯作响。

埃莉斯沿着杜福美荷街行走，经过两旁的四层楼住宅。这一带曾是贫穷城市里的贫穷地段，住着蓝领阶级的工人，但如今一平方米开价却毫不逊于伦敦和斯德哥尔摩。奥斯陆的九月，夜晚终于再度变得漆黑，既亮且长的恼人夏日夜晚已然远去，夏天那些歇斯底里又愚蠢疯狂的自我表现也随之远离。九月的奥斯陆终于恢复真实的自己：忧郁、冷淡、高效。奥斯陆露出精实的一面，但其中也隐藏着一些阴暗角落和秘密。显然跟她颇为相似。她加快脚步。天空飘起了毛毛细雨，她曾经的一个约会对象为了表现诗意，说天上下毛毛雨是上帝在打喷嚏。埃莉斯打算删了 Tinder，明天就删，真是够了。她受够了那些好色男人，每次跟他们在酒吧碰面，他们打量她的眼神都让她觉得自己就像个妓女。她受够了那些不正常的神经病和跟踪狂，他们像泥淖一样吸走她的时间、精力和安全感。她也受够了那些可悲的窝囊废，让她觉得自己跟他们是同一种人。

有人说网络约会是认识人的新潮方式，大家都在玩，所以再也不用觉得丢脸。但这话所言不实。大家会在工作中、教室里、健身房中、咖啡厅内、飞机上、公交车上、火车上邂逅，或经由朋友介绍而认识。这些都是很正常的交友方式，彼此在这些情境下认识会觉得很轻松，没有压力，事后还可以有一些纯真的浪漫幻想，觉得是奇特的命运为彼此牵线。她想拥有这些幻想。埃莉斯决定删掉自己在 Tinder 上的资料。她以前也动过这个念头，但这次是真的下定了决心，决定今晚就删。

她穿越苏菲恩堡街，拿出钥匙，打开杂货店旁的一扇门，推开，然后踏进黑漆漆的拱道，才踏出一步就立刻止住了脚步。

有两个人。

片刻之后，她的眼睛才适应周遭的阴暗环境，看见对方手中握着的是什么。两名男子都已脱下裤子，掏出了生殖器。

她猛然后退一步，并未回头，暗自盼望背后没有站着第三个人。

"×，抱歉。"一个年轻的声音说，一边咒骂一边道歉。埃莉斯心想，他们十九二十岁吧，喝得醉醺醺的。

"喂，"另一名少年说，"你尿到我鞋子上了！"

"我被吓到了！"

埃莉斯把外套裹紧了些，从两名少年背后走过，他们再度转身面对墙壁。"这里又不是公共厕所。"她说。

"抱歉，我们尿急，下次不会了。"

盖尔快步穿过史列普格雷街。他得再努力想想才行，两个男人加上一个女人，不可能让女人有八分之一的概率遭到谋杀，其中的计算应该更复杂才对。一切都应该更加复杂才对。

他刚穿过罗姆斯达街，突然感觉到了什么，他转过头去，只见后方五十米有个男子正在行走。他不是很确定，却又觉得该男子就是他先前离开妒火酒吧时看到的那个站在街对面观赏橱窗的人。盖尔加快脚步，朝东走去，往达伦加运动场和巧克力工厂的方向前进。街道上四下无人，只有一辆公交车似乎提早到站了，正在车站等候。盖尔朝后方望了一眼。男子仍在那里，仍和他保持着相同的距离。盖尔向来很害怕深肤色的人，但他无法看清男子的长相。他们继续往前走，逐渐离开中产阶级的白人住宅区，朝较多社会住宅和移民人士的地区前进。盖尔看见了一百米外他家公寓的大门，但当他回头望时，竟看见男子跑了起来。一想到有个来自非洲摩加迪沙的变态索马里人紧追其后，盖尔不由自主地也跟着跑了起来。他已有多年没跑过步了，每踏出一步，脚跟与柏油路面接触时产生的冲击波就传到脑部，令他视线摇晃。他奔到大门前，顺利地把钥匙插进门锁，闪身入内，随即将厚重木门关上。他倚着潮湿的木门，从门上的玻璃小窗望出去，却见街上空无一人。也许那人根本不是什么索马里人。盖尔不由得大笑起来。只因为刚才聊到了谋杀就把自己搞得这么神经兮兮的，真是太扯了。还有，刚才那个埃莉斯是怎么形容跟踪狂的？

盖尔打开自家大门时依旧气喘吁吁。他从冰箱里拿出一瓶啤酒，发现面向街道那侧的厨房窗户开着，便将窗户关上，走进书房，打开了灯。

他在面前的电脑上按下一个键，二十英寸的显示屏立刻亮了起来。

他在搜索栏里输入色情网站的名称"Pornhub"，然后又输入"法国"，接着查看图示，找到一个至少发型和发色跟埃莉斯相似的女人。公寓墙壁很薄，因此他插上耳机，然后在那图示上点了两下，解开腰带，把裤子褪到大腿。影片中的女人跟埃莉斯一点也不像，盖尔索性闭上眼睛，只聆听影片中的呻吟声，想象埃莉斯的紧致小嘴、轻蔑眼神、朴素却又性感的上衣。除了这个方式，他不可能拥有她，绝对不可能。

盖尔猛然停下，睁开双眼，放开生殖器，只因感觉到背后有一股冷风吹来，吹得他后颈汗毛直竖。他知道这股冷风是从房门口吹来的，也知道自己确实把门关好了。他抬起手，想摘下耳机，却自知已然太迟。

埃莉斯扣上大门的安全门链，在玄关脱下鞋子，伸手抚摸插在镜子旁边的一张照片。那是她和侄女英薇尔的合照。她也不懂自己为什么会有这样的习惯，只知道这习惯满足了自己内心深处的人性需求，就像那些讲述人死后的故事一样。她走进客厅，在舒适的两室小公寓的沙发上躺了下来。至少这房子是属于她的。她查看手机，有一则工作上的短信：明早的会议取消了。她没跟今晚碰面的男子说她是律师，专办强奸案，还有他提到的男性比较容易遭到谋杀的数据其实只对了一半。在和性犯罪有关的命案当中，被害人是女性的概率是男性的四倍。这就是为什么她买下这个公寓后，第一件事就是把门锁换掉，再加装安全门链。挪威很少有人会这么做，她每次操作安全门链时还有点笨手笨脚的。她打开 Tinder，看见自己和三名男子配对成功，今晚稍早的时候，她曾将这三名男子的图片拖曳至右侧以表示喜欢。Tinder这一点很棒，不用跟这些男人碰面，却知道他们就在外头某处，而且对自己有意思。她该不该纵容自己最后一次通过讯息调情，最后一次跟最后两名陌生男子来个虚拟性爱，然后再注销自己的账号，永远删除这个应用程序？

不行，要立刻删除才行。

她进入菜单，选取相关选项。系统问她是否真的要删除她的账号？

埃莉斯看着自己的食指，只见它正微微颤抖。天哪，难道她上瘾了不成？难道她对这种想法上瘾：世界上有个男人虽然不认识她也不知道她是个什么样的人，却依然想要她，还能够接受真正的她？好吧，至少是想要资料照片上的那个她。她究竟是严重上瘾，还是只有轻微上瘾？也许她只要把Tinder删掉，过过看一个月没有Tinder的日子就知道了。一个月，假如她连一个月都撑不过去，那问题可就大了。颤抖的食指缓缓朝删除键靠近。就算她真的上瘾好了，那到底会有多糟？我们都需要觉得某人属于自己，自己也属于某人。她曾读到过，婴儿如果得不到最基本的肌肤接触，就可能会死掉。她怀疑这种说法的真实性，但话又说回来，孑然一身地活下去究竟有什么意义？不过是重复地做着吞噬生命的工作，以及出于义务跟朋友来往而已。老实说，她之所以跟朋友来往，只是因为她对孤独的恐惧大过对聆听朋友叨念丈夫、孩子或叨念缺少丈夫、孩子的厌烦。搞不好现在她的真命天子就在Tinder上？所以，好吧，再给自己最后一次机会吧。屏幕上跳出第一张照片，她拖曳到左方丢弃，表示"我不要你"。第二张照片也被拖到了左方。画面出现第三张照片。

她心下犹疑。她听过一堂课，讲师是个近距离接触过挪威重刑犯的心理医生，他说男人会为了性、金钱和权力杀人，而女人会为了嫉妒和恐惧杀人。

埃莉斯的手指不再往左滑。第三张照片虽然阴暗且有点失焦，但里面那张瘦长的面孔看起来有点眼熟。这种事以前也发生过，因为Tinder会把位置相近的人拉在一起配对。根据系统显示，这男子距离她不到一公里，说不定就跟她在同一条街上。男子选择放一张模糊的照片表示他没仔细看过 Tinder 的在线交友说明，但这反而加分。照片下方的自我介绍只有一个非常基本的"嘿"字，显然一点也不想突显自己。虽然这种做法激不起他人的想象力，却在一定程度上展现出他的自信。是的，如果在派对上有个男人走上前来只是跟她说声"嘿"，眼神冷静而镇定，仿佛在说："我们要不要进一步交往？"她一定会觉得很开心。手指右滑，表示"我对你感到好奇"。

她的 iPhone 发出欣喜的提示音，告诉她又配对成功了。

盖尔用鼻子使劲地喘气。

他拉上裤子，慢慢转动椅子。

房间里只有电脑屏幕发着光，照亮他背后那人的躯体和双手。他看不见对方的脸，只看见一双苍白的手正握着某样东西朝他走来。那是一条黑色皮带，其中一端结成了一个套环。

那人又踏上一步，盖尔本能地往后退。

"我觉得世界上只有一种动物比你还要恶心，你知道是什么动物吗？"那人在阴暗中低声说，拉了拉那条皮带。

盖尔吞了下口水。

"是狗，"那人说，"就是该死的狗，就是那只你发誓会尽力照顾的狗，结果它却在厨房的地板上拉屎，只因为有人懒得带它出去散步。"

盖尔咳了一声。"卡里，拜托你……"

"带它出去散步。上床的时候别碰我。"

盖尔接过牵绳。卡里转身离开，砰的一声把门重重关上。

房里只剩他一人坐在阴暗之中，眼睛眨呀眨的。

他算出来了，是"九"。两个男人，一个女人，和一起命案，女人成为受害者的概率是九分之一，而不是八分之一。

　　穆罕默德驾驶着他那辆旧宝马离开市中心，朝谢索斯区驶去，那儿有别墅、峡谷景致和清新的空气。他驾车开上他家那条正在沉睡的静谧街道，却发现有辆黑色奥迪 R8 停在他家车库前。他放慢车速，脑中闪过一个念头，干脆加速撞上去算了。他知道这么做不过是在拖延时间，但话又说回来，他需要的正是拖延时间。然而就算这么做，班克斯还是会找上门来，也许现在正是做个了结的时候。四下里阒黑无声，没有目击者。穆罕默德在人行道旁把车停下，打开置物箱，看着这几天他为了应付眼前这种状况而放在里头的东西。他将那东西放进夹克口袋，深吸一口气，开门下车，朝家门口走去。

　　奥迪的车门被打开，达尼亚尔·班克斯走下车来。穆罕默德头一次在印度珍珠餐厅和他碰面时就知道，这个巴基斯坦人的名字和他的英国姓氏可能都是假的，就跟他们签订的那纸暧昧契约上的签名一样，但桌子上班克斯推过来的那箱现金却如假包换。

　　车库前方的碎石路在穆罕默德脚下嘎吱作响。

　　"这房子不错啊，"班克斯说，靠在那辆 R8 上，双臂交叠，"你的银行不是准备拿它当担保品吗？"

　　"这是租来的，"穆罕默德说，"而且我只租地下室。"

　　"这对我来说可是个坏消息。"班克斯说。他比穆罕默德矮得多，但当他站直身子，双臂交叠，鼓起时髦夹克下的肱二头肌时，并不会让人觉得他比较矮。"反正就算一把火把房子烧了对我们也没什么帮助，你也没有保险金可以拿来还债，对不对？"

　　"对，我想是没有。"

　　"这对你来说也是个坏消息，因为这表示我得使出更让人痛苦的手段才行，你想知道是什么手段吗？"

　　"你想先知道我是否有办法还钱吗？"

　　班克斯摇了摇头，从口袋里拿出了一样东西。"分期款项应该在三天前缴清，我告诉过你准时的重要性。不只是你，我所有的客户都知道这种事是不容许的。我可不能破例。"他扬起手，车库外的灯光照亮了他手上拿着的东西。穆罕默德倒抽一口凉气。

"我知道这不是很有创意，"班克斯说，侧过头看着自己手中的那把钳子，"但它效果很好。"

"可是……"

"你自己选根手指吧，大部分的人会选左手小指。"

穆罕默德觉得怒气上涌，同时感到空气注入肺脏时胸腔的扩张。"我有个更好的提案，班克斯。"

"哦？"

"我知道这不是很有创意，"穆罕默德说，右手伸进夹克口袋拿出那样东西，双手抓着，朝向班克斯，"但它效果很好。"

班克斯惊讶地看着他，缓缓点了点头。

"你说得没错。"班克斯说，接过穆罕默德递来的一沓钞票，拉开橡皮筋。

"这样一来连本带利都有了，"穆罕默德说，"你可以点点看。"

叮。

Tinder 配对成功。

当某人将你的照片滑向右侧，而你也已将对方的照片滑向右侧，手机就会发出这种欣喜的提示音。

埃莉斯觉得头晕目眩、心跳加速。

她知道这是 Tinder 配对成功时的熟悉反应：心脏因亢奋而加速跳动，脑中释放出大量会让人上瘾的愉快的化学物质。但她心跳加速不是因为这个，而是因为刚才那声"叮"不是从她的手机里发出来的。

那声"叮"在她把照片往右滑的瞬间响起。根据 Tinder 显示，那人距离她不到一公里。

她看着紧闭的卧室房门，吞了口口水。

那声"叮"一定来自附近的公寓，这附近住着许多单身人士，也就是大量的 Tinder 潜在使用者。四下归于寂静，就连今晚稍早她出门时楼下正在狂欢的年轻女生也安静无声。只有一个方法能驱逐想象中的怪物，那就是亲自去查看。

埃莉斯从沙发上爬起来，跨出四步，来到卧室门口，暗自踌躇，脑中浮现出许多她经手过的袭击案。

她打起精神，打开房门。

接着，她发现自己站在房门口喘不过气来，因为空气全都凭空消失了，她连一丝也吸不到。

床铺上方的灯亮着，首先映入她眼帘的是从床脚伸出来的一双牛仔靴，接着是牛仔裤和一双交叠的长腿。躺在床上的男子就跟照片上一样，一半隐身在阴暗中，另一半失焦。但他没扣衬衫扣子，袒露着胸膛，胸膛上有张脸的彩绘或刺青。那张脸牢牢地吸引住埃莉斯的目光。那张脸正在发出无声的尖叫，仿佛被紧紧束缚住，亟欲挣脱。埃莉斯也无法发出尖叫。

床上那人坐了起来，手机屏幕的亮光掠过他的脸庞。

"我们又见面了，埃莉斯。"那人低声说道。

她一听见男子的声音便恍然大悟，难怪那张照片看起来很眼熟。但男子的发色有所不同，脸部显然也整过容，缝线留下的疤痕依然清晰可见。

男子抬起手，把一样东西放入口中。

埃莉斯注视着男子，慢慢后退，接着转过身子，把空气吸进肺里。她知道自己必须利用这口气来逃跑，而不是尖叫。大门只有五步之遥，最多六步。她听见床铺发出咯吱一声，但对方起步较慢，只要她能跑进楼梯间，就能放声呼救。她跑进玄关，来到大门前，握住门把往下压再往前推，门却无法顺利打开。

是安全门链。她把门稍微拉上，抓住安全门链，但已花费了太多时间。这简直是一场噩梦。她知道来不及了，感觉有个东西按在她的嘴上，她整个人正被用力往后拽。情急之下，她把手伸出安全门链旁的开口，抓住门板外侧，试图尖叫，但那只散发着尼古丁臭味的大手紧紧地按着她的嘴巴。

她被猛然一拉，大门在她眼前关上。那人在她耳边轻声说："你喜欢我吗？你看起来也没有资料照片上好看呀，宝贝。我们只是需要多了解了解彼此而已，上……上次我们没有机会这样做。"

这个声音，还有因孤独而造成的口吃。她听过这种说话腔调。她不断地踢腿，试图挣脱，但对方牢牢地架住她。男子把她拖到玄关的镜子前，把头靠在她肩膀上。

"我被判有罪不是你的错，埃莉斯，因为不利于我的证据实在太多了。我来这里不是为了这个原因。如果我说这只是巧合，你会相信吗？"男子咧嘴一笑。埃莉斯看向他的口中，只见他的牙齿看起来就像是铁做成的，漆黑且生锈，上下皆有尖锐的利齿，宛如一具捕熊器。

他一开口，那口铁齿就发出细微的咯吱声，难道里面装有弹簧？

这时她猛然想起那起案件的细节和案发现场的照片，立刻明白自己已经危在旦夕。

接着他一口咬了下去。

埃莉斯·黑尔曼森在捂住自己嘴巴的那只大手里奋力尖叫，同时目睹自己的鲜血从脖子上喷了出来。

男子抬起头，看着镜子。只见她的鲜血从他的眉梢和头发上流下，缓缓流到下巴。

"我想这应该可以叫配……配对成功吧，宝贝。"他柔声说，再度张口咬下。

埃莉斯觉得一阵晕眩。男子不再用力架住她，因为已经没有必要了，一股瘫痪般的凉意和一种异样的黑暗已慢慢笼罩她、入侵她。她挣脱出一只手，朝镜子旁的照片伸去，想再摸摸那张照片，但指尖无论如何都碰不到了。

2

星期四上午

刺眼的午后阳光从客厅窗户射入，照亮了玄关。

卡翠娜·布莱特警监站在镜子前不发一语，陷入沉思，望着插在镜框上的照片。照片中一个女子和一个小女孩互相拥抱着坐在岩石上，两人的头发都湿漉漉的，身上裹着大毛巾，仿佛刚游完泳，踏入沁凉的挪威夏日，便抱在一起互相取暖。但如今却有个东西将两人分隔开来。镜子上有一条深色血痕向下延伸，穿过照片，正好划开两人微笑的脸庞。卡翠娜没有小孩，她以前还会想要小孩，现在已经不想了。她现在是一个焕然一新的单身女强人，对于这个新身份她感到很高兴，难道不是吗？

她听见一声低咳，抬起头，和一人四目相接。那人脸上有疤痕，额头突出，发际线甚高。是楚斯·班森。

"怎么了，警员？"卡翠娜问道，同时看见楚斯的脸沉了下来，只因她刻意叫他"警员"，这让他想起自己在警界服务了十五年却还只是个小警员，而且基于许多原因，他绝对不可能申请成为犯罪特警队的警探，这可多亏他的童年好友、也就是警察署长米凯·贝尔曼把他调过来。

楚斯耸了耸肩。"没什么，你才是案子的负责人。"他冷冷地看着卡翠娜，狗一般的眼神中同时带着服从与敌意。

"你去跟邻居打听，"卡翠娜说，"从楼下开始，特别留意下昨天白天和晚上有没有人听见或看见什么。埃莉斯·黑尔曼森一个人住在这里，所以我们也要知道她平时都跟什么样的男人来往。"

"所以你认为凶手是男人，而且他们已经彼此认识？"这时卡翠娜才看见楚斯旁边站着一个年轻人，那人神情坦率，一头金发，五官英俊。"我叫安德斯·韦勒，今天是我第一次出勤。"他声音高亢，脸上挂着微笑。卡翠娜一望即知他对用魅力征服别人自信满满。他之前在特罗姆瑟市警局的上司所写来的推荐函，俨然是一封爱的声明。但平心而论，他的资历确实证明推荐函所言不虚。两年前，他从警察大学以优异的成绩毕业，在特罗姆瑟市警局担任警探期间也表现良好。

"去打听吧，班森。"卡翠娜说。

她看见楚斯拖着脚步离去，认为那应该是他在对服从年轻女长官的命令表达消极的抗议。

"欢迎加入，"卡翠娜说，朝韦勒伸出了手，"抱歉，我们没在你第一天上任的时候跟你打招呼。"

"死者为大。"这名年轻人说。卡翠娜听出这是哈利·霍勒的名言之一，同时她看到韦勒只是盯着自己伸出的手，这才反应过来自己手上还戴着乳胶手套。

"我还没碰过什么恶心的东西。"她说。

他微微一笑，露出雪白的牙齿。加十分。

"我对乳胶过敏。"他说。

扣二十分。

"跟你说，韦勒，"卡翠娜说，手仍然向前伸着，"这种手套没沾粉，而且过敏原和内毒素都低。既然你要加入犯罪特警队，戴这种手套的机会就会很多，不过我们也可以随时把你转调到金融犯罪组或……"

"最好不要。"他笑道，握了握卡翠娜的手。透过乳胶手套，她感觉到一股暖意。

"我叫卡翠娜·布莱特，是这起命案的项目小组召集人。"

"我认得你，你曾经是哈利·霍勒团队的一员。"

"哈利·霍勒团队？"

"那个锅炉间。"

卡翠娜点点头。她从未想过他们是"哈利·霍勒团队",他们不过是三个警探临时组成的一伙人,合力缉捕杀害警察的凶手……但这名称也挺恰当的。如今哈利已离职,在警察大学担任讲师,毕尔·侯勒姆在布尔区的克里波刑事调查部担任鉴识员,而她则当上了犯罪特警队的警监。

韦勒的双眼闪闪发亮,嘴角依然带着微笑:"可惜哈利·霍勒已经不是……"

"可惜我们现在没时间聊天,韦勒,我们得侦破这起命案才行。你跟班森一起去吧,多听多学。"

他歪嘴一笑:"你是说班森警员有很多东西可以教我?"

卡翠娜扬起双眉。这小子年轻、自信、天不怕地不怕,这些都是很好的特质,但她只希望他不是另一个想成为哈利·霍勒的人。

楚斯·班森用大拇指按下门铃,听到门内响起铃声,他提醒自己不要再咬指甲了,然后放开门铃。

之前他去找米凯,请米凯把他调到犯罪特警队时,米凯问他原因,他据实以告:他想在食物链里爬得高一点,却又不想花太多力气。换作其他警察署长,早把他轰出去了,但米凯不行,他们俩知道太多彼此的肮脏事了。年轻的时候,他们之间有着类似友情的关系,之后演变成一种共生关系,犹如鲕鱼和鲨鱼,如今他们的关系是建立在彼此的罪行和共同保密上,这也意味着当楚斯提出调职请求时一点也不需要假装。

但现在,楚斯开始怀疑自己的调职请求是否明智。犯罪特警队的勤务分为两大类:侦查和分析。当他听到队长甘纳·哈根说他可以自行选择做哪类勤务时,他就明白了,没人期待他能担当多少责任。这对楚斯来说倒也无所谓,但他必须承认,当卡翠娜·布莱特警监带他熟悉单位,口中一直称他为"警员",又特别详细地说明咖啡机该如何使用时,他心里一阵刺痛。

门开了，三个少女站在门口，用吓坏了的表情看着他，显然她们已听说楼上发生了什么事。

"我是警察，"楚斯说，亮出证件，"我有一些问题想问你们，你们有没有听见什么声音，在……"

"……可不可以请教几个问题，请你们提供协助？"一个声音从楚斯背后传来，是那个新来的家伙韦勒。楚斯看到三个少女的惊恐表情迅速退去，整个脸孔都亮了起来。

"当然可以，"开门的少女说，"你们知道是谁……是谁……做的吗？"

"现在我们什么都不能说。"楚斯说。

"但我们可以说的是，"韦勒说，"你们没有必要感到害怕。我想你们应该都还是学生吧，是一起合租这套公寓吗？"

"对。"三人齐声回答，仿佛谁都想当第一个回答的人。

"我们可以进来吗？"韦勒说，微微一笑。楚斯注意到他的笑容跟米凯一样雪白。

三个少女引领他们走进客厅，其中两人很快地收拾好桌上的啤酒罐和玻璃杯，离开了客厅。

"昨晚我们在这里开了个小派对，"开门的少女怯怯地说，"真是太糟糕了。"

楚斯不确定她的意思是说邻居遇害很糟糕，还是命案发生时她们正在开派对很糟糕。

"昨晚十点到午夜，你们有没有听见什么声音？"楚斯问道。

少女摇了摇头。

"那埃尔斯……"

"埃莉斯。"韦勒一边纠正道，一边拿出笔记本和笔。楚斯突然想到自己也应该做点笔记。

楚斯清了清喉咙。"你们这个邻居有男朋友吗？或是经常跟什么人在一起？"

"我不知道。"少女说。

"谢谢，那没事了。"楚斯说，转身就要朝门口走去。这时另外两个少女正好回到客厅。

"我们也想听听你们怎么说，"韦勒说，"你们的朋友说她昨天什么都没听到，也不知道埃莉斯·黑尔曼森平常或最近经常跟谁来往，请问你们有什么要补充的吗？"

两个少女面面相觑了一会儿，才又看向韦勒，同时摇了摇头，头上的金发随之飘动。楚斯发现三个少女的注意力都放在年轻的警探身上，对此他并不在意，因为他受过很多"被忽视"的训练，早已习惯胸口那一丁点的痛楚，就像那次在曼格鲁区的高中，乌拉终于正眼看他，却只是问他是否知道米凯在哪里。这是手机问世之前的事了，当时楚斯还没法给米凯发短信。有一次楚斯干脆回答乌拉说，想找米凯可能有点困难，因为他跟一个女性友人去露营了。露营之事虽是事实，但楚斯这样回答只是想在乌拉眼中看到她也在承受着和自己同样的痛苦。

"你们最后一次碰见埃莉斯是什么时候？"韦勒问说。

三个少女又面面相觑。"我们没有碰见她，可是……"

其中一个少女突然咯咯地笑了起来，却立刻发现自己的举止十分不恰当，便用手捂住了嘴巴。开门的少女清了清喉咙："恩里克今天早上打电话过来，说他跟阿尔法昨天回家的时候在楼下的拱道里小便。"

"他们就真的……很蠢而已。"高个子少女说。

"他们只是有点喝醉了。"第三名少女说，又咯咯地笑了起来。

开门的少女瞪了另外两人一眼，意思是要她们正经一点。"反正呢，他们站在楼下的时候，刚好有个小姐经过，所以才打电话来跟我们道歉，怕他们的行为会让我们难堪。"

"这样做很体贴，"韦勒说，"那他们认为那位小姐是……"

"他们已经知道了。他们在网上读到说有个'三十多岁的女子'遇害，又看到了我们这栋公寓的照片，就用谷歌搜索了在线新闻的被害人照片。"

楚斯发出呼噜的一声，他最痛恨记者了，妈的，每一个都跟食腐动物没什么两样。他走到窗前，低头朝街上望去，便看见封锁线外围着一群记者，面前伸出一个个摄影器材长镜头，仿佛秃鹰的喙，希望在尸体运出时捕捉到画面。现场待命的救护车旁站着一个男子，头上戴着织有绿、黄、红三色条纹的牙买加毛线帽，在和身穿白制服的同事说话，正是刑事鉴识单位的毕尔·侯勒姆。只见侯勒姆朝同事点了点头，随即又走进公寓，走路的姿势有点弓身驼背，仿佛是肚子痛。楚斯心想，该不会跟最近的八卦有关吧？听说这个有着死鱼眼、大圆脸的土包子，最近被卡翠娜给甩了。很好，还有其他人会尝到被撕成碎片的痛苦。韦勒的高亢嗓音在楚斯背后响起："所以他们一个叫恩里克，一个叫……"

"不是啦不是啦！"三个少女笑道，"一个叫亨里克，一个叫阿尔夫。"

楚斯和韦勒对视了下，朝门口点了点头。

"非常感谢，这样就可以了。"韦勒说，"对了，还是跟你们要一下电话吧。"

三个少女望着他，神情中混杂着惊惧和喜悦。

"我是说亨里克和阿尔夫的电话。"他歪嘴一笑，补充道。

卡翠娜站在卧室里，就站在一名蹲在床边的女刑事鉴识员后方。埃莉斯平躺在被子上，但从上衣的血迹分布来看，鲜血喷出时她是站着的，有可能是站在玄关的镜子前方，因为玄关的地毯吸饱了血，甚至粘在底下的拼花地板上。玄关和卧室之间血迹甚少，这表明她的心跳可能是在玄关停止的。女鉴识员根据尸体温度和尸僵程度推断出死亡时间是在昨天晚上十一点到今天凌晨一点之间，死因可能是脖子侧边的颈动脉处，即左肩上方的位置，遭到一个或多个利器刺穿，导致失血过多而死。

此外，死者的裤子和内裤被拉到了脚踝。

"我采集了她指甲底下的样本，也剪下了她的指甲，但从肉眼来看，我没看见有皮屑残留。"女鉴识员说。

"你们是什么时候开始进行现场鉴识工作的？"卡翠娜问道。

"毕尔叫我们开始的时候，"女鉴识员答道，"他的口气好客气。"

"是吗？死者还有其他地方受伤吗？"

"她左下臂的地方有擦伤，右手中指插了一小根木屑。"

"有没有性侵的迹象？"

"生殖器官没有明显的暴力侵入痕迹，但是这里……"女鉴识员拿起放大镜对着尸体腹部，卡翠娜凑到放大镜前，看见一条发亮的细线。"有可能是唾液，可能是她自己的，也可能是别人的，不过看起来更像是前列腺液或精液。"

"希望真是这样。"卡翠娜说。

"希望她遭到性侵？"毕尔·侯勒姆走进卧室，站在卡翠娜背后。

"如果是这样的话，所有证据都显示性侵发生在她死亡以后，"卡翠娜头也不回地说，"所以那时她已经没有知觉了。我倒是很希望能发现一点精液。"

"我只是开个玩笑。"侯勒姆用亲切的托腾方言低声说。

卡翠娜闭上眼睛。侯勒姆当然知道精液是这类命案的"终极破案神器"，他当然也只是在开玩笑，主要是为了缓和他们之间令人受伤的尴尬气氛。自从三个月前她搬离他的住处，这种尴尬就一直存在。她也想缓和这种气氛，只是不知道该从何处下手。

女鉴识员抬头看向他们。"我这边结束了。"她说，调整了一下头上的穆斯林头巾。

"救护车已经来了，我会请我们的人把尸体抬下去，"侯勒姆说，"扎赫拉，谢谢你的帮忙。"

女鉴识员点点头，快步离去，仿佛察觉到了现场的紧绷气氛。

"怎么样？"卡翠娜说，逼自己朝侯勒姆看去，也逼自己忽视侯勒姆的严肃眼神，那眼神中的悲伤多过于哀求。

"其实没有太多可以说的。"侯勒姆说，抓了抓从毛线帽底下冒出来的茂盛红色络腮胡。

卡翠娜等待侯勒姆往下说，希望他们在谈的仍是关于命案的事。

"她好像不太打扫卫生。我们在屋子里找到很多人的头发，大部分都是男性的，而且那些头发看起来不太可能都是昨天晚上掉的。"

"她是个律师，"卡翠娜说，"又是个单身女子，工作压力很大，所以可能不会像你似的把打扫卫生放在优先位置。"

侯勒姆微微一笑，没有回答。卡翠娜发现他经常带给她的罪恶感正在胸口隐隐作痛。其实关于打扫的事他们从未争吵过，侯勒姆的打扫动作总是很快，总是默默地去扫楼梯、把待洗衣物放进洗衣机、清洗浴缸、晒棉被，从不出声指责或出言讨论。对待其他事情他也是这个态度。他们同居的那一整年，两人连争执都不曾有过，他总是设法先行脱离可能会导致争执的状况。每当她让他感到失望，或只是懒得去管某些事时，他总是在一旁小心呵护、奉献牺牲、任劳任怨，像个令人厌烦的机器人，把她捧得高高的加以膜拜，让她觉得自己像个脑袋空空的公主。

"你怎么知道那些是男性的头发？"她叹了口气道。

"她这样一个单身女子，工作压力又很大……"侯勒姆说，并未看她。

卡翠娜交叠双臂："你想说什么，毕尔？"

"什么？"侯勒姆苍白的脸颊微微泛红，眼睛比平常还突出了些。

"你是说我是个随便的人吗？好吧，如果你真的想知道的话，我——"

"不是！"侯勒姆扬起双手，仿佛要自我防卫，"我没有那个意思，我只是开了一个烂玩笑而已。"

卡翠娜知道自己应该怜悯侯勒姆才对，她也确实有点这种心情，但还不到会想上前给他个拥抱的程度。这种怜悯之情其实比较像是嘲笑，而这种嘲笑让她想要赏他一巴掌，羞辱他。这就是为什么她会离开，因为她不想看到像侯勒姆这样一个完美的老好人受到羞辱。卡翠娜深深地吸了一口气。

"所以呢，是男人的？"

"那些头发大部分都是短发，"侯勒姆说，"得等分析报告出来后才能确定，不过那么多DNA应该够让国家鉴识中心忙上一阵子了。"

"好吧，"卡翠娜说，转头看向尸体，"知道凶手是用什么凶器刺死她的吗？或者应该说砍死她？因为有数个穿刺伤聚集在一起。"

"不太容易看出来，但伤口呈现出一种排列模式，"侯勒姆说，"应该说两种排列模式。"

"哦？"

侯勒姆走到尸体旁边，指着埃莉斯的颈部，就在她那头金色短发下方的位置。"你能看出来这些伤口形成了两个重叠的椭圆形吗，一个在这里，一个在这里？"

卡翠娜侧过头："听你这么一说……"

"这很像咬痕。"

"哦，×！"卡翠娜脱口而出，"难道是动物干的？"

"天知道。不过你可以想象一下，上下两排牙齿咬合后，皮肤皱褶处被拉开又压在一起，就会产生这种痕迹……"侯勒姆从口袋里拿出一个半透明的纸袋，卡翠娜立刻认出那是他今天带出门的午餐包装纸。"看来它跟我这个托腾人的咬痕还挺像的呢。"

"但人类的牙齿不可能在她脖子上造成这种伤口。"

"这我同意，但那个排列模式属于人类的牙齿。"

卡翠娜舔了舔嘴唇："有些人会刻意去把牙齿磨尖。"

"如果是人类的牙齿，那么我们就可以在伤口周围找到唾液，但无论如何，如果凶手咬她的时候是站在玄关地毯上的，那么这个咬痕显示凶手是站在她背后，而且比她还高。"

"鉴识员没在她的指甲底下发现皮屑，这表示凶手应该是紧紧架住了她，"卡翠娜说，"所以凶手是个强壮的男性，中等以上身高，牙齿长得像掠食性动物。"

两人静静地站着，看着尸体。卡翠娜心想，他们就像画廊里的一对小情侣，正在思索该发表什么高见才能让对方崇拜。唯一不同的是，侯勒姆从不会想要做些什么事来让别人崇拜，但是她会。

卡翠娜听见走廊里传来脚步声。"任何人都不准进来！"她喊道。

"只是要跟你汇报，现在只有两户人家有人，而且他们都没看见或听见什么，"韦勒高亢的嗓音传了进来，"但我刚才问过昨晚在埃莉斯·黑尔曼森回家时碰见她的两个小伙子，他们说她是一个人回来的。"

"那两个小伙子是……"

"他们都没有前科，而且有出租车收据可以证明他们是在昨晚十一点半过后不久离开这里的。那两个人说他们在楼下拱道小便的时候，她刚好走进来撞见他们。我要不要带他们去局里问话？"

"凶手应该不是他们，但还是带回去问话吧。"

"好。"

韦勒的脚步渐行渐远。

"她一个人回家，现场却没有强行入侵的迹象，"侯勒姆说，"你想会不会是她自己让凶手进来的？"

"除非她跟凶手很熟。"

"难道他们不认识？"

"埃莉斯是个律师，她很清楚事情的风险所在，而且大门上的安全门链看起来还很新，所以我认为她是个很小心的年轻女子。"卡翠娜在尸体旁蹲下，看着埃莉斯中指上插着的小木屑和下臂上的刮痕。

"她是个律师，"侯勒姆说，"哪里的律师？"

"何伦森 & 希里律师事务所的律师，报警的就是事务所的人，因为她今天没出席听证会，手机又没人接，而律师遭人攻击还挺常见的。"

"所以你认为……"

"没有，就像我刚才说的，我不认为她会随便让人进来，但是……"卡翠娜蹙起眉头，"你觉不觉得这根白色木屑看起来带有一点粉红色？"

侯勒姆弯下腰去："的确是白色。"

"是带有一点粉红色的白色，"卡翠娜说，站起身来，"你跟我来。"

他们走进玄关，卡翠娜打开大门，指着有点裂开的门板外侧。"带有一点粉红色的白色。"

"你说了算。"侯勒姆说。

"难道你看不出来吗？"她不可置信地说。

"研究显示女人比男人更能分辨出色彩的细微变化。"

"那这个你总看得见吧？"卡翠娜问道，拿起挂在门板内侧的安全门链。

侯勒姆靠得近了些，他的气味让卡翠娜心头一惊。也许她只是因为这突如其来的靠近而感到不舒服而已。

"被刮下来的皮肤组织。"侯勒姆说。

"她的下臂也有刮伤，这样你明白了吧？"

侯勒姆缓缓点头："她被安全门链刮到了，这表示当时门链是扣上的，同时也意味着案发当时她并不是被凶手推进门内，而是挣扎着想要逃到门外。"

"挪威很少有人在用安全门链，我们都仰赖门锁，这是普遍的习惯。如果是她让凶手进来的，如果这个强壮男性是她熟识的人……"

"……她就不会在开门让对方进来后还要匆匆忙忙扣上门链，因为她会觉得安全。所以说……"

"所以说，"卡翠娜接口道，"她回到家的时候，凶手已经在家里了。"

"她却毫不知情。"侯勒姆说。

"这就是为什么她会把安全门链扣上，因为她认为危险在外面。"卡翠娜心头一颤。这就是所谓的"惊惧之喜"，当侦查命案的警探突然看见或明白案情，心中就会出现这种感觉。

"哈利看到现在的你一定会很高兴。"侯勒姆大笑着说。

"什么？"

"你脸红了。"

我真是糟糕透顶，卡翠娜心想。

3

星期四下午

记者会召开时，卡翠娜觉得自己心不在焉。他们在记者会上简短地说明了被害人的身份、年龄、发现地点和时间，透露的消息仅此而已。命案发生后的第一场记者会通常都必须说得越少越好，并以现代的民主公开为借口，草草走个过场。

她旁边坐着的是犯罪特警队队长甘纳·哈根。哈根念出他们一起拟定的简短讲稿时，镁光灯纷纷映照在他的地中海秃头上，使他的头顶闪闪发光。卡翠娜很高兴此次负责发言的人是哈根，倒不是因为她不喜欢成为注目的焦点，而是可以稍晚一点。这是她头一次主导命案的调查，先让哈根负责跟媒体周旋感觉会比较保险，她也可以借此机会向资深长官学习说话技巧、肢体语言和语气声调，说的虽然没什么实质内容，却又要让社会大众认为一切都在警方的掌控之中。

她坐在原位，看着聚集在四楼假释厅的三十几名记者，他们就站在后方墙壁底下，墙上挂着一幅大型画作，覆满整面墙壁，画中有许多赤裸的人在游泳，大部分是清瘦的年轻男孩。那幅画描绘的是一个纯真美丽的年代，不像现在信息爆炸，一切都被颠倒扭曲。至于她自己也没有好到哪里去，她觉得那个画家应该有恋童癖。

哈根正在回答记者的问题，像诵经一样不断地重复着相同的答案："目前以我们的立场来说无法回答这个问题。"像这样一句简单的回答可以换一种口气，避免听起来太过傲慢或轻浮，比如说："现阶段我们无法评论这个问题。"或是换个更亲切一点的说法："我们可能要稍后才能回答这个问题。"

卡翠娜听见记者们奋笔疾书和敲打键盘，记下哈根的回答，但他们的问题本身所包含的细节还更多："尸体受损严重吗？""有没有性侵的迹象？""目前有嫌犯了吗？如果有的话，是不是跟她亲近的人？"这类假设性的问题隐含了太多不堪的暗示，其实只会得到"无可奉告"的回答而已。

卡翠娜看见假释厅后方门口站着一个熟悉的身影，那人一眼戴着黑眼罩，身上穿着警察署长的制服。她知道他那身制服总是熨烫得很妥帖，挂在办公室的柜子里。是米凯·贝尔曼。他并未走进厅内，只是站在门口观察。她注意到哈根也看见米凯了，在年轻许多的警察署长的视线下，他还刻意把腰杆挺直了些。

"记者会到此先告一段落。"公关主管说。

卡翠娜看见米凯对她示意，表示想跟她说几句话。

"下次记者会什么时候举行？"《世界之路报》跑犯罪线的记者莫娜·达亚问道。

"我们会再……"

"等到我们掌握新证据的时候。"哈根打断了公关主管的话。

卡翠娜注意到哈根用的是等到，而不是如果。这类措辞的细微差别十分重要，因为这表示人民公仆正孜孜不倦地工作，正义之轮正在转动，凶手迟早都会落网。

"有什么新发现吗？"米凯问道，他和卡翠娜大步穿过警察总署的中庭。过去米凯那张有如少女般的俊美脸庞，在长睫毛、稍微过长的整齐头发、古铜肤色和独特白斑的衬托下，给人一种矫揉造作的感觉，也可以说是弱点。但如今他戴上眼罩，看起来颇为戏剧化，却正好出现相反的效果。眼罩暗示着力量，意味着这个男人即使失去一只眼睛也不会放弃。

"鉴识人员在咬痕里发现一样东西。"卡翠娜说，跟随米凯穿过前台前方的气密门。

"唾液？"

"是铁锈。"

"铁锈？"

"对。"

"什么东西的铁锈？"米凯按下面前的电梯按钮。

"目前仍不清楚。"卡翠娜说，在米凯身后停下脚步。

"现在还不知道凶手是怎么进入公寓的？"

"是的，大门门锁几乎不可能撬开，大门和窗户也没有强行入侵的迹象。虽然有可能是她自己让凶手进门的，但我们不这样认为。"

"说不定凶手有钥匙。"

"住宅协会采用的门锁设计是同一把钥匙既可以打开公寓大门也可以打开家门，而根据协会的钥匙记录，只有一把钥匙可以打开埃莉斯·黑尔曼森家的门，也就是她手上的那一把。有两个少年在她回家的时候正好碰见她，班森和韦勒找他们问过话了，他们都很确定她是自己用钥匙开门进去的，而不是用对讲机叫已经在她家的人帮她开门。"

"原来如此，但凶手也可以自己去配一把钥匙吧？"

"但这样一来，凶手就必须先拿到原始的那把钥匙，再去找一个锁匠，而这个锁匠必须有能力配出同款钥匙，又要没良心到不要求客人出示住宅协会的书面许可，所以这个可能性也不是很高。"

"了解。好吧，其实我想跟你谈的不是这件事……"两人面前的电梯门打开了，正要跨出电梯的两名警察一看见警察署长立刻收起笑容。

"我想跟你谈的是楚斯的事，"米凯说，很有绅士风度地让卡翠娜先进电梯，"我是说班森。"

"什么事？"卡翠娜说，闻到一丝须后水的气味。她一直以为现在的男人都已经抛弃湿式刮胡法和刮完胡子后再拍须后水的动作了。侯勒姆用的是电动刮胡刀，而且懒得使用香氛须后水。至于她认识的其他男人，自从……呃，有几次她宁愿对方使用浓重的香水来遮盖他们自然的体味。

"他适应得怎么样？"

"你是说班森？很好啊。"

两人并肩而立，面对电梯门。在接下来的静默中，卡翠娜的余光瞄到米凯歪嘴一笑。

"很好？"片刻之后米凯说。

"我交代的事他都会去执行。"

"我想你交代的事应该都不会太吃力吧？"

卡翠娜耸了耸肩。"他没有警探背景，却被分派到全挪威除了克里波之外规模最大的犯罪调查单位，容我这样说，这表示他没有机会坐上驾驶座。"

米凯点点头，揉了揉下巴。"我只是想知道他有没有服从命令，以及有没有……乖乖遵守规定。"

"据我所知他有，"电梯慢了下来，"不过你指的是什么规定？"

"我只是希望你稍微留意他一下而已，楚斯·班森过得有点辛苦。"

"你是指上次爆炸事件他受伤的事？"

"我是指他的人生，他有一点……这该怎么说？"

"人生一团糟？"

米凯干笑几声，朝打开的电梯门说："你的楼层到了，布莱特。"

米凯望着卡翠娜婀娜的背影穿过走廊，朝犯罪特警队的办公室走去，并在电梯门关上之前让自己的想象力自由驰骋。接着他把注意力重新放在那个问题上。其实那应该不叫问题，而叫机会，尽管它是个进退两难的处境。他接到了来自首相办公室不确定且十分不正式的探询。据说内阁即将大换血，而其中最受瞩目的就是司法大臣一职的任命。对方前来探听米凯是否愿意接受司法大臣的提名，尽管目前这只是个假设性的问题而已。起初米凯觉得受宠若惊，后来仔细想想其实也不无道理。他担任警察署长期间，不仅侦破了国际知名的"警察杀手"一案，还在办案过程中失去了一只眼睛，并因此成为国内外知名的英雄。一个年仅四十、口条清晰的警察署长，受过法律训练，已替挪威首都侦破多起命案和毒品案，成功打击了犯罪，如果要让他担当更重大的责任，现在岂不正是时候？而他俊美的脸蛋是否会为党带来负面影响？恐怕只会吸引不少女性向他们的党靠拢而已。于是他用假设性的答案来回答这个假设性的问题，也就是他愿意接受提名。

米凯在顶楼，也就是七楼下了电梯，经过一排历任警察署长的照片。

然而在高层做出决定之前，米凯必须小心不让自己的资历蒙尘，比方说，楚斯可能会干出什么蠢事连累到他。想到报纸上登出斗大的头版标题"警察署长包庇堕落警察兼友人"，他就忍不住打冷战。那天楚斯走进他的办公室，双脚一抬搁在他的办公桌上，单刀直入地说如果自己被开除，唯一能让他稍感宽慰的就是可以把跟他一样干尽脏事的警察署长一起拉下去当垫背。因此对于楚斯调任犯罪特警队的要求，米凯很快就做出了决定。此外，刚才卡翠娜已确认不会让楚斯扛太多责任，所以他最近应该没什么机会捅娄子，这让米凯觉得安心了些。

莉娜一看到米凯走进外间办公室就说："你的漂亮老婆坐在那边等你。"四年前，米凯被任命为警察署长时，莉娜就已经六十多岁了，当时她对米凯说的第一件事是她不想当他的特助，尽管现在都时兴用这个职称，她还是想当个秘书。

乌拉坐在窗边的沙发上。莉娜说得没错，他老婆的确很漂亮。乌拉是个活泼且敏感的女人，即使已经生了三个小孩也还是如此。但更重要的是，她一直在背后默默支持他，明白他的事业需要培养、支持和施展空间，而且懂得他在私生活方面偶尔犯错只是人之常情，毕竟他的职务必须承受高强度的压力。

另外，乌拉有一种纯真无染的个性，什么事都会写在脸上，而现在米凯在她脸上读到的是绝望。米凯脑中首先闪过的念头是孩子出事了，正要开口询问，却看见她脸上隐隐还有一丝怨恨，于是他明白她"又"发现了什么事。可恶。

"亲爱的，你看起来好严肃，"米凯镇定地说，朝柜子走去，一边解开制服外套的纽扣，"孩子出了什么事吗？"

乌拉摇摇头。米凯假装松了口气。"我不是不高兴见到你，只不过每次你突然出现在办公室，我都会有点担心，"他将外套挂进柜子里，在她对面的扶手椅上坐下，"怎么啦？"

"你又去跟她碰面了。"乌拉说。米凯听得出这句话她练习过很多遍，练习要怎么把话说出口而不会哭出来，但现在她的水蓝色眼眸中已然噙着泪水。

米凯摇了摇头。

"你不要否认，"乌拉呜咽地说，"我看过你的手机，光这个星期你就给她打过三次电话。米凯，你明明答应过我的……"

"乌拉，"米凯倾身向前，越过桌面去握她的手，但她把手了抽回去，"我打给她是因为我需要她的建议。伊莎贝尔·斯科延现在在一家专门进行政治游说的公司当公关顾问，她很熟悉权力的运作，因为她自己也曾深入其中，况且她又了解我的状况。"

"了解？"乌拉整张脸都扭曲了。

"如果我……如果我们要去做这件事，我就需要动用所有资源增加优势，这样才能超越其他想争取这个位子的人。内阁成员，乌拉，这可是非同小可的事。"

"就连我们的家庭也比不上？"乌拉抽抽噎噎地说。

"你很清楚我绝对不会让我们的家庭失望……"

"绝对不会让我们失望？"她哭喊着说，"你已经……"

"……而且我希望你不要想太多，乌拉。我跟那个女人讲电话纯粹是为了公事，你又何必吃飞醋呢？"

"那个女人只当过短短一阵子的政务官员，她能够给你什么建议？"

"比如说要在政坛生存，什么事不可以做，这就很重要。他们雇用她就是要买她的经验，例如你不可以背叛自己的理念、身边的战友和责任及义务。还有，如果你犯了错，一定要道歉，然后下次把事情做对。犯错是可以的，背叛是不可以的，我不想做出背叛的事，乌拉。"他又握住她的手，这次她的手没有闪躲。"我知道经过那些事，我没有立场跟你要求太多，但如果我要去争取这个位子，就需要你的信任和支持。你得相信我才行。"

"我要怎么……"

"来，"米凯站起身来，依然拉着乌拉的手，牵着她走到窗边，让她面对市区街景，然后站到她背后，双手放在她的肩膀上。警察总署坐落于山丘顶端，可以俯瞰沐浴在阳光中的半个奥斯陆。"乌拉，你想不想帮助我做出改变？你想不想帮助我替我们的孩子、我们的邻居、我们这座城市还有我们这个国家，创造出一个更安全的未来？"

他感觉得到他的话对她产生了影响。天哪，就连他自己也受到了感染，他对自己这番话感动莫名，即便这些话不过是从他打算对媒体发表的感言中直接撷取出来的。在他接到任命并接受之前的几小时，报社、电视台、电台的记者一定会纷纷打电话来请他发表感言。

记者会结束后，楚斯和韦勒走进中庭，被一个矮小的女子拦住了。

"我是《世界之路报》的莫娜·达亚，我以前见过你，"她的视线随即离开楚斯转向另一个人，"但你应该是犯罪特警队的新成员吧？"

"是的。"韦勒说。楚斯在一旁观察莫娜：她长着一张相当有魅力的脸蛋，身上可能有萨米人的血统，但他从未搞清楚她究竟有着怎样的身材。她经常穿着色彩鲜艳的宽松服装，这让她看起来比较像是个老派的歌剧评论家，而不是个强悍的犯罪线记者。虽然她看起来不过三十来岁，但楚斯总觉得她好像已经存在了好久好久，那么坚强、执着、强健，没什么能轻易动摇她。而且她连身上的气味都像男人，据说她会用欧仕派须后水。

"你们在记者会上透露的消息很有限。"莫娜微笑道，那是当记者有所求时会露出的微笑，只不过这次她要的似乎不只是消息。她的目光紧紧盯着韦勒。

"我只能说我们没有更多消息可以透露。"韦勒说，回以微笑。

"我会引用你说的话，"莫娜说，一边做笔记，"你叫什么名字？"

"你要引用我说的什么话？"

"就是除了哈根和布莱特在记者会上公布的信息外，警方现在真的什么都不知道。"

楚斯看见韦勒眼中闪现惶恐之色。"不对不对，我没有那个意思……我……请你别这样写。"

莫娜继续一边做笔记，一边答道："我已经自我介绍说我是记者了，很显然我是为采访而来。"

韦勒向楚斯投以求救的眼神，但楚斯不发一语。这小子那天把那几个女学生迷得团团转，现在嚣张不起来了吧。

韦勒局促不安，压低嗓音。"那我拒绝让你引用我说的话。"

"了解，"莫娜说，"那我也会引用你说的这句话，证明警方想钳制媒体的言论。"

"我……不是……那个……"韦勒怒火中烧，双颊泛红。楚斯在一旁极力忍笑。

"放轻松，只是开玩笑啦。"莫娜说。

韦勒瞪着莫娜看了一会儿，才又开始呼吸。

"欢迎加入这场游戏，我们虽然玩得凶悍但一定玩得公平，如果可以的话，还会互相帮助，你说是不是啊，班森？"

楚斯发出呼噜声作为回答，让他们自行解读这声音的意思。

莫娜翻动着笔记本。"我不会再问你是否已经掌握嫌犯的情况，你的上司会处理这个消息，我只想请教你调查方面的一般性问题。"

"尽管问吧。"韦勒微笑道，看来他已经恢复正常。

"这类命案的调查工作通常不是会锁定前任伴侣或情人吗？"

韦勒正要答话，楚斯将手搭在他肩膀上，插口说："警探不愿说明是否锁定了嫌犯，但有来自警方的线人告诉《世界之路报》，调查工作集中在前任伴侣和情人身上。"

"该死，"莫娜说，手上记着笔记，"班森，我都不知道你这么聪明。"

"我也不知道你竟然知道我叫什么名字。"

"哦，你知道的，每个警察都有名声流传在外，犯罪特警队的规模又不是特别大，大到让我跟不上更新的速度。不过呢，我对你一无所知，你是新来的。"

韦勒怯怯地笑了笑。

"看来你决定保持沉默，但起码可以告诉我你叫什么名字吧？"

"安德斯·韦勒。"

"这上面有我的联络方式，韦勒。"莫娜递给他一张名片，稍一迟疑后也递了一张给楚斯。"我刚刚说过，互相帮助是传统，你们给的情报只要够好，我们付的钱也会够高。"

"你们不会真的付钱给警察吧？"韦勒说，把名片放进牛仔裤口袋。

"为什么不付？"莫娜说，目光和楚斯飞快地相触了一下，"情报就是情报啊，你只要有情报可以提供，欢迎打电话来，也可以去奋进健身房找我，我几乎每天晚上九点左右都会在那里，我们可以一起飙汗……"

"我比较喜欢户外运动。"韦勒说。

莫娜点了点头。"带狗去跑步，你看起来像养狗的人，我喜欢。"

"为什么？"

"因为我对猫过敏。好了，二位，本着合作精神，我保证只要发现任何有利破案的线索一定会通知你们。"

"谢了。"楚斯说。

"不过你总要给我个电话，我才能打给你吧。"莫娜牢牢地盯着韦勒。

"当然。"

"我记下来。"

韦勒念出一组号码，莫娜猛然抬头。"这是警察总署的前台电话。"

"我就在这里工作啊，"韦勒说，"还有，我养的是猫。"

莫娜合上笔记本。"我们保持联络吧。"

楚斯看着莫娜踏着有如企鹅般摇摆的脚步朝大门走去。警署大门是一扇怪异的沉重金属门，上头有个明显的监视口。

"三分钟后开会。"韦勒说。

楚斯看了看表，下午要开项目调查小组会议。如果不发生命案的话，犯罪特警队是个很棒的单位。命案最讨人厌了，会带来漫长的工期，必须写报告，还有开不完的会，而且每个人都被搞得压力超大。但至少他们加班的时候，餐厅会提供免费餐点。楚斯叹了口气，转身正要朝气密门的方向走去，却僵在原地。

她就在前方。

乌拉。

她正要走出警署，目光从他身上扫过，仿佛没看见他似的。她有时会如此，可能因为米凯不在场，只有他们两人见面会有点尴尬。事实上他们就算在年轻的时候也会避免两人单独碰面。楚斯之所以避开，是因为只要单独和乌拉在一起，他就会开始冒汗，一颗心怦怦乱跳，事后还会折磨自己，不断思索自己为什么要说那些蠢话，怎么不说些聪明的话或肺腑之言？至于乌拉之所以避开，呃，可能是因为楚斯会开始冒汗，一颗心怦怦乱跳，不是默不作声，就是尽说些蠢话。

尽管如此，楚斯还是差点在中庭喊出她的名字。

但她已走到大门前，再过片刻，她就会走出警署，阳光会亲吻她那头柔顺的金发。

因此他只是在心中默默呼唤她的名字。

乌拉。

4

星期四下午

八名警探、四名分析员、一个鉴识专家，这些人都听她差遣，而且个个都用老鹰般的锐利眼神看着她，盯着这位新上任的项目小组女召集人。卡翠娜知道会议室里最怀疑她的是女同事。她总是猜想自己是不是根本不同于其他女人，她们的睾酮是男同事的百分之五到百分之十，而她则是将近百分之二十五。虽然这没让她长成毛茸茸的肌肉女汉子，或有着阴茎大小的阴蒂，但就她记忆所及，这让她的性渴望远高于其他女性友人自己承认的，或者就像以前侯勒姆说的，她有着"怒火般的情欲"。当她心情很不好的时候，就会离开工作岗位，开车去布尔区找侯勒姆，好让他在化验室后方的无人储藏室里干她，干到一箱箱的烧瓶和试管都喀喀作响。

卡翠娜轻咳一声，启动手机的录音功能并开口道："九月二十二日星期四下午四点，犯罪特警队一号会议室，这是埃莉斯·黑尔曼森命案初步调查的第一场会议。"

卡翠娜看见楚斯有如泄气皮球般走了进来，在会议室后方挑个位子坐下。

她开始说明会议室众人多半都已知道的事实：今天早上，埃莉斯·黑尔曼森被人发现陈尸在自家公寓，死因可能是脖子上的伤口导致流血过多。目前为止没有目击者向警方提供线索。警方尚未掌握嫌犯，也没有具体的直接证据。鉴识员在公寓里采集到可能来自人类的有机物，已经送去进行DNA分析，希望一星期内可以拿到分析报告。其他可能的直接证据正由鉴识团队检验。换句话说：他们手上一点线索也没有。

卡翠娜看见几名同事交叉双臂，呼吸沉重，几乎快打哈欠。她知道他们在想什么：这些都是显而易见的已知事实，没什么值得深入追查的，也不值得他们放下手边的工作。接着她开始说明自己如何推敲出埃莉斯回家之时，凶手已经在家里等她，但这些话听在她自己耳朵里，却觉得不过是在炫耀而已。这名新上任的长官正在请求属下给予尊重。她开始心急，想起之前她打电话向哈利寻求建议时，他所说的话。

"逮到凶手。"哈利答道。

"哈利，我问的不是这个，我问的是要如何领导一个不信任你的调查小组。"

"我已经把答案告诉你了。"

"逮到这个怪凶手又不能解决……"

"这可以解决一切。"

"解决一切？那么哈利，这替你解决了什么？我是指对你个人来说。"

"什么都没解决，但你问的是领导力。"

卡翠娜望向会议室外，说完另一个空泛的句子，深吸一口气，注意到有只手正在椅子扶手上轻轻轮敲手指。

"除非埃莉斯·黑尔曼森昨天晚上稍早的时候让凶手进门，出去时留他一个人在家。我们正在搜寻她熟识的人，检查她的手机和电脑。托尔德，换你说。"

托尔德·格伦站了起来。他有个昵称叫水鸟，可能是因为他脖子比常人长，狭长的鼻子有如喙，手臂张开的"翼展"幅度又远大于身高，看起来很像涉水禽类。他戴着一副老式圆眼镜，鬓发自瘦削的脸庞两侧垂下，让他看起来活像来自二十世纪七十年代。

"我们已经进入她的 iPhone，查看了她的短信和最近三天内的通话记录，"托尔德说，视线不离手中的平板电脑，仿佛不喜欢跟人眼神接触，"但都是些工作上的电话，联络的不是同事就是客户。"

"没有朋友？"说话的是策略分析员麦努斯·史卡勒，"没跟父母联络？"

"我刚刚已经说过了，"托尔德答道，语气只是讲求精确，而非不友善，"她的电子邮件也是一样，都跟工作有关。"

"律师事务所方面已经确认埃莉斯经常加班。"卡翠娜补充道。

"单身女性通常都会这样。"麦努斯说。

卡翠娜用无可奈何的眼神看着矮小粗壮的麦努斯，尽管她知道这句话并非针对她。麦努斯没有恶意，也没有那种急智。

"她的台式电脑有密码保护，但里面没什么线索，"托尔德继续说，"历史记录显示她多半用电脑来看新闻或使用谷歌搜索引擎。她上过几个色情网站，内容都很一般，也没有迹象显示网站的人联络过她。过去两年来她所做过的唯一一件可疑的事，就是用盗版电影串流播放器'爆米花时间'观赏电影《恋恋笔记本》。"

卡翠娜跟信息科技专家托尔德不是很熟，不太确定他口中的"可疑"指的是使用盗版播放器还是对电影的口味。要她选的话，她会选择后者。"爆米花时间"真是太叫她怀念了。

"我试过几个显而易见的密码想登录她的脸书账号，"托尔德继续说，"但是都不成功，我已经把冻结请求寄给克里波了。"

"冻结请求？"坐在前排的韦勒问道。

"就是要递交给法院的申请书，"卡翠娜说，"进入脸书账号的请求必须经过克里波和法院，他们要先批准才能送交到美国，然后再交到脸书手上。这个流程最快也要几星期，通常会花上好几个月。"

"我这边就这样了。"托尔德说。

"菜鸟还有一个问题，"韦勒说，"你是怎么进入她手机的？是用尸体的指纹吗？"

托尔德瞥了韦勒一眼，立刻移开目光，摇了摇头。

"那是用什么方法？旧款 iPhone 用的是四位数密码，这代表有一万个不同的……"

"用显微镜。"托尔德插口道，同时在平板电脑上输入了几个字。

卡翠娜很熟悉托尔德使用的方法，但只是静静地等他往下说。托尔德并未受过警察训练，也没受过什么其他训练，他在丹麦的信息科技产业待过几年，但没拿到任何证书，即便如此，他还是很快就被挖到警署的信息科技部担任分析员，专攻科技相关的证据，只因他比别人强太多了。

"即使是最坚硬的玻璃也会产生极细微的压痕，而这压痕多半是指尖造成的，"托尔德说，"我只要找出屏幕上压痕最深的地方，就能知道密码的数字，也就是四个数字，二十四种可能组合。"

"可是输入失败三次，手机就会锁起来，"韦勒说，"所以你一定要很幸运……"

"我试第二次就成功了。"托尔德说，微微一笑。卡翠娜不确定他之所以笑是因为自己说的这句话，还是因为平板电脑上的内容。

"妈的，"麦努斯说，"还真走运。"

"正好相反，没有第一次就成功算我不走运。当数字包含 1 和 9，就以这个例子来说，它们通常代表的是年份，那么就只有两种可能的组合。"

"说到这里就够了，"卡翠娜说，"我们跟埃莉斯的妹妹联络过，她说埃莉斯已经好几年没有固定男友了，而且可能也不想要一个固定男友。"

"Tinder。"韦勒说。

"你说什么？"

"她手机里有没有 Tinder 这个交友软件？"

"有。"托尔德说。

"在拱道里碰到埃莉斯的那两个少年说她看起来打扮过，所以她并不是从健身房或公司回家，可能也不是去跟女性友人会面，如果她不想要男友的话就不会刻意打扮。"

"很好，"卡翠娜说，"托尔德，怎么样？"

"我们查过 Tinder，里面有一大堆成功配对，但 Tinder 和脸书是联动的，所以我们无法存取更多数据，也无法得知她是不是有跟 Tinder 上面的人联络。"

"使用 Tinder 的人通常会约在酒吧碰面。"一个声音说。

卡翠娜讶异地抬起头来，说话之人是楚斯·班森。

"如果她都把手机带在身上，那只要去查看基站的数据，然后再去调查她所在地区附近的酒吧就可以了。"

"谢谢你，楚斯，"卡翠娜说，"我们已经查过基站了。斯蒂娜，换你说吧。"

一名分析员在椅子上坐直身子，清了清喉咙。"根据挪威电信运营中心打印出来的资料，埃莉斯·黑尔曼森在晚上六点半到七点之间离开位于青年广场的上班地点，前往班塞桥附近，然后……"

"埃莉斯的妹妹跟我们说她去的健身房在米伦斯工业区，"卡翠娜插口道，"健身房方面也确认她在晚上七点三十二分入馆，九点十四分离开。抱歉，斯蒂娜。"

斯蒂娜僵硬地笑了笑。"然后埃莉斯前往她家附近，她本人，或者至少她的手机一直待在同一个地点，直到她被发现。也就是说，手机信号被几个重叠的基站收到，这也证实她的确出去过，但只去到离她在基努拉卡区的家不超过几百米远的地方。"

"太好了，这样一来我们可以一家家酒吧去问。"

给卡翠娜回馈的只有楚斯的笑声和韦勒露出的大大的微笑，除此之外一片静默。

她心想，没关系，还不算糟到无可救药。

她放在前方桌面上的手机发出振动，屏幕显示是侯勒姆来电。

可能是关于鉴识证据的事，这样的话应该立刻接听才对，但如果真是关于命案的事，那侯勒姆应该会打给同样在鉴识组而且来开会的同事，而不是打给她，所以这通电话应该是关于私事。

她正要按下"拒接"键，又突然想到侯勒姆应该知道她在开会才对，他很会追踪这种事。

卡翠娜接起电话："毕尔，我们正在开调查小组会议。"

此话一出她立刻后悔了，因为众人的目光一起朝她射来。

"我在鉴识医学中心这边，"侯勒姆说，"死者腹部的反光物质的初步鉴识报告出来了，里面不含人类 DNA。"

"该死。"卡翠娜冲口而出。她心底深处一直在盘算，如果那物质真是精液，命案就能在发生后的黄金四十八小时内侦破。此外根据经验，只要过了这头四十八小时，要破案就困难多了。

"但那个反光物质依然指出凶手可能跟她发生过性关系。"侯勒姆说。

"为什么会这样认为？"

"因为那是润滑液，可能是避孕套上面的。"

卡翠娜又咒骂了一声，同时从会议室内其他人的眼神当中得知，她已说出口的话尚未表明这不是一通私人电话。"所以你的意思是说，凶手使用了避孕套？"她提高嗓门，清楚地说出这句话。

"可能是凶手用的，也可能是昨晚跟她见面的某个男人用的。"

"好，谢谢。"卡翠娜亟欲结束这通电话，正要挂断，又听见侯勒姆喊她的名字。

"什么事？"卡翠娜问道。

"但这不是我打这通电话的主要原因。"

她吞了口口水。"毕尔，我们正在开……"

"主要是因为凶器，"侯勒姆说，"我想我可能知道凶器是什么了，你可以请调查小组等我二十分钟吗？"

他躺在公寓床铺上刷着手机。他已看遍各大报纸的新闻，心下颇感失望，因为所有细节都没报道出来，他们忽略了所有具有艺术价值的东西。可能是由于项目小组召集人卡翠娜·布莱特并未透露那些细节，或是她根本没有能力欣赏其中的美感。但是他一定看得出来，那个眼中蕴含杀气的警察。他或许也会跟卡翠娜一样隐而不言，但至少他会懂得欣赏。

他仔细看了看报纸上登载的卡翠娜的照片。

是个美女。

警方是不是有规定说召开记者会一定要穿制服？如果有的话，那她没遵守规定。他喜欢她。他脑海中想象她穿警察制服的模样。

相当美丽。

可惜她不在他的待办事项中。

他放下手机，伸手抚摸身上的刺青。那幅刺青有时感觉像真的一样，仿佛想冲破他的皮肤，把他的皮肤撑开，脱困而出。

去他的规则。

他腹部肌肉用力，从床上起身，看着衣柜拉门上的镜子映照出的自己。他的体格是在监狱里锻炼出来的，而不是在健身房，他可不想躺在沾有别人汗水的健身椅或健身垫上。不，他在自己的牢房里健身，不是为了练出肌肉，而是为了获得真正的力量。耐力、紧实度、平衡性，以及承受痛苦的能力。

他的母亲身材结实，背部宽阔，但她却任由自己日渐虚弱，走向衰亡。他的体格、力量和新陈代谢一定是遗传自父亲。

他将衣柜门推到一旁。

柜子里挂着一套制服，他伸手抚摸。再过不久，这套制服就会派上用场。

他的脑海中浮现出身穿制服的卡翠娜·布莱特。

有一天晚上他会去一家酒吧，一家高人气的热闹酒吧，而不是像妒火酒吧那样的破店。为了食物、洗澡和待办事项之外的事走入人群是违规的，但他会以极低调的、有趣的方式混入酒吧，避免跟人交流，因为他有这个需要，需要不让自己发疯。他静静地大笑几声。发疯。律师说他需要去看精神科医师。他当然知道他们说这句话是什么意思，意思是说他需要有人开药给他吃。

他从鞋架上拿下一双擦得锃亮的牛仔靴，凝视了片刻衣柜里的女人。女子被挂在衣柜壁板的挂衣钩上，一双眼睛在西服之间瞪得大大的，身上散发着微微的薰衣草香水味，那香水是他擦在她胸前的。他关上衣柜。

发疯？那些人根本就是一群无能的智障。他在字典上读过"人格障碍"的定义，上头说这种精神疾病会"对自己和周遭的人造成不舒服和干扰"。好吧，就他来说，他的确干扰了周遭的人，但他这个人格正好符合他的需求。因为当你有机会喝到水，还有什么事能比感觉到渴更愉悦、理性、正常的呢？

他看了看时间。再过半小时，外头的天色就足够黑了。

"这是我们在死者脖子上的伤口周围发现的东西，"毕尔·侯勒姆说，指着屏幕上的影像，"左边的三个碎片状物体是铁锈，右边的是黑漆。"

卡翠娜已经跟会议室里的其他人坐在一起。侯勒姆赶到会议室时气喘吁吁的，苍白脸颊上的汗水闪闪发光。

他在笔记本电脑上按了一下，屏幕上随即出现脖子的特写。

"各位可以看到，皮肤上的穿刺伤口形成一种排列模式，看起来像是被人咬了，但如果真是这样，那对方的牙齿一定锋利无比。"

"撒旦崇拜者。"麦努斯说。

"卡翠娜提出过这个疑问，说不定凶手把牙齿磨尖了，但我们深入检查后发现，这些牙齿几乎穿透了皮肤皱褶的另一侧，却并未互相触碰，而是完美地与另一排牙齿嵌合，所以这不可能是一般的人类咬痕，因为一般人的上下排牙齿会碰撞，不会彼此嵌合。除此之外，伤口中还发现了铁锈，因此我认为凶手可能使用了某种铁质的假牙。"

侯勒姆的手指敲了敲电脑。

卡翠娜感觉到会议室里的众人都无声地抽了口凉气。

屏幕切换到下一个画面，卡翠娜一看见画面中的物体就联想到了她在卑尔根的爷爷家也见过这种生锈的老式狩猎陷阱，爷爷好像称它为捕熊器。那玩意的尖齿排列呈锯齿状，上下排尖齿之间以某种弹簧装置连接。

"这张照片拍摄的是加拉加斯一位私人收藏家的藏品，据说这东西可以回溯至奴隶时代，当时的人会让奴隶互相格斗，然后下赌注。两个奴隶会被装上这种假牙，双手绑在背后，送上格斗场，存活下来的人可以晋级到下一回合。回到正题……"

"天哪。"卡翠娜说。

"我查了一下哪里能找到这种铁牙，发现这东西可不是网上能买到的，所以我们可以找出有谁在奥斯陆或挪威其他地方贩卖这种东西，然后卖给了谁，我敢说这些人一定为数不多。"

卡翠娜明白为什么侯勒姆要做鉴识员职责范围以外的事，专程跑来这里说明他的发现了。

"还有一件事，"侯勒姆说，"血不够。"

"血不够？"

"成人体内的血液量大约是体重的百分之七，人与人之间会有些许差异，但就算死者的血液量只达到最低标准好了，我们把她体内残余的血液、玄关地毯上的血液、木地板上的血液、床铺上的少量血液全加起来，还少了足足将近半升血。所以说，除非凶手把这些血打包带走……"

"……否则就是他自己喝下去了。"卡翠娜接口道，说出了大家心中一致的想法。

接下来的三秒钟，会议室内一片静默。

韦勒清了清喉咙。"那黑漆呢？"

"黑漆碎片的内侧沾有铁锈，所以是来自同一个物体，"侯勒姆说，从投影机上拔下笔记本电脑的连接线，"但黑漆本身没那么旧，我今晚会分析它。"

卡翠娜看得出关于黑漆的事大家其实没怎么听进去，他们的脑袋都还在想血液的事。

"谢了，毕尔。"卡翠娜说，站起身来，看了看表。"好了，关于清查酒吧的工作，由于现在已经是就寝的时间，家里有小孩的人就先回家吧，其他人留下来分组进行，好吗？"

没有响应，没有笑声，连个微笑也没有。

"很好，那就这样吧。"卡翠娜说。她感到非常疲累，便将疲惫推到一旁，因为她心头浮现出一种恼人的预感，觉得这才不过是个开始：铁假牙、现场未发现 DNA、半升血液凭空消失。

椅子脚移动时的刮擦声纷纷响起。

她收拾文件，抬头望去，看见侯勒姆消失在门外，同时发现心头浮现一些奇怪的感觉，这些感觉包括松了口气、罪恶感和自我厌恶。她觉得……这样是不对的。

5

星期四晚上

穆罕默德·卡拉克看着面前的两个人，只见女子有一张漂亮的脸蛋，眼神锐利，身穿时髦的紧身服装，身材匀称，可以想见她能钓到比她年轻十岁的英俊青年绝非偶然。这两人正是穆罕默德所追求的客群，因此他们一走进妒火酒吧的大门，他就满脸堆笑。

"怎么样？"女子问道，语带卑尔根口音。穆罕默德只来得及看清楚女子的姓氏和证件，上头写的是布莱特。

穆罕默德再度垂下目光，看着对方递过来放在吧台上的照片。

"有。"他说。

"有？"

"有，她昨天晚上来过。"

"你确定？"

"她就坐在你现在站的位置。"

"就坐在这里？一个人来的吗？"

穆罕默德看得出女子正极力隐藏心中的兴奋之情，心想大伙干吗这么大费周章，向别人展现自己真正的情绪有那么危险吗？他并不想出卖他店里唯一的常客，但对方可是警察。

"她跟一个男人来这里坐了一下。发生了什么事？"

"你看报纸了吗？"女子的男同事用高亢的嗓音问道。

"没有，我比较喜欢看新闻。"穆罕默德说。

卡翠娜微微一笑："今天早上她被人发现遭到谋杀。请你告诉我们关于那个男人的事，他们来这里做了什么？"

穆罕默德觉得自己像是被浇了一桶冰水。谋杀？不到二十四小时前还站在他面前的那个女子，如今已经变成了一具尸体？他打起精神，但接下来脑海中闪过的念头却令他感到羞惭：要是他这家酒吧上了报纸，对生意是好还是坏？不过再坏也坏不到哪里去了。

"他们是通过 Tinder 认识的，来这里约会，"穆罕默德说，"他通常都会在这里约见对方，他自称盖尔。"

"'自称'？"

"我想那应该是他的本名。"

"他是用信用卡付钱的吗？"

"对。"

卡翠娜朝收款机点了点头。"你能找出他昨晚付钱的收据吗？"

"应该没有问题。"穆罕默德苦笑道。

"他们是一起离开的吗？"

"绝对不是。"

"意思是？"

"盖尔的眼光总是过高，基本上我都还来不及替他们倒酒，他就已经被甩了。说到这个，你们要喝点什么吗？"

"不用，谢谢，"卡翠娜说，"我们正在执行勤务。所以说她是独自离开的？"

"对。"

"你没看见有人跟着她？"

穆罕默德摇了摇头，摆出两个杯子，拿出一瓶苹果汁。"这个请你们喝，刚榨好的新鲜本地苹果汁。改天晚上来这里喝杯啤酒吧，第一杯酒免费，如果你们带其他警察同事来，他们一样第一杯酒免费。你们喜欢这里的音乐吗？"

"喜欢啊，"金发男警说，"U2 很——"

"不喜欢，"卡翠娜说，"你有没有听见那女人说过什么有利于我们办案的事？"

"没有。等一下，你这么一问让我想起来她的确提到过她被人跟踪。"穆罕默德斟上苹果汁，抬起头来，"那时音乐声不是很大，她说话声音又有点大。"

"原来如此，那现场还有没有其他人对她有兴趣？"

穆罕默德摇了摇头。"昨天有点冷清。"

"跟今天晚上一样？"

穆罕默德耸了耸肩。"盖尔离开的时候，另外两名客人也已经走了。"

"所以另外两名客人的信用卡数据也不难找喽？"

"我记得他们其中一个人付的现金，另一个人什么都没点。"

"了解。昨天晚上十点到今天凌晨一点，你在哪里？"

"我？我在这里，然后就回家了。"

"有人可以证实吗？这样我们可以从一开始就排除你的嫌疑。"

"有。可能没有。"

"到底是有还是没有？"

穆罕默德努力思索。把前科累累的放高利贷者拖下水可能会惹来更多麻烦，他必须把这张牌留在手里，以备日后派得上用场。

"没有，我一个人住。"

"谢了。"布莱特举起杯子。穆罕默德原本以为她在举杯敬他，随即发现原来她是拿酒杯朝收款机比了比。"我们来品尝本地苹果汁，你去找收据好吗？"

楚斯很快就查完了分派给他的酒吧和餐厅，他把照片拿给酒保和服务生看，只要一听见预期中的答案："没有"或"不知道"，就立刻前往下一家。既然人家都说不知道，那就是真的不知道了。今天已经够漫长的了。再说，他还有一件事要办。

楚斯在键盘上输入最后一个句子，看了看他打的这份自认为言简意赅的报告。"参见附表，领有营业执照的营业场所已在列出之时间查访，没有人员回报在案发当晚见过埃莉斯·黑尔曼森。"他按下发送键，站了起来。

这时他听见低低的铃声响起，看见桌上的市内电话闪烁着亮光，屏幕上显示的号码告诉他这通电话是值班警察打来的。他们负责过滤民众提供的线索，唯有可能跟案情相关的电话才会转接过来。可恶，他现在可没时间讲电话。他可以假装没接到电话，但又仔细一想，如果真是有用的线索，那他能提供的情报就更多了。

他接起电话。

"我是班森。"

"终于有人了！电话一直都没人接，大家都跑去哪里了？"

"他们都去酒吧了。"

"你不是也应该去查——？"

"有什么事吗？"

"有个男的打电话来说，昨天晚上他跟埃莉斯·黑尔曼森在一起。"

"把电话接过来。"

电话那头发出咔嗒一声，楚斯便听见一个男子的呼吸声传了过来，对方的呼吸声如此浓重，只可能表示他心里十分害怕。

"我是犯罪特警队的班森警员，有什么事？"

"我叫盖尔·索拉，在《世界之路报》的网站上看见了埃莉斯·黑尔曼森的照片。我之所以打电话来是因为我昨天跟一个长得跟她很像的小姐短暂见过面，她也说她的名字叫埃莉斯。"

盖尔花了五分钟叙述他跟埃莉斯在炉火酒吧的约会过程，并说事后他直接回了家，午夜之前就到了。楚斯依稀记得那两个便溺少年在十一点半过后碰见埃莉斯时她还活着。

"有人能证实你回家的时间吗？"

"我电脑的登录记录，还有卡里。"

"谁是卡里？"

"我老婆。"

"你有家室？"

"我有老婆和一只狗。"盖尔吞口水的声音清晰可闻。

"那你怎么没早点打电话过来？"

"我刚刚才看到照片啊。"

楚斯做了个笔记，心中暗暗咒骂。这家伙不是凶手，只是个警方需要排除嫌疑的人，但他还是要打一份完整报告才行，这下得搞到十点才能离开了。

卡翠娜走在马克路上，她已叫安德斯·韦勒回家了。韦勒的第一天值勤终于告一段落。她微微一笑，心想他这辈子一定都会记得这一天。韦勒早上前往警署报到之后，便直接就被派往命案现场，而且这起命案还相当重大，不是那种涉及毒品、让人隔日就忘的杀人案件，而是哈利所谓的"可能发生在我身上"的命案，也就是一般人在日常生活中可能遭遇的凶杀案。这类案子会导致大量的记者会，也会登上新闻头条，因为熟悉的生活场景很容易引起大众的同情，这就是为什么巴黎恐怖袭击事件的媒体报道会多过于贝鲁特的恐怖袭击。

而媒体终究是媒体，这就是为什么警察署长米凯会一直追踪办案进度，因为要面对媒体追问的人是他，虽然不必立刻面对，但如果这个教育水平高又辛勤工作的年轻女公民的命案无法在几天内侦破，他就得发表声明。

从这里走到她位于福隆纳区的公寓要半小时，但是没关系，她需要放空一下脑袋和身体。她从夹克口袋里拿出手机，开启 Tinder 交友软件，一眼看着人行道，一眼看着手机走着，手指左右滑动。

他们猜得没错，埃莉斯的确是赴 Tinder 约会后才返回家的。先前那个酒保所描述的男方听起来不像杀人凶手，但经验告诉她，有些男人在干一炮之后会有种奇怪的想法，认为自己有权利获取更多。这是一种旧式思想，认为性行为代表女性的屈从，但其实可能只是纯粹的性关系罢了。但她也知道很多女人同样有着旧式思想，认为男人一旦同意进入她们，就代表同意负起某种道德责任。

先别想这么多了，她配对成功了。

她输入：我还有十分钟走到苏丽广场的诺克斯酒吧。

好，我等你。乌尔里克如此答道。

从乌尔里克在 Tinder 上的照片和自我介绍来看，他是个非常直接的男人。

楚斯·班森停下脚步，望向正对着镜子的莫娜·达亚。

这时的莫娜在楚斯眼中不再像一只企鹅，而是像一只腹部紧紧裹住的企鹅。

先前在奋进健身房的前台，楚斯请前台小姐让他进去参观一下里头的设施，发现对方有些不愿意，可能因为她觉得楚斯不像是会加入的样子，也可能因为他们不希望他这种人成为会员。长久以来，他总是激起别人的反感，尽管他也承认别人的确有很好的理由这样做，但这也使得他很容易在别人脸上察觉到反感的神色。无论如何，他穿过健腹缩臀机、普拉提教室、动感单车，以及有着歇斯底里的有氧健身教练的操房（他依稀想起现在好像不叫有氧了），终于在男性区域也就是重训区找到了莫娜。她正在做硬举，大开的蹲踞双腿看起来还是有点像企鹅，但宽阔的背部以及紧紧束在腰际的宽大护腰皮带，让她更显得前凸后翘，看起来活像是数字 8。

莫娜发出嘶吼声，几近恐惧的吼叫，同时挺起背部，看着镜中涨红了脸、全身紧绷的自己。杠铃离开地面时，杠片互相碰撞发出当啷一声。长杠并未如楚斯在电视中看到的那样出现弯曲，但他知道一样很重。旁边有两个巴基斯坦佬正在练肱二头肌，想把肌肉练大，好搭配上头那可悲的帮派刺青。天哪，他真讨厌这些人。天哪，这些人也很讨厌他。

莫娜放下杠铃，接着又发出一声嘶吼，再度举起。放下，举起，前后四次。

结束后她站在原地颤抖，脸上露出的微笑就跟住在利耶尔地区的那个疯女人高潮来临时一样。如果那疯女人不是那么胖又住得那么远，楚斯跟她或许会有结果。那女人说她之所以要甩了楚斯，是因为她开始有点喜欢楚斯了，而且一星期一次根本不够。当时他听了觉得松了口气，但现在却时不时会想到她，当然跟他想到乌拉时的心情完全不一样，但那疯女人对他很好，这点毋庸置疑。

莫娜在镜中看到了他，便摘下耳机。"班森？你们在警署不是有健身房吗？"

"是有啊。"楚斯说，上前几步，看了那两个巴基斯坦佬一眼，眼神在说"我是警察还不快滚"，但对方似乎没读懂其中的意思。也许他看错了他们，现在有些巴裔新生代甚至考进了警察大学。

"那是什么风把你吹来了？"莫娜说，解开腰带。楚斯不禁盯着她的腰围看，想看她的腹部是不是会恢复到有如气球般圆滚滚的状态，想看她会不会变回一只平常的企鹅。

"我想我们也许可以互相帮助。"

"帮助什么？"她蹲伏下去，取下杠片两端的固定扣。

楚斯在她身旁蹲下，压低嗓音说："你说过提供情报的话你们会付钱。"

"对啊，"莫娜以正常音量说，"你有什么情报？"

"我要五万。"

莫娜哈哈大笑。"班森，我们付的价码很高，但没有那么高，最多一万，而且必须得非常有料才行。"

楚斯缓缓点头，舔了舔嘴唇。"我的情报不只是有料而已。"

"你说什么？"

楚斯稍微提高音量："我说，我的情报不只是有料而已。"

"那还有什么？"

"我的情报就像是有三道菜的豪华大餐。"

"不可能，"卡翠娜高声说，盖过嘈杂的人声，啜饮了一口白色俄罗斯调酒，"我有伴，而且他在家。你住哪里？"

"金狮街，可是我家没东西喝，又很乱……"

"床单干净吗？"

乌尔里克耸了耸肩。

"你可以趁我冲澡的时候换床单，"她说，"我才刚下班。"

"你是做——"

"你只要知道我明天一大早还得起床去上班就好了，那我们就……"她朝夜店大门点了点头。

"好，可是先把酒喝完好吗？"

她看着自己那杯调酒。她之所以开始喝白色俄罗斯，是因为影星杰夫·布里吉斯在《谋杀绿脚趾》一片中喝的就是这种调酒。

"这要看……"她说。

"看什么？"

"看酒精对你……有什么效果。"

乌尔里克微微一笑。"你是想让我表现焦虑吗，卡翠娜？"

从陌生人口中听见自己的名字，她不禁打了个冷战。"你会有表现焦虑吗，乌——尔里克？"

"没有，"他咧嘴一笑，"但你知道这两杯酒要花多少钱吗？"

这回轮到她露出微笑。乌尔里克这个人没问题，只不过有点瘦。她在Tinder上看别人的资料，首先就是看身高和体重，这也是她真正会看的数据。她计算一个人BMI值的速度，简直跟扑克高手算牌一样快。二十六点五还算可以。在认识侯勒姆之前，超过二十五的她都不接受。

"我先去洗手间，"她说，"这是我寄放外套的收据，是一件黑色皮夹克，你在门口等我。"

卡翠娜站起身来，走了开去，心想这是乌尔里克第一次有机会从背后打量她，而在她的家乡卑尔根，大家都说她有一副美臀，因此乌尔里克应该会感到满意。

酒吧深处更为拥挤，她必须把人推开才行，因为"借过"这句话在世界上其他文明地区也许还行得通，例如卑尔根，但在这里可行不通。有那么一刻，可能是在汗涔涔的人体之间推挤得太用力了，以至于她突然觉得呼吸困难。最后她终于从人群里挤了出来，往前踏了几步后缺氧的晕眩感才逐渐消失。

只见前方走廊的女厕门口排起了长龙，男厕则无人排队。她又看了看表。她可是项目小组召集人，明天必须第一个进办公室才行，所以管他的。她打开男厕的门，抬头挺胸走了进去，经过一排小便池，站在小便池前的两个男子并未注意到她。她走进隔间，把门锁上。她的几个女性朋友总是说她们从未进过男厕，还说男厕一定比女厕脏，但以她的经验来说并非如此。

她脱下裤子，刚在马桶上坐下，就听见门外传来敲门声。她觉得奇怪，隔间里有人，从外面应该一目了然，再说如果对方认为里面没人，又怎么会敲门？她低头从门板和地面之间的空隙望去，看见一双蛇皮皮靴的尖鞋头。她接着又想，一定是有人看见她走进男厕所以跟了进来，认为她应该是想找刺激。

"滚……"她开口说，但后面的"开"字还没说出口，就觉得气短。难道她身体不适？难道带领一宗她知道会是重大命案的调查工作才不过一天，她就紧张到难以呼吸？天哪……

她听见男厕门被打开，两个大声嚷嚷的幼稚男人走了进来。

"× 他妈的真是太恶心了！"

"超级恶心！"

门板底下的那双尖头皮靴不见了。卡翠娜侧耳聆听，却没听见脚步声。她上完厕所，打开隔间门，走到洗手台前，打开水龙头。那两个幼稚男人的声音突然变小。

"你在这里干吗？"其中一人问。

"小便和洗手啊，"她说，"先小便再洗手。"

她甩掉手上水珠，走出男厕。

乌尔里克正站在酒吧门口等她，手里拿着她的夹克。看到这一幕，她不禁联想到嘴里咬着木棒、尾巴猛烈摇晃的小狗。她赶紧把这个想法推到一边。

楚斯驾车回家，他打开收音机，电台正在播放摩托头乐队的一首歌，以前他总以为这首名为《黑桃A》的曲子叫作《黑桃会死》，直到有一次米凯在高中舞会上高声说："这个瘪四还以为莱米是在唱黑桃……会死！"至今他仍听得见大家发出盖过音乐的哄笑声，仍看得见乌拉那双美丽眼眸带着笑意，闪闪发光。

反正无所谓了，他还是认为《黑桃会死》比《黑桃A》好听多了。有一天，他在警署餐厅里冒险在其他同事围聚的桌子前坐下，当时侯勒姆正在用可笑的托腾口音说他认为要是莱米能活到七十二岁就太浪漫了。楚斯问为什么，侯勒姆答道："七和二，二和七，对吧？莫里森、罕醉克斯、贾普林、柯本、怀恩豪斯①，他们都是这样。"

楚斯只是跟着大家点头称是，至今仍然不懂侯勒姆到底在说什么，只觉得自己是个局外人。

无论是不是局外人，今晚他都比该死的侯勒姆和其他在餐厅里点头的同事口袋里多了三万克朗。

先前莫娜一听见楚斯提到侯勒姆所说的尖牙或铁假牙，整张脸都亮了起来。她立刻打给编辑，编辑也同意楚斯的确所言不虚，他端上来的确实是三道菜的豪华大餐。前菜是埃莉斯去赴Tinder约会，主菜是她回家时凶手可能已经在家里等她，甜点是凶手用铁假牙咬她脖子致使她死亡。一道菜一万克朗，加起来总共三万克朗。三和零，零和三，对吧？

"黑桃会死，黑桃会死！"楚斯跟着莱米一起嘶声高喊。

---

① 此处指美国大门乐队主唱吉姆·莫里森（Jim Morrison）、美国吉他手吉米·罕醉克斯（Jimi Hendrix）、美国蓝调摇滚女歌手贾尼丝·贾普林（Janis Joplin）、美国超脱乐队主唱科特·柯本（Kurt Cobain）、英国灵魂女歌手艾米·怀恩豪斯（Amy Winehouse），他们恰好都在二十七岁时去世。摩托头乐队主唱莱米病逝时七十岁。

"不可能，"卡翠娜说，又拉上了裤子，"没有避孕套就免谈。"

"可是我两个星期前才去验过血，"乌尔里克说，在床上坐了起来，"我对天发誓，骗你不得好死。"

"这套你拿去用在别人身上吧……"卡翠娜得先深吸一口气，才能扣上裤子纽扣，"反正你验过血也不会不让我怀孕。"

"难道你什么措施都没用吗，妹子？"

妹子？哦，她是喜欢乌尔里克，但这不是重点，重点是……天知道重点是什么。

她走到玄关，穿上鞋子。她进来时已记住乌尔里克把她的皮夹克挂在了什么地方，还查看过大门内侧只有一个普通的门锁。没错，她很会计划逃生路线。她出门下楼，踏上金狮街，新鲜的秋日空气尝起来有自由和千钧一发的味道。她放声大笑，沿着道路前行，在空荡荡的大马路中央的行道树间奔跑穿梭。天哪，真是蠢毙了。但如果她真的很懂逃生，为什么她跟侯勒姆同居时没去装避孕器，或至少服用避孕药？她记得自己曾向侯勒姆解释说她那敏感难相处的个性实在难以再承受使用避孕措施而产生荷尔蒙变化所导致的心情起伏。的确，她跟侯勒姆同居之后就没再吃避孕药了。手机响起，她的思绪被打断。她的手机铃声是大明星乐队（Big Star）的《哦我的灵魂》（*O My Soul*）一曲的前奏，是侯勒姆替她安装的，他还费了一番口舌说明这个被遗忘的二十世纪七十年代的美国南方乐队有多么重要，又抱怨说网飞（Netflix）的纪录片剥夺了他的人生使命。"妈的！秘密乐队的乐趣就在于他们是秘密啊！"反正看起来他短期之内不会长大。

她接起手机："甘纳，什么事？"

"铁假牙谋杀案？"素来温和的队长口气听起来不太高兴。

"你说什么？"

"这是《世界之路报》网站现在的头条新闻，上头说凶手早已在埃莉斯·黑尔曼森家里等她，而且他咬穿了她的颈动脉，还说这是来自警方的可靠消息。"

"什么？"

"贝尔曼已经打过电话了，他……该怎么说才好？他火冒三丈。"

卡翠娜停下脚步，努力思考。"首先，我们不确定他是否早就已经在她家了，也不确定他咬了她，甚至连凶手是不是男的都不确定。"

"那就是警署里有个不可靠的消息来源了！其他我不管，只是这个消息来源我们得追根究底才行，到底是谁走漏了案情？"

"不知道，但我知道《世界之路报》的原则是会保护消息来源的身份。"

"去他的原则，他们要保护消息来源是因为觊觎更多的内幕。布莱特，我们得把这个泄密者揪出来才行。"

卡翠娜的注意力更为集中了。"所以贝尔曼是担心案情走漏会给调查工作带来负面影响？"

"他担心这件事会让警方难堪。"

"我想也是。"

"你想也是什么？"

"你知道是什么，你自己也这样想。"

"明天的首要工作就是处理这件事。"哈根说。

卡翠娜把手机放回夹克口袋，朝前方道路看去，只见有个影子晃了晃，可能是风吹动了树木。

她犹豫片刻，心想要不要过马路到对面去，那边的人行道灯光比较明亮，但最后还是决定继续往前走，只是脚步加快了些。

米凯·贝尔曼站在客厅窗前，从他位于赫延哈尔的住家，可以看见整个奥斯陆市中心往西延伸至霍尔门科伦区下方的低缓山丘。今晚这座城市在月光下闪闪发光，犹如一颗璀璨的钻石。

他的小孩都已入睡，他的这座城市更是酣然熟睡。

"怎么了？"乌拉问道，从手头书本上抬起头来。

"最近这起命案一定得解决才行。"

"不是所有命案都得解决吗？"

"现在这起命案闹得很大。"

"只是死了一个女人不是吗？"

"不是因为这个。"

"是因为《世界之路报》大肆报道吗？"

他听得出她口气中带有一丝嘲讽，但不以为意，因为她已冷静下来，回到了自己的位置。其实乌拉在心底深处十分清楚自己的位置在哪里，她不是那种喜欢发生冲突的人。他这个老婆最爱的莫过于照顾家庭、为孩子操心和看书，因此她口气中暗藏的尖酸意味并不是真的想得到答案。况且她也难以明白，如果你想让后世记得你是个好国王，只有两个选择：第一，你是太平时代的国王，在位期间正好国泰民安、繁荣昌盛。第二，你是引领国家走出危机的国王，如果在位期间没有危机，那就要假装有危机，进而引发战争，让人民以为情况糟得不得了，不开战国家一定会深陷危难，即便是小战争也无所谓，重点是最后一定要赢得胜利。

米凯倾向于选择后者，当他站上市议会面对媒体时，他打算夸大波罗的海诸国和罗马尼亚移民的犯罪率，悲观预测未来，如此一来他就可以获得额外的资源，去打一场其实规模很小的战争，然而在媒体上却必须显得大张旗鼓、轰轰烈烈。十二个月后，他可以提出最新的数据，间接宣告自己获得辉煌胜利。

但最近这起命案却是一场脱离了他掌控的战争，而且从《世界之路报》今晚的报道来看，他知道这已经不是一场小战争，因为大家都已随着媒体起舞。他至今仍记得斯瓦尔巴群岛发生过的泥石流事件，当时造成了两人死亡，许多人无家可归。而泥石流事件的前几个月，下埃伊克尔地区发生过一场大火，导致三人死亡，更多人无家可归，但后者只得到中等的媒体报道篇幅，相当于住家失火和公路意外，而远方群岛的泥石流事件却更符合媒体口味，就跟这起命案中的铁假牙一样，这意味着媒体已经抢先跳出去确立风向，仿佛这是一场国家级大灾难，最后逼得挪威首相也不得不对全国发表实况谈话，因为媒体只要说跳，首相一定会跳，而且下埃伊克尔地区的居民看了新闻之后都不禁会想，当他们的家园陷入火海时，首相人在哪里？米凯知道首相在哪里，一如往常，她和她的顾问正以耳贴地，聆听媒体发出的震动，但其实什么震动都没有。

然而现在米凯感受到地面的震动了。

现在，就在他这位屡建战功的警察署长即将有机会进入权力中心之际，这场战争已逐渐演变成一场他输不起的战争。他必须把这起命案的重要性摆到第一位，视它为一波犯罪潮，因为埃莉斯·黑尔曼森是个生活富裕、教育程度高、三十多岁的挪威女子，同时也因为凶器不是一根钢棒、一把刀或一把枪，而是一副铁质假牙。

这就是为什么他认为自己必须做出一个不想做的决定。他有千百个理由不做这个决定，但实在别无他法了。

他必须把那人找来才行。

6

星期五早晨

哈利醒了过来。梦中回荡的尖叫声逐渐远离。他点了根烟，开始思索今天的"醒来"是哪一种。基本上他的醒来有五种。第一种是直接上工的醒来，长久以来这是最好的一种，醒来后他可以立刻开始调查案件。有时睡眠和梦境会对他看事情的方式产生影响，此时他就会躺在床上细细思索它们对他揭露了什么，并以新的视角来检视案情。幸运的话，他也许能够捕捉到一点新的真相，瞥见月之暗面，这并不是因为月球移动了，而是因为他移动了。

第二种是孤单的醒来，这种醒来的特征是他意识到自己是一个人睡在床上、一个人生活、一个人活在世上。有时这会让他有种甜蜜的自由感，有时则会让他陷入忧郁，也就是所谓的孤独，但这可能也令他瞥见人生的真相：人生就是一场从脐带开始到死亡的旅程，最后我们都会和每件事物、和每个人告别。他可以稍微瞥见这醒来的片刻，接着所有的防卫机制和舒适假象就会启动，让他可以再次面对人生那些虚幻的荣耀。

第三种是焦虑的醒来，通常发生在他已经连续酗酒三天的情况下。焦虑分为不同的程度，但会持续存在。倒也不是说外在有什么特定的危险或威胁，而是单纯因为醒来而感到惊慌，惊慌自己还活着，惊慌自己处在此时此地。但有时他会发现内心存在一种危机感，害怕自己再也感觉不到害怕，最后导致他发疯而且无法逆转。

第四种十分类似于焦虑的醒来，因为醒来时赫然发现身旁有人，这促使他的头脑往两个方向思索，一个方向是回溯：这是怎么发生的？另一个方向是往前：我要如何脱困？有时这种"战斗或逃跑"的反射冲动会缓和下来，但这通常发生在稍后的时刻，因此不算在"醒来"所涵盖的范围内。

第五种是哈利·霍勒全新的醒来方式，也就是满足的醒来。起初他非常惊讶，怎么可能醒来时心头会有幸福感，于是立刻进行全方位搜索，看看这荒谬的"幸福感"里头含有什么成分，是不是只是某个美好、愚蠢的梦境所残留的余韵。但那天晚上他没做什么好梦，尖叫的回声同样来自恶魔，视网膜上残存的面容同样属于某个逃脱的杀人犯。即便如此，他还是幸福地醒了过来。难道不是吗？是的。随着这种全新的醒来方式每天早上重复出现，他开始认为自己可能真的成了一个满足的男人，就在他即将迈入五十岁大关之际，他终于找到了幸福，而且似乎能够好好地待在这个他新征服的领域里。

促使这种全新的醒来方式发生的原因，此时就躺在他身旁，平静且均匀地呼吸着。她的头发散落在枕头上，宛如黑亮亮的太阳光线。

什么是幸福？哈利读过一篇关于幸福的研究文章，上面说，如果你替一个人抽血，以测量出的血清素的浓度为基准点，会发现很少有外在因素会影响这个浓度。倘若你失去一只脚、发现自己不孕，或家被烧成平地，起初血清素的浓度会下降，但六个月后你又会回复到原本感觉幸福或不幸福的基准点。换一间更大的房子或换一辆更名贵的轿车也一样。

但研究者也发现有几个项目对是否感觉幸福至关重要，而其中最重要的就是拥有美好的婚姻。

这就是哈利所拥有的。这听起来实在太老套了，以至于他对自己或对极少数他称之为朋友却很少见面的人说"我跟我妻子在一起非常快乐"时，都会情不自禁地嘴角上扬，虽然这种情况非常少见。

是的，他掌握了属于自己的幸福。如果可以，他很乐意把结婚之后的这三年日子复制粘贴，不断重复经历这些幸福时光。但这显然是不可能的，这也许就是为什么他仍会感到一丝焦虑的原因吧，因为时间无法停止，事情总会发生，人生就如同香烟所冒出的袅袅轻烟，即使是在密闭空间里也会飘散，往最出人意料的方向飘去。况且现在的一切是那么完美，任何改变都只会带来负面影响。没错，就是这样。幸福就像是在薄冰上行走，就算脚下冰层破裂，让你跌入冰水中冻得半死，挣扎着想要脱困，也好过于只是停留在原地等待坠落。这就是为什么他开始让自己早点起床，就像今天，明明命案调查课十一点才上课，他也让自己早点醒来，躺在床上感受这奇特的幸福感，直到有一天它消失为止。他撇开那个逃脱男子的身影。他不是哈利的责任，那也不是哈利的狩猎场。于是那个胸口有张恶魔面孔的男子越来越少出现在他梦中。

　　哈利尽量静悄悄地下床，即使她的呼吸不再规律，即使他怀疑她只是在假装睡觉，但他不想破坏这一切。他穿上裤子，走到楼下，将她爱喝的口味的咖啡胶囊放进意式咖啡机，再注入清水，然后打开一个小玻璃罐，里头装着他自己要喝的速溶咖啡。他之所以买小玻璃罐，是因为新打开的新鲜速溶咖啡最好喝。他打开电热水壶的开关，赤脚穿上一双鞋子，踏出户外的阶梯。

　　他吸入冰凉的秋日空气。从霍尔门科伦路这里到山丘上的贝瑟德车站，夜里已经开始变冷了。他低头朝城市和峡湾望去，只见海上仍有几艘帆船伫立在湛蓝的水面上，有如小小的白色三角形。再过两个月，也许只要再过几个星期，初雪就会在此降临。但是没关系，这栋有着褐色木墙的大宅主要是为抵御寒冬而建，而非夏日。

　　他点着今天的第二根香烟，沿着陡峭的碎石车道往下走，小心地踏着步子，避免踩到没系上的鞋带。他大可穿上一件夹克，或至少穿一件 T 恤，但住在温暖大屋的乐趣就在于感觉有点冷的时候就跑回屋去。他在信箱前停下脚步，拿出一份《晚邮报》。

　　"早安啊。"

　　哈利没听见邻居那辆特斯拉轿车已经开到了柏油车道上，只见驾驶座的车窗滑下，里面坐着的是永远留着一头无瑕金发的赛弗森太太。哈利原本住在奥斯陆东区，搬来西区的时间尚短，但赛弗森太太正是哈利眼中典型的霍尔门科伦区贵妇。赛弗森太太是个家庭主妇，家里有两个小孩和两个帮佣，虽然挪威政府已经投资了五年大学教育在她身上，但她完全不想找工作。换句话说，别人视为休闲娱乐的活动，她视为自己的工作，包括维持身材（哈利只能看见她上半身穿的运动外套，但知道她里头穿的是紧身健身服，而且没错，她虽然已经年过四十，但看起来却年轻得不得了）、后勤管理（例如哪个帮佣该照顾哪个小孩；家族何时该去哪里度假，是要去尼斯市郊的别墅，海姆瑟达尔的滑雪小屋，还是南挪威的夏日小屋？）和维系人脉（跟朋友吃午餐，或是跟可能带来帮助的人士共进晚餐）。她早已完成她这一生最重要的任务，那就是嫁给一个家财万贯的老公，好资助她进行这些所谓的工作。

这就是萝凯彻底失败的地方，即使她是在贝瑟德站的大木造宅邸里长大，从小就学习该如何在上流社会应对进退，即使她聪明迷人，想要谁都能到手，最后却嫁给了一个低薪又酗酒的命案刑警。这名前任警探目前在戒酒，在警察大学担任讲师，薪水甚至比之前更低。

"你该戒烟喽，"赛弗森太太说，打量着哈利，"我只是要说这个。你都去哪家健身房？"

"地下室。"哈利说。

"你们家设置了健身房吗？你的教练是谁？"

"就是我自己。"哈利说，深深吸了口烟，看着轿车后座车窗上自己的身影。只见他身形瘦削，但不似前几年那样皮包骨了，身上多了三公斤的肌肉、两公斤的无压力生活和一个健康的生活形态。然而映照在车窗上的那张脸，却见证了他并非一直都过着这种日子。他眼白上和面部皮肤底下分布的有如三角洲的血丝，出卖了他曾经酗酒、疯狂、缺乏睡眠和染有其他种种恶习的事实。从一侧耳朵爬到嘴角的疤痕，叙述了他曾经遭逢危急和失控的情境。而他用食指和无名指夹烟，只因中指已不复存在这件事，更是用活生生的血与肉来书写谋杀和重伤。

他低头看了看手中的报纸，看见折叠处写着"命案"两个字，这时尖叫的回声突然又响了起来。

　　"我也考虑在家里设置一个健身房，"赛弗森太太说，"下星期找一天早上你来我家帮我看看，给我一点建议好不好？"

　　"一张健身垫、几个重训器材，还有一个单杠可以拉就好了，"哈利说，"这就是我的建议。"

　　赛弗森太太露出开朗的微笑，点了点头，仿佛了解了哈利的意思。"祝你有愉快的一天，哈利。"

　　那辆特斯拉轿车咻的一声驶离，哈利转身朝他称之为家的地方走去。

　　他走到一株大冷杉的树荫底下，停下脚步，望着那栋大宅。大宅建造得非常坚实，但也并非坚不可摧，天底下没有什么是坚不可摧的，只不过要攻陷这栋大宅也绝非易事。沉重的橡木大门上有三道锁，窗前也设有铁窗。赛弗森先生曾抱怨说他们把这栋大宅搞得活像碉堡，只有南非约翰内斯堡才见得到这种房子，还说他们这一区明明治安良好，这样一搞反而显得好像很危险，非常不利于房价。大宅的铁窗是萝凯的父亲在战后加装的。哈利担任命案刑警期间曾经使得萝凯和她儿子欧雷克陷入险境，在那之后欧雷克已经长大了不少。现在他已经搬出去，跟女友同住，并考入警察学院。铁窗要不要拆，要看萝凯的意思，因为现在他们已经不需要铁窗了，现在哈利只是个薪资微薄的讲师而已。

　　"哦，早餐餐。"萝凯咕哝道，露出微笑，夸张地打个哈欠，在床上坐起身子。

　　哈利将托盘放在她面前。

　　"早餐餐"是他们每个星期五在床上的晨间时光的代名词，这天他上课时间较晚，她则休假一天，不必去外交部做律师的工作。他钻进被子，一如往常将《晚邮报》的国内新闻和运动版递给她，自己只看国际新闻和文化版。他戴上那副他不得不承认自己需要的眼镜，兴味盎然地阅读美国创作歌手苏菲洋·斯蒂文斯（Sufjan Stevens）最新专辑的评论，同时想起下星期欧雷克要和他一起去看斯利特 - 金妮乐队（Sleater-Kinney）的演唱会。

这个女子乐队走的是颓废又带点神经质的摇滚乐风，正好是他喜欢的风格，但欧雷克其实比较偏爱重摇滚，这也使得他更加感谢欧雷克的这个邀约。

"有什么新鲜事吗？"哈利问道，翻过一页报纸。

他知道萝凯正在看刚才他在头版看到的那条命案新闻，也知道她绝对不会对他提起案情，这是他们之间的一个默契。

"美国有超过百分之三十的 Tinder 用户是已婚者，"萝凯说，"但 Tinder 否认这种说法。你那边有什么新鲜事？"

"看来迷雾圣父（Father John Misty）的新专辑真的有点烂，要不然就是这个乐评人不仅变老了，而且个性也变得乖戾起来。我猜应该是后者，他们这张专辑在《Mojo》和《Uncut》杂志上的评价都很好。"

"哈利？"

"我比较喜欢年轻时个性乖戾，然后随着年纪增长个性慢慢变得圆融，像我一样，你不觉得这样比较好吗？"

"我如果去玩 Tinder，你会不会嫉妒？"

"不会。"

"不会？"他看见她在床上坐直了身子，"为什么？"

"我想我就是缺乏想象力吧。我很蠢，而且我相信自己对你来说已经足够了。蠢人也不是真的那么蠢的，你知道。"

她叹了口气。"难道你从来都不会嫉妒吗？"

哈利又翻了一页。"我会嫉妒啊，可是亲爱的，史戴·奥纳最近给了我许多理由，让我减少嫉妒。他今天要在我的课堂上当客座讲师，对学生说明病态性嫉妒。"

"哈利？"

他从萝凯的口气中听出她还不打算放弃。

"拜托不要拿我的名字当作句子开头，这样会让我紧张。"

"你是应该紧张，因为我正想问你对其他女人有没有过遐想。"

"你只是在想，还是你真的要问？"

"我要问。"

"好吧。"哈利的目光落在一张照片上,照片中是警察署长米凯·贝尔曼偕同妻子出席一场电影首映礼,米凯戴着最近刚开始戴上的单边黑眼罩。那黑眼罩很适合他,哈利知道米凯很有这点自知之明。这位十分年轻的警察署长接受访问时说,媒体和这部犯罪电影给奥斯陆塑造了一个错误的形象,在他担任警察署长期间,奥斯陆比以往都来得安全,数据显示这段时间的自杀率比他杀率还要高。

"怎么样啊?"萝凯说,哈利感觉她靠近了些,"你对其他女人有过遐想吗?"

"有啊。"哈利说,捂嘴打了个哈欠。

"常常有吗?"她问道。

他从报纸上抬起头来,蹙起眉头,凝视前方,思索这个问题。"没有,不是常常。"他又低下头去继续看报。歌剧院旁兴建中的新蒙克博物馆和公共图书馆正逐渐成形。挪威这个属于渔夫和农夫的国度,过去两百年来总是让那些怀有艺术野心的社会边缘人投奔哥本哈根和欧洲,如今首都奥斯陆终于要有点文化之都的气息了。但这些鬼话究竟谁会相信?或者应该说,到底是谁相信了这些鬼话?

"如果可以选择的话,"萝凯开玩笑似的说,"如果不会导致任何后果的话,今天晚上你是会想跟我同床,还是跟你梦想中的女人同床?"

"你不是跟医生约诊了吗?"

"只有一个晚上,完全不会有任何后果。"

"你是要我说出你就是我梦想中的女人吗?"

"快点嘛。"

"你得给我一些选项才行。"

"奥黛丽·赫本。"

"你以为我有恋尸癖啊?"

"你少岔开话题,哈利。"

"好吧，我想你故意选择一个已经作古的女人，是因为你认为我会觉得如果是个我在现实中无法共度良宵的女人，你会觉得比较不受威胁。既然这样，为了感谢你操弄人心的选项和《蒂凡尼的早餐》，我要明确且大声地回答你，答案是梦想中的女人。"

萝凯短促地尖叫了一声："这样的话，你为什么不去做？为什么不去搞个外遇？"

"首先呢，我不知道我梦想中的女人会不会答应，而且我不善于应付拒绝。其次呢，根本不可能有'不会有后果'这回事。"

"真的吗？"

哈利又把目光移到报纸上。"你可能会离开我，就算你没离开，你看我的眼光也会不再相同。"

"你可以秘密进行啊。"

"我才没那个力气。"前社会事务议员伊莎贝尔·斯科延批评市议会并未预先做好应变计划，以对付气象预报所说的下星期三前可能会袭击西岸的所谓的热带气旋，其强度对挪威而言是前所未有的。更不寻常的是，预报说该气旋在登陆数小时后会在强度稍减的状态下直扑奥斯陆。伊莎贝尔宣称市议会议长的回应是："我们不住在热带，所以不会为了热带气旋挪出预算。"透露出议长的傲慢和不负责任，简直接近精神失常的边缘。"反正他认为气候变迁只会影响其他国家。"伊莎贝尔如此说道，旁边还登出了她摆出招牌姿势的照片，这告诉哈利她正在为了回归政坛做准备。

"你说你没力气搞秘密外遇，意思是不是说'你没办法假装'？"萝凯问道。

"意思是说'我才懒得去做'。保守秘密是件很累人的事，而且我会有罪恶感。"他翻动报纸，已经没有下一页了。"一直怀着罪恶感是件很累人的事。"

"对你来说当然累人，那我呢？难道你没想过我会有多难过吗？"

哈利看了一眼填字游戏，把报纸放在棉被上，转头看向萝凯。"如果你对外遇一无所知，那就什么感觉都不会有啦，是不是啊，亲爱的？"

萝凯一手捏住他的下巴，另一手玩弄他的眉毛。"那如果我发现了呢？或你发现我跟别的男人睡过，难道你不会难过吗？"

他突然感到一阵刺痛，原来是萝凯拔掉了他一根散乱的白眉毛。

"当然会，"他说，"所以如果有外遇的人是我，我当然会有罪恶感。"

她放开他的下巴。"讨厌啦，哈利，你说话的口气好像是在厘清命案，难道你都没有任何感觉吗？"

"讨厌啦？"哈利歪嘴一笑，从眼镜上方望着萝凯，"现在还有人会说'讨厌啦'？"

"回答我，讨……哦，去死啦！"

哈利哈哈大笑。"我是在尽量诚实地回答你啊，可是为了这么回答你，我必须实际地去想象。要是跟随我最初的直觉，我会说出你想听的话。所以我要警告你，我是个不诚实的大滑头，我的诚实只是对我自己可信度的长期投资，因为如果哪天我真的需要说谎，你才会认为我说的是实话。"

"收起你嘴边的笑容，哈利。所以你是说如果不那么麻烦的话，你会是个偷吃的浑蛋吗？"

"看来是这样。"

萝凯推了他一下，双腿一晃下了床，穿上拖鞋，哼了一声，拖着脚步走出房门。

她走下楼梯时，哈利又听见她哼了一声。

"你可以按下电热水壶的开关吗？"哈利大喊。

"加里·格兰特，"她喊了回来，"还有科特·柯本，你根本就是他们两个人的综合体。"

哈利听见她往楼下移动，又听见电热水壶发出滚沸的声音。他把报纸放到床边桌上，双手枕在脑后，嘴角上扬，十分开心。下床时他看见了萝凯那份报纸的一角，报纸还放在她枕头上。他看见一张照片，拍的是警方封锁线内的犯罪现场。他闭上眼睛，走到窗前，再张开眼睛，看着那棵冷杉。

他觉得现在自己可以办到了，他可以忘记脱逃的那人叫什么名字了。

　　他醒了过来。他又梦见了他的母亲，还梦见了那个自称是他父亲的人。他心想这是哪一种醒来？他获得了充分休息，觉得很冷静、很满足，而导致这些的主要原因就躺在他的身旁。他转过身看着她。昨天他又进入了狩猎模式，他并不是有意的，但当他看见她，看见那个女警察在酒吧里，他感觉就像是命运之轮转动了一般。奥斯陆是个小城市，人与人总是撞见彼此。不过他并未当场发狂，他已学会自我控制。他仔细观察她的面部线条、她的头发、她稍微以不自然角度平放的手臂。她全身冰冷，没有呼吸。薰衣草的香味已经几乎散去，但没关系，她已经完成了她的工作。

　　他把她盖上，走到衣柜前，拿出那套制服，拍去灰尘，觉得全身的血液都开始沸腾。今天会是另一个美好日子。

7

星期五上午

哈利·霍勒跟史戴·奥纳走在警察大学的走廊上。哈利身高一米九二，比奥纳整整高出二十厘米，奥纳则比他年长整整二十岁，而且腰围宽广得多。

"真是太让我惊讶了，这么简单的案例你竟然想不通，"奥纳说，检查着自己的圆点领结有没有歪掉，"这里头根本毫无谜团可言，你之所以当老师是因为子承父业，也就是说，是因为你父亲是老师。就算你父亲已经过世了，你还是想得到他的认同，这在你当警察的时候是得不到的，而你也从不想当警察，因为你对父亲的反抗就是不想跟他一样，你认为他软弱无力，没能拯救你母亲的性命。你把自己缺少的投射在他身上，跑去当警察，以弥补当年你也没能拯救母亲的性命的遗憾。你想拯救大家免于死亡，更进一步说，你想拯救大家不被杀害。"

"嗯，人家到底付你多少钱跟你约诊，听你说这些话？"

奥纳大笑。"说到约诊，萝凯的头痛怎么样了？"

"她今天跟医生有约，"哈利说，"她父亲也有偏头痛的毛病，都是到一定年纪才会发作。"

"遗传这玩意就好像去找人算命又后悔了一样。人类总是倾向于讨厌自己无法避开的东西，例如死亡。"

"遗传也不是完全不可避免的，我爷爷说他第一次喝酒就上瘾，跟他爸爸一样，可是我爸却可以一辈子都享受喝酒，真的只是享受喝酒的乐趣，却不会上瘾。"

"所以酗酒会隔代遗传，这种事也很常见。"

"除非我只是以怪罪基因来作为自己性格缺陷的借口。"

"好吧,可是性格缺陷也可以怪罪基因啊。"

哈利微微一笑,迎面走来的一个女学生会错意,也回以微笑。

"卡翠娜寄了基努拉卡区命案的现场照片给我,"奥纳说,"这件案子你怎么看?"

"我已经不看犯罪新闻了。"

二号阶梯教室的门敞开着迎接他们。这堂课属于警察大学最后一年的课程,但欧雷克说他跟几个一年级同学会偷溜进去听。不难想见的是,整间教室里挤满了人,甚至有许多学生和其他讲师坐在阶梯上或站在墙边。

哈利走上讲台,打开麦克风,望着台下众人,发现自己在下意识地寻找欧雷克的面孔。台下窸窣的说话声逐渐止息,整间教室安静下来。其实最奇特的一点并不在于他成为老师,而在于他喜欢上了当老师。他跟大部分常被认为沉默内向的人一样,一站到大群求知若渴的学生面前,竟然颇放得开,甚至比站在 7-ELEVEN 唯一结账柜台的店员面前还放得开。有时店员把一包骆驼牌淡烟放到他面前,他想开口说"我要两包",却会因为发现背后还有好多人在排队而开不了口。他之所以要买两包烟是因为有时他心情不好,觉得每根神经都焦躁不安,就会带一包烟走到户外,点一根抽完后把整包烟都给扔了。站在讲台上,其实是处在他的舒适圈里,圈子里除了工作,就是命案。哈利清了清喉咙。他没找到欧雷克那张总是严肃兮兮的脸,却发现了另一个熟识之人,那人脸上戴着单边黑眼罩。"我想你们有些人走错教室了吧,这堂课是大三学生最后一年的刑事工作三级课程。"

台下传来一阵笑声,却没人表现出要离开教室。

"那好吧,"哈利说,"如果今天有人想来听我讲枯燥的命案调查方法那可能就要失望了,今天我们请来了一位客座讲师史戴·奥纳,他担任警署犯罪特警队的顾问已经很多年了,同时也是北欧在暴力凶杀案领域里首屈一指的心理学家。因为我知道他等一下不会轻易把讲台还我,所以在我把讲台交给他之前,要先提醒大家,下星期三我们会进行新的交叉审讯考试，案例是'五芒星'，跟往常一样，案件说明、犯罪现场报告和审讯记录都放在校内网络上。好了，奥纳，讲台交给你喽。"

台下爆出掌声，哈利走下台阶，奥纳神气活现地踏上讲台，腹部向前突出，嘴角泛起满意的微笑。

"奥赛罗综合征！"奥纳高声说，又朝麦克风靠近了些，稍微压低嗓门，"奥赛罗综合征就是我们所谓的病态性嫉妒，挪威大部分的命案杀人动机都来自它。就如同莎士比亚剧作《奥赛罗》中所描述的，富绅罗德里戈爱上了奥赛罗将军的新婚妻子苔丝狄蒙娜，而狡猾的伊阿古由于未受奥赛罗提拔重用而心生愤懑，因此想毁掉奥赛罗，趁机谋取权力，于是和罗德里戈一起在奥赛罗和苔丝狄蒙娜之间挑拨离间。伊阿古在奥赛罗的脑子里和心里散播病毒，这种致命且顽强的病毒有许多伪装，但其实就是嫉妒。随着奥赛罗病得越来越重，他的妒火引发了癫痫，使得他在台上发抖。最后奥赛罗亲手杀了妻子，自己也落得自杀收场。"奥纳拉了拉花呢夹克的袖子。"我之所以要在这里讲述《奥赛罗》的剧情，并不是因为警察大学的课程里还包括莎士比亚的著作，而是因为你们需要一些通识教育。"台下传来笑声。"所以说，各位没有嫉妒心的先生、女士，奥赛罗综合征到底是什么？"

"我们何德何能让你大驾光临？"哈利低声说，他已绕到阶梯教室后方，在米凯·贝尔曼旁边站定。"你对嫉妒这个主题有兴趣？"

"不是，"米凯说，"我是希望你能来帮忙调查最近发生的这起命案。"

"那你恐怕要白跑一趟了。"

"我希望你跟以前一样，领导一个平行于大调查团队的独立小调查团队，共同调查这件案子。"

"署长，谢谢你的提议，我的答案是'不要'。"

"我们需要你，哈利。"

"对啊，你们在这里需要我。"

米凯笑了一声。"我一点也不怀疑你是个好老师，但好老师到处都是，你却是独一无二的警探。"

"我不想再回去侦办命案了。"

米凯面带微笑，摇了摇头。"得了吧，哈利，你以为你可以假扮成一个截然不同的人在这里躲多久？你又不像奥纳，是草食动物，你跟我一样是掠食动物。"

"我的答案还是'不要'。"

"大家都知道掠食动物有一口利牙，因此它们才会排在食物链的最顶端。我看见欧雷克坐在前排那里，谁能想到他竟然会来念警察大学？"

哈利觉得后颈的汗毛根根直竖，让他瞬间进入警戒模式。"我很满意我现在的生活，贝尔曼，我不会走回头路的，我的答案就是'不要'。"

"要想成为警察，必备的先决条件是没有前科。"

哈利没有回话。奥纳再度引起哄堂大笑，米凯也笑了几声。他把手搭在哈利的肩膀上，倾身向前，稍微压低嗓音："虽然已经事隔好几年了，但我手上还是有人脉，可以找到人来发誓当年见过欧雷克购买海洛因。购买毒品的最高刑期是两年，虽然他可以获得缓刑，但永远不可能成为警察了。"

哈利摇了摇头："贝尔曼，就算是你也不可能做得出这种事。"

"不可能吗？虽然这样做看起来像是杀鸡用牛刀，但侦破这件案子真的非常重要。"

"如果我拒绝，你就算毁了我的家庭也得不到什么好处。"

"也许是吧，但是别忘了，我……那是怎么说来着？我恨你。"

哈利看着前方众人的背影。"你不是那种感情用事的人，贝尔曼，你没那么多感情。你握有警察大学学生欧雷克·樊科的罪证那么久却没采取任何行动，大家知道了会怎么想？你跑来这里虚张声势是没用的，贝尔曼，你的对手知道你手里拿的只有一副烂牌。"

"如果你想拿这个年轻人的未来当赌注，赌我只是虚张声势，那就尽管赌吧，哈利。只要你替我破了这件案子就好，其他的一切都会一笔勾销，今天下午之前给我答案。"

"我只是好奇，贝尔曼，为什么这件案子对你来说这么重要？"

米凯耸了耸肩。"政治。掠食动物需要吃肉。别忘了我是老虎，哈利，而你只是狮子。老虎的体重比狮子重，脑容量也比狮子高，这就是为什么罗马人知道在竞技场上如果狮子对上老虎，狮子必死无疑。"

哈利低头看见前排有颗头转了过来，正是欧雷克，他露出微笑，竖起大拇指比了比。欧雷克就快满二十二岁了，他有他母亲的眼睛和嘴巴，但那头乌黑直发遗传自他早已被遗忘的俄裔父亲。哈利回以大拇指，挤出微笑，待他回过头来，米凯已然离去。

"奥赛罗综合征好发于男性，"奥纳拉高嗓音说，"罹患奥赛罗综合征的男性杀人犯倾向于使用双手，女性杀人犯则倾向于使用刀子或钝器。"

哈利侧耳倾听。脚下那潭黑水表面结上了一层薄冰。

"你的表情看起来好严肃，"奥纳说，他刚从洗手间走回哈利的办公室，喝掉了杯子里剩余的咖啡，穿上外套，"不喜欢我这堂课吗？"

"哦，喜欢啊，刚才贝尔曼来了。"

"我看到了，他想干吗？"

"他想威胁我回去帮他调查最近这起命案。"

"你怎么说？"

"我说不要。"

奥纳点了点头。"很好。你跟我都和邪恶有过大量近距离的接触，那会侵蚀我们的灵魂，旁人也许看不出来，但其实那会摧毁我们的一部分，而且我们身边所爱的人也会引起那些反社会人格障碍者的高度注意。我们已经卸下勤务了，哈利。"

"你是说你投降了？"

"是的。"

"嗯，我知道你现在用的是比较笼统的说法，你确定不能说得更详细一点吗？"

奥纳耸了耸肩。"我只能说，我花了太多时间在工作上，太少时间在家里。

我在研究命案的时候，人虽然在家，心却不在。呃，这你可以了解吧，哈利。而奥萝拉……"奥纳鼓起双颊，又把空气呼出，"老师说她现在好了很多，小孩在那个年纪有时候会搞自闭，然后又会开始尝试接触外界，他们手腕上有疤痕并不一定代表经常自我伤害，那只表示他们生来就具有好奇心。但一个父亲发现自己无法触及孩子内心的时候，总会很难过，更叫人难过的是，这个父亲应该是个优秀的心理医生才对。"

"她现在十五岁了，对不对？"

"等她满十六岁，这些事应该就都会过去而且被淡忘，这只是阶段性的而已，这个年纪就是会有这种事。但你没办法等手上的案子结束以后再去关心家人，也不能等隔天工作告一段落以后再去，你必须现在就去，你说是不是，哈利？"

哈利用大拇指和食指轻轻揉着上唇上方的胡楂，缓缓点头。"嗯，当然是。"

"好吧，我要走了，"奥纳说，提起公文包，拿起一沓照片，"这些是卡翠娜寄来的犯罪现场照片，就像我刚刚说的，这些不关我的事。"

"那我为什么会要这些照片？"哈利问道，低头看着染血床铺上的女尸。

"说不定你课堂上会用得到，我听见你提到五芒星的案子，知道你用的是真实案例和资料。"

"那件案子只是范本，"哈利说，试图将目光从那张女尸照片上移开，却又觉得有种似曾相识的感觉，有如回声一般，难道他见过这个女的？"这个被害人叫什么名字？"

"埃莉斯·黑尔曼森。"

这名字并未勾起任何记忆，哈利往下一张照片看去。"她脖子上的这些是什么伤口？"

"你真的没看过关于这件案子的任何新闻？现在的报纸头条全都是这件命案，也难怪贝尔曼要逼你回去办案。那是铁假牙造成的伤口，哈利。"

"铁假牙？这个凶手崇拜恶魔？"

"如果你看了《世界之路报》，就会知道他们引用了我的同行哈尔斯坦·史密斯的推特文章，说这是吸血鬼症患者的杰作。"

"吸血鬼症患者？所以是吸血鬼喽？"

"是就好了，"奥纳说，拿出一张《世界之路报》的案情剪报，"吸血鬼至少在动物学或小说里找得到一些根据，史密斯和其他几个国家的心理医生说，吸血鬼症患者以饮血为乐，你看这个……"

哈利看了奥纳拿到他面前的推特文章，目光停留在最后一个句子上：吸血鬼症患者将再度下手。

"嗯，虽然只有几个心理医生这样说，但并不一定代表他们是错的。"

"你疯了吗？我是很赞成独排众议，也欣赏像史密斯这样有企图心的人。他在学生时期犯过几个大错，使他得到'猴子'这个绰号，我想一直到现在他在心理医生的圈子里还是没有太高的可信度，但其实他本来是个前景被看好的心理医生，直到他搅和到吸血鬼症患者这件事里。他写的文章不赖，但总是没办法登上必须经过同行评审的期刊，如今他的文章终于被《世界之路报》采用了。"

"那你为什么不相信吸血鬼症患者这件事？"哈利说，"你自己就说过，只要你想得出任何一种异常行为，世界上就一定有人有这种行为。"

"对啊，世界上一定有，现在没有将来也会有。人类的性欲跟人类的思考和感觉能力有关，所以几乎是没有限制的。恋树癖指的是对树木产生性欲，有失败癖的人会觉得失败能引发性欲。但是在你定义某种行为是癖好或崇拜之前，它必须先盛行到一定程度，有一定数量的行为者。史密斯和他那群有夸大倾向的心理医生自己发明了这种崇拜主义，而他们是错的，世界上没有一群人叫作所谓的吸血鬼症患者，世界上没有这种在遵循一定的行为模式的人，而且数量多到可以供人分析。"奥纳扣上外套纽扣，朝门口走去。"相反，如果你罹患亲密恐惧症，无法在好朋友离开时给他一个拥抱，那就是心理学理论的上好分析素材。替我问候萝凯吧，告诉她我会施展魔法让头痛远离她。哈利？"

"什么？好啊，没问题，我会转告她的。希望奥萝拉的事一切顺利。"

奥纳离开之后，哈利怔怔坐了好一会儿。昨晚他走进客厅时，萝凯正好在看一部电影，他看了一眼画面，就问那是不是詹姆斯·格雷（James Gray）执导的电影。他看见的是毫无特点的街道画面，里面没有演员、没有特定的车辆，也没有特殊的摄影角度，只不过是一个他从未看过的两秒钟的普通画面。当然了，没有一部电影是毫无特点的，但是除了他几个月前看过詹姆斯·格雷执导的电影之外，他还是不明白为什么自己会认为那部影片的导演就是詹姆斯·格雷。也许仅仅只是看了一眼画面，他的头脑就能下意识做出各种琐碎的联结。他曾经看过一部电影，而现在这两秒钟画面所包含的一两个细节就以迅捷无比的速度流入他的大脑，以至于他根本来不及辨别他认出的究竟是什么。

哈利拿出手机。

他迟疑片刻，找出卡翠娜的电话号码。他们上次联络已经是六个多月前的事了，当时她发短信祝他生日快乐，他只回了一句"谢谢"，没有任何符号，也没有句号。哈利知道卡翠娜会明白，他并不是不在乎她，而是他不喜欢打冗长的短信。

电话没人接。

他拨打卡翠娜在犯罪特警队的专线电话，接起电话的是麦努斯。"原来是哈利·霍勒亲自打电话来了啊。"他的语气中充满浓浓的嘲讽意味，于是哈利清楚地明白了自己在犯罪特警队里没多少粉丝，而且麦努斯绝不会是粉丝之一。"没有，我今天没看见布莱特，这对一个新上任的项目小组召集人来说倒是很奇怪，因为我们今天有一大堆事情要做。"

"嗯，可以请你转告她说我……"

"霍勒，你最好晚点再打来看看，我们今天很忙。"

哈利结束通话，手指轮敲着桌面，看了看办公桌一端的一沓作业，又看了看办公桌另一端的那沓照片，想起了米凯的比喻。狮子？好吧，有何不可？他读到过狮子独自狩猎的成功率大约只有百分之十五，还有狮子要撂倒大型猎物时，没有力气将猎物的喉咙撕开，只能让猎物窒息而死，也就是用力咬住猎物的脖子，掐住气管，而这需要花费很长时间。如果对方是大型动物，例如水牛，狮子有时就得挂在上边，折磨自己和水牛长达好几个小时，最后还是不得不放弃。这也是一个可以用来看待命案调查工作的角度：辛苦工作老半天却得不到任何回报。

他答应过萝凯不会回去，也答应过自己不会回去。

哈利又看了看那沓照片，看了看埃莉斯·黑尔曼森的照片。她的名字已自动烙印在他的脑海里，她躺在床上的那张照片的细节也是。但重点不在于细节，而在于整体。昨晚萝凯看的那部电影是《危险藏匿》，导演并不是詹姆斯·格雷。哈利也会有判断错误的时候，他的成功率一样只有百分之十五……

埃莉斯躺在床上的样子有点蹊跷，或者应该说她"被"躺在床上的样子有点蹊跷。那种摆放方式很像那场已被他遗忘的梦境所产生的回声。森林里的叫声。他一直努力想忘记那个男子的声音。那个脱逃的男子。

哈利想起以前他思考过的一件事，就是当他堕落、当他拔掉酒瓶的软木塞，喝下第一口酒的时候，事情并不如他所想的那样，因为喝下酒的那一刻并不是决定性的时刻。那个决定其实早就已经做好了。决定做好之后，只剩下一个问题，那就是要用什么来触发。这件事注定会发生，总有一刻那瓶酒会伫立在他面前，等待着他，他也渴望着那瓶酒。其余的就只是相反电荷、磁力、不可违抗的物理定律。

该死、该死！

哈利猛地站起，抓起他的皮夹克，快步走出办公室。

他照着镜子，检查夹克是否穿着妥当。他又读了一次关于她的描述。他已经开始讨厌她了。她的名字里有个"w"，但其实应该用"v"这个字母来拼才对，就跟他的名字一样，光是这点就足以惩罚她了。他其实比较想换一个被害者，一个较为贴近他品位的被害者，例如卡翠娜·布莱特。但决定早已替他做好，那个名字里有个"w"的女子正等待着他。

他扣上夹克的最后一颗纽扣，出门而去。

8

星期五下午

"贝尔曼是怎么说服你的？"犯罪特警队队长甘纳·哈根站在窗前说。

"这个嘛，"哈根背后传来一个独特的嗓音，"他提出了一个我无法拒绝的条件。"这嗓音比以前沙哑了点，但仍保有同样的深度和沉静。哈根曾听一个女同事说过，哈利·霍勒全身上下唯一美好之处就是他的声音。

"什么条件？"

"加班费增加百分之五十，退休金增加一倍。"

哈根微微一笑。"难道你没提出条件？"

"我自己挑选组员，我只要三个人。"

哈根转过身来。他懒散地坐在办公桌对面的椅子上，两条长腿直直地伸出，瘦削的脸庞上多了几道纹路，浓密的金色短发，太阳穴两旁冒出了几根白发。他已不像哈根上次看到他时那么瘦了，深蓝色的眼眸周围的眼白部分也许还不是太清澈，但已不像他过去处于谷底时那般布满血丝。

"你最近还在戒酒吗，哈利？"

"戒得跟挪威油田一样，一滴都找不到，长官。"

"嗯，你知道挪威油田里还有很多油吧？只不过暂时关闭等油价上涨。"

"我知道，这就是我想传达的形象。"

哈根摇了摇头。"我还以为你会随着年龄增长而成熟一点。"

"很令人失望对不对？我们不会变得更有智慧，只是变老而已。卡翠娜还是没联络吗？"

哈根看了看自己的手机。"完全没有。"

"要不要再打给她看看？"

"哈尔斯坦！"客厅传来叫声，"孩子们要你再当一次老鹰！"

哈尔斯坦·史密斯叹了口气，不过是开心的叹气，他将手上那本弗朗西丝卡·特温（Francesca Twinn）所著的《性爱杂记》（*Miscellany of Sex*）放在厨房餐桌上。他在这本书里并未发现任何内容有助于他的博士学位，除了知道在巴布亚新几内亚的特罗布里恩群岛上，咬下女人的睫毛是一种热情的表现，这一点还挺有意思的，因此去逗孩子开心当然更好玩。刚才他其实已经玩得很累了，但是没关系，生日一年才一次而已。不对，他有四个小孩，所以是一年四次。如果孩子坚持爸妈生日也要办派对的话，那就是一年六次。如果也要庆祝"半岁生日"的话，那就是一年十二次。客厅里传来小孩发出的如鸽子般的咕咕叫声，他朝客厅走去，这时门铃响起。

史密斯前去开门，只见站在门外台阶上的女子毫不掩饰地瞪大了眼睛，看着他的头。

"前天我吃了含有坚果的东西。"他说，抓了抓额头上爆发的红色荨麻疹。

他看着女子，发现对方并不是在看他额头上的荨麻疹。

"哦，这个啊，"他说，摘下帽子，"这个我们拿来当作老鹰的头。"

"看起来比较像鸡头。"女子说。

"这其实是复活节小鸡，所以我们都叫它小鸡鹰。"

"我是奥斯陆警署犯罪特警队的卡翠娜·布莱特。"

史密斯侧过头。"对，昨天晚上我在新闻上看到过你，你是因为我在推特上面贴的文章才来的吧？我的电话一直响个不停，我不是有意要引起这么大的骚动的。"

"我可以进来吗？"

"当然可以，不过希望你不要介意……呃……小朋友很吵。"

史密斯跟孩子解释说他们得先自己找一只老鹰，接着便领卡翠娜走进厨房。

"你看起来需要喝杯咖啡。"史密斯说，没等卡翠娜回答，就径自倒了杯咖啡。

"昨天晚上忙到很晚，"卡翠娜说，"早上还睡过了头，所以一起床就直接过来了，手机也忘在家里了。可以借你的手机用一下吗？我得打个电话到办公室。"

史密斯把他的手机递给卡翠娜，看见她不知所措地看着那部古老的爱立信手机。"小孩都叫它笨蛋手机，需要我跟你说怎么用吗？"

"我还记得怎么用，"卡翠娜说，"告诉我，你对这张照片有什么看法？"

卡翠娜按下手机按键，史密斯仔细观看她递来的照片。

"铁假牙，"他说，"土耳其的？"

"不是，加拉加斯的。"

"是哦，伊斯坦布尔的考古博物馆也有几副类似的假牙，据说是亚历山大大帝的士兵用的，但历史学家表示怀疑，他们认为应该是上流阶层玩虐待游戏的时候用的。"史密斯抓了抓额头的荨麻疹，"所以凶手用了类似的东西？"

"目前还不确定，我们只是从被害人的咬痕分析推断的，伤口上还沾有铁锈和一些掉落的黑漆碎片。"

"啊哈！"史密斯高声呼喊。"那我们得去日本才行！"

"是吗？"卡翠娜把手机拿到耳边。

"你有没有看过有些日本女人会把牙齿染成黑色？没有？好吧，那是个叫作'ohaguro'的传统，意思是'日落后的黑暗'，最初出现在日本平安时代，大概是公元八百年，还有……呃，要我继续说下去吗？"

卡翠娜不耐烦地比了个手势。

"据说日本中世纪的时候，北方有个将军要求旗下士兵戴上涂有黑漆的铁假牙，主要是用来吓人，但近身战的时候也派得上用场。如果战场上太过拥挤，无法使用武器，也没法出拳或踢腿，就可以用假牙咬穿敌人的喉咙。"

卡翠娜比了个手势表示电话接通了。"嘿，甘纳，我是卡翠娜，我只是要跟你说我直接从家里过来找史密斯教授谈……对，就是那个在推特上面发文的。还有我把手机忘在家里了，如果有人要找我……"她停下来聆听，"哈利？你是开玩笑的吧？"她又听了片刻，"他就这样走进来说他愿意接这个案子？我们晚点再说好了。"她把手机还给史密斯，"好吧，告诉我，吸血鬼症到底是什么？"

"如果要谈这个话题，"史密斯说，"我们得去散散步。"

卡翠娜和哈尔斯坦·史密斯沿着碎石步道并肩而行，这条步道从屋子一直延伸到谷仓。他解释说他老婆继承了这座农场和将近一公顷的土地，格里尼这个地区距离奥斯陆市中心不过才几公里，但仅仅在两个世代前，这里还到处可见牛羊在草地上悠闲地吃草。他老婆还继承了纳赛亚岛上的一小块地和船屋，而且听周围那些暴发户邻居说，有人要开高价收购，如果是真的，那里的遗产比这里更值钱。

"纳赛亚岛真的是太远了，很少会去，但我们暂时还不想卖地。虽然我们只有一艘便宜的铝质小船，上头的引擎有二十五马力，但我很爱那艘船。偷偷告诉你，你可别跟我老婆说，其实我比较喜欢大海，不喜欢这块农地。"

"我的家乡也在海边。"卡翠娜说。

"卑尔根对不对？我很喜欢卑尔根方言。我在颂维根区的精神病院工作过一年，那里好美，只不过常常下雨。"

卡翠娜缓缓点了点头。"对，我也在颂维根被淋湿过。"

两人走到谷仓前，史密斯掏出钥匙，打开挂锁。

"谷仓用这个锁好像有点大。"卡翠娜说。

"上一个太小了。"史密斯说。卡翠娜听出他口气中带有一丝无奈。她一踏进门，感觉脚底下有东西在动，不由得低声惊呼。她低头看去，便看见一个宽一米、长一点五米的长方形金属板设置在水泥地上。她觉得那块金属板底下似乎有弹簧，还会摇晃、碰撞周围的水泥结构，最后才逐渐静止下来。

"五十八公斤。"史密斯说。

"什么？"

史密斯朝左方的一个大箭头点了点头，只见那个箭头在一个半月形的刻度盘上，在五十和六十的刻度之间微微摆动。卡翠娜这才明白原来自己踩上了一个老式的牛磅秤。她眯眼看去。

"五十七点六八。"

史密斯哈哈大笑："反正远低于可宰杀重量。我得承认我每天早上都会跳过这个磅秤，我可不想觉得每天都是我要被送去屠宰的最后一天。"

两人继续往前走，经过一排畜栏，在一间办公室的门前停下脚步。史密斯用钥匙把门打开。办公室里有一张桌子、一部台式电脑、一扇可看见外头草原的窗户和一幅吸血鬼画像，画中的吸血鬼张着又大又薄的蝙蝠翅膀，伸着细长的脖子，有一张方形的脸蛋。办公桌后方的书架上摆着半满的档案和书籍。

"世界上曾经出版过的吸血鬼症相关书籍全都在这里了，"史密斯说，伸手从那些书的书脊上摸了过去，"所以要得出概论还是挺容易的，但是要回答你的问题，就必须从一九六四年范登伯格（Vandenbergh）和凯利（Kelly）写的这本书说起。"

史密斯从书架上拿下一本书，打开读道："'吸血鬼崇拜指的是从对象身上吸血（通常这个对象是爱人）并借以得到性快感的行为。'这是死板的文字定义，但你要的应该不只这样对不对？"

"应该是吧。"卡翠娜说，看着那幅吸血鬼画像。那幅画画得很好，简单又孤单，隐隐散发着一种冷冽感，看得她不由得把夹克拉紧了点。

"那我们再谈得深入一点，"史密斯说，"首先呢，吸血鬼症不是什么新发明，这名称跟某种伪装成人类的嗜血怪物传说有关，这个传说可以追溯到古代的东欧和希腊，但现代对吸血鬼的概念主要来自一八九七年爱尔兰作家布莱姆·斯托克所著的小说《德古拉》，还有二十世纪三十年代拍摄的第一批吸血鬼电影。吸血鬼原本指病态的人类，而有些研究者误认为吸血鬼症患者主要是受到这些传说的启发，但他们忘了吸血鬼症早在这本书里就已经被提到过了……"史密斯拿出另一本旧书，褐色书封已碎裂了大半。"这是理查德·克拉夫特·埃宾（Richard von Krafft-Ebing）在一八八六年所著的《性精神病态》（*Psychopathia Sexualis*），也就是说，这本书早在吸血鬼传说广为人知之前就已经出版了。"史密斯小心翼翼地放回那本书，又拿出另一本书。

"我自己的研究是基于吸血鬼症与嗜尸癖、恋尸癖和施虐癖相关这一观点，跟这本书的作者布吉尼翁（Bourguignon）观点一致。"史密斯打开那本书。"这本书写于一九八三年：'吸血鬼症是一种罕见的强迫症，患者内心有一种难以抵抗的冲动想要摄取鲜血，他们必须通过这种仪式来获得心理上的平静。罹患这种强迫症的患者和其他强迫症患者一样，本身并不了解强迫行为所代表的意义。'"

"所以说吸血鬼症患者只会去做吸血鬼症患者做的事，不会改变行为？"

"这样说有点过度简单化，但基本上是的。"

"你的这些书里有没有一本书可以协助我们侧写这个吸血凶手？"

"没有，"史密斯说，放回布吉尼翁的书，"有一本是已经写好了的，但不在书架上。"

"为什么？"

"因为没有出版。"

卡翠娜看着史密斯。"是你写的书？"

"对。"史密斯露出悲伤的微笑。

"发生了什么事？"

史密斯耸了耸肩。"这种比较激进的心理学当时不适合出版，因为我的说法等于公然打脸这个，"他指着架上一本书的书脊，"赫舍尔·普林斯（Herschel Prins）和他一篇刊载在一九八五年《英国精神病学期刊》上的文章。做出这种事不可能逃得过惩罚，所以我遭到驱逐，因为我的研究结果是根据个案研究而非实验证据。当然啦，要根据实验证据几乎是不可能的，因为真正的吸血鬼症案例非常少，而少数有记录的案例又因为没有进行足够研究而被诊断为精神分裂。我尝试过，但报纸只乐于刊登美国二线明星认为吸血鬼症无聊又洒狗血的文章。最后等我搜集到足够的研究证据，终于有了突破……"史密斯指了指书架上空荡荡的部分。"偷走我的电脑是一回事，但他们还偷走了我的案主笔记和客户档案，这等于把我所有的研究都偷走了。现在有些恶毒的同事宣称我反而因此得救，因为我的研究结果一旦出版，一定会受到更多奚落，因为很显然世界上根本没有吸血鬼症患者。"

卡翠娜伸手抚摸那幅吸血鬼画像的画框。"谁会侵入这里偷走医疗记录？"

"天知道，可能是某个同事吧。我一直在等，看有没有人会把我的论文和研究成果还给我，可是还没等到。"

"说不定对方的目标是你的病人？"

史密斯哈哈大笑。"那祝他们好运，我那些病人都非常疯狂，相信我，没有人会想要他们的，他们只适合当研究对象，不适合用来赚钱。如果不是我老婆的瑜伽学校办得很成功，我们绝对留不住这座农场和船屋。说到这个，生日派对还在家里等着我，他们需要一只老鹰。"

两人走出门，史密斯锁上办公室的门，卡翠娜注意到畜栏上方的墙壁上装有一台小型监视器。

"你知道警方已经不再受理一般的非法入侵案件了吧，"她说，"就算你有监视器画面也一样。"

"我知道，"史密斯叹了口气，"那是我自己求心安用的。如果他们再来偷我的新数据，我要知道到底是哪个可恶的同事干的，谷仓大门外我也装了监视器。"

　　卡翠娜不禁大笑。"我还以为学者都是温室里的书虫,不会去干偷窃的勾当。"

　　"哦,那你恐怕是误会了,我们跟许多知识水平比较低的人一样,也会干出一堆蠢事,"史密斯说,难过地摇了摇头,"我承认也包括我自己在内。"

　　"真的吗?"

　　"反正也没什么好说的,我只不过犯了个错就被取了绰号,那已经是很久以前的事了。"那也许真的是很久以前的事,但卡翠娜仍看见史密斯脸上掠过一丝痛苦的神情。

　　两人来到农庄前的阶梯上,卡翠娜递了一张名片给史密斯。"如果媒体打电话给你,请不要提起我来请教过你,如果民众认为警方相信有个吸血鬼逍遥法外,一定会引起恐慌。"

　　"哦,媒体才不会打给我呢。"史密斯说,看了看名片。

　　"是吗?可是《世界之路报》登了你发在推特上面的文章。"

　　"他们根本懒得来采访我,可能有人还记得我以前喊过'狼来了'。"

　　"狼来了?"

　　"二十世纪九十年代有一桩命案我很确定涉及吸血鬼症患者,三年前也有一件,不知道你还记不记得?"

　　"我没印象。"

　　"那件案子没登上太多头条,我想应该算是走运吧。"

　　"所以这算是你第三次喊狼来了?"

　　史密斯缓缓点头,看着卡翠娜。"对,这是第三次。所以我的失败史还挺长的。"

　　"哈尔斯坦?"屋内传来女子的喊声,"你要来了吗?"

　　"就来了,亲爱的!先发出老鹰警报!嘎嘎嘎!"

　　卡翠娜朝栅栏门走去,听见背后的叫声越来越大。小鸽子在遭到大老鹰攻击前先发出歇斯底里的尖叫声。

9

星期五下午

午后三点，卡翠娜去鉴识中心开会，四点跟刑事鉴识员开会，两场会议都令人沮丧，五点她去署长办公室见米凯。

"我们把哈利·霍勒找回来了，很高兴你对这件事的反应很正面，布莱特。"

"为什么会不正面？在侦办命案方面，哈利是最经验老到的警探。"

"有些警探会觉得这件事……该怎么说？很有挑战性，因为有个过去名号响当当的人物来监视他们。"

"这对我来说没什么问题，我的原则就是一切都开诚布公，长官。"卡翠娜微微一笑。

"很好，反正哈利会带领他自己的独立调查小组，你不用担心会被他接管，只要把他当作一个良性的竞争对手就好。"米凯十指相触，卡翠娜注意到他的婚戒周围有一圈白色斑纹。"当然了，我会帮女性参赛者加油，希望案情很快就能水落石出，布莱特。"

"原来如此。"卡翠娜说，看了看表。

"什么原来如此？"

她听出他口气中带有一丝不悦。"原来你希望的是快速破案。"

她知道自己是在挑衅警察署长，但她并不是刻意这么做的，而是不由自主地。

"你也应该希望案子能迅速侦破才对，布莱特警监。无论有没有实际的差别待遇，你这个职位可不是天上掉下来的。"

"我会尽力证明我足堪重任。"

她直视米凯的双眼。米凯的眼罩对他余下那只正常眼睛似乎有衬托作用，让它显得更加炽烈而美丽，但也更突显了眼光中的残酷与无情。

她屏住呼吸。

突然间米凯爆出大笑。"我喜欢你，卡翠娜，但我要给你一个建议。"

她做好心理准备等待着。

"下次记者会由你负责发言，而不是哈根。我要你强调这是一件非常难办的案子，我们没有掌握任何线索，必须准备长期抗战。这样媒体不会那么没耐心，也让我们有更多的回旋空间。"

卡翠娜交叠双臂："这样说也可能让凶手更大胆，更有可能再次犯案。"

"我想这个凶手不会受媒体左右的，布莱特。"

"你说了算。好了，我得去做准备了，等一下要跟项目调查小组开会。"

卡翠娜从米凯的眼神中看出了警告的意味。

"去吧，还有，照我的话去做，告诉媒体说这是你办过的最困难的命案。"

"我……"

"当然是用你自己的话来说，下次记者会是什么时候？"

"今天的已经取消了，因为没有新消息可以发布。"

"好，记住了，这件案子看起来越困难，我们破案时所得到的荣耀就越大，况且这不算是在说谎，因为我们真的什么线索都还没掌握不是吗？再说，媒体最喜欢可怕的大谜团了，这是个双赢的局面，布莱特。"

去你的双赢局面，卡翠娜心想，步下楼梯，朝六楼的犯罪特警队走去。

下午六点，项目调查小组会议一开始，卡翠娜就强调快速登录电脑系统并写好报告的重要性，因为埃莉斯·黑尔曼森的 Tinder 约会对象盖尔·索拉的第一次讯问没有记录好，以至于还要再指派一名警探去跟他联络。

"首先，这会造成额外的工作，还会给民众留下警方做事杂乱无章的印象，好像我们的右手不知道左手在干吗。"

"一定是电脑哪里出错了，或是系统有问题，"楚斯·班森说，即使卡翠娜并未点名批评他，"我明明传上去了。"

"这要问托尔德了。"

"过去二十四小时没有系统故障的报告，"托尔德·格伦说，推了推眼镜，注意到了卡翠娜的眼神，知道自己解读得没错，"当然了，班森，有可能是你的电脑有问题，我会去检查一下。"

"说到这里，托尔德，可不可以说一下你最近的天才发现？"

信息科技专家双颊泛红，点了点头，用僵硬不自然的声调开始说话，仿佛在念稿。"定位服务。持有智能型手机的人会允许一个或多个应用程序随时取得他们所在位置的信息，很多人根本不知道自己准许了这项功能。"

托尔德顿了顿，吞了口口水。卡翠娜明白托尔德的确是在背稿，因为开会前她曾跟他说会在会议中请他报告，所以他特地写了一篇讲稿还背了下来。

"许多应用程序会在使用条款中要求获得传送手机位置信息给第三方的权利，但这个第三方并不是警方。Geopard 就是这类的第三方商业机构，他们收集位置信息，却没有合约条款禁止他们把这些信息卖给公共部门，也就是警方。因此当性侵犯服刑期满出狱之后，我们就会开始收集他们的联络数据，包括地址、手机号码和电子邮箱，因为我们会定期追踪他们所在的位置，一旦有类似他们曾经犯过的性侵案发生时，我们就会比对他们的位置，这是因为过去一直认为性侵犯的再犯概率很高。但新的研究结果指出这完全是错误的，强暴其实是再犯率最低的一种犯罪行为。BBC 第四电台最近报道说，犯罪者再度被捕的概率在美国是百分之六十，在英国是百分之五十，而且犯的通常是同一罪行。但强暴犯却非如此。美国司法部的数据显示，偷车贼在三年内因为相同罪名被捕的概率是百分之七十八点八，贩卖赃物是百分之七十七点四，依此类推，但强暴犯的再犯概率只有百分之二点五。"托尔德又顿了顿。卡翠娜心想他应该是注意到大家对这种漫无重点的报告耐心有限。托尔德清了清喉咙。"反正就是当我们把一批联络数据寄到 Geopard，他们就能绘出这些人手机移动的动线，前提是这些人用的是会随时随地追踪位置的应用程序。比如说星期三晚上的位置。"

"有多精确？"麦努斯·史卡勒高声问道。

"精确到几平方米，"卡翠娜说，"但 GPS 是平面 2D 的，所以我们无法得知高度。换句话说，我们无法得知手机位置在几楼。"

"这是合法的吗？"分析员吉娜问道，"我的意思是说，隐私法……"

"……隐私法还在努力追上科技，"卡翠娜插口说，"我问过法务部门，他们说这是灰色地带，并未包含在现有法规内。对我们来说，既然不是不合法，那么……"她摊了摊双手，但会议室里没有人愿意接下去，"托尔德，请继续说。"

"我们得到法务部门律师的授权和甘纳·哈根的预算授权之后，买下了一组位置数据，这些地图包含了百分之九十一的有性侵前科的人在命案当晚的 GPS 位置信息。"托尔德停下来，似乎正在思考。

卡翠娜知道他已经把报告背完了，只是不明白为什么众人并未露出欣喜之色。

"你们知道这省下我们多少麻烦吗？如果我们沿用老方法，要一一排除这么多可能的嫌犯……"

一声轻咳声传来，声音来自沃尔夫，他是队上最资深的警探，照理说他现在应该退休了才对。"既然你是说'排除'，就表示这些地图里没有符合埃莉斯·黑尔曼森家地址的数据喽？"

"没错，"卡翠娜说，双手叉腰，"这表示我们只需要调查剩下百分之九有性侵前科的人的不在场证明。"

"可是手机的位置信息也不能完全算不在场证明啊。"麦努斯说，看了看其他人寻求支持。

"你应该明白我的意思。"卡翠娜叹道，心想，这些人到底是怎么回事？他们应该是来共同破案的，而不是来把彼此的力气消耗殆尽的。

"鉴识中心那边怎么样？"她问道，先在会议室前方坐下，暂时不想看见其他人。

"没什么发现，"侯勒姆说，站了起来，"化验室检查过伤口上残留的黑漆，发现那是一种相当特别的漆料，应该是用铁屑浸在醋液里制成的，还添加了从茶叶中萃取出来的植物单宁酸。我们查过，这种漆料可能来自把牙齿染黑的日本古代传统。"

"Ohaguro，"卡翠娜说，"日落后的黑暗。"

"没错。"侯勒姆说，用钦佩的神情看着她。过去他们在餐厅吃早餐时会一起玩《晚邮报》上的猜谜游戏，每次卡翠娜胜过他时，他就会用这种神情看着她。

"谢谢，"卡翠娜说，侯勒姆坐了下来，"接下来呢，我们这间会议室里有个棘手的问题，《世界之路报》称之为消息来源，我们称之为泄密者。"

原本安静的会议室显得更为寂静了。

"现在损害已经造成，凶手知道我们掌握了什么线索，可以根据这个来进行计划。另外更糟的是，现在这间会议室里的人变得不知道可不可以彼此信任，所以我要在这里问一个非常直接的问题：是谁把消息透露给了《世界之路报》？"

卡翠娜看见有只手举了起来，非常惊讶。

"楚斯，请说。"

"昨天记者会结束以后，米勒跟我和莫娜·达亚说过话。"

"你是说韦勒吧？"

"就是那个新人。我们什么都没说，可是她给了你一张名片对不对，米勒？"

众人的目光都集中到韦勒身上，只见他金色刘海下的那张脸涨得通红。

"对……可是……"

"我们都知道莫娜·达亚是《世界之路报》的犯罪线记者，"卡翠娜说，"要联络她根本不需要名片，打电话到报社就好了。"

"是你吗，韦勒？"麦努斯问道，"听着，菜鸟是可以搞砸一两件事的。"

"我没有联络《世界之路报》。"韦勒说，口气十分急切。

"班森刚刚说是你，"麦努斯说，"你的意思是班森说谎吗？"

“不是，可是——”

“快说！”

“那个……她说她对猫过敏，我说我有养猫。”

“看吧，你跟她说过话！你还说了什么？”

“泄密者也可能是你，史卡勒。”会议室后方传来一个冷静低沉的声音，众人一起转头望去。没有人听见他走进来，那名高大男子以斜躺的方式坐在一张椅子上，背顶墙壁。

“才说到猫，”麦努斯说，“看看猫把谁给叼来了。我可没泄露消息给《世界之路报》，霍勒。”

“你或这里的任何人都有可能不小心透露太多消息给正在讯问的证人，他们很可能打电话给报社说这些消息是直接从警察那里听来的，所以报社会声称‘这是来自警方的消息来源’，这种事经常发生。”

“抱歉，这种话没人会信，霍勒。”麦努斯哼了一声。

“你应该要信，”哈利说，“因为这里没有人会承认泄露消息给《世界之路报》的人是自己，如果你们认为团队里有内鬼，调查工作就很难有进展。”

“他来这里干吗？”麦努斯转头问卡翠娜。

“哈利要来组织一个小组，跟我们一起平行查案。”卡翠娜说。

“目前为止是一人小组，”哈利说，“我是来要一些资料的，目前还不知道案发当时所在位置的那百分之九的有性侵前科的人，可以把他们列一张名单给我吗？要以最近被判的刑期长短来排序。”

“这我可以办到。”托尔德说，然后犹豫了一下，用询问的神情看着卡翠娜。

卡翠娜点了点头。“其他还需要什么？”

“埃莉斯·黑尔曼森曾经协助判刑入狱的性侵犯名单，就这样。”

“我知道了，”卡翠娜说，“既然你来了，要不要说说目前你有什么想法？”

“好吧，”哈利环顾四周，“我知道鉴识员发现了可能来自凶手的润滑液，但我们不能排除凶手的主要犯案动机是复仇的可能性，性侵可能只是免费附带的而已。凶手在她回家之前就已经在她家里，这并不一定表示是她让凶手进门的，或是他们彼此认识。我想在办案初期我不会预先设定这样的想法，当然你们自己可能也注意到这点了。"

卡翠娜歪嘴一笑。"很高兴你回来，哈利。"

哈利可能是有史以来最优秀或最糟糕的警探，但他绝对算得上奥斯陆警方最神话级的命案刑警。这时他在几乎呈半躺的姿势下鞠了个躬，说："谢谢长官。"

"你是发自内心这么说的吗？"卡翠娜说。她和哈利一同搭电梯。

"什么？"

"你叫我长官。"

"当然啊。"

两人走进车库，卡翠娜按下遥控钥匙，阴暗中的某处传来哔的一声，灯光闪了闪。哈利跟她说在查这类重大刑事案件的时候，应该好好利用一下这辆自动供她使用的公务车，而且应该载他回家，途中在施罗德酒馆暂停一下，喝杯咖啡。

"你那个出租车司机朋友怎么了？"卡翠娜问道。

"你是说爱斯坦？他被炒鱿鱼了。"

"被你炒鱿鱼？"

"当然不是，是被出租车公司炒鱿鱼，他出了点事。"

卡翠娜点了点头，想起了爱斯坦·艾克兰，那个留长发的瘦竹竿，他有一口瘾君子似的烂牙，声音听起来像酒鬼，外表看起来好像七十岁，其实却是哈利的童年好友。根据哈利所说，他只有两个童年好友，爱斯坦是其中之一，另一个叫崔斯可。崔斯可是个更奇特的人物，他体重过重，白天是个不开心的上班族，晚上摇身一变成了扑克界的化身博士。

"出了什么事？"卡翠娜问。

"你真的想知道？"

"没有，但还是可以说啊。"

"爱斯坦不喜欢排笛。"

"嗯，谁喜欢啊？"

"那天他载一个客人去特隆赫姆市，那个客人害怕搭火车和飞机，所以只能搭出租车，而且他很害怕别人侵犯他，所以他总是随身带着一张CD，播放排笛版的老式流行歌曲，要边听边做呼吸练习，这样才不会失控。事情就是那天深夜车子行驶到多夫勒高原，排笛版的《无心的呢喃》播到第六遍的时候，爱斯坦拿出那张CD，打开车窗，把CD丢了出去，然后他们就开始斗拳了。"

"斗拳是说得好听了吧，不过那首歌的原始版就已经够糟糕的了。"

"最后爱斯坦把那家伙踢下了车。"

"是在车子行进过程中吗？"

"不是，不过是在高原上，三更半夜的，距离最近的建筑有两公里远。爱斯坦辩称说当时是七月，天气温和，那家伙不可能吓到没法走路。"

卡翠娜哈哈大笑。"所以他现在失业了？你应该请他当你的私人司机才对。"

"我试着要帮他找过工作，但爱斯坦说：'我天生就适合失业。'"

施罗德基本上算是一家酒吧，里头都是入夜之后的常客，他们只是亲切地跟哈利点点头，没跟他多说什么。

反倒是女服务生一看见哈利，就像看见浪子回头一样，整张脸都亮了起来。她替他们端上咖啡。奥斯陆最近被外国观光客评为世界上最棒的咖啡城市之一，但施罗德酒馆的咖啡绝对不是奥斯陆受到赞誉的原因。

"很遗憾你跟毕尔还是合不来。"哈利说。

"是啊。"卡翠娜不确定哈利想不想听她细说分明，也不知道自己想不想述说细节，因此只是耸了耸肩。

"嗯，"哈利说，端起咖啡啜饮一口，"所以恢复单身是什么感觉？"

"你对单身生活感到好奇吗？"

哈利哈哈大笑。卡翠娜发现自己很怀念这个笑声，她怀念自己逗哈利大笑，每次她都会很有成就感。

"单身生活不错啊，"她说，"我认识了一些男人。"她注意着哈利的反应。难道她希望哈利有反应吗？

"好吧，希望毕尔也去认识了别人，这样对他比较好。"

卡翠娜点了点头，但她其实没想太多。就在这个尴尬时刻，某处传来了 Tinder 配对成功的欣喜提示声，接着卡翠娜就看见一个身穿艳红色衣服的女子快步朝门口走去。

"哈利，为什么你会回来？上次你还跟我说你再也不办命案了。"

哈利转动着手中的咖啡杯。"贝尔曼威胁说要把欧雷克逐出警察大学。"

卡翠娜摇了摇头。"贝尔曼真的是除了古罗马暴君尼罗以外最低劣的领导者了，他要我跟媒体说这件案子非常难办，这样日后我们破案了他就会显得十分光彩。"

哈利看了看表。"这个嘛，也许贝尔曼说得没错。这个凶手用铁假牙咬穿被害人的脖子，再喝下半升鲜血……比起被害人是谁，凶手可能更重视杀人的行为，这立刻使案子变得更难办了。"

卡翠娜点了点头。外头的街道洒满了一地灿烂的阳光，她却仿佛听见远处有雷声隆隆作响。

"埃莉斯·黑尔曼森的命案现场照片有没有让你想到什么？"哈利问道。

"你是说她脖子上的咬痕？没有。"

"我不是说这些细节，我是说……"哈利朝窗外望去，"我是说现场的整体感觉，就好像你听见一首不曾听过的歌，演唱的团体你也不熟，但你还是听得出作曲者是谁，因为它有点什么，一种你说不上来的东西。"

卡翠娜看着哈利的侧脸，他那头短发根根直竖，跟以前一样乱糟糟的，但没以前那么浓密。他脸上多了几道纹路，皱纹也深了一些，虽然眼周细纹较浅，却更突显了他脸部的强悍轮廓。她一直不明白为什么自己会觉得哈利那么帅。

"没有。"她说，摇了摇头。

"好吧。"

"哈利？"

"嗯？"

"欧雷克真的是你回来的原因吗？"

哈利转过头来正视卡翠娜，挑起一侧眉毛。"为什么这样问？"

这时卡翠娜心头浮现出一种跟过去一模一样的感觉，只觉得哈利的视线有如电流般触击到她，像他这种内敛又疏离的男人，竟能光用视线就在刹那间排除周遭的一切，用注视着你的目光要求你付出全部注意力。这个片刻，世界上只有这一个男人存在。

"算了，"她说，笑了一下，"我也不知道为什么要这样问，我们走吧。"

"我叫埃娃，不是 Eva（伊娃），是 Ewa。我爸妈希望我很独特，结果发现这个名字在那些旧铁团国家很常见。"她大笑几声，喝了口啤酒，又张开嘴巴，用食指和拇指抹去嘴角的口红。

"是铁幕和东方集团。"男子说。

"啊？"她看着男子，心想他长得挺可口的，比平常她配对成功的男人都亲切，但他可能哪里有问题，而这些问题通常都要稍后才会浮现。"你喝得很慢。"她说。

"你喜欢红色。"男子朝她挂在椅背上的外套点了点头。

"那个吸血鬼也是，"埃娃说，朝酒吧里那台超大型电视上正在播放的新闻快报指了指。足球赛结束了，五分钟前酒吧里还挤得水泄不通，现在人潮已经开始散去。她觉得自己有点醉，但还不是太醉。"你看《世界之路报》了吗？那家伙喝她的血呢。"

"对啊，"男子说，"你知道吗，她的最后一杯酒是在距离这里只有一百米的炉火酒吧喝的。"

"真的吗？"埃娃环顾四周，只见店里的客人不是成群就是结对。她刚才注意到有个男人正独自坐着，一直看她，但现在那个人已经走了。那个人并不是那个"怪人"。

"没错，是真的，要再喝一杯吗？"

"好啊，我想我最好再喝一杯，"她说，打了个冷战，"好可怕哦！"

她向酒保招招手，但酒保摇了摇头。分针已经越过了吧台出酒的魔法界线。

"看来只好改天再喝了。"男子说。

"你害得我被吓到了，"埃娃说，"你得陪我走回家才行。"

"没问题，"男子说，"你说你住在德扬区？"

"走吧。"她说，在红色衬衫外穿上红色外套，扣上纽扣。

来到外面的人行道上，她走路有点摇晃，感觉到男子正小心地扶着她。

"有一个人跟踪我，"埃娃说，"我都叫他'怪人'。我跟他见过一次面，我们……呃，我们有阵子还不错，可当我不想再进一步的时候，他就妒火中烧，开始在我跟别人碰面的地方出现。"

"那一定不是很好的经验。"

"对啊，但同时也很有趣，可以把别人迷得团团转，让他们脑子里想的全都是你。"

男子让埃娃勾着手臂，很有礼貌地聆听她如何把别的男人迷得团团转。

"我长得很漂亮，所以他一开始出现的时候我不是很讶异，只是猜想他可能在跟踪我，但后来我才发现他不可能知道我在哪里，而且你知道吗？"她猛然停步，身子摇晃。

"呃，不知道。"

"有时我觉得他去过我家，你知道，大脑会记得别人的味道，就算你不是有意识地察觉到，但大脑还是认得出来。"

"没错。"

"会不会他就是那个吸血鬼？"

"那也太巧了吧，你是不是住这里？"

她惊讶地抬头望着面前的建筑物。"是。天哪，好快就到了。"

"不是都说有良人相伴，时间总是过得飞快。好了，这个时候我该说——"

"你要不要上来一下？我的柜子里还有一瓶酒。"

"我想我们都已经喝够——"

"只要确定他不在我家就好了，求求你嘛。"

"应该不太可能吧。"

"你看，厨房的灯亮着，"埃娃说，指着二楼的一扇窗户，"我很确定我出门前关了灯！"

"是吗？"男子说，捂嘴打了个哈欠。

"你不相信我说的话？"

"很抱歉，但我真的得回家睡觉了。"

她冷冷地看着男子。"货真价实的绅士都跑哪里去了？"

男子犹疑地笑了笑。"呃……也许他们都已经回家睡觉了？"

"啊哈！你是不是已婚，却屈服于欲望，现在觉得后悔了，对吧？"

男子看着她若有所思，仿佛为她感到遗憾。

"对，"男子说，"没错，就是这样，祝你一夜好梦。"

埃娃打开公寓大门，爬上二楼，侧耳聆听，但什么也没听见。其实她并不记得自己有没有把厨房的灯关掉，她刚才那样说只是希望男子可以陪她上来。但既然她已经说出了那样的话，就越发觉得仿佛是真的，也许怪人真的在她家。

她听见地下室门内传来拖沓的脚步声，又听见门锁转动的声响，一个身穿保安制服的男子走了出来。男子用一把白色钥匙锁上门，转过身来，突然看见埃娃正从上往下看着他，不由得吓了一跳，后退了一步。

接着他笑了一声。"我没听见你的声音，抱歉。"

"有问题吗？"

"最近地下室储藏空间被入侵过几次，所以住宅协会要求我们增加巡逻次数。"

"所以你是我们的保安?"埃娃微微侧头。那人长得不难看,也不像其他保安那么年轻。"这样的话,可以请你帮我检查一下我家吗?我家也被人入侵过,你知道的。我看见我家有灯亮着,可是我记得我出门前把灯关掉了。"

那保安耸了耸肩。"我们不应该进入住户家里,不过好吧。"

"终于有个有用的男人出现了。"埃娃说,又打量了那人一番。对方是个看起来成熟稳重的保安,头脑可能没那么聪明,但安全可靠,容易掌控。出现在她生命中的男人都拥有一切,他们有良好的家世,未来遗产丰厚,教育水平高,有个光明的未来。他们都崇拜她,但可悲的是他们都酗酒,以致光明的未来都随着他们跌入深谷。也许是时候换个口味了。埃娃半转过身去,以诱惑的姿态扭动着臀部,寻找钥匙。天哪,钥匙还真多,也许她醉得比自己以为的还要厉害。

她找到了正确的钥匙,开门,没在玄关脱鞋就直接走进了厨房。她听见保安跟了上来。

"没人在这里。"保安说。

"只有你跟我。"埃娃露出微笑,倚在料理台上。

"厨房很漂亮。"保安站在门口,伸手抚摸自己身上的制服。

"谢谢,早知道会有访客,我就会把厨房整理干净了。"

"可能把碗盘也洗一洗。"保安也露出微笑。

"对啦对啦,一天只有二十四小时嘛。"她从脸上拨开一绺头发,踏着高跟鞋的脚微微歪斜。"你可以帮我检查一下家里其他地方吗,我来替我们调杯鸡尾酒,你说怎么样?"她把手放在料理机上。

保安看了看表。"我得在二十五分钟内到达下一个地址,但还算有时间检查一下有没有人躲在你家。"

"这段时间可以做很多事呢。"埃娃说。

保安和她四目相接,他轻笑几声,揉了揉下巴,走出厨房。

他朝应该是卧房的房间走去，突然想到这栋公寓的墙壁非常薄，隔壁男性住户说的话都听得一清二楚。他打开房门。里头漆黑一片。他打开电灯开关，天花板亮起微弱的灯光。

卧房没人。床铺没整理。床边桌上放着一个空酒瓶。

他继续往前走，打开浴室的门，只见里头的瓷砖很脏，浴缸周围拉着一张发霉的浴帘。"看起来没问题！"他朝厨房喊道。

"你在客厅坐一下吧。"她回道。

"好，可是我二十分钟内得离开。"他走进客厅，在一张下陷的沙发上坐下，听见厨房传来酒杯碰撞的声响，接着是她尖细的声音。

"你想喝一杯吗？"

"好啊。"他觉得她的声音听起来很悦耳，会让男人希望自己有个遥控器可以控制她的声音。但她看起来丰满性感，几乎有点像他母亲。他想拿出保安制服口袋里的东西，但那东西钩到了口袋衬里。

"我有金酒、白葡萄酒，"她娇滴滴的声音在厨房里响起，有点像钻子的声音，"还有一些威士忌，你想喝什么？"

"我想喝点别的。"他压低声音对自己说。

"你说什么？我都拿出去好了！"

"好……好的，老妈。"他低声说，把那个金属装置和口袋衬里分开，轻轻放在面前的咖啡桌上，好让她一目了然。他觉得自己已经勃起了，于是深深吸了一口气，感觉像是要把房间里的氧气都吸光。他背靠沙发，将穿着牛仔靴的双脚搁在桌子上，就搁在那副铁假牙旁边。

卡翠娜·布莱特就着台灯灯光，让目光游走在照片上。光看照片实在很难相信这些人会是性侵犯，这些人强暴过女人、男人、小孩、老人，有的甚至还凌虐过受害者，其中少数人甚至把受害者杀害了。好吧，如果你已经清楚地知道他们做过多么伤天害理的事，也许就能从这些档案照片上那一个个萎靡且经常惊慌失措的眼神中看出些什么。但如果你在街上和他们擦肩而过，你可能万万也想不到自己已经受到观察和评估，而且但愿自己没被他们选中作为下手目标。有几个面孔是她过去在性犯罪小组看到过的，其他则从未见过。新面孔很多，每天都有新的性侵犯出道。这些人刚出生时也是纯真的小婴儿，号啕的哭声被母亲分娩时的尖叫声淹没，腹部的脐带让他们跟生命联结，他们是上天赐给感激涕零的父母的礼物。只是日后这些孩子会把女人绑起来，掰开她们的双腿，手上不停自慰，嘶哑的呻吟声被女人的尖叫声淹没。

项目调查小组有半数成员已开始联络这些性侵犯，罪行残暴程度高的优先联络。他们搜集和查证对方的不在场证明，但尚未发现任何人在案发当天出现在命案现场附近。另一半成员忙着查访死者的前男友、朋友、同事和亲属。挪威的命案数据十分清楚明了：百分之八的命案凶手认识死者，超过百分之九十的死者是陈尸于自家的女性。即便如此，卡翠娜并不期待可以在数据指出的百分比当中找到凶手，因为哈利说得没错，这是个不同类型的凶手，犯案行为比死者身份来得重要。

他们也过了一遍埃莉斯协助判刑的罪犯名单，但卡翠娜并不认为凶手是像哈利说的那样一石二鸟，也就是同时完成甜蜜的复仇和满足生理欲望。但满足生理欲望这部分呢？她试着想象凶手躺在床上，完事后一手抱着死者，嘴里叼根香烟，面露微笑，轻声说："刚才真是太棒了。"这种行为跟以前哈利谈到的连环杀手截然不同。哈利说连环杀手的挫折来自总是难以完全得到他们所追求的，因此他们必须继续杀人，希望下次能够得到满足，一切都会变得完美，他们可以再次在女人的尖叫声中出生，脐带依然跟人类联结着，尚未被切断。

她又把埃莉斯躺在床上的照片拿起来看，努力想看见哈利所看见的或听见的。音乐，哈利不是提过音乐？很快她就宣告放弃，把脸深深埋在双手之中。她怎么会认为自己有稳定的心理状态可以胜任这份工作？"除了艺术家，躁郁症对任何行业来说都不是个好的开始。"上次她去看精神科时，医师这样对她说。最后医师给她开了那种可以让她感觉轻飘飘的粉红小药丸。

　　周末就快到了，一般人都在做一般的事，他们不会坐在办公室看着可怕的犯罪现场照片和可怕的人，只因为他们认为其中有张面孔可能透露了些什么，接着又把这些全都抛在脑后，然后上 Tinder 猎艳。然而这时卡翠娜却渴求有某样东西可以让她联结正常的生活，比如说吃一顿周日午餐。她跟侯勒姆交往时，侯勒姆曾多次邀请她跟他住在斯克雷亚的父母一起共进周日午餐，从奥斯陆开车到斯克雷亚只要一个半小时，而她总是找理由回绝。但现在她却渴望可以跟公婆围坐在餐桌前，互递马铃薯、抱怨天气、吹捧新沙发、咀嚼干硬的鹿肉排。他们的对话也许乏味却令人感到舒适，彼此对望着点点头也让人觉得温暖，笑话虽然都是老掉牙的，但能让恼人之事变得可以忍受。

　　"嘿。"

　　卡翠娜跳了起来，只见门口站着一个男子。

　　"我的名单都查完了，"韦勒说，"如果没事，我就要回家睡觉喽。"

　　"没问题，只剩你一个人了吗？"

　　"看来是的。"

　　"班森呢？"

　　"他早就结束了，他的效率一定很高。"

　　"嗯，"卡翠娜说，想放声大笑却又懒得笑，"抱歉要请你做一件事，韦勒，可以请你再查一次他那份名单吗？我觉得……"

　　"我已经复查过了，看起来没问题。"

　　"全部都没问题？"先前卡翠娜请韦勒和楚斯去联络多家电信公司，拿到了死者过去半年的通讯记录，并找出了死者联络过的人及其电话。他们将名单拆分成两半，分别去查询不在场证明。

　　"对，其中有个住在尼特达尔区欧纳比村的家伙，名字的尾字母是'y'，他在初夏的时候打了太多通电话给埃莉斯，所以我又查了一次他的不在场证明。"

　　"尾字母是'y'？"

"对，他叫伦尼·黑尔（Lenny Hell）。"

"哦，所以你会根据对方名字的字母来判断是否有嫌疑？"

"字母是其中一项判断依据，事实上以'y'结尾的名字时常出现在犯罪数据中。"

"然后呢？"

"我看见班森的笔记上写的伦尼的不在场证明是埃莉斯·黑尔曼森遇害当时，他跟一个朋友在欧纳比比萨烧烤店，而这件事只能由比萨店老板来证实，于是我打电话给当地警长，想亲耳听听他怎么说。"

"就因为那个家伙叫伦尼？"

"因为比萨店的老板叫汤米（Tommy）。"

"那警长怎么说？"

"他说伦尼和汤米都很奉公守法，是值得信赖的好公民。"

"所以你的判断是错误的。"

"这还有待观察，那个警长叫吉米（Jimmy）。"

卡翠娜哈哈大笑，同时发现自己正需要好好大笑几声。韦勒回以微笑。或许她也需要这个微笑。每个人都会试图给别人留下良好的第一印象，但她觉得如果自己没问，韦勒可能不会告诉她说他连班森的工作也一并做了，而这告诉她一件事，那就是韦勒跟她一样不信任班森。卡翠娜心里有个想法，自从这想法冒出来之后她就一直刻意忽视它，这时她决定改变这个处理方式。

"你进来，把门关上。"

韦勒依言而行。

"很抱歉，韦勒，但有件事我想请你去做。关于是谁向《世界之路报》泄密这件事。你是在工作上最靠近班森的人，可不可以请你……"

"多方留意？"

卡翠娜叹了一声。"差不多是这样。这件事只有你知我知，一旦你有任何发现，只能告诉我，明白吗？"

"我明白。"

　　韦勒离去后，卡翠娜犹豫片刻，才拿起桌上的手机，寻找侯勒姆的电话。她在侯勒姆的档案里新增了照片，只要他打电话过来，屏幕上就会显示他的照片。照片中的人正在微笑。侯勒姆说不上颜值高，他面色苍白，脸略为浮肿，整张脸宛如一个白晃晃的月球，就连那头红发都显得黯然失色。但这就是侯勒姆，他的照片是其他那些命案照片的解毒剂。她到底是在害怕什么？就连哈利·霍勒都跟别人住在一起了，为什么她办不到？她的食指距离号码旁的拨号键越来越近，这时她的脑中突然闪过一个念头，是来自哈利和哈尔斯坦·史密斯的警告，关于下一个被害者。

　　她放下手机，又把注意力放到命案照片上。

　　下一个被害者。

　　会不会凶手已经开始计划下一起命案？

　　"你得再努……努力一点才行，埃娃。"他轻声说。

　　他痛恨她们不努力。

　　他痛恨她们不打扫家里，他痛恨她们不照顾身体，他痛恨她们没能留住孩子的父亲。他痛恨她们不给孩子吃晚餐，又把孩子锁在衣柜里，对孩子说要保持绝对安静才有巧克力吃，自己却去迎接男人，给男人吃晚餐，给男人吃所有的巧克力，而且什么都给男人玩，还开心地尖叫，却从来没那样跟自己的孩子玩耍。

　　哦，不。

　　于是孩子只能自己去找母亲玩，还去找其他长得像母亲的女人玩。

　　而他也的确去玩了，玩得非常卖力，直到有一天他们把他抓起来，锁进另一个衣柜，一个位于叶兴路三十三号的衣柜，名叫伊拉监狱。那座监狱的章程说这个机构仅收容来自全国各地"需要特殊协助"的男性受刑人。

　　监狱里的一个同性恋精神科医师说他之所以口吃并犯下强暴案，都是因为成长时期受过心理创伤。白痴一个。他的口吃是素未谋面的父亲遗传给他的。父亲留给他的只有口吃和一套肮脏的西装。至于强暴，从他有记忆以来，他就已经开始梦想强暴女人，而且他做到了这些女人做不到的事。他更加努力，连口吃都几乎没了。他强暴了监狱里的女牙医，逃出伊拉监狱，开始四处游玩，玩得比以前还要厉害，警察的追捕只是让游戏更刺激而已。直到那天，他和那个警察面对面站立，看到对方眼神中的决心和恨意，同时明白对方有办法逮住他，有办法把他送回童年的黑暗衣柜，在衣柜里他必须屏住呼吸，才不会闻到挂在他面前的、父亲的那套沾有油污的厚重羊毛西装所发出的汗臭味和烟臭味。母亲说她之所以留下那套西装是怕有天他父亲会再次出现。他知道自己如果再被关起来一定会发疯，因此就躲了起来，躲避那个眼中蕴含杀气的警察。他乖乖地躲了三年，在此期间他都没出去玩，直到连躲藏这个行为也开始变成了一个衣柜。就在这时他获得了这个机会，这个可以玩得很安全的机会。不过太安全也不行，他需要闻到恐惧的气味才会兴奋，他需要闻到自己还有对方的恐惧气味才行。对方的年龄、长相、身材高大或娇小都无所谓，只要是女人，或可能成为母亲就好，一如某个白痴精神科医师所说的。

　　他侧过头，看向她。公寓的墙壁也许很薄，但这已不再对他造成困扰。此时此刻，就在她靠他如此之近，就在这光线之下，他才发现名字里有个"w"的埃娃张开的嘴巴周围长了一些小疱。她显然是想尖叫，但无论她多么努力都不可能发出声音，因为她张开的嘴巴下方多了一个新的嘴巴，一个不断涌出鲜血的开口，就在她原本喉头的位置。他紧紧地抱着她，将她抵在卧室墙壁上。她断裂的气管从开口的地方突出，不断发出咯咯的声响，冒出粉红色的血泡。她急切地想吸到空气，颈部肌肉时而紧绷时而放松。她的肺脏还在运作，所以还会再多活几秒。但这时最令他沉醉的并非这件事，而是他用铁假牙咬断了她的声带，终止了她那令人难以忍受的喋喋不休。

　　就在她眼中的光芒即将陨灭之际，他试图在其中寻找某种背叛对死亡的恐惧的东西，某种想再多活一秒的渴望，但他什么也没找着。她应该再多努力一点。也许是她想象力不够，或是不够热爱生命。他痛恨她们这么简单就放弃了生命。

10

星期六上午

哈利正在跑步。哈利不喜欢跑步。有些人跑步是因为乐在其中。村上春树就喜欢跑步。哈利喜欢村上春树的作品，写跑步的那本除外，他已经放弃阅读那本书了。哈利之所以跑步是因为他喜欢停下。他喜欢"拥有"跑步。他喜欢重量训练，重量训练带来的是一种比较确定的痛感，受限于肌肉表现，而非受制于对更多痛感的渴望。这可能说明了他性格上的弱点，那就是他倾向于逃跑，甚至是在痛感产生之前，他就已经开始寻求终止。

一只精瘦的小狗从小径上跳开，它是霍尔门科伦区富人养的那种猎犬，即使他们可能每两年才会打一次猎，每次时长还不足一个周末。它的主人身穿安德玛（Under Armour）的当季运动服，从它后方一百米处朝哈利迎面慢跑而来，两人犹如两列即将交错而过的火车，这也让哈利有时间观察对方的慢跑技巧。他们不是同方向跑步真是太可惜了，否则哈利会从后面靠近他，朝他脖子喷气，然后在通往翠凡湖的上坡路段假装失足把他扑倒，让他瞧瞧自己脚上那双已有二十年历史的阿迪达斯慢跑鞋鞋底。

欧雷克说他们跑步时哈利的表现幼稚得不可思议，即便一开始就说好要平静地跑完全程，最后哈利还是会提出要比赛谁先攻下最后一座山丘。哈利反驳说他只是希望能有打败欧雷克的机会，因为欧雷克从母亲那边遗传到了高氧气吸收率，这非常不公平。

前方出现了两个体形庞大的女人，她们看起来比较像是在走路而不是在跑步，一边聊天还一边大声喘息，没听见哈利靠近。于是他转而跑上一条比较小的小径，也突然发现自己进入了未知的领域。这里的树木比较浓密，遮住了早晨的阳光，这让他心头浮现出一丝小时候有过的情绪。那是一种恐惧感，害怕迷失方向，永远找不到回家的路。接着他又跑进了开阔的乡间，知道自己身在何处，家在哪里。

有些人喜欢山上的新鲜空气、缓缓起伏的森林小径、寂静的环境和松树的针叶气味。哈利则喜欢都市的景色、声音和气味，喜欢那种似乎可以用手触摸到都市的感觉，以及很确定自己可以沉没在都市里、一路沉没到底的那种感觉。最近欧雷克问哈利他想要的死法，哈利回答说他希望在睡梦中安详地死去，欧雷克则说他选择突然且无痛苦的死亡。哈利没说实话，其实他希望可以在脚下这座城市的酒吧里喝酒喝到挂掉。他也知道欧雷克没说实话，欧雷克会选择的是他曾经历过的天堂与地狱，来个海洛因过量致死。酒精和海洛因。他们虽然远离了这些曾经让他们迷恋的瘾头，却不可能忘怀，任凭时间如何冲刷，也不可能完全忘记。

哈利在车道上做最后冲刺，他听见碎石在慢跑鞋后飞起，瞥见邻居窗帘后的赛弗森太太。

他冲了个澡。他喜欢冲澡。应该有人写一本关于冲澡的书才对。

冲完澡后，他走进卧室，看见萝凯站在窗边，身穿园艺服，包括雨靴、厚手套、破牛仔裤和褪色的遮阳帽。她朝他半转过身来，拨开帽子下钻出的几绺头发。哈利心想，不知道她自己知不知道她这身打扮有多好看。

"哟！"萝凯低声说，面带微笑，"裸男哎！"

哈利走到她身后，双手搭在她的肩膀上，帮她轻轻按摩。"你在做什么？"

"我在看窗户，你说我们是不是应该在埃米莉亚来之前整修一下？"

"埃米莉亚？"

萝凯哈哈大笑。

"怎么了？"

"亲爱的，你的手立刻就停下来了。放轻松，不是有客人要来，我指的是那个风暴。"

"哦，那个埃米莉亚啊。我想这座碉堡应该能撑过几个天然灾害。"

"我们住在山上就是这么想的，对吧？"

"我们是怎么想的？"

"我们认为自己的生活跟碉堡一样坚不可摧，"她叹了口气，"我得去购物了。"

"晚餐要在家里吃吗？巴兹杜街的那家秘鲁餐厅我们还没去吃过，而且不会很贵。"

这是哈利的单身习性中的一个，他一直希望萝凯能接受，也就是不要自己下厨做晚餐。萝凯多多少少接受了他的论点，认为去餐厅吃饭是较为文明的好选项，也认为早在石器时代，人类就已经发现一起煮食和用餐是比较聪明的选择，好过每个人每天花三小时计划、采买、烹调和洗碗。她反驳说去餐厅感觉有点堕落，他回答说一般家庭花上百万克朗购置厨具才叫堕落，还说最健康、最不堕落的资源运用方式就是支付适当的金钱请受过专业训练的厨师在大厨房里替他们料理食物，这样厨师才能付钱请萝凯这位律师提供法律协助，或是付钱给哈利让他训练警察。

"今天轮到我，所以我会付钱，"他说，握住她的右手臂，"陪我去吧。"

"我得去购物，"她说，在哈利把她拉进他依然湿漉漉的怀中时不由得做了个鬼脸，"欧雷克和海尔加会来啦。"

哈利把她抱得更紧了。"是吗？你刚才不是说没有客人吗？"

"要你花几小时陪欧雷克和海尔加总可以吧……"

"我开玩笑的啦，我很乐意，可是我们是不是应该……"

"不行，我们不要带他们去外面吃。海尔加没来过家里，而且我想好好看看她。"

"可怜的海尔加。"哈利轻声说，正要用牙齿啃咬萝凯的耳垂，却发现她胸部和脖子之间有个东西。

"这是什么？"他用指尖轻轻按在一个发红的部位上。

"什么？"她问道，自己伸手摸了摸，"哦，这个啊，医生替我验血。"

"从脖子上抽血？"

"别问我为什么，"她微微一笑，"你一脸担心的表情看上去好贴心。"

"我没担心，"哈利说，"我只是嫉妒。你的脖子是我的，而且我们都知道你对医生没有招架之力。"

她哈哈大笑，哈利又把她抱得更紧了些。

"不要啦。"她说。

"不要？"他说，听见她的呼吸声突然变得沉重，感觉到她的身体屈服了。

"浑蛋。"她呻吟说。萝凯一直有这个困扰，她给自己这种毛病取了个名字叫"性爱引信过短症"，而骂人就是最显著的病征。

"也许我们应该停下来才对，"他轻声说，放开了她，"你要去整理庭园。"

"太迟了。"她低声说。

他解开她的牛仔裤纽扣，向下一拉，牛仔裤落到膝盖的位置，正好落在雨靴上方。她倾身向前，一只手抓住窗台，另一只手想要去摘下遮阳帽。

"不要，"他低声说，倚身向前，把头靠在她的头上，"不要拿下来。"

她低沉的笑声有如泡泡般搔痒弄着他的耳朵。天哪，他爱死她的笑声了。这时另一个声音传来，跟她的笑声交缠在一起。那是手机振动的声音，从她手边的窗台上传来。

"把它丢到床上去。"他低声说，移开目光不去看手机屏幕。

"是卡翠娜·布莱特打来的。"她说。

萝凯拉上裤子，望着哈利。

只见哈利脸上浮现出一种极度专注的神情。

"多久了？"他问道，"了解。"

她看见哈利从她怀里消失，消失在手机那头的女性声音中。她想伸手抓住他，但已经太迟，他已消失无踪。哈利苍白皮肤下那副有着虬结肌肉的躯体虽然还在她面前，他那双经过多年酒精摧残而几乎褪色的蓝色眼眸虽然还看着她，但眼中已没有了她，他的视线集中在自己内在的某个地方。昨天晚上哈利对她解释过为何非得接这件案子不可，她没有反对，因为欧雷克如果被逐出警察大学，他可能会再度失去立足之地。而且如果要在失去哈利和失去欧雷克中做出选择的话，她宁可失去前者。对于"失去哈利"这件事萝凯已有过多年训练，知道自己没了哈利还可以活下去，但她不知道自己没了儿子还能不能活下去。然而就在哈利解释他接这件案子是为了欧雷克之时，他最近说过的一句话在她脑海里回荡：*因为如果哪天我真的需要说谎，你才会认为我说的是实话。*

"我马上过去，"哈利说，"地址是？"

他结束通话，开始穿衣服，每个动作仿佛都经过仔细测量，十分迅速、有效率，犹如一台终于要发挥所长的机器。萝凯只是看着他，记下他的一切，就像是要记下一个即将分别一段时日的情人。

他从萝凯身旁快步走过，没瞧她一眼，也没道别。她已经被哈利划分到界外，已经被他意识里的其中一个爱人推了出去。他的意识里有两个爱人，分别是酒精和命案，而"命案"这个爱人是她最为害怕的。

哈利站在橘白相间的警方封锁线外，他面前那栋公寓的二楼有一扇窗户被打开，卡翠娜探出头来。

"让他通过。"她朝挡住哈利去路的年轻制服警察喊道。

"他没证件。"警察反驳道。

"他是哈利·霍勒！"卡翠娜高声喊道。

"是吗？"警察上下打量了哈利一番，才把封锁线拉起来。"我以为他只是传说中的人物。"他说。

哈利爬上楼梯，打开那户公寓的门，沿着犯罪现场鉴识员所插的小白旗之间的通道走进门内，那些小白旗是用来标记鉴识员所发现的痕迹物证。这时有两名鉴识员正蹲在地上查看木地板的缝隙。

"在哪里？"

“那里。”其中一名鉴识员说。

哈利在鉴识员所指的房间门口停下脚步，做了个深呼吸，清空脑袋里的思绪，踏进屋内。

“哈利，早安。”侯勒姆说。

“你能移动一下吗？”哈利低声说。

侯勒姆正俯身在一张沙发的上方，他依言向旁边让开了一步，露出尸体。哈利并没有上前，反而后退一步，先观察整个场景、所有组成部分，接着才上前开始观察细节。女子坐在沙发上，双腿分开，裙子被掀起，露出黑色内裤。她的头部靠在沙发上，一头淡金色长发垂落在沙发后方，喉咙的位置少了一块肉。

“她是在那里遇害的。”侯勒姆说，指着窗户旁的一面墙壁。哈利的视线滑过壁纸和木地板。

“出血量比较少，”哈利说，“这次他没咬穿颈动脉。”

“说不定他咬错了地方。”卡翠娜说，从厨房走过来。

“如果他真是用咬的，那他的下巴一定非常有力。”侯勒姆说，“人类的咬合力平均是七十公斤，但他看起来像是一口咬掉了她的喉头，连带把一部分的气管也咬掉了。就算他戴上了尖利的金属假牙，这也要很用力才能办到。”

“或是很愤怒，”哈利说，“伤口上有没有发现铁锈或碎漆？”

“没有，说不定他上次咬埃莉斯·黑尔曼森的时候，该脱落的都已经脱落了。”

“嗯，有可能，除非这次他用的不是那副铁假牙，而是别的，尸体也没被移到床上。”

“哈利，我知道你的意思，但凶手的确是同一个人，”卡翠娜说，“你来这边看看。”

哈利跟着卡翠娜走进厨房，只见水槽内摆着一台料理机，一名鉴识员正在料理机的玻璃壶内采集样本。

"他打了杯果昔。"卡翠娜说。

哈利看着玻璃壶，吞了口口水。玻璃壶的内壁红通通的。

"看起来用的材料是鲜血，还有几个从冰箱里拿出来的柠檬。"卡翠娜朝料理台上的黄色条状柠檬皮指了指。

哈利一阵作呕，同时想到这就像人生中的第一杯酒，让你作呕的那杯，接着再喝两杯你就会欲罢不能。他点了点头，走出厨房，迅速看了看浴室和卧室，再回到客厅，闭上双眼，侧耳聆听，聆听这名女性死者，聆听尸体的位置，聆听尸体的摆放方式，聆听埃莉斯·黑尔曼森的摆放方式。就在此时，哈利听见了回声。是他。一定是他。

哈利张开双眼，发现自己的视线正对着一个年轻的金发男子，并觉得男子很眼熟。

"我是安德斯·韦勒警探。"年轻男子说。

"对，"哈利说，"你是去年从警察大学毕业的？还是前年？"

"是前年。"

"恭喜你的分数拿到全校第一名。"

"谢谢，你竟然还记得我的分数，真是太厉害了。"

"我什么都不记得，只是用演绎法推理而已。才毕业两年，你就已经成为犯罪特警队的警探了。"

韦勒微微一笑。"你只要说我碍事，我就会立刻闪到一边，再说我来队上才两天半而已。如果这是连续杀人案，那一定会有好一阵子没人有空指导我，所以我在想，可不可以暂时跟在你身边学习？如果你觉得没问题的话。"

哈利看着眼前这个年轻人，想起过去在学校里他曾满怀疑问地去办公室找他，问了好多好多问题，有时他问的问题是那么无关紧要，让人不禁会认为他是个霍勒迷。"霍勒迷"是警察大学里那些迷恋哈利·霍勒传奇的学生被起的绰号，有几个极端的霍勒迷当初之所以考进警察大学就是为了哈利。哈利对霍勒迷避之唯恐不及，但无论韦勒是不是这种人，哈利知道以他那样优异的成绩、那样强大的企图心，又具备那副迷人笑容和自然不生硬的社交技巧，未来一定不可限量。而在韦勒成为人中龙凤之前，这个天资优异的年轻人也许有时间做几件好事，比如协助侦破几件命案。

"好，"哈利说，"那么现在要上的第一课就是你会对同事感到失望。"

"失望？"

"你现在站在那里一副志得意满的样子，因为你认为自己已经爬到了警界食物链的顶层，所以第一课要上的就是命案刑警跟其他警察几乎没什么两样，我们并不特别聪明，有些人甚至有点笨。我们会犯错，会犯很多很多错，而且不会从错误中学习太多。当我们疲倦的时候，有时候我们会选择睡觉，就算我们知道破案的契机就在下一个转角，我们也不会继续追捕犯人。所以如果你认为我们会让你大开眼界，给你带来启发，向你展现精妙的调查技术，那你一定会大失所望。"

"这我已经知道了。"

"是吗？"

"我已经跟楚斯·班森一起工作两天了，我只是想知道你是怎么工作的。"

"你已经上过我的命案调查课了。"

"所以我知道你不是那样工作的。你刚才在想什么？"

"想什么？"

"对，刚才你闭着眼睛站在这里，你在课堂上可没提到过这个。"

哈利看见侯勒姆直起身子，卡翠娜站在门口双臂交叠，也点了点头以示鼓励。

"好吧，"哈利说，"每个人都有自己的一套办案方式，我是要跟第一次踏进犯罪现场时脑子里闪过的念头取得联结。当我们第一次造访一个地方、吸收对现场的印象时，大脑会自动进行各种细小琐碎的联结，这些联结所产生的念头稍纵即逝，因为我们还没来得及赋予它们意义，注意力就被其他东西给占据了，就像做了一场梦后醒来，注意力会立刻被周围的事物给吸走。这些念头中十个有九个是无用的，但你总是会希望那剩下的一个会有意义。"

"那现在呢？"韦勒问道，"你有任何念头是有意义的吗？"

哈利顿了顿，看见卡翠娜露出全神贯注的神色。"我不知道，但我不由得会想，这个凶手有点洁癖。"

"洁癖？"

"连环杀手通常都会有类似的作案手法，上次他把被害人从杀害地点移到床上，那么这次他为什么把死者留在客厅？这里的卧室和埃莉斯·黑尔曼森的卧室唯一的不同之处，就在于这里的床单是脏的。昨天我去黑尔曼森的公寓看过，鉴识员掀开床单时，我闻到了薰衣草的香味。"

"所以说他在客厅里对这个女人上演恋尸情节，是因为他不喜欢脏床单？"

"这个等一下会说到，"哈利说，"你有没有看见水槽里的料理机？好，所以你看见他在使用完料理机之后把它放进水槽里了？"

"什么？"

"水槽，"卡翠娜说，"哈利，现在的年轻人都不会自己动手洗碗。"

"水槽，"哈利说，"他大可不必把料理机放进水槽，他又不会洗，所以这可能是一种强迫行为，会不会是他有洁癖？会不会是对细菌有恐惧症？会犯下连续杀人案的人通常会有一长串的恐惧症，但他没有做完这件事，他并没有真的把料理机洗干净，他甚至没有打开水龙头，把料理机装满水，好让鲜血和柠檬的残渣晚一点比较容易清洗，为什么？"

韦勒摇了摇头。

"好吧，这个也等一下再说。"哈利说，朝尸体点了点头，"你可以看见，这个女人……"

"邻居已经证实死者是埃娃·多尔门，"卡翠娜说，"她名字的拼法是 Ewa，不是 Eva。"

"谢谢。你可以看见，埃娃仍穿着内裤，跟埃莉斯不一样，埃莉斯的内裤被他脱下来了。浴室垃圾桶的最上面丢着空的卫生棉条包装纸，所以我猜埃娃应该是来月经了。卡翠娜，你能看一下吗？"

"女鉴识员就快到了。"

"看一下我说得对不对就好，卫生棉条应该还塞在里面。"

卡翠娜蹙起眉头，按照哈利的要求去做，其余三名男士把头别开。

"有，我看见了卫生棉条的拉绳。"

哈利从口袋里摸出一包骆驼牌香烟。"倘若卫生棉条不是凶手塞进去的，这表示他并不是通过阴道强暴她，因为他……"哈利用一根香烟指着韦勒。

"因为他有洁癖。"韦勒说。

"反正这是一种可能性，"哈利继续往下说，"另一种可能性是他不喜欢血。"

"他不喜欢血？"卡翠娜说，"天哪，他都把血给喝下去了呢。"

"可是加了柠檬。"哈利说，把那根未点燃的香烟放到唇边。

"什么？"

"我也在问我自己这个问题，"哈利说，"这是什么？这代表什么意思？难道是血太甜了吗？"

"你在耍宝吗？"卡翠娜说。

"不是，我只是在想，既然这个男人会借由饮血来获得性满足，那为什么不纯喝血？大家总是说在金酒或鱼里头添加柠檬可以突显风味，其实不然，柠檬会麻痹味蕾，掩盖其他东西的味道。我们之所以添加柠檬是为了盖过我们不喜欢的味道，就像鱼肝油在添加柠檬汁后销路开始变好，所以我们这个吸血鬼可能不喜欢血的味道，说不定他饮血的这个行为也是强迫性的。"

"说不定他是迷信，想借由饮血来吸收被害人的精力。"韦勒说。

"他的确可能受到邪恶性欲的驱使，却似乎在忍耐着不碰这个女人的生殖器，这可能是因为她在流血。"

"一个无法忍受经血的吸血鬼，"卡翠娜说，"人心真是纠结难测……"

"这就说回到那个玻璃壶,"哈利说,"除了那个之外,我们有没有采集到凶手遗留下来的其他物证?"

"前门。"侯勒姆说。

"前门?"哈利说,"我到的时候看了一下门锁,看起来是完好的。"

"门锁没有遭到破坏,但你还没看门板的另一侧。"

三人站在楼梯间,看着侯勒姆解开绳子。那条绳子使前门抵着墙壁,让门一直开着。这时门板缓缓关上,露出外侧。

哈利一看,立刻心跳加速,口干舌燥。

"我把门绑着,这样你们来的时候才不会碰到它。"侯勒姆说。

只见门板上用鲜血写着一个"V"字,高度大约一米,字母底侧因为血液流淌而呈现不规则的形状。

四人只是怔怔地看着门板。

侯勒姆首先打破沉默。"这个'V'是代表胜利(Victory)?"

"或是代表吸血鬼症患者(Vampirist)。"卡翠娜说。

"不然就是用来标记另一个被害人。"韦勒说。

众人都朝哈利看去。

"怎么样?"卡翠娜焦急地说。

"我不知道。"哈利说。

卡翠娜再度露出锐利的目光。"得了吧,我看得出你正在想些什么。"

"嗯,吸血鬼症患者的'V'也许是个不错的选项,说不定他大费周章就是要告诉我们这个。"

"告诉我们什么?"

"告诉我们说他是独特的。铁假牙、料理机、这个字母。他认为自己是独特的,并且给我们出了这些谜题,好让我们也能欣赏到这一点。他希望我们更靠近他。"

卡翠娜点了点头。

韦勒踌躇片刻，仿佛发觉自己的发言时机已过，但他仍勇敢开口说："你的意思是凶手在内心深处其实想揭露他是谁？"

哈利默然不答。

"不是他是'谁'，而是他是'什么'，"卡翠娜说，"他已经成功吸引我们的注意了。"

"可以请问这是什么意思吗？"

"可以啊，"卡翠娜说，"请我们的连环杀手专家来解答吧。"

哈利凝视着那个字母，它已不再是尖叫的回声，而成为尖叫本身。那是恶魔的尖叫声。

"这表示……"哈利点亮打火机，凑到香烟前方，深深吸了一口，再把烟呼出来，"他想玩游戏。"

一小时后，卡翠娜和哈利离开那栋公寓，卡翠娜说："你认为那个'V'字代表别的意思对不对？"

"有吗？"哈利说，沿着街道望去。这里是德扬区，也是移民聚集的地区。这里道路狭小，路上可见巴基斯坦地毯店、鹅卵石、骑着单车的挪威语老师、土耳其餐厅、头戴穆斯林面纱且身形摇曳的母亲、靠学生贷款过活的年轻人、推销黑胶唱片和重摇滚乐的小唱片行。哈利很喜欢德扬区，喜欢到不禁会怀疑自己在山上跟那些有产阶级混在一起做什么。

"你只是不想说出来而已。"卡翠娜说。

"你知道我爷爷发现我诅咒别人时都会怎么说吗？他会说：'你一直呼唤恶魔，他就真的会出现。'所以……"

"所以怎样？"

"你希望恶魔出现吗？"

"我们手上有两起命案，哈利，凶手可能是连环杀手，难道情况还会更糟糕吗？"

"对，"哈利说，"还可能更糟。"

11

星期六晚上

"我们必须假设自己对付的是一个连环杀手。"卡翠娜·布莱特警监说，看着会议室里的项目调查小组成员以及哈利。他们同意让哈利参加会议，直到他成立自己的调查小组。

这次会议室里的气氛和先前不同，大家显得更为专注，这应该是案情发展所带来的影响，但卡翠娜很确定哈利的在场对此也有影响。哈利虽然是犯罪特警队的酗酒顽童，曾直接或间接造成其他同袍死亡，工作方式也受到高度质疑，但他还是能让大家坐直身子，提高注意力，因为他仍具有那份阴郁、强悍的特质，几乎是一种令人戒慎并且恐惧的魅力，而且他的成就是毋庸置疑的。卡翠娜无须多想，也知道目前只有一个人哈利没能逮到。也许哈利说长寿值得尊敬这句话是对的，就算对老鸨来说也一样，只要她活得够久。

"基于许多原因，这类凶手非常难找，其中最主要的原因是他们作案前经过计划，且随机挑选被害人，在现场也不会留下任何证据，除了他希望我们发现的以外。本案尤其如此。这就是为什么各位面前的文件夹会那么薄，因为里面放的是刑事鉴识报告、法医报告和我们的策略分析。我们尚未找出任何已知性侵犯跟埃莉斯·黑尔曼森、埃娃·多尔门或这两个犯罪现场有任何关联，但我们已经辨识出这两起命案背后的手法。托尔德，换你来说。"

这名信息科技专家先发出一声不应该的短促笑声，仿佛觉得卡翠娜说的话很好笑，然后才说："埃娃·多尔门发出的一条手机短信告诉我们，当晚她去过迪奇运动酒吧，赴了一个 Tinder 约会。”

"迪奇运动酒吧？"麦努斯高声说，"那不是差不多就在炉火酒吧对面吗？"

会议室响起一阵呻吟声。

"所以我们可能掌握到了一些线索，凶手的手法可能是利用 Tinder 在基努拉卡区安排碰面。"卡翠娜说。

"那到底是什么线索？"一名警探问道。

"就是下次可能会怎么发生。"

"如果没有下次了呢？"

卡翠娜深深吸了口气。"哈利？"

哈利坐在椅子上前后晃动着身体。"这个嘛，还在学习阶段的连环杀手通常在第一次作案之后隔很长一段时间才会第二次犯案，这段时间可能是几个月，甚至可能是数年。这是一种典型的模式，他们在杀人之后会有一段时间的冷却期，在此期间他们的性挫折会逐渐累积。这个循环通常会随着每一次命案的发生而越来越短，本案凶手的循环已经短到只有两天，因此我们倾向于假设这不是他第一次犯下这类案件。"

接着是一阵静默，大家都在等待着哈利继续说下去，但他没有。

卡翠娜清了清喉咙："问题是我们在挪威过去五年的重大刑事案件中没有发现类似的案子。我们也询问过国际刑警组织，看是不是有类似的凶手可能转换了狩猎场，移动到了挪威，他们说的确是有几个可能的人选，但这些人最近都没有移动。所以，我们不知道凶手到底是谁，但根据经验，我们知道这类命案一定会再次发生，而且以这个凶手来说，他下手的时间就快到了。"

"有多快。"一个人问道。

"很难说，"卡翠娜说，朝哈利望去，只见他慎重地抬起一根指头，"但犯案间隔可能短到只有一天。"

"而我们没有办法阻止他？"

卡翠娜变换了一个站姿。"我们已经向警察署长请求许可，在下午六点召开记者会，对民众发出公开警告。幸运的话，凶手可能会认为大家已经提高警觉，进而取消或暂缓其他的杀人计划。"

"他真的会这样吗？"沃尔夫问道。

"我认为——"卡翠娜开口说，却被打断。

"恕我冒昧，布莱特，我是在问霍勒。"

卡翠娜吞了口口水，努力不让自己发怒。"哈利，你说呢？公开警告可以阻止他吗？"

"我不知道，"哈利说，"别去理会电视上是怎么演的，连环杀手不是安装了相同软件的机器人，他们不会依照一定的行为模式去行动，他们跟一般人一样各式各样而且难以预料。"

"很聪明的回答，霍勒。"众人皆朝门口望去，只见警察署长米凯·贝尔曼双臂交叠，倚着门框，也不知他何时来的。"没人知道公开警告会产生什么效果，说不定只会激励这个变态凶手，让他觉得自己已经掌控全局，他是刀枪不入的，可以继续杀人。但我们确实知道一件事，那就是公开警告会让大众觉得警署已经让局面失控了，而会对这件事感到害怕的就是奥斯陆市民，应该说是更害怕，因为只要是过去数小时看过在线新闻的人都注意到了，已经有很多人揣测这两起命案有所关联。所以我有个更好的建议，"米凯拉了拉衬衫袖子，让白色袖口从外套袖子里露出来，"那就是我们要在这家伙再度犯案前逮到他。"他对众人露出微笑。"你们说呢，各位优秀的队员？"

卡翠娜看到有几个人点了点头。

"很好，"米凯说，"继续吧，布莱特警监。"

市政府的时钟显示晚上八点，一辆大众帕萨特便衣警车缓缓从市政府前驶过。

"妈的那是我开过最烂的记者会了。"卡翠娜说，她驾驶那辆帕萨特行驶在毛德王后街上。

"二十九次。"哈利说。

"什么？"

"'这我们不予置评'这句话你说了二十九次，"哈利说，"我算了。"

"我差点就要说：'抱歉，警察署长对我们下了封口令。'贝尔曼到底在玩什么把戏？要我们不准提出警告，不准提到有个连环杀手正在逍遥法外，也不准叫民众提高警觉？"

"他说得没错，这样做会让非理性的恐惧蔓延开来。"

"非理性？"卡翠娜怒道，"你看看四周！现在是星期六的夜晚，街上有一半的女人正要去跟陌生男人约会，希望白马王子会出现，改变她们的人生。如果你说的一天间隔是正确的，那其中一个女人可要倒大霉了。"

"你知道巴黎恐怖袭击那天，伦敦市中心发生了一起严重的公交车车祸吗？死亡人数几乎跟在恐怖袭击中丧生的人数一样多。有亲友在巴黎的挪威人开始狂打电话，担心亲友在恐怖袭击中死亡，却没人去特别关心下在伦敦的亲友。恐怖袭击事件发生之后，大家变得害怕去巴黎，即使当地警察已经严加戒备，但没人会担心去伦敦搭乘公交车，即便交通安全的条件并没有改善。"

"你想说的重点是什么？"

"就是民众对碰到吸血鬼的恐惧是被夸大的，因为头条新闻都在报道这件事，也因为他们读到说凶手会吸血，但同时他们会点烟来抽，虽然他们知道这更有可能害死他们。"

"那你告诉我，你真的赞同贝尔曼的做法吗？"

"不赞同，"哈利说，凝望着车窗外的街道，"我只是在想这件事而已，我想站到贝尔曼的立场，去看看他到底想要什么，他那个人心里总是有所盘算。"

"那他这次在盘算什么？"

"不知道，但他希望这件案子越低调越好，而且破得越快越好，就好像拳击手在维护他的声誉。"

"你在讲什么啊，哈利？"

"一旦你拿到拳王腰带，你就会尽量避免上场，因为最佳的策略就是保住你已经到手的。"

"很有趣的推论，那你还有其他推论吗？"

"我说过我不确定。"

"凶手在埃娃·多尔门的大门上写了一个'V'字，'V'又正好是他名字的第一个字母，而且你说过你从犯罪现场认出了他过去活跃时所做过的事。"

"对，但就像我说的，我没法说出我到底认出了什么。"哈利顿了一下，电影里那条毫无特点的街道的画面在他脑海中一闪而过。

"卡翠娜，你听着：咬穿喉咙、戴铁假牙、饮血，这些都不是他的作案手法。连环杀手在一些小地方也许难以捉摸，但他们不会改变整个犯案手法。"

"他的作案手法有很多种，哈利。"

"他喜欢被害人的痛苦，也喜欢被害人的恐惧，但不是被害人的血。"

"你不是说凶手在鲜血里加了柠檬是因为他不喜欢血吗？"

"卡翠娜，就算真的是他好了，那对我们也没用，你跟国际刑警找他找了多久了？"

"快四年了。"

"这就是为什么我不想把我的怀疑告诉其他人，因为我不想产生反效果，也不想让大家把焦点聚集在单一人物上，以致耽误调查工作。"

"要不然就是你想自己逮到他。"

"什么？"

"你就是因为他才回来的不是吗，哈利？打从一开始你就嗅到了他的味道，欧雷克只是个借口而已。"

"这个话题到此为止，卡翠娜。"

"贝尔曼根本就不可能公开欧雷克以前做过什么事，因为一旦公开，他一直隐瞒至今的这个事实就会反过来伤到他。"

哈利调大电台的音乐声。"听过这首歌吗？这是奥罗拉（Aurora Aksnes）唱的，很……"

"哈利，你明明讨厌流行电音。"

"我喜欢这首歌更胜于这个话题。"

卡翠娜叹了口气。车子在红灯前停下。她倚身向前，朝风挡玻璃外望去。

"你看，今天是满月。"

"今天是满月。"莫娜·达亚说，从厨房窗户向外望去，看着那片起伏的草原。月光洒落其上，草原闪闪发光，仿佛覆盖着一层刚落下的白雪。"你想这会不会提高他在今晚第三次下手的可能性？"

哈尔斯坦·史密斯微微一笑。"不太可能，从你跟我说的这两起命案来看，这个吸血鬼症患者的性欲倒错是恋尸癖和施虐癖，而不是谎语癖或是幻想自己是超自然生物。但他一定会再下手，这一点是可以确定的。"

"有意思，"莫娜记下来，她的笔记本电脑就放在餐桌上，旁边是一杯现泡的绿茶，"那你认为他会在何时何地下手呢？"

"你说第二个受害者也是去赴 Tinder 约会？"

莫娜点了点头，继续记录。她的同事在采访时多半都会使用录音设备，而她虽然是社内最年轻的犯罪线记者，却喜欢采用传统的记录方式。她对这件事的公开解释是，在这场先刊先赢的新闻竞赛中，她这样做比对手更节省时间，因为她在记录的过程中就已经开始编辑新闻了，而这在参加记者会时更是一大优势，尽管今天下午警署召开的记者会就算没有录音笔或笔记本电脑也能从容应对，因为卡翠娜·布莱特只是不断地重复说着"不予置评"这句话，就连最资深的犯罪线记者也听得火冒三丈。

"我们还没在报纸上刊登 Tinder 约会这件事，但我们在警署里的消息来源说埃娃·多尔门曾经发短信给朋友，说她要去基努拉卡区的迪奇酒吧赴 Tinder 约会。"

"原来如此，"史密斯推了推眼镜，"我想他一定会沿用已经被证实会成功的方法。"

"那你会对这几天考虑要用 Tinder 认识男人的女人说些什么呢？"

"我会说她们应该等这个吸血鬼症患者落网以后再去。"

"你认为他在报上读到这件事，发现大家都知道他的手法以后，还会再用 Tinder 吗？"

"这家伙有精神病，他不会去理性评估风险并停手，他也不是典型的连环杀手。典型的连环杀手会在事前冷静地计划，并且冷血地执行，不留下一丝线索，他们会躲在角落编织罗网，在下手之间花时间等待。"

"我们的消息来源说这两起命案的承办警探认为凶手是典型的连环杀手。"

"这个凶手的疯狂是另一种不同的类型，比起杀人，咬人和鲜血对他来说更为重要，那才是他的驱动力。现在他想做的只是继续行动，而且他已经连连告捷，他的精神病已得到充分的发展。我们只能希望他跟典型的连环杀手不同，他会希望自己的身份被发现进而被逮捕，因为他是如此的失控，就算身份曝光也无所谓。典型连环杀手和吸血鬼症患者都算得上是自然灾害，因为他们其实跟一般人没什么两样，只是恰巧脑子有病。连环杀手就像暴风雨，可以一再发飙，没人知道什么时候会结束；而吸血鬼症患者则像泥石流，在非常短的时间内就会结束，但在此期间他可能横扫整个地区，这样说你明白吗？"

"明白，"莫娜说，奋笔疾书：横扫整个地区，"好，非常感谢，这样就差不多了。"

"不客气，你亲自跑来让我有点意外。"

莫娜打开她的iPad。"反正我们都得来一趟，拍个照片，所以我就跟来了。威尔？"

"我想可以在草原上拍照，"摄影记者说，他一直静静地坐在旁边聆听采访，"这样不只可以拍到你，还可以拍到开阔的风景和月光。"

莫娜非常清楚威尔在想什么。一个男人独自站在黑夜中，天上挂着满月，吸血鬼。她以极细微的动作朝威尔点了点头。有时候最好别把摄影概念说给拍摄对象听，因为他们很可能会反对。

"请问我老婆可不可以一起入镜？"史密斯问道，脸上露出受宠若惊的表情，"《世界之路报》……这对我们来说可是了不得的事。"

莫娜不禁微笑。真是贴心。她脑中突然闪过一个念头，也许可以请这位心理医生摆出咬妻子脖子的姿势来阐释这件案子，但对一件这么重大的刑事案件而言，这样做可能太过分也太胡闹了。

"我的主编可能只希望你一个人入镜。"她说。

"我明白，只是问一问。"

"我会留在这里写稿，说不定离开前就可以上传到网站。你们家有无线网吗？"

她拿到了密码：freudundgammen。新闻稿写到一半，她就看见外头的草原上闪起镁光灯的亮光。

莫娜不用录音设备的非正式原因是采访对象实际说过的话都算证据，她并不会刻意去写与受访者意思相反的报道，但少了录音她就可以任凭己意强调某些地方，把对方说的话翻译成读者容易吸收的耸动文字，进而提高点击率。

心理医生表示：吸血鬼症患者可以横扫整座城市！

她看了看时间。楚斯说如果有新消息，十点会打电话过来。

"我不喜欢科幻电影，"坐在佩内洛普·拉施对面的男子说，"宇宙飞船从镜头前经过的声音最令人讨厌了。"男子噘嘴发出咻的一声。"太空中没有空气，所以没有声音，是完全寂静的，我们都被骗了。"

"阿门。"佩内洛普说，拿起面前的那杯矿泉水。

"我喜欢亚利桑德罗·冈萨雷斯·伊纳利图导演，"男子说，端起他那杯水，"我喜欢他拍的《美错》《通天塔》《鸟人》和《荒野猎人》。只不过他现在变得有点主流了。"佩内洛普感到一丝喜悦的悸动，并不是因为对方恰好提到她最喜欢的两部电影，而是对方连伊纳利图导演很少在用的中名也说了出来，此外他已经提到过她最喜欢的作者（科马克·麦卡锡）和城市（佛罗伦萨）。

餐厅门开了。来这家餐厅是男子的提议，这家人气低迷的小餐厅里只有他们两位客人，但这时一对男女走了进来。男子转过头去，并不是看向门口，而是朝反方向别过头，佩内洛普因此有机会在几秒之内偷偷观察他。她已经注意到他身形瘦长，身高跟她相当，彬彬有礼，穿着得体。然而他有魅力吗？这有点难说。他长得不算丑，却有种狡猾的感觉，而且她觉得他应该没有他所声称的四十岁那么年轻，他眼睛周围和脖子的皮肤看起来相当紧实，像是做过拉皮手术。

"我都不知道这里有这家餐厅，"她说，"非常安静。"

"太……太安静了吗？"男子微微一笑。

"不错啊。"

"下次我可以带你去一家餐厅，他们提供麒麟啤酒和紫米，"他说，"如果你喜欢的话。"

佩内洛普差点尖叫出声。这真是太棒了，他怎么可能知道她爱紫米？她的朋友多半都不知道这世界上还有这种东西。罗阿尔非常讨厌紫米，说这东西尝起来有股健康食品专卖店和高高在上的味道。平心而论，这两种指控都算公平，紫米的抗氧化物含量比蓝莓还高，而且在古代是跟寿司一起进献给皇帝及皇室成员食用的。

"我很喜欢，"她说，"你还喜欢什么？"

"我的工作。"男子说。

"是什么？"

"我是视觉艺术家。"

"真厉害！是哪方面？"

"装置艺术。"

"我的前男友罗阿尔也是视觉艺术家，说不定你认识他？"

"应该不认识，我不接触传统艺术圈，而且我算是自学的。"

"但既然你能靠这行维生，我怎么可能没听过你的名字，奥斯陆很小的。"

"我还有其他工作。"

"比如说？"

"管理员。"

"但你展出过？"

"我通常是替专业客户做私人的装置艺术，不会邀请媒体。"

"哇，能做私人客户很棒啊，我就跟罗阿尔说过他应该这样做才对，你都是用什么素材？"

男子用餐巾擦了擦眼镜："模特。"

"模特是指……活人吗？"

他微微一笑。"都有。说说你自己吧，佩内洛普，你喜欢什么？"

她用食指抵着下巴。对哦，她喜欢什么？这时她才发现男子似乎已经把她喜欢的都说出来了。

"我喜欢人，"她说，"还有诚实，还有我的家庭，还有小孩。"

"还有被紧紧拥抱。"男子说，转头朝坐在与他们相隔两桌的那对男女看了一眼。

"你说什么？"

"你喜欢被紧紧拥抱，玩粗暴的游戏，"他倾身越过桌面，"我可以看穿你，佩内洛普，不过没关系，我也喜欢。这个地方已经开始有点挤了，我们去你家好吗？"

佩内洛普怔住了片刻，才明白对方并不是在开玩笑。她低头看见他的手距离她的手非常近，指尖几乎相触。她吞了口口水。为什么她老是碰到怪人？朋友建议她说，要忘了罗阿尔，最好的办法就是去认识其他男人。

她也真的去尝试了，但遇到的男人不是装模作样，就是有社交障碍的科技怪咖，或是像眼前这种只是纯粹想打一炮的男人。

"我想我自己回家好了，"她说，环顾四周，寻找服务生，"我来结账吧。"他们坐下还不到二十分钟，但她朋友说过，玩 Tinder 的第三条也是最重要的一条规则就是：别玩游戏，看不对眼就离开。

"两瓶矿泉水还难不倒我，"男子微笑，扯了扯浅蓝色衬衫的领子，"快跑回家吧，灰姑娘。"

"好吧，那谢谢了。"

佩内洛普拿起包，快步离去。冷冽的秋日空气吹拂在她温暖的双颊上，令她感到心旷神怡。她穿越玻克塔路。现在是星期六的夜晚，街上到处都是快乐的民众和等待出租车的队伍。无妨，奥斯陆的出租车价格很高，除非下大雨，否则她一般都不会搭乘。她经过索根福里街，她曾梦想有一天会跟罗阿尔住在这条街上的一栋美丽房子里。他们都说好了，公寓不需要超过七八十平方米，只要最近装修过，至少厕所装修过就好。他们知道这样一间公寓会贵得离谱，但双方父母都答应会资助他们。所谓的"资助"，指的是他们会出钱买下公寓。毕竟她是一名最近才取得资格的设计师，正在找工作，而罗阿尔是个在艺术市场上尚未崭露头角的明日之星。然而那个下贱的画廊女老板给罗阿尔设了圈套。罗阿尔搬出去以后，佩内洛普相信他总有一天会看穿那个女人，明白她是一头上了年纪的美洲狮，只是想弄个小鲜肉来玩玩而已。但这件事并未发生，相反，他们最近还特地用棉花糖做了个荒谬的装置艺术，大肆宣布订婚的消息。

佩内洛普走进麦佑斯登区的地铁站，搭上往西行驶的第一班进站的列车，并在霍福瑟德站下车。这里是西奥斯陆最靠近东侧的地区，有一栋栋公寓住宅，价格相对便宜，她和罗阿尔租下的是他们能找到的最便宜的一户，里头的厕所相当恶心。

为了安慰她，罗阿尔曾送给她一本美国创作歌手帕蒂·史密斯的自传《只是孩子》（*Just Kids*），讲述了两个怀有雄心壮志的艺术家，在二十世纪七十年代凭借希望、空气和爱住在纽约，并最后取得了成功。好吧，虽然其中一人在中途去世了，但是……

佩内洛普从地铁站走向矗立在她面前的建筑物，一眼望去，那建筑物似乎顶着一个光圈。今晚是满月，闪耀的月亮一定正挂在建筑物后方。罗阿尔离开至今已过了十一个月又十三天，在此期间她和四个男人上过床，其中两个比罗阿尔优，两个比罗阿尔糟。但她爱罗阿尔并不是因为性爱，而是因为……呃，因为他是罗阿尔，那个王八蛋。

她发觉自己加快了脚步，走过左侧路旁的一小丛树木。霍福瑟德区的街道在傍晚过后就会开始变得冷清，但佩内洛普是个高大且健美的年轻女子，她从未想过入夜之后在这附近的街上行走可能会有危险，直到现在。也许是因为报纸都以大篇幅报道了那个杀人凶手的新闻。不对，不是因为新闻，而是因为有人进过她的住处。那是三个月前的事了，起初她还抱有希望，觉得可能是罗阿尔回来了。她之所以发现有人进去过，是因为玄关出现了不属于她鞋子的泥鞋印，接着她又在卧室衣柜前发现了鞋印，于是她数了数自己的内裤，傻傻地希望罗阿尔回来拿走了一件。但是不对，事实并非如此。最后她终于发现丢了什么东西。是戒指盒里的订婚戒指，那是罗阿尔在伦敦买给她的。难道这只是一起普通的盗窃案？不对，是罗阿尔，他偷偷跑回来偷走了那枚戒指，要拿去送给画廊老板那个贱女人！可想而知，佩内洛普气得七窍生烟，直接打电话去质问罗阿尔，但他发誓他没有回去过，还说钥匙在搬家时就弄丢了，不然他一定会把钥匙寄还给她。罗阿尔一定是在说谎，就像他在其他事上一样，但她还是大费周章地把门锁给换了，不只换了她在四楼那户公寓的门锁，连一楼前门的门锁也一并换了。

佩内洛普从手提包里拿出钥匙，钥匙旁边是她买来的胡椒防身喷雾器。她打开一楼前门，听见门在她背后缓缓关上，液压缓冲器发出细小的嘶嘶声。她看见电梯停在七楼，于是开始爬楼梯，经过阿蒙森的家门口时停下脚步，气喘吁吁。怪了，她身体很好，爬这些楼梯向来不会累，今天怎么怪怪的，到底是哪里怪？

她看着她家的大门。

这栋建筑很老旧，公共照明设备很少，每一层楼只在楼梯间的墙壁高处设有一盏突出的金属框壁灯。这公寓当初是为西奥斯陆的劳工阶级兴建的，如今这个族群已然消失。她屏住气息，侧耳倾听。进到建筑里以后她就什么声音都听不见了。

上次听见的声音是液压缓冲器发出的嘶嘶声。

后来就一丝声响都没有了。

这就是奇怪之处。

她没听见前门关上的声音。

佩内洛普没时间回头，没时间把手伸进手提包，没时间做任何事，一只手臂就已从她背后伸了过来，扣住了她的双臂，紧紧压住她的胸部，令她无法呼吸。手提包掉到了地上。她奋力踢腿，却只踢到手提包。她放声大叫，叫声却被捂住她嘴巴的那只手给掩盖住了。那只手有肥皂的香味。

"好了好了，佩内洛普，"一个声音在她耳边低声说，"你知道，在太空里，没……没人听得见你大叫。"对方发出咻的一声。

她听见下头的前门附近传来声响，一时间希望是有人来了，接着才发现那是她的手提包、钥匙和防身喷雾器从栏杆跌落，掉到楼下时所发出的声音。

"怎么了？"萝凯问道，没有回头，也没有停止切做沙拉要用的洋葱。她从料理台上方的窗户映影中看见哈利停下了正在摆放餐具的手，走到客厅窗前。

"我好像听见了什么声音。"他说。

"可能是欧雷克或海尔加来了。"

"不是，是别的声音。是……别的声音。"

萝凯叹了口气。"哈利，你才刚到家而已，就又开始变得神经兮兮的，看看你都被搞成了什么样子。"

"我只办这件案子，然后就不碰了，"哈利走到料理台前，吻了吻萝凯的后颈，"你觉得怎么样？"

"很好。"她没说实话。她觉得身体酸痛、头痛，而且心痛。

"你说谎。"他说。

"我说谎技术高明吗？"

他微微一笑，按摩她的脖子。

"如果我突然搞失踪，"她说，"你会不会去找一个人来取代我？"

"找？听起来就觉得很累，追你就已经够累的了。"

"你可以去找个年轻一点的，可以替你生孩子的，我不会嫉妒，你知道的。"

"亲爱的，你的说谎技术可没那么高明。"

她微微一笑，放下刀子，垂下头，感受着他温暖干燥的手指在她的脖颈处轻轻地按摩，逐走疼痛，让她从痛苦中解脱片刻。

"我爱你。"她说。

"嗯？"

"我爱你，如果你可以替我泡杯茶，我就更爱你了。"

"是，老大。"

哈利放开了手。萝凯怀抱希望，站在原地等待，然而疼痛再度袭来，像是狠狠打了她一拳。

哈利站在厨房料理台前，双手放在上头，看着热水壶，等待它发出低沉的隆隆声响，那声音会越来越响，直到整个热水壶都开始晃动。那声音宛若尖叫。他听得见尖叫声。无声的尖叫声充斥他的头部、充斥整间厨房、充斥他的全身。他改换站姿。那尖叫声想从他体内出来，它也必须出来。他是不是疯了？他抬头看着窗户，只看见一片黑暗和他自己的映影。那人就在那里。那人就在外头。那人正等着他们，口中唱着歌，要他们出去跟他一起玩！

哈利闭上双眼。

不对，那人不是在等他们，而是在等他。那人在等哈利，等哈利出去跟他玩！

　　他感觉得到她跟其他人不一样。佩内洛普·拉施想活命。她高大健壮，而她家钥匙掉落到了三层楼之下。他感觉得到她肺脏释出的空气，于是更加紧紧地勒住她的胸腔。他就像蟒蛇一般，肌肉收紧，将猎物体内的空气一点一点挤出来。他希望她是活着的，带有温热的体温和这美妙的生存渴望，这样他就可以慢慢捏熄她的生命。但要如何办到呢？即使他有办法把她拖到楼下去捡钥匙，也可能会被邻居听到他们的声音。他觉得越来越火大。他应该跳过佩内洛普才对，三天前发现她换了门锁之后就应该做出这个决定。但他运气不错，在 Tinder 上跟她搭上了线，她也同意在那家不起眼的餐厅碰面，这让他觉得事情终究可以成功。然而选择一家安静的小餐厅也意味着里头寥寥无几的人会更容易注意到他。先前其中一个客人看他看得久了点，看得他心头惊慌，于是决定立刻离开，并加快事情的进行。但佩内洛普回绝了他的提议，先行离去。

　　他早已为这种状况做好准备，在附近停了一辆车。一路上他开得很快，虽没快到会被警察拦下的程度，但足以让他在佩内洛普走出地铁站之前就隐身到树丛之中。他悄悄跟踪她。沿途她并未回头，从手提包里拿出钥匙开门时也没四处张望。就在公寓大门即将关上之际，他及时伸出一脚卡在了门缝里。

　　这时他感觉她的身体一阵颤抖，知道她就要失去意识。他勃起的生殖器摩擦着她宽大且多肉的女性臀部，他母亲也有个类似的臀部。

　　他感觉得到他内在的小男孩正不断尖叫，亟欲出来掌控一切，亟欲在此时此地被喂饱。

　　"我爱你，"他在她耳畔柔声说，"真的，佩内洛普，这就是为什么在我们更进一步之前，我希望让你成为贞洁的女人。"

　　她双臂瘫软下来，他赶紧用一只手臂支撑住她，另一只手伸进夹克口袋里摸索。

佩内洛普醒了过来，意识到刚才自己一定是昏过去了。天色更加昏暗。她觉得自己的身体似乎正飘浮着，手臂被拉住，手腕正被什么东西箍着。她抬头一看，是一副手铐，此外还有个东西在她的无名指上闪着幽微的亮光。

接着她感觉到双腿之间一阵疼痛，低头望去，正好看见一只手从她身上抽离。

对方的脸有一部分隐没在阴影中，但她仍看得见他把手指凑到鼻子前嗅闻。她想放声大叫，却办不到。

"很好，亲爱的，"他说，"你很干净，这样我们就可以开始了。"

他解开夹克和衬衫的扣子，拉开衬衫，露出胸膛。一幅刺青显现出来，那是一张发出无声尖叫的面孔，就跟她一样。他挺起胸膛，仿佛那幅刺青有话想对她说，或者正好相反，也许她才是被展示的一方，展示给那张尖叫的恶魔面孔看。

他在夹克口袋里摸索，拿出一样东西给她看。那是一副黑色的铁假牙。

佩内洛普设法吸进空气，放声尖叫。

"这就对了，亲爱的，"他笑道，"就是这样，这就是最好的背景音乐。"

他张大嘴巴，把假牙塞了进去。

他的大笑声和她的尖叫声在四壁之间回荡、唱和。

《世界之路报》办公室墙壁上挂着的许多大屏幕电视，发出细微的国际新闻播报声，新闻部主编和值班经理正在办公室里更新在线新闻。

莫娜·达亚和摄影师站在新闻部主编的椅子后方，仔细观看主编的电脑画面。

"我什么都试过了，就是没法把他拍得很恐怖。"摄影师叹了口气。

莫娜明白摄影师说得没错，站在满月之下的哈尔斯坦·史密斯看起来一副乐天的模样。

"但还是起了作用，"主编说，"你们看看流量，现在点击量是每分钟九百次。"

莫娜朝屏幕右侧的计数器看去。

"冠军出现了，"主编说，"我们把这则新闻移到网页最顶端，也可以问一下晚班编辑，看她想不想更改一下首页。"

摄影师朝莫娜举起拳头，莫娜跟他以拳相碰。莫娜的父亲宣称这个手势是泰格·伍兹和他的球童带起的风潮，因为有次伍兹打完高尔夫名人赛第十六洞之后，跟球童开心地击掌，没想到球童太过用力竟然伤了伍兹的手，后来伍兹就把击掌改成握拳相碰。莫娜的父亲有个毕生的遗憾，那就是莫娜先天的臀部缺陷使得她无法如他所愿成为高尔夫选手。对莫娜来说，父亲第一次带她去练习场后，她就开始讨厌高尔夫球，可是因为高尔夫球的标准低得可笑，她战无不克。但她的挥杆姿势又短又丑，国家青年高尔夫球队教练拒绝选她入队，因为教练宁愿国家队输球，也不愿意让球队看起来不像是在打高尔夫球。于是莫娜在老家地下室里重重抛下高尔夫球杆，转而走进重训室，因为没有人会嫌弃她用什么姿势举起一百二十公斤的杠铃。公斤数、打击数、点击数。成功是以数字来衡量的，不同意这种说法的人只是害怕面对真相而已，并真的认为抱着这种错误的认知活下去才符合一般人的日常现实。但现在莫娜比较关心留言区，史密斯说过吸血鬼症患者不在乎冒险，这句话令她印象深刻，因为凶手可能会看《世界之路报》，也可能会上网留言。

她的目光扫过一则则实时出现的留言。

但那些留言都很平常。

富有同情心的网友对被害人的遭遇表达遗憾。

自诩真理守护者的网友认为某个政党应该对社会上出现此等败类负责，而本案出现的败类就是吸血鬼症患者。

支持死刑的网友借这个机会高声提倡死刑和阉割。

希望成为脱口秀谐星的网友不会放过这个可以拿来展现幽默感的机会。"新团体吸血鬼乐队登场了。""赶快脱手 Tinder 股票！"

但若她真的看到了可疑留言，又该怎么做才好？回报给卡翠娜的团队？

也许吧，她得还楚斯这个人情。或者她可以打电话给那个金发韦勒，让他欠她一个人情。即使她没用 Tinder，还是可以选择滑左或滑右。

她打了个哈欠，走到自己的办公桌前，拿起包。

"我要去健身房了。"她说。

"现在？都快午夜了！"

"有事打电话给我。"

"你一小时前就下班了，有其他人可以……"

"这是我的新闻，有事就打给我好吗？"

办公室门在她背后关上，她听见门后传来笑声，也许他们是在嘲笑她走路的姿势，也许是在嘲笑她那副"聪明女人什么都能包办"的态度。但她无所谓，她走路的姿势的确很好笑，而且她也的确什么都能包办。

她经过电梯、气密门、旋转门，踏出办公大楼门口，只见莹莹月光照亮大楼的玻璃帷幕。她吸了口气。有件大事正在发生，她心里有数，也知道自己将参与其中。

楚斯·班森把车子停在陡峭多风的山路旁，山下的砖造建筑躺在寂静的黑暗中，那里有奥斯陆的废弃工业区和铁轨，野草在那片沉睡的土地上蔓延、生长。再过去一点是建筑设计师的新玩物，也就是条形码区，那里是全新的商界游乐场，和过去一板一眼的劳工生活形成强烈对比，过去的简朴生活是出于省钱的现实考虑，和现在的极简美感概念有着天壤之别。

楚斯抬头朝坐落在山丘顶端、沐浴在月光下的那栋屋子望去。

窗户有亮光，他知道乌拉就在里头。也许她跟往常一样盘坐在沙发上，正在看书。他只要拿出望远镜朝山丘上看去就会知道。如果她正在看书，他就会看到她把头发拨到耳后，仿佛要聆听什么，也许是在聆听孩子是否醒来，也许是在聆听米凯是否需要什么，或只是在聆听掠食动物的动静，宛如一只在水洼里的瞪羚。

吱喳声、噼啪声和简短交换讯息的说话声陆续传来又止息，这座城市通过警用无线电传达讯息的声音比音乐更能令他安心。

楚斯看了看他刚才打开的置物箱，望远镜就放在警用手枪后方。他答应过自己要戒掉这个习惯。是时候了，他不再需要这样做了，现在他已经发现大海里还有其他鱼。好吧，其实也只是鲛鳙鱼、牛尾鱼和鲈鱼。楚斯听见自己发出呼噜声。他之所以得到"瘪四"这个绰号，就是因为这个呼噜笑声和他的戽斗下巴。乌拉被囚禁在山上那座占地过大、售价过高的房子里，房子的阳台还是他帮忙建造的。他在建阳台的同时，还把一个毒贩的尸体埋在湿润的水泥里。尸体的事只有楚斯一个人知道，但他从未因此失眠。

无线电传来吱喳声，接着是从紧急事故控制中心传来的声音。

"有警车在霍福瑟德区吗？"

"三十一号车在斯科延区。"

"霍福瑟德路四十四号 B 栋有个情绪激动的住户说，楼梯间有个疯子在攻击一个女人，他们不敢出面制止，因为疯子砸坏了楼梯间的灯，门外一片漆黑。"

"是用武器攻击吗？"

"对方说不知道，还说在灯光消失之前看见那疯子在咬那个女人。报案人姓阿蒙森。"

楚斯立刻反应过来，按下无线电上的"通话"键。"我是楚斯·班森警员，我比较近，我过去。"

他已经发动引擎，大力踩下油门，从路旁驶出，同时听见后方转弯过来的车子发出愤怒的喇叭声。

"收到，"紧急事故控制中心说，"班森，你在什么位置？"

"我说了我就在附近。三十一号车，我需要你们支援，如果你们先到的话在原地等我。怀疑歹徒有武器，重复一次，歹徒有武器。"

反正这是星期六夜晚，街上几乎不会有什么车，他只要全速驶进歌剧隧道，然后直接从峡湾底下穿过，就只会比三十一号车晚到个七八分钟。当然这七八分钟对被害人和逃跑的歹徒而言可能非常关键，但楚斯·班森警员可能因此成为逮到吸血鬼症患者的警察。天知道《世界之路报》会愿意支付什么价码来采访第一个抵达现场的警察。他猛按喇叭，前方一辆沃尔沃轿车让到一旁。车子驶上双向各三车道的马路。油门踩到底。心脏在胸腔内猛烈跳动。隧道内的超速照相机闪起亮光。他可是有勤务在身的警察，只要亮出警察证就可以叫整座城市的人都滚到一边去。他要去办案。他的血液在血管里搏动，这感觉太棒了，就像要勃起一样。

"黑桃会死！"楚斯高声吼道，"黑桃会死！"

"对，我们是三十一号车，我们一直在等你！"一辆警车停在B栋门口，车尾站着一男一女。

"一辆龟速货车不肯让我先过，"楚斯说，确认手枪已经上膛，弹匣是满的，"有听见什么声音吗？"

"里面很安静，没有人进去或离开。"

"走吧，"楚斯指了指那个男警说，"你跟我来，把手电筒带着。"又对那女警点了点头。"你留在这里。"

两人朝大门走去，楚斯透过窗户朝漆黑的楼梯间看了看，然后在对讲机上按下旁边标示着"阿蒙森"的按钮。

"哪位？"一个声音低声道。

"我是警察，你报案后有没有听见什么声音？"

"没有，但他可能还在外面。"

"好，开门。"

门锁传来咔嗒一声，楚斯把门拉开。"你拿着手电筒先进去。"

楚斯听见那男警吞了口口水。"我记得你是说支援，不是打头阵。"

"你不是一个人来就该谢天谢地了，"楚斯轻声说，"快走。"

萝凯留心着哈利。

连续两起命案、一个连环杀手，这正是他最容易投入的案件类型。

　　只见哈利坐在桌前用餐，露出关注餐桌对话的表情，他对海尔加以礼相待，对欧雷克说的话题看起来也兴味盎然。也许是她误会了，也许哈利真的对话题感兴趣，也许他的心并不完全紧紧系在案件上，也许他已经有所改变。

　　"枪支执照已经没有意义了，再过不久，只要买一台 3D 打印机，就能自己做出手枪。"欧雷克说。

　　"3D 打印机不是只能做出塑料制品吗？"哈利说。

　　"对，家用打印机是这样，但如果你只是想要一把枪，只用一次，用来杀一个人，那塑料做的就够了，"欧雷克倚身越过餐桌，"你甚至不需要真的拥有一把真枪来当样板，只需要去借一把，花个五分钟把它拆开，用蜡复制好每个零件，再用来当作 3D 模型，输入控制打印机的电脑，杀完人以后再把整支塑料手枪融化就好了。就算有人真的发现那把塑料手枪就是凶器，它也没有登记在任何人名下。"

　　"嗯，但通过那把枪还是可以追踪到制作它的打印机，现在刑事鉴识员已经有办法追踪喷墨打印机了。"

　　萝凯朝海尔加看去，发现她似乎跟不上这些对话。

　　"两位……"萝凯说。

　　"随便啦，"欧雷克说，"反正这整件事都很疯狂，现在几乎什么东西都能打印出来。目前全挪威只有三千多台 3D 打印机，可是想象一下，如果每个人都有一台，那就连恐怖分子也可以把氢弹做出来。"

　　"两位先生，我们可不可以聊些比较开心的事？"萝凯说，觉得呼吸异常窒闷，"像是比较有文艺气息的话题，换一下口味，今天我们有客人在场。"

　　欧雷克和哈利都转头朝海尔加望去，海尔加只是微微一笑，耸了耸肩，仿佛在说她无所谓。

　　"好吧，"欧雷克说，"那聊莎士比亚怎么样？"

　　"这听起来好多了。"萝凯说，用怀疑的眼神看着儿子，将马铃薯递给海尔加。

"好，那我们来聊史戴·奥纳和奥赛罗综合征，"欧雷克说，"我还没跟你说呢，杰西和我把那整堂课都录下来了，我在衬衫底下戴了隐藏式麦克风和发送器，杰西在隔壁教室负责录音。如果我把录音文件上传到网络，你觉得史戴能接受吗？哈利，你说呢？"

哈利没有答话。萝凯看着他，心想他是不是又神游到别处去了？

"哈利？"她说。

"呃，这个问题我不能回答，"哈利说，低头看着自己的盘子，"不过你为什么不用手机录音？学校又没有禁止在课堂上录音作为私人用途。"

"他们是在练习。"海尔加说。

三人都转头看向海尔加。

"杰西和欧雷克梦想当卧底警察。"

"要不要再来点葡萄酒，海尔加？"萝凯拿起酒瓶。

"谢谢，可是你们不喝吗？"

"我刚刚吃了头痛药，"萝凯说，"哈利不喝酒。"

"我是所谓的酒鬼，"哈利说，"真可惜，不然这是一瓶好酒。"

萝凯看见海尔加双颊泛红，赶紧问道："所以史戴教你们莎士比亚？"

"不完全是，"欧雷克说，"奥赛罗综合征暗指剧中人物的主要杀人动机来自嫉妒，但其实不是。海尔加跟我昨天读了《奥赛罗》……"

"你们一起看书？"萝凯把手放在哈利的手臂上，"好甜蜜啊。"

欧雷克的目光游移到天花板上。"反正呢，我的解读是剧中所有杀人行为背后最真实的动机不是嫉妒，而是受辱男人的妒忌和野心，这个受辱男人就是伊阿古，奥赛罗只是被他操弄的傀儡而已。这出戏应该叫作伊阿古才对，不应该叫奥赛罗。"

"你同意他的说法吗，海尔加？"萝凯挺喜欢这个身材苗条、有点羸弱、教养良好的女生，而且海尔加似乎很快就跟上了。

"我比较喜欢奥赛罗这个剧名，而且我觉得这出戏背后可能没有什么潜藏的因素，说不定就像奥赛罗说的，满月才是真正的肇因，是满月让人发疯的。"

"没有原因，"哈利用英语庄严地朗声道，"我只是想这样做而已。"

"真不赖啊，哈利，"萝凯说，"竟然还能引述莎士比亚。"

"这句话出自一九七九年沃尔特·希尔导演的电影《战士帮》。"哈利说。

"好棒，"欧雷克笑道，"有史以来最棒的帮派电影。"

萝凯和海尔加齐声大笑。哈利拿起水杯，露出微笑，看着对面的萝凯。笑声围绕在家庭餐桌的四周。萝凯觉得此时的哈利跟他们一起在这里。她和他四目相交，想把他留在此时此刻，但他眼眸中的那片海洋起了细微变化，逐渐从绿色转为蓝色。这种事也不是第一次发生了，他的目光再度转向内在。她知道在笑声消逝之前，哈利就已经踏上通往黑暗的路途，离他们远去。

楚斯在黑暗中爬上楼梯，握着手枪，压低身子，走在拿着手电筒的高大男警背后。寂静中只听见细微的滴答声响，仿佛建筑深处有个时钟正在行走。手电筒的光束似乎在不断推挤前方的黑暗，让黑暗变得更浓稠、更集中，就像以前楚斯和米凯在曼格鲁区替老人铲开的积雪一样。铲完积雪后，他们会从老人粗糙颤抖的手中接过一百克朗钞票，说他们会把钱找开再回来。那些老人闻言只是动也不动，留在原地等待。

脚下突然发出咔嚓声响。

楚斯抓住男警的夹克后背，男警停下脚步，用手电筒朝地面照去，散落一地的玻璃碎片被照得闪闪发亮。楚斯在玻璃碎片之间看到了一个模糊的脚印，他很确定那个脚印踩过了血迹。脚印的鞋跟和前面的鞋底清楚地分开了。他认为这脚印太大，不可能是女人留下的。脚印朝着下楼梯的方向，但楚斯很确定刚才在楼下并未看见脚印。滴答声越来越响了。

楚斯朝男警比个手势，表示继续往上爬。他低头看着楼梯，发现血脚印越来越清楚，又抬头朝楼梯上方望去，这时他猛然停下脚步，举起手枪，任由男警继续往上爬。他看见了某样东西，那东西从手电筒光束之间落下，是一种红色会反光的物体。原来他们听见的不是时钟的滴答声，而是鲜血滴落在楼梯上的声音。

"把手电筒往上照。"楚斯说。

男警停下脚步，转过头来，微感吃惊，因为他以为同事就跟他在身后，没想到楚斯竟停步在好几级楼梯之下，正抬头看着天花板。但男警仍依言照做了。

"我的天哪……"男警低声说。

"阿门。"楚斯说。

他们上方的墙壁上挂着一名女子。

女子的格子裙向上拉开，露出白色内裤的边缘。从男警头部的高度望去，正好看见女子的一只大腿上有个很大的伤口，鲜血从伤口流出，流经整条腿，再流进鞋子里，鞋子里的血满了之后溢出，在鞋尖聚集，最后滴落在楼梯上的一摊鲜血之中。女子头部垂落，双臂向上伸出，手腕被一副样式奇特的手铐铐着，挂在壁灯架上。能把她挂上去的人想必体格健壮。她的脸部和脖子都被头发遮住了，楚斯看不见是否有咬痕，但从那一大摊血和鲜血滴落的状况来看，她体内的血想必都已流尽。

楚斯仔细看着她，记下所有细节，觉得她看起来就像是一幅画。他打算把这个形容告诉莫娜。死者看起来像是挂在墙上的一幅画。

一扇门在他们上方的楼梯间微微打开，一张苍白的脸庞探了出来。"他走了吗？"

"应该是，你是阿蒙森？"

"对。"

走廊另一头的门打了开来，光线流泻而出。他们听到了一声惊恐的抽气声。

一个老人蹒跚走出门来，有个老妇留在门内，可能是他的妻子，正焦虑地从门口探头出来查看。"那个人是恶魔，"老人说，"看看他做了什么好事。"

"请不要再过来了，"楚斯说，"这里是犯罪现场，有人知道歹徒往哪里去了吗？”

　　“如果我们知道他走了，就会出来看看能帮上什么忙了，”老人说，“但我们从客厅窗户看到一个男人离开公寓，朝地铁站的方向走去。我们不确定他是不是那个恶魔，因为他走路的样子很冷静。”

　　“那是多久以前的事？”

　　“顶多十五分钟以前。”

　　“他长什么样子？”

　　“被你这么一问……”老人转头向妻子求助。

　　“他看起来很普通。”老妇说。

　　“对，”老人附和说，“他不高也不矮，头发不是金色也不是深色，穿着一身西装。”

　　“灰色的西装。”老妇补充道。

　　楚斯朝男警点了点头，男警会意，立刻用别在夹克胸前口袋里的无线电通话：“霍福瑟德路四十四号请求支援，十五分钟前有人目击嫌犯徒步走向地铁站，身高大约一米七五，可能是挪威人，身穿灰色西装。”

　　阿蒙森太太走出门来，脚步似乎比丈夫还要不稳，拖鞋在地上拖沓着，颤巍巍地伸出一根手指，指向挂在墙上的女子。她让楚斯想起他们以前帮忙铲雪的一个老人。楚斯提高嗓门说：“我说过了，不要再过来！”

　　“可是——”阿蒙森太太说。

　　“快进去！犯罪现场在鉴识员抵达前不能受到污染，有问题我们会再按门铃。”

　　“可是……她还没死。”

　　楚斯转过身去。在门内灯光的照耀下，他看见女子的右脚在微微地颤抖着，仿佛抽筋似的。他还来不及克制，脑海里就已接连闪过数个念头：她被感染了，她变成吸血鬼了，她就要醒过来了。

12

星期六晚上

装有杠片的长杠被重重放回到狭长健身椅上方的支架上，发出金属与金属之间的铿锵碰撞声。有人会觉得这种声音很刺耳，但在莫娜·达亚耳中却有如悦耳的钟声。况且她没吵到任何人，因为此时奋进健身房里只有她一个会员。六个月前，这里可能受纽约和洛杉矶的健身房影响，改为二十四小时营业，但莫娜从未在午夜以后看到过有人来运动。挪威人的工作时间没那么长，不会在白天找不到时间来运动。她是个例外，而她也想成为那个例外，成为一个变种人，因为这就有如进化，推动世界前进的总是与众不同之人，这些人让世界更完美。

手机响起，她从健身椅上起身。

是诺拉打来的。莫娜戴上耳机，接起电话。

"贱人，你在健身房。"她朋友诺拉咕哝道。

"我才来没多久。"

"骗人，我知道你已经去两小时了。"

莫娜、诺拉和其他几个大学同学可以通过手机的 GPS 卫星定位系统找到彼此，他们启动的这项功能可以容许彼此追踪手机位置。此举除了有社交作用，还可以让人感到安心。但有时莫娜不禁觉得这有点让她患上幽闭恐惧症。浓厚的姐妹情谊是很好，但也不用像十四岁的小女生一样还要手拉手一起去上厕所。她们都这个年纪了，应该明白年轻女性在这个世界上有很多成就事业的机会，而阻碍她们掌握这些机会的唯一因素就是缺乏勇气和改变世界的野心。发挥自己所拥有的聪明才智不应该需要别人批准。

"一想到你身上的卡路里正在一点一点消失，我就有点讨厌你，"诺拉说，"我就只会大屁股坐在这里，喝着一杯接一杯的冰镇果汁朗姆酒来安慰自己。听着……"

耳机里传来啜吸吸管的声音，连续敲击着耳膜，令莫娜想拔下耳机。诺拉相信冰镇果汁朗姆酒是早秋忧郁症的唯一解药。

"诺拉，你真的有事要讲吗？我正在——"

"有啦，"诺拉说，"是工作上的事。"

诺拉和莫娜过去是传播学院的同学，当年该学院比挪威其他高等教育机构有着更高的入学门槛，而且每个聪明的男孩女孩的梦想似乎都是在报纸上开个自己的专栏或进入电视台工作。诺拉和莫娜就是如此。癌症研究和管理国家是没那么聪明的人才会做的事。但莫娜注意到现在的传播学院受到了所有当地高中的竞争威胁，因为高中利用国家的补助经费为挪威的年轻学子开设新闻、电影、音乐和美容等热门课程，完全不考虑什么能力是国家缺乏且亟须的。这导致挪威这个富庶国家必须仰赖从国外进口人才，逼得国内修读影视传播系的无忧无虑的年轻男女只能失业在家，领取国家的失业救济金，看着国外电影，心情好时发表一下评论。另一个入学门槛降低的原因是年轻人发现了博客市场，他们再也不需要为了学分拼命，就能得到电视和报纸等传统媒体所能实现的同等水平的注意力。莫娜曾撰写过一篇文章，指出媒体不再要求新闻工作者具备某些专业资格，这也使得记者不再花费精力去取得那些资格。现今的媒体环境越来越集中在报道与名人相关的无聊新闻上，导致记者沦为八卦狗仔。莫娜在这篇文章里拿她自己的报社，也就是全挪威发行量最大的《世界之路报》当例子，但文章未被报社采用，负责专题的编辑说文章"太长了"，然后就把她介绍给杂志编辑。"这个嘛，有一种评论报社绝对不爱，那就是对报社自己的评论。"一个态度比较正面的同事如此说道。但莫娜觉得杂志编辑的回应才叫一针见血："可是莫娜，你这篇文章都没引用名人说的话啊。"

莫娜走到窗前，低头望着维格兰雕塑公园。天空布满云层，公园里除了路灯照亮的路径之外，几乎都为黑暗所笼罩。秋天总是这样，再过不久，树上的叶子就会掉光，视线少了树叶的阻挡变得更为清晰，城市将再度变得坚硬冰冷。但从九月底到十月底，奥斯陆就像是个柔软又温暖的泰迪熊，让她想好好地抱一抱。

"我洗耳恭听，诺拉。"

"是关于吸血鬼症患者的事。"

"我知道你被要求去找他当嘉宾，你认为他会去上谈话性节目吗？"

"最后一次了吧，《周日杂志》是个严肃的谈话性节目，我已经打电话问过哈利·霍勒了，但他拒绝，他说目前负责领导调查工作的是卡翠娜·布莱特。"

"那不是很好吗？你不是老抱怨说要找个优秀的女性嘉宾有多难吗？"

"对啊，但霍勒是名声最响亮的警探，你应该还记得上次他喝醉酒上节目的事吧？虽然那次的事显然是个丑闻，可是观众爱死他了！"

"你这样跟他说了吗？"

"没有，但我跟他说电视需要名人来上节目，一张名人的面孔可以吸引更多人注意，了解警察为这座城市贡献了多少心力。"

"说得很有技巧啊，他还是不要？"

"他说如果我要请他代表警察参赛，上《就是爱跳舞》这个节目，他明天就会开始练习慢板的狐步舞，但如果是要上节目谈命案调查工作，那卡翠娜·布莱特才是最了解案情也最有资格发言的人。"

莫娜哈哈大笑。

"怎样啦？"

"没什么，我只是想到了哈利·霍勒去上《就是爱跳舞》的样子。"

"什么？你觉得他是认真的吗？"

莫娜笑得更大声了。

"我打电话来只是想听听你对这个卡翠娜·布莱特的看法，因为你是跑那个圈子的。"

莫娜从面前的架子上取下一对轻哑铃，很快地做了几下肱二头肌弯举，保持血液循环，让废弃物可以从肌肉中流走。"布莱特是个很有头脑的人，而且懂得算计，甚至可以说有点严厉。"

"那你觉得她有屏幕魅力吗？从记者会的照片看来，她有点……"

"黯淡？是没错，但如果她愿意的话也可以看起来很亮丽。我们编辑部里有些男人认为她是全警署最性感的女人，她是那种会刻意掩饰自己的出色外表，好让自己看起来很专业的人。"

"我觉得我已经开始讨厌她了。那哈尔斯坦·史密斯呢？"

"他的确有潜力成为你们的节目常客，那人够古怪，说话够直白，但又口齿伶俐，你可以去找他。"

"好，谢啦。姐姐妹妹要一起站起来！"

"我们是不是已经有点过了说这种话的年纪了？"

"是啦，可是现在说这种话不是正讽刺吗？"

"也对，哈哈。"

"你还在那里嘻嘻哈哈，你那边怎么样了？"

"什么怎么样？"

"那个凶手还在四处出没。"

"我知道啊。"

"我是说他真的出没了，霍福瑟德区距离维格兰雕塑公园也不是太远。"

"你在说什么？"

"该死，你还不知道吗？他又下手了。"

"×！"莫娜高声骂道，余光瞄到柜台的一名男性工作人员抬头朝她这边望过来。"我那个王八蛋主编说有事会打电话给我，他一定是把这条新闻给别人了，先拜拜了，诺拉。"

莫娜跑进更衣室，把衣服塞进包里，奔下楼梯，来到街上，一边朝《世界之路报》的大楼方向前进，一边拦出租车。她很幸运地在一个红灯的路口叫到了出租车。她钻进车子后座，拿出手机，打电话给楚斯·班森。铃声响了两下就被接起来了，那头传来了古怪的呼噜笑声。

"怎么了？"她问道。

"我还在想你要过多久才会打给我。"楚斯说。

13

星期六晚上

"他们把她放下来的时候，她已经流失了超过一点五升的血液，"医生说，他和哈利及卡翠娜走在伍立弗医院的走廊上，"如果被咬的地方是在大腿上方比较粗壮之处的动脉，我们就没办法把她救回来了。通常我们不会容许情况如此严重的患者接受警察讯问，但有鉴于可能还会有其他被害者出现……"

"谢谢，"卡翠娜说，"我们不会问她不必要的问题。"

医生打开病房的门，和哈利在门外等候，卡翠娜进门走到床前，床边坐着一个护士。

"很惊人吧，"医生说，"你说对吗，哈利？"

哈利扬起一侧眉毛，转头看着医生。

"你不介意我直呼你的名字吧？"医生说，"奥斯陆是座小城市，你老婆的医生正好就是我。"

"真的？我不知道她来这里看诊。"

"我是看到她在表格上的亲属栏填了你的名字才知道的，当然我在报纸上看到过你的名字。"

"你记性真好……"哈利说，看了看对方别在白袍上的名牌，"……约翰·D.斯蒂芬斯主治医师，因为我的名字已经很久没出现在报纸上了。你觉得什么地方很惊人？"

"竟然有人可以这样咬穿一个女人的大腿。很多人都认为现代人的下巴不是很有力，但跟大部分哺乳类动物相比，人类的牙齿算是很锋利的，你知道吗？”

"不知道。"

"那你认为人类的咬合力有多大，哈利？"

几秒之后，哈利才发现斯蒂芬斯很认真地在等他回答。"呃，我们的刑事鉴识专家说是七十公斤。"

"好吧，那……你已经知道答案了。"

哈利耸了耸肩。"数字对我来说没什么意义，就算告诉我是一百五十公斤，我也不会有太大反应。说到数字，你怎么知道佩内洛普·拉施流失了一点五升血？脉搏和血压应该不是那么准确的衡量单位吧？"

"我有犯罪现场的照片，"斯蒂芬斯说，"而且我在买卖血液，所以看得还算挺准的。"

哈利正想请斯蒂芬斯解释得更清楚一点，却看见卡翠娜招手请他过去。

他走进病房，站到卡翠娜身旁。佩内洛普的脸色几乎跟床上的枕头一样白。她眼睛是睁开的，但眼神涣散。

"佩内洛普，我们不会打扰你太久，"卡翠娜说，"我们跟先前在现场跟你说过话的警察谈过，所以知道你之前在市区跟歹徒碰过面，后来他在楼梯间攻击你，还用铁假牙咬你。可以请你告诉我们他是谁吗？除了他的名字叫维达尔之外，他有没有跟你说过他姓什么？有没有说他住在哪里？在哪里工作？"

"他叫维达尔·汉森，我没问他住哪儿，"佩内洛普说，声音细弱，让哈利联想到一碰就碎的瓷器，"他说他是艺术家，可是在做管理员的工作。"

"你认为他说的是实话吗？"

"我不知道，他也可能是保安，可以拿到钥匙的那种，总之他进过我家。"

"哦？"

佩内洛普看起来像是用尽全身力气，才把左手从被子里抬起来。"这是罗阿尔送给我的订婚戒指。他从我的卧室抽屉里偷走了。"

卡翠娜用怀疑的眼神看着那只雾面黄金戒指。"你是说……他在楼梯间帮你戴上戒指？"

佩内洛普点了点头，又紧紧闭上眼睛。"而且他跟我说的最后一句话是……"

"是什么？"

"他说他跟其他男人不一样，他一定会回来娶我。"佩内洛普话声呜咽。

哈利看得出卡翠娜相当震撼，但仍专注问话。

"他长什么样子，佩内洛普？"

佩内洛普张开嘴又闭上，用绝望的眼神看着他们。"我不记得了，我……我一定是忘了，我怎么会……"她咬住下唇，泪珠在眼眶里滚来滚去。

"没关系的，"卡翠娜说，"遭遇这种事情后很容易会这样，过几天应该会回想起更多事情。你记得他穿什么衣服吗？"

"他穿西装，还有衬衫。他把衬衫扣子解开了，身上有……"佩内洛普顿了一下。

"有什么？"

"他的胸口有刺青。"

哈利看见卡翠娜倒抽一口凉气。"什么样的刺青，佩内洛普？"哈利问道。

"一张脸。"

"像个用力想爬出来的恶魔？"

佩内洛普点了点头，一颗泪珠滑落脸颊。哈利心想，她体内的水分像是已不足以分泌第二颗泪珠。

"而且他好像……"佩内洛普又呜咽着说，"好像是要特地展示给我看。"

哈利闭上眼睛。

"她需要休息了。"护士说。

卡翠娜点了点头，将一只手放在佩内洛普的乳白色手臂上。"谢谢你，佩内洛普，你帮了我们很大的忙。"

哈利和卡翠娜正要离开，护士又把他们叫回来。两人走到病床边。

"我还记得一件事，"佩内洛普用微弱的声音说，"他的脸看起来动过手术，而且我忍不住会想……"

"想什么？"卡翠娜说，俯下身去，聆听佩内洛普细若蚊鸣的声音。

"他为什么没有杀我？"

卡翠娜用求助的眼神看向哈利。哈利深深地吸了口气，朝她点了点头，倚身到佩内洛普身旁。

"因为他下不了手，"哈利说，"因为你没有让他下手。"

"好了，现在我们确定是他了。"卡翠娜说。她跟哈利沿着走廊朝医院门口走去。

"嗯，而且他改变了作案手法和喜好。"

"你有什么感觉？"

"你是指发现真的是他？"哈利耸了耸肩，"没感觉。他是个杀人犯，需要逮捕归案，就这样。句号。"

"少来了，哈利，你可骗不了我，你就是因为他才会在这里的。"

"他可能会伤害更多人命，所以逮到他很重要，这跟我个人没有关系好吗？"

"好，我听见了。"

"很好。"哈利说。

"他说他一定会回来娶她，你觉得这是……"

"一种比喻？对，他会在佩内洛普梦里纠缠她。"

"但这也表示他……"

"故意没杀佩内洛普。"

"你骗了她。"

"我骗了她。"哈利推开医院大门，门口有一辆车正等着他们。两人开门上车，卡翠娜坐到前座，哈利坐进后座。

"要去警署？"韦勒在驾驶座上问道。

"对。"卡翠娜说，拿起她放在车上充电的手机。

"毕尔发短信说楼梯上的那些血脚印可能是牛仔靴留下的。"

"牛仔靴。"哈利在后座说。

"就是那种鞋跟高而斜……"

"我知道牛仔靴长什么样子,证词中有提到过。"

"谁的证词?"卡翠娜问,浏览刚才她在医院期间收到的其他短信。

"妒火酒吧的酒保,叫作穆罕默德什么的。"

"不得不说你的记性还真是好得很。我收到一则短信说要邀请我上《周日杂志》节目,讨论吸血鬼症患者。"卡翠娜滑着手机。

"所以呢?"

"没有所以了,贝尔曼说得很明白,他希望这件案子的曝光率越低越好。"

"就算被侦破了也一样吗?"

卡翠娜回头看向哈利。"什么意思?"

"第一,警察署长可以上全国转播的电视节目大肆宣扬说这件案子在三天内被迅速侦破。第二,我们可能需要一些曝光度来逮到他。"

"我们侦破这件案子了吗?"韦勒在后视镜中和哈利目光相接。

"是侦破,"哈利说,"不是解决。"

韦勒转头看向卡翠娜。"这是什么意思?"

"意思就是我们已经知道凶手是谁了,但在把他正式缉捕归案之前不算解决。以这个家伙来说,要把他绳之以法可是一大难题,我们已经对他发出国际通缉令将近四年了。"

"这个家伙是谁?"

卡翠娜重重地叹了口气。"他的名字我甚至都说不出口,哈利,你跟他说吧。"

哈利望着车窗外。卡翠娜没说错,他大可否认,但他的确是为了一个自私的理由才会在这里。不是为了替被害人讨回公道,不是为了替奥斯陆铲奸除恶,也不是为了维护警方的声誉,甚至不是为了维护他自己的名誉。

什么都不是，只是为了一个原因：他让那个人逃脱了。之前没能阻止那个人，哈利当然心怀愧疚，因为有那么多受害者，因为那个人逍遥法外那么久。即便如此，现下他只能专注在一件事情上，那就是他必须逮到那个人。他，哈利，必须逮到那个人。他不知道自己为什么会这么想，难道他需要这个罪大恶极的连环杀手来证明自己的生命价值吗？这恐怕只有上帝才知道了。而且若非如此的话，也只有上帝才知道其他理由。那人之所以从躲藏处现身，是因为哈利。那人在埃娃的家门上写了个"V"字，还把恶魔刺青展现给佩内洛普看。佩内洛普问为何那人没有杀死她，哈利编了个理由欺骗了她，那人没有杀死佩内洛普的真正原因，是希望她说出亲眼所见，说出哈利早已心里有数的事，那就是哈利得出来陪他玩了。

　　"好吧，"哈利说，"你想听完整版还是浓缩版？"

14

星期日上午

　　"这就是瓦伦丁·耶尔森。"哈利说，指着大屏幕上的一张脸，那张脸正盯着项目调查小组瞧。

　　卡翠娜专注地看着那张瘦长脸庞。他有着褐色的头发和深陷的双眼，但他双眼深陷有可能是因为角度所致，因为他额头向前，使得光线照落的角度有所变化。卡翠娜不禁会想，当初负责摄影的警察怎么会容许瓦伦丁用这种姿势拍照。此外还有他的表情。受刑人拍档案照时通常都会流露出恐惧、困惑或听天由命的神色，瓦伦丁却看起来一副心满意足的样子，仿佛他知道一些事，一些他们还不知道的事。

　　哈利让大家仔细地看了一会儿那张脸，才接着说："瓦伦丁·耶尔森十六岁的时候被控引诱一个九岁女童到小船上加以猥亵，十七岁的时候女性邻居报案说他试图在地下室洗衣间强暴她，二十六岁的时候他因为侵犯未成年少女进入伊拉监狱服刑。他曾在狱中找女牙医看诊，趁机用牙钻逼迫她脱下尼龙丝袜，再把丝袜罩在她头上，在牙医椅上强暴了她，然后在丝袜上点火。"

　　哈利按了一下电脑键盘，影像换到下一张。众人纷纷捂住嘴巴，发出呻吟。卡翠娜看到，即使是最资深的警探也垂下了视线不忍直视。

　　"我给你们看这张照片不是为了好玩，而是让大家知道我们面对的是什么样的人。瓦伦丁·耶尔森让这个牙医活了下来，就跟佩内洛普·拉施一样，我不认为这是他一时失手，而是认为他在跟我们玩游戏。"

　　哈利又按了一下键盘，瓦伦丁的照片再度出现，这次的照片是从国际刑警的网页上撷取下来的。"大约四年前，瓦伦丁从伊拉监狱逃脱，用的是一种非常奇特的方法。他把一个叫作犹大·约翰森的狱友揍到血肉模糊，难以辨认，然后在尸体的胸部刺上一个跟他胸部一模一样的刺青，再把尸体藏到行李箱里。后来点名的时候犹大没有出现，被列为失踪。瓦伦丁要越狱的那天晚上，他给尸体穿上他自己的囚服，放在他囚室的地板上。狱警在他的房里发现了血肉模糊的尸体，自然而然地认为那就是瓦伦丁，而且一点也不讶异，因为就跟其他有恋童癖的受刑人一样，瓦伦丁遭到其他受刑人痛恨，因此没人想到要比对尸体的指纹或检验 DNA。所以有很长一段时间，我们以为瓦伦丁早已不在人世，直到他因为另一起命案浮上台面。我们并不知道他到底杀害或攻击过多少人，但可以确定的是绝对比他涉嫌或定罪的要多。我们知道他在失踪前的最后一个受害者是他以前的女房东依里雅·雅各布森，"哈利又按了一下键盘，"这张照片是在她躲避瓦伦丁的小区拍的，如果我没记错，第一个抵达现场的是班森。我们在那里发现她被勒死，躺在一堆儿童冲浪板底下。各位可以看到，冲浪板上有鲨鱼的图案。"

会议室后方传来呼噜笑声："对啊，那些冲浪板是偷来的，可怜的瘾君子没能把它们卖掉。"

"依里雅·雅各布森之所以遇害，可能是因为她会透露关于瓦伦丁的信息给警方，这可能也说明了为什么很难从任何人口中问出他在哪里，因为知道他消息的人根本什么都不敢说，"哈利清了清喉咙，"另一个找不到瓦伦丁的原因是，他逃狱之后动过好几次大面积的整形手术，我们在这张照片上看到的这个人，已经不像后来在伍立弗体育场足球赛上模糊的监视器画面里的那个人了，而且那个监视器画面是他刻意让我们看到的。由于到目前为止我们还找不到他，所以我们怀疑他可能在那之后又做了整形手术，而且可能是在国外做的，因为我们已经清查过北欧所有的整形手术。我们之所以强烈怀疑他的长相再度改变，是因为我们把瓦伦丁的照片拿给佩内洛普·拉施看，她却认不出来。遗憾的是，她无法清楚地描述他现在的长相，而 Tinder 上面那个叫维达尔的男人的资料照片很可能并不是他本人。"

"托尔德已经查过维达尔的脸书资料，"卡翠娜说，"他发现里头的数据果然都是假的，账号是最近才开设的，使用的装置我们无法追踪。托尔德认为这表示他具备一定程度的信息技术。"

"不然就是他有帮手，"哈利说，"不过我们手上至少有一个三年前瓦伦丁·耶尔森失踪前见过他而且跟他说过话的人，那就是史戴·奥纳。史戴已经不再是犯罪特警队的顾问了，但他同意今天过来一趟。"

奥纳站了起来，扣上花呢夹克上的一颗纽扣。

"我曾跟那个自称是保罗·斯塔夫纳斯的患者做过短期的心理咨询，这真是一种诡异的荣幸。他是个不寻常的精神分裂症患者，因为他在某种程度上可以察觉到自己的疾病。他还摆了我一道，不让我知道他真正的身份，也没让我察觉到他在做什么。直到那天我无意间发现了他的身份，他才想杀我灭口，后来又逃得无影无踪。"

"我们根据史戴的描述，绘制了一张素描，"哈利按了一下键盘，"他这个长相也算是旧的了，但至少比足球赛的监视器画面好一点。"

卡翠娜侧过头。那张素描里的头发、鼻子和眼睛的形状都改变了，脸的形状比照片上要尖，但那副心满意足的表情依然存在。其实应该说是"看起来"心满意足，那神情就好似一只鳄鱼咧嘴而笑。

"那他怎么会变成吸血鬼症患者？"窗边一个声音说。

"首先呢，我并不认为世界上有吸血鬼症患者存在，"奥纳说，"不过瓦伦丁·耶尔森会吸血可能有很多种原因，现在我也给不出一个答案。"

接着是一阵长长的静默。

哈利清了清喉咙。"我们在之前的案件中并没有发现任何咬人或吸血的行为跟耶尔森有关，而且连环杀手通常都会使用特定的作案模式，不断重复、温习同一个幻想。"

"我们有多确定凶手真的是瓦伦丁·耶尔森？"麦努斯问。

"百分之八十九。"毕尔·侯勒姆答道。

麦努斯笑道："百分之八十九，这么精准？"

"对。我们在他用来铐佩内洛普·拉施的手铐上发现了几根体毛，很可能来自他的手背。DNA 分析不用花太长时间就能确定有百分之八十九的比对符合率，最后那百分之十比较花时间，但两天之内可以有结论。顺带一提，那种手铐在网上买得到，是中世纪手铐的复制品，所以是用铁做的，不是钢。有人喜欢用这种手铐是因为可以把爱巢布置得像是中世纪的地窖。"

会议室里传来一声呼噜笑声。

"那铁假牙呢？"一名女警探问，"他是从哪里取得铁假牙的？"

"这个问题更难回答了，"侯勒姆说，"目前我们还没发现有谁在做这种假牙，至少没发现有人用铁来做假牙。他应该是去找铁匠定做的，或是他自己做的。这显然是种新的杀人方式，我们不曾看过有任何人把铁假牙当作武器。"

"说到新的行为，"奥纳说，解开夹克纽扣，让肚子放松一点，"根本上的行为改变几乎是不可能发生的，人类在这方面可以说是恶名昭彰，我们宁愿一再重蹈覆辙也不愿意改变，就算接收到新信息也一样。总之这是我的见解，这在心理学家之间也很有争议，他们还替它取了个名字，叫作'奥纳理论'。当我们看到一个人的行为出现改变，通常会跟这个人要适应的环境有关，但行为背后的动机是不会变的。性侵犯开发出新的性幻想和性愉悦并不特别，但那是因为他的口味逐渐有了发展，而不是因为他的人格出现根本性的改变。就好像我在青少年时期，我爸告诉我说长大以后就会开始懂得欣赏贝多芬，但当时我很讨厌贝多芬，觉得我爸根本就是在胡说八道。即使在还年轻的时候，瓦伦丁·耶尔森在性方面就已经有着多样化的口味和爱好了，他强暴过少女和老妇，说不定还强暴过少年，虽然目前为止还没听说过他强暴过成年男人，但这可能是出于现实考虑，因为成年男人的防卫能力比较高。恋童癖、恋尸癖、性虐待，这些都在瓦伦丁·耶尔森的性欲菜单上。除了'未婚夫'斯韦恩·芬内，瓦伦丁·耶尔森是奥斯陆警方目前所知涉嫌性犯罪案件数量最多的人。现在，他开始对血产生兴趣，这只能代表他在我们所说的'开放程度'上得到高分，而且愿意尝试新体验。我说他'开始对血产生兴趣'出自一些观察，例如他在鲜血里加了柠檬，这可能代表瓦伦丁·耶尔森正在对血进行实验，而不是他对血感到着迷。"

"不是着迷？"麦努斯高声说，"他已经进展到一天杀一个人了！我们坐在这里讨论的时候，他可能已经开始打下一个被害人的主意了，你说是不是啊，大教授？"他说"大教授"时的口气毫不掩饰其中的嘲讽意味。

奥纳扬起短短的手臂。"再说一次，我不知道他心里在想什么，我们都不知道，没有人知道。"

"瓦伦丁·耶尔森，"米凯·贝尔曼说，"百分之百确定是他吗，布莱特？如果是的话，给我十分钟好好想一想。对，我明白这件事很紧急。"

米凯结束通话，把手机放回到玻璃桌上。刚才伊莎贝尔告诉他说这张桌子是德国家具品牌 ClassiCon 的口吹玻璃桌，要价超过五万克朗。她说她宁愿只有少数几件高品质家具，也不想在家里塞满一大堆劣质家具。米凯坐的位置正好可以看见奥斯陆峡湾的人造海滩，以及在海上航行的渡轮。今天风很大，远处一点的海水几乎是紫色的。

"什么事？"伊莎贝尔在他旁边的床上说。

"项目小组召集人想知道她能不能参加今天晚上《周日杂志》节目的录制，讨论的主题应该是吸血鬼症患者案。我们已经知道凶手是谁了，但不知道他的下落。"

"很简单啊，"伊莎贝尔·斯科延说，"既然已经找出凶手是谁，你应该亲自出马，但由于只取得了部分的成功，所以你应该派个代表去，而且提醒她用字遣词一定要说'我们'，而不是'我'。此外她如果提到凶手可能曾设法跨越国界，也没什么坏处。"

"跨越国界？为什么？"

伊莎贝尔叹了口气。"别装傻好吗，亲爱的，这样很烦。"

米凯走出门，来到阳台，站在那里低头望着大批星期日游客朝许侯门区前进：有些游客要去参观阿斯楚普费恩利当代艺术馆，有些游客要去欣赏超现代主义建筑和品尝价格过高的卡布奇诺咖啡,有些游客则梦想入住那些尚未售出又贵得离奇的公寓。他听说艺术馆正在展出一辆奔驰轿车,引擎盖上原本的奔驰标志被一坨大大的褐色人类粪便所取代。好吧,对有些人来说,"实体粪便"是一种身份象征。其他人则需要最昂贵的公寓、最新款的名车或最大型的游艇,才能感到身心舒畅。还有些人,例如伊莎贝尔和他自己,则想要获得一切的一切,也就是权力,却不愿意承担随之而来的令人窒息的义务。他们想要受到大众的羡慕和尊敬,却又不想太过出名,这样才能低调自由地行动。他们想要拥有家庭来提供稳定的生活架构,帮他们繁衍后代,但又希望能在家庭的牢笼之外随心所欲地寻求性的欢愉。他们想要有房有车,还有"实体粪便"。

"所以呢,"米凯说,"你的意思是说,这样说之后,瓦伦丁·耶尔森失踪一段时间,民众自然会联想到当时他可能已经离境,而不是奥斯陆警方逮不到他。如果我们逮到了他,就代表我们很聪明;如果他又杀了人,我们之前说过的话民众很快就会忘记。"

他转身望着伊莎贝尔。她家明明有个完美的卧室,他不明白为什么她要把那么大一张双人床放在客厅,更何况有可能让邻居看见。他怀疑她可能就是存心要让邻居看见。伊莎贝尔是个高大的女人,修长有力的四肢在床上伸展开,性感的身躯上盖着金色丝质薄被。单是瞧着这副光景就让米凯准备再战一回。

"只要这么一句话,就可以在大众心中留下他出国的印象,"伊莎贝尔说,"在心理学上这叫作锚定效应。做起来很简单,并且总是很有效,因为人是简单的动物,"她的目光游移到米凯身上,微微一笑,"尤其是男人。"

她将丝被掀到地上。

米凯盯着她瞧。有时他觉得自己比较喜欢看伊莎贝尔的身体却不想碰,但对妻子乌拉则正好相反,这颇为奇怪,因为纯以客观的角度来看,乌拉的身体比伊莎贝尔还要美。但伊莎贝尔那狂风骤雨般的性欲,比乌拉那种温柔安静、呜咽啜泣般的高潮还要令他兴奋。

"打手枪。"伊莎贝尔命令道，同时张开她的双腿，曲起双膝，犹如猛禽半弯折的翅膀。

米凯照做，闭上了眼睛。这时他听见玻璃桌传来振动声。该死，他把卡翠娜给忘了。他抓起振动的手机，按下接听键。

"什么事？"

手机那头传来女性的声音，但米凯听不清楚，因为一艘渡轮正好鸣起船笛。

"我的回答是可以，"他不耐烦地高声说，"你可以去上《周日杂志》。我正在忙，晚点会打给你，指示你该怎么做。"

"是我。"

米凯全身僵硬。"亲爱的，是你啊？我以为是卡翠娜·布莱特。"

"你在哪里？"

"在哪里？我在工作啊。"

接着是一阵漫长的静默。米凯知道乌拉显然听见了渡轮的鸣笛声，这就是她之所以这么问的原因。他通过嘴巴用力地吸了口气，低头看着自己的勃起逐渐消退。

"晚餐五点半才能煮好。"乌拉说。

"好，"他说，"今天吃……"

"牛排。"她说，随即挂断。

哈利和韦勒在叶兴路三十三号大门前下车。哈利点了根烟，抬头看着那栋被高耸围墙所环绕的红砖建筑。他们从警署驱车来到此地，出发时阳光普照，秋日色彩明媚，但越接近目的地，头上的乌云聚集得越多。此刻山丘上空已乌云密布，宛如一片水泥色的天花板，将地面上景致的色彩全给吸走了。

"这就是伊拉监狱。"韦勒说。

哈利点了点头，用力吸了一口烟。

"为什么他的外号叫'未婚夫'？"

"因为他会把被害人强暴到怀孕，还要她们发誓把孩子生下来。"

"不然的话……"

"不然他会回来亲手执行剖宫产。"哈利吸入最后一口烟，把香烟在烟盒上捻熄，烟屁股放进烟盒。"来解决事情吧。"

"依照规定我们不能把他绑起来，但可以通过监视器看着他。"一名警卫按下开门按钮，让哈利和韦勒进入监狱，并领着他们往长走廊的尽头走去。走廊两侧是一扇扇漆成灰色的精钢门板。"我们有个规定是不准靠近他一米以内。"

"天哪，"韦勒说，"他攻击过你们吗？"

"没有，"警卫说，把钥匙插进最后一扇门，"斯韦恩·芬内被关在这里的这二十年间，没有留下任何污点。"

"可是呢？"

警卫耸了耸肩，转动钥匙。"你们自己看就明白我的意思了。"

他打开门，让到一边，韦勒和哈利走进囚室。

室内有个男子坐在床上的阴影中。

"芬内。"哈利说。

"霍勒。"阴影中传来的声音有如岩石的迸裂声。

哈利朝囚室里唯一一张椅子指了指。"我可以坐这里吗？"

"如果你有时间坐一会儿的话，听说你最近忙得很。"

哈利坐了下来，韦勒站到哈利背后离门口不远的地方。

"嗯，是他吗？"

"是谁？"

"你知道我指的是谁。"

"你先老实回答我的问题，我才会回答你。你想念这样吗？"

"想念什么，斯韦恩？"

"想念有个跟你同等级的玩伴，就像以前的我跟你一样。"

阴影中的男子倚身向前，移动到墙上高处的窗户所照入的光线中。哈利听见背后的韦勒呼吸加速。窗户栏杆的影子落在一张凹痕遍布的脸上，那张脸的红棕色皮肤有如皮革，上头布满皱纹，纹路之间靠得十分紧密，宛如被人用刀割至见骨。男子的额头上绑着一条红手帕，一副印第安人的模样，湿润的厚唇周围长着一圈口字胡，细小的瞳孔在褐色虹膜的中央，眼白偏黄，全身肌肉发达，竟有如二十岁的小伙子。哈利在心里算了算，"未婚夫"斯韦恩·芬内今年应该有七十五岁了。

"第一次总是最难忘的对不对，霍勒？我的名字永远会排在你的成就榜上的第一位。我夺走了你的贞操，是不是啊？"斯韦恩的笑声听起来宛如用小石子漱口一般。

"这个嘛……"哈利说，双臂交叠，"如果要用我的实话来交换你的实话，那么我的回答是我不想念，还有我永远都不会忘记你，斯韦恩·芬内，我也永远都不会忘记被你重创和杀害的人。你经常在夜里来拜访我。"

"我也是，我那些未婚妻都对我非常忠贞。"斯韦恩的厚唇咧开，露出笑容。他把右手放在右眼上。哈利听见韦勒后退了一步，撞上了门板。斯韦恩的眼睛透过手掌上有如乒乓球大小的孔洞望向韦勒。"小子，别害怕，"斯韦恩说，"你该害怕的是你这个长官。当时他跟你一样年轻，我已经躺在地上动弹不得，但他还是举起枪来对我的手掌开枪。记住了，你这长官的心黑得很，现在他又觉得焦渴不已了，就跟在外头快乐逍遥的那个人一样。霍勒，你的焦渴就像火，这就是为什么你得浇熄它，要是不解除这股渴意，它就会一直增长，吞没任何接触到的东西。我说得对不对啊，霍勒？"

哈利清了清喉咙。"换你了，芬内，瓦伦丁躲在哪里？"

"以前你们就来问过我这件事。我已经说过了，瓦伦丁在这里的时候我跟他没说过几句话，况且他逃狱都已经快四年了。"

"他的手法跟你很类似，有人说你教过他。"

"胡说八道！相信我，瓦伦丁是个天生好手。"

"换作你，你会躲在哪里？"

"我会在你的视线范围内，霍勒，而且这次我会准备好跟你周旋到底。"

"他会住在市区吗？会在市区里移动吗？是不是会使用新身份？他是单枪匹马还是跟人合作？"

"他现在手法改变了对不对？又咬人又吸血的。说不定不是瓦伦丁？"

"确实是瓦伦丁，我要怎么做才能逮到他？"

"你逮不到他的。"

"是吗？"

"他宁愿一死也不愿意再回到这里。幻想对他来说永远都是不够的，他必须付诸行动才行。"

"听起来你的确很了解他。"

"我知道他是什么样的人。"

"是不是跟你一样？身上有来自地狱的荷尔蒙。"

老人耸了耸肩。"大家都知道道德选择是一种幻象，主导你我行为的其实是脑子里的化学作用，霍勒。有些人的行为被诊断为注意缺陷多动障碍或焦虑症，于是接受药物治疗，获得同情。有些人则被诊断为罪犯和恶徒，被关进监狱。但这些其实都是同一件事，都是脑内物质混合出的邪恶。我也同意我们应该被关起来，我的老天，因为我们会强暴你们的女儿。"斯韦恩发出刺耳的大笑，"所以把我们从街上驱逐，威胁说要惩罚我们，好让我们不去做脑内化学物质要我们去做的事，但可悲的是，你们软弱到需要找一个道德借口才能把我们关起来。你们编造出一连串有关自由意志的虚构历史和天谴之说，来巩固根据永恒不变、放诸四海而皆准的道德法则所建立起来的神圣司法系统，但道德根本就不是永恒不变且放诸四海而皆准的，它只跟每个时代的精神有关，霍勒。几千年前，男人干男人完全没有问题，但后来他们会被关进监狱，现在政客又跟他们一起上街游行。这一切都是根据各个时代的社会需要什么和不需要什么来决定的，道德标准是会改变的，而且是功利主义的。我碰到的问题是我所出生的这个年代和国家，男人不允许尽情播种，但如果世界遭遇大瘟疫，人类需要重新崛起，那'未婚夫'斯韦恩·芬内就会成为社会的中流砥柱，成为人类的救星。

你说是不是啊，霍勒？"

"你强暴女人，是要她们为你生下孩子，"哈利说，"瓦伦丁却是杀害女人，所以你为什么不帮我们逮到他？"

"难道我还不够帮忙吗？"

"你只是给了一些笼统的回答和不成熟的道德理论而已。如果你帮助我们，我会替你去跟假释委员会说几句好话。"

哈利听见韦勒变换了站姿。

"真的吗？"斯韦恩抚摸着自己的胡子，"即使你知道我一出去就又会开始强暴女人？既然你已经准备牺牲那么多无辜女性的贞洁，想必逮到瓦伦丁对你来说无比重要，但我想你应该没什么选择。"他用一根手指轻敲太阳穴。"化学作用……"

哈利默不作声。

"好吧，"斯韦恩说，"首先呢，明年三月的第一个星期六我就服刑期满了，所以现在来谈减刑已经太迟了，对我来说没什么区别。而且几个星期前我被带去外面过，可是你知道吗？我想回来这里。所以感谢你的提议，可是不用了，谢谢。倒是你来跟我说说最近你怎么样啊，霍勒，听说你结婚了，是不是有个小杂种儿子？还住在一个很安全的地方？"

"你要说的就是这些了吗，芬内？"

"对，但我会持续关注你们的进展。"

"你是说我跟瓦伦丁？"

"我是说你跟你的家人，希望我出狱那天会在接待委员会之中看见你。"斯韦恩的笑声变成了喉咙有痰的咳嗽声。

哈利站起身，对韦勒比了个手势，要他拍门。"谢谢你抽出宝贵时间来见我们，芬内。"

斯韦恩把右手抬到面前挥了挥。"回头见了，霍勒，很高兴能跟你聊聊未……未来的计划。"

哈利透过斯韦恩的手掌孔洞，看到他的笑容来回闪过。

15

星期日晚上

萝凯坐在厨房餐桌前，噪声和紧急的工作盖过了疼痛，然而一旦她停下手边工作，疼痛就会变得越来越难以忽视。她抓了抓手臂。红疹的状况明明昨晚还不怎么明显的。医生问过她是否排尿正常，她自然而然地回答"是"，但现在仔细回想，才发现过去这几天她几乎没怎么小便。然后还有呼吸，她的呼吸像是身体有病似的，但明明身体又好端端的。

前门传来钥匙的碰撞声，萝凯站了起来。

门打开，哈利走了进来，面色苍白，一脸倦容。

"我只是回来换个衣服。"他说，揉了揉她的脸颊就继续朝楼上走去。

"工作怎么样了？"她问道，看着哈利爬上楼梯，走进卧室。

"很好！"哈利高声答道，"我们知道凶手是谁了。"

"那你可以回家了吧？"她淡淡地问道。

"什么？"她听见地板传来脚步声，知道他又像个小男孩或酒醉男人那样脱掉了裤子。

"既然你和你那聪明的脑袋已经侦破了这件案子……"

"这就是问题所在，"哈利出现在二楼楼梯间，身穿薄羊毛衣，倚着门框，正在穿一双薄羊毛袜。萝凯开过他玩笑，说只有老人才会坚持一年四季都穿羊毛织物。哈利回答说，最佳的生存策略就是依循老人的做法，因为再怎么说他们才是赢家、才是幸存者。"我什么都没侦破，是他自己选择显露身份的。"哈利直起身来，拍了拍口袋。"钥匙没拿。"他说，又回到卧室。"我在伍立弗医院遇见了斯蒂芬斯医生，"他高声说，"他说他在治疗你。”

“是哦？亲爱的，我想你应该去睡个几小时，你的钥匙还插在大门上。”

“你只说他们替你做了检查。”

“那有什么分别？”

哈利走出卧室，奔下楼梯，拥抱萝凯。“‘做了检查’是过去式，”他在她耳边轻声说，“‘治疗’是现在式。还有，据我所知，治疗是检查之后发现了什么才会进行的事。”

萝凯笑了：“哈利，是我自己发现头痛的，头痛就是我需要治疗的症状，而所谓的治疗就是服用百服宁止痛药。”

哈利抱着萝凯，专注地看着她。“你没有什么事瞒着我吧？”

“原来你还有时间胡思乱想啊？”萝凯倚身在哈利怀中，驱开疼痛，轻咬他的耳朵，把他朝门口推去，“赶快去把工作完成吧，然后直接回家来找妈咪，不然我就自己用 3D 打印机和白色塑料做出一个爱家的男人。”

哈利露出笑容，走向大门，从门锁上拔下钥匙，又停下脚步，怔怔看着钥匙。

“怎么了？”萝凯问道。

“他有埃莉斯·黑尔曼森家的钥匙，”哈利说，猛力关上乘客座的车门，“可能也有埃娃·多尔门家的钥匙。”

“是吗？”韦勒说，放开手刹，驾车沿着车道往下坡行驶，“我们查过奥斯陆的每一个锁匠，他们都没替任何公寓打过新钥匙。”

“那是因为钥匙是他自己做的，用白色塑料做的。”

“白色塑料？”

“只要花一万五千克朗，买一台普通的台式 3D 打印机就行。拿到原始钥匙后他只需要几秒钟就行了。他可能拍下了钥匙的照片，或用蜡做了个模型，再做成 3D 数据文件。所以埃莉斯·黑尔曼森回家的时候，他已经进去并把门锁上了，这就是为什么她会把安全门链拉上，因为她以为家里只有自己一个人。"

"那你认为他是怎么拿到钥匙的？被害人住的公寓都没有雇用保安公司，那些公寓都有自己的管理员，而且公寓管理员都有不在场证明，他们都发誓说没把钥匙借给过别人。"

"我知道。我不知道这件事他是怎么办到的，我只知道他就是办到了。"

哈利不必转头去看他这位年轻的同事，也知道韦勒肯定一脸狐疑。埃莉斯家的安全门链之所以拉上的原因可能有数百种，而哈利使用的演绎法推理无法排除其中任何一种。哈利的扑克高手好友崔斯可曾说，概率论和根据规则手册打牌是世界上最简单的事，但聪明玩家和普通玩家的分别只在于了解对手想法的能力，这表示必须同时应付大量信息，就像是在呼啸的暴风雨中聆听轻声细语的答案。也许正是如此。在经历过一切有如暴风雨般的案件之后，哈利相当了解瓦伦丁·耶尔森，他看过所有报告，具备对付其他连环杀手的丰富经验，而且多年来他没能挽救的受害者冤魂持续累积，在这许多风暴之中有个声音正在轻声细语。那是瓦伦丁的声音。瓦伦丁说他是从内制伏她们的，他一直都在她们的视线之内。

哈利拿出手机。铃响了两声，卡翠娜就接了起来。

"我正坐着化妆。"她说。

"我想瓦伦丁有一台 3D 打印机，我们可以利用打印机找到他。"

"怎么找？"

"贩卖电子器材的商店只要商品超过一定金额就会记录顾客的姓名和住址，到目前为止挪威只卖出过几千台 3D 打印机，如果项目调查小组成员全都先停下手边的工作，可能一天之内就能收集到大部分的购买资料，两天之内就能清查完百分之九十五的买家，这表示只会剩下大概二十个买家，这些人用的是假名或是化名。我们拿他们登记的地址去比对人口登记数据，如果比对不出姓名就证明有问题，或直接打电话去问，就会知道有谁否认买过 3D 打印机。大多数贩卖电子器材的商店都有监视器，所以我们可以查看在对方购物的那段时间谁是可疑人物。他没理由不在住处附近的商店买打印机，这可以给我们一个特定的搜索范围，只要公布监视器画面，就会有民众指引我们往正确的方向去找。"

"哈利，你是怎么想到 3D 打印机的？"

"因为我在跟欧雷克讨论打印机和枪支，结果……"

"结果你是不是抛开了一切，全神贯注于你脑海里闪过的念头，完全不顾你正在跟欧雷克讲话？"

"对。"

"这种另类观点你应该跟你自己的游击小组讨论才对，哈利。"

"目前这个小组只有我一个人，而我需要你的资源。"

哈利听见卡翠娜爆出哈哈大笑："如果你不是哈利·霍勒，我早就挂你电话了。"

"幸亏我是。听着，我们找瓦伦丁·耶尔森找了四年都找不到，这是我们目前唯一掌握到的线索。"

"先让我上完节目再来想这件事吧，节目是现场直播的。现在我脑袋里塞满了我记下来的该说和不该说的事，而且老实说，我紧张得要死。"

"嗯。"

"这是我的处女秀，给点建议吧。"

"靠在椅背上放轻松，表现出亲切和风趣的一面。"

哈利听见卡翠娜发出咯咯的笑声。"就跟你以前一样吗？"

"我既不亲切又不风趣。哦，对了，别喝酒。"

哈利把手机放回夹克口袋。他们就快到位于芬伦区的史兰冬街和拉瑟慕斯温德伦路的十字路口了。信号灯转为红灯，车子停了下来，哈利不禁转头望去。来到这里他总是会情不自禁。他朝地铁轨道对面的站台望去。就在大半辈子前，就在这个地方，他驾驶警车追逐歹徒却意外失控，警车冲过轨道，撞上了水泥站台，导致坐在副驾驶座上的警察死亡。当时他到底有多醉不得而知，没人要求他做酒精呼气检测，官方报告说他当时坐在副驾驶座上，而非驾驶座。这种种掩饰不外乎是为了维护警方形象。

"你是为了救人吗？"

"什么？"哈利说。

"你是为了救人才加入犯罪特警队的吗？"韦勒问道，"还是为了把杀人犯缉捕归案？"

"嗯，你在想'未婚夫'说过的话吗？"

"我记得你在课堂上教的东西，我以为你成为侦办命案的警探纯粹是因为你喜欢这份工作。"

"是吗？"

哈利耸了耸肩。绿灯亮了，车子继续行驶到麦佑斯登区，沉沉的黑夜似乎从奥斯陆这个大锅子里朝他们滚滚翻涌而来。

"让我在酒吧门口下车，"哈利说，"就是第一个被害人去过的那家。"

卡翠娜站在摄影棚侧边，看着笼罩在聚光灯圆锥形光束中央、宛若小荒岛般的黑色平台，平台上有三把椅子和一张桌子。一把椅子上坐着《周日杂志》的主持人，他将会介绍卡翠娜为第一位出场嘉宾。卡翠娜努力不去想台下观众的众多目光，不去想自己的心跳有多快，不去想瓦伦丁此刻正逍遥法外，而警方却无计可施，尽管他们清楚地知道凶手就是他。她不断在心里重复米凯对她说的话：说明案子已经侦破时必须表现得非常可靠且令人安心，然后再说凶手仍然在逃，而且可能逃到了国外。

卡翠娜朝导播看去。导播就站在多台摄影机和小荒岛之间，头戴耳机，手拿写字夹板，大声喊说离现场播出还有十秒，并开始倒数。突然间，卡翠娜想起今天稍早时发生的一件蠢事，可能因为她又累又紧张，也可能因为上直播节目令她一颗心七上八下，以至于大脑会想起这件蠢事来逃避现实。先前她去鉴识中心找侯勒姆，想请他加快分析警方在楼梯间发现的证物，好让她上节目时有东西可以拿出来讲，提高可信度。星期日上班的人本来就不多，执勤的人都在忙吸血鬼症患者案的事，因此鉴识中心空荡荡的，这也多少加深了那件蠢事在她脑海里的印象。

一如往常，她直接走进侯勒姆的办公室，不料却看见一个女人站在他的椅子旁边，几乎靠在他身上。只见他们其中一人可能说了个笑话，两人一起哈哈大笑。这时他们一起转过头来，卡翠娜才认出那女人是最近刚上任的鉴识中心主任，名字叫什么忘记了，只记得她姓利恩。卡翠娜想起侯勒姆提到过，这个利恩被拔擢为鉴识中心主任，也忆起当时她觉得利恩太年轻，资历也太浅，坐上那个位子的应该是侯勒姆才对，或者应该说，侯勒姆应该接下那个位子才对，因为原本要任命的人是他。但他的反应就是非常典型的侯勒姆式反应：干吗要用一个优秀的刑事鉴识专家去换来一个拙劣的长官？从这个角度来看的话，这位利恩太太或利恩小姐倒是个当长官的好选择，因为卡翠娜不曾听任何人说过她在哪件案子上表现得很优秀。

卡翠娜当着利恩的面，向侯勒姆提出加快分析速度的要求，但侯勒姆只是平静地回答说这要问他的长官才行，因为负责列出优先级的人是她。而这个叫什么利恩的，只是露出一个暧昧的微笑，说她会去问问看其他刑事鉴识员，看他们手边的工作是不是结束了。卡翠娜一听就提高嗓门说，只是"问问看"根本不够，吸血鬼症患者案已经拉高到最优先等级了，任何有经验的警察都应该了解这点才对，况且如果她在电视上被问得答不出来，她只好说新任鉴识中心主任认为这件案子不够重要，那最后场面肯定会很难看。

这个伯纳·利恩呢，对，她的名字叫伯纳，不只名字像美国喜剧《生活大爆炸》里头的贝尔纳黛特，看起来也像。她个头矮小，戴副眼镜，胸前却挺着一对巨乳。这个伯纳哀怨地说："如果我优先处理这件案子，那你可不可以保证不要跟别人说我认为阿克尔港的虐童案或史多夫纳区为了维护名誉而杀人的案子不够重要？"当时卡翠娜还会意不过来，不知道她这恳求的口气是装出来的，直到伯纳恢复正常而严肃的口吻说："布莱特，我当然同意防止其他命案发生是件非常紧急的事，但重点是要防止其他命案发生，而不是在于你要上电视。二十分钟后我会答复你，可以吗？"

卡翠娜只是点了点头，转身离开，直接返回警署，把自己锁在厕所里，擦去她在前往鉴识中心之前所化的妆。

节目主题曲开始播放，已经在椅子上坐直的主持人把腰板挺得更直了，他做了几个夸张的大大的笑容，给脸部肌肉热身，尽管今晚讨论的主题应该用不到笑容。

卡翠娜感觉裤子口袋里的手机发出振动。她是调查小组的召集人，必须随时都能找得到人，就连上节目也不能关闭手机电源。她一看，原来是侯勒姆发来的短信。

“在佩内洛普的公寓大门上采集到的一枚指纹，比对符合瓦伦丁·耶尔森。正在看电视，祝好运。”

卡翠娜朝旁边的年轻女子点了点头，女子再度提醒她，一听见主持人说到她的名字就立刻朝主持人走过去，还提醒她说该坐哪一把椅子。祝好运。说得好像她要上舞台表演似的。想是这样想，但卡翠娜知道自己心里正笑得甜滋滋的。

哈利走进妒火酒吧大门后停下脚步，发现里头的喧哗声不是真的，除非有人躲在墙边的包厢里。他是酒吧里唯一的客人。接着他看见吧台后方的电视正在播放足球赛。他在吧台前挑了一张高脚凳坐下，望着电视。

“贝西克塔斯对加拉塔萨雷。”

“土耳其的足球队。”哈利说。

“对啊，”酒保说，“有兴趣吗？”

“没什么兴趣。”

“没关系，总之土耳其人对足球赛很疯狂，如果你支持的是客队，结果客队赢了，那你一定得赶快回家，免得中枪。”

“嗯，是因为宗教还是阶级差异？”

酒保停下擦酒杯的动作，看着哈利。“是因为赢球。”

哈利耸了耸肩。“当然了。我叫哈利·霍勒，我是……我以前是犯罪特警队的警探，我被找回来……”

"埃莉斯·黑尔曼森。"

"没错。我看过你的证词，你说埃莉斯跟她的约会对象在这里的时候，有个穿牛仔靴的人也在店里。"

"对啊。"

"你能跟我说说那个人的任何事情吗？"

"可能有点难，因为我只记得埃莉斯·黑尔曼森进来后不久，他就进来了，然后就坐在那边的包厢里。"

"你看到他长什么样子了吗？"

"有，但我只是看了一眼而已，没什么太大印象，没法描述出他长什么样子。你看，我从这里是看不见包厢里面的，他又什么东西都没点就突然离开了。这种事常常发生，客人可能认为这里有点太冷清了。酒吧就是这样，需要人潮才能吸引人潮。可是我没看到他离开，所以也没想太多，反正她是在家里遇害的不是吗？"

"对。"

"你认为那个男人可能跟踪她回家？"

"至少有这个可能性，"哈利看着酒保，"你叫穆罕默德对吧？"

"对。"

基于直觉，哈利觉得穆罕默德这个人有种特质让他喜欢，于是他决定直接把脑子里的想法说出来。"如果我不喜欢这家酒吧，一进来就会转身离开，但只要我进来了，就一定会点东西，不会只是干坐在包厢里。他有可能跟踪她来到这里，然后观察情势，一发现她可能会留下约会对象独自离开，就先回去她家等她。"

"你是说真的吗？这也太变态了吧，那女人真可怜。说到可怜人，她那天晚上的约会对象来了。"穆罕默德朝门口侧了侧头，哈利转头望去。加拉塔萨雷队粉丝的呐喊声淹没了那个肥胖的秃头男子进门的声响，那人身穿铺棉背心和黑色衬衫。他在吧台前坐下，朝酒保点了点头，表情甚是僵硬。"来杯大的。"

"你是盖尔·索拉？"哈利问道。

"很希望我不是，"男子说，发出几声空洞的笑声，脸上表情不变，"你是记者？"

"我是警察，我想知道你们认不认得这个男人，"哈利把瓦伦丁·耶尔森的模拟画像放在吧台上，"他后来可能经过大型整容手术，所以你们可能要用一点想象力才行。"

穆罕默德和盖尔都仔细地看了看照片，摇了摇头。

"算了，啤酒不用了，"盖尔说，"我突然想到我得回家了。"

"我已经倒了。"穆罕默德说。

"我得回去遛狗，啤酒给这位警察先生喝好了，他看起来很渴的样子。"

"索拉，问你最后一个问题，你在证词中提到她说有人跟踪她，那个人还威胁过跟她在一起的男人，你认为她说的这件事是真的吗？"

"什么意思？"

"她会不会只是这样说，以避免你去纠缠她？"

"啊哈，是这样啊，那你说呢？她说不定有自己的一套办法来摆脱青蛙的纠缠，"盖尔勉强挤出微笑，形成古怪的表情，"像是我这种青蛙。"

"那你认为她是不是吻过很多青蛙？"

"Tinder 有时还挺令人失望的，但人总不能放弃希望对吧？"

"她的这个跟踪者只是个路过的疯子，还是她曾经交往过的人？你有印象吗？"

"没有，"盖尔拉上背心拉链，一直拉到下巴，尽管外头天气不是很冷，"我要走了。"

"她曾经交往过的人？"酒保穆罕默德复述说，找钱给他，"我以为那个凶手杀人是为了吸血，还有性。"

"有可能，"哈利说，"但通常是因为嫉妒。"

"如果不是呢？"

"那就有可能像你说的。"

"为了血和性？"

"其实是跟胜利有关。"哈利低头看着那杯啤酒。啤酒总是让他觉得浮肿和疲倦，以前他喜欢头几口啤酒的味道，再往后滋味就会变得有点单调、乏味，"说到胜利，看来加拉塔萨雷要输了，你介意转到 NRK1 频道，看一下《周日杂志》吗？"

"说不定我是贝西克塔斯的粉丝呢？"

哈利朝镜子前最上方的架子角落点了点头。"那你就不会把加拉塔萨雷的旗子摆在占边威士忌旁边了，穆罕默德。"

酒保看着哈利，然后咧嘴笑了，摇了摇头，把遥控器递了过去。

"我们不能百分之百确定昨天在霍福瑟德区攻击女性的人，跟杀害埃莉斯·黑尔曼森和埃娃·多尔门的是同一个人，"卡翠娜说，突然发现摄影棚里非常安静，仿佛周遭的一切都在聆听他们说话，"我只能说我们掌握到的具体证据和证词都指向一名嫌犯。由于这名嫌犯已经是通缉犯，还是个逃狱的性侵犯，所以我们决定公布他的姓名。"

"警方要在《周日杂志》首度公开嫌犯姓名？"

"是的，他名叫瓦伦丁·耶尔森，但他现在用的可能是假名。"

卡翠娜看得出主持人的表情有点失望，因为她完全没卖关子，直接就把瓦伦丁的名字说了出来。主持人显然希望先用语言营造出悬疑的气氛。

"这是我们制作的模拟画像，描绘的是他三年前的长相，"卡翠娜说，"后来他可能接受过大型整容手术，但至少这可以给大家一个概略的轮廓。"卡翠娜朝观众席举起画像。观众席上坐着大约五十名观众，导演说这是为了让节目"更好看"。卡翠娜维持着相同姿势，并看见前方的摄影机亮起红灯，这样可以让在家中客厅观看节目的观众心里留下画像的印象。主持人注视着她，露出满意的表情。

"民众如果有任何关于这个人的信息，请拨打我们的热线电话，"卡翠娜说，"这张画像、嫌犯姓名和他已知的化名，以及我们的热线电话，都会公布在奥斯陆警区的网站上。"

"这件事十分急迫，"主持人对着摄影机说，"因为他有可能再度犯案，最快可能今晚就会下手。"他转头望向卡翠娜。"甚至有可能此时此刻正在犯案，是不是这样？"

卡翠娜知道主持人希望她能帮他在观众脑海中植入此时此刻吸血鬼正在吸血的模样。

"我们不想排除任何可能性。"卡翠娜说。这句话是米凯一字一句灌输到她脑子里的，他解释说这句话跟"我们不能排除任何可能性"不一样，"我们不想"会让人觉得奥斯陆警方对案情已有充分掌握，有办法排除某些可能性，但选择不要排除。"但我接到的情报指出，从最近发生的这起攻击事件到我们的鉴识结果比对出瓦伦丁·耶尔森身份之间的这段时间，他有可能潜逃出境。他很可能在挪威以外的国家有个藏身之处，自从四年前逃狱之后就一直躲在那里。"

米凯不需要教她接下来这些话该怎么说，她学得很快。"我接到的情报"会立刻让人联想到监视、秘密线人和缜密的办案工作。她所提到的那段时间确实有很多班飞机、列车和渡轮可以搭乘，因此不能说她说谎。而瓦伦丁有可能潜逃出境的这段话只要不是绝对不可能发生，那么都留有很多辩论空间。同时这样说也有个好处，就是把这四年来警方未能逮到瓦伦丁的责任推给"他不在挪威"的可能性。

"那要如何逮到吸血鬼症患者呢？"主持人说，转头朝另一张椅子望去，"今天我们特地请来了哈尔斯坦·史密斯，他是心理学教授，写过一系列关于吸血鬼症患者的文章。史密斯教授，可以为我们解答这个问题吗？"

卡翠娜看向史密斯，他坐在目前镜头还没拍到的第三张椅子上，脸上戴着一副大眼镜，身穿鲜艳的彩色夹克，看起来像是自家缝制的。史密斯的鲜艳穿着跟卡翠娜的暗色系打扮形成了鲜明对比。卡翠娜身穿黑色皮裤和黑色紧身夹克，头发往后梳得服帖又利落。她知道自己看起来很漂亮，晚点上网查看一定会有很多评论跟邀约。但她不在乎，反正米凯没说她该如何打扮，她只希望伯纳那个贱人正在看电视。

"呃……"史密斯说，露出无言的微笑。

卡翠娜看得出主持人担心这位心理医生紧张得呆住了，准备出手救援。

"首先呢，我不是教授，我还在写我的博士论文，如果审查通过，我一定会告诉大家。"

一阵大笑。

"我写的文章曾经登在专业期刊上，不过是那种游走在灰色地带的期刊，专门刊载比较暧昧不明的心理学理论。其中有一篇文章叫《惊魂记》，标题取自希区柯克的同名电影，我想这可能是它在学术方面拿到低分的原因。"

又是一阵哄堂大笑。

"但我是心理医生，"他说，转头望向观众，"我毕业于维尔纽斯市的米克拉斯·罗梅里斯大学，成绩高于平均值。而且我有一张那种专业沙发，能让你躺在上面看着天花板，我假装写笔记，一次咨询收费一千五百克朗。"

史密斯把观众和主持人逗得一时之间全都忘了他们在讨论一个十分严肃的话题，直到他把他们拉回正题。

"但我不知道如何才能逮到吸血鬼症患者。"

一阵静默。

"至少我没法笼统地说明。吸血鬼症患者十分罕见，浮出水面的更是稀少。首先，我们必须区分两种吸血鬼症患者，其中一种相对无害，当代吸血鬼故事例如《德古拉》当中描述的那种半人半神、长生不老、爱吸人血、受人崇拜的吸血鬼就属于这种。这类吸血鬼症患者很明显的是以情色作为心理动力，甚至还引来精神分析大师西格蒙德·弗洛伊德的评论，但他们很少会杀人。另一种人则罹患我们所谓的嗜血症，或叫伦斐尔德综合征，这表示他们执着于吸血这件事。关于这个主题的大部分文章都发表在刑事精神病学的期刊上，因为它们通常都跟极端暴力的犯罪事件有关。但目前已经确立的心理学从未承认吸血鬼症患者这种现象，认为这只是洒狗血的主题，是江湖术士爱玩的把戏。事实上精神病学参考书对吸血鬼症患者只字未提，我们这些研究吸血鬼症患者的人则遭到指控，说我们发明了一种根本不存在的东西。过去三天来，我非常希望那些指控我们的人是对的，但不幸的是，他们错了，吸血鬼不存在，但吸血鬼症患者确实存在。"

"史密斯先生，请问一个人怎么会变成吸血鬼症患者？"

"这个问题没有一个简单的答案，但典型案例会是童年发生过事件，当事人看见自己或别人大量出血，或跟别人一起吸血，并因此感到兴奋。吸血鬼症患者兼连环杀手约翰·乔治·黑格（John George Haigh）就是这样，他小时候被宗教狂母亲用梳子惩罚痛打后用舌头舔舐自己的鲜血，后来到了青春期，鲜血成了他性兴奋的来源，于是这位刚发病的吸血鬼症患者开始对血进行实验，这通常被称为'自我吸血症'，他们会割开自己的皮肤，吸自己的血。然后到了某一天，他们会跨出决定性的一步，开始吸别人的血。很常见的是，他们吸完血之后就会杀了对方，这时他们就已经成了一个发展完全的吸血鬼症患者。"

"那强暴呢？为什么还会发生强暴？因为我们都知道埃莉斯·黑尔曼森遭到性侵。"

"呃，权力和控制的经验对成年吸血鬼症患者来说非常有影响力。例如约翰·乔治·黑格就对性非常感兴趣，他说他觉得非得喝受害者的血不可。顺带一提，他是用玻璃杯盛血来喝的。但我很确定对奥斯陆的这个吸血鬼症患者来说，血比性侵更重要。"

"布莱特警监？"

"呃，是？"

"这点你同意吗？你认为对这个吸血鬼症患者来说，血比性重要吗？"

"对此我不予置评。"

卡翠娜看见主持人快速做了决定，转头望向史密斯，可能认为那边比较多耸动话题可以挖掘。

"史密斯先生，吸血鬼症患者认为他们自己是吸血鬼吗？换句话说，他们认为自己只要不被阳光照到，就能长生不老，而且咬了别人之后还可以把别人变成吸血鬼之类的吗？"

"患有伦斐尔德综合征的嗜血症患者不会这样想。很遗憾这个综合征是用伦斐尔德来命名的，在布拉姆·斯托克的小说中，德古拉伯爵的仆人就叫作伦斐尔德。其实这个综合征应该叫诺尔综合征，因为发现它的人是精神科医生理查德·诺尔（Richard Noll）。从另一方面来说，诺尔也没有认真看待吸血鬼症，他之所以会写到这个综合征是作为嘲讽之用。"

"会不会这个人其实没有生病，而是吃了某种药，让他变得想吸血，就像二〇一二年在迈阿密和纽约发生的事件，有人吸食了 MDPV，也就是所谓的'（丧尸）浴盐'，导致吸食者攻击他人或吃人。"

"不会。一个人吸食 MDPV 后出现吃人倾向其实是一种极端的精神病，这种人无法理性地思考或拟订计划，警方会发现他们满手血腥，当场以现行犯逮捕，因为他们一点也没有想要躲避警察的意思。而典型的吸血鬼症患者会受到嗜血的驱动，所以逃跑不会是他们脑子里的第一要务，但本案的凶手计划得非常周详，如果《世界之路报》报道属实的话，这名男性或是女性凶手根本没有留下任何证据。"

"女性？"

"呃，我只是想要说得政治正确一点而已。吸血鬼症患者几乎都是男性，尤其是攻击手段非常残暴的案例，就像这两件案子。女吸血鬼症患者通常会妥协于自我吸血症，或是跟同类型的人交换血液，或是从屠宰场取得鲜血，又或是在血库附近游荡。以前我在立陶宛有个女性患者就生吃了她母亲养的金丝雀……"

卡翠娜注意到观众席上出现了今晚第一个打哈欠的人，还有一个孤零零的笑声响起又迅速止住。

"起初我同事跟我以为我们面对的是物种烦躁症，也就是患者认为自己生错了物种，本应是别的动物，比如说猫。最后才发现我们面对的是吸血鬼症的案例。遗憾的是《今日心理学》杂志并不这样认为，所以如果你们想看该案例的文章，只能上我的网站 hallstein.psychologist.com 去查看。"

"布莱特警监，我们能说他是连环杀手吗？"

卡翠娜想了几秒钟，回答说："不行。"

"但《世界之路报》说哈利·霍勒被找来加入调查这件案子，而大家都知道他是连环杀手的专家，这是不是说明了——"

"我们有时候也会参考消防队员的意见，即便没有火灾发生。"

现场只有史密斯一个人发出笑声："答得好！如果患者都真的有问题了才来看病，那精神科医师和心理医生都要饿死了。"

这引来许多笑声，主持人对史密斯露出感谢的微笑。卡翠娜觉得在他们两人之间，史密斯更有可能再次受邀来上节目。

"无论是不是连环杀手，你们认为这个吸血鬼症患者会不会再度犯案？或是他会等到下个满月再出现？"

"我不想揣测这件事。"卡翠娜说，在主持人眼中看到了恼怒之意。管他的，难道他真的以为她会加入他的乱爆八卦游戏吗？

"我也不会加以揣测，"哈尔斯坦·史密斯说，"我不需要，因为我不用揣测也知道。我们通常笼统地称为性变态的性欲倒错者，他们如果不接受治疗，很少会自动痊愈，所以吸血鬼症患者绝对不会停止自己的行为。但我认为最近这起攻击事件发生在满月纯属巧合，应该是媒体比那名吸血鬼症患者更享受这件事。"

主持人很快就因为史密斯话中带刺而心生不悦，严肃地蹙起眉头，问道："史密斯先生，你会不会认为我们应该批评警方没有早一点警告民众说有个吸血鬼症患者正在外面胡作非为，警方是不是应该像你在《世界之路报》上面那样提醒大家？"

"嗯，"史密斯做了个鬼脸，朝其中一个聚光灯望去，"不知者无罪，不是吗？就像我刚刚说的，吸血鬼症存在于鲜为人知的心理学角落，极少受到关注，所以我只能说这件事非常遗憾，但警方不应该为此受到批评。"

"既然现在警方已经了解了，那他们该怎么做呢？"

"他们应该找出更多关于这名患者的事。"

"最后一个问题：你见过多少个吸血鬼症患者？"

史密斯鼓起脸颊又把空气呼出。"你是说货真价实的？"

"对。"

"两个。"

"你个人对血有什么反应？"

"血让我觉得恶心。"

"但你还是在研究和书写关于血的事。"

史密斯歪嘴笑了笑："也许这就是原因所在吧，我们都有点疯狂。"

"这句话在你身上也适用吗，布莱特警监？"

卡翠娜心头一惊，她一时之间忘了自己是在上电视，而不是在看电视。

"呃，什么？"

"你是不是也有点疯狂？"

卡翠娜在脑中思索答案。她得想个风趣又亲切的答案，就像哈利建议的那样。她知道自己今晚在床上的时候一定会想出来，但不是现在。她已经感觉到疲惫感正悄悄袭来，上电视所产生的肾上腺素已开始消退。

"我……"她开口说，又决定放弃，只说，"这个嘛，谁知道呢？"

"你会疯狂到想跟一个吸血鬼症患者碰面吗？当然不是像这种惨案的凶手，而是个可能会稍微咬你一小口的吸血鬼症患者。"

卡翠娜怀疑这是主持人说的玩笑话，可能是因为看到她身上有点类似虐待狂的衣着。

"只有一小口？"她说，挑起一侧画过的眉毛，"好啊，有何不可？"

这次她并非出于刻意，却获得了观众的笑声。

"那要祝你顺利逮到他喽，布莱特警监。史密斯先生，最后再请你说几句话，刚才你没回答如何才能逮到吸血鬼症患者，你有什么建议可以给布莱特警监吗？"

"吸血鬼症是一种极端的性欲倒错行为，通常会伴随其他的精神病，所以我会鼓励所有心理医生和精神科医师协助警方，清查自己的患者记录，看看有没有患者的行为可能符合嗜血症的症状，我想我们应该都同意这件案子比保密誓言来得更优先。"

"感谢您收看本周的《周日杂志》……"

吧台后方的电视画面暗了下来。

"这件事真糟糕，"穆罕默德说，"不过你同事看起来好漂亮。"

"嗯，你这家店总是这么冷清吗？"

"没有啦，"穆罕默德环顾整家酒吧，清了清喉咙，"好吧，是没错。"

"我喜欢。"

"是吗？可是这杯啤酒你连碰都没碰，你看，酒跟杯口还是一样齐平。"

"那很好。"哈利说。

"我可以给你来点更带劲的东西。"穆罕默德朝那瓶摆在加拉塔萨雷队旗帜旁的占边威士忌点了点头。

卡翠娜沿着电视台里有如迷宫般的空荡走廊快步行走，这时她听见后方有沉重的脚步声传来，她转头瞄了一眼，并未停步。原来是史密斯。卡翠娜注意到他的跑步姿势跟他的研究工作一样非常不主流，除非他的 X 形腿非常严重。

"布莱特。"史密斯高声喊道。

卡翠娜停步等他。

"我想先跟你说声抱歉。"史密斯追上卡翠娜后气喘吁吁地说。

"抱歉什么？"

"因为我说得太多了，一下子得到那么多注意力会让我有点亢奋，我老婆总是告诫我这件事。可是更重要的是，那张画像……"

"是？"

"刚刚在摄影棚里我没法多说，可是他可能曾经是我的患者。"

"你是说瓦伦丁·耶尔森？"

"我不是很确定，那至少是两年前的事了，当时我在市区租了一间办公室，那个人来做了几小时的咨询，虽然他长得跟那张图不是很像，但你一提到整形手术我就想到了他。如果我没记错的话，他的下巴有手术留下的缝合疤痕。"

"他是吸血鬼症患者吗？"

"我怎么会知道？他又没提，如果他说了，我就会把他纳入我的研究对象了。"

"说不定他去找你做咨询就是因为他感到好奇，说不定他知道你在研究他的那种……那是叫什么来着？"

"性欲倒错。这也不无可能，就像我说的，我很确定我们面对的这个吸血鬼症患者非常聪明，而且他能够察觉到自己的病症。无论如何，这让我的患者记录失窃这件事变得更讨厌了。"

"你不记得这个患者的名字？也不记得他从事什么工作、住在哪里？"

史密斯重重地叹了口气。"恐怕我的记性没有以前那么好了。"

卡翠娜点了点头。"看来我们只能希望他看过其他心理医生，有人会想起些什么，而且对医师保密誓言的态度没那么保守。"

"有一点保守其实也不是坏事。"

卡翠娜挑起一侧眉毛。"你这话是什么意思？"

史密斯眯紧双眼，一脸沮丧，看起来像是想骂粗话。"没什么意思。"

"少来了，史密斯。"

心理医生双手一摊。"我只是把两件事放到一起看而已，布莱特。刚才主持人问你是不是有点疯狂，再加上你说你在颂维根区被淋湿过。人类通常都是通过'非语言'来交流的，你所透露出来的讯息是你曾经在颂维根区的精神病院接受过治疗，但现在你却是犯罪特警队的项目小组召集人。所以说，保密誓言的立意还是不错的，它有一部分也是设计用来保护前来寻求协助的患者，以免患者日后的事业受到影响。"

卡翠娜听得目瞪口呆，想说些什么却脑袋一片空白。

"你不必回应我的白痴猜测，"史密斯说，"我也是立下过保密誓言的。晚安了，布莱特。"

卡翠娜望着史密斯沿着走廊奋力往前走，一双X形腿有如埃菲尔铁塔。她的手机响了起来。

是米凯打来的。

他全身赤裸，置身在浓重热烫的雾气之中。被他抓过的皮肤接触到雾气后感觉热辣辣的，鲜血流淌到了底下的木椅上。他闭上双眼，喉头发出一丝呜咽，心中立刻开始思索自己为何会发出这样的声音。妈的都是那些规则害的，规则限制了愉悦，也限制了疼痛，不让他随心所欲地表现自己。但情势即将改观，那个警察收到了他的讯息，现在已经开始追捕他了。警方想循线将他缉捕归案，但他们办不到，因为他把所有可以追查到他的线索都断得一干二净。

雾气中有人清了清喉咙，吓了他一跳，也让他知道这里还有别人。

"Kapatiyoruz（打烊了）。"

"好。"瓦伦丁·耶尔森用浓重的声音答道，依然坐着，努力不让自己哭出声来。

打烊时间到了。

他小心翼翼地抚摸着自己的生殖器官。他清楚地知道她的所在之处，也清楚地知道该怎么跟她玩。他已经准备好了。瓦伦丁把湿润的空气吸进肺里。还有哈利·霍勒，那个自以为是猎人的家伙。

瓦伦丁霍然起身，朝门口走去。

16

星期日夜

奥萝拉起身下床，悄悄踏进走廊，经过爸妈的卧房和通往楼下客厅的阶梯。她无法不去聆听楼下的黑暗寂静中所发出的轰隆声响，同时轻手轻脚走进厕所，打开电灯，锁上了门，拉下睡裤，坐在马桶上。她等待着，但什么事也没发生。她一直想小便，以至于无法入睡，但为何现在又尿不出来了？难道是因为她其实不需要小便，只是因为睡不着而让自己以为想要尿尿？还是因为这里既安静又安全？她把门锁上了。小时候父母总对她说进厕所不能锁门，除非有客人来家里，还说如果她在里面发生事情，门没锁他们才进得来。

奥萝拉闭上双眼，侧耳聆听。那如果家里有客人来呢？其实有个声音吵醒了她，现在她想起来了。那是鞋子所发出的咯吱声。不对，不是鞋子，是靴子，又长又尖的靴子。那人蹑手蹑脚行走时，靴子弯折会发出咯吱声。现在那人停下了脚步了，站在厕所外面，等待。等待着她。奥萝拉觉得无法呼吸，很自然地朝门板底下的缝隙望去，但视线被门槛挡住了，无法看见外头是不是有东西投下影子。她第一次见到他时是坐在庭院里的秋千上，他跟她要一杯水喝，还几乎跟她进入家中，幸好她母亲刚巧驾车回来，他才消失无踪。第二次是在女厕所里，当时她正在参加手球比赛。

奥萝拉侧耳聆听。她知道他就在外头，就在门外的黑暗之中。他说过她要是敢透露一句话，他一定会回来，因此她什么都没说，这是最安全的选择。现在她知道自己为什么尿不出来了，因为只要一尿出来，他就会知道她坐在厕所里。她闭上眼睛，尽全力聆听。没有，什么声音也没听见。

她终于又可以开始呼吸了，他已经走了。

奥萝拉拉起睡裤，打开门，快步走出去，奔过楼梯口，来到父母的房门前。她小心翼翼推开房门，往内看去，只见一道月光透过窗帘缝隙洒落在父亲脸上。她看不出父亲有没有呼吸，但父亲脸色十分苍白，跟她看过的躺在棺材里的祖母一样苍白。她蹑手蹑脚地走到床边。母亲的呼吸声让奥萝拉联想到他们在小屋里用来替床垫充气的橡胶泵。她走到父亲床边，尽量把耳朵靠在父亲嘴巴上。她的心因为喜悦而扑通跳了一下，因为她感觉到了一丝温热的鼻息。

她回到自己床上躺下，仿佛那人从没来过，仿佛那只是一场噩梦，只要闭上眼睛进入梦乡，就可以逃离一切。

萝凯睁开眼睛。

她做了一场噩梦，但那不是她醒来的原因。有人打开了一楼大门。她转头看了看旁边。哈利不在。可能是哈利刚回家吧。她听见楼梯上传来脚步声，自然而然地去聆听熟悉的声音。但是不对，那声音不一样，就算是欧雷克有事突然回来，那也不是欧雷克的脚步声。

她盯着紧闭的卧室房门瞧。

脚步声逐渐靠近。

房门打开。

一个高大、黑暗的影子出现在门口。

这一刻萝凯想起她梦到了什么。梦中是满月，那人把自己用铁链拴在床上，床单已经碎成一片一片的，他在痛苦中扭动着身躯，拉动铁链，对着夜空嗥叫，仿佛受了伤似的。最后他开始撕扯自己的皮肤，接着另一个他从皮肤下出现，那是一只狼人，有着尖利的爪子和牙齿，冰蓝色的眼眸中流露出对于狩猎和死亡的疯狂渴求。

"哈利？"她轻声说。

"我吵醒你了？"他那低沉又冷静的嗓音一如以往。

"我梦到你了。"

他轻轻走进房里，没开灯，只是解开皮带，脱下 T 恤。"梦到我了？梦到我太可惜了吧，我已经是你的人了。"

"你跑哪里去了？"

"我去了一家酒吧。"

怪不得刚才那脚步韵律听起来很陌生。"你是不是喝了？"

哈利躺到她旁边。"对，我喝了，而且你这么早就上床睡觉了。"

萝凯屏住气息。"你喝了什么，哈利？喝了多少？"

"土耳其咖啡，两杯。"

"哈利！"她抓起枕头打他。

"抱歉啦，"哈利大笑道，"你知道土耳其咖啡不能煮到整个沸腾吗？还有你知道伊斯坦布尔有三大足球队，百年来他们都对彼此恨之入骨，却没人知道原因是什么吗？除了那个非常符合人性的原因之外，也就是如果别人恨你，你也会恨对方。"

她蜷缩在他身旁，手臂搂着他的胸膛。"这一切对我来说都很新鲜，哈利。"

"我知道你喜欢定期更新对世界的了解。"

"我不知道如果不这样要怎么活下去。"

"你没说你怎么这么早就上床睡觉了。"

"你又没问。"

"我现在不是问了？"

"我好累，而且我明天一大早要在上班前去伍立弗医院看医生。"

"你没跟我说。"

"对，今天才约诊的，斯蒂芬斯医生亲自打电话来。"

"你确定他是跟你约诊，不是找借口想见你？"

萝凯无声大笑，翻身离开他身旁，却又被抱了回去。"你确定你不是假装嫉妒来逗我开心？"

他轻轻咬了咬她的后颈。她闭上眼睛，希望头痛可以很快被情欲所掩盖，那种可以舒缓疼痛的美妙情欲。但情欲并没有生起。可能哈利也感觉到了，因为他只是静静地躺在床上抱着她。他的呼吸深沉而均匀，然而萝凯知道他还没睡着。他已经去到别的地方，跟他其他的爱人在一起。

莫娜·达亚在跑步机上跑步。她臀部有缺陷，跑步姿势看起来像螃蟹，所以她只在健身房没人时才会跑步。她喜欢在做完辛苦的重训后在跑步机上慢跑个几公里，看着黑沉沉的维格兰雕塑公园，感受肌肉中的乳酸被血液带走。二十世纪七十年代美国流行摇滚乐队鲁宾诺（The Rubinoos）为她爱看的电影《菜鸟大反攻》写过一首歌，这首甜蜜又苦涩的流行歌曲正在连接着她手机的耳机里播放，直到一通来电打断了音乐。

她知道自己对此有些期待。

这并不是说她希望凶手再度犯案，她什么都不希望，她只是据实报道发生过的事而已，反正她是这么告诉自己的。

手机屏幕上显示"未知来电"，所以不是新闻编辑部打来的。她犹豫片刻。这类重大命案发生时，很多怪人会纷纷出现，但好奇心还是胜过一切，她点了一下接听键。

"晚安，莫娜，"一个男人的声音说，"我想你现在应该是一个人吧。"

莫娜下意识地左右查看，柜台里的女性工作人员正专注地看着自己的手机。"你什么意思？"

"现在整个健身房都是你的，而整座维格兰雕塑公园都是我的，这感觉就像是整个奥斯陆都是我们两个的，莫娜。你写了那些对内情异常熟悉的新闻稿，我则是里头的主角。"

莫娜看向手腕上的脉搏监测器，只见数字开始攀升，但没有升高太多。朋友都知道她习惯晚上去健身房，也知道她在健身房可以眺望整座维格兰雕塑公园。这不是第一次有人想愚弄她，应该也不会是最后一次。

"我不知道你是谁，也不知道你想干吗，给你十秒钟说服我，不然我就挂电话。"

"我对你的报道并不完全满意，我的作品有很多细节没有报道出来，所以我给你机会跟我碰面，到时我会跟你说明我想表达的是什么，还有在不久的将来会发生什么事。"

她的脉搏数升高了一点点。

"我必须说，这听起来挺诱人的，只不过你可能不想被逮，我也不想被咬。"

"克里斯蒂安桑市的动物园里有个废弃的笼子，放在欧莫亚岛的货柜码头，笼子上没有锁，你可以带个挂锁去，把自己锁在笼子里，我会去找你，在笼子外面跟你说话。这表示在我掌控你的同时，你是安全的。如果你觉得有必要的话，也可以带个防身武器。"

"比如说鱼叉吗？"

"鱼叉？"

"对啊，既然我们要上演大白鲨对战笼内潜水员的戏码。"

"你没有把我的话当真。"

"换作你，你会当真吗？"

"换作我，在我做出决定前，我会先问只有杀人者才会知道的事。"

"好，那你回答吧。"

"我用埃娃·多尔门的料理机给自己打了一杯果昔，或许可以给它取个名字叫'血腥埃娃'，料理机用完后我没洗，你可以去跟你在警方的消息来源查证。"

莫娜专心思索。这实在是太疯狂了。这可能成为二十一世纪最大的独家新闻，这条新闻将确定未来她在新闻界的事业版图。

"好，我立刻联络我的消息来源，五分钟后回你电话？"

手机那头传来低低的笑声："耍这么廉价的把戏可没办法赢得信任哦，莫娜。五分钟后我会再打给你。"

"好。"

铃声响了好一会儿，楚斯才接起电话，声音中满是浓浓的睡意。

"你们不是应该都在查案吗？"莫娜说。

"总要有人休息啊。"

"我只有一个问题要问。"

"多问几个有量贩优惠。"

结束通话时，莫娜知道自己挖到宝了，或者应该说，宝物自己从天上掉下来砸到她了。

手机屏幕再度显示"未知来电"，她接起来只问了两个问题：何时和何地。

"明晚八点，港口街三号。还有，莫娜？"

"什么事？"

"事情结束之前不要跟别人说。"

"可以告诉我为什么不能在手机上说吗？"

"因为我想全程都看见你，而且你也想见我。你快跑完了吧？祝你今晚好梦。"

哈利躺在床上，瞪着天花板。他大可怪罪穆罕默德泡的那两杯咖啡浓得像沥青，但他知道那不是原因所在。他知道自己的老毛病又犯了，无法关上大脑的开关。除非一切结束，否则他的脑袋会不断地运转再运转，直到凶手束手就擒。有时这种状况甚至还会再持续一阵子。四年了。四年来瓦伦丁·耶尔森没有一丝尚在人间的迹象，也没有一丝不在人间的迹象，现在他却选择主动现身。不是稍微露出他那条恶魔尾巴，而是堂而皇之地站到聚光灯下，像个自恋的演员兼编剧和导演。这一切都是安排好的，绝对不只是疯狂的精神异常行为。此人绝对不是他们误打误撞就可以逮到的。他们只能静待他进行下一步，同时向上天祈祷他会犯错。在此同时，他们必须继续查案，希望可以找出他已经犯下的微小错误，只因每个人都会犯错。几乎每个人都会。

哈利先聆听萝凯均匀的呼吸声，再悄悄下床，轻手轻脚地走出卧室，下楼来到客厅。

铃声响到第二声，对方就接了起来。

"我以为你已经睡了。"哈利说。

"那你还打？"奥纳用睡意浓重的声音说。

"你得帮我找到瓦伦丁·耶尔森才行。"

"是帮我？还是帮我们？"

"帮我、帮我们、帮这座城市、帮全人类，妈的，必须阻止他。"

"我说过我已经卸下任务了，哈利。"

"史戴，他已经醒过来了，就在外头虎视眈眈，我们却还躺在床上睡觉。"

"而且还怀着罪恶感，但我们的确是在睡觉，因为我们累了。我很累了，哈利，太累了。"

"我需要一个了解他的人，一个可以预测他下一步行动的人，一个可以看见他即将犯错、能够找出他弱点的人。"

"我没办法——"

"哈尔斯坦·史密斯，"哈利说，"你觉得他这个人怎么样？"

手机那头一阵静默。

"你不是打来说服我的？"奥纳说。哈利听得出奥纳有点受伤。

"这是备用计划，"哈利说，"哈尔斯坦·史密斯是第一个说犯案者是吸血鬼症患者而且会再度下手的人，他说瓦伦丁·耶尔森会用已经成功过的方法来下手，也就是用 Tinder 约人。冒险留下线索的事他也说中了，瓦伦丁对于身份曝光的矛盾情结也被他说对了，而且他很早就说过警方应该把目标指向性侵犯。目前为止史密斯说得都很正确。他能独排众议这点很好，我正在考虑要不要招揽他加入我这个独排众议的小组，不过最重要的是，你跟我说过他是个聪明的心理医生。"

"他是很聪明。嗯，哈尔斯坦·史密斯可以是个不错的选择。"

"我只是在想一件事，他那个绰号……"

"猴子？"

"你说那个绰号跟他现在还在博取同侪的信任有关。"

"天哪，哈利，那都已经是半辈子以前的事了。"

"说给我听。"

奥纳似乎想了一会儿，才对着手机喃喃说道："他会被取那个绰号有一部分是我的错，当然他自己也有错。当时我们在奥斯陆是同学，我们发现心理系酒吧的小保险箱里有一些钱不翼而飞了，而哈尔斯坦是头号嫌犯，因为他突然有钱参加维也纳游学团，原本他因为缺钱没能参加。问题是我们没法证明哈尔斯坦有保险箱的密码，能够拿到里面的钱，于是我就设下了一个猴子陷阱。"

"一个什么？"

"爸！"哈利听见手机那头传来小女生的尖细声音，"你没事吧？"

哈利听见奥纳的手擦过手机的声音。"奥萝拉，我不是故意要吵醒你的，我正在跟哈利讲电话。"

接着是奥萝拉的母亲英格丽德的声音："哦，亲爱的，你看起来吓坏了，做噩梦了吗？跟我来，我到床边陪你躺好，还是我们去泡杯茶喝？"那头传来横越地板的脚步声。

"刚刚讲到哪儿了？"奥纳说。

"猴子陷阱。"

"哦，对。你有没有看过罗伯特·波西格写的《禅与摩托车维修艺术》？"

"我只知道那本书不是在讲维修摩托车。"

"没错，那是一本哲学书，讲的是感觉和心智之间的拉扯，就好比一个猴子陷阱。首先你在椰子上钻个洞，大到可以让猴子把手伸进去，然后在里头塞满食物，再把椰子插在一根竿子上，最后跑到一边躲起来等着。等猴子闻香而来，把手伸进洞里抓住食物的时候，你就突然跳出来。猴子会想逃跑，但它也会发现要逃跑就必须放开手里抓着的食物。有趣之处在于，即使猴子的智力足以让它明白如果被捉住，就没法享用食物，但它还是不肯放手。本能、饥饿、欲望都比理智要更强大，这就是猴子会被逮到的原因，每次都不例外。于是我跟酒吧经理举办了一场心理问答游戏，邀请系上所有人参加。那是个盛大的聚会，奖赏很贵重，而且过程很紧张。酒吧经理跟我看完回答之后，宣布说系上有两个第二聪明的人拿到了同样的分数，必须一决胜负才行，那就是史密斯跟一个叫欧拉夫森的同学；而要成为赢家，就得再比比看谁的测谎技术比较好。于是我请一个年轻女子出场，说她是酒吧的工作人员，请她坐在一张椅子上，再请两位决赛者尽量从她身上观察出保险箱的密码是多少。史密斯和欧拉夫森坐在女子对面，我开始问那女子密码的第一个号码，从零到九随机问，然后再问第二个号码，依此类推。女子被告知每次都只能回答'不是这个号码'，而史密斯和欧拉夫森必须观察她的肢体语言、瞳孔放大程度、心跳加快迹象、声音改变程度、出汗程度、眼睛不由自主地转动，等等。一个野心勃勃的心理医生绝对会以正确解读这所有迹象而感到自豪，而赢家就是正确猜出最多密码数字的人。所以当我问那四十个问题时，他们两个人都全神贯注地坐在那里记笔记。别忘了，奖赏非常贵重，那就是成为系上第二聪明的心理医生。"

"显然系上最聪明的心理医生——"

"——不能参加，没错，因为这场比赛就是他举办的。我问完所有问题以后，他们就得递出答案。结果史密斯四个数字全都猜对了。全场欢声雷动！因为这真的是太厉害了，甚至可以说厉害到有点可疑的程度。好了，哈尔斯坦·史密斯可比一般猴子聪明得多，我不敢说他没有意识到这是个圈套，但尽管如此，他还是忍不住要赢。他就是忍不住！可能因为当时他穷得要死、脸上都是痘痘、完全被边缘化、交不到女朋友等等，使得他比一般人还要不顾一切，一定要赢。另外也可能因为他觉得即使赢了会显得他有偷钱的嫌疑，但我们也不能证明钱一定就是他偷的，因为他可能真的聪明到有办法解读人类肢体语言的种种迹象，但是……"

"嗯。"

"什么？"

"没什么。"

"不行，说出来。"

"坐在椅子上的那个年轻女子，她不知道密码是多少。"

奥纳咕哝着说没错："她甚至不在酒吧里工作。"

"你怎么能确定史密斯会掉入这个猴子陷阱？"

"因为我聪明到读得懂人心。重点是，现在你知道你口袋名单里的人选当过小偷，你怎么想？"

"他偷了多少钱？"

"如果我没记错，他偷了两千克朗。"

"不是很多。你说保险箱里有一些钱不见了，这表示他没有把钱全部拿走，是不是？"

"当时我们认为那是因为他不想被发现。"

"但后来你们想过他只是拿了要跟其他同学一起参加游学团的钱吗？"

"我们只是非常有礼貌地请他离开我们系，不然我们就要去报警，后来他就转学到立陶宛的大学，一样念心理系。"

"他遭到了放逐，现在又因为你玩的那个把戏，使得'猴子'这个绰号怎么甩也甩不掉。"

"后来他回挪威念研究所，拿到心理医生的资格，表现得也不错啊。"

"你有没有发现你的口气里带有负罪感？"

"而你的口气听起来像是想雇用一个小偷。"

"我从不会讨厌一个情有可原的小偷。"

"啊哈！"奥纳高声说，"现在你更喜欢他了，因为你明白了猴子陷阱的概念，因为你也不会放手，哈利。你会因小失大，因为不愿意放开小奖品而失去大奖品。你决心要逮到瓦伦丁·耶尔森，即使你知道可能会因此失去一切你心爱的东西，包括你自己和你周围的人。你就是不肯放手。"

"很高明的模拟，但你错了。"

"是吗？"

"对。"

"如果真是这样，我会觉得很高兴。好了，我得去关心一下我家的女眷了。"

"如果史密斯真的加入我们，你可以向他简单介绍一下心理专家该做什么工作吗？"

"当然可以，这是我最起码该做的。"

"是为了犯罪特警队，还是因为他被取'猴子'这个绰号是你造成的？"

"晚安，哈利。"

哈利回到楼上，躺上了床，但并未碰触萝凯，只是躺在十分靠近她的地方，感觉得到她熟睡的身体所散发出来的温热。他闭上眼睛。

过了一会儿，他飘了起来，离开床铺，滑出窗外，穿过黑夜，下山来到灯光永驻的闪亮不夜城；他来到街上，来到巷弄，来到垃圾桶上方，这座城市的灯光永远照不到的角落。而他就在那里。他敞开衣衫，露出赤裸胸膛，那里有一张脸正在扭曲尖叫，似乎要扯开皮肤钻出来。

那是一张他熟悉的面孔。

猎人与猎物，恐惧与渴望，遭人痛恨与满怀恨意。

哈利猛然睁开眼睛。

他看见的那张脸属于他自己。

17

星期一上午

卡翠娜看着项目调查小组的一张张苍白脸庞。他们有些人彻夜工作，有些人只小睡过片刻。调查小组已清查完目前已知的认识瓦伦丁·耶尔森的人，其中多半是罪犯，有些人还在狱中，有些人已经死亡。接着托尔德·格伦简短地报告了挪威电信公司提供的手机通话记录，记录上列出了三名受害者遭到攻击前所联络过的每个人的名字，包括通话时间和日期。目前为止这些人看起来都跟案件没有关联，通话和短信也并无可疑之处，除了埃娃·多尔门遇害前两天曾收到一通由未登记号码拨来的未接来电。那是从预付卡手机打来的电话，无法追踪，这表示手机可能关机，或被毁坏，或SIM卡被取下，或预付卡的金额用完了。

安德斯·韦勒报告目前关于3D打印机销售记录的调查进度，他表示由于销售记录太多，销售时未登记姓名地址的比例又太高，因此再继续追查下去可能没有意义。

卡翠娜朝哈利望去，见他听了报告之后摇了摇头，又对她点了点头表示同意这个结论。

毕尔·侯勒姆报告说既然刑事鉴识证据已将最后一起案件指向单一嫌犯，那么鉴识中心就能专注在取得进一步证据上，以证明瓦伦丁·耶尔森和三个犯罪现场及被害人都有关联。

卡翠娜正要分配今天的工作，麦努斯·史卡勒却举起了手，并在卡翠娜还没回应他前就径自说道："为什么你决定公布瓦伦丁·耶尔森是嫌犯？"

"为什么？当然是为了得到线报，希望知道他的下落。"

"这下子我们会接到好几千通电话，只不过因为一张铅笔素描的画像，而那张脸随便怎么看都像我的两个舅舅。我们得清查每一通报案电话，不然当中如果真的有线报提供了耶尔森的新身份和住处该怎么办？而且在此期间他可能会杀害第四号和第五号被害人并且吸她们的血。"麦努斯环顾四周，寻求支持。卡翠娜明白他是在代表好几个同事发言。

"这种困境总是进退两难，史卡勒，但我们还是决定这样做。"

麦努斯朝一名女分析员点了点头，她立刻接棒说："卡翠娜，史卡勒说得对，我们现在需要的是时间，能不受干扰地进行调查工作。以前我们就请民众提供过瓦伦丁·耶尔森的信息，结果并没有什么进展。这只会让我们分心，让我们更找不到可能带来进展的线索。"

"现在他知道我们知道凶手是他，可能就已经被吓跑了。我只是在想，他有一个躲藏处，三年来我们都找不到，如今我们又冒险公布他的身份，这样不是有可能会把他逐回老巢吗？"麦努斯交叠双臂，脸上露出胜利的神情。

"冒险？"一个声音从会议室后方传来，接着是呼噜笑声，"如果我们知情却什么都不说，危险的应该是你想拿来当诱饵的女人吧，史卡勒。如果我们逮不到这个王八蛋，那把他逐回老巢也不是什么坏事。当然这只是我的个人意见。"

麦努斯摇了摇头，面带微笑。"你会学乖的，班森，你在队上再待久一点，就会知道像瓦伦丁·耶尔森那样的人是不会罢手的，他只会转移阵地而已，你也听见我们的长官——"他把"长官"这两个字拉得特别长，"昨晚在电视上说了，瓦伦丁可能已经出境了。事到如今你如果还希望他会乖乖地坐在家里吃爆米花、织毛线，那你就该多长点经验，好能意识到自己判断错误。"

楚斯·班森低头看着自己的双掌，喃喃自语，卡翠娜听不见他说什么。

"我们听不见你说什么，班森。"麦努斯高声说，头也没回。

"我说那天大家不是都看见了一个女人的照片吗？就是那个姓雅各布森的，她倒在一堆冲浪板底下？当天还有些事那些照片可没拍到。"楚斯提高嗓门清晰地说，"我抵达的时候，她还有呼吸，可是却没法说话，因为瓦伦丁·耶尔森用钳子把她的舌头从嘴巴里给整个扯出来了，塞进了那个我不用说你们也知道的地方。你知道一个人的舌头是被扯出来而不是被割断，还有什么东西会被一起扯出来吗，史卡勒？反正呢，她发出来的声音像是在哀求我开枪把她杀了。如果我身上带着枪，妈的我一定会考虑。不过后来她很快就死了，所以还好。既然你说到经验，我只是想稍微提一下这件事而已。"

会议室里一片静默，楚斯深深地吸了口气。卡翠娜心想，有一天她说不定也会变得跟班森警员一样。她的这串思绪随即被楚斯的结论打断了。

"史卡勒，据我所知，我们只负责挪威国内的案子，要是瓦伦丁跑去别的国家干那些蠢老外，那就是别人家要处理的事。依我看来，他最好跑去国外，不要来糟蹋我们挪威的女人。"

"今天的会议到此结束。"卡翠娜语气坚定。众人面露讶异之色，这表示他们至少又清醒过来了。"下午的开会时间是四点，记者会是六点。我希望每个人都能用手机联络到我，所以请大家汇报时尽量精简。还有，大家明白每件事都迫在眉睫，他昨天没下手不代表他今天不会下手。毕竟，就算是上帝到了星期日也会喘口气。"

会议室里的人很快就走光了，卡翠娜整理文件，关上笔记本电脑，准备离开。

"我要韦勒和毕尔。"哈利说，他仍坐在椅子上，双手抱在脑后，双脚向前伸直。

"韦勒没问题，毕尔的话你得去问鉴识中心的新主任，那个叫什么利恩的。"

"我问过毕尔了，毕尔说会去跟她说。"

"嗯，我想他一定会去的，"卡翠娜听见自己这么说，"你跟韦勒说过了吗？"

"说过了，他兴奋得不得了。"

"那最后一个组员呢？"

"哈尔斯坦·史密斯。"

"真的假的？"

"有何不可？"

"他是个怪咖，对坚果过敏，又一点办案经验都没有。"

哈利靠在椅背上，手伸进裤子口袋里掏出一包皱巴巴的骆驼牌香烟。"如果森林里出现一种叫作吸血鬼症患者的新怪物，那我希望有个最了解这种怪物的人整天跟在我身边。不过照你这么说，他对坚果过敏也算是缺点喽？"

卡翠娜叹了口气。"我只是说，我对这些过敏症真的是受够了。安德斯·韦勒对橡胶过敏，他不能戴乳胶手套，应该连避孕套也不能戴吧，想想看那是什么情况。"

"我宁可不要想。"哈利说，低头看着那包烟，抽出一根破烂委顿的香烟，塞到双唇之间。

"哈利，为什么你不跟别人一样，把烟放在外套口袋里？"

哈利耸了耸肩。"破香烟抽起来比较香。对了，锅炉间没正式指定为办公室，所以禁烟令在那里应该不适用吧？"

"抱歉，"哈尔斯坦·史密斯对着手机说，"但还是感谢你找我。"

他结束通话，把手机放回口袋，看着坐在餐桌对面的妻子梅。

"怎么了？"梅问道，一脸担心。

"是警方打来的，问我要不要加入一个专门负责缉捕那个吸血鬼症患者的迷你小组。"

"然后呢？"

"我的博士论文快到截止日期了，没时间，而且我对那种缉捕工作又没兴趣，我们家里一天到晚都有老鹰抓小鸡。"

"你是这样回答他们的？"

"对啊，除了老鹰抓小鸡这段。"

"那他们怎么说？"

"对方只有一个人，他叫哈利，"史密斯笑道，"他说他明白，还说警方的调查工作其实无聊又冗长，一点也不像电视上演的那样。"

"那就好。"梅说，端起茶杯凑到嘴边。

"那就好。"史密斯说，也端起茶杯凑到嘴边。

哈利和韦勒的脚步声回音盖过了砖造隧道顶端滴下的细小水滴声。

"我们到哪里了？"韦勒问道，手里抱着旧款台式电脑的屏幕和键盘。

"在公园底下，大概在警署和波特森监狱之间，"哈利说，"我们把这条隧道叫作警狱地道。"

"所以秘密办公室在这里？"

"它不是秘密办公室，只是一间空办公室。"

"谁会要一间深入地底的办公室？"

"没有人。所以它才会是空的。"哈利在一扇金属门前停下脚步，将钥匙插入门锁并转动，再握住门把往外拉。

"还是锁着的？"韦勒问道。

"它膨胀了。"哈利一脚踩在门边的墙壁上，用力一拉。一股砖造地窖的暖湿气味扑鼻而来，哈利开心地吸入这种气味。他又回到锅炉间了。

他打开电灯开关，天花板上的日光灯迟疑了片刻才开始闪烁。日光灯的光亮稳定后，两人站在这个方形空间里环顾四周，只见地上铺着蓝灰色油地毯，四面都没有窗户，只有光秃秃的水泥墙。哈利朝年轻的警探看了一眼，心想不知道这间办公室会不会浇熄他当初获邀加入这支游击小队时展现出的发自内心的兴奋之情。结果看起来并没有。

"来大干一场吧。"韦勒说，咧嘴而笑。

"我们先到，可以先选位子。"哈利朝几张办公桌点了点头。其中一张桌子上摆着一台熏成褐色的咖啡机、一个饮水桶和四个白色马克杯，马克杯上有手写的名字。

韦勒把电脑组装起来，哈利将咖啡机打开，这时门被用力拉开了。

"哇，这里比我印象中还要温暖，"侯勒姆笑道，"你们看，哈尔斯坦也来了。”

　　一个男子出现在侯勒姆背后，脸上戴着大眼镜，一头乱发，身上穿着格子夹克。

　　“史密斯，”哈利说，伸出了一只手，“很高兴你改变心意。”

　　他伸手跟哈利握了握。“我对反直觉的心理学一向没有招架之力，”他说，“如果那不是反直觉心理学，那你就是我遇到过的最糟的电话推销员了。不过这也是我第一次回拨电话给推销员接受推销。”

　　“我没有要强迫任何人的意思，我们这里只要自发来的人，”哈利说，“你喝浓咖啡吗？”

　　“不喝，我比较喜欢……我是说，大家喝什么我就喝什么。”

　　“很好，看来这是你的杯子。”哈利把一个白色马克杯递给他。

　　史密斯推了推眼镜，读出马克杯上的手写名字：“列夫·维果斯基[1]。”

　　“这个给我们的刑事鉴识专家。”哈利说，递了一个马克杯给侯勒姆。

　　“还是汉克·威廉姆斯[2]，”侯勒姆开心地说，“但这是不是代表这个杯子已经三年没洗了啊？”

　　“那是用洗不掉的马克笔写的，”哈利说，“韦勒，这是你的。”

　　“波派尔·道尔[3]？这谁啊？”

　　“他是有史以来最棒的警察，你去搜一下就知道了。”

　　侯勒姆转动第四个马克杯。“哈利，那为什么你的马克杯上没写瓦伦丁·耶尔森的名字？”

　　“可能我一时忘了。”哈利从咖啡机上拿起一壶咖啡，倒满四个马克杯。

　　侯勒姆看见另外两人脸上露出困惑的神情，便说：“按照惯例，杯子上写的会是自己的偶像，哈利的杯子上写的则是主要嫌疑人的名字，就是

---

①　俄罗斯教育心理学家。

②　美国乡村乐歌手。

③　电影《波派尔·道尔》里的警探主角。

一个阴跟阳的概念。"

"我是无所谓，"史密斯说，"可是我要先声明，列夫·维果斯基不是我最喜欢的心理学家，虽然我承认他是先驱，但是——"

"你拿到的是史戴·奥纳的马克杯，"哈利说，推来最后一张椅子，让四张椅子在办公室中间围成圆圈，"好了，我们是不受限的，我们没有长官，不用向任何人报告，可是我们会跟卡翠娜·布莱特互相交流情报。请坐吧，我们先从每个人轮流发表对这件案子的真实看法开始，大家可以根据事实、经验或直觉，或是根据一个愚蠢的小细节或根本没有根据来说。你们说的话以后不会被拿来打你们的脸，而且可以发表错得离谱的观点。谁想先开始？"四人坐了下来。

"很显然这里的决策者不是我，"史密斯说，"但我想……呃，从你开始好了，哈利。"他双臂交叠，仿佛很冷似的，即使隔壁就是替整座监狱提供热源的锅炉。"也许你可以告诉我们，为什么你认为不是瓦伦丁·耶尔森干的。"

哈利看着史密斯，从马克杯啜饮了一口咖啡，吞了下去。"好，先从我开始。我并没有认为不是瓦伦丁·耶尔森干的，尽管我这样想过，因为一个凶手连续犯下两起杀人案都没有留下证据，这需要缜密的计划和冷静的头脑，但如今凶手却突然展开攻击，随意留下证据和痕迹物证，而且全都指向瓦伦丁·耶尔森，这里头不免有种刻意的成分，仿佛这个人想公开宣告他是谁，这当然会启人疑窦。会不会是有人在操纵我们，误导我们以为凶手是某个人？如果真是这样，那瓦伦丁·耶尔森就是完美的替罪羊。"哈利朝其他人看了看，只见韦勒十分专注、双眼圆睁，侯勒姆看起来有点困倦，史密斯一脸和蔼可亲，仿佛在这个环境中他自然而然地开始扮演起心理专家的角色。"以瓦伦丁·耶尔森的前科来说，他的确很可能是凶手，"哈利接着说，"同时他也是真凶认为警方不可能找到的人，毕竟我们已经找他找了这么久都徒劳无功。说不定真凶亲手杀害并埋葬了他，已经入土的瓦伦丁无法用不在场证明或其他证据来证明自己的清白，再说这个人就算是躺在坟墓里也会引来其他歹徒的觊觎与利用。"

"指纹，"侯勒姆说，"恶魔面孔的刺青、手铐上的 DNA。"

"对，"哈利又啜饮了一口咖啡，"真凶可以割下瓦伦丁的手指，按在手铐上，再带去霍福瑟德区作案。刺青可能是仿造的，其实可以洗掉。手铐上的毛发可能来自瓦伦丁的尸体，况且手铐是被刻意留下来的。"

锅炉间里一片静默，只有咖啡机发出最后的声响。

"我的老天啊。"韦勒大笑道。

"我听偏执狂患者说过那么多阴谋论，这绝对可以挤进前十名，"史密斯说，"我……呃，我这样说绝对是恭维的意思。"

"这就是我们聚在这里的原因，"哈利说，在椅子上倾身向前，"我们应该朝不同方向思考，看见卡翠娜的项目调查小组触碰不到的可能性，因为他们正在建构案情大纲，而团体人越多，就越难打破多数人的想法和假设。他们的运作方式有点像宗教，因为你会很自然地认为既然周围有那么多人，那这件事一定错不了。只不过呢，"哈利端起没写名字的马克杯，"事情可能出错，而且正在出错，经常都在出错。"

"阿门。"史密斯说。

"现在我们来听下一个糟糕的推论，"哈利说，"韦勒？"

韦勒低头看着自己的马克杯，深深地吸了口气，开口说："史密斯，你在电视上解说过吸血鬼症患者发展的每个阶段，但北欧的青少年每一个都受到密切关注，只要一出现这种极端倾向，还没来得及发展到最后阶段就会被公共医疗服务机构给挑出来，所以我认为这个吸血鬼症患者不是挪威人，他是从其他国家来的。这是我的推论。"他抬头看了看其他人。

"谢谢，"哈利说，"我可以补充，在连环杀手的犯罪史上，从未出现过会吸血的北欧人。"

"一九三二年斯德哥尔摩的阿特拉斯命案。"史密斯说。

"嗯，那件案子我不知道。"

"可能是因为那个吸血鬼症患者没被找到，所以也没被确认为连环杀手。"

"有意思，那起命案的被害人是女人？"

"死者名叫莉莉·林德斯特伦（Lilly Lindeström），是个三十二岁的妓女。如果这个凶手只杀害了她一个人，那我回家就把草帽吞下去。最近这件案子开始被认为是吸血鬼症患者案了。"

"可以说详细点吗？"

史密斯眨了眨眼睛，几乎闭上了眼皮，然后开始一字一句地述说，仿佛内容已铭记在心："发现的时间是五月四日，案发时间是沃普尔吉斯之夜①，地点在圣艾瑞克广场二号的一间套房里。莉莉在套房里接待了一名男子，当晚她曾下二楼去跟朋友借避孕套。警方破开莉莉家大门时，发现她趴在床上，已经死亡两三天了。现场没发现指纹或其他线索，显然凶手犯案后清理过现场，就连莉莉的衣服都折得整整齐齐。另外，警方在料理台水槽里发现一支沾有血迹的酱汁勺。"

侯勒姆和哈利交换了个眼神，史密斯继续往下说。

"莉莉的通讯簿上写满一堆没有姓氏的名字，但警方在那些名字当中没找到嫌犯，也一直没查出这个吸血鬼症患者的身份。"

"但如果这个凶手是吸血鬼症患者，他不是一定会再下手吗？"韦勒说。

"对，"史密斯说，"但谁能保证他没再下手？他只是善后的技术更高超了。"

"史密斯说得对，"哈利说，"每年失踪人口的数字都大于命案死者的数字，但先前韦勒说得也有道理，吸血鬼症患者不是在早期发展阶段就会被发现吗？"

"我在电视上说明的是典型发展，"史密斯说，"有人长大成人以后才发现自己有吸血鬼症，就像一般人必须花点时间才能发现自己真正的性取向一样。历史上最有名的吸血鬼症患者叫彼得·屈滕（Peter Kürten），

---

① 中欧与北欧的传统春季庆典，通常于四月三十日和五月一日举行。

一般称他为'杜塞尔多夫吸血鬼'，他第一次吸食动物的血是在一九二九年十二月，当年他四十五岁，在市郊杀了一只天鹅。后来不到两年时间，他就杀了九个人，另外还有七人是杀人未遂。"

"但瓦伦丁·耶尔森之前的骇人的犯罪记录中并未包括吸血或食人，你不觉得这很奇怪吗？"

"我不觉得。"

"好。毕尔，你的想法呢？"

侯勒姆在椅子上直起身子，揉揉眼睛。"跟你一样，哈利。"

"一样是指什么？"

"埃娃·多尔门命案是斯德哥尔摩那起命案的复制品，现场同样经过整理，还有用来饮血的料理机被放在水槽里。"

"你觉得这听起来可能吗，史密斯？"哈利问道。

"凶手是模仿犯？如果是这样，那可就新奇了。呃，我无意创造出更多互相矛盾的难题哦。有些吸血鬼症患者的确会自认是德古拉伯爵的转世，但一个吸血鬼症患者会去模仿阿特拉斯命案似乎有点不大可能，比较可能的解释是典型吸血鬼症患者的个性可能会有点相似。"

"哈利认为我们这个吸血鬼症患者似乎有点洁癖。"韦勒说。

"这我能了解，"史密斯说，"吸血鬼症患者约翰·乔治·黑格就对干净的双手很执着，他一年到头都戴着手套，他也讨厌灰尘，只用刚洗过的杯子来喝被害人的鲜血。"

"那你呢，史密斯？"哈利说，"你认为我们这个吸血鬼症患者是谁？"

史密斯的两根手指拍打着嘴唇，随着呼吸发出声响。

"我认为他跟很多吸血鬼症患者一样头脑聪明，可能从小就虐待过动物甚至是人，家境不错，但他是家里唯一一个格格不入的人。他应该就快想要吸血了，而且我认为他不只可以从吸血中得到性快感，单纯看到鲜血也会。他在寻求一种完美的性高潮，这种完美高潮结合了强暴和鲜血所能给予他的性愉悦。杜塞尔多夫的天鹅杀手彼得·屈滕就说过，他用刀子刺杀被害人多少次，取决于有多少鲜血流出，而鲜血的流出量则会决定他有多快达到性高潮。"

锅炉间内弥漫着一阵阴郁的静默。

"我们要在什么地方、用什么方法才能逮到这样一个人？"哈利问道。

"也许昨晚卡翠娜在电视上说得对，"侯勒姆说，"说不定瓦伦丁已经出境了，可能搭飞机去红场了吧。"

"莫斯科？"史密斯惊讶地说。

"哥本哈根，"哈利说，"在那个有多元文化的诺雷布罗区。那里有个公园人口贩子经常去，他们主要是做进口生意，出口只占少部分。你只要在长椅或秋千上坐下来，手里拿一张车票，不论是公交车票还是飞机票，任何交通票券都行，就会有人过来问你要去哪里，接着又会问你其他问题，但对方绝不会透露身份。那人会有同伴坐在公园远处秘密拍照，上网搜寻你的身份是否符合，过滤你是不是警察。这种旅行社低调又昂贵，可是贵归贵，顾客却都不搭商务舱，他们买的全都是船运集装箱里的廉价位子。"

史密斯摇了摇头。"可是吸血鬼症患者不会像我们一样理性地计算风险程度，所以我不认为他出境了。"

"我也不这么认为，"哈利说，"所以他到底在哪里？他是藏身在人群中，还是独自住在荒僻的地方？他有没有朋友？我们可以想象他有搭档吗？"

"我不知道。"

"史密斯，这里在座的每一位都明白，不论是不是心理医生都不可能知道这些事。我只是想问你的直觉是什么？"

"我们这种做研究的人直觉不灵光，但我很确定他是孤身一人，他可以说非常孤独，是只孤狼。"

敲门声响起。

"请进，门要用力拉！"哈利高声喊道。

门被打开。

"各位大胆的吸血鬼猎人，你们好啊。"史戴·奥纳说，走了进来，先进门的是他的肥肚腩，接着就看见他手里牵着一个弯腰驼背的女孩。女孩的深色头发有一大片从面前垂落，哈利看不见她的脸。"史密斯，我答应过哈利来给你上个速成课，跟你说明一下心理专家在办案过程中扮演什么角色。"

史密斯的脸亮了起来。"太感谢你了，亲爱的同事。"

奥纳晃着脚跟。"你是应该感谢我，不过我已经不想在这座地下陵墓里工作了，所以我跟卡翠娜借了办公室。"他把一只手放在女孩的肩膀上，"奥萝拉需要一本新护照，所以才跟我一起过来了。哈利，你能帮她插个队吗？我来给史密斯上课。"

女孩将头发拨到一旁。哈利乍看之下根本不敢相信这个脸色苍白、皮肤油腻、脸上有许多红斑的人，竟是几年前记忆中那个漂亮的小女孩。看到她深色的服装和脸上的浓妆，他会以为她是哥特人，或是欧雷克口中那些打扮看心情的伊莫人。但她眼中没有反抗或叛逆，也没有青少年的厌世，甚至再度看见哈利后连一丝喜悦都没有。哈利曾是她最爱的"干叔叔"，她总爱这样叫他，如今她看见哈利却面无表情。不对，她脸上的确有表情，一种哈利说不上来的表情。

"那就来插个队吧，我们这里做事就是这么腐败，"哈利说，逗得奥萝拉脸上浮现出一丝笑容，"我们去办理护照的部门。"

四人离开锅炉间，哈利和奥萝拉静静地走在警狱地道中，奥纳和史密斯走在他们身后两步之遥，打开了话匣子。

"总之呢，之前我有个患者，他叙述他的问题时迂回得不得了，让我完全连不起来，"奥纳说，"后来有一次我意外发现他就是失踪的瓦伦丁·耶尔森，于是就被他攻击，如果不是哈利赶来，我早就没命了。"

哈利注意到奥萝拉听到后绷紧了身子。

"虽然他最后跑掉了，但他威胁我的时候，我更了解他了。他用刀子抵住我的喉咙，逼我做出诊断，还说自己是'瑕疵品'。他说如果我不回答，就要在他老二硬邦邦的时候让我流血而死。"

"有意思，你看见他真的勃起了吗？"

"没有，但我感觉得到，也感觉得到他手中那把猎刀的锯齿边缘，我记得当时心里很希望我的双下巴可以救我一命。"奥纳咯咯地笑着说。

哈利听见奥萝拉捂嘴倒抽一口凉气，便回头瞪了奥纳一眼。

"哦，亲爱的，抱歉！"奥纳高声说。

"你们说了些什么？"史密斯好奇地问道。

"很多啊，"奥纳低声说，"他对平克·弗洛伊德乐队那张《月之暗面》里的背景音乐很感兴趣。"

"我想起来了！他是不是说他叫保罗，可惜我所有的患者记录都被偷走了。"

"哈利，史密斯刚才说……"

"我听见了。"

一行人爬上楼梯，来到一楼。奥纳和史密斯在电梯前停下脚步，哈利和奥萝拉继续往中庭走去，看见柜台前的玻璃上贴着一张公告说摄影机目前故障，欲申请护照者请利用警署后侧的自动快照机。

哈利带着奥萝拉走到一台外形好似流动厕所的快照机前，把帘幕拉到一旁，给了奥萝拉几个硬币，让她在里头坐下。

"对了，"哈利说，"笑的时候不能露出牙齿哦。"接着他拉上帘幕。

奥萝拉望着背后藏有摄影机的黑色玻璃，玻璃上有自己的映影。

她觉得泪水即将溃堤。

这原本看起来是个好主意，她跟父亲说想一起去警署看哈利，因为班里要去伦敦旅行，她需要一本新护照。父亲对这种事总是毫无头绪，都是母亲在处理。她原本计划只要跟哈利独处几分钟，就能把一切告诉他，但现在只剩他们两个人了，她却办不到，这全都是因为父亲在隧道里说的那些话，父亲还提到了那把刀，让她惊惧万分，又开始全身颤抖，双腿几乎瘫软。那男人抵住她喉咙时用的也是同一把带锯齿的刀，而且那男人又回来了。奥萝拉闭上双眼，不去看自己可怕的映影。那男人回来了，只要她敢透露一句话，他就会杀了他们所有人。况且她说出来能有什么用？她不知道任何可以帮助他们找到他的事情，无法拯救她父亲或其他人。她再度睁开眼睛，在那窄小的快照机里举目四顾，觉得这里很像当时体育场里的厕所隔间。她下意识地朝帘幕底下的缝隙望去，只见那双尖尖的靴子就在外头的地板上，等待着她，等着要进来，等着要……

奥萝拉猛然拉开帘幕，推开哈利，朝出口奔去。她听见哈利在她背后叫着她的名字。接着她已置身于阳光和开阔的空间之中。她跑过草地，穿过公园，朝格兰斯莱达街的方向跑去。她听到自己的抽噎声混杂着喘息声，仿佛即使置身于开阔空间，空气仍然不够似的。但她没有停下脚步，只是继续往前奔跑，知道自己会一直跑到累瘫为止。

"不论是保罗还是瓦伦丁，他们都没提到过被血吸引之类的事，"奥纳说，他在卡翠娜的办公桌前坐下，"但根据他的病史，我们也许可以推断出他不是一个会压抑性癖好的人，这种人不太可能会在成年之后在性方面突然发现新癖好。"

"说不定他一直都有这种癖好，"史密斯说，"只是没找到方法来实现他的性幻想而已。如果他心中有咬人咬到对方流血，然后直接从生命之井吸血的渴望，那说不定他是在发现那副铁假牙以后才找到了方法去实现这种渴望的？"

"吸人血是一种古老的传统，背后隐含的意义是吸取别人的力量和能力，这个别人通常是敌人，是不是？"

"同意。"

"史密斯，如果你想替这个连环杀手侧写，那么我会建议你一开始先把他设定为被控制需求所驱动的人，就像比较传统的强奸犯和杀人色魔一样。说直白一点，他希望重新取得控制，重新取得曾经被夺走的力量。他要的是'补偿'。"

"谢谢，"史密斯说，"'补偿'这个我同意，我一定会把这点纳入的。"

"每个人都希望能修补曾经加诸自己的伤害,"奥纳说,"或是报复,这其实是一体两面。以我为例,我现在之所以能成为优秀的心理医生,是因为我以前球技很差,没有足球队要我。哈利的母亲过世时他还很小,所以他长大以后决定成为侦办命案的刑警来惩罚夺取别人生命的人。"

门框上传来敲门声。

"才说到他,他就来了⋯⋯"奥纳说。

"抱歉打扰,"哈利说,"奥萝拉跑掉了,我不知道怎么了,只知道铁定有事。"

奥纳脸上掠过一片乌云,他发出一声呻吟,从椅子上奋力起身。"天知道这些青少年是怎么搞的,我去找她。史密斯,我们只讲了一点,你再打电话给我,我们改天继续。"

"有什么新消息吗?"奥纳离开后哈利问道。

"可以算有,也可以算没有,"卡翠娜说,"鉴识医学中心刚才确认手铐上采集到的DNA百分之百属于耶尔森。另外,史密斯在电视上呼吁医师清查患者记录之后,只有一个心理医生和两个性学专家联络我们,但他们提供的姓名都已经清查过没有嫌疑。一如预期,我们接到数百通民众的报案电话,内容包括可怕的邻居、小狗身上有咬痕、吸血鬼、狼人、地精和巨怪,不过还是有几通电话值得追查。对了,萝凯一直打电话来找你。"

"好,我看见未接来电了,我们那座地下碉堡的信号不好,这有方法改善吗?"

"我问问看托尔德能不能装个继电器什么的。好了,办公室可以还我了吗?"

电梯里只有哈利和史密斯两个人。

"你在避免眼神接触。"史密斯说。

"这不是搭电梯的礼节吗?"哈利说。

"我是说你平常就这样。"

"如果不想和人视线相交等于避开，那你可能说对了。"

"而且你不喜欢搭电梯。"

"嗯，这么明显吗？"

"肢体语言不会说谎，而且你觉得我话太多了。"

"今天是你第一天上工，一定会有点紧张。"

"我不紧张，我平常多半都是这个样子。"

"好吧，对了，我还没谢谢你改变心意。"

"不用客气，我才应该道歉，我一开始竟然为了那么自私的理由回绝，没考虑到这是攸关人命的事。"

"我能理解博士学位对你来说非常重要。"

史密斯微微一笑。"对啊，你之所以理解是因为你跟我们是同路人。"

"什么同路人？"

"就是有点疯狂的精英分子。你听说过二十世纪八十年代的'戈德曼难题'吗？一线运动员被问到如果有种药吃了保证可以拿到金牌，但五年后会死，他们会不会吃？结果半数以上的人回答说会。一般大众被问到相同的问题，两百五十人当中只有两人愿意。我知道这问题对多数人来说会觉得很变态，但对你我这种人来说却不会。哈利，因为你愿意牺牲你的人生来逮到这个凶手，对不对？"

哈利看着眼前这名心理医生好一会儿，奥纳说的话在耳边响起：因为你明白了猴子陷阱的概念，因为你也不会放手。

"你还想知道什么吗，史密斯？"

"她的体重是不是增加了？"

"谁？"

"史戴的女儿。"

"奥萝拉？"哈利扬起一侧眉毛，"呃，她以前可能瘦一点。"

史密斯点了点头。"我的下一个问题你一定不会喜欢，哈利。"

"说来听听。"

"你觉得史戴·奥纳跟他女儿之间是不是有乱伦关系？"

哈利的双眼直盯着史密斯瞧。他之所以选中史密斯是因为他希望自己的组员能提出独到的看法，只要能够提出好观点，他就准备容忍一切。几乎是一切。

"好，"哈利压低嗓音说，"我给你二十秒解释清楚，请你好好利用这二十秒。"

"我只是想说……"

"十八秒。"

"好，好。我看到了几点。自残行为：她穿长袖 T 恤以遮住前臂的疤痕，她在不停地抓挠。卫生习惯：站在她旁边的时候，你可以知道她的个人卫生做得并不好。饮食习惯：极端的暴食或节食在受虐者身上十分常见。心理状态：她看起来相当忧郁，可能是因为焦虑的关系，我知道衣着和化妆可能会产生误导，但肢体语言和面部表情不会说谎。亲密关系：先前在锅炉间我从你的肢体语言上看得出你准备拥抱她，但她假装没看到，这就是为什么她在进门前先用头发把脸遮住，因为你们很熟，她知道你一定会先抱抱她，通常受虐者会避开亲密关系和肢体触碰。我的时间到了吗？"

电梯微微一晃，停了下来。

哈利踏上一步，面向史密斯，按着按钮让电梯门关着。"先暂时假设你说得对好了，史密斯，"哈利压低了声音，几乎是轻声细语，"可是妈的这跟史戴有什么关系？是因为过去他曾把你踢出奥斯陆的大学心理系，还让你得到了'猴子'这个绰号？"

哈利看见史密斯的双眼涌出痛苦的泪水，仿佛被扇了一巴掌似的。史密斯眨了眨眼，吞了口口水，说："嗯，也许你说得对，哈利，也许我只是看见了我的潜意识想看见的，因为我还在生气。但这只是直觉，我说过了，我的直觉不灵光。"

哈利缓缓点了点头。"我想你很清楚，你的直觉不只这样，你还看见了什么？"

史密斯直起身子。"我看见一个父亲牵着女儿的手，这个女儿多大了？十六，还是十七？我的第一个想法是好暖心啊，他们还在手牵手，我希望我女儿到她们青春期以后也一样还能跟我手牵手。"

"但是？"

"但你也可以从另一个角度看，父亲运用威势和控制力来握住女儿的手，让她待在原位。"

"为什么你会这样想？"

"因为她一逮到机会就逃跑了。我咨询过可能遭遇过乱伦的患者，从家中逃离正是其中一个特点。我所提到的这些症状可能还有一千种解释，但就算只有千分之一的概率是不伦虐待，基于专业职责我还是得提出来，否则我就是玩忽职守，你说是吗？我知道你是这家人的朋友，这也正是我把我的想法坦白告诉你的原因，因为只有你有办法跟她沟通。"

哈利放开关门按钮，电梯门向两侧打开，史密斯快步走出。

哈利等到电梯门快关上时才伸出一脚卡在门中间，打算追上史密斯，下楼梯朝隧道的方向而去，这时口袋里传来手机的振动。

他接起手机。

"哈利，你好啊，"伊莎贝尔·斯科延偏男性化的声音传来，她的嗓音俏皮里带点挑逗的意味，相当好辨认，"我听说你又跨上马背、重披战袍了。"

"倒也不完全是这样。"

"我们一起骑过马啊，哈利，那次真好玩，原本应该会更好玩一点的。"

"那次我已经觉得很好玩了。"

"呃，既往不咎嘛，哈利。我打来是想请你帮个忙，我们的公关部正在帮米凯做事，现在《每日新闻报》在网络上发表了一篇报道把米凯批得相当厉害，说不定你已经看过了？"

"没看过。"

"他们说：'我们的城市正在付出代价，因为奥斯陆警方在米凯·贝尔曼的领导下没能尽到警察应尽的职责，没能逮到瓦伦丁·耶尔森，这简直是丑闻一桩，是专业沦丧的迹象。耶尔森竟然跟警方玩猫抓老鼠的游戏玩了四年，如今他玩腻了老鼠的角色，开始当起猫来了。'他们这样写，你有什么看法？"

"他们可以写得更好。"

"我们想找一个人站出来说这篇文章对米凯的批评毫无道理，这个人要能够让民众回想起在贝尔曼的领导下，重大刑案的破案率是明显提高的，还侦办过多起命案，而且评价很高。你现在是警察大学的讲师，所以绝对不会被批评是谄媚拍马。你是最完美的人选呀，哈利，不知你意下如何？"

"我当然很想帮你跟贝尔曼。"

"是吗？那太好了！"

"而我能做到的最好方式，就是逮到瓦伦丁·耶尔森。现在我正在忙这件事，所以恕我不陪你多聊了，斯科延。"

"我知道你工作起来总是很卖力，哈利，但要逮到那家伙得花很多时间。"

"为什么在这个时候要急着擦亮贝尔曼的名声？为了替我们彼此节省点时间，我就直说了，我绝对不会站在麦克风前朗读公关公司拟的稿子。如果我们现在就挂上电话，也许还是一场文明的谈话，而不是以我被逼骂你滚下十八层地狱作结。"

伊莎贝尔哈哈大笑："你还真是死性不改啊，哈利，你跟那个黑发律师甜心订婚了，对吧？"

"不对。"

"不对？那找天晚上我们一块喝杯酒吧？"

"萝凯跟我不是订婚了，是已经结婚了。"

"哦，好吧，真没想到，不过，这应该不是问题吧？"

"对你来说可能只是多了个挑战，对我来说是问题。"

"已婚男人最棒了，他们都不会给你添麻烦。"

"比如说贝尔曼吗？"

"米凯是很可爱，还拥有全奥斯陆最值得一亲的嘴唇。呃，我们的对话已经开始变得有点无聊了，哈利，我要挂电话喽，你有我电话的。"

"我没有，再见。"

萝凯。他竟然忘了萝凯打过电话。他一边搜寻萝凯的号码，一边检查自己的反应。管他的，检查就检查。伊莎贝尔的邀约有没有让他起反应？有没有让他感到一丝丝的兴奋？没有。好吧，是有那么一丝丝，但它有任何意义吗？没有。它有的意义是那么微不足道，让他都懒得去想自己是个什么样的浑蛋。当然这并不代表他不是浑蛋，但那只是一点点心痒，脑中闪现过一点点并非出于本意、朦朦胧胧的片段，当中有伊莎贝尔的长腿和丰唇，但那只是一闪而逝的片段，不足以判有罪。不过他知道，拒绝只会让伊莎贝尔更有可能再打电话给他。

"这是萝凯·樊科的手机，我是斯蒂芬斯医师。"

哈利觉得后颈汗毛根根直竖。"我是哈利·霍勒，萝凯在吗？"

"霍勒，她不在。"

哈利觉得喉头紧缩，恐慌之情沿着脊椎骨缓缓爬升，宛如冰层迸裂一般。他把注意力放在呼吸上。"那她在哪里？"

接着是一阵长长的停顿，哈利怀疑对方是故意把停顿拉得这么长的，但这也让他有时间在脑袋里转了无数个念头。他下意识在大脑里得出所有结论，其中的一个他会永远记得，那就是休止符在此时此刻画下，他想要的某样东西再也无法拥有了。也就是说，他的今天和明天再也无法跟昨天一样了。

"她进入了昏迷状态。"

他的大脑出于混乱，或者纯粹出于绝望，还在试图把"昏迷"解读成一座城市或一个国家。

"可是她刚刚才打电话给我，不到一小时以前。"

"对，"斯蒂芬斯说，"而你没接。"

18

星期一下午

没有意义。哈利坐在一张硬邦邦的椅子上，努力集中精神，聆听桌子对面的男子说话。男子戴着眼镜，身穿白袍，口中说出来的话就像窗外的鸟啼一样没有意义；就像湛蓝的天际和比前几星期更加耀眼的今天的阳光一样没有意义；就像墙上挂着的解剖图里有灰色器官和鲜红色血管一样没有意义；就像挂在旁边十字架上流淌着鲜血的耶稣基督一样没有意义。

萝凯。

他生命中唯一有意义的是萝凯。

不是科学，不是宗教，不是正义，不是更美好的世界，不是欢愉，不是酒醉，不是没有痛苦，甚至不是幸福。有意义的就只有这两个字：萝凯。对他来说，对象是不可替换的。对他来说，如果没有遇见萝凯，就什么都没有了。

而什么都没有都比这样来得好。

因为没有人可以把"什么都没有"从他身旁夺走。

最后哈利在对方一长串的说明中插口问道："这到底是什么意思？"

"这表示，"约翰·D.斯蒂芬斯主治医师说，"我们不知道病因。我们知道她的肾脏没有发挥功能，但导致这种状况的原因相当多，就像我说的，我们已经排除了最可能的原因。"

"所以你有什么想法？"

"我认为这可能是一种综合征，"斯蒂芬斯说，"问题是综合征有上千种，而且一种比一种罕见且难以辨认。"

"这是什么意思？"

"这表示我们得继续探究病因，所以得暂时让她进入昏迷，因为她已经开始出现呼吸困难的症状了。"

"要昏迷多久？"

"暂时先这样，我们不仅得找出你妻子的病因，还得要有方法治疗才行。只有当我们有把握她能独立呼吸时，才能让她恢复意识。"

"那她……那她……"

"是？"

"那她在昏迷过程中会不会死？"

"这我们不知道。"

"不，你们知道。"

斯蒂芬斯十指轻触，静静等待，仿佛想把这段对话强制换到低速挡。

"她可能会死，"过了一会儿，斯蒂芬斯说，"我们都可能会死，心脏随时都有可能停止跳动，这只是概率问题而已。"

哈利知道有一把怒火正在他体内越烧越旺，而这把火并非针对斯蒂芬斯及其口中所说的陈腔滥调。哈利办过无数命案，面对过无数被害人家属，明白家属心中的情绪会想找目标发泄，但他却苦无目标可以发泄，这就像在往他的怒火上浇油。他深深地吸了口气。"我们面对的概率是多少？"

斯蒂芬斯双手一摊。"就像我说的，我们不知道她肾衰竭的原因是什么。"

"就是因为不知道所以才叫概率，"哈利说，停下来吞了口口水，压低嗓音说，"好吧，那就根据现阶段你有限的信息，告诉我你认为概率是多少。"

"肾衰竭本身不是元凶，它只是症状，导致肾衰竭的可能是血液疾病或中毒。现在是蘑菇中毒高发期，但你妻子说你们最近没吃蘑菇，而且你们两个人吃的东西一样。你最近没觉得不舒服吧，霍勒？"

"没有。"

"你……好吧，我明白了，那其余那些可能的综合征都是挺严重的问题。"

"高于或低于百分之五十，斯蒂芬斯？"

"我不能……"

"斯蒂芬斯，我知道我们对她的病情一点头绪也没有，但我求求你，给我个数字。"

斯蒂芬斯看了哈利好一会儿，才似乎做出决定。

"根据她的检验报告，以目前情况来说，我认为失去她的概率稍微超过百分之五十，不是超过很多，只是超过一点点。我不喜欢跟家属谈百分比是因为他们通常都会过度解读。如果我们估计死亡率是百分之二十五，患者却在手术中死亡，那家属经常会控诉我们误导了他们。"

"百分之四十五？她有百分之四十五的机会活命？"

"目前为止是这样。她的病情正在持续恶化中，如果这一两天没办法找出病因，那这个概率可能会再降低。"

"谢谢。"哈利站起身来，感到头晕目眩，这时一个念头闪过脑际：他希望一切都陷入黑暗。黑暗是个快速而无痛的出口，虽然愚蠢且庸俗，但不会比这一切更没有意义。

"可以请你留下联络方式吗？这样方便我们……"

"我会让你们一定找得到我，"哈利说，"如果没有其他我该知道的事，我想回到她身边去了。"

"我跟你一起去，哈利。"

两人走回三〇一号病房。走廊一路向前延伸，另一头消失在微亮的光线中，光线的来源可能是一扇窗，稀疏的秋日阳光从窗口流泻进来。他们经过身穿白衣有如幽魂的护士，又经过许多穿着病号服的患者，脚下拖着活死人般的步伐，朝光亮处走去。昨天他和萝凯才在家里那张有点太软的大床上相拥，今天她却躺在这里，进入了昏迷的国度，和幽灵、鬼魂为伍。他得打电话给欧雷克才行，他得想想该怎么告诉欧雷克才好。他需要喝一杯。哈利不知道这念头是打哪儿冒出来的，但它就是出现了，仿佛有人在大声吼叫，把这句话一个字一个字地喊了出来，直接灌进他的耳朵里。这念头必须尽快被其他思绪淹没才行。

"为什么你会是佩内洛普·拉施的医生？"哈利大声说，"她又不是来这里看病的。"

"因为她需要输血，"斯蒂芬斯说，"我是血液科医师和血库组长，但我也在急诊室轮班。"

"血库组长？"

斯蒂芬斯看了看哈利，或许察觉到他需要转移注意力，暂时脱离这突如其来的惊涛骇浪。

"就是这里的血库分库。其实我应该叫浴场管理员才对，因为血库的位置原本是个旧的风湿浴场，就在这栋医院的地下室，所以我们都把血库叫作血浴场。你可别跟我说血液科医师缺乏幽默感。"

"嗯，原来你说的买卖血液是这么一回事。"

"什么？"

"上次你说你之所以光凭眼力就可以从佩内洛普受攻击的楼梯间犯罪现场照片看出她流失了多少血，是因为你在买卖血液。"

"你记性真好。"

"她怎么样了？"

"哦，佩内洛普的身体正在逐渐康复，但她会需要心理疏导，毕竟跟吸血鬼面对面——"

"是吸血鬼症患者。"

"是不祥的，你也知道。"

"不祥的？"

"对啊，《旧约》里有预言和描述。"

"关于吸血鬼症患者？"

斯蒂芬斯淡淡一笑。"《箴言篇》第三十章第十四节：'有一宗人，牙如剑，齿如刀，要吞灭地上的困苦人和世间的穷乏人。'我们到了。"

斯蒂芬斯打开门，让哈利进去。进入黑夜。紧闭的帘幕的这一侧是明晃晃的阳光，病房里的另一侧却只有闪烁的绿线在黑色的屏幕上不停地跳动。哈利俯身凝望她的脸庞。她看起来十分平静，也十分遥远，仿佛飘浮在黑暗的空间里，遥不可及。他在病床边的椅子上坐下，等到关门的声音传来，才执起她的手，把脸贴到被单上。

"别现在远离我，亲爱的，"他轻声道，"别远离我。"

楚斯和韦勒在开放式办公室里共享一个隔间，楚斯刻意搬动了几个电脑的屏幕，以隔绝韦勒的视线。在这个隔间里，韦勒是唯一一个可以看见他在做什么的人，但烦人的是那家伙对他的一切都很好奇，尤其是他跟谁讲电话。此时韦勒那个偷窥狂外出了，去调查一家刺青穿孔店，只因警方接到一条线报说那家店有进口吸血鬼配件，其中还有看起来很像假牙的金属物件，上头有尖尖的犬齿。楚斯决定好好利用这个空当，特地下载了美剧《盾牌》第二季最后一集来看，还把音量调到最低，只有他一个人听得见。可以想见，当手机在他面前的办公桌上犹如按摩棒般开始闪烁振动时，他心里非常不爽。手机铃声是小甜甜布兰妮唱的《少女已过，熟女未满》（*I'm Not A Girl, Not Yet A Woman*），不知何故，他相当喜欢这首歌。歌词中述说她还不是女人，似乎影射的是一个低于"最低合法性交年龄"的少女，楚斯希望自己不是因为这个才把这首歌设为手机铃声。或者正是如此？对着身穿学生制服的小甜甜布兰妮打手枪难道算变态吗？好吧，那他应该是变态。但是让楚斯有点担心的是，手机屏幕上所显示的号码似乎有点眼熟，难道是市政府财务处？或是纠风办？是他以前干烧毁者时的可疑联络人？还是有人来跟他讨债或讨人情债？反正那不是莫娜的电话号码。这通电话最有可能跟工作有关，这也代表他得去干活才行。无论如何，他认为接了这通电话对他没好处，因此把手机拿起来放进抽屉里，继续看维克·麦基如何率领突击队打击犯罪。他爱死维克这个角色了，《盾牌》是唯一一部拍出警察真正想法的警察剧集。突然之间，他想起那个号码为什么看起来眼熟了。他赶紧拉开抽屉，抓起手机。"我是班森警员。"

时间过了一秒、两秒，手机那头什么声音也没有，他想说她已经挂断了，但这时一个轻柔且诱人的声音传入他耳中。

"你好啊，楚斯，我是乌拉。"

"乌拉……"

"我是乌拉·贝尔曼。"

"哦，嘿，乌拉，是你啊？"楚斯暗自希望自己的声音很沉稳，"有什么需要帮忙的吗？"

乌拉轻笑了几声。"'帮忙'我是不知道啦。那天我在警署中庭看到你了，才想到我们已经很久没有好好聊天了，你知道，就像以前那样。"

我们应该从来都没有好好聊过天吧，楚斯心想。

"我们可以找一天碰面吗？"

"当然好啊。"楚斯努力不让自己发出呼噜笑声。

"太好了，那明天可以吗？明天我妈会帮我照顾小孩，我们可以去喝杯饮料或吃点东西。"

楚斯简直不敢相信自己的耳朵，乌拉竟然想跟他碰面？难道她又要来质问关于米凯的事情？不对，她应该知道他跟米凯最近不常碰面。再说，喝杯饮料或吃点东西？"好啊，你是不是有心事？"

"我只是想说碰个面也不错，我跟以前认识的人都没什么联络了。"

"是哦，当然好啊，"楚斯说，"那要在哪里碰面？"

乌拉笑道："我已经很多年不太出门了，不知道现在曼格鲁有什么地方可以去，你不是住那附近吗？"

"对，呃……欧森餐厅还开着，就是布尔区的那个。"

"哦？好，就那里吧，八点好吗？"

楚斯默默点了点头，才忽然想起要开口说："好。"

"还有，楚斯？"

"是？"

"请别告诉米凯。"

楚斯咳了一声："不要告诉他？"

"不要。那就明天八点见了。"

乌拉挂断之后，楚斯怔怔地看着手机。这是真的吗？还是他在做白日梦？难道十六七岁时做的白日梦还萦绕在脑海里？楚斯觉得快乐无比，快乐到胸膛都要炸开了，但紧接着恐慌来袭。这一定会变成一场灾难。无论如何，一定会变成一场灾难。

这全都是一场灾难。

当然了，好日子不会永远持续下去，迟早他都会被逐出天堂。

"啤酒。"他说，抬头看着一个站在他桌边、脸上有雀斑的年轻女服务生。

女服务生没化妆，头发简单地在脑后扎成了个马尾，白色上衣的袖子卷起，仿佛准备打架。她在小本子上记下客人点的东西，似乎以为对方还会点更多，于是哈利知道她是新来的，因为施罗德酒馆的客人十之八九点了酒以后就不会再点其他东西。她刚来的前几周恨死这份工作了，这里的男客会开粗俗的玩笑，喝多了的女客会毫不掩饰对她的戒心。小费少得可怜，没有音乐可以让她在酒吧里走动时随着节奏摇摆臀部，也没有帅哥可以看，只有爱吵架的老醉汉，还得在打烊时撵他们出去。她心想，不知道提高学生贷款值不值得，但这样她才有办法住在离市中心近一点的学生宿舍。但哈利知道如果一个月以后她还没辞职，事情就会逐渐改观。她会开始懂得对客人的低级笑话一笑置之，并尽量以同样下流的方式回应。当女客发现她不会威胁到她们的地盘时，就会开始信任她。她会拿到小费，虽然不多，但都是实打实的小费。她还会得到温柔的鼓励，偶尔也会有人向她告白。客人会给她取外号，乍听之下会觉得十分刺耳，里头却带有真感情，这个外号会让她在这群不高贵的酒客之间有个高贵的地位，像是矮子卡里、列宁、屏风、女熊之类的。就她来说，这个外号可能会跟她的雀斑或红头发有关。酒客进进出出，男友来来去去，慢慢地，这群人会变得像她的家人，一群和善、大方、烦人、失落的家人。

女服务生从小本子上抬起头来："就这样？"

"对。"哈利露出微笑。

她快步走向吧台，仿佛有人在替她计时，不过天知道，说不定莉塔真的站在吧台里拿着秒表计时。

韦勒发短信给哈利说他们在主街的刺青穿孔店等他。哈利打字回复，跟韦勒说他得自己应付。就在此时，哈利突然听见有人在他对面坐下。

"哈喽，莉塔。"哈利头也没抬。

"哈喽，哈利，今天不顺心吗？"

"对。"他在手机上打了个老式的笑脸，也就是冒号加上右括号。

"那你来这里是打算把今天搞得更糟？"

哈利默然不答。

"你知道我是怎么想的吗，哈利？"

"你是怎么想的，莉塔？"他的手指找寻着发送键。

"我不认为这算是要破戒了。"

"我已经跟雀斑菲亚点啤酒了。"

"现在我们还是叫她玛尔特，还有，我把你点的啤酒取消了。哈利，你右肩的魔鬼也许想喝酒，但你左肩的天使指引你去了一个不供应酒的地方，那里有个叫莉塔的只会给你咖啡，不会给你啤酒。她会跟你聊聊天，然后叫你回家，回到萝凯身边。"

"她不在家，莉塔。"

"啊哈，原来如此，哈利·霍勒又搞砸了，你们男人总是有办法把事情搞砸。"

"萝凯生病了。给欧雷克打电话前我需要先来杯啤酒。"哈利低头看着手机，再次寻找发送键，这时他感觉到莉塔把一只粗短且温暖的手放到了他的手上。

"船到桥头自然直，哈利。"

哈利瞪着莉塔。"才不会呢,除非你真的认识能活着脱身的人。"

莉塔笑了。"船到桥头的时刻就在你因某事陷入低潮的今天和再也不会因某事陷入低潮的那天之间。"

哈利再度低头看着手机,输入欧雷克的名字,按下拨号键。

莉塔起身让哈利独处。

铃声才响了一下,欧雷克就接了起来。"你打来得正是时候!我们在开讨论会,讨论《警察法》第二十条。这一条的意思一定是这样的吧?就是视情况需要,每个警察都必须听从较高阶警察的命令,无论他们是否属于同一个单位或警局,对不对?二十条说较高阶警察可判断情况是否危急并要求协助。快点,说我是对的!我刚刚才跟这两个白痴赌一瓶饮料⋯⋯"哈利听见背景里传来笑声。

他闭上眼睛。这世上当然还有值得期待和盼望的:那一天会在你因某事陷入低潮的今天过后到来,那一天再也没什么事可以让你陷入低潮。

"欧雷克,要告诉你一个坏消息,你妈住进了伍立弗医院。"

"我要鱼排,"莫娜对服务生说,"不要马铃薯、酱汁和蔬菜。"

"这样就只剩鱼排了。"服务生说。

"这样就好。"莫娜说,递还菜单。她看了看四周午餐时间的客人。这家餐厅虽然是新开的,但非常热门,她们运气不错,订到了最后一张双人桌。

"你只吃鱼排?"诺拉说。她点了恺撒沙拉不加酱汁,但莫娜知道她最后一定经不住诱惑,会再点甜点来搭配咖啡。

"我在减脂。"莫娜说。

"减脂?"

"减去皮下脂肪,好让肌肉线条更明显,再过三个星期就是挪威锦标赛了。"

"健美锦标赛?你真的要参加?"

　　莫娜哈哈大笑。"你是说凭我的臀部吗？我希望我的腿和上半身能帮我争取高分。当然，还有我不服输的个性。"

　　"你看起来很紧张。"

　　"当然。"

　　"比赛还有三个星期才到，而且你从不紧张的，你是怎么了？是不是跟吸血鬼症患者命案有关？对了，要多谢你的建议，史密斯很棒，布莱特有她自己的风格，呈现出来的效果也不错。你有没有见过伊莎贝尔·斯科延？就是那个前任社会事务议员，她打电话过来问《周日杂志》有没有兴趣邀请米凯·贝尔曼当嘉宾。"

　　"好让他亲口回答为什么一直抓不到瓦伦丁·耶尔森吗？她也打电话问过我们。她是个很积极的女人，这样形容已经够好听了吧。"

　　"那你们要采访他吗？天哪，现在只要稍微跟吸血鬼症患者扯上边的东西都能登。"

　　"我是不会啦，但我那些同事可能没这么挑。"莫娜点了点她的iPad，递给诺拉。诺拉把电子版《世界之路报》的内容读了出来：

　　"前社会事务议员伊莎贝尔·斯科延对于奥斯陆警方近日受到的批评不以为然，她表示警察署长正掌控全局：'米凯·贝尔曼和办案警察已确认吸血鬼症患者案的凶手身份，现正倾全力要将他缉捕归案。除此之外，警察署长找来名气响亮的命案刑警哈利·霍勒，他十分愿意协助前任长官，也非常期待给这个无耻变态戴上手铐。'"诺拉把iPad还给莫娜，"说辞有够滥俗的。你对这个霍勒有什么看法？你会把他踢下床吗？"

　　"绝对会，难道你不会吗？"

　　"我不知道，"诺拉看着空气，"我不会用踢的，可能只是轻轻推一下，意思有点像是：'请离开，不要碰我的那里和那里，还有那里绝对不能碰。'"她咯咯笑着说。

　　"他妈的，"莫娜说，摇了摇手，"就是有你这种人，'误会强暴'的数字才会攀升。"

"误会强暴？真有这种事吗？这到底是什么意思？"

"你说呢？就从来没人误会过我。"

"这让我想到，我终于知道你为什么要用欧仕派须后水了。"

"你不可能知道。"莫娜说着叹了口气。

"可能！就是用来防止强暴，对不对？喷上男人味的须后水就跟胡椒喷雾一样可以有效驱走色狼，不过你也注意到这同时驱走其他男人了吧？"

"我放弃了。"莫娜呻吟说。

"对，放弃吧！快跟我说！"

"是因为我父亲。"

"什么？"

"他都用欧仕派须后水。"

"原来如此，你们以前很亲近，你很想他，真可怜……"

"我用这个来时时提醒自己他教过我的最重要的事。"

诺拉眨了眨眼睛。"刮胡子？"

莫娜大笑，拿起杯子。"绝对不要放弃。绝对不要。"

诺拉侧过头，用严肃的眼神看着好友莫娜。"你真的在紧张呢，莫娜，到底是怎么了？而且你为什么不去跑斯科延那条新闻？我的意思是说，吸血鬼症患者案的新闻是你的啊。"

"因为我钓到了一条更大的鱼。"服务生走上前来，莫娜把双手从桌子上移开。

"希望是这样。"诺拉说，看着服务生把一块小得可怜的鱼排放在莫娜面前。

莫娜用叉子叉起鱼排。"我紧张是因为我可能受到监视。"

"什么意思？"

"我不能告诉你，诺拉，也不能告诉别人，因为我们已经说好了，我只知道现在我们可能被监听。"

"监听？你是开玩笑的吧！我刚才还提到说哈利·霍勒……"诺拉把

手按在嘴巴上。

莫娜微微一笑。"你不会因为这个留下把柄的。重点是，我要跑的这条新闻可能是二十一世纪犯罪报道中最重大的独家新闻，不对，是有史以来犯罪线新闻中最重大的独家新闻。"

"你一定得告诉我才行！"

莫娜坚决地摇了摇头。"我只能告诉你说我准备了一把枪。"她拍了拍手提包。

"莫娜，你吓到我了！如果他们听见你有枪该怎么办？"

"我就是要让他们听见，这样他们就会知道不要对我乱来。"

诺拉叹了口气，表示投降。"但你为什么要单枪匹马去，如果发生危险该怎么办？"

"因为我有可能成为报界传奇，亲爱的诺拉，"莫娜咧嘴笑了笑，举起杯子，"如果一切顺利，下次我就可以请你吃午餐，而且不管有没有拿到锦标赛冠军，我们都要开香槟庆祝。"

"抱歉我来迟了。"哈利说，关上刺青穿孔店的门。

"我们在看有什么在打折。"韦勒露出微笑，他站在一张桌子的内侧，跟一个弓形腿的男子一起翻阅一本目录。男子头戴瓦勒伦加足球队的帽子，身穿美国独立摇滚乐队"记住你"（Hüsker Dü）的黑色 T 恤，留着一把大胡子。哈利很确定男子的大胡子从很早以前就开始留了，比那些潮男开始不刮胡子还要早。

"那我不打扰你们了。"哈利说，在门边停下脚步。

"我说过了，"胡子男指着目录说，"这些只是装饰品，不能真的放进嘴巴，牙齿也不利，只有犬齿比较利。"

"那么那些呢？"

哈利环顾四周。店里没有其他人，也容纳不下其他人，里头的每一平方米甚至到每一立方米都被拿来充分利用了。刺青椅摆在中央，天花板上挂着 T 恤，层架上摆满穿孔珠宝，立架上展示着较大的装饰品、骷髅头和镀铬的漫画角色金属模型。墙上贴得满满都是图案和刺青照片。哈利在其中一张照片上认出了俄罗斯囚犯刺青，刺的是一把马卡洛夫手枪，内行人一看就知道这家伙杀过一个警察，模糊的线条可能代表这个刺青是用老方法刺的，把吉他弦固定在刮胡刀片上当作刺青针，再用融化的鞋底和尿液混合成染料。

"这些全都是你刺的刺青？"哈利问道。

"全都不是，"胡子男答道，"这些是我去世界各地拍回来的，很酷对不对？"

"我们这边快结束了。"韦勒说。

"你们慢慢来……"哈利猛然住口。

"抱歉没能帮上什么忙，"胡子男对韦勒说，"听你的描述，你们要找的东西在恋物癖的店里比较有可能找到。"

"谢谢，我们已经去查了。"

"好，那还有别的事情吗？"

"有。"

两人同时转头望向哈利，他伸手指着墙上一张照片。"这张是在哪里拍的？"

两人走到哈利身旁。

"伊拉监狱，"胡子男说，"那是里科·赫雷姆刺的刺青，他是那里的囚犯，也是刺青师。两三年前他出狱后不久就染上炭疽病，死在泰国芭堤雅。"

"你帮人刺过这个刺青吗？"哈利问道，觉得那张尖叫的恶魔面孔吸住了自己的目光。

"从来没有，也从来没有人要求过，没什么人会想顶着这种刺青走来走去。"

"从来没有？"

"至少我没见过，但你这么一提，有个在这里工作过一阵子的家伙说他看过这个刺青，他称之为'cin'。我会记得是因为我只知道'cin'和'şeytan'这两个土耳其语单字。'cin'是恶魔的意思。"

"他有没有说他是在哪里看到的？"

"没有，后来他就搬回土耳其了，如果这件事很重要，说不定我还找得到他的电话号码。"

哈利和韦勒静静等候，很快胡子男从后面的房间里出来了，手里拿着一张纸，上头用笔写了号码。

"我先警告你们，他不太会说英语。"

"那你们怎么……"

"就比手画脚啊，我随便乱说几句土耳其语，他说他那口烂挪威语，说不定他现在连那些烂挪威语都忘了，我会建议你们找个翻译。"

"再次谢谢你，"哈利说，"恐怕我们得把这张照片带走。"他环顾四周，想找把椅子爬上去，却看见韦勒已经搬来一把椅子放在他面前。

哈利端详了一下他这个满面笑容的年轻同事，然后踏上椅子。

"接下来呢？"韦勒问道，他和哈利站在刺青穿孔店外的主街上，一班电车辘辘驶过。

哈利把那张照片放进夹克口袋，抬头看着上方墙上的蓝色十字架。

"接下来我们去一家酒吧。"

他沿着医院走廊往前走，胸前捧着一束花，遮住部分脸孔。经过他身边的人，无论是访客还是白大褂医护人员，都没多看他一眼。他的脉搏处于静止时的脉搏率。十三岁那年他因为偷看邻居太太从梯子上摔了下来，头撞到水泥地昏了过去。醒过来时，母亲正附耳在他胸前，他闻到了她的气味，那是薰衣草的香味。她说她以为他死了，因为听不见他的心跳声。他听不出母亲的口气是代表松了口气还是失望，但母亲带他去看了一个年轻医生，医生努力一番之后终于找到了他的脉搏，还说他的脉搏异常缓慢。一般来说，脑震荡会导致心跳加快才对。于是他住了院，一整个星期都躺在白色的床上，做着白得耀眼的梦，梦境犹如过度曝光的底片，就像是电影里演的死后世界，一切都是天使般的纯白色。医院里没有东西可以让你准备好面对眼前正等待着你的黑暗。

黑暗正等待着躺在病房里的那个女子，他依照号码找到了她那间病房。

黑暗正等待着那个警察，那警察发现真相时，一定会露出惊诧万分的眼神。

黑暗正等待着我们每一个人。

哈利看着镜子前面架子上的酒瓶，瓶内的金黄色酒液在灯光的照耀下闪着温暖的光芒。萝凯正在沉睡。她正在沉睡中。百分之四十五。她的生还率和酒瓶内的酒精浓度大约相当。沉睡。他可以去陪伴她。他移开目光，望着穆罕默德的嘴巴，只见那两片嘴唇吐出一串难解的话语。哈利曾在某处读过，土耳其语的文法难度在全球排第三。穆罕默德手上拿着的是哈利的手机。

"Sağ olun（谢谢）。"穆罕默德说，把手机还给哈利。"他说他在萨吉纳区一家叫加洛鲁浴场的土耳其澡堂看到过一个男人的胸前有那个cin（恶魔）面孔。他说他看过那个男人很多次，最后一次可能不到一年前，就在他返回土耳其之前。他说那人就算在桑拿室也会穿浴袍。他只在'Hararet'里看到过一次他没穿浴袍。"

"Hara……什么？"

"就是蒸汽室。门打开时，蒸汽会散开一两秒，他就在那一瞬间瞥见了那男人一眼。他说那种刺青看过一眼就不会忘记，因为就好像看到了seytan（撒旦）正想从中挣脱出来一样。"

"你问他关于整形的事了吗？"

"问了，他说他没看见那人的下巴上有疤或其他类似的东西。"

哈利若有所思地点了点头，穆罕默德又给他们倒了杯咖啡。

"要派人监视那间浴场吗？"韦勒问，他坐在哈利旁边的吧台凳上。

哈利摇了摇头。"我们不知道瓦伦丁会不会出现，也不知道他什么时候会出现，如果他真的出现了，我们也不知道他现在长什么样子，他很聪明，不会随便露出刺青示人。"

穆罕默德端了两杯咖啡回来，放在他们面前。

"穆罕默德，感谢你的帮忙，"哈利说，"不然我们要找一个官方授权的土耳其语翻译者可能至少得花两天。"

穆罕默德耸了耸肩。"我觉得我应该帮忙，毕竟埃莉斯出事之前来过店里。"

"嗯，"哈利低头看着他那杯咖啡，"安德斯？"

"是？"韦勒显得很高兴，可能因为这是他头一次听见哈利直接叫他名字。

"你可以去把车子开来酒吧门口吗？"

"可以啊，可我们走过去才——"

"我在门口跟你碰面。"

韦勒离开之后，哈利啜饮一口咖啡。"我知道这不关我的事，穆罕默德，可是你是不是有麻烦了？"

"麻烦？"

"我查过，你没有前科，但刚才店里有个家伙一看见我们进来就离开了。那个家伙有前科，叫达尼亚尔·班克斯，他虽然没停下来跟我打招呼，但我跟他是老相识了。他是不是对你下手了？"

"什么意思？"

"我的意思是说，你这家酒吧才刚开张，你的纳税记录显示你并没有钱，而班克斯专门借钱给你这种人。"

"我这种人？"

"银行不肯碰的人。那家伙干的是非法勾当，你知道吗？放高利贷，刑法第二百九十五条。你去报警就能脱困，让我帮你。"

穆罕默德看着眼前那个蓝眼眸的警察，点了点头。"你说得没错，哈利……"

"很好。"

"……这不关你的事。看来你的同事已经在等你了。"

他关上身后病房的门。百叶窗是放下来的，些许阳光照入室内。他将花束放在床边的桌子上，低头看着那个沉睡的女子。她躺在床上的模样看起来好孤单。他拉上帘幕，在床边的椅子上坐了下来，从夹克口袋拿出一个针筒，拔掉针头的盖子，握住她的手臂，凝视她手臂上的皮肤。真正的皮肤。他爱死了真正的皮肤。他想亲吻她的皮肤，但他心里清楚地知道自己必须自我克制。计划。他必须按照计划行事。他把针头插进女子的皮肤，感觉细针没有一丝阻碍就穿入其中。

"好了，"他低声说，"现在我要把你从他身边带走，你是我的人了，全身上下都是我的。"

他推动活塞，看着针筒内的深色液体注入女子体内。灌注进黑暗与沉睡。

"要回警署吗？"韦勒说。

哈利看了看表。下午两点。他跟欧雷克约好了下午四点要在医院碰面。

"去伍立弗医院。"他说。

"你不舒服吗？"

"没有。"

韦勒等待片刻，没听见哈利再接话，便将车子挂到一挡，驶上马路。

哈利望向窗外，心想为什么自己没告诉任何人？基于实际上的考虑，他必须告诉卡翠娜。那么除了卡翠娜呢？没了，为什么还要告诉其他人？

"昨天我下载了迷雾圣父（Father John Misty）的专辑。"韦勒说。

"为什么？"

"因为你推荐了啊。"

"有吗？我想那一定很棒吧。"

两人没再说话，直到车子塞在车阵之中，缓缓沿着伍立弗路前进，沿途经过圣奥拉夫主教堂和诺尔达布伦街。

"在那个公车站靠边停一下，"哈利说，"我看见了一个熟人。"

韦勒踩下刹车，驱车右行，停在公交车亭前，亭内有几个放学后的青少年正在等车。奥斯陆教堂中学，对，她就是念这所学校。她站在吵闹的同学旁边几步远的地方，头发垂落到面前。哈利脑袋一片空白，不知道该说什么，只是按下车窗。

"奥萝拉！"

少女的一双长腿突然一颤，像只紧张的羚羊般拔腿就跑。

"你对年轻女孩总是会产生这种效果吗？"韦勒问道，哈利叫他继续往前开。

哈利看着侧边的后视镜，心想，她奔跑的方向跟车子的行进方向相反，而她连想都没想，可见这件事她早已事先设想过，如果要躲避车上的某个人，一定要往车子行进的相反方向逃跑才行。但这意味着什么呢？哈利不知道，也许是某种青少年的愤怒吧，或是成长必经的阶段，像奥纳说的那样。

车子沿着伍立弗路行驶，越往前开，车流越顺畅。

"我在车上等。"韦勒说，把车停在伍立弗医院三号大楼的门口。

"可能会花点时间噢，"哈利说，"你不想去等候区坐一下吗？"

韦勒微微一笑，摇了摇头："我对医院有不好的回忆。"

"嗯，因为你妈妈？"

"你怎么知道？"

哈利耸了耸肩："一定是跟你很亲近的人才会这样，小时候我妈妈也是在医院过世的。"

"那也是医生的错吗？"

"不是，医生救不了她，所以我自己承担了罪恶感。"

韦勒面容扭曲地点了点头："我妈是被一个自以为是神的医生害死的，所以我从此再也不踏进医院一步。"

哈利走进医院，注意到一个男子在面前捧着一束花，正要离开。哈利会注意到男子是因为通常大家都是带花进医院，而不是带花离开。欧雷克就坐在等候区，他和哈利互相拥抱。周围的病患和访客在小声谈话，或翻阅旧杂志。欧雷克只比哈利矮一厘米。哈利有时会忘记这孩子已经不再长高，他们的赌注终于分出了胜负。

"他们还有说什么吗？"欧雷克说，"是不是有危险？"

"没有，"哈利说，"但就像我说的，你不用太担心，他们知道自己在做什么。他们让她进入的是'诱导昏迷'，一切都在控制中，好吗？"

欧雷克张口想说些什么，却又闭上了嘴，点了点头。欧雷克的神情哈利全都看在眼里。他知道哈利并没有把全部真相告诉他，也默许哈利这么做。

一个护士走过来，告诉他们说可以去看她了。

哈利先走进去。

百叶窗是拉上的。

他走到病床旁，低头看着那张苍白的脸庞。她看起来离他们很遥远。

太远了。

"她……她还在呼吸吗？"

欧雷克站在哈利背后，就跟小时候他跟哈利一起穿过霍尔门科伦区一个有很多大狗的地方一样。

"有。"哈利说，朝闪烁的仪器点了点头。

他们在病床两侧坐下，偷偷朝屏幕上跳动的绿线看了一眼，以为对方都没发觉。

卡翠娜朝丛林般举起的手望去。

记者会才开始不到十五分钟，假释厅就已经弥漫着不耐烦的气氛。卡翠娜不知道哪件事最令记者情绪激动，是瓦伦丁的缉捕工作没有新进展，还是瓦伦丁没有再找新受害者下手？上次攻击案发生距今已经过去四十六小时了。

"我想同样的问题只能得到同样的答复，"她说，"如果没有其他问题——"

"现在你手上不止两件命案，已经有三件了，你怎么想？"假释厅后方有个记者高声问道。

卡翠娜看见不安的情绪在厅里犹如涟漪般扩散开来。她看了侯勒姆一眼，只见他坐在第一排，耸了耸肩表示不知道。她往前靠近麦克风。

"目前可能有消息还没送达，所以这个问题我晚一点才能答复。"

另一个记者说："刚才医院发出声明说，佩内洛普·拉施已经死了。"

卡翠娜希望她脸上的表情并未背叛自己，透露出内心的疑惑。佩内洛普已经活下来这件事应该是毋庸置疑的吧？

"今天的记者会先到此告一段落，等我们获得更多信息之后会再召开。"卡翠娜收拾文件，快步走下讲台，从侧门离去。"等知道得比你们更多以后再开。"她喃喃自语道，又咒骂了一句。

她气冲冲地走在走廊上。妈的到底发生了什么事？难道是佩内洛普的治疗出了错？卡翠娜在心中暗自盼望这件事有个合理的医学解释，比如说，未能预见的并发症、某种病症突然发作，甚至是医院方面出了问题。不对，不可能，他们把佩内洛普安置在一间秘密病房里，只有她最亲近的人才知道病房号码。

侯勒姆从后面追了上来。"我跟伍立弗医院联络过了，他们说她被下了一种不知名的毒药，医生束手无策。"

"毒药？是被咬的伤口原本就沾有毒药，还是她在医院里被下毒？"

"不清楚，他们说事情到了明天会更明朗。"

可恶，真是一团混乱。卡翠娜最讨厌混乱了。还有哈利跑哪里去了？妈的，×！

"小心你的高跟鞋，不要踩穿地板了。"侯勒姆轻声说。

哈利告诉欧雷克说医生找不到病因，以及接下来会发生的事，还有他们必须处理的现实事务，即使这些事不是很多。除了这些对话外，两人之间弥漫着浓重的静默。

哈利看了看时间。晚上七点。

"你该回家了，"他说，"吃点东西然后去睡觉，你明天还要上课。"

"除非你会在这里陪她，"欧雷克说，"我们不能把她一个人放在这里。"

"我会在这里待到他们把我赶出去为止，应该就快了。"

"你要待到那个时间？你不用工作吗？"

"工作？"

"对，你要待在这里，那你不去……办那件案子了吗？"

"当然不去。"

"我知道你在侦办命案的时候是什么样子。"

"是吗？"

"我还记得一些，妈也告诉过我。"

哈利叹了口气。"我保证我会待在这里，世界没了我还是会继续运转，但是……"他没把话说完，只让接下来那句话飘荡在两人之间：没了她我的世界就停止了。

哈利深吸了一口气。

"你感觉怎么样？"

欧雷克耸了耸肩。"我很害怕，很难受。"

"我知道，你先走吧，明天放学后再来，我明天一大早就会来。"

"哈利？"

"什么事？"

"明天会更好吗？"

哈利看着欧雷克，这个黑发棕眼的大男孩跟他没半点血缘关系，但他却觉得看着欧雷克就好像在照镜子一样。"你说呢？"

欧雷克摇了摇头。哈利看得出欧雷克正强忍着泪水。

"对了，"哈利说，"小时候我妈生病，我也像你这样坐在她旁边守着，日复一日。那时候我年纪还小，这件事不断啃食我的内心。"

　　欧雷克用手背擦去泪水，语带哽咽地说："你希望你当时没那样做吗？"

　　哈利摇了摇头。"怪就怪在这里。她病得太重，我没法跟她说太多话，她只是躺在床上，脸上挂着虚弱的微笑，她的脸每分钟都褪色一点点，就像一张放在阳光下暴晒的照片。那是我这一生中最糟也是最棒的一段童年回忆，你能了解吗？"

　　欧雷克缓缓点头。"应该可以。"

　　两人拥抱，互道再见。

　　"爸……"欧雷克低声说。哈利感觉到温热的泪水滑落到了他的脖子上。

　　但哈利自己没哭。他不想哭。百分之四十五。至少还有那美好的百分之四十五存活率。

　　"孩子，有我在。"哈利用沉稳的声音说。虽然他的心已然麻木，但他感觉自己很强壮，这件事他应付得来。

19

星期一晚上

莫娜·达亚穿的虽然是运动鞋，但脚步声还是在集装箱之间回荡不已。她将她的小型电动车停在门口，直接走进漆黑、空旷的集装箱码头，这里已经跟荒废了没什么两样。一排排集装箱看起来宛如墓碑，里头装的是被遗忘的死寂货物，收件人可能已经破产或不承认这批货了，寄件人则可能已不复存在，无法收取退货。这些货物卡在欧莫亚岛上，永远处于转运状态。欧莫亚岛的破败荒芜和附近碧悠维卡区的再开发升级之间形成强烈对比。碧悠维卡区正盖起一栋栋奢华且昂贵的大楼，有着冰面斜坡般的奥斯陆歌剧院是皇冠上最耀眼的宝石。莫娜认为奥斯陆歌剧院最后会成为石油时代的纪念碑，一个社会民主主义的泰姬陵。

莫娜拿出她带来的手电筒，循着柏油路面上的数字和字母找去。她身穿黑色紧身裤和黑色运动外套，一边口袋放着胡椒喷雾器和挂锁，另一边口袋放着一把九毫米瓦尔特手枪。手枪是她从父亲那里偷拿来的。她父亲从前在念完医学后曾在军方的卫生部门服役过一年，役期结束后并未将手枪归还。

运动外套里面穿的是藏有发射器的胸带，在那底下，她的一颗心正扑通扑通地越跳越快。

H23 位于三层高的两排集装箱之间。

一眼望去，笼子就在那里。

笼子的体积显示出它曾经被用来运送大型动物，可能是大象、长颈鹿或河马。笼子的一侧可以整个打开，但上头扣着一个生锈的褐色大型挂锁。

笼子较长的一侧中间有个没上锁的小门，莫娜推测那可能是用于喂食或清理的。

她抓住栏杆，拉开小门，小门的铰链发出尖锐的声响。她最后一次环顾周围。对方可能已经来了，正藏在阴影里或其中一个集装箱后头，正在查看她是不是依约单独前来。

现下已没有时间让她怀疑或犹豫。就像在参加举重比赛前那样，她在心里对自己说：已经做好决定了，接下来很简单，考虑的时机已过，现在最重要的是执行。她走进小门，拿出口袋里的挂锁，扣在小门和旁边的栏杆上，然后锁上，把钥匙放进口袋里。

笼子里有股尿骚味，但她分不出那味道来自动物还是人类。她走到笼子中央，停下脚步。

对方可能会从左边或右边接近笼子。她抬头看了看。对方也可能爬到堆叠在一起的集装箱顶端跟她说话。她打开手机的录音功能，放在臭烘烘的铁质地面上，接着拉开运动外套左袖口，看了看时间。晚上七点五十九分。然后又拉开右袖口。脉搏监测器显示为一百二十八。

"嘿，卡翠娜，是我。"

"太好了，我一直在找你，你有没有收到我的短信？你在哪里？"

"我在家里。"

"佩内洛普·拉施死了。"

"死于并发症，我在《世界之路报》网站上看到了。"

"然后呢？"

"然后我有其他事得操心。"

"是吗？什么事？"

"萝凯住进了伍立弗医院。"

"该死！很严重吗？"

"对。"

"天哪，哈利，有多严重？"

"不知道，但我不能再参与办案了，从现在起我都会待在医院里。"

一阵静默。

"卡翠娜？"

"啊？好，这是当然。抱歉，我只是一下子没办法消化这么多东西。我绝对了解也支持你。可是天哪，哈利，你身边有人可以跟你聊聊吗？要不要我——？"

"谢了，卡翠娜，但你有追缉凶手的工作要做。我会解散我的小组，接下来你得靠自己了。你可以用史密斯，他的社交能力可能比我还糟，但他胆子很大，而且敢于脱离框架去思考。还有安德斯·韦勒，那个家伙有点意思，多让他承担一些责任，看他表现得怎么样。"

"我会考虑的。你有什么需要就打给我，什么事都可以。"

"好。"

两人结束通话，哈利站起身来，走到咖啡机前，听着自己拖沓的脚步声。他走路不会拖脚，从来不会。他站在原地，手里拿着咖啡壶，在空荡荡的厨房里四处张望。他忘记他把自己的马克杯放到哪里去了。他放下咖啡壶，在餐桌前坐下，打电话给米凯。电话转入语音信箱。这样也好，反正他没几句话要讲。

"我是霍勒，我妻子生病了，所以我得退出，这个决定不会改变。"

他坐在椅子上，透过窗户望着都市的灯光。

他想起那头一吨重的水牛，脖子上挂着一只落单的狮子。水牛的伤口正在流血，但它血很多。要是能够把狮子甩落到地上，它就能用脚踩或用角刺穿狮子。然而时间所剩不多了，它的气管被狮子紧紧咬住，没法呼吸，而且更多狮子要来了，狮群已经闻到了血腥味。

哈利望着都市的灯光，觉得那些灯光从不曾看起来如此遥远。

订婚戒指。瓦伦丁给了佩内洛普一枚戒指，并回来找她，就跟未婚夫一样。该死！他推开这些思绪。是时候关上大脑了，他应该在脑袋里关灯、锁门，然后回家。

晚上八点十四分，莫娜听见了声音。声音来自黑暗之中，越来越大。她坐在笼子里，看到有个物体正在接近。她已背下打算要问的问题，心中疑惑自己害怕的到底是什么：是害怕他来，还是害怕他不来？现下她不再疑惑。她感觉到颈动脉正在剧烈地跳动，一只手在外套口袋里紧紧地握住手枪。她在老家地下室里练习过打靶，只要在六米之内，她一定可以射中目标，而目标是砖墙上挂着的一件破旧雨衣。

那物体脱离黑暗，进入光亮之中。那光亮来自停泊在数百米外的一排水泥筒仓旁的一艘货轮。

原来是只狗。

那只狗啪嗒啪嗒地走到笼边，望着她。

看来是只流浪狗，脖子上没戴项圈，骨瘦如柴，长满疥癣，除了这里之外，很难想象它属于其他地方。莫娜对猫过敏，小时候总希望有一只这样的狗会跟着她回家，永远不离开她。

莫娜和那只狗近距离对视着，觉得自己似乎看得出它在想些什么。它在想，有个人类被关进了笼子，还在心里哈哈大笑。

狗狗看了她一会儿，侧过身子，抬起一只后腿，一道液体落在栏杆和笼子里的地上。

接着它又啪嗒啪嗒地走开了，消失在黑暗之中。

狗狗没竖起耳朵，也没嗅闻空气。

于是莫娜心下了然。

没有人会来。

她看了眼脉搏监视器。数字是一百一十九，持续下降中。

他不在这里，那么他会在哪里？

哈利看见黑暗中有个东西。

车道中间，就在阶梯旁边窗户光线照不到的地方，有个人影站在那里一动不动，双臂垂在身侧，望着厨房窗户和哈利。

哈利低头看着马克杯里的咖啡，像是没看见那人似的。他的手枪在楼上。

该不该跑上去拿？

再说，如果猎物真的主动接近猎人，他可不想把猎物吓跑。

哈利站起身来，伸了个懒腰，知道自己在明亮的厨房里让人一目了然。他走进客厅，客厅里也有窗户面向车道。他往窗外瞥了一眼，假装拿起一本书，然后迅速朝大门踏出两大步，抓起萝凯放在靴子旁的园艺剪刀，拉开大门，顺着阶梯狂奔而下。

那人没有移动。

哈利停下脚步，看了一眼。

"奥萝拉？"

哈利在厨房的柜子里四处翻找。"小豆蔻、肉桂、甘菊。萝凯有很多花草茶，但我只喝咖啡，所以我真的不知道哪一种好喝。"

"肉桂茶就可以。"奥萝拉说。

"拿去。"哈利说，把纸盒递给她。

奥萝拉接过纸盒，哈利看着她将茶包放入马克杯中的热水里。

"那天你从警署跑掉了。"哈利说。

"对。"她只回了一个字，用汤匙压住茶包。

"今天又从公交车站跑掉了。"

奥萝拉默不作声，头发向前垂落，遮住了脸。

哈利坐了下来，啜饮了一口咖啡，给奥萝拉充分的时间，不急着要她回答填补沉默。

"我没看到是你，"过了一会儿，奥萝拉说，"呃，我没看清楚，可是我已经吓坏了，大脑通常要花一点时间才会告诉身体没事，可是我的身体已经先跑了。"

"嗯，你是不是在害怕谁？"

她点了点头。"爸爸。"

哈利做好心理准备。他不想继续，不想碰触到那一块，但他不得不这么做。

"你爸爸做了什么事？"

泪水在奥萝拉的眼眶里滚来滚去。"他强暴了我，还叫我不能告诉别人，不然他就会死……"

哈利突然感到作呕，呼吸都停了片刻，而后胆汁上涌，吞口水时喉咙一阵烧烫。"你爸爸说他会死？"

"不是！"奥萝拉突然怒吼一声，声音在厨房四壁里回荡。

"强暴我的那个男人说，如果我敢跟别人说，他就会杀了我爸。他说他以前差点就杀了我爸，下次没东西能拦得住他。"

哈利眨了眨眼，松了口气和震惊的情绪同时浮现，他只能努力调整心情。"你被强暴了？"他说，勉力镇定。

奥萝拉点点头，吸了吸鼻涕，擦去泪水。"在手球比赛场地的女生厕所里，那天你跟萝凯结婚，他强暴我以后就走了。"

哈利觉得自己的身体正在往下坠落。

"这个丢哪里？"她从杯子里拿起滴着茶汁、微微摇晃的茶包。

哈利只是伸出了手。

奥萝拉犹豫片刻，才把茶包放到哈利手上。哈利握紧拳头，感觉热水烧烫着皮肤，从指缝间流出。"他还有伤害你吗，除了……"

奥萝拉摇了摇头。"他把我抓得很紧，害我瘀血，我跟我妈说那是比赛造成的。"

"你是说这件事你一直没说，藏在心里三年，直到现在？"

奥萝拉点了点头。

哈利很想起身越过桌面，伸出手臂抱住奥萝拉，但又想起史密斯说过受虐者会闪避亲密关系和肢体碰触。

"那你现在为什么要告诉我这件事？"

"因为他杀了别人，我在报纸上看到了那张素描，就是他，那个有一双可笑眼睛的男人。你一定要帮帮我，哈利叔叔，你一定要帮我保护我爸爸。"

哈利点了点头，张口吸气。

奥萝拉侧过头，脸上露出担忧的神情。"哈利叔叔？"

"什么事？"

"你在哭吗？"

哈利尝到一颗泪珠滚落至嘴角后的咸味。该死。

"抱歉，"他用浓重的声音说，"茶好喝吗？"

哈利抬起头，和奥萝拉四目相对。只见奥萝拉的眼神完全变了，那双眼睛像是睁开了似的，仿佛她有很长一段时间都封闭了自己，没有用她那双美丽的眼睛向外看，就像哈利过去所认识的她那样。

奥萝拉起身推开马克杯，绕过餐桌，倚在哈利身边，伸出双臂抱住他。"没事的，"她说，"不会有事的。"

施罗德酒馆空荡荡的，玛尔特·鲁德走到刚进门的男客人旁边。

"抱歉，半小时以前就停止卖啤酒了，我们十分钟后打烊。"

"给我一杯咖啡就好，"男子微笑着说，"我会很快喝完。"

玛尔特回到厨房。一小时前厨师就下班了，莉塔也已经走了，周一深夜通常店里只会留下一个工作人员，虽然酒馆很平静没什么事，但她还是有点紧张，毕竟这是她第一次深夜独自当班。待会儿打烊后，莉塔会回来帮忙清账。

冲泡一杯咖啡的水很快就烧开了，她把滚水倒进冷冻的咖啡粉中，回到外场，把咖啡端到男子面前。

"现在这里只有我们两个人，"男子说，看着热气蒸腾的咖啡，"可以问你一件事吗？"

"可以。"玛尔特说，尽管她一点也不想回答，她只希望男子赶快把咖啡喝完并离开，让她可以关店门，等莉塔来，然后回家。她明天早上八点十五要上课。

"那个叫哈利·霍勒的有名警探是不是常来这里？"

玛尔特点点头。其实她以前从未听过这人的名头，直到那天那个脸上有疤的高大男子来过店里之后，莉塔才跟她说了一大堆关于这个哈利·霍勒的事。

"他都坐哪里？"

"他们说他都坐那里，"玛尔特说，朝窗边角落的一张桌子指了指，"可是他现在已经没那么常来了。"

"对，他要去抓他口中的那个'无耻变态'，可能没时间来这里，但这里还是他的地盘，你懂我的意思吧？"

玛尔特微微一笑，点了点头，尽管她不是很了解对方的意思。

"你叫什么名字？"

玛尔特犹豫了片刻，不是很喜欢这段对话的走向。"我们再过六分钟就打烊了，如果你想喝咖啡，可能得……"

"你知道你为什么会有雀斑吗，玛尔特？"

玛尔特愣在原地，男子怎么会知道她的名字？

"是这样的，你小时候本来没有雀斑，但有一天晚上你做了个'Kabuslar'，就是噩梦，半夜醒来，你很害怕，就跑进妈妈的卧室，好让妈妈告诉你怪物跟鬼魂是不存在的。可是一进妈妈卧室，你就看见一个全身赤裸的蓝黑色男人蹲在你妈妈的胸口上方，男人长着一对又长又尖的耳朵，嘴角流下鲜血。你只是呆呆地站在原地看着这一幕。那男人鼓起双颊，你还没来得及反应，他就已经喷出满口鲜血，细小的血滴喷在你的脸上和胸前。从此以后，玛尔特，那些血滴就一直沾在你身上，不管你怎么用力洗刷都去不掉。"男子吹了吹那杯咖啡。"这就是你会有雀斑的原因，问题是，为什么是你？这个问题的答案虽然很简单，却很难叫人满意，玛尔特，因为你只是在错误的时间出现在错误的地方而已，这个世界就是这么不公平。"男子端起咖啡凑到嘴边，张大嘴巴，将依然滚烫的黑色液体一口气倒了进去。玛尔特倒抽一口凉气，屏住气息，惊惧不已。她对即将发生的事感到害怕，却不知道究竟会发生什么事。她还来不及看到男子口中喷出液体，热咖啡就已经喷到了她的脸上。

　　一时之间她什么也看不见了。她转过身去，踩在咖啡上滑了一跤，膝盖着地，但还是站了起来，向前奔去，伸手推倒椅子阻碍男子，同时不停地眨眼，想眨去喷进眼睛里的咖啡。她握住门把，用力一拉，门竟然拉不开，一定是男子把门闩拴上了。她听见背后传来咯吱咯吱的脚步声，赶紧用食指和拇指捏住门闩，但还没来得及拉开，就感觉男子抓住了她的腰带，往后一扯。她想放声尖叫，却只发出了呜咽般的细弱声音。接着她又听见了脚步声，男子已站到她面前。她不想抬头往上看，不想看到男子。她小时候从未做过什么蓝黑色男人的梦，只梦过有着狗头的男人，她知道这时她如果抬头往上看，一定会看见狗头男人，所以她只是低着头，看着那双尖尖的牛仔靴。

20

星期二凌晨

"喂?"

"哈利吗?"

"是。"

"我不确定这是不是你的电话号码。我是施罗德酒馆的莉塔,我知道现在很晚了,很抱歉把你吵醒。"

"我没在睡觉,莉塔。"

"我已经报警了,可是警察……呃,警察来了又走了。"

"先冷静下来,莉塔,发生了什么事?"

"玛尔特出事了,就是那个新来的年轻女孩,上次你来店里时见过的。"

哈利想起玛尔特卷起的袖子和有点紧张又过度热切的服务态度。"她怎么了?"

"她不见了,午夜过后我回到店里帮她清账,可是她人不在,店门又没锁。玛尔特是个可靠的人,而且我们约好了,她不会没锁门就离开。她没接手机,她男友也说她没回家。警察问过医院,但什么都没问到。警察说这种事经常发生,有人会离奇失踪,几小时后又会突然出现,而且给出完全合理的解释。他们说先等十二小时,如果玛尔特还没出现再通知警方。"

"莉塔,他们说得没错,他们只是照规矩办事。"

"对,可是……喂?"

"我还在,莉塔。"

"可是我打扫完准备关门的时候，却发现有人在一张桌子的桌布上写了字，看起来像是用唇膏写的，而且是玛尔特用的那种颜色。"

"嗯，上面写了什么字？"

"没写什么字。"

"什么都没写？"

"不是，只写了一个字母，'V'，而且写在你常坐的那张桌子上。"

凌晨三点。

哈利口中发出一声怒吼，吼声在地下室光秃秃的四壁里回荡。哈利凝视着仿佛要掉下来压到他的长杠，用颤抖的双臂顶住，接着推出最后一下，把杠铃用力往上推。杠片碰撞发出当啷一声，哈利顺势把杠铃放回到支架上，然后躺在长椅上剧烈呼吸。

他闭上双眼。他答应过欧雷克一定会陪着萝凯，但如今却必须再度复出。他必须逮到那个家伙才行，不只为了玛尔特，也为了奥萝拉。

不对。

早就太迟了。对奥萝拉来说已然太迟，对玛尔特而言也已太迟，因此他必须为未来的受害者奋斗，拯救那些尚未遭到瓦伦丁毒手的人。

他的复出确实是为了拯救那些人吧？

哈利握着长杠，感受着金属贴在双掌的老茧上。

天生我材必有用。

爷爷跟他说过这句话，你只需要有用就行。奶奶产下哈利父亲的那一晚，身体大量失血，助产士不得不找来医生。医生跟哈利的爷爷说，他无计可施。爷爷无法忍受听到奶奶的尖叫声，于是走出门，给一匹马套上犁具，开始犁田。他不断鞭促着那匹马，口中大声呼喝，以盖过房里传来的叫声。不久之后，那匹忠实的老马脚步开始踉跄，于是爷爷亲自下去推犁。最后，屋里的叫声终于停歇了，医生出来跟爷爷说母子均安，爷爷双膝一跪，亲吻大地，感谢他从来不相信的上帝。

当天晚上，那匹马在马厩里四腿一软，死了。

如今萝凯躺在病床上。默然不语。他得做出决定。

天生我材必有用。

他从支架上举起杠铃，放低到胸前，深吸一口气，绷紧肌肉，猛然发出一声怒吼。

第二部

临终愿望？他的脑子只是接收到这四个字，仅此而已，但他仿佛在做梦似的，脑子情不自禁地去思考答案。

21

星期二上午

　　早上七点半，天空飘着毛毛细雨，穆罕默德穿过马路，看见妒火酒吧门口站着一个男子。男子双手放在眼前呈望远镜状，抵在窗前想把店内看得清楚点。穆罕默德脑子里闪过的第一个念头是达尼亚尔·班克斯那家伙这么早就来要第二期款项了，但继续往前走了几步后他发现，男子比较高大，而且一头金发，他心想一定是某个老酒鬼抱着希望来看看酒吧会不会在早上七点开门营业。

　　男子转过身来，面向街道，只见他嘴里叼着一根烟，原来是那个叫哈利的警察。

　　"早安，"穆罕默德说，拿出钥匙，"你渴了吗？"

　　"口也渴啦，不过我是来跟你谈条件的。"

　　"什么样的条件？"

　　"你可以拒绝的那种条件。"

　　"那我洗耳恭听。"穆罕默德说，开门让哈利先进去，他跟在后头，把门锁上，去吧台内打开电灯。

　　"这家酒吧其实挺不错的。"哈利说，双肘放到吧台上，深吸了一口气。

　　"想把它盘下来吗？"穆罕默德淡淡地说，把水倒进外形独特的土耳其咖啡壶里。

　　"好啊。"哈利说。

　　穆罕默德哈哈大笑。"那出个价吧。"

　　"四十三万五千克朗。"

穆罕默德蹙起眉头。"这数字你从哪里听来的？"

"达尼亚尔·班克斯跟我说的，我今天早上刚跟他碰过面。"

"今天早上？但现在才……"

"我起得很早，他也是。也就是说，我先把他吵醒，然后把他从床上拽下来。"

穆罕默德望着哈利布满血丝的眼珠。

"这么说吧，"哈利说，"我知道他住哪里，还去找过他，跟他谈条件。"

"什么样的条件？"

"另一种条件，那种你难以拒绝的条件。"

"意思是？"

"我以面值买下妒火酒吧的债权，作为回报，我不告发他违反刑法第二百九十五条的高利贷条款。"

"你是开玩笑的吧？"

哈利耸了耸肩。"好吧，可能我说得夸张了点，也可能他拒绝了我，还反呛我说刑法第二百九十五条早在几年前就被废除了。这世界到底是怎么了？怎么歹徒比警察还熟悉法令的变更？总之呢，他借给你的那些钱似乎不值当受这些我宣称会给他带来的麻烦，所以这份文件，"哈利把一张手写字据放在吧台上，"证明达尼亚尔·班克斯已经收齐款项，而本人哈利·霍勒，已经买下穆罕默德·卡拉克的四十三万五千克朗债权，连同妒火酒吧及其内部设施和租约。"

穆罕默德看了几行字，摇了摇头。"天哪，你当场就付给班克斯将近五十万克朗？"

"我以前在香港帮人讨过债，那份工作……很好赚，所以我攒了一点钱。班克斯收下了支票和一张银行账单。"

穆罕默德大笑。"所以现在轮到你来暴力讨债了吗，哈利？"

"除非你同意我开的条件。"

"什么条件？"

"我们一起把负债转变成营运资金。"

"你要接管这家酒吧？"

"我买下股份，你当我的合伙人，而且随时都可以买下我的股份。"

"那我要付出什么？"

"你要去一家土耳其澡堂，在这期间我有个朋友会来这里看店。"

"什么？"

"我要你去加洛鲁浴场挥汗如雨，就算变成葡萄干也要等到瓦伦丁·耶尔森出现。"

"我？为什么要我去？"

"因为佩内洛普·拉施已经死了，据我所知目前只有你和一个十五岁小女孩知道瓦伦丁·耶尔森长什么样子。"

"我知道吗？"

"你会认出他的。"

"你怎么能这么确定？"

"我读过证词，你说：'我只是看了一眼而已，没什么太大印象，没法描述出他长什么样子。'"

"就是啊。"

"我以前有一个同事能认出她见过的每个人，她说辨识人脸的功能是由大脑中一个叫梭状回的地方掌管的，少了这种能力，人类这个物种绝对存活不下来。你能描述出昨天最后一个来店里的客人长什么样子吗？"

"呃……不行。"

"但如果他现在走进来，你立刻就能认出他，对不对？"

"可能吧。"

"我就指望这个。"

"你拿四十三万五千克朗来赌这件事？万一我认不出他怎么办？"

哈利的下唇往外噘了一下。"那至少我拥有了一家酒吧。"

　　早上七点四十五分，莫娜·达亚用力推开《世界之路报》新闻编辑部的门，气冲冲地走了进来。昨晚真是糟透了，虽然她离开集装箱码头后直奔奋进健身房，奋力运动到全身酸痛，但她还是彻夜未眠。最后她决定在不提及细节的情况下，把这件事拿去问编辑，如果有个消息来源完全蒙骗记者，那这个消息来源还有权保持匿名吗？换句话说，她可不可以把这件事告诉警方？或者比较聪明的做法是等等看对方会不会再跟她联络？毕竟对方放你鸽子的背后可能有很好的理由。

　　"达亚，你看起来累坏了，"总编辑说，"昨晚去参加派对了吗？"

　　"是就好了。"莫娜轻声说，把健身包放在办公桌旁，打开电脑。

　　"是那种比较有实验性质的派对吗？"

　　"是就好了。"这次莫娜提高嗓门回道，一抬头就看见开放式办公室里有好几张脸从电脑屏幕后方探出来，脸上带着好奇的神情，咧嘴而笑。

　　"怎样啦？"她高声说。

　　"是只有脱衣舞，还是有兽交？"一个低沉的声音说。莫娜还来不及去看这句话是谁说的，就已经有好几个女同事忍俊不禁，爆出大笑。

　　"你收一下信吧，"总编辑说，"我们有好几个人都收到副本了。"

　　莫娜只觉得全身冰凉，打了个寒战，伸手按了几下键盘，但与其说是"按"，不如说是"捶"键盘。

　　寄件人是：violentcrime@olsopol.no。

　　内容没有文字，只有一张照片，可能是用高感光相机拍摄的，因为拍摄当时她没发现闪光灯，而且使用的可能是远镜头。前景是一只狗对着笼子尿尿，而她就站在笼子中央，身形僵硬地看着那只野狗。她被耍了，打给她的人不是吸血鬼症患者。

　　早上八点十五分，史密斯、韦勒、侯勒姆和哈利在锅炉间集合。

　　"发生了一起失踪案，可能是吸血鬼症患者所为，"哈利说，"失踪者名叫玛尔特·鲁德，现年二十四岁，昨晚午夜前在施罗德酒馆失踪，现在卡翠娜正在对项目调查小组简要报告这件案子。"

"鉴识小组已经到达现场了，"侯勒姆说，"目前除了你提到的之外，没有其他发现。"

"提到什么？"韦勒问道。

"桌布上用口红写了一个'V'字，笔画之间的角度符合埃娃·多尔门家门口所写的那个'V'。"侯勒姆的话被手机铃声打断，哈利听出铃声是美国钢棒吉他手唐·赫尔姆斯（Don Helms）弹奏的汉克·威廉姆斯那首《你欺瞒的心》（*Your Cheating Heart*）的前奏。

"哇，这里有信号了，"侯勒姆说，从口袋里拿出手机，"我是侯勒姆，什么？我听不到，等一下。"

侯勒姆离开锅炉间，走进警狱地道。

"看来这起绑架案是冲着我来的，"哈利说，"我是那家酒馆的常客，我去的时候都坐那张桌子。"

"这可不妙，"史密斯说，摇了摇头，"他开始失控了。"

"他失控不是件好事吗？"韦勒问道，"这样他不是会变得比较不小心？"

"这部分也许是好事，"史密斯说，"然而一旦他开始尝到握有权力和控制力的滋味，就绝对不容许别人再把它抢走。哈利，你说得没错，他是冲着你来的，你知道原因吗？"

"一定是因为《世界之路报》的那篇新闻。"韦勒说。

"你说他是个无耻变态，还说了……还说了什么来着？"

"还说你非常期待给他戴上手铐。"韦勒说。

"所以你骂他无耻，还威胁他要夺走他的权力和控制力。"

"那是伊莎贝尔·斯科延自己胡扯的，我可没这么说。不过现在也没区别了，"哈利说，揉了揉后颈，"史密斯，你认为他会利用那个年轻女生来对付我吗？"

史密斯摇了摇头。"她已经死了。"

"你怎么能这么确定？"

"因为他没有要跟你起正面冲突，他只是想向你和所有人表示控制权在他手中，他可以随意走进你的地盘，杀一个你的人。"

哈利搓揉后颈的手停了下来。"杀一个我的人？"

史密斯默然不语。

侯勒姆回到锅炉间。"是伍立弗医院打来的，他们说佩内洛普·拉施死亡之前，有个男人去医院柜台说他是她名单上的朋友，名叫罗阿尔·维克，是她的前未婚夫。"

"瓦伦丁从她家偷走的订婚戒指就是那家伙送她的。"哈利说。

"他们已经联络过他了，问他有没有注意到她有什么状况，"侯勒姆说，"但他说他没去过医院。"

锅炉间蔓延开一阵静默。

"既然不是前未婚夫本人……"史密斯说，"那……"

哈利那张椅子的轮子发出尖锐的声响，朝墙壁高速地滑去。

哈利已奔到锅炉间门口。"韦勒，跟我来！"

哈利发足狂奔。

医院走廊似乎绵延无尽，不断伸长，怎么跑都追不上，宛如正在扩张的宇宙，任凭光线甚或思绪都无法通过。

哈利侧身闪过一个从病房里走出来的男子，男子手里抓着点滴架。

杀一个你的人。

瓦伦丁伤害奥萝拉，因为她是奥纳的女儿。

他对玛尔特·鲁德下手，因为她在哈利常去的酒馆打工。

他杀了佩内洛普·拉施，因为他要向世人宣示说他办得到。

杀一个你的人。

三〇一号病房。

哈利从夹克口袋里拿出格洛克十七型手枪。这把手枪已经锁在家中二楼抽屉里将近一年半之久，今天早上他才拿出来随身带着。并不是因为他预料到会派上用场，而是因为这是四年来头一遭他不敢完全确定自己用不到它。

他用左手推开病房门，举枪指着前方。

只见整间病房空荡荡的，像是被清理得一干二净。

萝凯不知去向，病床也不见了。

哈利倒抽一口凉气，走到原本病床所在的位置。

"抱歉，她被推走了。"背后传来一个人的声音。

哈利迅速转身，看见医师双手插在白袍口袋里，站在门口。斯蒂芬斯看见哈利举枪对着他后双眉一扬。

"她在哪里？"哈利气喘吁吁地问道。

"你先把枪放下，我再告诉你。"

哈利放低手枪。

"她去做检查了。"斯蒂芬斯说。

"她……她没事吧？"

"她的状况还和之前一样，稳定中又有不稳定，如果你担心的话，我可以跟你说她今天不会有事。你为什么这么惊慌失措？"

"她需要受到保护。"

"现在有五个医护人员在看着她。"

"我们会派武装警察守在她病房门口，有任何反对意见吗？"

"没有，但我的权限无法回答你这个问题。你是担心凶手会来这里？"

"对。"

"因为你正在追捕他，而萝凯是你老婆？我们不会把病房号码透露给家属以外的人知道。"

"那也防止不了凶手假扮成佩内洛普·拉施的未婚夫，取得她的病房号码。"

"是吗？"

"我会在这里待到警察部署完毕。"

"这样的话,我去帮你倒杯咖啡。"

"不用——"

"没事,你需要喝杯咖啡。等我一下,我们的员工休息室有种咖啡难喝到堪称奇葩。"

斯蒂芬斯转身离开。哈利环顾四周,只见昨天他和欧雷克坐的那两张椅子还在原地,只不过中间的病床被推走了。哈利在一张椅子上坐下,低头看着灰色地板,感觉脉搏缓和下来,但即便如此,他还是觉得病房里的空气似乎太过稀薄。一道阳光从窗帘缝隙间穿过,落在两张椅子之间的地板上。他发现地上有一根卷曲的金发,便把它捡了起来。瓦伦丁会不会已经来过,却正好跟她错过?哈利吞了口口水。现在没理由这样想,萝凯安全无恙。

斯蒂芬斯回到病房,递给哈利一个纸杯,自己也喝了一口手中的咖啡,在另一张椅子上坐下。两个男子面对面坐着,中间相隔一米。

"你儿子来过。"斯蒂芬斯说。

"欧雷克?他应该放学后才会来。"

"他问你有没有来,得知你让他妈妈独自在这里以后似乎不太高兴。"

哈利点了点头,喝了口咖啡。

"他们那个年纪动不动就生气,常常一副义愤填膺的模样,"斯蒂芬斯说,"还会把自己遭受的挫折全都怪罪到父亲头上。过去他们一心想成为父亲那样的人,如今父亲却成了他们最不想成为的人。"

"这是你的经验之谈吗?"

"当然,我们时常会做出这种事。"斯蒂芬斯脸上的微笑来得快去得也快。

"嗯,我可以问你一个私人问题吗,斯蒂芬斯?"

"当然可以。"

"这样下去,到最后会是正数吗?"

"什么?"

"拯救人命的喜悦感减去失去人命的绝望感，到最后会是正数吗？尤其失去的人命是你原本救得回来的。"

斯蒂芬斯看着哈利的双眼。两个男人在昏暗的房间里相对而坐，宛如黑夜里擦身而过的两艘船，也许正是在这种情境之下，这样一个问题才会自然而然地问出口。斯蒂芬斯摘下眼镜，用手抹了抹脸，像是要抹去疲惫。过了片刻，他才摇了摇头，说："不会。"

"那你还继续做？"

"这是我的天职。"

"嗯，我看见你办公室里挂着十字架，你相信天职。"

"我认为你也相信，哈利，我看过你工作的样子，也许那不是上帝赋予的职责，但你还是能感觉得到。"

哈利低头看着手中的咖啡。斯蒂芬斯说得对，这咖啡真的难喝到堪称奇葩。"这表示你不喜欢你的工作喽？"

"我痛恨我的工作，"斯蒂芬斯微笑着说道，"如果可以选择的话，我想当钢琴家。"

"你很会弹钢琴？"

"这就是所谓的诅咒啊，不是吗？你对自己钟爱的不拿手，却对你痛恨的非常拿手。"

哈利点了点头。"这的确是个诅咒，我们都会从事自己最能发挥所长的工作。"

"而且顺从天职的人会得到奖赏这种话是骗人的。"

"也许有时工作本身就是奖赏。"

"这种事只会发生在热爱音乐的钢琴家或嗜血的刽子手身上，"斯蒂芬斯指了指自己白袍上的名牌，"我出生在盐湖城，从小就是摩门教徒，我的名字来自约翰·道尔·李（John Doyle Lee），他是个敬畏上帝、爱好和平的人。一八五七年，他接到教区长老的命令，杀掉一群流浪到他们地盘又不敬畏神的移民。他在日记上写下了他所深受的折磨，命运赋予他如此可怕的天职，他却不得不接受。"

"山地草场屠杀事件。"

"你很懂历史嘛，霍勒。"

"我在 FBI 上过连环杀手的课，课堂上讲过历史上著名的大规模杀人事件，但我得承认我不记得这个跟你一样叫约翰的人发生了什么事。"

斯蒂芬斯看了看表。"只能说希望他的奖赏在天国等着他，因为在地上的人全都背叛了他，包括我们的精神领袖杨百翰（Brigham Young）。约翰·道尔最后被判处死刑，但我父亲依然认为他树立了值得后人追随的典范，因为他抛弃了同侪的廉价友情，跟随他所痛恨的天职。"

"说不定他没有你所说的那么痛恨它。"

"什么意思？"

哈利耸了耸肩。"酒鬼会痛恨和诅咒酗酒，因为这摧毁了他们的人生，但酗酒同时也是他们的人生。"

"很有趣的类比，"斯蒂芬斯站起身来，走到窗前，拉开窗帘，"那你呢，霍勒？你的天职是不是还在摧毁你的人生，即使它就是你的人生？"

哈利以手遮眉，看着站在刺眼阳光前的斯蒂芬斯。"你还是摩门教徒吗？"

"你还在侦办那件案子吗？"

"看来是的。"

"我们都别无选择，对吧？我得回去工作了，哈利。"

斯蒂芬斯离开后，哈利打电话给甘纳·哈根。

"哈喽，长官，我需要一个警察来伍立弗医院这里看守，"他说，"立刻就要。"

韦勒听从吩咐一直站在车子引擎盖旁边，车子斜斜地停在医院门口。

"我看见一个制服警察进了医院，"他说，"没什么事吧？"

"我们要在她病房门口派一个人看守。"哈利说，坐上副驾驶座。

韦勒把枪放回到枪套里，坐上驾驶座。"那瓦伦丁呢？"

"天知道。"

哈利从口袋里拿出那根头发。"我可能只是想太多了，不过请你把这个拿去鉴识中心进行分析，叫他们按急件处理，看它和犯罪现场的所有DNA样本是否有关联性，好吗？"

车子驶上马路。二十分钟前他们驾车横冲直撞，急驶而来，相较之下，现在的速度仿佛慢动作。

"摩门教徒会用十字架吗？"哈利问道。

"不会，"韦勒说，"他们认为十字架象征死亡，而且是异教徒用的，他们相信的是复活。"

"没错。"哈利调大电台音量。美国另类摇滚乐队白色条纹正在唱着《忧郁兰花》（*Blue Orchid*）这首歌，吉他声和鼓声稀疏而清楚。

他把音量调得更大了些，不知道自己想用音乐声盖过什么。

哈尔斯坦·史密斯坐在椅子上，双手拇指交错环绕。锅炉间只剩他一个人，少了其他人他没太多事情可做。他已经完成了吸血鬼症患者的简略侧写，还上网浏览了最近关于吸血鬼症患者谋杀案的新闻，然后把第一起命案发生后这五天内的相关新闻也都看了一遍，正想说要不要利用这段时间来写写博士论文，手机就响了起来。

"喂？"

"史密斯吗？"一个女性声音说，"我是《世界之路报》的莫娜·达亚。"

"哦？"

"你听起来很讶异。"

"因为我以为这底下收不到信号。"

"既然收得到信号，你能证实昨晚施罗德酒馆女店员的失踪可能是吸血鬼症患者所为吗？"

"证实？我？"

"对啊，你现在不是在为警方工作吗？"

"对，应该是吧，可这轮不到我来说。"

"是因为你不知道还是你不能说？"

"应该两者都有吧，我只能泛谈一些普通的事，也就是身为吸血鬼症患者专家可以说的事。"

"那太好了！因为我们有一个播客——"

"一个什么？"

"就是电台，《世界之路报》有个广播电台。"

"哦，好的。"

"我们能邀请你上节目谈谈吸血鬼症患者吗？当然，只是泛谈一些普通的事。"

史密斯思索片刻。"我得先问过项目小组召集人才行。"

"好啊，我等你回复。另外，我写了一篇关于你的文章，我想你应该会感到高兴，因为这会间接把你推上主流舞台。"

"是啊。"

"不过我希望你能告诉我，警署里到底是谁昨天引诱我去集装箱码头的？"

"引诱你去哪里？"

"没事，祝你今天愉快。"

通话结束后，史密斯怔怔地看着手机。集装箱码头？她到底在说什么？

楚斯的目光在电脑画面上一排排美国女星梅根·福克斯的照片之间游移，她那么放得开，几乎令人心惊。楚斯觉得自己看梅根的眼光变了，究竟是照片的问题还是因为她已年近三十？是因为他十分清楚生小孩会对梅根在二〇〇七年的电影《变形金刚》中的完美胴体产生影响吗？还是因为这两年来他甩掉了八公斤肥肉，换上了四公斤肌肉，还干了九个女人，使得他和梅根之间的距离从两光年缩短到了一光年？或者，这只不过是因为再过十小时他就会跟乌拉·贝尔曼坐在一起？而乌拉是他这辈子强烈渴望过的女人当中，唯一超过梅根的。

他听见有人清了清喉咙，便抬头看去。

只见卡翠娜倚着隔间站立。

自从韦勒搬到锅炉间那个可笑的男孩俱乐部之后，楚斯就完全沉浸在《盾牌》的世界中，把每一季都看完了。他希望卡翠娜不要做任何打扰他享清福的事。

"贝尔曼要见你。"卡翠娜说。

"好。"楚斯关上电脑，站了起来，跟卡翠娜擦身而过，距离近到如果她擦了香水那么他一定闻得到。他认为女人都应该擦点香水，不用很多，到那种让人觉得皮肤似乎要被香水的溶剂给侵蚀的程度，只需一点点，就足以激发他的想象力，想象女人皮肤真正的香味。

他边等电梯边思索米凯找他干吗，但脑袋里一片空白。

直到他走进署长办公室，他才明白自己被抓包了。他看见米凯面向窗外站着，背对着他，听见米凯直截了当地说："你让我失望了，楚斯。是那个婊子来找你的，还是你自己去找她的？"

楚斯觉得像被一桶冰水从头淋到脚。妈的到底是怎么回事？难道乌拉受不了罪恶感的折磨崩溃了，自己向米凯坦白了？还是米凯逼她说出了实话？妈的现在他该怎么说才好？

他清了清喉咙。"是她来找我的，米凯，是她自己要求的。"

"当然是那婊子要求的，她们那种人能要多少就拿多少。重点是她竟然去找你，找你这个我最亲近的密友，就在我们一起经历过这一切之后。"

楚斯简直不敢相信米凯竟然如此数落自己的妻子、自己孩子的母亲。

"她只是说想碰面聊聊天，又不会有什么进一步的发展。"

"但有了对不对？"

"根本什么事都没发生。"

"什么事都没发生？你还不明白吗？你已经告诉凶手我们知道哪些、不知道哪些事了。她到底付了你多少钱？"

楚斯眨了眨眼。"付钱?"这时他才恍然大悟。

"莫娜·达亚不可能免费得到情报吧? 快给我从实招来,别忘了我非常了解你,楚斯。"

楚斯咧嘴一笑,心下知道自己已经脱困,口中只是不住地说道:"根本什么事都没发生。"

米凯转过身来,在办公桌上重重拍了一掌,咆哮道:"你当我是白痴吗?"

楚斯观察到米凯脸上的斑纹忽白忽红,仿佛血液在里头来回翻腾。这几年来,米凯脸上的斑纹扩大了,犹如蛇在蜕皮。

"说说看你知道什么吧。"楚斯说,问也没问就一屁股坐了下来。

米凯望着楚斯,面露讶异之色,然后也在自己的办公椅上坐了下来。可能是因为他在楚斯眼中看不见恐惧。要是他敢把楚斯丢下船,楚斯也会拉他一起下海陪葬。

"我知道的是,"米凯说,"卡翠娜·布莱特今天一大早来跟我汇报。因为我请她盯着你,所以她找了一个警探监视你,显然你早就被怀疑泄露消息了,楚斯。"

"那个警探是谁?"

"她没说,我也没问。"

当然没问,楚斯心想,你最好推得一干二净,以免陷入进退两难的局面。楚斯也许不是世界上最聪明的人,但也不像周遭的人想的那么笨,而且他已经渐渐摸清楚米凯和其他高层人士在玩什么把戏。

"布莱特的手下很积极,"米凯说,"他发现最近这星期你跟莫娜·达亚通过两次电话。"

有人去查了通话记录? 楚斯心想,谁跟电信公司联络过? 一定是安德斯·韦勒。小楚斯可不笨哦,一点也不笨。

"为了证明你就是莫娜·达亚的消息来源,他假扮成吸血鬼症患者打给她,要她打给她的消息来源,确认一个只有凶手和警方才知道的细节。"

"料理机。"

"所以你承认喽？"

"对，我承认莫娜·达亚有打电话给我。"

"很好，因为那个警探昨晚吵醒卡翠娜·布莱特，跟她说他拿到了电信公司的通话记录，上头显示莫娜·达亚在接到那通假电话以后立刻打了电话给你。这很难辩解吧，楚斯。"

楚斯耸了耸肩。"没什么好辩解的，莫娜·达亚打来问我料理机的事，我当然拒绝评论，还叫她去问项目小组召集人。我们只讲了十秒或二十秒的电话，通话记录一定可以证实。说不定莫娜·达亚早就怀疑那通电话是假的，打来是想揭穿消息来源的身份，所以才打给我，而不是打给她的消息来源。"

"这个警探说，后来莫娜·达亚真的前往集装箱码头的约定地点去见吸血鬼症患者，这个警探还把整个过程拍了下来，所以一定有人跟她确认过料理机的事。"

"说不定莫娜·达亚先跟对方约好了见面，才去找消息来源面对面确认细节。警察和记者应该都很清楚谁打电话给谁、什么时间打的，这信息太容易获得了。"

"说到这个，你还跟莫娜·达亚通过两次电话，其中一次长达数分钟。"

"你可以去查通话记录，是莫娜·达亚自己打给我的，我从来没有打过电话给她。她一直吵个不停，跟我要情报，一次不成又来第二次。她跟斗牛犬一样锲而不舍是她的问题，又不是我的，反正我白天时间还挺多的，就跟她耗啊。"

楚斯靠着椅背，双臂交叠，看着米凯。米凯坐在那里点头，仿佛听进了楚斯说的话，正在思索会不会是他们疏忽了什么？只见米凯的嘴角露出一丝微笑，褐色的眼睛中出现一丝暖意，似乎得出了结论。显然这番解释可能奏效了，有可能能帮助楚斯脱困。

"很好，"米凯说，"既然消息不是你泄露的，楚斯，那会是谁？"

楚斯噘起嘴唇。他有个略胖的法裔约会对象，是在网络上认识的，每

次她提出"我们什么时候再碰面？"这种难以回答的问题，他都会像这样
噘起嘴唇。

"你说呢？碰上这种案子，谁都不想被看见跟莫娜·达亚那种记者说
话。不对，我见过有个人做过这种事，那就是韦勒。等等，除非我记错了，
否则我记得韦勒给过她电话。对，她还跟韦勒说可以去奋进健身房找她。"

米凯看着楚斯，脸上露出一丝惊讶的微笑，仿佛结婚多年之后才发现
配偶有一副好歌喉，或身上流着蓝色的血，或拥有大学学位。

"所以呢，楚斯，你是说署里的泄密者可能是新来的菜鸟？"米凯用
食指和拇指若有所思地揉了揉下巴，"这个假设很合理，因为泄密的问题
是最近才发生的，这不符合……该怎么说……不符合奥斯陆警方近几年来
所培养的文化。但我们可能永远都不会知道泄密者是谁，因为记者依法有
义务保护消息来源的身份。"

楚斯发出呼噜笑声。"很好啊，米凯。"

米凯点了点头，倾身向前，楚斯还来不及反应，他已经一把抓住楚斯
的领子用力往前拖。

"瘪四，那婊子到底付了你多少钱？"

22

星期二下午

　　穆罕默德把身上的浴袍裹紧了些，双眼紧盯着手机屏幕，假装没在注意简陋更衣室里来来去去的男人们。加洛鲁浴场并未限定付费入场后可以待多长时间，但如果一个男人在更衣室里一坐就是好几个小时，还观看其他裸体男子，一定不会受到欢迎。因此每隔一段时间他就会换个地方，从桑拿室换到永远雾气蒸腾的蒸汽室，再换到各种温度的冷热水池。他这么做也有个现实考虑，那就是如果他不走动，很有可能会漏看某个客人。现下他觉得更衣室冷得要命，打算换到温暖一点的地方。穆罕默德看了看时间。下午四点。那个土耳其刺青师说他是在下午稍早的时候在这里看见过那个身上有恶魔刺青的男人，连环杀手说不定也是个依从习惯的动物。

　　哈利解释过为什么他是最完美的间谍。第一，目前有可能认出瓦伦丁·耶尔森的只剩下两个人，他是其中之一。第二，他是土耳其人，来土耳其澡堂混在其他同胞里不会显得突兀。第三，瓦伦丁一看到警察就认得出来，至少哈利是这么说的。况且现在警署里有个泄密者，天知道这个泄密者除了把情报泄露给《世界之路报》之外还给了谁。因此这项行动只有哈利和穆罕默德两个人知道，只要穆罕默德一通知哈利看见了瓦伦丁，哈利就会在十五分钟内派武装警察抵达现场。

　　此外，哈利对穆罕默德拍胸脯保证说爱斯坦·艾克兰是去妒火酒吧帮忙看店的完美人选。爱斯坦走进酒吧大门时，穆罕默德觉得他看起来活像个老旧的稻草人，身上穿着破烂的丹宁装，散发出一种辛苦但愉悦的嬉皮气息。穆罕默德问他有没有在吧台里面站过，爱斯坦在嘴里塞了根卷烟，叹了口气，说："老弟，我在酒吧里混了这么多年，站着、跪着、躺着，什么都有，就是没在吧台里面待过。"

但爱斯坦是哈利信得过的人，穆罕默德只希望不要出什么事。哈利说，最多一个星期就会结束，他就可以回到酒吧。他把钥匙交给哈利时，哈利微微鞠了个躬。钥匙环上有个塑料质的破碎之心，那也是炉火酒吧的标志。哈利还跟他说，音乐的事得讨论一下，说有些三十岁以上的人听见新潮音乐不会跟着摇摆，还说沉沦于坏伙伴乐队的人还有得救。穆罕默德心想，光是那番讨论就值得在浴场里百无聊赖地待上一星期。他把《世界之路报》的页面往下滑，即使同样的头条新闻他已看了不下十遍。

史上最有名的吸血鬼症患者。正当他注视着屏幕，等待手机下载新闻的其余部分时，怪事发生了，突然间他觉得无法呼吸。他抬头看去，只见通往浴场的门关上了。他环顾四周，先前看见的三名男子都还在更衣室里，但刚才有人进了更衣室又出去了。穆罕默德把手机锁进置物柜，跟了上去。

隔壁的锅炉轰隆作响。哈利看了眼时间。五点零四分。他推回自己的椅子，双手抱在脑后，倚在砖墙上。史密斯、侯勒姆和韦勒都看着他。

"玛尔特·鲁德已经失踪十六小时了，"哈利说，"有什么新消息吗？"

"头发，"侯勒姆说，"鉴识小组在施罗德酒馆的大门旁边发现了四根毛发，看起来可能符合我们从手铐上采集到的瓦伦丁·耶尔森的毛发，现在已经送去化验了。毛发显示现场发生过挣扎，而且这次他没清理现场，这也表示现场没什么血迹，所以他们离开时玛尔特·鲁德可能还活着。"

"好吧，"史密斯说，"她有可能还活着，但被他拿去当牛。"

"牛？"韦勒问道。

锅炉间一阵静默。哈利表情扭曲。"你是说他……他会把她当成血牛？"

"人体要花二十四小时才能产生百分之一的红细胞，"史密斯说，"最好的状况是，这可以让他止渴一阵子。最坏的状况是，这可能代表他越来越想重新取得力量和控制，他也会再次去对付羞辱过他的人，也就是你和你的家属，哈利。"

"我老婆已经有警察二十四小时看守，我也留言给我儿子了，请他务必小心。"

"所以他也有可能攻击男人喽？"韦勒问。

"那是当然。"史密斯说。

哈利觉得裤子口袋发出振动，他拿出手机："喂？"

"我是爱斯坦，得其利要怎么做啊？店里来了个麻烦的家伙，穆罕默德又不接电话。"

"我怎么知道，难道客人不知道吗？"

"不知道。"

"好像是用朗姆酒和莱姆调成的，你听说过谷歌吧？"

"当然，我又不是白痴，谷歌在网上，对不对？"

"试试看，你可能会喜欢，我要挂电话了。"哈利结束通话，"抱歉，还有什么消息吗？"

"从施罗德酒馆附近采集的证词来看，"韦勒说，"没有人看见或听见过什么。真是怪了，那条街那么繁华。"

"星期一的午夜可能街上没什么人，"哈利说，"但是要把一个还有意识或昏过去的人抬出店却不被看到应该很难吧，他可能把车停在了店外。"

"瓦伦丁·耶尔森名下没有车子，昨天也没有他租车的记录。"韦勒说。

哈利转头望着他。

韦勒用疑惑的眼神回望哈利。"我知道他用本名租车的概率趋近于零，但我还是去查了，难道不应该……"

"不会，没有问题，"哈利说，"把那张模拟画像传给各家租车公司。还有，施罗德酒馆附近有一家二十四小时营业的路卡便利商店——"

"早上我去参加过项目调查小组的会议，他们已经调阅了那家店的监视器画面，"侯勒姆说，"但什么都没发现。"

"好吧，还有什么我该知道的吗？"

"他们在美国那边下功夫，利用传票而不是经过法庭，取得了被害人脸书的 IP 地址，"韦勒说，"这表示我们虽然看不到内容，但可以得到所有通过被害人脸书传送和接收讯息的人的地址，这样只需花几个星期就可以了，而不是好几个月。"

穆罕默德站在蒸汽室外。他从更衣室走进浴场时，看见蒸汽室的门关着，而蒸汽室正是那个身上有恶魔刺青的男人曾遭人目击的地方。穆罕默德心想，自己才第一天上工，瓦伦丁不可能这么快就出现，除非他一星期来好几次，既然如此，为什么自己要站在这里犹豫不决？

穆罕默德吞了口口水。

过了片刻，他拉开蒸汽室的门，走了进去。门内的稠密蒸汽回旋翻腾，朝门外迅速流去，使得蒸汽室里展开了一条通道。就在此时，穆罕默德发现一个男人正坐在第二层长椅上，而自己正凝视着那男人的脸。接着通道再次关闭，那张脸消失了，但穆罕默德已看得分明。

就是他，那晚去妒火酒吧的就是那个男人。

穆罕默德心想，他是该立刻跑走还是坐一会儿？毕竟那个男人看见自己盯着他瞧了，如果他立刻离开，会不会令对方起疑？

穆罕默德只是站在门边动也不动。

他觉得鼻子里吸入的蒸汽似乎让气管越来越紧，实在没法再待下去，得出去才行。他稍稍将门推开，溜了出去，在滑溜的地砖上小心翼翼地碎步奔跑，以免摔跤，一路奔进更衣室，抓起挂锁，奋力转动密码，口中不住地咒骂。四个数字。一六八三。维也纳战役。那年奥斯曼帝国还在统治世界，至少是一部分值得统治的世界。当帝国无法再继续扩张时，它开始迈入衰败，战争输了一场又一场。这就是他选择这四个数字的原因吗？因为它多少反映了他自己的人生，赢了一切又输了一切？挂锁终于打开了，他抓起手机拨号，再将手机按在耳边，眼睛直盯着通往浴场的门。那扇门已经关上了，但每一刻都有可能被突然打开，那男人冲进来攻击他。

"喂？"

"他在这里。"穆罕默德低声说。

"你确定？"

"对，在蒸汽室里。"

"盯住他，我们十五分钟之内到。"

"你做了什么？"侯勒姆说。豪斯曼斯街的信号灯转为绿色，他的一只脚放开离合器。

"我找了一个自愿帮忙的老百姓去监视萨吉纳区的一家土耳其澡堂。"哈利说，看着侯勒姆那辆传说中的一九七〇年沃尔沃亚马逊轿车的侧后视镜。这辆亚马逊原本是白色的，后来被漆成黑色，并在车顶和行李箱盖上画了一条拉力赛车的格状条纹。排气管喷出一团黑雾，将车尾吞没。

"没问过我们的意见？"侯勒姆按了一下喇叭，从内侧车道超越一辆奥迪轿车。

"这不是照章行事，所以最好不要增加共犯。"

"可以走马里达路，红绿灯比较少。"韦勒在后座说。

侯勒姆拄到低速挡，驾车猛然右转。哈利感觉到沃尔沃汽车第一代的三点式安全带压迫在身上，它没有缓冲功能，会压得人难以动弹。

"史密斯，你还好吗？"哈利高声说，盖过引擎声响。通常他不会带平民顾问出行动任务，但在最后一刻还是决定带史密斯同行。万一碰上人质遭挟持的状况，有个能读懂瓦伦丁的心理医生在身边就会很好用，毕竟史密斯读出过奥萝拉和哈利的心思。

"只是有点晕车，"史密斯虚弱地笑了笑，"那是什么味道？"

"老离合器、暖气，再加上肾上腺素的味道。"侯勒姆说。

"大家听好，"哈利说，"还有两分钟就到了。我再说一次，史密斯，你待在车上，韦勒跟我从正门进去，毕尔守住后门。你说你知道后门在哪里？”

“没错，”侯勒姆说，“你的人还在线？”

哈利点了点头，把手机拿到耳边。车子在一栋旧砖楼前停下。哈利看过这栋建筑的平面图，这里原本是工厂，现在里面有一家印刷公司、几间办公室、一个录音室和那家土耳其澡堂，建筑物除了正门之外就只有一道后门。

“大家的枪都上膛了吗？保险打开了吗？”哈利问道，呼出一口气，解开安全带，“我们要活捉他，但如果办不到……”他抬头朝正门两侧闪闪发光的窗户望去，耳边听到侯勒姆正低声复诵：“警察，鸣枪示警，对那浑蛋开枪。警察，鸣枪示警，对那……”

“出发。”哈利说。

三人开门下车，穿过人行道，在正门前兵分两路。

哈利和韦勒踏上三级台阶，打开厚重的大门入内。门厅里弥漫着氨水和印刷墨水的气味，里头有两扇门镶着晶亮华丽的漆金字体，那是无法负担市中心昂贵租金但仍保持乐观向上的两家小型律师事务所。第三扇门上有个极为低调的标志，上头写着“加洛鲁浴场”，让人觉得老板只希望熟客上门。

哈利打开门走了进去。

门后是一条走廊，墙上油漆斑驳，还有个简单的柜台，里头坐着一个肩宽膀阔的男子。那人脸上有深色胡楂，身穿运动服，正在看杂志。要不是哈利已经知道这里是澡堂，可能会以为自己走进了拳击俱乐部。

“警察，”韦勒说，亮出警察证，越过杂志塞到男子面前，“坐着别动，不要警告任何人，事情几分钟内就会结束。”

哈利沿着走廊继续往前走，见到了两扇门，其中一扇门写着“更衣室”，另一扇门写着“浴场”。他走进浴场，听见韦勒紧跟在后。

浴场里有三个小水池，排成一列。左侧的几个隔间里放着按摩床，右侧有两扇玻璃门，哈利推想其中一间是桑拿室，另一间是蒸汽室。还有一扇木门，他记得平面图上显示那扇门通往更衣室。旁边一个水池里的两名男子抬头看向他们。穆罕默德就坐在墙边的一张长椅上，假装在滑手机，一看见他们就赶紧上前，朝一扇玻璃门指了指。那扇雾蒙蒙的玻璃门上贴着塑料标志，上头写着"蒸汽室"。

"只有他一个人？"哈利低声问道，和韦勒同时掏出格洛克手枪，并听见后方池子里传来惊慌的溅水声。

"我打给你以后没人进去或出来过。"穆罕默德压低声音说。

哈利走到门前，往内看去，只看见白茫茫的一片。他比个手势，要韦勒在门口掩护，深深吸了口气，正要进去，突然想到鞋子会发出声音。瓦伦丁一听见有人不是赤脚走进去的，一定会起疑。哈利用一只手脱去鞋袜，把门拉开，走了进去。蒸汽在他身旁翻涌滚动，犹如新娘的面纱。萝凯。哈利不知自己为何会在此刻想起萝凯，便将思绪推到一旁。门关上前，他瞥见前方的木长椅上坐着一个人，接着一切又被白茫茫的蒸汽给吞没。这里头除了蒸汽，就是寂静。哈利屏住气息，聆听对方的呼吸声。那人是否有时间看清楚刚进来的这个人全身衣着整齐，手里拿着一把枪？那人心里是否害怕？是否和奥萝拉看见厕所隔间外有一双牛仔靴时一样害怕？

哈利举着手枪，朝男子坐着的方向前进，逐渐在茫茫的雾气中看见那人坐着的形体。他扣紧扳机，直到感觉扳机产生抗力。

"警察，"他粗声说，"别动，不然我会开枪。"这时他脑中闪过另一个念头：换作其他类似的情况，他通常会说"不然我们会开枪"。这只是个简单的心理策略，这样说会让歹徒以为现场来了很多警察，提高立刻投降的概率。那为什么他只说"我"呢？他的脑子浮现出这个疑问后，另一个疑问随之而起：为什么他选择亲自前来，而不是派遣专门负责这类行动的戴尔塔特种部队？到底为什么他要秘密地把穆罕默德派来这里，没跟任何人提起，直到接到穆罕默德的电话？

哈利感觉到扳机抵住食指的微微抗力，那抗力是如此细微。

两个男人共处一室，没人看得见他们。

　　有谁能否认说，用双手和铁假牙杀了那么多人的瓦伦丁没有攻击哈利，逼得哈利不得不开枪自卫？

　　"Vurma!（别开枪！）"前方那人说，高高抬起双臂。

　　哈利又靠近了些。

　　只见那人甚为瘦削，一双眼睛睁得老大，流露出惊恐的神色，胸前除了白色胸毛外，什么刺青都没有。

23

星期二晚上

"搞什么鬼啊!"卡翠娜吼道,从桌上拿起一个橡皮擦用力一扔,打中了哈利头顶上方的墙壁。哈利正瘫坐在一张椅子上。"难道我们手上的问题还不够多,所以你还要打破几乎每条规矩,再加上好几条法规?你到底在想什么?"

萝凯,哈利心想,把座椅往后靠,直到椅背抵到墙壁。我在想萝凯,还有奥萝拉。

"怎样?"

"我是想说,如果可以抄捷径逮到瓦伦丁·耶尔森,就算是早一天,也能救某人一命。"

"别跟我说这种鬼话,哈利!妈的你明明知道一切都要照规矩来,如果每个人都随自己喜好去行动——"

"你说得对,我应该知道要照规矩来,我也知道瓦伦丁·耶尔森只差那么一点就被逮到了。他看见穆罕默德,认出他是那家酒吧的酒保,明白了是怎么一回事,就趁穆罕默德去更衣室打电话通知我时从后门溜走了。我还知道如果我们抵达时瓦伦丁·耶尔森还坐在蒸汽室里,现在你就会原谅我,并开始称赞我办案积极、有创意,还会说这正是当初设立锅炉间小组的宗旨所在。"

"你个浑蛋!"卡翠娜高声怒吼。哈利看见她在桌上找东西要丢他,所幸她没选择订书机或美国法院那一捆关于脸书的来往信件。"我可没准许你像西部牛仔一样鲁莽行事,现在每家报社的电子报都把澡堂行动当作头条新闻：警察在平静的浴场亮出枪支、无辜百姓卷入火线、赤裸的九十岁老翁遭手枪威胁，结果什么人都没逮到！这简直是……"她抬起双手，抬头看着天花板，仿佛要臣服在天主的审判之下，"……外行！"

"我被开除了吗？"

"你想被开除吗？"

哈利眼前浮现她的身影。萝凯。她正在沉睡，细薄的眼皮微微跳动，仿佛来自昏迷国度的摩斯密码。"想。"他说。接着他眼前浮现出奥萝拉的身影，她眼中藏着焦虑和痛苦，还有永难痊愈的伤痕。"不，不想。你想开除我吗？"

卡翠娜呻吟一声，站了起来，走到窗前。"想，我想开除一个人，"她背对着哈利说，"但不是你。"

"嗯。"

"嗯。"她也跟着应了一声。

"要说说看是谁吗？"

"我想开除楚斯·班森。"

"那还用得着说吗？"

"对，但不是因为他又懒又没用，而是因为泄露消息给《世界之路报》的人就是他。"

"你怎么知道的？"

"安德斯·韦勒设了个圈套，他做得有点过火，我想莫娜·达亚可能会有某种程度的报复，但我们应该不至于会有什么麻烦，她应该自己知道付钱给警察购买情报可以被控行贿。"

"那你怎么还没开除班森？"

"要不要猜猜看？"她说，回到桌前坐下。

"米凯·贝尔曼？"

卡翠娜用力扔出一支铅笔，不是扔向哈利，而是扔向关着的门。"贝尔曼来过，就坐在你现在坐的那个位子上。他说他听完班森的解释之后，认为班森是无辜的，还暗示说是韦勒自己向《世界之路报》泄密，才故意陷害班森。他说目前我们什么都无法证明，所以最好还是先把这事搁在一边，专心缉捕瓦伦丁，这才是首要重点。你说呢？"

"这个嘛，也许贝尔曼说得对，也许我们应该等泥浆摔跤比赛结束以后，再来把身上的脏衣服洗干净。"

卡翠娜做了个鬼脸。"这是你自己发明的比喻吗？"

哈利从口袋掏出一包香烟。"说到泄密，报上提到说我出现在澡堂，我被人认出来没关系，但是除了锅炉间的组员之外，只有你知道穆罕默德在这次行动里扮演的角色，我希望能维持这样，以策安全。"

卡翠娜点了点头。"我跟贝尔曼提过这件事，他也同意了。他说如果外界知道我们利用平民来做警方的分内工作，一定会被认为是狗急跳墙。他说穆罕默德的身份和他在这次行动中扮演的角色不应该跟任何人提起，包括项目调查小组的组员。我觉得很合理，虽然我已经不准楚斯参加会议了。"

"是吗？"

卡翠娜一侧的嘴角微扬。"我给了他一间个人办公室，随便他去写报告，只要是和吸血鬼症患者案无关的报告都可以。"

"所以你还是开除他了嘛。"哈利说，把一根烟放到双唇之间。这时他的大腿感受到手机振动。他拿出手机，看见是斯蒂芬斯医师发来短信。

检查结束，萝凯已经回到三〇一号病房。

"我得走了。"

"你要继续跟我们一起查案吗，哈利？"

"我得考虑一下。"

哈利来到警署外，在夹克衬里的破洞中找到打火机，点着了烟。他看着人行道上从他眼前经过的民众，觉得他们看起来十分平静，无忧无虑。不知何故，这幅景象让他心生不安。那家伙在哪里？妈的瓦伦丁那家伙到底在哪里？

"嘿。"哈利说，走进三〇一号病房。

病床已经被推回来了，欧雷克正坐在萝凯床边看书，他只是抬头看了眼，并未回应。

哈利在病床另一侧坐下。"有什么新消息吗？"

欧雷克翻动书页。

"好吧，听着，"哈利说，脱下夹克，挂在椅背上，"我知道你认为我没坐在这里表示我重视工作多过她，命案别人可以去办，她只有你跟我。"

"难道不是吗？"欧雷克说，依然低头看着书，并未抬头。

"现在我帮不上她什么忙，欧雷克。在这里我谁也救不了，但是在外头我可以改变些什么，可以救人一命。"

欧雷克把书合上，看着哈利。"很高兴知道原来你是为了救人，不然人家可能会以为你是为了别的什么原因。"

"别的原因？"

欧雷克把书丢进包里。"对荣耀的渴望啊，你知道的，'哈利·霍勒又回来拯救世界了'之类的。"

"你真的这样想吗？"

欧雷克耸了耸肩。"你自己怎么想才是重点吧，这些屁话你自己听了会信吗？"

"难道你眼中的我是这种人吗？满嘴屁话的人？"

欧雷克站了起来。"你知道为什么我总是想变得跟你一样吗？不是因为你有多棒，而是因为我没有别的榜样，你是家里唯一的男人。现在我终于看清你了，所以我必须尽力不让自己变得跟你一样。我要开始拔除我被灌输的信念了，哈利。"

"欧雷克……"

但是他已离开病房。

妈的，该死！

哈利感觉到手机在口袋里振动，看也没看就把手机关机了。他聆听仪器发出的声音。有人把音量调高了，绿线每跳动一次，稍后发出的"哔"的一声可以听得更清楚。

那声音宛如正在倒数计时的时钟嘀嗒作响。

为了萝凯而倒数。

为了外头的某人而倒数。

会不会这时瓦伦丁也正坐着观看时钟，等候下次动手的时间来临？

哈利正要拿出手机，又再度把手机放了回去。

微弱的阳光斜斜射入，每次他把他那只大手放在萝凯纤细的手上，青筋就会在手背上形成阴影。他努力克制自己不去数那些哔哔声。

数到八百零六，他终于再也坐不住了，起身在病房里走了一圈，然后出去找了个医生询问。那医生不愿细说，只说萝凯状况稳定，他们正在讨论是否让她脱离昏迷状态。

"听起来是好消息。"哈利说。

那医生迟疑片刻才回答。"目前还在讨论阶段，"他说，"也有人持反对意见。斯蒂芬斯今晚值班，他来了以后你可以问他。"

哈利找到医院里的餐厅，吃了些东西，又回到三〇一号病房，守在门外的警察对他点了点头。

病房里越来越暗，哈利打开床边桌上的电灯，将一根烟从烟盒里拍出来，仔细端详萝凯的眼皮。她的嘴唇变得很干燥。他开始回想他们第一次见面的情景，当时他站在她家门口的车道上，她朝他走来，姿态优雅，宛若芭蕾舞者。事隔这么多年，他还能清楚记得当初发生的事吗？还能记得他们彼此之间的第一眼、第一句话、第一个吻？也许记忆难免会被自己一点一点篡改，让它们串联起来变成一则故事，自成逻辑，具有分量和意义。这故事说的是他们从一开始就朝着这个结果迈进，内容宛如仪式般不断复述，直到你相信为止。那么当她消失，当萝凯和哈利的故事烟消云散，到时他又该相信什么？

他点燃香烟。

他吸了口烟又呼出，看着烟向上袅袅旋绕，飘向烟雾警报器，然后消散。消失。他心想，警报器。

他伸手到口袋里摸寻他那部沉睡中的冰冷手机。

妈的，该死！

天职，斯蒂芬斯是这样说的，但这两个字到底代表什么意思？意思是说你从事你痛恨的工作，只因为你知道自己很拿手？天生我材必有用。你就像一只自谦的群居动物。又或者正如欧雷克所说，为了个人荣耀？难道他渴望在外面的世界发光发热，放萝凯躺在这里虚耗人生？好吧，他从不觉得自己对这个社会有多少责任感，同事或大众对他的观感也对他没什么意义，那么剩下的是什么？

剩下的只有瓦伦丁，剩下的只有猎捕。

门外传来两声敲门声，门静静打开，侯勒姆轻手轻脚走了进来，在另外一张椅子上坐下。

"我记得在医院里抽烟是判处六年有期徒刑。"侯勒姆说。

"是两年，"哈利说，把手中的香烟递给侯勒姆，"帮个忙，成为我的共犯？"

侯勒姆朝萝凯点了点头。"你不担心她可能罹患肺癌？"

"萝凯很喜欢抽二手烟，她说抽二手烟免费，而且我的身体已经把大部分的毒素都过滤掉了才把烟呼出来，对她来说，我是钱包和香烟滤嘴的综合体。"

侯勒姆抽了口烟。"你的语音信箱关了，所以我猜你会在这里。"

"嗯，身为刑事鉴识专家，你还挺会用演绎法推理的。"

"感谢夸奖，情况怎么样？"

"他们正在讨论要不要让她脱离昏迷，我选择认为这是个好消息。有什么紧急的事要找我吗？"

"我们问过澡堂里的人，没人从那张画像上认出瓦伦丁。柜台里的那个家伙说澡堂每天有很多人来来去去，但他认为我们要找的人，可能是一个老是把外套穿在浴袍外、鸭舌帽压得低低的、每次都付现金的男人。"

"所以他没使用可追踪的电子付款方式。浴袍穿在里头，换衣服的时候可以避免别人看见他身上的刺青。他是怎么从住处前往澡堂的？"

"如果是开车的话，他一定是把车钥匙放在浴袍口袋里，不然就是身上有公交车票钱，因为我们在他留在更衣室里的衣服上什么也没发现，口袋里连一团毛球也没有。也许我们可以化验上头的 DNA，但衣服上有洗衣粉的味道，我想他的外套最近可能丢进洗衣机洗过。"

"这符合我们在犯罪现场发现的洁癖特质，另外他把车钥匙或钱带在身上，代表他随时准备快速脱逃。"

"对，萨吉纳区附近也没人看见有人穿着浴袍在街上行走，所以至少他这次不是搭公交车。"

"他一定是把车停在了后门附近，这家伙很聪明，难怪有办法躲藏四年不被捉到，"哈利揉了揉后颈，"好吧，我们把他赶跑了，现在要怎么办？"

"我们正在清查澡堂附近的商店和加油站的监视器画面，搜寻鸭舌帽或外套底下露出的浴袍。对了，我明天第一件事就是把他的外套剪开，外套有个口袋的衬里破了个小洞，说不定会有东西滑进去卡在里面。"

"他会避开监视器。"

"你这样认为？"

"对，如果我们真的发现他，只会是因为他想让我们发现。"

"也许你说得对。"侯勒姆解开连帽外套的扣子，苍白的额头上泌出点点汗珠。

哈利朝萝凯喷了口烟。"到底有什么事，毕尔？"

"什么意思？"

"你特地跑来这里不是为了跟我报告这些事情的吧？"

侯勒姆默然不答，哈利静静等候，仪器规律地发出哔哔声响。

"是卡翠娜的事情啦，"侯勒姆说，"我真搞不懂她。我看见昨晚有她的未接来电，就回拨给她，结果她说她应该是不小心按到的。"

"然后呢？"

"来电时间是凌晨三点，她又不会睡在手机上面。"

"那你怎么不问她？"

"因为我不想烦她啊，她需要时间和空间，跟你有点像。"侯勒姆从哈利手中接过香烟。

"我？"

"你们都是孤狼。"

侯勒姆正要吸烟，哈利又把烟抢了回去。

"你就是啊。"侯勒姆抗议道。

"那你来找我是想怎样？"

"我都快疯了，被她这样搞来搞去，不知道她心里到底在想什么，所以我是在想……"侯勒姆用力抓了抓自己的络腮胡，"你跟卡翠娜很要好，不知道你可不可以……"

"去查探一下状况？"

"差不多是这个意思，我一定得让她回到我身边，哈利。"

哈利在椅脚上按熄香烟，看着萝凯。"没问题，我会跟卡翠娜聊一聊。"

"可是不要……"

"……不要让她知道是你想知道。"

"谢了，"侯勒姆说，"你真是个够义气的好朋友，哈利。"

"我？"哈利把烟屁股放回到烟盒里，"我可是一匹孤狼。"

侯勒姆离开后，哈利闭上眼睛，聆听仪器发出的倒数声响。

24

星期二晚上

他叫欧森，是欧森餐厅的老板，不过二十年前他顶下这家餐厅时，餐厅的名字就叫欧森。有些人认为这不可能是巧合，然而当不可能之事时时刻刻、每天每秒都在发生，还能称之为不可能吗？彩票最后一定会有中奖者，这是肯定的，尽管如此，中奖者不仅会认为不可能，还会认为是天降奇迹。因此，欧森不相信奇迹，然而眼前这事说不是奇迹却又真像是奇迹。乌拉·斯沃特刚刚走进欧森餐厅，在楚斯·班森面前坐下。他已经坐在那桌等了二十分钟。奇迹之处在于，他们是约好的，欧森只看一眼就知道他们两人约好在这里碰面。这二十年来，欧森站在店里看过无数男人坐立不安，轮敲手指，等待他们梦中的女子到来。奇迹之处也在于，乌拉年轻时是全曼格鲁区最美丽的少女，而在混迹曼格鲁购物中心和欧森餐厅的那票年轻人当中，楚斯是最没屁用的废物。楚斯绰号瘪四，一直是米凯·贝尔曼的跟屁虫。米凯也并不是最受欢迎的那个，但至少他生得俊俏又懂得甜言蜜语，有办法拿下连曲棍球队员和飞车党都垂涎三尺的正妹，后来又当上警察署长，所以肯定有两把刷子。至于班森呢，一日废物，终生废物。

欧森走到桌前帮他们点餐，同时偷听在这样一个不可能发生的会面中，他们两人在说些什么。

"我早到了一点。"楚斯说，朝面前快喝完的那杯啤酒点了点头。

"我迟到了，"乌拉说，手越过头顶取下手提包的肩带，解开外套纽扣，"刚才差一点就走不开。"

"哦？"楚斯很快地啜饮了一小口啤酒，隐藏自己内心的激动。

"对，我……我要来这里可不简单，楚斯。"她微微一笑，同时发现欧森已悄无声息地站到她背后。

"我等一下再点。"她说，欧森闻言立刻消失。

等一下？楚斯心想，难道她想看看事情如何发展，一旦改变心意就要离开？还是想看看他是否符合她的期待？他们几乎是从小一起长大的，她对他会有什么期待？

乌拉环顾四周。"天哪，我上次来这里是十年前了，参加同学聚会，你还记得吗？"

"不记得，"楚斯说，"我没来。"

她玩弄身上毛衣的袖子。

"你们在办的那件案子真是糟透了，真可惜你们今天没逮到他，米凯把事情经过都跟我说了。"

"对啊。"楚斯说。米凯，她坐下以后的第一件事就是提米凯，把他举到面前好像挡箭牌一样。她究竟只是紧张，还是不知道自己要什么？"他怎么说？"

"他火冒三丈，说哈利·霍勒利用了那个在第一起命案中看见过凶手的酒保。"

"妒火酒吧的酒保？"

"应该是吧。"

"利用他做什么？"

"坐在那家土耳其澡堂里等凶手出现，你不知道这件事吗？"

"我……我今天在处理别的命案。"

"哦，好吧，很高兴见到你，我不能待太久，可是——"

"应该可以待到我把第二杯啤酒喝完吧？"

楚斯在乌拉脸上看见犹豫之色。可恶。

"是因为小孩吗？"楚斯问道。

"什么？"

"他们是不是身体不舒服？"

楚斯看见乌拉露出困惑的神色，但她很快就懂得使用楚斯给她找的台阶下，或者说，给他们两人找的台阶。

"那个小的今天是有点不舒服。"乌拉的身子在厚毛衣底下簌簌发抖，环顾四周的时候，看起来像是想蜷缩起来。店里只有另外三桌客人，楚斯判断那三桌客人她应该不认识，因为她看了一圈以后似乎放松了下来。

"楚斯？"

"是。"

"我可以问你一个奇怪的问题吗？"

"当然可以。"

"你想要什么？"

"什么？"楚斯啜饮一口啤酒，让自己有时间思索，"你是说现在？"

"我是说，你心里想要的是什么？每个人想要的是什么？"

楚斯心想，我想脱掉你的衣服干你，听你爽得大叫，然后我想要你去冰箱拿一瓶冰啤酒来给我喝，再躺进我怀里，说你打算为了我放弃一切。放弃孩子、放弃米凯、放弃那栋我帮忙盖露台的烂豪宅，什么都放弃，只因为我——楚斯·班森现在想跟你在一起。从今以后我不可能再走回头路，去跟别人在一起，从今以后我的心里只有你、你、你，然后我们要再干一回合。

"是'受人喜欢'对不对？"

楚斯吞了口口水。"绝对是。"

"受我们喜欢的人喜欢，其他人都不重要，对不对？"

楚斯知道自己做了个表情，但连他自己都不知道这表情代表什么意思。

乌拉倾身向前，压低声音说："有时我们觉得自己不受人喜欢，觉得自己受到践踏，也会想要践踏回去，对不对？"

"对，"楚斯说，点了点头，"我们会想践踏回去。"

"可是一旦我们发现自己还是受人喜欢的，这种冲动就会消失。你知道吗？今天晚上米凯说他喜欢我，他只是不经意提到，不是直接这样说，可是……"她咬了咬下唇。楚斯自从十六岁以后，就对乌拉那血红的可爱下唇朝思暮想。"可是那就够了，楚斯。这样会很奇怪吗？"

"非常奇怪。"楚斯说，低头看着自己的空酒杯，思索该如何把自己的想法建构成话语。他脑子里想的是：有时别人口中说喜欢你，但其实没什么了不起的意义，尤其是从他妈的米凯·贝尔曼这种人口中说出来。

"我不该让家里那个小的等太久。"

楚斯抬头看见乌拉看了看表，脸上露出忧心忡忡的神色。"这是当然。"他说。

"希望下次我们能有更多时间。"

楚斯努力遏制自己问出下次是什么时候，略微起身跟乌拉抱了抱，不敢抱得比乌拉抱他还久，然后重重地坐回到椅子上，望着她开门离去。他觉得怒火中烧，这把怒火烧得猛烈且缓慢，充满美妙的痛苦滋味。

"要不要再来杯啤酒？"欧森再度悄悄出现。

"要。不，不要好了，我得打通电话，那个还能用吗？"他指了指有着玻璃门的电话亭。米凯声称他曾在那个电话亭里干过斯蒂娜·米谢尔森，还说当时学生派对在这里举办，店里非常拥挤，没人看得见他们的下半身在干什么，尤其是乌拉，她更搞不清楚状况，还在吧台排队帮他们买啤酒。

"可以啊。"

楚斯踏进电话亭，查看手机里的电话号码。

他按下公用电话上闪亮的方形按键，然后等待。

今天他特地穿了紧身衬衫，想展现身材给乌拉看，因为他的胸肌和肱二头肌比以前大，腰也比以前细，但乌拉根本没瞧他几眼。楚斯挺起胸膛，感觉肩膀抵到了电话亭两侧。这电话亭比那间他们今天把他丢进去的办公室还小。

贝尔曼、布莱特、韦勒、霍勒，你们全都下地狱让烈焰焚身吧。

"我是莫娜·达亚。"

"我是班森,想知道今天在澡堂里究竟发生了什么事吗?你们愿意付多少钱?"

"要不要先说一点来听听?"

"好,奥斯陆警方为了逮到瓦伦丁不惜让无辜酒保涉险。"

"价码也许可以谈。"

他擦去浴室镜子上的雾气,看着镜中的自己。

"你是谁?"他低声说,"你是谁?"

他闭上双眼,又再睁开。

"我叫亚历山大·德雷尔,叫我亚历克斯就好。"

他听见背后的客厅传来疯狂的笑声,接着是机器或直升机的声音,然后在"说话啊"和"快呼吸"的镜头切换之间发出的是恐怖的叫声。他一直想激起这种叫声,但她们都不愿意发出这种声音。

镜子上的雾气几乎都已被擦去,现在他终于是干净的了。他看得见那幅刺青。很多人问他(大部分是女人),为什么要在胸前刺个恶魔?问得好像那是他选择的一样。他们什么都不知道,他们对他一无所知。

"亚历克斯,你是谁?我是思道布兰人寿的保险理赔经理。不是,我不想跟你聊保险,我想跟你聊聊你自己。你想怎么做呢,杜娜?当我割下你的乳头吞进肚子,你愿不愿意为我尖叫?"

他从浴室走到客厅,低头看着摆在桌上的一张照片,照片旁边是一把白色钥匙。杜娜。这个女人上 Tinder 已经两年了,住在达尔教授街,白天在一家园艺苗圃上班,看起来不怎么有魅力,而且有点胖。他比较喜欢瘦一点的,比如说玛尔特就很苗条。他喜欢玛尔特,她脸上的雀斑很适合她。但这个杜娜就不然。他伸手抚摸左轮手枪的红色枪柄。

计划依然不变,尽管今天差一点就功亏一篑。他不认得进入蒸汽室的那个男子,但很显然男子认得他。男子瞳孔扩张,心跳加速得十分明显,还呆呆地站在门口附近的稀薄蒸汽中,过了片刻就慌忙离开,也不等到蒸汽浓密到足以盖过身上散发的恐惧气味。

　　一如往常，他把车子停在距离澡堂后门不到一百米的人行道旁，后门一出来就是条人迹罕至的街道。他从不去没有这种脱逃路线的澡堂，也不去不干净的澡堂，而且一定会先把车钥匙放在浴袍口袋里才进入澡堂。

　　他心想不知道咬了杜娜之后要不要对她开枪，故布疑阵，看看报纸头条会怎么写。但这会破坏规矩，那人已经因为女服务生的事生气了。

　　他把左轮手枪贴在腹部，感受钢铁的冰冷触感所带来的冲击，然后把枪放下。距离警方逮到他到底有多近？《世界之路报》说警方希望某些合法程序可以迫使脸书交出地址，但他不懂这方面的事，也懒得去懂，这些事并不会令亚历山大·德雷尔或瓦伦丁·耶尔森感到困扰。他母亲说她用史上第一个也是最浪漫的爱情电影男演员瓦伦蒂诺（Valentino）来为他取的这个名字，因此他以这名字为榜样，母亲也只能怪她自己。一开始风险比较低，因为如果你在未满十六岁时强暴少女，而你选中的幸运少女已经超过最低合法性交年龄，那么风险就会比较低。也就是说，少女的年纪已经大到足以明白，倘若法官判定他们是你情我愿而不是她遭到性侵，那么她就可能因为和未成年人性交而被判刑。过了十六岁，遭到控告的风险就升高了，除非你强暴的是替你取名为瓦伦丁的女人。注意，那真的可以叫作强暴吗？当她开始把自己锁在房间里，他对她说如果不是她，就会是邻居的女儿、老师、女性亲戚，或是街上随机挑选而来的被害人，于是她打开了房门。听过这段故事的心理医生都不相信他说的话，但过了一阵子之后，他们统统都相信了。

　　平克·弗洛伊德唱到下一首歌《脱逃中》（On the Run）。焦虑的鼓声、有节奏的合成乐器声、逃跑的声音。脱逃。从警方的罗网中脱逃。从哈利·霍勒的手铐中脱逃。无耻变态。

　　他从桌上拿起一杯柠檬汁，啜饮一口，看着杯子，然后奋力朝墙壁掷去。杯子碎裂，黄色液体从白色壁纸上流淌而下。隔壁传来邻居的咒骂声。

　　他走进卧室，查看她的脚踝和手腕是否被紧紧绑在床柱上。他低头看着这个脸上有雀斑的女服务生，看着她躺在他床上熟睡。她的呼吸十分均匀，药力显然正在发挥作用。她是不是在做梦？是不是梦到了那个蓝黑色男人？还是会梦到蓝黑色男人的只有他一个人而已？有个心理医生曾说重复出现的噩梦是几乎被遗忘的童年回忆，他所看见的那个坐在他母亲身上的男人，其实是他的生父。真是一派胡言，他从未见过他的生父。他母亲说他父亲强暴她一次以后就人间蒸发了。

他揉了揉玛尔特的脸颊。他床上已经很久没有躺过一个活生生的真实女人了，而且比起平常他那个死气沉沉的日裔女友，他绝对比较喜欢哈利·霍勒的这个女服务生。所以说，是的，他必须放弃她这件事实在是太可惜了，可惜他不能顺从恶魔的本能，而必须听从那人的声音。那人的声音是理性的声音。理性的声音发脾气了。那声音指示得很详细，奥斯陆东北方一条荒废道路旁的森林里。

他回到客厅，在椅子上坐下。光滑的皮革接触赤裸肌肤的感觉真好。他的皮肤仍因冲了高温热水澡而微感刺痛。他打开新手机的电源。他已经把他收到的 SIM 卡插进了手机。Tinder 交友软件的图标就在《世界之路报》电子版旁边。他先点了一下《世界之路报》，然后等待。等待是兴奋过程的一部分。他是否仍是头条新闻的主角？他能了解二线明星不顾一切想争取曝光度的心情。女歌手愿意和搞笑主厨一起在电视上做料理，只因她打心底相信自己必须时时刻刻站在时代的浪潮上。

哈利·霍勒正阴沉地瞪视他。

埃莉斯·黑尔曼森案的酒保遭警方剥削。

他点了一下照片下方的"继续阅读"，往下滑动。

本报消息来源表示，警方派该酒保到土耳其澡堂执行监视工作……

原来蒸汽室的那个家伙替警方工作，替哈利·霍勒工作。

……因为他是唯一能确实指认瓦伦丁·耶尔森的人。

他站了起来，皮革脱离皮肤，发出嘶嘶声响。

他回到卧室，看着镜子。你是谁？你是谁？你是唯一的一个，你是唯一个见过并且能认出我这张脸的人。

新闻上没写出那人的名字，也没登出照片。那天晚上在炉火酒吧他没看酒保，因为目光接触会让人留下印象，但如今他们已彼此对望，他想起来了。他用手指抚摸恶魔的面孔，那张脸想出来，也必须出来。

《脱逃中》播放到了结尾，发出飞机的怒吼声和疯子的笑声，接着飞机坠毁在猛烈的爆破声中。

瓦伦丁闭上双眼，看见自己内在的那双眼睛里正燃烧着熊熊火焰。

"唤醒她有什么风险？"哈利说，看着挂在医师背后墙上的十字架。

"这问题有好几个答案，"斯蒂芬斯说，"其中有一个是真的。"

"那个答案是什么？"

"我们不知道。"

"就好像你不知道她到底得了什么病？"

"对。"

"嗯，那你到底知道什么？"

"如果你是指一般术语，那我们知道很多，但如果民众知道我们不知道的有多少，那他们会害怕，而且是不必要的害怕，所以我们尽可能不多说。"

"是哦？"

"我们自认为做的是医疗事业，但其实我们做的是安慰事业。"

"那你为什么要跟我说这些，斯蒂芬斯？为什么你不安慰我？"

"因为我很确定你明白所谓的安慰只是一种幻象。你是命案刑警，你也必须推销一些名过其实的东西。好比说你给民众正义感、秩序感、安全感，这些都让人感到安心，但其实世界上并不存在完美无缺、不存在客观真理、不存在真正的正义。"

"她会痛苦吗？"

"不会。"

哈利点了点头。"我可以在这里抽烟吗？"

"在公立医院的医师办公室里？"

"如果抽烟真的像他们说的那样危险，那在医师办公室抽烟不是很令人安心吗？"

斯蒂芬斯微微一笑。"有个护士跟我说清洁人员在三〇一号病房的地面上发现了烟灰，我希望你要抽烟的话可以去外面。对了，你儿子面对这件事的心情怎么样？"

哈利耸了耸肩。"难过、害怕、生气。"

"刚才我看到他了，他叫欧雷克对不对？他是不是待在三〇一号病房，因为他不想过来？"

"他是不想跟我一起过来，也不想跟我说话。他觉得他母亲躺在这里我却还在继续办案，一定会让她很失望。"

斯蒂芬斯点了点头。"年轻人对于自己的道德判断总是很有自信，但他的看法也不无道理。警方提高出击力道，并不一定总是打击犯罪的最佳方法。"

"意思是？"

"你知道二十世纪九十年代美国犯罪率为什么下降吗？"

哈利摇了摇头，双臂交叠，看着办公室的门。

"你的脑袋里现在塞满了各种事情，就当是暂时脱离那些事，稍微休息一下好了，"斯蒂芬斯说，"你来猜猜看。"

"我不懂该怎么猜，"哈利说，"一般认为是朱利亚尼市长采取零容忍政策，并加派警力。"

"这是错误观点，因为犯罪率降低不只发生在纽约，而是发生在全美国。答案是二十世纪七十年代堕胎法规的松绑，"斯蒂芬斯靠上椅背，仿佛要让哈利自己想清楚，"放浪的单身女人跟男人上床以后，男人隔天早上就拍拍屁股走人，或是一发现她怀孕就再也找不到人，数世纪以来，这种类型的怀孕一直是孕育罪犯的温床。孩子没有父亲，也不懂得行为的界限，母亲又没钱让孩子接受教育、接受道德熏陶，或接受上帝道路的指引。其实这些女人很乐意堕胎，但法律的惩罚让她们却步。后来在二十世纪七十年代，她们终于如愿以偿，于是美国在十五、二十年后收获了堕胎法放宽所带来的果实。"

"嗯，那么身为摩门教徒你对此有什么看法？或者你不是摩门教徒？"

斯蒂芬斯微微一笑，十指相触。"教派大部分的说法我都支持，唯独反对堕胎这件事我不赞成。就堕胎这件事而言，我支持异教徒的看法。二十世纪九十年代一般民众走在美国城镇的街道上不会担心被抢、被强暴或被杀害，因为会杀害他们的男人在母亲子宫里就被刮除了。但我不支持自由派异教徒所提出的自由堕胎权。一个胎儿在二十年后有可能变成好人或坏人，对社会有益处或造成损害，因此堕胎与否应该由社会来决定，而不是由随便在街上找男人过夜、不负责任的女人来决定。"

哈利看了看时间。"你是说堕胎要由国家来调控？"

"这一定不是个令人高兴的工作，所以执行的人必须视它为……呃，天职。"

"你是开玩笑的吧？"

斯蒂芬斯直视哈利双眼数秒钟，又微微一笑。"当然是开玩笑的，我绝对相信人权是不可侵犯的。"

哈利站了起来。"你们要唤醒她的时候应该会通知我吧？她醒来的时候能看见一张熟悉的脸，对她或许比较好。"

"这会是考虑之一，哈利。还有请你转告欧雷克，如果他想知道什么，可以随时来找我。"

哈利走到医院大门外，在寒冷的天气中冷得发抖，抽了两口烟，发觉一点滋味也没有，便将烟捻熄，回到医院里。

"安东森，你好吗？"哈利对守护在三〇一号病房外的警察说。

"很好，谢谢，"安东森说，抬头朝哈利望去，"《世界之路报》登出了你的照片。"

"是吗？"

"想看看吗？"安东森拿出智能手机。

"除非我看起来特别帅。"

安东森咯咯地笑着说："那你可能不会想看，但我不得不说，看来你在犯罪特警队会越来越没人缘，不只拿枪指着九十岁老人，还利用酒保来当间谍。"

哈利手握门把，猛然停步。"你最后一句话说什么？"

安东森把手机拿到面前，眯起眼睛，显然他有老花眼。他才念到"酒保"这两个字，哈利就把手机从他手中抢走了。

哈利看着手机屏幕。"妈的，×！安东森，你有车吗？"

"没有，我骑单车，奥斯陆很小，骑单车可以运动，所以……"

哈利把手机丢到安东森坐着的大腿上，猛力打开三〇一号病房的门。欧雷克抬头朝哈利看了一眼，又继续看书。

"欧雷克，你有车，你必须载我去基努拉卡区，快点。"

欧雷克哼了一声，头也没抬。"我会才怪。"

"这不是请求，这是命令，快点。"

"命令？"欧雷克的脸孔因为愤怒而扭曲，"你又不是我爸，幸好你不是。"

"你说得对，阶级胜过一切，我是警监，你是实习警员，所以省省吧，快给我起来。"

欧雷克目瞪口呆，说不出话来。

哈利转身沿着走廊狂奔而去。

穆罕默德·卡拉克放弃了酷玩和U2，改放英国创作歌手伊恩·亨特（Ian Hunter）的歌给客人听。

扬声器播放出《所有年轻人》（*All the Young Dudes*）这首歌。

"怎么样？"穆罕默德问道。

"还不错，但戴维·鲍伊的版本比较好。"客人说。客人其实就是爱斯坦·艾克兰，他坐到了吧台外，因为他的工作已告一段落，店里又没有其他客人。穆罕默德把音量调高。

"你开得再大声也没用啦！"爱斯坦高声说，端起一杯得其利调酒。这已经是他喝的第五杯。他声称这酒是他自己调的，所以必须当成酒保见习的试喝样本，而且由于这是一种投资，因此免税。再者，他可以享受员工优惠，但打算以原价申请退税，所以他喝这几杯酒其实是在赚钱。

"我真希望我可以别再喝了，但如果我要赚到足够的钱来付房租，可能就得再替自己调一杯。"

"你当客人比当酒保好多了，"穆罕默德说，"我不是说你是没用的酒保啦，只是说你是我碰到过的最棒的客人——"

"谢啦，亲爱的穆罕默德，我——"

"——而且现在你要回家了。"

"是吗？"

"是的。"穆罕默德为了表示他是认真的，把音乐关了。

爱斯坦张大嘴，仿佛想说些什么，以为张大了嘴就说得出来，但什么也说不出来。他再度张开嘴巴，又把嘴巴闭上，只是点了点头，穿上出租车司机的夹克，滑下吧台凳，脚步踉跄地朝店门走去。

"不给小费吗？"穆罕默德高声说，露出微笑。

"小费不能免……免税……所以不好。"

穆罕默德拿起爱斯坦的酒杯，挤了点洗洁精进去，拿到水龙头下冲洗。今晚客人不够多，用不到洗碗机。他的手机在吧台里亮了起来，是哈利打来的。他把手擦干，正要接起手机，却突然想到一件关于时间的事。店门从爱斯坦打开到关上的时间似乎比平常久了一点，这表示有人把门按住了几秒钟，不让门关上。他抬头望去。

"今晚生意冷清吗？"站在吧台前的男子问道。

穆罕默德想吸进空气，才能回答对方的问题，却怎么也吸不到空气。

"冷清很好啊。"瓦伦丁·耶尔森说。是的，站在吧台前的男子就是蒸汽室里的那个人。

穆罕默德不动声色地朝手机伸出手。

"拜托不要接电话,我会对你好一点的。"

要不是有一把大型左轮手枪指在自己面前,穆罕默德绝对不会接受这个提议。

"谢了,不然你会后悔,"瓦伦丁环顾四周,"店里没客人真是太遗憾了。我是说对你来说很遗憾,对我来说再适当不过了,这样我就可以得到你所有的注意力。算了,反正我本来就可以得到你所有的注意力,因为你一定会好奇我来做什么,是来喝一杯,还是来杀你?你说是吗?"

穆罕默德缓缓点了点头。

"是啊,你有这种考虑是合理的,因为目前你是唯一能指认我的人。对了,这是事实吧?就连那个整形医师都……呃,算了,别提了。总之呢,我会对你好一点的,因为你没接电话,而且向警方告发我也只是善尽公民义务而已,你说是不是?"

穆罕默德又点了点头,同时努力抵挡席卷而来的念头。他就要死了。他的大脑急着寻求其他可能性,但总是回到原点:你就要死了。就在此时,仿佛响应他的思绪一般,店门外传来有人敲窗户的声音。穆罕默德越过瓦伦丁望去,看见一双手和一张熟悉的脸正贴在窗玻璃上,试图往里面看。快进来!我的老天,快进来啊!

"别动。"瓦伦丁头也不回,冷静地说。他的身体挡住了左轮手枪,窗外那人看不见。

妈的他为什么不进来?

过了片刻,穆罕默德的疑问得到了答案。大门上传来"砰"的一声巨响。

原来瓦伦丁进来以后把大门给锁上了。

门外的男子又回到窗前,挥舞双手想获得穆罕默德的注意,可见男子看见了他们。

"别动,比个手势说打烊了。"瓦伦丁说,口气不急不躁。

穆罕默德双手垂在身侧，直挺挺地站着。

"快点照做，不然我就杀了你。"

"反正你横竖都会杀了我。"

"你不能百分之百确定，但如果你现在不照做，我保证一定会杀了你，然后再杀了外面那个人。看着我，我说到做到。"

穆罕默德看着瓦伦丁，吞了口口水，侧身到光线之中，好让窗外那人清楚地看见他，然后摇了摇头。

窗外那人又待了几秒钟，挥了挥手，但看不太清楚。然后盖尔·索拉就走了。

瓦伦丁朝镜中望去。

"好了，"他说，"刚才说到哪儿了？噢，对，有好消息也有坏消息要告诉你。坏消息是你一定会认为我来这里是为了要杀你，这个嘛……其实你想得没错，换句话说，这是百分之百一定会发生的事，我一定会杀了你。"瓦伦丁看着穆罕默德露出悲伤的表情，接着爆出大笑。"这是我今天看过的拉得最长的一张脸了！好啦，我可以理解你的心情，不过别忘了好消息，那就是你可以选择死亡的方式。你有两个选择，仔细听好喽，你在听吗？很好。你想头部中枪，还是被这根引流管插进脖子？"瓦伦丁拿起一根看起来像金属吸管的物体，其中一端以斜角削切，形成尖锐的针头状。

穆罕默德只是怔怔地看着瓦伦丁。这一切实在太过荒谬，他不禁开始怀疑这会不会是一场梦，而梦终究会醒，或者他面前这个男人其实是在做梦？这时瓦伦丁拿着引流管朝穆罕默德虚刺了一下，他本能地后退一步，撞上水槽。

瓦伦丁厉声说："不选引流管，是吗？"

穆罕默德谨慎地点了点头，眼睛盯着那尖锐的金属针头看，只见针头在镶了镜子的壁架灯光的照射下闪闪发光。针。他最怕针了。他最怕针穿过皮肤插进身体的感觉，这就是为什么他小时候会在要接种疫苗时离家躲进森林的原因。

"我说话算话，那就不用引流管，"瓦伦丁把引流管放在吧台上，一只手从口袋里拿出一副看起来像古董的黑色手铐，另一只手依然拿着左轮手枪指着穆罕默德，动也不动，"把一边铐在壁架的柱子上，另一边铐在你的手腕上，然后把头伸进水槽里。"

"我……"

穆罕默德不知重击从何处而来，只知道脑袋发出"砰"的一声，接着眼前一黑，待视力恢复时，脸已朝着反方向，这才明白自己被左轮手枪打了一下，现在枪管正压在他的太阳穴上。

"引流管，"一个声音在他耳边轻声说，"这是你自己选的。"

穆罕默德拿起那副怪异又沉重的手铐，一边铐在金属柱子上，一边铐在自己手腕上。他感觉有种温暖的液体顺着鼻子流到上唇，接着就尝到了鲜血那种带有甜味的金属味道。

"味道好吗？"瓦伦丁提高嗓门说。

穆罕默德抬头看去，和瓦伦丁在镜子里四目相交。

"我个人是受不了这个味道啦，"瓦伦丁微笑说，"尝起来有铁和殴打的味道。对，铁和殴打。尝尝自己的血就罢了，还要尝别人的血？这样不是连别人吃过什么都尝得出来？说到吃，死刑犯有什么临终愿望吗？我没有要给你准备一顿断头饭，只是好奇而已。"

穆罕默德眨了眨眼。临终愿望？他的脑子只是接收到这四个字，仅此而已，但他仿佛在做梦似的，脑子情不自禁地去思考答案。他希望有一天妒火酒吧能成为全奥斯陆最酷的酒吧。他希望加拉塔萨雷队可以赢得冠军赛。他希望他的葬礼上会播放保罗·罗杰斯唱的《准备遇上爱》（*Ready for Love*）。还有什么？他努力思索，却想不出其他愿望，只有伤感的笑声回荡在心中。

哈利快到妒火酒吧时看见一个人影匆匆离开，灯光透过大片窗户落到人行道上，但里头却没传出音乐声。他贴到窗户边缘，向内望去，看见吧台内有个背影，但难以辨认是不是穆罕默德，除此之外酒吧里空荡无人。哈利移动到大门前，轻轻推了推门把。门锁上了，酒吧要到午夜才开始营业。

哈利拿出那个带有塑料心碎标志的钥匙环，缓缓将钥匙插进门锁，右手拔出格洛克十七型手枪，左手转动钥匙，把门打开。他踏进酒吧，双手举枪指着前方，用脚让大门轻轻关上。尽管如此，基努拉卡区夜晚的噪声已流入酒吧，吧台里的那个人直起身子，朝镜子里望去。

"警察，"哈利说，"别动。"

"哈利·霍勒。"那人头戴鸭舌帽，因为镜子角度的关系，哈利看不见他的脸，但哈利用不着看见他的脸。哈利已有三年多没听过那人高亢的嗓音，但往日情景仍历历在目。

"瓦伦丁·耶尔森。"哈利说，听见自己的声音在颤抖。

"哈利，我们终于又见面了，我一直在想你，你有没有想我啊？"

"穆罕默德在哪里？"

"你兴奋起来了，你果然有想我嘛，"瓦伦丁发出高亢的笑声，"为什么？因为我的辉煌战绩吗？或是以你们的角度来说应该叫受害者。不对，等一下，应该是为了你自己的辉煌战绩吧，我是那个你唯一没逮到的人，对不对？"

哈利默然不答，只是站立在大门前。

"真是叫人受不了，对不对？很好！这就是你很妙的原因，因为你跟我一样，哈利，你也受不了。"

"我跟你不一样，瓦伦丁。"哈利调整握枪手势，瞄准目标，心想自己为什么不往前走？

"不一样？你绝对不会分心去考虑你周遭的人对不对？你只是一心一意盯着你眼中的大奖，哈利。你看看你，你一心只想拿到大奖，完全不在乎会付出什么代价，完全不顾其他人的性命，也不顾你自己的性命……你扪心自问，你是不是觉得这些都是次要的？哈利，我们两个人应该坐下来好好认识一下才对，因为像我们这种人很难遇得到。"

"闭嘴，瓦伦丁。站着别动，举起双手让我看见，告诉我穆罕默德在哪里。"

"原来你这个间谍叫穆罕默德啊，那我应该移动一下，好让你瞧个清楚，这样我们目前所处的境况也会比较明朗。"

瓦伦丁往旁边跨出一步，只见穆罕默德半弯着身子，手臂挂在吧台后方镶镜壁架的金属横杆上，头部垂在水槽里，深色鬈曲的长发盖住面孔。瓦伦丁拿着长管左轮手枪指着穆罕默德的后脑。

"站着别动，哈利。你看见了，现在我们这里有个恐怖平衡。从你那里到我这里有多远？是八米，还是十米？你想先一枪打得我无法动弹，好让我没法杀害穆罕默德，但这机会非常渺茫，是不是？然而如果我先枪杀穆罕默德，你就有办法至少先射我两枪，我才能举起左轮手枪对着你，情势对我来说非常不利。换句话说，这是个双输的局面，所以归根究底，哈利，你准备好要牺牲你的间谍来逮到我了吗？或者我们先救他一命，你晚点再来抓我？你说呢？"

哈利透过手枪准星看着瓦伦丁。瓦伦丁说得没错，酒吧里太暗，他们之间距离太远，哈利没把握能一枪射中瓦伦丁的头部。

"你保持沉默就代表同意我说的话对吗？哈利。我好像听见远处传来了警笛声，所以我们应该没多少时间了。"

哈利考虑过叫他们不要鸣警笛，但这样他们得花更多时间才能赶到。

"把枪放下，哈利，我会离开这里。"

哈利摇了摇头。"你来这里是因为他见过你的脸，所以你一定会杀了他跟我，因为我也看见了你的脸。"

"那你就在五秒内提出别的做法，不然我就一枪毙了他，然后赌说在我打中你之前你会失手。"

"我们维持恐怖平衡，"哈利说，"双方都放下手枪。"

"你想拖延时间，不过倒数已经开始了，四、三……"

"我们同时倒转手枪，用右手握住枪管，露出扳机和枪柄。"

"二……"

"你沿着墙壁走向大门，我从另一侧经过包厢走到吧台。"

"一……"

"我们之间维持相同的距离，没有人有足够的反应时间向对方开枪。"

酒吧陷入静默，警笛声越来越近。欧雷克在接到哈利的命令后如果乖乖遵守，那他现在应该还坐在停在两条街外的车子上，并未下车。

灯光突然熄灭，哈利明白瓦伦丁转动了吧台里的灯光旋钮，把灯关了。这时瓦伦丁转身面向哈利，但酒吧太黑，哈利看不清楚那顶鸭舌帽底下的面孔。

"数到三，我们一起倒转手枪，"瓦伦丁说，举起了手，"一、二……三。"

哈利用左手握住枪柄，再用右手握住枪管，把手枪举在半空中，同时看见瓦伦丁做出相同动作。瓦伦丁看起来宛如国庆节游行队伍中举着旗帜的儿童，手中握着长长的枪管，伸出鲁格红鹰左轮手枪的招牌红色枪柄。

"好了，你看看，"瓦伦丁说，"只有两个真正了解彼此的人才能同步做出这些动作吧？我喜欢你，哈利，我真的喜欢你。好，现在我们开始移动……"

瓦伦丁朝墙壁的方向走去，哈利朝包厢的方向走去。酒吧里阒静无声，哈利听得见瓦伦丁的牛仔靴发出的喀吱声响。两人各绕一个半圆行走，双眼紧盯彼此，犹如相互对峙的两名格斗士。两人心里都知道，现下只要出一点小差错，至少有一个人会死。哈利听见冰箱低沉的运作声、水槽稳定的滴水声和音响那有如昆虫般的嗡嗡声响，知道自己快到吧台了。他在黑暗中摸索，目光丝毫不敢离开瓦伦丁在窗外光线前的身影，接着他走到了吧台里面，同时听见大门打开，街道声响流泻而入，奔跑的脚步声渐去渐远。

哈利拿出口袋里的手机，按到耳边。

"你听见了吗？"

"全都听见了，"欧雷克答道，"我来通知巡警，目标外观？"

"他穿黑色短夹克，深色裤子，头戴鸭舌帽，帽子上没有标志，不过他一定已经把帽子扔了。我没看见他的脸。他出门后左转，往杜福美荷街的方向跑去，所以——"

"——他是朝人车都很多的地方逃跑，我会通知他们。"

哈利把手机放回口袋，伸手放到穆罕默德的肩膀上。穆罕默德没有反应。

"穆罕默德……"

哈利耳中再也听不见冰箱和音响的声音，只听见稳定的滴水声。他把灯旋亮，拨开穆罕默德的头发，轻轻把穆罕默德的头从水槽里抬起来。穆罕默德脸色苍白。太苍白了。

穆罕默德的脖子上插着一样东西。

那东西看起来像是金属做成的吸管。

红色液体依然从管子的一端滴出，流入水槽。水槽里流满了鲜血。

25

星期二晚上

卡翠娜·布莱特跳下车子，朝妒火酒吧外拉开的封锁线走去。她看见一个男子倚在警车旁，正在抽烟。男子又丑又英挺的脸庞在蓝色警示灯的旋转光芒中时而明亮，时而沉入黑暗。卡翠娜打了个冷战，走上前去。

"好冷。"她说。

"冬天要到了。"哈利说，朝蓝色光芒呼出一口烟。

"是埃米莉亚要来了。"

"哦，我都忘了这回事。"

"气象预报说奥斯陆明天会进入暴风圈。"

"嗯。"

卡翠娜看着哈利，心想她自以为见过哈利的每一面，却从未见过这样的哈利。眼前的哈利是如此空虚、颓丧、灰心。她很想揉揉他的脸颊，给他一个拥抱，但是不行，有太多理由不行。

"里面发生了什么事？"

"瓦伦丁手里拿着一把鲁格红鹰左轮手枪，让我以为我在跟他谈判穆罕默德的性命，但我抵达的时候穆罕默德就已经死了，他的颈动脉插了一根金属管，妈的像一条鱼一样被放干了血，只因为他……只因为我……"哈利不停地眨眼，说不下去了，假装从舌头上捏起一根烟草。

卡翠娜不知道该说什么，所以什么也没说，只是望着一辆熟悉的、上头画着赛车条纹的黑色沃尔沃亚马逊驶到对街停下。毕尔·侯勒姆开门下车，那个叫什么利恩的也从副驾驶座下车，卡翠娜觉得心头突地一跳。侯勒姆的长官亲自跑来现场干吗？难不成侯勒姆带她来命案现场观光，来个浪漫约会？该死，他看见他们了。卡翠娜看见侯勒姆和他的长官改变方向，朝他们走来。

"我要进去了，晚点再谈。"卡翠娜说，低头穿过封锁线，从塑料心碎标志底下进到门内。

"原来你在这里，"侯勒姆说，"我一直在四处找你。"

"我……"哈利深深吸了口烟，"……我有点忙。"

"这位是伯纳·利恩，鉴识中心的新主任。伯纳，这位是哈利·霍勒。"

"久仰大名。"伯纳说。

"我没听过你的大名，"哈利说，"你很厉害吗？"

她用疑惑的眼神看着侯勒姆。"很厉害？"

"瓦伦丁·耶尔森很厉害，"哈利说，"我不够厉害，所以只能希望这里有别人更厉害，不然这场大屠杀会持续下去。"

"我可能发现了一些线索。"侯勒姆说。

"哦？"

"所以我才到处找你。我把瓦伦丁的夹克剪开以后，在衬里里面发现了一些东西，包括一个十欧尔硬币，还有两张小纸片。夹克洗过，所以纸片外侧的墨水都被洗掉了，但我把纸片打开以后，发现上面还残留了一些墨水，虽然不是很多，但足以让我们知道那是奥斯陆市的自动提款机收据，这也符合瓦伦丁避免使用银行卡而直接付现金的推论。可惜的是我们看不出卡片号码、登记编号或提款时间，只看得见日期的一部分。"

"看得见多少？"

"足以知道是今年八月，日期的最后一个数字可能是1。"

"所以可能是1、11、21和31。"

"四个可能的日期……我联络过诺卡司保安公司负责DNB银行自动提款机的小姐，她说他们的监视器画面最多保存三个月，所以我们可以调阅影片。瓦伦丁使用的提款机在奥斯陆中央车站，那台提款机的使用率位居全挪威之冠，官方说法是因为附近有很多购物中心。"

"可是？"

"大家现在都接受刷卡了，除了……"

"嗯，除了车站附近和河边的毒贩。"

"那台使用率全挪威第一的提款机一天有超过两百笔交易。"侯勒姆说。

"四天，不到一千笔。"伯纳热切地说。哈利用脚踩熄烟屁股。

"明天一大早我们就调阅监视器画面，只要好好利用快转和暂停功能，一分钟至少可以查看两张脸孔。换句话说，只要花七到八小时，甚至更少。一旦瓦伦丁被指认出来，我们就只需要比对录像时间和提款机的提款时间记录就好了。"

"很快我们就可以揭开瓦伦丁·耶尔森的秘密身份，"伯纳说，显然为自己的部门感到既骄傲又兴奋，"你说呢，霍勒？"

"利恩小姐，我只能说，很遗憾能够指认瓦伦丁的人现在正躺在里面，头埋在水槽里，脉搏已经停止跳动，"哈利扣上夹克纽扣，"但还是很感谢你们跑这一趟。"

伯纳愤怒地看了看哈利，又看了看侯勒姆，后者快快地清了清喉咙。"据我所知，你跟瓦伦丁有过面对面接触。"他说。

哈利摇了摇头。"我没看清楚他现在的长相。"

侯勒姆缓缓点头，目光并未离开哈利。"原来如此，太遗憾了，真是太遗憾了。"

"嗯。"哈利低头看着他用鞋子踩扁的烟蒂。

"好吧，那我们进去看看。"

"祝你们玩得愉快。"

哈利看着他们离开。摄影师已经聚集在封锁线外，记者也陆续抵达，他们也许知道什么，又或者什么都不知道，说不定他们根本不在乎，总之没人去烦哈利。

八小时。

从现在到明天早上还有八小时。

在这日期变换的期间，瓦伦丁可能再杀一个人。

×！

"毕尔！"哈利高声喊道，侯勒姆正握住酒吧门把。

"哈利，"史戴·奥纳说，站在门口，"毕尔。"

"抱歉这么晚打给你，"哈利说，"我们可以进来吗？"

"当然当然。"奥纳让到一旁，请哈利和侯勒姆进入家里。一个女人踩着敏捷的步伐快步迎出，她的身材比奥纳娇小、苗条，但同样有着一头白发。"哈利！"她高声说，"我就知道是你，好久不见。萝凯怎么样了？医生对病情更了解了吗？"

哈利摇了摇头，让英格丽德亲了亲他的脸颊。"喝咖啡吗？是不是太晚了？绿茶？"

侯勒姆和哈利同时回答"好啊麻烦你"和"不用了谢谢"。英格丽德走进厨房。

他们走进客厅，在矮扶手椅上坐下。客厅四壁都是书柜，上头什么书都有，有旅游指南、老地图册、诗歌、图像小说和厚重的学术书籍，其他多半是小说。

"你看，我正在看你送我的书，"奥纳从扶手椅旁的桌子上拿起一本书脊朝上摊开的书，并且展示给侯勒姆看，"爱德华·勒维写的《自杀》①，我六十岁生日时哈利送给我的，我想他可能认为时间差不多了。"

侯勒姆和哈利都笑了，但显然笑得不怎么自然，因为奥纳一看就蹙起眉头说："发生什么事了吗？"

哈利清了清喉咙。"瓦伦丁今天晚上又杀了一个人。"

① 法国作家、艺术家、摄影师，出版过摄影集和小说，四十二岁时自杀。死前十天才将《自杀》（Suicide）这本稿子交给出版社。

"听见这种事真叫人难过。"奥纳说，摇了摇头。

"我们没有理由认为他会就此打住。"

"没错，当然没有。"奥纳深表认同。

"史戴，这就是我们来找你的原因，这件事对我来说也非常煎熬。"

奥纳叹了口气。"哈尔斯坦·史密斯帮不上忙，你希望我接手，是不是？"

"不是，我们需要……"哈利突然打住。英格丽德走进客厅，穿过三个沉默无语的男人，在咖啡桌上把放有茶杯的托盘放下。"我听见了保密誓言的声音，"她说，"回头见喽，哈利。替我向欧雷克问好，跟他说我们都很关心萝凯的病况。"

"我们需要一个人来指认瓦伦丁·耶尔森，"哈利在英格丽德离开后说道，"这个人是目前我们所知唯一一个见过他而且还活着的人……"

哈利并非故意停顿来强化戏剧性的张力，而是要让奥纳的头脑可以利用这个停顿做出几乎是下意识却又精准无比的快速演绎推理。虽然这并不会造成太大差别，但奥纳就像是个即将挨拳的拳击手，他有十分之一秒的时间可以稍微变换站姿，避免正面遭受重击。

"……而这个人就是奥萝拉。"

接下来的静默之中，哈利听见奥纳的指尖在他手中那本书的书缘上刮出刺耳的声响。

"哈利，你在说什么啊？"

"我跟萝凯结婚的那一天，你跟英格丽德去参加婚礼的时候，瓦伦丁去手球赛的现场找过奥萝拉。"

书掉到地毯上发出一声闷响。奥纳困惑地眨了眨眼，说："奥萝拉……瓦伦丁……"

哈利静静等待，让奥纳消化这件事。

"瓦伦丁有碰她吗？他伤害她了吗？"

哈利不发一语，只是看着奥纳的双眼，看着他自己将一切拼凑起来，看着他以不同的视角来看待过去这三年。这个视角解答了一切。

"有，"奥纳低声说，表情痛苦且扭曲，摘下眼镜，"他当然伤害她了，我真是瞎了眼了。"他目光空洞。"你是怎么发现的？"

"昨天奥萝拉来找我，亲口跟我说的。"哈利说。

奥纳的目光像是慢动作般回到哈利身上："你……你昨天就知道了，却什么都没跟我说？"

"她要我答应不告诉你。"

奥纳的声音不升反降："一个十五岁的小女生受到了侵犯，你清楚地知道她需要一切可能的援助，但你却选择保密？"

"对。"

"天哪！哈利，为什么？"

"因为瓦伦丁威胁她说，如果她敢把这件事告诉别人，他就会杀了你。"

"我？"奥纳发出呜咽声，"我？我根本不算什么？哈利，我都已经六十几岁了，心脏又不好，她还这么年轻，未来还有那么长的路要走！"

"你是她在这个世界上最爱的人，所以我答应了她。"

奥纳放下眼镜，抬起颤抖的手指朝哈利指去。"对，你答应过要替她保密，只要这件事对你来说无关痛痒你就会继续保密！可现在呢，现在你发现你可以利用她来解决另一宗'哈利·霍勒探案'，那你答应过什么就不重要了。"

哈利没有回话。

"哈利，你给我出去！你不再是我们家的朋友，我们不再欢迎你。"

"已经快没时间了，史戴。"

"给我滚出去！"奥纳站了起来。

"我们需要她。"

"我要报警，我要找真正的警察来。"

哈利抬头看着奥纳，知道多说无益，只能顺其自然，希望奥纳在早晨来临之前能顾念苍生，回心转意。

哈利点了点头，从扶手椅上站起。

"我们自己出去。"他说。

他们经过厨房时，看见英格丽德脸色苍白，站在厨房门口不发一语。

哈利在玄关穿上鞋子，正要离开，却听见一个细弱的声音。

"哈利？"

哈利转过头去，一下子没找到声音从何而来，接着他才看见她从楼梯顶端的黑暗中走进光亮，身穿尺寸过大的条纹睡衣。哈利心想，那件睡衣可能是她爸爸的。

"抱歉，"哈利说，"我不得不这样做。"

"我明白，"奥萝拉说，"网络上说那个被杀死的人叫穆罕默德，我也听见了你刚才说的话。"

这时奥纳从客厅跑过来，双臂狂挥，泪如泉涌。"奥萝拉！你不能——"他哽咽了。

"爸，"奥萝拉在阶梯的上层平静地坐了下来，"我想帮忙。"

26

星期二夜

莫娜·达亚站在"生命之柱"花岗岩石雕旁，看着楚斯·班森穿过黑夜匆匆走来。早先他们相约在维格兰雕塑公园碰面时，她建议约在较不出名、游客较少的雕塑作品前，因为生命之柱周围即使到了晚上也有很多观光客，但当她听见楚斯连说了三次"什么？"后，才明白楚斯只知道生命之柱而已。

莫娜把楚斯拉到生命之柱西侧，远离正在欣赏东边教堂尖塔景色的一对男女，再把一个装有现金的信封塞进楚斯身上那件阿玛尼长外套的口袋里。不知何故，那件外套穿在他身上一点也看不出来是阿玛尼。

"有什么新情报吗？"莫娜问道。

"以后不会再有什么情报了。"楚斯说，环顾四周。

"不会再有了？"

楚斯看着莫娜，仿佛想看清楚她是不是在开玩笑。"去你的！有人被杀了啊。"

"那你下次最好提供一些比较不那么……致命的情报。"

楚斯发出呼噜一声。"天哪，你这家伙比我还糟，而且糟透了。"

"是吗？你把穆罕默德的名字告诉了我们，但我们还是选择不写出他的名字，也没登出他的照片。"

楚斯摇了摇头。"达亚，你听听你说的这是什么话，是我们引导瓦伦丁去杀他的，而他只做错了两件事。第一，他开了一家瓦伦丁的被害人去过的酒吧。第二，他答应协助警方。"

"起码你说的是'我们',这是不是代表你有罪恶感,良心发现啦?"

"你以为我是心理变态还是什么吗?我当然觉得这样很不好。"

"我不会回答这个问题,但我同意这样很不好。这是不是代表你不想当我们的消息来源了?"

"如果我说是,你以后是不是就不会替我保密身份了?"

"一样会。"

"很好,原来你还有良心。"

"这个嘛,"莫娜说,"与其说我们关心消息来源,还不如说我们在意的是如果泄露消息来源的身份,其他同事不知道会怎么说。对了,你的同事都怎么说?"

"没说什么,他们已经发现我是泄密者,所以把我孤立起来,不准我参加会议,也不让我知道调查工作的内容。"

"这样啊,我觉得我已经开始对你失去兴趣了,班森。"

楚斯发出呼噜一声。"莫娜·达亚,你这个现实鬼,不过你至少很诚实。"

"我应该谢谢你的夸奖喽。"

"好吧,我也许可以给你最后一个情报。关于别的事情。"

"说吧。"

"警察署长米凯·贝尔曼跟一个名媛有一腿。"

"这种情报卖不了钱,班森。"

"好吧,就算是免费大放送好了,反正你们就登吧。"

"我们的编辑不喜欢偷情的八卦,但如果你手上有证据,又愿意证实这个消息,那我也许可以说服他们。但这样一来我们必须引用你说的话,还必须登出你的全名。"

"登出我的全名?你应该很清楚这跟叫我自杀没什么两样吧?我可以跟你说他们在哪里碰面,你可以派摄影师去偷偷拍照。"

莫娜哈哈大笑。"抱歉,我们不做这种事。"

"你们不做?"

"国外报社会做，但我们这个挪威小国的报社不会做。"

"为什么不做？"

"官方说法是我们不愿意降低层次。"

"可是？"

莫娜耸耸肩，打了个冷战。"因为我们对于层次会被拉到多低并没有真正做好准备，我个人认为这是'人人都有不为人知的一面'综合征的另一个好例子。"

"意思是？"

"意思是已婚的编辑并不比其他人来得更忠贞，挪威社交圈这么小，今天你揭露别人的偷情绯闻，说不定改天你自己会被曝光。我们会写'国外'的大绯闻，或是写某个公众人物不小心说出别人在国外偷吃的八卦，但是一个记者专写绯闻有办法爬到高位，掌握权力吗？"莫娜摇了摇头。

楚斯从鼻子发出轻蔑的呼噜声。"所以这件事没法公之于世喽？"

"你认为这件事必须公之于世是因为贝尔曼不适合担任警察署长吗？"

"什么？不是，也许不是这样。"

莫娜点了点头，抬头看着生命之柱及上面那些不断挣扎着往顶端而去的浮雕。"你一定很恨他。"

楚斯没有答话，只是露出一脸惊讶的神色，仿佛他从未这么想过。莫娜心想，不知道这个满脸凹痕、面容丑陋、屄斗下巴、目光如豆的男人心里在想什么？她几乎替楚斯感到遗憾，但也只是"几乎"而已。

"我要走了，班森，我们再联络吧。"

"我们会再联络吗？"

"可能不会。"

莫娜朝公园内侧走了一段路之后，转头望去，看见楚斯站在生命之柱旁的路灯灯光下，双手插在口袋里，弓着背站在原地，仿佛在寻找什么。楚斯站在那里的情景看起来无比孤独，跟他周围的石像一样一动不动。

哈利凝望着天花板。鬼魂没有来。说不定今晚鬼魂不会来。鬼魂来不来没有人知道。不过鬼魂有了个新伙伴。穆罕默德会以什么样的面貌前来？哈利撇开这个思绪，转而聆听寂静。霍尔门科伦是个很安静的地区，这一点毋庸置疑。甚至是太安静了。他宁愿听见窗外传来都市的声音，仿佛夜晚的丛林充满各种声响，警告你黑暗中有些什么，告诉你某样东西在某个时刻会出现或不会出现。宁静可以传达的讯息太少了。但重点并不在于宁静，而在于他身边的床上是空的。

真要算的话，和别人同床共枕的夜晚在他的人生中算是少数，既然如此，他为什么会感觉孤单？他这个一直以来只追求单身生活的男人怎么会需要任何人？

他在他那一侧的床铺翻身，逼自己闭上眼睛。

即使在此刻，他也不需要任何人。他不需要任何人。他不需要任何人。

他只需要她。

一声咯吱声响起。这声音可能来自木墙壁，也可能来自木地板。说不定暴风雨来早了，又或者是鬼魂来晚了。

他翻到另一侧，再度闭上眼睛。

咯吱声从卧室门外传来。

哈利起身走到门前，把门打开。

只见穆罕默德站在门口。"哈利，我看见他了。"穆罕默德的眼眶里没有眼珠，只有两个黑洞洞的窟窿，窟窿里不时喷出火花，还冒着烟。

哈利一惊而醒。

他的手机在床边桌上如同猫一般发出低沉的震颤声。

"喂？"

"我是斯蒂芬斯医生。"

哈利突然心头一痛。

"我打来是要跟你说萝凯的事。"

当然是萝凯的事。哈利知道斯蒂芬斯这样说是想给他一点时间做好心理准备，聆听接下来他要说的事。

"我们没法让她脱离昏迷。"

"什么？"

"她醒不过来。"

"那……她会……"

"我们不知道，哈利。我知道你一定有很多问题想问，但我们也是。现在我没法说什么，只能说我们正在尽力救治。"

哈利用牙齿啃咬脸颊内侧，确定这不是新版噩梦的首映场。"好吧，我可以见她吗？"

"现在不行，我们已经把她送入加护病房了，一旦我们对病情有更多了解，我会再打给你，但可能要花点时间，萝凯可能还会再处于昏迷状态一段时间，所以你不用憋着气，好吗？"

哈利发现斯蒂芬斯说得对，他忘记呼吸了。

两人结束通话后，哈利怔怔地看着手机。她醒不过来。她当然醒不过来，因为她不想醒来，妈的谁想醒来？哈利翻身下床，走下楼梯，打开厨房柜子。柜子里空无一物，另一个柜子也是。他打电话叫了出租车，上楼更衣。

他看见了蓝色路标，又仔细看了看路标上写的字，随即踩下刹车，在马路边把车停下，关闭引擎。放眼望去，四周除了马路就是森林，这让他联想到芬兰那种单调、无名的连绵道路，驾车行驶在这种道路上就像穿越由森林构成的沙漠。这类森林宛如马路两旁的寂静高墙，尸体埋藏在此就有如石沉大海。他先等一辆车子经过，接着查看后视镜，确定前方和后方都没有车灯光线后，才开门下车，绕到车尾，打开后备厢。她看起来十分苍白，连脸上的雀斑都显得苍白了些。她双眼圆睁，盯着枪口看，眼珠看起来又大又黑，充满恐惧。他把她抬出后备厢，协助她站立，然后拉着手铐，领着她穿越马路，跨过沟渠，朝黑压压的森林之墙走去。他打开手电筒，感觉她正在猛烈地颤抖，抖得连手铐也跟着摇晃。

"好啦，亲爱的，乖，我不会伤害你。"他说，觉得自己说的是肺腑之言。他真的不想伤害她，他已经不想伤害她了。也许她知道这点，也许她明白他爱她，也许她之所以发抖是因为身上只穿着内衣和他日裔女友的家居服。

两人走进森林，感觉就像是走进一栋建筑物。一种不同的寂静扑面而来，同时却可以听见新的噪声。这些无从辨识的声音细微但清晰，诸如断折声、叹息声、哭泣声。森林的地面甚为柔软，由松针铺成，踩下去有舒适的弹性。两人踏着无声的步伐，宛如走在梦幻教堂里的一对新人。

他数到一百，停下脚步，抬起手电筒往周围照去。手电筒光束很快就找到了他要找的目标，那是一株高大且焦黑的树木，树干已被雷电劈成两半。他牵着她走到树前，解开手铐，拉着她的两条手臂绕过大树，再扣上手铐。她丝毫没有抗拒。他看着她跪坐在树干前，双臂环抱着大树，心想，她就像一只羔羊，一只献祭的羔羊。他其实不是新郎，而是把孩子带到圣坛前献祭的父亲。

他最后一次抚摸她的脸颊，转身离去，这时森林里传来一个声音。

"瓦伦丁，她还活着。"

他停下脚步，本能地用手电筒循声照过去。

"把那玩意指向别的地方。"黑暗中的声音说。

瓦伦丁依言而行，说："她想活下去。"

"难道那个酒保就不想吗？"

"他认得出我，我不能冒这个险。"

瓦伦丁侧耳聆听，但只听见玛尔特呼吸时发出的细微鼻息声。

"这次我就帮你收拾善后吧，"那声音说，"给你的那把左轮手枪你带在身上了吗？"

"带了。"瓦伦丁说，同时心想，这声音是不是有点耳熟？

"把枪放在她旁边，然后离开，不久之后枪就会回到你手上。"

瓦伦丁心中闪过一个念头：拔出左轮手枪，用手电筒找到那个男人，然后把他杀了，把理性的声音杀了，再毁掉所有跟自己有关的线索，让恶魔再度君临天下。但他心中的另一个相反的念头则认为，之后他可能会需要那个男人。

"地点和时间呢？"瓦伦丁高声说，"澡堂的置物柜已经不能再用了。"

"明天你会接到通知，既然你已经听见了我的声音，我会打电话给你。"

瓦伦丁从枪套里拔出左轮手枪，放在玛尔特前方，看了她最后一眼，转身离去。

他回到车上，用额头猛力撞了两下方向盘。然后他发动引擎，虽然视线内没有其他车辆，还是打了转向灯，把车子驶离路肩，冷静地驾车离去。

"在这里停车。"哈利伸手一指，对出租车司机说。

"现在是凌晨三点，那家酒吧看上去已经打烊了。"

"那家酒吧是我的。"

哈利付钱下车。数小时前这里还十分热闹，现在却空无一人。犯罪现场鉴识员已经完成工作，但酒吧大门上交叉贴了两条白色封条。封条上印着挪威国徽的狮子，写着："警察封条。请勿毁损。擅闯者将依刑法第三百四十三条惩处。"哈利用钥匙打开门锁，拉开大门走了进去，听见封条发出撕裂声。

他们留着镶镜壁架下方的灯没关。哈利闭上眼睛，站在门口，用食指瞄准酒瓶。九米。倘若当时他开了枪，现在情势会变得如何？答案没人知道。事情发生了就是发生了，无法挽回，只能忘记。当然只能忘记。他的食指找到了那瓶占边威士忌。那瓶酒升级了，现在有了自己的照明，妓院般的灯光让瓶子里的酒液像黄金一样闪烁发亮。哈利走上前去，进入吧台，拿出一个酒杯凑到瓶口，一口气倒满。他何必自欺欺人呢？

他觉得全身肌肉紧绷，心想不知道自己喝下第一大口之后会不会吐？但他坚持住了，胃里的食物和酒都没吐出来，直到第三杯下肚，才猛然转身面对水槽。在黄绿色的呕吐物朝金属水槽喷出之前，他看见水槽底端还残留着凝结的血液。

27

星期三上午

早上七点五十五分，锅炉间的咖啡机发出今天早上的第二轮声响。

"哈利是怎么了？"韦勒问道，又看了看表。

"不知道，"侯勒姆说，"我们得自己先开始了。"

史密斯和韦勒都点了点头。

"好吧，"侯勒姆说，"现在奥萝拉和她父亲正在诺卡司保安公司的总部观看监视器画面，陪同他们的包括一个诺卡司的员工和一个街头犯罪组的专家。如果一切按照计划顺利进行，他们应该可以在八小时内看完四天的影像。如果我们发现的提款收据真的来自瓦伦丁，那么幸运的话我们可以在四小时内辨识出他的新身份，也就是说，这一切应该会在晚上八点前完成。"

"太棒了！"史密斯高声说，"对不对？"

"对啊，可是先别高兴得太早，"侯勒姆说，"安德斯，你跟卡翠娜谈过了吗？"

"谈过了，我们获得了使用戴尔塔特种部队的授权，他们随时准备出动。"

"戴尔塔特种部队，他们是不是持有半自动枪支和防毒面具还有……呃，诸如此类的装备？"

"这份工作你开始上手了嘛，史密斯，"侯勒姆窃笑道，看见韦勒又看了看表，"你在担心吗，安德斯？"

"我们是不是该给哈利打个电话？"

“去打吧。”

早上九点，卡翠娜刚和项目调查小组结束会议，正在整理资料，却发现会议室门口站着一个男子。

“史密斯？”她说，“又是刺激的一天对不对？你们在地下室做什么？”

“我们在找哈利。”

“他还没来？”

“他没接电话。”

“他可能坐在医院里吧，那里不能带手机进去，说是会干扰机械设备，不过这就跟他们说手机信号会干扰飞机的导航系统一样言过其实。”

她知道史密斯没在听她说话，因为他的目光直接越过了她。

她转过头去，就看见笔记本电脑里的照片仍投影在大屏幕上，那是一张在妒火酒吧拍的现场照片。

“我知道，”她说，“这个画面很残忍。”

史密斯宛如梦游般摇了摇头，目光并未离开屏幕。

“史密斯，你还好吧？”

“我不好，”史密斯缓缓说道，“我没法忍受看到鲜血，我没法忍受暴力，我不知道我能不能再继续忍受看见有人受苦。这个……瓦伦丁·耶尔森……我是个心理医生，我一直努力从专业的立场来揣摩他的行为，但我觉得我可能会恨他。”

“我们都没法做到那么专业，史密斯。但我不会让一点点的恨意困扰我自己，就像哈利说的，有一个人可以恨不是感觉很好吗？”

“哈利说过这种话？”

“对啊，也可能是拉格摇滚客乐队说的，或是……你找我有什么事吗？”

“我跟《世界之路报》的莫娜·达亚通过电话。”

“你看，又有个我们可以恨的人了，她找你有什么事？”

“是我打给她的。”

卡翠娜整理资料的手停了下来。

"她请我上节目去谈瓦伦丁·耶尔森,我跟她开出我的条件,"史密斯说,"我说我只能泛谈一些瓦伦丁·耶尔森的事,不会透露调查工作的内容。那是个'播客',就是一种数字广播媒体……"

"史密斯,我知道什么是播客。"

"至少这样他们就不会错误引用我说的话。我说的每句话都会如实播送。请问你准我去上这个节目吗?"

卡翠娜思索片刻。"首先我要问你,为什么你要去上节目?"

"因为民众都很害怕,我的老婆很害怕,我的孩子很害怕,我的邻居很害怕,学校的家长很害怕。还有,身为这个领域的研究者,我有责任让大家少害怕一点。"

"难道他们没有害怕的权利吗?"

"卡翠娜,你看报纸了吗?这一个星期以来,商店里的锁和警报系统已经销售一空了。"

"每个人都会害怕他们不了解的东西。"

"不只是这样,他们之所以害怕是因为他们以为我们在对付的家伙是我当初以为的纯吸血鬼症患者,是个生了病且充满困惑的人,由于严重的人格障碍和性欲倒错而去攻击别人。但其实这个禽兽是个冷血、愤世嫉俗、工于心计的战士,他能做出理性判断,知道在需要的时候必须逃跑,比如说在那家土耳其澡堂,也知道在情况允许的时候攻击别人,比如说……比如说在这张照片里的酒吧。"史密斯闭上眼睛,别过头去,"我必须承认,我也觉得害怕,我躺在床上整夜睡不着,心想这些命案怎么会是同一个人所为?这怎么可能?难道一直以来我都错得离谱吗?我搞不懂,但我必须搞懂,没有人比我更有背景去搞懂,只有我能把它解释清楚,告诉大家这个禽兽的真面目。因为当大家真的看清楚这个禽兽,就会了解,心中的恐惧就不会无限扩大。民众的恐惧并不会消失,但至少他们会觉得自己能做出理性判断,增加一点安全感。"

卡翠娜双手叉腰。"如果我没理解错的话，你是说你并不真的了解瓦伦丁·耶尔森这个人，但你却想跟大众解释他是个什么样的人？"

"对。"

"你想去说谎，希望能安抚大家的情绪？"

"我觉得我可以把后者做得比前者更好，你可以祝我顺利吗？"

卡翠娜咬了咬下唇。"你身为专家，的确有责任向大众说明，并且安抚民众是有益于社会的，只要你不提及任何关于调查工作的内容就好。"

"当然不会。"

"不能再有消息泄露出去了，这层楼只有我一个人知道奥萝拉现在在做什么，就连警察署长都没通知。"

"我以名誉担保，绝对不会。"

"那是他吗？那是他吗，奥萝拉？"

"爸，你不要一直念啦。"

"奥纳，也许你跟我应该去外面坐一会儿，好让他们安静看录像。"

"安静？韦勒，她是我女儿，她要——"

"爸，你就听他的吧，我很好。"

"哦，你确定吗？"

"我很确定，"奥萝拉转头朝诺卡司的女员工和街头犯罪组的男警说，"那不是他，继续吧。"

史戴·奥纳站起身来，却突然觉得有点头晕，可能因为站得太快，可能因为昨晚没睡，也可能因为他今天什么都没吃，又连续三小时盯着屏幕没有休息。

"你在这里的沙发坐一下，我去看看能不能替我们俩倒两杯咖啡。"韦勒说。

奥纳点了点头。

韦勒转身离去，留奥纳独自坐在沙发上，隔着玻璃墙看着女儿坐在另一侧，正在对那两人比手势，表示继续、暂停、倒带。奥纳不记得上次看到奥萝拉如此投入是什么时候了，也许他一开始的反应和焦虑是过度了些，也许最糟的时刻已经过去了，也许奥萝拉已设法走出创伤，而他和英格丽德非常幸运地并未察觉发生了什么事。

此外，年纪轻轻的女儿对他解释了一番何谓保密誓言，仿佛是心理学讲师在对新生解说一般。她说是她要哈利立下保密誓言的，而哈利一直没有打破，直到他发现这么做可以拯救人命，这跟奥纳自己对待保密誓言的态度是一样的。尽管奥萝拉有过那般遭遇，但她存活了下来。死亡。最近奥纳经常想到死亡，不是他自己的死亡，而是女儿终究有一天会死。为什么这个想法令他难以忍受？可能当他和英格丽德当上外祖父母之后，他对死亡的观感会改变，因为人类心理显然受身体的生物指令驱使，本能地想传递基因，以延续人类这个种族。很久以前他问过哈利是不是不想有亲生小孩，哈利显然对这问题早已备妥答案。哈利说他体内没有快乐基因，只有酗酒基因，他觉得任何人都不该继承这种基因。然而现在哈利有可能改变想法，至少过去这几年已经证明他也可以体验到幸福。奥纳拿出手机，想打给哈利，告诉他说他是个好人、好朋友、好父亲、好丈夫。好吧，这听起来像讣闻，但哈利需要听见这番话。哈利一直认为自己执着于追缉杀人犯是一种强迫行为，就跟酗酒差不多，但他这么想是错误的。他去追缉杀人犯并不是为了逃避，而是受到人类群居本能的驱使，哈利这个个人主义者绝对没准备要承认这件事。这种群居本能是良善的，里头包含对世人的道德感和责任感。哈利听了这些话多半会哈哈大笑，但奥纳很想把这些话告诉这位朋友，妈的要是他肯接电话就好了。

奥纳看见奥萝拉直起身子，肌肉绷紧。难不成……接着她又放松下来，用手比了比，表示继续。

奥纳再度把手机按到耳边。快接电话啊，可恶！

"我的事业、运动习惯和家庭生活都很成功？是啊，也许吧。"米凯·贝尔曼环视坐在餐桌前的其他人，"但最重要的是，我只是一个来自曼格鲁的、很单纯的人。"

原本他一直担心事前练习的老伎俩会让自己说出来的话空洞贫乏，但事实证明伊莎贝尔是对的，要把最令人羞于启齿的陈腐话语带着自信说出来，只需要加入一点点感情。

"贝尔曼，很高兴你拨冗来跟我们聊聊，"党秘书拿起餐巾擦了擦嘴，表示午餐结束，并朝另外两位代表点了点头，"流程已经开始跑了，就像我说的，我们很高兴你对我们提出的任命案有正面响应。"

米凯点了点头。

"你口中的'我们'，"伊莎贝尔插嘴说，"也包括首相在内吧？"

"要不是首相办公室表达了正面态度，我们现在就不会在这里了。"党秘书说。

起初他们邀请米凯去国会大厦会谈，但米凯在询问伊莎贝尔之后，反而邀请他们前往中立地带共进午餐，由警察署长自掏腰包请客。

党秘书看了看表。米凯注意到党秘书手上戴着是欧米茄的海马系列腕表，这款腕表沉重又不实用，走在第三世界的城市立刻会成为抢劫目标，只要放着超过一天没戴就会停，必须重新上链、设定时间，但如果忘了将表把重新旋紧就跳下泳池，机芯就会毁损，修理费可购买四只以上的高级腕表。简而言之，他真的很需要弄到一只这种表。

"不过就像我说的，还有其他列入考虑的人选。司法大臣是重要的内阁任命，所以不可否认的是，对一个非政坛出身的人，这条路可能会比较崎岖。"

米凯看准时间，跟党秘书同一时间推开椅子站起来，并先伸出手说："希望很快有机会再聊。"妈的他可是警察署长，比起眼前这个戴名表的阴沉官僚，他才必须尽快回到工作岗位。

执政党代表离开后，米凯和伊莎贝尔又坐了下来。他们在这家新餐厅订了一间包厢，餐厅坐落于塞伦加区外缘的复合式公寓之间，后方就是奥斯陆歌剧院和西北艾克柏区，前方是新开幕的游泳池。峡湾满是不断改变方向的小波浪，游艇歪歪斜斜地行驶在海面上，犹如白色逗号，最新的气象预报说暴风雨会在午夜之前袭击奥斯陆。

"刚才应该很顺利吧？"米凯问道，在两人的杯子里倒了芙丝矿泉水。

"'要不是首相办公室表达了正面态度……'"伊莎贝尔模仿党秘书的口气，皱起鼻子。

"有什么不对吗？"

"他们没用过'要不是'这种修饰词，而且他只提到首相办公室，没提到首相本人，在我听来就是他们要区别这两者。"

"他们为什么要这样做？"

"你听见我刚问的了。这顿饭他们多半在问你吸血鬼症患者的案子，还有你认为多快可以逮到凶手。"

"得了吧，伊莎贝尔，这是现在奥斯陆最热门的话题。"

"米凯，他们问这些事是因为这攸关任命案。"

"可是——"

"他们不需要你，也不需要你管理司法部的能耐或能力，这一点你应该明白吧？"

"你说得有点夸张了，不过是的，我明白——"

"他们要的是你的眼罩、你的英雄地位、你的人气、你的成功，因为你只有这些而已，而这些又正好是这个政府所欠缺的。把这些东西拿走，你对他们来说就一文不值，而且老实说……"伊莎贝尔推开水杯，站了起来，"……对我来说也一样。"

米凯谨慎地笑了一下。"什么？"

"米凯，我不跟废物打交道，这你应该很清楚。我亲自上媒体把你捧上天，说你拯救了世界，还替哈利·霍勒擦屁股，结果目前为止他只逮捕到一个九十岁的裸体老人，还害得一个无辜酒保送命。米凯，这不是让你看起来像废物，而是让我看起来像废物，我不喜欢这样，所以我要离开了。"

米凯哈哈大笑。"你是月经来了还是怎样？"

"我的经期你不是都了如指掌？"

"好吧，"米凯叹了口气，说，"回头再跟你聊。"

"你可能把我说的'离开'解读得太狭隘了。"

"伊莎贝尔……"

"再见，我喜欢你刚才说你有成功的家庭生活，好好专心经营吧。"

米凯坐在椅子上，看着伊莎贝尔离去并把门关上。

他请服务生结账，再度望着窗外的峡湾。听说沿着海岸规划这些公寓的那群人并未把气候变迁和海平面上升列入考虑范围。他把他和乌拉的住家建在赫延哈尔的山上时，就考虑过这些，他认为住在山上比较安全，在那里海水淹不到，藏在暗处的歹徒难以偷袭，暴风雨吹不翻屋顶，单凭这些毁不了他们的家。他喝了一口杯子里的水，做了个鬼脸，看着那杯水。芙丝矿泉水。为什么大家都愿意花大把钞票来买这种尝起来跟水龙头流出来的水差不多的东西？并不是因为他们觉得这比较好喝，而是因为他们认为其他人觉得这比较好喝，所以每次他们带着无趣的花瓶老婆和沉重的欧米茄海马腕表上餐厅时，都会点芙丝矿泉水。难道这就是为什么他有时会怀念往日时光的原因？他怀念曼格鲁区，怀念星期六夜晚在欧森餐厅喝得烂醉，倚着吧台趁老板没注意把啤酒倒满，和乌拉跳最后一支慢舞，让站在人群第一排的那些曼格鲁明星曲棍球员和川崎 750 重机车手恨得牙痒痒。他知道他和乌拉很快就会一起离开，走入夜色，沿着普鲁路朝冰宫和厄斯腾薛方纳湖走去。他会在湖边指着天上的星星，说他们将如何一起抵达那里。

他们究竟是不是成了人生胜利组？也许吧，但就像他小时候跟父亲去爬山一样，当爬到山顶时他疲惫不堪，心想终于攻顶了，却只是发现一山还有一山高。

米凯闭上双眼。

现下的他就跟那时一样，觉得疲惫不堪。他可不可以停在这里？可不可以躺下来，感觉微风吹拂，感觉帚石楠搔着他，感觉被太阳晒得暖烘烘的岩石紧贴着皮肤，感觉只想停留在此？他突然有股冲动，想打电话给乌拉，对她说：我们停在这里就好。

这时夹克口袋里的手机发出振动，仿佛回应着他内心的感触。是了，一定是乌拉打来的。

"喂？"

"我是卡翠娜·布莱特。"

"嗯。"

"我只是想通知你说我们发现瓦伦丁·耶尔森的假身份了。"

"什么？"

"他在八月的时候曾在奥斯陆中央车站用自动提款机取钱，六分钟前我们从监视器画面中辨识出他，他使用的银行卡持卡人叫作亚历山大·德雷尔，出生于一九七二年。"

"然后呢？"

"这个亚历山大·德雷尔已经在二〇一〇年死于车祸。"

"地址呢？有找到地址吗？"

"有，戴尔塔特种部队已经在路上了。"

"还有别的事吗？"

"目前没有，我只是想说你会想掌握调查进度。"

"对，是的。"

两人结束通话。

"不好意思。"服务生说。

米凯低头看着账单，在手持刷卡机上输入过于昂贵的账单数字，按下确定键，然后站起身来，快步离去。眼下只要逮到瓦伦丁就能打通所有关节。

他身上的疲惫感似乎在一瞬之间消散得无影无踪。

约翰·D.斯蒂芬斯打开电灯开关，日光灯闪烁了几下才稳定下来，发出冷冰冰的光芒。

欧雷克眨了眨眼，倒抽一口凉气，说："这些全都是血？"声音回荡在地下室里。

斯蒂芬斯微微一笑，金属门在他们背后关上。"欢迎来到血浴场。"

欧雷克打了个冷战。地下室冷气很强，蓝森森的灯光照在龟裂的白瓷砖上，更加突显了这种仿佛置身于冰柜的感觉。

"这里……这里有多少血？"欧雷克问道，跟着斯蒂芬斯走在一排排的红色血袋之间，血袋挂在金属架上，一排各有四层。

"如果奥斯陆被拉科塔族攻击的话，应该够我们撑几天。"斯蒂芬斯说，走下阶梯，来到旧浴池中。

"拉科塔族？"

"说苏族你可能比较熟悉，"斯蒂芬斯说，用手捏了捏一个血袋，欧雷克看见血袋里的血从深红色变成浅红色，"白人遇到的美洲原住民都特别嗜血，这是没有根据的说法，除了拉科塔族。"

"是吗？"欧雷克说，"那白人呢？不是各色人种之中都有嗜血的人吗？"

"我知道学校是这样教的，"斯蒂芬斯说，"没有哪个人种比较优越，也没有哪个比较低劣，可是相信我，拉科塔族既优越又低劣，他们是最优秀的战士。以前阿帕契族人常说，如果夏安族或黑脚族战士打来，只要派出族里的少年和老人迎战就好，但如果是拉科塔族战士打来，他们谁都不会派，只会开始高唱死亡之歌，希望自己死得痛快。"

"拉科塔族会严刑拷打？"

"拉科塔族会用小木炭慢慢烧灸俘虏，"斯蒂芬斯继续往前走，朝血袋挂得较密集、灯光较稀疏的地方走去，"等到俘虏没法再撑下去，他们会暂时休息，给予水和食物，好让拷打可以持续一到两天，而食物有时包括俘虏自己身上的肉。"

“这是真的吗？”

“这个嘛，就跟历史上写的一样真实。有个名叫云后月的拉科塔族
战士就以喝光他所杀死的敌人的鲜血而闻名，但这段历史显然有点夸张，
因为他杀过很多人，喝那么多血他绝对活不了。高剂量的人血会毒害
人体。”

“是吗？”

“因为人体无法处理摄取过多的铁质，不过我可以确定他喝过一个人
的血，”斯蒂芬斯在一个血袋前停下脚步，“一八七一年，我的曾曾祖父
在美国犹他州云后月的拉科塔族营区被发现，身上的血液都干涸了。他是以
传教士的身份前往营区的。我祖母在日记里写说，我的曾曾祖母在一八九〇
年伤膝河大屠杀①之后感谢上帝。说到这个……”

“是？”

“这袋血是你母亲的，呃，不过现在是我的了。”

“她不是在接受输血吗？”

“你母亲的血型非常稀有，欧雷克。”

“是吗？我以为她的血型很普通。”

“哦，欧雷克，血液不只是血型，幸好她是 A 型，我可以把这里的一
般血液输给她，”斯蒂芬斯扬起双手，“她的身体吸收一般血液之后，会
制造出萝凯·樊科特有的珍贵血液。说到这个，欧雷克·樊科，我带你来
这里不只是想把你从她床边带开，让你休息一下，也是想问你愿不愿意让
我抽点血，看看你制造的血液是不是跟她一样？”

“我？”欧雷克想了想，“好啊，有何不可，只要能帮助到别人就好。”

“相信我，这可以帮到我。你准备好了吗？”

“现在？就在这里？”

---

① 1890年12月28日，詹姆斯·W.福赛思所率领的五百人骑兵队在距离美国拉什莫尔山东南方
向约120公里名为伤膝河的地方围捕并射杀了至少146名拉科塔人。

欧雷克和斯蒂芬斯目光相交，不由得犹豫片刻，却不知道是什么让自己犹豫。

"好吧，"欧雷克说，"来吧。"

"太好了。"斯蒂芬斯把手伸进白袍右口袋，朝欧雷克踏上一步，这时他左口袋突然传出欢快的手机铃声，令他烦躁地蹙起眉头。

"我以为这里收不到信号。"斯蒂芬斯喃喃说道，拿出手机。欧雷克看见手机屏幕照亮了斯蒂芬斯的脸，光线照在眼镜上产生折射。"看来是警署打来的，"斯蒂芬斯把手机按在耳边说，"喂？我是主治医师约翰·道尔·斯蒂芬斯。"

欧雷克听见手机那头传来嗡嗡的说话声。

"没有，布莱特警监，我今天没看见哈利·霍勒，我很确定他不在医院，而且医院也不是手机必须关机的唯一场所，说不定他正在搭飞机？"斯蒂芬斯看看欧雷克，欧雷克耸了耸肩，"我们找到他了？好，他来医院的话我会转告他。不过你们找到了谁？我只是好奇……谢谢，我知道保密誓言，我只是想说如果我可以清楚地转告霍勒的话，他会比较明白你的意思……好，我跟他说我们找到他了就好，祝你今天愉快，布莱特。"

斯蒂芬斯把手机放回口袋，看见欧雷克已卷起袖子。他拉着欧雷克的手臂走到浴池阶梯前。"谢谢，不过我刚才看到手机才发现时间已经这么晚了，我有个病人正在等我，看来我们得下次再找时间替你抽血了。"

戴尔塔小队队长西韦特·傅凯坐在这个快速应变小组的厢型车后座，高声下达简洁有力的指令，同时车子沿着特隆赫姆路颠簸前进。车内坐着八人团队，七男一女，但这名女性并不属于戴尔塔特种部队，队里从未有过女性。理论上戴尔塔的入队条件并未限制性别，但今年报考的百名考生当中没有女性，过去总共也只有五名女考生，上一名还是出现在二〇〇〇年以前，而且她们都没能通过筛选。不过天知道，坐在傅凯对面的这名女子看起来坚毅刚强，说不定日后有机会加入。

"所以我们不知道这个德雷尔在不在家里？"傅凯问。

"先跟你说清楚，这个德雷尔就是瓦伦丁·耶尔森，吸血鬼症患者。"

"布莱特，我是跟你开玩笑的啦，"傅凯露出微笑，"那他没有手机可以让我们定位吗？"

"他可能有手机，但不是登记在德雷尔或耶尔森的名下，这会有问题吗？"

傅凯看着卡翠娜。他们已经从市议会建筑处的数据库里下载了公寓平面图，从图上看来成功概率很大。那是一个四十五平方米的两房公寓，位于三楼，没有后门，也没有通道可以直通地下室。他们计划派遣四名队员从前门进入，另外两人守在公寓外，以防嫌犯跳出阳台逃逸。

"没问题。"傅凯说。

"很好，"卡翠娜说，"要安静行动吗？"

傅凯脸上的笑容更灿烂了些，他喜欢卑尔根口音。"你认为我们应该在阳台落地窗上钻个小洞，进去之前先礼貌地把鞋底擦干净吗？"

"我是认为对方只有一个人，希望他没有随身带枪，而且他不知道我们会来，所以没理由浪费震撼弹，再说安静、平顺地完成行动不是更有水平吗？"

"这样说也没错，"傅凯说，查看卫星定位系统和前方路况，"但如果我们使用震撼弹，伤亡率会降低，对我们、对他都一样。震撼弹一丢出去，十个人里面有九个会无法行动，不管他们以为自己有多强悍。再说，我们有些震撼弹得赶快用掉以免过期。况且弟兄们都蠢蠢欲动，需要来点刺激的行动，最近接到的任务都太文静了。"

"你是开玩笑的吧？你不是真的那么硬派、那么幼稚吧？"

傅凯咧嘴一笑，耸了耸肩。

"不过你知道吗？"卡翠娜倾身向前，舔了舔红唇，压低嗓音说，"我喜欢这种男人。"

傅凯哈哈大笑。他是个快乐的已婚男人，但如果他还没定下来，绝对不会拒绝卡翠娜的晚餐邀约，也不会放过机会探索她那双危险的深色眼眸和聆听她有如猎物嗥叫般的卑尔根卷舌口音。

"一分钟！"傅凯高声说，另外七名队员以几乎同步的动作放下头盔面罩。

"你说他有一把鲁格红鹰？"

"哈利说他在酒吧里拿的就是这种手枪。"

"大家都听见了吧？"

众人点了点头。装备制造商宣称他们的新型头盔面罩挡得住迎面射来的九毫米子弹，但若是大口径鲁格红鹰手枪所发射的子弹则另当别论。傅凯心想这样也好，虚假的安全感会让人太过安逸。

"如果他拒捕呢？"卡翠娜问道。

傅凯清了清喉咙。"那我们就会射杀他。"

"有这个必要吗？"

"反正事后一定会有人提出马后炮的意见，所以我们比较喜欢有先见之明，当个聪明人，只要是会朝我们开枪的人一律射杀。知道这样做是在容许范围内，这对我们的职场满意度来说还挺重要。看来我们到了。"

他站在窗前，看见窗玻璃上沾有手指留下的油腻污渍。整座城市他都尽收眼底，却什么动静都没看到，只听见警笛声。无须惊慌，警笛声经常都可以听到。无论是房屋失火，有人在浴室滑倒，还是有人虐待伴侣，各种情况都可能有人被捕，这时就会听见警笛声。催促闲杂人等赶紧让开的警笛声，听着总是令人心烦。

墙壁的另一边有人正在做爱，今天是工作日，那肯定是偷情，背着配偶偷情，或背着雇主偷情，或两者皆是。

除了一阵阵警笛声，他背后也传来了广播节目的吱喳声。随警笛声出动的那些人身穿制服且握有权力，但他们的行动缺乏目的和意义，他们只知道事态紧急，不及时赶到的话会发生可怕的事情。

震天响的警笛声响了起来。有了，这个警笛声才有意义，这才是末日的声音，这美妙的声音听了会让人汗毛直竖。他听着警笛声，看着时间，这时并非正午，他意识到这并不是测试。正午十二点，这是他轰炸奥斯陆的时间，届时没有人会奔向避难所，大家只会站在原地惊诧地望着天空，心想这是什么天气？或者他们仍会怀着罪恶感继续互干，无法有不一样的举动。只因我们都无法有别的举动，我们只能做出符合自己天性的举动。很多人认为凭借意志力可以让自己做出违背天性之事，但这是误解，事实正好相反，意志力可以做的只是跟随天性，即使所面临的环境十分艰难。强暴一个女人、卸下她的抵抗力，或以智取胜、躲避警察追捕、复仇、日夜躲藏，难道这一切不都只是为了跨越障碍，好跟这个女人做爱？

警笛声渐去渐远。那对情侣做完了。

他试着回想警笛的声音，那警笛声的意思是：重要讯息，聆听广播。他小时候有个常听的电台，不知道现在还在不在。听哪个电台才能听见讯息呢？那讯息一定很重要，但不会非常戏剧化，要你赶快逃进避难所。也许为他们预先准备好的计划是占领所有电台，只为了宣布……宣布什么？宣布说一切都已太迟，避难所已经关闭，它们救不了你，没有什么救得了你。现在最重要的是把你所爱的人集合在身边，和他们道别，然后死去。这就是他所观察到的。许多人穷尽一生只为达到一个目标：不要孤单地死去。但很少有人成功。大家十分恐惧在跨越生死边界时没有人可以握住他们的手，因此他们愿意竭尽全力来排除这种恐惧。哈，他都有握住她们的手。她们一共有几个人？是二十个，还是三十个？但她们并未因此看起来不那么害怕或不那么孤单，就连他爱的人也是一样。好吧，显然她们没有时间回应他的爱，但她们时时刻刻都被爱围绕。他想起玛尔特·鲁德。他应该不要被别人牵着鼻子走，并对她好一点才对。他希望她已经死了，而且死得非常快速，没有痛苦。

他听见墙壁另一侧传来冲澡声，还有他的手机传出来的广播声。

"……有些学术文献对吸血鬼症患者的描述是头脑聪明且没有出现心理疾病或偏差行为，这给人一种印象，就是我们所面对的敌人十分强壮而危险。但相较起来瓦伦丁·耶尔森的案子，外号叫'萨克拉门托吸血鬼'的美国连环杀手理查德·蔡斯（Richard Chase），可能算是更为典型的吸血鬼症患者。他们两人在生命早期都出现了精神病的迹象，包括尿床、对火着迷、性无能。他们都被诊断出偏执狂和精神分裂症。一般公认蔡斯走上了吸食动物鲜血的常见道路，他还曾替自己注射鸡血而引发疾病。瓦伦丁小时候则喜欢虐待小猫，他在祖父的农场里把初生的小猫藏在隐秘的笼子里供他虐待而不让大人发现。但瓦伦丁·耶尔森和蔡斯一样，在经历了第一次吸血鬼症患者式的攻击后就无法自拔，蔡斯在短短几个星期内就杀了七个人，而且跟耶尔森一样，他也是在被害人家里将其杀害。一九七七年十二月，蔡斯在萨克拉门托四处敲门。后来他在接受讯问时供称，只要有人开门，他就视为邀请，并进入对方家中。蔡斯的一个被害人叫特雷莎·沃林（Teresa Wallin），她怀有三个月身孕，他一发现她独自在家，就对她连开三枪，然后奸尸，同时用屠宰刀戳刺，吸食鲜血，这听起来很耳熟对不对？"

"相似之处还不只如此，瓦伦丁·耶尔森跟蔡斯一样走到了末路，我认为他不会再杀更多人了。"

"史密斯先生，为什么你这么确定呢？你正在协助警方办案，是不是掌握了什么确切的线索？"

"我之所以这么确定跟调查工作无关，而且对于调查工作我不会做出直接或间接的评论。"

"那到底是为什么呢？"

他听见史密斯深深吸了口气，他仿佛能看见这个脑袋空空的心理医生坐在那里写笔记，兴致勃勃地询问他关于童年的事，诸如尿床、早期性经验、放火烧森林，尤其是他口中的"钓猫"。"钓猫"就是他拿了祖父的钓竿，把钓线抛过谷仓横梁，再把钓钩钩住小猫的下巴，然后卷起钓线，让小猫挂在半空中，看着小猫无助地往上爬，努力想要挣脱。

"因为瓦伦丁·耶尔森除了极为邪恶之外，并没有什么特别。他不笨，但也不特别聪明。他没有达成什么特别的成就。创造一样东西需要的是想象力和远见，而破坏却什么都不需要，只需要盲目。这几天耶尔森没被逮到不是因为技术好，而纯粹是因为运气好。他很快就会被缉捕归案，但在那之前，接近他依然相当危险，这就好像必须小心嘴边流着白沫的疯狗一样，而罹患狂犬病的疯狗离死期已经不远，不管他有多邪恶都一样。套句哈利·霍勒说过的话，瓦伦丁·耶尔森只是个无耻变态，他已经失控了，很快就会犯下大错。"

"所以你想让奥斯陆市民安心……"

他突然听见声音，立刻关闭播客，侧耳倾听。声音从门外传来，是变换脚步的声音，有人正在外头鬼鬼祟祟地不知做什么。

四名身穿深色制服的戴尔塔小队队员站在亚历山大·德雷尔家门口，卡翠娜站在二十米外的走廊上看着。

一名队员手持一点五米长的圆筒，圆筒上有两个握把，外形有如古代破城槌，又酷似巨大的品客洋芋片长筒罐。

四人都戴着头盔，放下面罩，很难分辨谁是谁，但卡翠娜猜想现在那个伸出戴着手套的手、比出三根手指的人是傅凯。

就在这无声的倒数开始之际，卡翠娜听见那间公寓传出音乐声。那是平克·弗洛伊德乐队的歌吧？她讨厌这个乐队，不对，不是这样，应该说她极其怀疑喜欢这个乐队的人。侯勒姆曾说他只喜欢平克·弗洛伊德乐队的一首歌，还拿出一张专辑，封面图片像是个毛茸茸的耳朵。侯勒姆说那是他们成名前的作品，唱着一首平凡的蓝调歌曲，外加一只嗥叫的狗，就像是玩不出新花样的电视节目。侯勒姆说一首歌只要用上还不赖的瓶颈压弦滑奏法，他就会大大地赦免它，更何况这首歌还用了双低音鼓和嘶哑的嗓音，向暗黑力量和腐烂尸体致敬（正合卡翠娜的胃口），非常加分。她想念侯勒姆。就在傅凯数完三根手指，形成握拳之姿，他们就要用破门槌撞开公寓门，缉捕过去这七天以来至少杀了四或五人的凶犯之际，她心里想到的竟是被她甩掉的前男友。

门锁毁坏，门被撞开。第三名队员扔了一枚闪光震撼弹进去，卡翠娜捂住耳朵。一瞬间，卡翠娜看见门内射出刺眼的亮光，四名戴尔塔队员的影子映射在走廊上，紧接着是两声爆炸声响。

三名队员肩头抵着 MP5 冲锋枪鱼贯入内，第四名队员在外面举着冲锋枪指着门内。

卡翠娜放下双手。

震撼弹把平克·弗洛伊德炸到没声音了。

"安全了！"傅凯的声音传来。

门外那名队员转头朝卡翠娜望来，点了点头。

她深深吸了口气，朝门口走去。

卡翠娜走进公寓，门内仍残留着震撼弹放出的烟雾，但闻起来出乎意料地没什么味道。

玄关、客厅、厨房。这户公寓给卡翠娜的第一印象是看起来好普通，这里的住户应该是个爱干净、再平凡不过的人，他会下厨、喝咖啡、看电视、听音乐。天花板上没有挂肉钩，壁纸上没有血迹，墙壁上没有命案剪报和被害人照片。

卡翠娜的脑海里闪过一个念头：奥萝拉认错人了。

她从开着的浴室门口望进去，只见里头空荡荡的，没有浴帘，没有盥洗用品，只有镜子底下的架子上放着一样东西。她走进浴室。那样东西不是盥洗用品，而是涂了黑漆的金属制品，上头生着红棕色的铁锈，正是一副铁假牙。铁假牙的上下排牙齿是合上的，形成锯齿状。

"布莱特！"

"是？"卡翠娜走进客厅。

"这里。"傅凯的声音从卧房传来，听起来冷静慎重，仿佛事情已经结束。

卡翠娜跨过门槛，避免碰触门板，像是已经认定这里是犯罪现场。房间里的衣柜敞开着，戴尔塔小队分站在双人床两侧，举着半自动冲锋枪瞄准躺在床上的赤裸女人。女人毫无生命迹象的双眼直盯着天花板瞧，身上散发出一种味道。卡翠娜乍闻之下难以辨别，又靠近一点闻了闻。原来是薰衣草的香味。

她拿出手机拨打电话，对方立刻接了起来。

"逮到他了吗？"侯勒姆听起来气喘吁吁的。

"没有，"卡翠娜说，"但这里有个女人躺在床上。"

"她死了吗？"

"反正不是活的。"

"什么？"

"她是个性爱娃娃。"

"是个什么？"

"就是性爱玩具，而且看起来是很贵的那种，日本制的，做得栩栩如生，我第一眼看到她还以为是真人。至少亚历山大·德雷尔确实是瓦伦丁，那副铁假牙放在这里，看来我们得等等看他会不会出现。哈利有没有跟你们联络？"

"没有。"

卡翠娜的目光落在衣柜前方地板上的一副衣架和一条内裤上。"毕尔，我不喜欢这样，他也不在医院里。"

"没有人喜欢这样，我们是不是该发出警报？"

"为了哈利？这样做有什么用？"

"也对。听着，别乱动屋子里的东西，那里说不定有玛尔特·鲁德的线索。"

"好，但是从屋里的情况来看，我觉得就算有线索也早就被清理干净了。哈利说得没错，瓦伦丁的确有洁癖，"卡翠娜的目光又回到衣架和内裤上，"对了……"

"什么？"侯勒姆说。

"×！"卡翠娜说。

"怎么了？"

"他是匆忙把衣服塞进包里，然后把浴室里的盥洗用具给带走了。瓦伦丁知道我们会来……"

瓦伦丁把门打开，看见了到底是谁在门外鬼鬼祟祟。原来是保洁员，她正弯着腰，手里拿着饭店房卡，见门打开赶紧直起身来。

"哦，对不起，"保洁员微笑说，"我不知道这个房间有人。"

"这个给我，"瓦伦丁说，从保洁员手中拿过毛巾，"还有，可以请你再打扫一遍吗？"

"什么？"

"我对房间的干净度不满意，窗户上还有指印，请你再把房间打扫一遍，大概一小时后过来吧。"

保洁员吃惊的神色消失在被他关上的房门外。

他把毛巾放在咖啡桌上，在扶手椅上坐下，打开包。

警笛声已然止息。倘若刚才他听见的警笛声真的来自要追捕他的警察，那他们现在可能已经进入公寓了，这里距离辛桑区不过才几公里而已。半小时前那男人打来电话跟他说，警察已经发现他住在哪里、用什么名字，叫他赶快离开。他只打包了最重要的东西带走，连车子也留了下来，因为警方一定会发现那辆车子登记在那个名字底下。

他从包里拿出一个档案夹，翻阅里头的照片和地址，发觉这是很长一段时间以来，他头一次不知该如何是好。

那个心理医生说的话在他耳边响起。

"……只是个无耻变态，他已经失控了，很快就会犯下大错。"

瓦伦丁站起身来，脱去衣服，拿起毛巾走进浴室，打开淋浴间的热水，站在镜子前，等水变烫，看着镜子逐渐起雾。他望着那幅刺青，听到手机铃声响起,心知是那男人打来的。那男人代表理性、代表救赎,打电话来下达新指示、新命令。他是不是该忽视这通电话?切断脐带、切断生命线的时候是不是到了?自由挣脱的时候是不是到了?

他深深吸了口气,放声尖叫。

28

星期三下午

"性爱娃娃不是什么新鲜玩意，"哈尔斯坦·史密斯说，低头看着那个躺在床上、由塑料和硅胶所制成的女人，"过去荷兰人统治七海的时候，水手经常携带一种长得像阴道、以皮革缝制的娃娃上船。"

"真的？"卡翠娜说，看着身穿白衣有如天使的刑事鉴识人员正在检视卧房。

史密斯哈哈大笑。"日本有一种妓院里面只有性爱娃娃，最高级的娃娃还会发热，让人感觉像是有体温。娃娃里有骨骼，这表示手脚都可以弯曲成自然和不自然的姿势。日本人还有一种自动润滑机……"

"谢谢，说到这儿就够了。"卡翠娜说。

"没问题，抱歉。"

"毕尔有没有跟你说他为什么要待在锅炉间？"

史密斯摇了摇头。

"他跟利恩有事要做。"韦勒说。

"他跟伯纳·利恩有事要做？"

"他只说既然这里不是命案现场，交给别人就行了。"

"有事要做……"卡翠娜喃喃自语，走出卧房。史密斯和韦勒紧紧跟在她身后走出公寓，来到公寓前方的停车场。三人在一辆蓝色本田轿车前停下脚步，两名刑事鉴识专家正在检视轿车的后备厢。他们在公寓里发现了车钥匙，并确认这辆车的车主是亚历山大·德雷尔。头顶上的天空是铁灰色的，卡翠娜朝托修达伦公园另一端长草连绵起伏的斜坡望去，看见树梢被风扯动。最新的气象预报说埃米莉亚再过几小时就会触及奥斯陆。

"没把车开走算他聪明。"韦勒说。

"没错。"卡翠娜说。

"什么意思？"史密斯问道。

"收费站、停车场、马路上都装有监视器，"韦勒说，"用车牌辨识软件来过滤监视器画面只要花几秒钟就能完成。"

"真是个美丽新世界。"卡翠娜说。

"啊，美丽新世界，里头有这样美丽的人类。"史密斯说。

卡翠娜转头望着史密斯。"你能想想瓦伦丁这种人逃跑时会去哪里吗？"

"不能。"

"不能的意思是说'不知道'？"

史密斯推了推眼镜。"不能的意思是说'我想他不会逃跑'。"

"为什么不会？"

"因为他心里充满愤怒。"

卡翠娜打了个冷战。"如果他听见了播客上达亚访问你的内容，应该只会更愤怒吧。"

"对啊，"史密斯叹了口气，"我可能说得太过火了，但幸好在我家谷仓遭人闯入以后，我换了更坚固的锁，也装了监视器。但如果……"

"如果什么？"

"如果我身上有武器，比如说一把手枪或什么的，我们一家人会觉得更安全。"

"法律规定我们不能给你警用配枪，除非你有执照，或经过枪支训练。"

"紧急配枪需求。"韦勒说。

卡翠娜看着韦勒。也许现在已经符合紧急配枪需求的规定，也许还不符合，但她可以预见倘若史密斯遭到枪杀，斗大的报纸标题一定会写说史密斯曾要求紧急配枪但被拒绝。"你能帮哈尔斯坦申请一把手枪吗？"

"好。"

“好吧，我已经派史卡勒去清查火车、船只、飞机、饭店和民宿，现在我们只能希望瓦伦丁除了亚历山大·德雷尔以外没有别的身份证件。”卡翠娜抬头望着天际。过去她有个男友十分热爱飞行伞，他说即使地面无风，但几百米上空的气流却可能超过高速公路限速。德雷尔。性爱娃娃。有事要做？手枪。愤怒。

“还有，哈利不在家吗？”她说。

韦勒摇了摇头。“我去他家按过门铃，在外头绕了几圈，查看过每一扇窗户。”

“那应该去找欧雷克，”卡翠娜说，“他一定有钥匙。”

“我去找他。”

卡翠娜叹了口气。“如果哈利不在家，可能要请挪威电信定位他的手机。”

一个身穿白衣的鉴识员走到卡翠娜面前。

“后备厢有血迹。”鉴识员说。

“很多吗？”

“对，还发现这个。”鉴识员举起一个透明的大证物袋，里头装着一件破损且沾有血迹的白色蕾丝边上衣。根据酒馆客人的描述，玛尔特·鲁德失踪当晚，身上穿的就是这样一件蕾丝边上衣。

29

星期三晚上

哈利睁开双眼，凝视黑暗。

他在哪里？发生了什么事？他失去意识多久了？他觉得脑袋似乎被人用铁锹打过一样，感觉鼓膜被脉搏的单调韵律敲击着。他只记得自己把门锁了起来。他目前只感觉到自己躺在铺有冰冷瓷砖的地板上，而这里冷得像冰箱。他躺在某种湿滑的东西上面。他抬起手来看了看，那是血吗？

接着，哈利慢慢发觉敲击他鼓膜的不是脉搏。

而是贝斯的声音。

那是恺撒大帝乐队（Kaiser Chiefs）的歌？可能吧，但一定是某个他遗忘的英国嬉皮乐队。并不是说他们不好，而是他们没那么好，因此混在一年以前到过去二十年以内他所听过的一大堆歌里头，所以没留下太多印象。他记得二十世纪八十年代最糟糕的歌曲的旋律和歌词，但二十世纪八十年代到现在之间的记忆是空白的，就好像昨天到现在之间的记忆是空白的。记忆里空无一物，只有那个持续弹奏的贝斯，或是他的心跳，或是某人的敲门声。

哈利又睁开眼睛，闻了闻双手，希望手上沾的不是血，或尿，或呕吐物。

歌曲接近尾声，贝斯逐渐淡出。

声音是从门外传来的。

"打烊了！"哈利高声吼道，才吼完就后悔了，因为他觉得脑袋似乎要爆开了。

歌曲结束，接着播出的是史密斯乐队的歌。哈利明白他一定是听腻了坏伙伴乐队，才把自己的手机连上音响。这首歌叫作《永不熄灭的光》（*There is a Light That Never Goes Out*）。真有这种东西就好了。门上持续传来敲门声。哈利用双手捂住耳朵，但歌曲进行到最后的部分，只剩下弦乐声。他听见有人高声叫喊他的名字。不可能有人知道妒火酒吧的新老板叫哈利，再者他认得那个声音，因此他抓住吧台边缘起身。他先是双膝撑地，接着身体前倾，摆出勉强可以算是站起来的姿势，因为他的鞋底已经踩在黏糊糊的地板上。他看见两瓶翻倒的占边威士忌空酒瓶，瓶口超出吧台边缘。原来他躺在波本威士忌的酒池里。

他看见窗外有一张脸，看来她是独自前来的。

他伸出食指在脖子上划了一下，表示酒吧打烊，对方却比出一根中指，继续拍打窗户。

由于拍窗声就像是用槌子猛敲他已经被打烂的脑子，于是他决定干脆开门好了。他放开吧台，才踏出一步就跌了一跤。他的两条腿都睡着了，怎么会这样？他再度站起，抓着桌椅，摇摇晃晃地走到门前。

"他妈的，"门打开后，卡翠娜哼了一声道，"你喝醉了！"

"大概吧，"哈利说，"我希望自己一直醉下去。"

"妈的你这个大白痴！我们在到处找你，你一直都在这里吗？"

"我不知道你口中的'一直'指的是多久，但吧台上有两个空酒瓶，希望我一直在享受那两瓶酒。"

"我们狂打你的手机。"

"嗯，我的手机应该是调到了飞行模式。你喜欢我的播放列表吗？这个怒气冲冲的女人是玛莎·温莱特（Martha Wainwright），现在她在唱的是《干你妈的王八蛋》（*Bloody Mother Fucking Asshole*），口气是不是很像某人啊？"

"去你的，哈利，你到底在想什么？"

"我没有在想什么，我在飞行模式中啊，你知道的。"

卡翠娜一把抓住哈利的夹克领口。"哈利，有人在外面遇害了，你却还站在这里搞笑？"

"我每天都在努力搞笑啊。卡翠娜，你知道吗？搞笑不会让人变得更好或更坏，也不会影响命案发生的数目。"

"哈利，哈利……"

哈利身子一晃，这才发现原来卡翠娜抓住他领口是为了防止他跌倒。

"哈利，我们错失了逮到他的机会，我们需要你。"

"好吧，那我先喝口酒。"

"哈利！"

"你的声音好……大……"

"我们要走了，我的车就停在外面。"

"我的酒吧现在是欢乐时段，我还没准备好要上工，卡翠娜。"

"你不是要去上工，你是要回家去醒醒酒，欧雷克正在等你。"

"欧雷克？"

"我们请他去霍尔门科伦山上打开你们家大门，他很害怕一开门会发现什么，所以要毕尔一起去。"

哈利闭上眼睛。该死，该死。"卡翠娜，我没办法。"

"你没办法什么？"

"打给欧雷克，跟他说我没事，叫他回到他妈妈身边。"

"哈利，他看起来坚持要等到你回家的样子。"

"我不能让他看见我这个样子，而且我对你来说也没什么用。抱歉，这没什么好讨论的，"他抓住门板，"你走吧。"

"走？把你留在这里？"

"我不会有事的，接下来我只会喝一般饮料，可能再听一点酷玩乐队。"

卡翠娜摇了摇头。"你要回家。"

"我不要回家。"

"不是回你家。"

30

星期三夜

　　再过一小时就是午夜,欧森餐厅挤满熟男熟女,苏格兰创作歌手格里·拉弗蒂(Gerry Rafferty)和他的萨克斯声从喇叭里流泻而出,站得太近的人连马尾都会被吹起来。

　　"这是八十年代的歌。"

　　"应该是七十年代的吧。"乌拉说。

　　"对,可是要到八十年代才传到曼格鲁。"

　　两人哈哈大笑。乌拉看见利兹对一个男子摇了摇头,男子用询问的眼神看着利兹,从他们那桌旁边走过。

　　"其实这是我这星期第二次来这里。"乌拉说。

　　"哦? 那上次是不是也这么好玩?"

　　乌拉摇了摇头。"跟你出来最好玩了。时光飞逝,但你一点都没变。"

　　"对啊,"利兹说,侧过头观察她的朋友,"但你变了。"

　　"是吗? 我失去了自我?"

　　"不是,这其实有点让人烦恼,你失去了笑容。"

　　"有吗?"

　　"你脸上在笑,但你心里没在笑,一点都不像过去那个曼格鲁的乌拉。"

　　乌拉侧过头。"我们搬家了啊。"

　　"对,你嫁了人,生了孩子,还住豪宅,可是用笑容来换这些好像有点不划算。乌拉,到底发生了什么事?"

　　"对啊,到底发生了什么事?"乌拉微微一笑,看了看利兹,看了看饮料，又看了看四周。店里客人的年纪都跟他们相当，但她一张熟悉的面孔都没看见。曼格鲁区成长了，许多人搬来又搬走，有人过世，有人消失，有人只是坐在家里，死气沉沉，与世隔绝。

"还是我来猜猜看？这样会太过分吗？"利兹问道。

"尽管猜吧。"

拉弗蒂唱到一个段落，再度高声吹奏萨克斯，利兹得提高嗓门才能盖过音乐声。"曼格鲁的米凯·贝尔曼，他夺走了你的笑容。"

"利兹，这样讲真的很过分。"

"对啊，但这是事实，不是吗？"

乌拉再度端起酒杯。"嗯，我想是吧。"

"他是不是出轨？"

"利兹！"

"这又不是秘密……"

"什么不是秘密？"

"米凯好女色啊，得了吧，乌拉，你没那么天真吧？"

乌拉叹了口气。"可能没有，但我又能怎么办呢？"

"学学我啊，"利兹说，从冰桶里拿出一瓶白葡萄酒，斟满两人的杯子，"以其人之道还治其人之身，干杯！"

乌拉觉得自己应该喝水。"我试过了，可是我没办法。"

"再试一次啊！"

"这样有什么好处？"

"这你要试了才知道。要治好家里摇摇欲坠的床笫关系，最佳良药就是来个糟糕透顶的一夜情。"

乌拉哈哈大笑。"不是床笫关系有问题啦，利兹。"

"那是什么？"

"是……我会……嫉妒。"

"乌拉·斯沃特会嫉妒别人？你那么漂亮怎么可能还会嫉妒别人？"

"呃，我会啊，"乌拉抗议说，"而且嫉妒很折磨人，所以我想报复。"

"好姐妹，你当然会想报复啊！反正就是朝他的弱点抓下去……我的意思是说……"两人爆出大笑，酒从口中喷了出来。

"利兹，你醉了！"

"我又醉又开心，可是你呢？警察署长夫人，你是又醉又不开心。快打给他啊！"

"打给米凯？现在？"

"不是米凯啦，你这个傻蛋！是打给那个今晚有炮可打的幸运儿。"

"什么？利兹，我才不要！"

"快点！快打给他！"利兹指了指墙边的电话亭，"用那个打给他，这样他就听得见这里的声音！从那里打给他刚刚好。"

"刚好？"乌拉哈哈大笑，看了看表，再过不久她就得回家了，"为什么？"

"为什么？天哪，乌拉！因为那次米凯就是在那里上了斯蒂娜·米谢尔森啊，难道不是吗？"

"这是什么？"哈利问道，觉得整个房间都在他周围旋转。

"甘菊茶。"卡翠娜说。

"我是说音乐。"哈利说，感觉卡翠娜借给他穿的毛衣摩擦着皮肤。他的衣服挂在浴室里晾干，虽然浴室门已经关上，但他依然闻得到令人作呕的强烈酒味。由此可见，他的感官仍在运作，尽管房间转个不停。

"沙滩小屋乐队（Beach House），你没听过他们的歌吗？"

"我不知道，"哈利说，"这就是问题所在，我的记忆正在一点一滴溜走。"他感觉得到自己躺在粗织床罩上，床罩覆盖着将近两米宽的低矮床铺。这间卧房里的家具除了一张桌子和一张椅子，就只有这张床，还有一个老式音响柜，柜上点着一根蜡烛。哈利心想这毛衣和音响应该都是侯勒姆的，又觉得这音乐听起来像是飘浮在整个房间中。他曾有过几次这种感觉，那是在他濒临酒精中毒之际，以及当他逐渐恢复正常之时，无论醉酒还是复原，都会经历相同的阶段。

"我想人生就是这样吧，"卡翠娜说，"一开始我们拥有全部，然后一点一点慢慢失去，像是力量、青春、未来、喜欢的人……"

哈利试着回想侯勒姆要他跟卡翠娜说的是什么，但那记忆稍纵即逝。萝凯。欧雷克。正当他感觉眼眶泛泪，泪水又被愤怒压了下去。我们注定要失去他们，失去我们想留住的每一个人。命运鄙视我们，让我们觉得卑微且渺小。当我们为了失去某人哭泣时，其实并不是出于同情，因为我们清楚地知道亡者终于可以免于痛苦了，但我们依然会哭泣。我们之所以哭，是因我们又变得孤单了。我们是因为自怜而哭泣。

"哈利，你在哪里？"

哈利感觉卡翠娜的手放在他额头上。突然一阵风吹来，吹得窗户喀喀作响，外头的街上传来东西掉落在地上的声音，暴风雨就要来袭。

"我在这里。"哈利说。

房间不停地旋转。他不只感觉得到她手掌的温度，也感觉得到她身体的温度，原来他们两人都躺在床上，距离不到半米。

"我想先死。"哈利说。

"什么？"

"我不想失去他们，他们可以失去我，换他们感受一下失去我是什么感觉。"

她的笑声十分轻柔。"你把我的台词偷走了，哈利。"

"是吗？"

"以前我住院的时候……"

"嗯？"哈利闭上眼睛，感觉卡翠娜的手滑到他后颈轻轻按压，将细微的揉动传送到他的大脑。

"医生一直修改我的诊断，躁郁症、边缘性人格、双相情感障碍，但有个名词经常出现，那就是自杀念头。"

"嗯。"

"但那总会过去。"

"对啊,"哈利说,"可是还会再出现对不对?"

她又笑了。"没什么是永远的,生命也是短暂且经常在变化的,这听起来很可怕,但那也是让我们可以忍受的原因。"

"因为这个也会过去。"

"希望是这样吧。哈利,你知道吗?你跟我是一样的,我们都有孤独的体质,我们都会耽溺在孤独里。"

"你是说我们会故意甩掉我们所爱的人?"

"我们会这样吗?"

"我不知道,我只知道当我走在幸福的薄冰上,我会觉得很害怕,害怕到我希望能立刻结束,立刻掉进水里。"

"这就是为什么我们会从爱人身边逃跑,"卡翠娜说,"逃进酒精里、工作里、一夜情里。"

哈利心想,逃进我们派得上用场的事情里,任凭爱人失血过多而死。

"我们救不了他们,"卡翠娜说,仿佛在回应哈利的思绪,"他们也救不了我们,我们只能自己救自己。"

哈利感觉床垫起伏,知道卡翠娜朝他转过身来,感觉到她温热的气息喷在脸上。

"你的生命中有爱,哈利,你有个人生的挚爱,而且你们彼此相爱,我都不知道你们两个我比较嫉妒谁。"

是什么让他变得如此敏感?难道他吃了摇头丸或致幻剂?若真如此,他又是从哪里拿到毒品的?他毫无头绪,过去二十四小时在他脑中一片空白。

"人们都说做人不要自寻烦恼,"卡翠娜说,"但是当你知道前方只有烦恼的时候,跟烦恼正面碰撞似乎是唯一比较安全的做法,而且免除烦恼的最好方法就是活在当下,把每一天当作最后一天来过,你觉得呢?"

沙滩小屋乐队。哈利想起了这首歌，这首歌叫《愿望》（*Wishes*），的确很特别。他也想起萝凯躺在白色枕头上的脸庞，那脸庞仿佛漂浮在幽黑的深水中，紧贴着冰层底侧。接着他想起瓦伦丁说过的话：你跟我一样，哈利，你也受不了。

"哈利，如果你知道你就快死了，你会想做什么？"

"我不知道。"

"你会不会——"

"我都说我不知道了。"

"你不知道什么？"她低声说。

"我不知道我会不会干你。"

接下来的静默中，哈利听见金属被风吹过柏油路面时所发出的摩擦声响。

"只要去感觉就好，"卡翠娜轻声说，"我们就快死了。"

哈利屏住呼吸，心想，对，我快死了。接着他感觉到卡翠娜也屏住了呼吸。

哈尔斯坦·史密斯听见外头的沟渠传来呼呼的风声，感觉到风带来的气流穿墙而过。虽然他们已尽量把墙壁封住，但再怎么样这也只是座谷仓而已。埃米莉亚。听说大战时期出版过一本小说写了一个名叫玛丽亚的暴风雨，这也是热带气旋以女性名字命名的由来。但是到了二十世纪七十年代，两性平权的观念开始普及，这个命名惯例也出现改变，许多人坚持认为这类致灾性自然现象也应该用男性的名字来命名才对。他看着电脑大屏幕上 Skype 图标上方的微笑面孔，对方的嘴形比声音滞后一点："我想我需要的信息都齐全了，史密斯先生，非常感谢您上线为我们解说，您那里的时间应该很晚了吧？现在洛杉矶这里是将近凌晨三点，不知道瑞典那里是几点？"

"这里是挪威，我们这里快午夜了，"史密斯微微一笑中，"还有不客气，我只是很高兴媒体终于明白吸血鬼症患者是真实存在的，而且对他们感兴趣。"

双方结束通话，史密斯再度打开收件箱。

收件箱里有十三封未读邮件，从发件人和标题来看，这些邮件都是采访和授课的邀请。他还没打开《今日心理学》杂志寄来的信，因为他知道这封信并不紧急，而且他想好好品尝这个滋味。

他看了眼时间。晚上八点半他就哄孩子上床睡觉了，还跟梅在餐桌前喝了杯茶，一如往常，他们述说今天发生的事，分享小小的喜悦，发泄小小的挫折感。过去这几天来，他可以说的事自然比梅多，但他还是尽量平衡工作和家庭，不让自己在外面的活动占去过多分享琐碎家事的时间，而他说的这句话也描述了真实状况："我说得太多了，亲爱的，关于这个无耻吸血鬼症患者的事你在报纸上都读得到。"这时他朝窗外看去，只依稀辨认得出他们家农舍的屋檐，他深爱的家人都在那屋檐下进入梦乡。墙壁不时传来咯吱声响。月亮在云层后方时而探出头，时而躲藏起来。天上的云朵飘得越来越快。一棵死橡树的光秃树枝在原野上不停挥舞，仿佛是在警告他们说灾难就要来袭，更多的死亡和毁灭即将发生。

他打开一封邮件，内容是邀请他去法国里昂参加心理学会议，针对会议主题发表演说。去年他曾向这个会议递交论文摘要申请参加，但遭到拒绝。他在脑海里打回复草稿，开头先感谢对方，说十分荣幸收到邀请，但他还有其他更重要的会议要参加，所以这次无法赴会，欢迎对方下次再来邀约。他咯咯一笑，摇了摇头。他没必要这么骄矜自大，等杀人事件告一段落，这一波突来的吸血鬼症患者风潮就会过去。于是他接受了邀请，心里明白自己对交通、住宿和费用可以提出更理想的要求，却懒得这样做，因为他已经得到他想要的了。他只是希望众人听他一言，跟他一同探索人类心灵的迷宫，认识他所研究的领域，如此一来，大家都可以更了解人类心理，进而改善民众的生活。他要的不过如此。他看了看时间，再过三分钟就是午夜十二点。他耳中突然听见一个声音，心想可能只是风声，于是用鼠标按了一下电脑上的图标，调出监视器画面。首先出现的是栅栏门旁边的监视器画面，只见那门是开着的。

　　楚斯清了清喉咙。

　　她打电话来了。乌拉打电话来了。

　　挂上电话后，楚斯把脏碗盘丢进洗碗机，又拿出两个葡萄酒杯用手洗了洗。那晚和乌拉在欧森餐厅碰面之前，他买了一瓶葡萄酒，现在那瓶酒还在。他把空的比萨盒折起来，塞进垃圾袋，不料垃圾袋爆了开来。该死。他只好把比萨盒连同垃圾袋一起藏到柜子里的水桶和拖把后面。音乐。她喜欢听什么音乐？他努力回想，脑海里响起一个旋律，但他不确定那到底是什么歌，只知道唱的是关于什么藩篱的。是不是杜兰杜兰乐队？听起来也有点像啊哈乐队。他有啊哈乐队的首张专辑。还要点蜡烛。妈的。以前也有女人来过他家，但气氛都没有这次这么重要。

　　欧森餐厅开在闹区，就算暴风雨即将来袭，星期三晚上也不难叫到出租车，这样算起来乌拉可能随时会到，这也代表他没时间冲澡，只能把老二和腋窝洗一洗，或是先洗腋窝、再洗老二好了。×，他觉得压力好大！他原本打算和巅峰时期的梅根·福克斯共度一个安静的夜晚，岂料乌拉竟然打电话过来，还问他能不能稍微来拜访他一下。什么叫"稍微来拜访"？她会不会像上次一样来了一会儿就放他鸽子？ T恤。要不要穿那件在泰国买的 T恤，上头写着"同中有异"？她可能不会觉得这句话很幽默，说不定泰国还会让她联想到性病。还是穿他在曼谷 MBK 商场买的阿玛尼衬衫？不行，那件衬衫的合成纤维会让他汗如雨下，还很容易让人看出是廉价的山寨衣。他翻出一件不知名的纯白 T恤穿上，快步走进浴室，赫然发现马桶得刷一刷才行，但事情总得有个优先级……

　　就在他站在水槽前，手里抓着老二正在搓洗之际，门铃响了起来。

　　卡翠娜看着发出振动的手机。

　　时间将近午夜，过去这几分钟窗外的风刮得越来越强劲，不时发出嗥叫声、呻吟声和砰啪声，但哈利已沉沉睡去。

　　卡翠娜接起手机。

　　"我是哈尔斯坦·史密斯。"史密斯压低声音说话，口气十分不安。

　　"我知道，什么事？"

　　"他来了。"

　　"什么？"

　　"我想瓦伦丁来了。"

　　"你说什么？"

　　"有人打开了我家的栅栏门，我……哦，天哪，我听见了谷仓大门打开的声音，我该怎么做才好？"

　　"什么都别做……试着……你能躲起来吗？"

　　"我没地方躲，外面的监视器拍到他了，我的老天哪，就是他，"史密斯听起来像在哭，"我该怎么办？"

　　"×，我想想看。"卡翠娜咒骂道。

　　这时她的手机被人抢去。

　　"史密斯？我是哈利，我会陪着你。你办公室的门有锁上吗？好，马上去锁，还有把灯关掉，先冷静下来把这两件事做好。"史密斯紧盯着电脑屏幕，低声说："好，我把门锁上了，灯也关了。"

　　"你看得见他？"

　　"不行。可以，现在我看见他了。"史密斯看见一个人影走进通道的另一端，那人踩到了磅秤，脚步踉跄了一下，但随即恢复平衡继续往前走，经过马厩，朝监视器的方向走来。男子经过灯光下方时，光线照亮了他的脸。

　　"哦，我的天哪，哈利，是他，是瓦伦丁。"

　　"保持冷静。"

　　"可是……他把谷仓门锁打开了，哈利，他有钥匙，说不定他也有办公室的钥匙。"

　　"办公室有窗户吗？"

“有，可是太小也太高了。”

“你手边有重物可以用来打他吗？”

“没有，可是我……我有一把手枪。”

“你有一把手枪？”

“对，在抽屉里，可是我还没时间拿去试射。”

“吸口气，史密斯。那把手枪长什么样子？”

“呃，黑色的，警署的人说那是一把格洛克什么的。”

“格洛克十七型，弹匣装进去了吗？”

“装了，他们说里面装了子弹，可是我找不到保险在哪里。”

“没关系，保险在扳机里，只要扣下扳机就能发射。”

史密斯把手机凑到嘴边，尽量压低嗓音说：“我听见了他把钥匙插进门锁的声音。”

“你距离门口有多远？”

“两米。”

“站起来，双手握住手枪，对准门口。记住，你在暗处，他背对光线，没法把你看清楚。如果他手上没武器，你就大叫说：‘警察，跪下。’如果你看见他手中有武器，就对他开三枪。要开三枪，明白吗？”

“明白。”

办公室的门在史密斯面前打开。

那人站在门口，谷仓灯光从背后照进来，照出他的身形轮廓。只见那人举起了手，史密斯倒抽一口凉气，觉得办公室似乎变成了真空状态，吸不到空气。那人正是瓦伦丁·耶尔森。

卡翠娜跳了起来。她听见手机传出砰的一声，尽管哈利还把手机紧紧贴在耳边。

“史密斯？”哈利高声说，“史密斯，你还在吗？”

没有回应。

"史密斯！"

"瓦伦丁开枪杀了他！"卡翠娜呻吟说。

"没有。"哈利说。

"没有？你叫他开三枪，现在他都没回应！"

"那是格洛克的枪声，不是鲁格。"

"可是为什么……"卡翠娜猛然住口，她听见手机里传来了说话声，只能看着哈利万分专注的神情，努力去辨识自己听见的说话声是来自史密斯，还是来自她在旧讯问录音里听过的那个高亢嗓音，那声音曾令她做噩梦。对方正在对哈利说他想做什么。

"好，"哈利说，"你把他的左轮手枪捡起来了？……很好，放进抽屉，然后在看得到他的地方坐下来别动。如果他躺在门口，就让他躺在那里。他在动吗？……好，不……不要，不要帮他急救。如果他只是受伤，可能会躺在那里等你靠近。如果他已经死了，那也太迟了。如果他奄奄一息，那只能怪他运气不好，因为你只会坐在那里看着他。史密斯，你听明白了吗？很好。我们半小时之内会到，我一上车就会打给你，不要把视线从他身上移开，还有打电话给你老婆，叫他们待在家里，跟他们说我们正在赶过去。"

卡翠娜接过手机，哈利翻身下床，走进厕所。卡翠娜以为哈利在厕所里跟她说话，随即发现原来哈利是在呕吐。

楚斯双手直冒汗，他的双腿透过裤子都可以感觉到自己的手心在冒汗。

乌拉喝醉了。尽管如此，她也只是端坐在沙发前缘，把楚斯递给她的一瓶啤酒拿在胸前，像是拿着防身武器。

"真想不到，这是我第一次来你家，"乌拉有点口齿不清地说，"我们都认识……有多少年了？"

"我们是十五岁认识的。"楚斯答道，此刻只要是稍微复杂一点的心算他都算不出来。

乌拉自顾自地微笑，点了点头，或者应该说，她的头往前垂落。

楚斯咳了一声。"外面的风还真大。这个埃米莉亚……"

"楚斯？"

"是？"

"你会想干我吗？"

楚斯吞了口口水。

乌拉咯咯地笑了起来，并未抬头。"楚斯，我希望你的犹豫不是代表——"

"我当然想。"楚斯说。

"很好，"乌拉说，"很好。"她抬起头来，用失焦的目光看着楚斯，"很好。"她的头在细瘦的脖子上摇来晃去，仿佛装了很多很重的东西，诸如沉重的心情，或沉重的心事。这是楚斯千载难逢的机会，这是他梦想已久的开场白，没想到终于有成真的一天：他获得准许，可以干乌拉·斯沃特了。

"你有卧房可以来做这件事吗？"

楚斯看着乌拉，点了点头。乌拉露出微笑，但看起来并不开心。无所谓，管她开不开心。乌拉·斯沃特正在发春，这才是最重要的。楚斯想伸手去抚摸乌拉的脸颊，手却不听使唤。

"有什么不对劲吗，楚斯？"

"不对劲？没有啊，怎么会有呢？"

"你看起来好……"

楚斯等她说下去，却等不到。

"好怎样？"他干脆主动接话。

"好失落，"没想到不是他伸出手，而是乌拉伸手抚摸他的脸颊，"好可怜，楚斯好可怜。"

他正想拍掉那只手，却想到自己要拍掉的是乌拉·斯沃特的手，这么多年来，她终于伸手抚摸了他，一点也不带轻视或嫌恶的意味，而他竟然要拍掉她的手？他究竟是哪根筋不对？这女人想被干，就这么简单明了，他完全可以胜任这项任务，要他硬起来从来不成问题。现在他只要带她离开沙发，进入卧室，脱掉衣服，把老二插进去就好了。她可以尽情大叫、呻吟、哀号，他绝对不会停止，直到她——

"楚斯，你在哭吗？"

哭？这女人也喝得太醉了吧，都出现幻觉了。

他看见乌拉收回了手，放在唇边。

"咸咸的，这真的是泪水，"乌拉说，"有什么事让你不开心吗？"

这时楚斯感觉到了，他感觉到泪水滚落脸颊，感觉到鼻子开始塞住，感觉到喉头开始鼓胀，仿佛吞下了一个太大的东西，令他觉得窒息，喉咙几近被胀破。

"是因为我吗？"乌拉问道。

楚斯摇了摇头，无法言语。

"是因为……米凯吗？"

这句话真的问得很白痴，白痴到楚斯几乎发火。当然不是因为米凯，怎么会是因为米凯？米凯是他的好朋友，只不过这个好朋友从小就在别人面前利用各种机会戏弄他，只有在受到威胁可能被打的时候，才会把他推到前面。后来他们当上了警察，米凯又要绰号瘸四的楚斯替他做尽肮脏事，好让他爬到今天这个位置。为什么他要坐在这里为这种事情哭泣？他们不过就是两个边缘人，为环境所逼而结为朋友，后来其中一人成为人中之龙，另一人沦为凄惨的废物，他何必为了这种事而哭泣？放屁，他才不会！那到底是为了什么？为什么这个废物在终于有机会收复失地、干别人老婆的时候，却像个老太太一样开始哭哭啼啼？这时楚斯看到乌拉的眼中也有泪水滚来滚去。乌拉·斯沃特、楚斯·班森、米凯·贝尔曼，他们从头到尾就是个三人组，曼格鲁的其他人都可以靠边站。事实是他们三人都没有别人可以依靠，只有彼此而已。

乌拉从手提包里拿出一条手帕，轻轻擦了擦眼睛下缘。"你想要我走吗？"她哽咽道。

"我……"楚斯都不认得自己的声音了，"妈的我要是知道就好了，乌拉。"

"我也这么觉得，"乌拉笑说，看了看手帕上沾到的残妆，把手帕收回包里，"楚斯，请你原谅我，这真是个馊主意，我现在就走。"

楚斯点了点头。"也许下次吧，"他说，"下辈子吧。"

"你说得对。"乌拉说，站了起来。

乌拉离去，门关上后，楚斯独自站在玄关，聆听她的脚步声在楼梯间里回荡，渐去渐远，又听见楼下传来开门声，接着是关门声。她走了，彻彻底底地走了。

他觉得……对，他觉得什么？他觉得松了口气，但同时他也觉得绝望，一种难以忍受的绝望，这绝望在他胸口和腹部形成一种具体的疼痛，让他突然想从卧室柜子里拿出手枪，就在此时此刻让自己解脱。接着他双膝一跪，额头抵在门垫上，开始哈哈大笑。他的呼噜笑声一开始就难以停止，笑得越来越大声。妈的，真是个美好人生！

史密斯的一颗心依然在怦怦乱跳。

他听从哈利所说，双眼注视着躺在门口、动也不动的男子，手里拿着手枪瞄准对方。他觉得一阵作呕，因为他看见一摊血在地上扩散开来，朝他逼近。他不能吐，他不能分心。哈利跟他说要开三枪，他是不是应该再补两枪？不用，对方已经死了。

他用颤抖的手指打电话给梅，她立刻接了电话。

"哈尔斯坦？"

"我以为你已经睡了。"他说。

"我跟孩子坐在床上，暴风雨来了，他们睡不着。"

"原来如此，听着，等一下警察会来，到时会有蓝色警示灯，可能还会有警笛声，你们不用害怕。"

"害怕什么？"梅问道，史密斯听见她的声音在颤抖，"到底发生了什么事，哈尔斯坦？刚才我们听到了砰的一声，那是风造成的声音吗？还是别的声音？"

"梅，别担心，没事的……"

"没事才怪！哈尔斯坦，我从你的语气听得出来。孩子们在这边都哭了！"

"我……我会回去解释清楚。"

卡翠娜驾车行驶在原野和林地之间曲折蜿蜒的碎石小路上。

哈利把手机放进口袋。"史密斯回农舍陪家人了。"

"那一定是没问题了。"卡翠娜说。

哈利没有回话。

风势越来越强劲。车子穿过树林时，卡翠娜必须留意路上的树枝和其他残骸。车子开上空旷原野时，她得紧紧握住方向盘，以免车子被强风吹跑。

哈利的手机响起，卡翠娜驾车转入开着的栅栏门，进到史密斯的农庄。

"我们到了，"哈利对手机说，"你们到了以后把整个地区封锁起来，但什么都别碰，等鉴识人员抵达就好。"

卡翠娜把车子停在谷仓门口，跳下了车。

"你带路。"哈利说，跟着卡翠娜走进谷仓大门。

卡翠娜进了大门直接右转，朝办公室走去，这时她听见哈利咒骂了一声。

"抱歉，忘了警告你那里有个磅秤。"卡翠娜说。

"不是因为那个，"哈利说，"是因为我在这里的地上看见了血迹。"

卡翠娜在开着的办公室门前停下脚步，望着门口的一摊血迹。该死，瓦伦丁不在这里。

"你照料一下史密斯。"哈利在卡翠娜背后说。

"什么？"

卡翠娜一回头就看见哈利消失在谷仓大门外。

一阵强风吹来，把哈利吹得一晃，他站稳身子，开启手机的照明功能，对着地面。血迹在苍白的碎石小径上十分显眼。哈利跟着细长的血迹走去，风从背后吹来，血迹显示瓦伦丁逃往了农舍的方向。

这可不妙……

哈利抽出格洛克手枪，刚才他没时间查看瓦伦丁的左轮手枪是否还在办公室抽屉里，因此必须假设瓦伦丁持有枪支。

血迹不见了。

哈利对着地面转动手机，不由得松了口气。他看见血迹离开碎石小径，远离农舍，穿过枯黄草地，朝原野的方向行进。这里的血迹也十分容易追踪，这时的风速应该已经达到了强风等级。哈利感觉有几滴雨珠呈抛射状击中他的脸颊，看样子这雨一旦开始下起来，一定会在刹那间把血迹冲刷得一干二净。

瓦伦丁闭上眼睛，对着迎面而来的强风张开嘴巴，仿佛强风可以把新生命吹进他的体内。生命。为什么每样东西都是在即将失去时才会让人觉得最有价值？先是她，后来是自由，而今是生命。

生命正从他体内流失，他感觉得到变凉的鲜血充塞在鞋子里。他讨厌血，喜欢血的是另外那个男人，那个跟他结盟的男人。究竟从什么时候开始，他发现恶魔不是自己，而是另外那个人、那个嗜血的男人？是从什么时候开始，瓦伦丁·耶尔森出卖且失去了灵魂？他抬头望着天空，仰天狂笑。暴风雨来了，恶魔自由了。

哈利奔跑着，一手握着格洛克手枪，一手拿着手机。

他穿过空旷之地，往下坡跑去，强风从背后不停吹来。瓦伦丁受了伤，一定会循着最容易脱身的路径逃走，尽量和即将抵达的追兵拉开距离。哈利觉得脚下的震动传送到了头部，胃里再度上下翻搅，只能吞口口水，把呕吐感压下去，脑子里想象着森林小路，想象着身穿全新安德玛慢跑装的家伙跑在前面，然后继续往前跑。

他越来越靠近树林，脚步也慢了下来。他知道自己只要一改变方向就会面对强风。

树林里有一栋荒废的木屋，壁板腐烂，上头搭着波浪形铁皮屋顶，原本可能是用来存放工具的，现在可能是动物用来躲雨的地方。

哈利拿手机照向小屋，耳中除了暴风雨的声音什么也没听见。这里一片漆黑，就算是在温暖的气候，风从对的方向吹来，他也不可能闻得到血腥味。尽管如此，他仍然知道瓦伦丁就在这里，就好像他每隔一段时间就会知道事情将如何发生，却还是把事情都搞砸了。

哈利再度把手机照向地面。血迹的间隔缩短了，可见瓦伦丁来到这里也慢下了脚步，因为他想评估情势，又或者是因为他累了，不得不停下来。在此之前的血迹都呈直线行进，到这里却转了个弯，朝小屋前进。哈利的感觉没有错。

哈利朝小屋右侧的一片树林发足奔去，进入树林后又跑了一会儿，然后停下脚步，关闭手机照明功能，举起格洛克手枪，以圆弧路线前进，从另一侧接近小屋，接着他趴到地上，匍匐前进，爬过地面。

风迎面吹来，这降低了瓦伦丁听见他的概率。强风带着声音吹向哈利，他听见远处传来的警笛声在强风之间起起伏伏。

哈利爬过一棵倒塌的树木，这时天上降下一道无声的闪电，照出小屋的影子，只见小屋旁有个人影十分显眼。是他。他就坐在两棵树中间，背对哈利。两人之间只有五六米远。

哈利举起手枪对准那人。

"瓦伦丁！"

哈利的叫声有一部分被迟来的隆隆雷声掩盖了，但他仍看见眼前的那个人身子僵了一下。

"瓦伦丁，你在我的视线范围内，把枪放下。"

突然之间，风减弱了，哈利听见了另一个声音，一个高亢的笑声。

"哈利，你又出来玩啦。"

"我向来都会坚持到情势逆转的最后一刻。把枪放下。"

"你找到我了。你怎么知道我会坐在外面，而不是坐在小屋里面？"

"因为我了解你，瓦伦丁，你认为我会先去查看最显眼的地方，所以你才会坐在外面，打算临死前再送一个人上路。"

"我们是旅途上的好伙伴，"瓦伦丁发出带痰似的咳嗽声，"我们是双胞胎灵魂，所以我们的灵魂应该前往同一个地方才对，哈利。"

"把枪放下，不然我就开枪了。"

"我常常想到我妈，哈利，你会吗？"

哈利看见瓦伦丁的头在黑暗中上下晃动。突然之间，瓦伦丁的身影被另一道闪电照亮。雨下得更大了，这一波雨下得又急又猛，却无风。他们正位于暴风眼之中。

"我常常想到她是因为我虽然恨我自己，但我更恨她。哈利，我只是想造成比她更多的破坏，但我想可能没办法了。她毁了我。"

"没办法吗？玛尔特·鲁德在哪里？"

"对，没办法，因为我是独一无二的。哈利，你我跟别人不一样，我们是独一无二的。"

"抱歉让你失望了，瓦伦丁，我不是独一无二的。她在哪里？"

"哈利，跟你说两个坏消息。第一，你可以忘记那个红发女孩了。第二，是的，你是独一无二的。"瓦伦丁又哈哈大笑，"这句话听了会让你不舒服，对不对？你躲在芸芸众生里，伪装成凡夫俗子，以为在人群里可以找到归属，可以找到真正的自己，但真正的你就坐在这里。哈利，你心里正在想，要不要杀了我？不只这样，你还利用了奥萝拉、玛尔特那些女孩来提升你心中的美妙恨意。现在轮到你来决定一个人的生死，你享受得不得了。你享受当神的滋味，你梦想成为我，你一直等待有一天轮到你当吸血鬼。你就承认吧，哈利，你认得出这种渴望，有一天你也会吸血。"

"我可不是你。"哈利说，吞了口口水。他听见轰隆的雷声传入脑子，感觉一阵强风吹来，新一波的雨水洒在他握枪的那只手上。看来无风的暴风眼即将离开。

"你跟我很像，"瓦伦丁说，"所以你才会被耍得团团转。你跟我都自以为是最聪明的家伙，结果我们都被耍了，哈利。"

"我不——"

瓦伦丁猛然转身，哈利看见瓦伦丁拿着一个长的管状物朝他指来，立刻扣下格洛克手枪的扳机。手枪击发一次、两次。又一道闪电照亮树林，哈利看见瓦伦丁的身体在夜空之中凝结成锯齿状，就像闪电一般。他双眼突出，嘴巴张开，衬衫胸前有大片血迹，右手拿着一根树枝指着哈利。接着他倒了下来。

哈利站稳身子，走到瓦伦丁面前，只见他双膝跪地，身体靠在一棵树上，两眼无神。瓦伦丁死了。

哈利瞄准瓦伦丁的胸口，又补了一枪。轰隆的雷声吞没了枪声。

一共三枪。

开三枪并不是因为其中有什么道理，而是因为音乐常以三段式来呈现，故事常有三段式结构。就该用三这个数字。

某种东西正在接近，听起来像是雷电重重踏上地面，挤压空气，迫使树木弯折。

大雨滂沱而下。

31

星期三夜

哈利坐在史密斯家的餐桌前,双手握着一杯热茶,脖子上围着一条毛巾。雨水从他身上的衣服滴落至地面。强风仍在窗外嚎叫,大雨噼里啪啦地打在窗玻璃上,使得院子里的警车看起来宛如配备了旋转蓝色灯光的扭曲不明飞行物。雨水落下的速度像是被气流拖慢了。月亮。空气里有月亮的味道。

哈利觉得坐在他对面的哈尔斯坦·史密斯依然处于惊吓状态,只见他瞳孔扩张,面无表情。

"你确定……"

"对,哈尔斯坦,我确定他死透了,"哈利说,"但如果你离开谷仓的时候没把他的左轮手枪一起带走,现在我一定没法活着坐在这里。"

"我也不知道为什么我会把他的枪带走,我以为他已经死了,"史密斯用机器人似的金属声音低声说,低头看着摆在桌上的长管左轮手枪,旁边放着他用来射伤瓦伦丁的格洛克手枪,"我以为我正中他的胸部。"

"你是打中了他的胸部,没错。"哈利说。月亮。登陆月球的航天员曾回报说月亮闻起来有燃烧的火药味。火药味有一部分来自哈利夹克里的那把手枪,但大部分来自餐桌上的那把格洛克。哈利拿起瓦伦丁的红色左轮手枪,闻了闻枪管,同样也有火药味,但没有那么浓烈。卡翠娜走进厨房,雨水从她的黑发上滴落下来。"犯罪现场鉴识小组已经到耶尔森那里了。"

她看了看那把左轮手枪。

"它发射过。"哈利说。

"不会吧,"史密斯低声说,下意识摇了摇头,"他只是指着我而已。"

"不是刚才，"哈利说，看着卡翠娜，"火药味会残留好几天。"

"玛尔特·鲁德？"卡翠娜说，"你认为……"

"是我先开枪的，"史密斯抬起呆滞的双眼，"我射中了瓦伦丁，现在他死了。"

哈利倾身向前，把一只手放在他的肩膀上："这就是为什么你现在还活着，哈尔斯坦。"

史密斯缓缓点了点头。

哈利对卡翠娜使个眼色，要她照顾史密斯，然后站起身来。"我去谷仓。"

"不要去更远的地方了，"卡翠娜说，"他们会来找你问话。"

哈利从农舍跑到谷仓，到达办公室时全身再度湿透。他在桌前坐下，任由目光在办公室内游走，最后停留在那幅长着蝙蝠翅膀的男人画像上。哈利觉得那幅画所散发的寂寞感其实比阴森感还要强烈，可能因为看起来有点眼熟的关系。他闭上双眼。

他需要来一杯。哈利赶紧把这个念头推开，睁开双眼。他面前的电脑画面分为两个窗口，分别显示两个监视器的画面。他操纵鼠标，把光标移到窗口的时钟上，将时间倒转到午夜之前，大约是史密斯打电话给他们的时候。大约二十秒后，一个身影出现在栅栏门前。是瓦伦丁。他是从左边来的，也就是从主干道的方向过来的。他是搭公交车，还是出租车？他手中拿着一把白色钥匙，打开栅栏门，悄悄溜了进来。栅栏门在他背后关上，但没完全关好。十五到二十秒后，哈利看见瓦伦丁出现在另一个画面中，那个画面里有空荡的马厩和磅秤。瓦伦丁踩上金属秤盘时差点摔跤，他背后的刻度盘转动，显示这个杀人如麻、有时甚至徒手杀人的禽兽，体重只有七十四公斤，比哈利轻了二十二公斤。接着瓦伦丁朝监视器的方向走来，仿佛直盯着监视器的镜头看，却还是没看见镜头。瓦伦丁走出镜头时，哈利看见他把手伸进外套的大口袋里。接着哈利只看见空马厩、空磅秤和瓦伦丁影子的头部。哈利在脑子里重新建构那几秒钟，他和史密斯的手机对话的每字每句他都记得清清楚楚。昨天其余的时间以及他和卡翠娜共处的那几小时他全都不记得了，但他和史密斯对话的每分每秒却都深刻地烙印在脑海中。他的记忆力总是这样。他喝酒时，掌管私领域的脑子就像是镀了一层铁氟龙不粘涂层，而掌管公领域的警察脑子则像是涂了一层强力黏合剂，仿佛一部分的脑子想要忘记，而另一部分的脑子却必须记住。内部调查组如果要把他记得的细节全部记录下来，那份讯问报告肯定会是厚厚一沓。

哈利看见瓦伦丁把门打开，门的边缘进入画面，接着瓦伦丁的影子抬起手臂，又任由手臂垂落。

哈利按下快转键。

他看见史密斯拖着脚步，背对镜头，经过马厩，离开谷仓。

一分钟后，瓦伦丁经由同一条路拖着身体离开。哈利让影片恢复正常速度，只见瓦伦丁倚着马厩，看起来像是随时可能倒下，但还是逐步往前走，站上磅秤，在上头摇摇晃晃。刻度盘显示他比到达谷仓时轻了半公斤。哈利朝电脑屏幕后方地上的那摊血迹看了一眼，接着就看见瓦伦丁挣扎着打开谷仓大门。这时哈利感觉到了瓦伦丁强烈的求生意志，除非那是他怕被逮到的恐惧。哈利突然想到，这段录像迟早一定会流出，成为 YouTube 上面的热门视频。

毕尔·侯勒姆的苍白脸庞出现在门口。"原来一切就是从这里开始的。"他说着跨进门来。哈利再度在心里发出赞叹。侯勒姆这个平常不怎么优雅的鉴识员，在进入犯罪现场的那一瞬间就仿佛化身为姿态优雅的芭蕾舞者。他在那摊血迹旁蹲下身来。"他们正把他抬走。"

"嗯。"

"哈利，他身上有四个射入的伤口，有几发是你……"

"三发，"哈利说，"哈尔斯坦只射了他一枪。"

侯勒姆做了个鬼脸。"他是开枪射中持枪歹徒啊。哈利，你想到要怎么跟内部调查组说明你开的那三枪了吗？"

哈利耸了耸肩。"当然是实话实说。那时天色很暗，瓦伦丁手上拿着一根树枝，骗我以为他拿的是枪。他知道自己已经走投无路了，所以希望我开枪射死他。"

"那还不是一样？你朝一个手无寸铁的人胸前开了三枪……"

哈利点了点头。

侯勒姆深深吸了口气，越过肩头望向哈利，压低嗓音说："当然了，当时天色很暗，雨又很大，强烈的暴风雨横扫那片树林。如果我现在亲自去那里查看，很可能会在瓦伦丁倒卧的地方发现他藏了一把枪。"

两人四目相对，风吹得墙壁咯吱作响。

哈利看着侯勒姆脸颊发红，心知他这么做会付出什么代价，也知道他的提议会超过他所能负担的。侯勒姆要付出的是他珍视的一切，包括他们共同的价值观、道德观，以及他们两人的灵魂。

"谢了，"哈利说，"谢谢你，我的朋友，但我必须说不用了。"

侯勒姆眨了两下眼睛，吞了口口水，颤抖着呼出一口长气，发出短促、怪异的咯咯笑声。

"我得回去了。"他说，站了起来。

"去吧。"哈利说。

侯勒姆站在哈利面前，犹豫片刻，仿佛想说什么，又或是想上前拥抱他。哈利再度倾身向前，看着电脑屏幕，说："回头再说吧，毕尔。"

哈利在画面中看着这名鉴识专家微驼的身形渐去渐远。

他握拳在键盘上重重地敲了一下。一杯就好，妈的，×！只要喝一杯就好。

他的目光又回到蝙蝠男人的画像上。

那时史密斯是怎么说来着？他知道，他知道我在哪里。

32

星期三夜

米凯·贝尔曼双臂交叠，心想奥斯陆警署好像不曾在凌晨两点召开过记者会。他倚着讲台左边的墙壁望着房内，里头挤满了几名夜班编辑、其他新闻部人员、原本可能负责报道埃米莉亚肆虐消息的记者、刚被拖下床睡眼惺忪的播报员。莫娜·达亚身穿运动服和雨衣前来，看起来神采奕奕。

讲台上，卡翠娜·布莱特站在犯罪特警队队长甘纳·哈根旁边，正在详细说明在瓦伦丁·耶尔森辛桑区住处的攻坚行动，以及后来在哈尔斯坦·史密斯家农庄发生的戏剧化事件。相机闪光灯闪个不停，米凯知道自己虽然没有坐在台上，但有时相机还是会对准他，所以他尽力摆出伊莎贝尔建议他做出的表情：严肃，但内心充满胜利的满足感。他前来警署的路上已和伊莎贝尔通过电话。"记住，有人死了，"伊莎贝尔说，"所以不准露齿而笑或一脸欢天喜地的样子。想象自己是诺曼底登陆战开打后的艾森豪威尔将军，你是领袖，不管是胜利还是发生悲剧，你都必须一肩扛起。"

米凯捂嘴打了个哈欠。今晚是乌拉的女生之夜，她从市区回到家时吵醒了他。除了年轻的时候，他没再看见乌拉喝醉过。说到这个，哈利·霍勒就站在他旁边，倘若他对哈利不熟，一定会认为这名前任警探喝醉了。哈利看起来比那些记者还疲惫，而且那身湿答答的衣服散发出来的气味应该是酒味吧？

一个口操罗加兰方言的记者突然插嘴说："我明白你不想公布击毙瓦伦丁·耶尔森的警察姓名，但你可不可以告诉我们当时瓦伦丁身上有没有武器？或者有没有开枪反击？"

"我说过了，我们想等案情完全厘清以后再公布细节。"卡翠娜说，朝举手挥舞的莫娜指了指。

"但你可以告诉我们哈尔斯坦·史密斯涉及此事的细节吗？"

"可以，"卡翠娜说，"我们清楚所有细节是因为监视器拍下了事发经过，而且当时我们正跟史密斯在手机上通话。"

"对，你刚才说过，但他在跟谁通话？"

"我，"卡翠娜顿了一下，"还有哈利·霍勒。"

莫娜侧过了头。"所以事发当时你跟哈利·霍勒在警署这里？"

米凯看见卡翠娜瞄了哈根一眼，仿佛是想求助，但犯罪特警队队长似乎不明白卡翠娜的用意，米凯同样也不明白。

"目前我们不想透露太多警方的工作方式，"哈根说，"以免影响未来办案时收集证据和制定策略的工作。"

莫娜和其他记者对这个答案似乎颇为满意，但米凯从哈根的表情看得出他不知道自己替卡翠娜隐瞒了什么。

"时间很晚了，大家都还有很多工作要做，"哈根说，看了看表，"下一场记者会将在中午十二点举行，希望到时候有更多案情可以跟各位报告，现在大家都能回去睡个好觉了，晚安。"

哈根和卡翠娜双双站起，闪光灯闪得更加激烈。有些摄影师把镜头转向米凯，但有些人站了起来，挡在相机和米凯之间。米凯往前踏一步，好让摄影师清楚捕捉他的镜头。

"哈利，你先别走。"米凯说，并未转头，也没改变脸上的艾森豪威尔式表情。待一连串的闪光停止后，他才转身面向哈利，只见哈利站在那里，双臂交叠。

"我不会把你丢给狼群的，"米凯说，"你只是善尽本分，击毙危险的连环杀手而已。"他伸出一只手搭在哈利的肩膀上。"我们会照顾自己人的，好吗？"

身形较为高大的哈利对搭在自己肩膀上的那只手投以锐利目光，米凯将手缩回。哈利用比平常还沙哑的声音说："好好享受你的胜利，贝尔曼。明天一大早我得接受讯问，晚安了。"

米凯看着哈利朝警署大门走去，只见他走路时双腿张开，膝盖微曲，仿佛水手走在颠簸的甲板上。

米凯已跟伊莎贝尔讨论过，两人一致认为这场胜利如果要避免留下苦涩的余味，最理想的状况是内部调查组最后判定哈利的处理方式没有不当之处，即使有也情节轻微。至于要如何协助内部调查组达到这个决议还有待商榷，因为他们无法直接贿赂调查组组员。但显而易见的是，任何有大脑的人都懂得一点常识判断。而伊莎贝尔认为，对媒体和一般民众来说，滥杀案以凶手遭到警察击毙作结，这几乎已成为近年来的惯例，媒体和民众也都心照不宣，接受社会以快速有效的方式处理这类案件。这样做不仅符合老百姓要求公平正义的心态，也省去了重大杀人案呈直线蹿升的诉讼费用。

米凯寻找着卡翠娜，他知道他们两人站在一起会成为拍摄焦点，但她已离去。

"甘纳！"米凯高声喊道，声音大到足以吸引几名摄影师转过头来。犯罪特警队队长在门口停下脚步，朝米凯走来。

"表情严肃点，"米凯压低声音说，伸出了手，又拉高嗓门说，"恭喜破案。"

哈利站在伯格街的一盏街灯下，试着想在埃米莉亚的余威中点燃一根烟。他全身都冻僵了，牙齿打战。香烟在双唇之间上下抖动。

他朝警署大门看了一眼，只见播报员和记者陆续从门内走出，他们不像往常那样喧哗，而是朝格兰斯莱达街的方向沉默且缓慢地走去。他们可能跟他一样十分疲惫，也可能跟他一样感觉到一种空虚，一种案子解决后的空虚，就像是走到路的尽头，发现再没有路可以走，没有疆域可以开拓。就像哈利的爷爷的遭遇一样，老婆仍在屋里，身旁围绕着医生和助产士，而他却帮不上忙也派不上用场。

"你在等什么？"

哈利转过身来，看见是侯勒姆。

"我在等卡翠娜，"哈利说，"她去停车场开车了，说会载我回家，如果你也需要搭便车的话……"

侯勒姆摇了摇头。"我托你问卡翠娜的事，你问她了吗？"

哈利点了点头，又试着点燃香烟。

"你的意思是'问过了'？"侯勒姆纳闷道。

"没有，"哈利说，"我还没问她对你的意思是什么。"

"还没问？"

哈利闭了一下眼睛，说不定他问过了，总之他不记得卡翠娜回答了什么。

"我会这样问只是因为我在想……你们两个半夜在一起，又不是在警署，那你们可能不是在谈公事。"

哈利用手掌护住香烟和打火机，眼睛望着侯勒姆，只见他那对浅蓝色眼眸比平常还要突出。

"我只记得公事。"

侯勒姆看着地面，跺了跺脚，像是想促进血液循环，又像是无法离开原地。

"我会再跟你说，毕尔。"

侯勒姆点了点头，却没抬头，只是转身离开。

哈利看着他离去的身影，感觉他似乎看见了什么，而那是自己没有意识到的事。有了！烟终于点着了！

一辆车驶到哈利身旁停下。

哈利叹了口气，把香烟扔在地上，开门上车。

"你们两个在讲什么？"卡翠娜问道，看着侯勒姆，驾车往格兰斯莱达街的平静夜色中驶去。

"我们有发生关系吗？"哈利问道。

"什么？"

"今晚稍早的事我什么都不记得了，我们有上床吗？"

卡翠娜没有答话，看起来正专心开车，把车停在红灯前的白线上。哈利静静等待。

灯号转为绿灯。

"没有，"卡翠娜说，踩下油门，放开离合器，"我们没有发生关系。"

"很好。"哈利说，低声嘘了口气。

"你烂醉如泥。"

"什么？"

"你烂醉如泥，后来就睡着了。"

哈利闭上眼睛。"真该死。"

"对啊，我也这样想。"

"我不是那个意思。因为萝凯还在昏迷当中，而我——"

"而你也尽力让自己陷入昏迷？算了吧，哈利，更糟的事已经发生了。"

电台传出一个干巴巴的声音，播报说吸血鬼症患者瓦伦丁·耶尔森已于午夜被击毙，此外奥斯陆平安度过史上第一个热带气旋的来袭。卡翠娜和哈利在车上静默无语，车子穿过麦佑斯登区和芬伦区，朝霍尔门科伦区行进。

"你最近对侯勒姆是怎么想的？"哈利问道，"有可能再给他一次机会吗？"

"他叫你问我吗？"

哈利默然不答。

"我觉得他好像跟那个叫什么利恩的在搞暧昧。"

"这件事我一无所知。开到这里就可以了，我在这里下车。"

"不用让我把车开进车道，送你到门口？"

"这样会吵醒欧雷克，这里就好了，谢啦。"哈利打开车门，却没动。

"怎么了？"

"嗯，没什么。"他下了车。

哈利看着车子的后车灯消失，然后才走上车道，朝大宅走去。

大宅森然耸立，没有灯光，没有呼吸，看起来比黑暗还要阴森。

他用钥匙打开大门。

接着就看见欧雷克的鞋子，但什么声音都没听见。

他去洗衣间脱下衣服放在洗衣篮里，上楼进到卧室，穿上干净衣服。他知道自己无法入眠，便下楼走进厨房，泡了些咖啡，看着窗外。

他思考着，然后把念头推到一旁，倒了杯咖啡，他知道自己不会喝下去。他可以去炉火酒吧，但他这时也不想喝酒，晚点再喝好了。

念头又回来了。

念头有两个。

这两个是最简单也最大声的。

一个念头说，如果萝凯有个什么万一，那么他也会随她而去。

另一个念头说，如果萝凯熬过这个关卡，那么他会离开她，只因她值得更好的人，只因离开的人不应该是她。

第三个念头冒出来。

哈利把脸埋在双手之中。

这个念头是说，他不确定自己是否希望萝凯安然渡过鬼门关。

该死，该死！

接着第四个念头冒出来。

这念头说的是瓦伦丁在树林里说的话。

结果我们都被耍了，哈利。

瓦伦丁一定是在说哈利耍了他，否则难道是别人？难道耍了瓦伦丁的另有其人？

所以你才会被耍得团团转。

瓦伦丁说完这句话之后，就想骗哈利以为他手里拿的是枪，但说不定他指的不是这件事，说不定他另有所指。

一只手突然搭上后颈，哈利吓了一跳。

他回头往上看。

只见欧雷克站在他椅子后头。

"我没听见你进来。"哈利试着说话，声音却不由自主地颤抖。

"你睡着了。"

"睡着？"哈利双手在餐桌上一按，直起身来，"没有，我只是坐在这里——"

"爸，你睡着了。"欧雷克插嘴说，微微一笑。

哈利眨了眨眼驱开迷雾，又环顾四周，再用手摸了摸咖啡杯。咖啡凉了。"天哪。"

"我想过了。"欧雷克说，拉开哈利旁边的一张椅子坐下。

哈利咂咂嘴润了一下口腔。

"你说得没错。"

"是吗？"哈利喝了一口冷掉的咖啡，去除恶心的胆汁味道。

"对，你不仅对身边的人有责任，还必须照顾素昧平生的人，我没权利要求你放弃他们。命案对你来说虽然跟毒品一样，但并不能改变这一点。"

"嗯，这个结论是你自己想出来的？"

"对，海尔加帮了我一点，"欧雷克低头看着自己的双手，"她比我更擅长从不同角度来看事情。还有我说我不想变得跟你一样不是真心的。"

哈利把手放在欧雷克肩膀上，看见欧雷克把他的旧埃尔维斯·科斯特洛（Elvis Costello）歌手 T 恤拿来当睡衣："儿子？"

"怎么样？"

"答应我你不会变得跟我一样。我只要求你这个。"

欧雷克点了点头。"还有一件事。"他说。

"什么事？"

"斯蒂芬斯打过电话来，是妈的事。"

哈利屏住呼吸，觉得心脏像是被一把铁钳给夹住了。

"她醒过来了。"

33

星期四上午

"喂？"

"安德斯·韦勒吗？"

"我是。"

"早安，我这里是鉴识医学中心。"

"早安。"

"我打来是关于你送验的那根头发。"

"哦？"

"你收到我寄给你的打印数据了吗？"

"收到了。"

"好，那份数据不是完整分析，但你可以看到那根头发的DNA跟我们已登记在案的吸血鬼症患者案件中的一个DNA基因图谱档案有关联性，也就是DNA档案第二〇一号。"

"有，我看到了。"

"我不知道第二〇一档案属于谁，但我们至少知道它不属于瓦伦丁·耶尔森。由于DNA只有部分符合，我又没收到你的回复，所以才想打电话来问你是否收到分析结果，因为我想你们应该要我们做完整套分析吧？"

"不用了，谢谢。"

"不用？可是——"

"这件案子已经侦结了，你们还有很多其他工作要做。对了，那份数据你除了寄给我，还寄给谁了吗？"

　　"没有，我没看见上面要求还要寄给谁，你要我——"

　　"不用，你可以结案了，谢谢你的帮忙。"

第三部

但他不肯放弃。过去他曾放弃过很多次，他曾屈服于疼痛、恐惧和求死的愿望，但他也曾任由自私的原始求生本能喊出对无痛虚空、永恒睡眠和黑暗的渴求，这就是现在他还活着的原因。

34

星期六白天

金川政用火钳将烧得又红又烫的铁块从炉子里夹出来，放在铁砧上，以小锤敲击。这柄小锤采用的是日本传统设计，顶部突出宛如绞刑架。这座小铁铺是金川政从父亲和祖父那里继承的，但一如和歌山市的其他铁匠，他也为收支平衡伤透脑筋。长久以来，钢铁业一直是和歌山市的经济支柱，但如今整个产业都移到了中国，因此他不得不把重心转移到较为独特的产品上，例如日本刀。

日本刀又称武士刀，这种刀特别受美国人青睐，不过金川政接到的日本刀订单来自全球各地的私人买家。日本法律规定刀匠必须持有执照，也必须当过五年学徒，一个月只准制造两把长刀，而且必须向政府登记。金川政只是个单纯的铁匠，他做出好刀后以便宜的价格卖给持有执照的刀匠，然而他知道这事难保不被抓到，因此总是保持低调。他不知道也不想知道客户打算把刀拿去做什么用途，只能暗自希望客户是拿去锻炼、装饰或收藏。他只知道这样做能喂饱自己和家人，也能让小铁铺继续经营下去。

他谆谆嘱咐儿子，一定要把书念好，另谋他职，因为当铁匠太辛苦，收入太微薄。儿子的确听从了嘱咐，但供他上大学非常花钱，因此金川政对订单来者不拒。例如现在他手上这张订单的客户在挪威，工作内容是要复制一件日本平安时代的铁器，而且这是对方第二次订制相同的物品，第一次是在六个月前。金川政不知道客户姓名，手上也只有对方给的邮政信箱地址，但是无所谓，客户已把他要求的高昂价码付清了。这玩意之所以贵不仅因为制作复杂，必须依照客户提供的设计图来打造小小的牙齿，也因为他心里觉得不对劲。金川政说不出为什么他觉得做这玩意比做刀还来得不对劲，只是每次看到那副铁假牙他都会不由自主地打个冷战。此时他正从铁铺开车回家，走的是三七〇国道，这是一条"会唱歌"的马路。通过精心的设计，这条马路上挖出了许多间隔不一的细小长沟，轮胎轧过时会发出震动，从而形成动听的旋律。但今天他耳中听见的不再是安抚人心的优美音符，而是带有警告意味的低沉的隆隆声响，声音越来越大，最后化为尖叫，宛如恶魔所发出的尖叫。

哈利醒了过来，点了根烟，仔细思索。今天这是哪一种"醒来"？这不是直接准备上工的"醒来"，今天是星期六，下星期一寒假结束后学校才会开始上课，而且今天爱斯坦会去妒火酒吧看店。

今早他不是独自醒来，萝凯躺在他身边。萝凯从医院返家的头几个星期，每次哈利躺在床上看着她沉沉睡去，都会害怕她醒不过来，害怕那个医生诊断不出的神秘病症会复发。

"人就是无法应付疑惑，"斯蒂芬斯说道，"哈利，人都喜欢相信自己什么都知道，比如说被告是有罪的、诊断是确切的。承认自己有疑惑就只是承认自己的不足，而不是说这个谜团太过复杂或我们的专业有其局限。事实上我们可能永远都无法确定萝凯生了什么病。她的肥大细胞数目些微上升，起初我以为她罹患的是某种罕见的血液疾病，但现在症状都消失了。从许多迹象来看，她是中了毒，这样你就不用担心会复发，就跟吸血鬼症患者案一样，你说是吗？"

"但我们确实知道是谁杀了那些女人。"

"你说得对，这个比喻不恰当。"

几个星期过去了，哈利担心萝凯病情复发的间隔越来越长。

同样地，每次手机响起，他担心吸血鬼症患者案再度发生的间隔也越来越长。

所以今天不是满怀焦虑的醒来。

　　瓦伦丁·耶尔森死后，哈利经历过几次焦虑的醒来，奇怪的是，那些醒来都不是发生在内部调查组讯问他的那段期间。话说内部调查组最后得出的结论是，哈利面对危险杀人犯的主动挑衅，身处不确定的情境中，因此不能视为开枪过当。内部调查组侦讯结束后，瓦伦丁和玛尔特·鲁德开始来他梦中拜访，焦虑的醒来开始发生。此外，在他耳边轻声说"所以你才会被耍得团团转"的不是瓦伦丁，而是玛尔特。哈利对自己说，如今寻找玛尔特是别人的责任，不是他的。随着时间过去，几个星期变成几个月，他们来梦中拜访的频率越来越低。哈利恢复了规律的日常生活，往返于警察大学和家之间，同时不再碰酒，这也有助于噩梦的减少。

　　今天，他终于回到应该属于他自己的位置，因为今天的醒来是第五种醒来，也就是满足的醒来，他会每天都把幸福的日子复制粘贴，血液中的血清素含量也会回到正常浓度。

　　哈利轻手轻脚爬下床，穿上裤子，下楼走进厨房，把萝凯爱喝的胶囊放进意式咖啡机，打开开关，然后踏出屋外，走下台阶。他赤脚踩在雪上，脚底感受到愉悦的微刺感，鼻中吸入冬季的凛冽空气。覆盖白雪的城市依然笼罩在黑暗中，但东方天际已现微红，新的一天即将展开。

　　《晚邮报》有篇文章说未来其实比新闻让人以为的更光明，虽然媒体总是把命案、战争和暴行描述得越来越详尽，但最近发表的一份研究报告指出，命案受害者的人数正处于历史新低，而且仍持续下降。是的，有一天命案可能会绝迹。米凯·贝尔曼的司法大臣任命案下星期会确定，根据《晚邮报》的报道，米凯表示设定野心勃勃的目标没什么错，但他个人的目标并不是创造一个完美的社会，而是创造一个更好的社会。哈利读了不禁哂笑，伊莎贝尔不愧是个优秀的幕僚。哈利又看了一遍提到命案可能绝迹的那篇文章。为什么这个长期预估会勾起他心中的焦虑？尽管他对自己的生活感到满足，但他不得不承认，过去这几个月来他心中一直有股可能存在已久的焦虑。命案。他的人生都投入在对付命案上，如果他成功了，如果命案都灭绝了，那他是不是也会随之消失？他是不是把他自己的一部分也随着瓦伦丁一起埋葬了？这是不是几天前他去造访瓦伦丁坟墓的原因？或因为别的缘故？就像斯蒂芬斯说的那样，人无法应付疑惑。是不是因为少了个答案，所以他才不得安宁？可恶，萝凯说得对，瓦伦丁已经死了，该是时候放手了。

雪地里传来咯吱声响。

"哈利，寒假过得不错吧？"

"还可以，倒是你看起来像是滑雪还没滑过瘾，赛弗森太太。"

"滑雪天就是要滑雪啊。"赛弗森太太说，翘起臀部，只见她那身紧身滑雪装穿起来就像是彩绘皮肤似的。她单手拿着两支越野滑雪板，好像拿筷子一般，可见那滑雪板轻得有如氢气。

"哈利，你要不要也来滑上一圈啊？我们可以趁大家都还在睡觉的时候高速冲向翠凡湖，"赛弗森太太露出微笑，灯光照在她唇上出现反射，显然她擦了防寒的护唇膏，"很滑……而且很爽哦。"

"我没有滑雪板。"哈利回以微笑。

赛弗森太太哈哈大笑。"你是在开玩笑吗？你是挪威人，却连一对滑雪板都没有？"

"简直是叛国罪，我知道。"哈利低头看了看报纸上的日期。三月四日。

"我记得你们好像也没有圣诞树。"

"很令人吃惊对不对？应该有人去检举我们才对。"

"你知道吗，哈利？有时候我真羡慕你。"

哈利抬头朝她看去。

"你什么都不在乎，打破所有的规定，有时我希望自己也能那么潇洒就好了。"

哈利笑了。"赛弗森太太，你这么会说话，相信你享受滑雪所带来的快感时，摩擦度和滑润度也一定掌控得很好。"

"什么？"

"祝你滑雪愉快！"哈利用折起的报纸对赛弗森太太致意，转身朝屋子走去。

他看着独眼米凯在报上的照片。也许这就是米凯的目光看起来如此坚定的原因，因为他看起来像是知晓真理，他的眼睛流露出的是牧师的目光，可以让众生改变信仰的目光。

事实上我们可能永远都无法确定。

结果我们都被耍了，哈利。

有吗？米凯心中的疑惑有流露出来吗？

萝凯坐在厨房餐桌前，替两人倒了咖啡。

"这么早就起来啦？"哈利说，亲了亲萝凯的头。她的头发有些许的香草气味和"睡梦萝凯"的气味，这是他最喜爱的气味。

"刚才斯蒂芬斯打电话来了。"萝凯说，捏了捏哈利的手。

"他这么早打来有什么事？"

"他只是打来关注下我的情况。他也打给欧雷克叫他回去做追踪检查，因为圣诞节前他抽过欧雷克的血液样本。他说没什么好担心的，只是想看看那个'不明疾病'是不是跟基因有关系。"

不明疾病。萝凯出院后，她和哈利及欧雷克更常拥抱、更常聊天、较少做计划，只是陪伴彼此。后来，仿佛有人施了魔法似的，幸福之水面又跟往常一样，结成了冰。尽管如此，哈利总觉得冰层底下的深渊里似乎有什么东西蠢蠢欲动。

"没什么好担心的，"哈利对自己和萝凯复述这句话，"但是要担心什么呢？"

萝凯耸了耸肩。"你想过那家酒吧要怎么办吗？"

哈利坐了下来，啜饮一口速溶咖啡。"昨天我去那里的时候还想说应该把它卖掉。我不会经营酒吧，开酒吧去服务一些可能带有不良基因的年轻人，感觉也不像是我的使命。"

"可是……"

哈利穿上羊毛夹克。"爱斯坦很喜欢在那里工作，我也知道他没乱喝店里的库存。随时可喝、随手可得，好像反而能让某些人振作起来，而且酒吧也开始赚钱了。"

"一点都不意外啊，那家酒吧是两起吸血鬼症患者案的现场，其中一次还差点发生枪战，老板又是大名鼎鼎的哈利·霍勒。"

"嗯，不对，我觉得应该是欧雷克想出的音乐主题的点子奏效了。比方说，今晚只播五十岁以上、独具风格的女歌手的歌，像是露辛达·威廉斯（Lucinda Williams）、爱美萝·哈里斯（Emmylou Harris）、帕蒂·史密斯、克里希·海德（Chrissie Hynde）。"

"亲爱的，这些都是我上一代的歌手。"

"明天是二十世纪六十年代的爵士之夜。有趣的是来朋克之夜的客人，到了爵士之夜也会来。还有为了纪念穆罕默德，我们要做一星期的保罗·罗杰斯之夜。爱斯坦说我们应该举办一个歌曲大猜谜，而且——"

"哈利？"

"怎么样？"

"听起来你打算把炉火酒吧留着。"

"是吗？"哈利抓了抓头，"可恶，我又没时间经营酒吧，爱斯坦跟我又都疯疯癫癫的。"

萝凯哈哈大笑。

"除非……"哈利说。

"除非什么？"

哈利没有答话，只是面露微笑。

"不行，不行，绝对不要！"萝凯说，"我的工作已经够忙了，除非我……"

"一星期一天就好，你星期五又不用上班，只要去处理一下会计和文书工作就好。我的股份可以让一些给你，你可以当董事长。"

"女董事长。"

"成交。"

萝凯拍开哈利伸出的手。"不要啦。"

"考虑一下。"

"好吧，我会考虑一下再说不要。要不要回床上去？"

"累了？"

"……不是，"萝凯眯着眼睛越过咖啡杯看着哈利，"我想要享用一下赛弗森太太得不到的东西。"

"嗯，原来你在偷看啊，好啊，女董事长，您先请。"

哈利又朝报纸头版看了一眼。三月四日，今天是那人出狱的日子。他跟着萝凯爬上楼梯，经过镜子但没往里头看。

"未婚夫"斯韦恩·芬内走进救主墓园，这时天方破晓，墓园里没人。一小时前，他走出伊拉监狱，重获自由，造访这座墓园是他做的第一件事。圆形的黑色小墓碑排列在白雪之间犹如白纸上的黑点。他年事已高，又多年不曾在冰上行走，因此他沿着结冰小径小心翼翼地往前走。他在一个特别小的墓碑前停下脚步，墓碑的十字架底下只写了"VG"两个首字母。

"VG"是瓦伦丁·耶尔森（Valentin Gjertsen）的首字母。

墓碑上没有纪念之词，当然没有，没人想记得他。墓碑前也没有鲜花。

斯韦恩从外套口袋里拿出一根羽毛，跪了下来，插在墓碑前的白雪中。将一根老鹰羽毛放在死者棺木里是北美洲切罗基族人的习俗。斯韦恩在伊拉监狱里始终避免跟瓦伦丁接触，但和其他囚犯不同，他不是因为怕瓦伦丁怕得要死，而是因为他不希望这个年轻人认出他来。因为他可能迟早都会被认出来。瓦伦丁入狱那天，斯韦恩只看了他一眼就认出来了。他有他母亲的窄小肩膀和高亢嗓音，就跟斯韦恩记忆中他们订婚那天的她一模一样。她是趁斯韦恩在别处忙碌时试图堕胎的女人之一，斯韦恩只好闯入她家，住在那里看守他的后代。她躺在他旁边，每天晚上都颤抖、哭泣，直到在房间里浴血产下男婴。脐带是斯韦恩亲手用小刀割断的。男婴是他的第十三个小孩，也是他的第七个儿子。但他在狱中并不是在知道姓名后才百分之百确定瓦伦丁是他的亲骨肉的，而是在得知瓦伦丁的犯案细节之后。

斯韦恩站起身来。

逝者已矣。

生者转眼也将逝去。

他深深吸了口气。那男人联络过他，唤醒了他内心的渴望，他以为多年来时间早已治好了这种焦渴。

斯韦恩抬头望向天际。太阳即将升起，城市居民即将醒来，他们将揉揉眼睛，甩开噩梦，梦里出现的是去年秋天到处肆虐的连环杀手。他们展露笑颜，看着阳光洒落在身上，丝毫没察觉即将有大事发生。相较之下，去年秋天的案件看起来只会像是无趣的序曲。有其父必有其子，有其子必有其父。

那个叫哈利·霍勒的警察就在这座城市的某个地方。

斯韦恩转过身去，迈开脚步，脚步比先前更大、更快，也更坚决。

很多事等着他去做。

楚斯·班森坐在六楼，看着太阳放出的火红光芒入侵西北艾克柏区。去年十二月，卡翠娜把他从原本那间狗屋般的办公室移到了一间有窗户的办公室，这里虽然不错，但他仍负责给已侦结的案件或悬案的资料归档。因此在零下十二摄氏度的天气里，他这么早就到了办公室一定是因为办公室比他家温暖。或者是因为最近他睡得不好。

最近几个星期以来，大部分送来归档的资料都是关于吸血鬼症患者案迟来的线报或多余的证词。例如有人宣称看见了瓦伦丁·耶尔森，但这人可能也认为猫王尚在人世。DNA 报告已证明哈利击毙的确实是瓦伦丁·耶尔森，但对有些人来说，事实只是烦人的东西，打扰了他们的执着。

打扰了他们的执着。楚斯不知道为什么这句话一直在他脑海中流连，这不过是他想到而并未大声说出口的一句话罢了。

他从一沓数据中拿起一个信封。一如其他数据，这信封已被打开，由另一名警察将内容物编列成表。信封上有脸书标志，邮戳显示这是封快递邮件，上头有一枚回形针，夹着一张归档命令，上面写着"吸血鬼症患者案"，旁边是案件编号，"案件管理者"这几个字旁边则有麦努斯·史卡勒的姓名和签名。

楚斯拿出信封里的文件，最上面是一封以英文写成的信，他并不能全看懂，但足以明白信中提到法院披露命令，以及随信附上吸血鬼症患者案每一名被害人外加失踪的玛尔特·鲁德的脸书账户打印数据。他翻动资料，发现有几页还黏在一起，推测麦努斯并未全部看过。无所谓，这案子已经侦结，凶手永远不用上法庭受审，但楚斯很想抓到麦努斯那王八蛋的小辫子，于是他查看跟被害人有过讯息往来的人名，希望可以发现瓦伦丁·耶尔森或亚历山大·德雷尔的名字，这样就能指控麦努斯失职。他一页一页翻看，只查看发讯人和收讯人的名字，最后叹了口气。没有过失。那些名字当中，除了被害人之外，他只认得几个他和韦勒排除了的人名，因为那些人曾用手机和被害人联络过。用手机跟被害人通过电话的人，在脸书上也曾跟被害人通过讯息，这应该是很自然的事，例如被害人埃娃·多尔门和那个伦尼·黑尔。

楚斯把数据放回信封，起身走到档案柜前，拉开第一格抽屉，随即放手。他喜欢听抽屉滑出的声音，听起来像叹息声，又像货物列车的声音。接着他用手挡住往外滑出的抽屉。

他又看了看那个信封。

是埃娃·多尔门，不是埃莉斯·黑尔曼森。

楚斯在抽屉里翻寻，找出一个卷宗，里头放着手机通话记录的讯问档案。他把卷宗和信封一起拿回到办公桌前，翻开档案，找到伦尼·黑尔这个名字。他之所以记得此人是因为伦尼（Lenny）这名字曾让他联想到英国歌手莱米（Lemmy）。当时他打电话去询问这个叫伦尼的家伙，对方的口气听起来像是个吓得半死的下三烂，声音发颤，跟大多数人一样，无论自己有没有做过坏事，一听到是警察打电话来就开始紧张。所以说，伦尼·黑尔跟第二号被害人埃娃·多尔门在脸书上通过讯息。

楚斯打开讯问档案，找出自己讯问伦尼和欧纳比比萨烧烤店老板的简短报告，并发现档案上有一行标注他看不懂。那行标注是韦勒写的，上头写说尼特达尔警局替伦尼和比萨店老板担保，同时确认埃莉斯·黑尔曼森遇害当时伦尼在比萨店里。

埃莉斯·黑尔曼森，第一号被害人。

他们之所以讯问伦尼是因为他打过好几次电话给埃莉斯，但这个伦尼却在脸书上跟埃娃互传讯息。这当中一定有错，一定是麦努斯的错，搞不好是伦尼的错。除非这只是巧合，年龄相仿的单身男子和女子在同一个地区寻觅良缘，挪威的人口密度又这么低，出现巧合也不无可能。再说，案子已然侦结，没必要多想。没那么必要。但从另一方面来说……报纸还在写关于吸血鬼症患者的新闻，美国那边还出现了一个瓦伦丁·耶尔森小型地下粉丝团，还有人买下了他的生平故事版权，打算出版成书或拍成影片。这案子虽然已登不上头版，但还有潜力再度成为热门新闻。楚斯拿出手机，找出莫娜·达亚的号码看了看，站起身来，抓起外套，朝电梯走去。

莫娜·达亚眯起眼睛，弯曲手臂，朝胸前举起哑铃。她放下手臂时，想象自己张开翅膀，振翅飞翔，飞越维格兰雕塑公园，飞越奥斯陆，这样她就能看见一切，将一切都收进眼底。

她看过她最爱的英国摄影记者唐·麦卡林（Don McCullin）的纪录片，此人之所以成为著名的人道主义战争记者，是因为他捕捉人类最不堪的影像并不是为了廉价的刺激，而是为了激励人类的自我反思以及对灵魂的探索。莫娜不能说自己跟麦卡林一样，但看完那部只有单方面说辞、有如圣徒传一般的纪录片，她突然想到，有个名词在片中没有被提及，那就是"野心"。麦卡林既然成了顶尖人物，那么在历经的大小战役中一定遇到过无数仰慕者，比如说想向他看齐的年轻同事就曾听说过这位摄影记者的传奇，说他在一九六八年越南"春节攻势"战役中，曾和士兵一起驻扎在顺化市，此外还有他在贝鲁特、比夫拉、刚果、塞浦路斯的趣闻逸事。这位摄影记者得到了人类最渴望的东西，那就是认同与喝彩，但纪录片里却只字未提他为何要让自己突破严苛考验，让自己身处一般人难以想象的险境，让自己可能犯下他所捕捉到的罪行，只为拍出最完美的照片和报道出前所未有的新闻。

莫娜同意坐进笼子等候吸血鬼症患者，同时选择不告诉警方，这个选择可能让警方错失拯救人命的机会。那晚她和诺拉碰面时，虽然觉得自己似乎受到监视，但还是可以偷偷传一张字条给诺拉，叫诺拉请警方提高警觉。然而就像诺拉的性幻想是被哈利·霍勒强暴一样，莫娜也觉得自己应该放手一搏，只因她也想要受人认同和喝彩，想要在年轻同事眼中看见钦佩的目光，并在获颁新闻奖时发表感言，谦卑地说自己只是个出身于北方小镇、辛勤工作的幸运女孩，然后再不那么谦卑地提到自己小时候遭人霸凌，于是才野心勃勃，立志复仇。是的，她会大声说出自己的野心，一点也不害怕让人知道这野心从何而来，而且她想要振翅高飞。

"你需要多一点阻力。"

哑铃变重了。她睁开双眼，看见有两只手正轻轻地把哑铃往下推。那人站在她正后方，使得大片镜子中的她看起来像是四臂象头神。

"来，再两下。"一个声音轻轻在她耳边响起。她认得这个声音。那个警察。她抬头望去，看到那人的脸就在她头顶上方，正在微笑，金色刘海下是一双水蓝色眼眸，还有一口雪白贝齿。那人正是安德斯·韦勒。

"你来这里干吗？"莫娜说，忘了手臂要做弯举，但仍感觉自己要振翅高飞。

"你来这里干吗？"爱斯坦·艾克兰说，把半升啤酒放在吧台前的客人面前。

"什么？"

"我不是说你，我是说他。"爱斯坦伸出大拇指越过肩膀朝一个高大男子比了比，男子留着平头，刚走进吧台，在土耳其咖啡壶里放入咖啡粉和水。

"我受不了速溶咖啡了。"哈利说。

"你是受不了假日,"爱斯坦说,"也受不了离开你心爱的酒吧。听得出这首是什么歌吗?"

哈利聆听着快节奏的音乐旋律。"听不出来,要等她开口唱歌才知道。"

"她不会开口唱歌,这就是最棒的地方,"爱斯坦说,"这是泰勒·斯威夫特的专辑《一九八九》。"

哈利点了点头,他记得泰勒·斯威夫特或她的唱片公司把这张专辑从声田(Spotify)上下架了,声田只好放上卡拉 OK 版。

"我们不是说好今天只放五十岁以上女歌手唱的歌吗?"

"你没听见我刚才说什么吗?"爱斯坦说,"她又不会唱歌。"

哈利决定放弃争辩这段对话的逻辑性。"今天客人来得比较早。"

"那是因为鳄鱼肉香肠,"爱斯坦说,指了指吧台上挂着的一条条冒着缕缕轻烟的长香肠,"头一个星期客人会点是因为够古怪,现在熟客都很爱点来吃,也许我们应该把店名改成'鳄鱼乔',或'沼泽地',或……"

"炉火就可以了。"

"好啦好啦,我只是觉得先抢先赢嘛,一定会有人把这个点子偷走。"

"到时候我们再想另一个点子。"

哈利把土耳其咖啡壶放在电炉上,转过身去,正好看见一个熟悉的身影走进店门。

哈利交叠双臂,看着男子跺了跺脚上的靴子,朝店内怒目而视。

"有什么不对劲吗?"爱斯坦问道。

"没什么,"哈利说,"你注意不要让咖啡煮到沸。"

"你跟那个不能煮到沸的土耳其咖啡简直一个样,很难伺候啊。"

哈利绕过吧台,走到男子面前,男子正解开外套纽扣,全身散发着热气。

"霍勒。"男子说。

"班森。"哈利说。

"我有件事想跟你说。"

"为什么要跟我说？"

楚斯发出呼噜笑声。"你不想先知道是什么事吗？"

"我对你的回答觉得满意才会想知道。"

哈利看见楚斯想做出无所谓的嬉笑表情，却颇为失败，只好吞了口口水。他那张疤痕累累的脸涨红了，可能是因为从寒冷室外走进温暖室内的缘故。

"霍勒，你是个王八蛋，但那次你的确救了我一命。"

"别让我后悔救你，快说吧。"

楚斯从外套内侧的口袋拿出一个卷宗。"莱米……我是说伦尼·黑尔跟埃莉斯·黑尔曼森和埃娃·多尔门都联络过，你自己看。"

"真的？"哈利看见楚斯朝他递来一份用橡皮筋捆住的黄色卷宗，"为什么你不拿去给布莱特？"

"因为她跟你不一样，她得考虑自己的前途，还会把这个拿去给米凯。"

"还有呢？"

"下星期米凯就要接掌司法部，他绝对不会想在这个时候让自己的经历出现污点。"

哈利看着楚斯，很久以前他就发现楚斯并不如他外表看上去那般蠢笨。"你是说他不希望这件案子开始再度延烧？"

楚斯耸了耸肩。"吸血鬼症患者案本来就差点成为米凯在晋升路上的绊脚石，没想到最后居然变成他事业上最大的成就，他绝对不希望这个形象受到破坏。"

"嗯，你把这些数据交给我，是因为你担心它们会流落到警察署长办公室的抽屉里？"

"我是担心它们会流落到碎纸机里，霍勒。"

"好，但你还没回答我的问题：'为什么要跟我说？'"

"我刚才不是说了吗？碎纸机？"

"为什么你、楚斯·班森，会在乎这件事？别跟我瞎扯淡，我非常清楚你的为人。"

楚斯发出呼噜一声。

哈利静静等待。

楚斯看了看哈利，又看了看别处，跺了跺脚，仿佛鞋子上还有雪。"我不知道，"最后他说，"是真的，我不知道。我本来想指责麦努斯·史卡勒没注意到手机跟脸书的关联，羞辱他一番，但这也不是原因。我想我不是……我想我只是……不对，×，我不知道！"楚斯咳嗽一声。"如果你不要，我就放回档案柜，让它永不见天日，对我来说反正也没区别。"

哈利擦去窗玻璃上的雾气，看着楚斯走出酒吧大门，穿过马路，低头走进刺眼的冬日阳光中。难道他眼花了？不然就是楚斯身上出现了那种名为"警察"的良性疾病症状。

"你手上拿的是什么？"爱斯坦问道，看着哈利回到吧台里。

"警察专属的色情刊物，"哈利说，把黄色卷宗放在柜台上，"里面是打印数据和誊本。"

"吸血鬼症患者案？难道还没破吗？"

"已经破了，只是还有一些枝节有待厘清，这是程序上的要求。你没听见咖啡在沸腾吗？"

"你没听见泰勒·斯威夫特没在唱歌吗？"

哈利张口想说话，却听见自己哈哈大笑。他爱死爱斯坦这家伙，也爱死这家酒吧了。他把滚烫的咖啡倒进两个杯子，跟着《欢迎光临猪舍》[1]这首歌的拍子在卷宗上轻轻敲打，一边浏览数据，一边想着萝凯一定会答应他，他只要坐着安静得像老鼠，给她一点时间就好。

这时他的目光停了下来。

他觉得脚底下的冰层似乎发出吱的一声。

---

[1] 原文为Welcome to Some Pork，此处原歌名为泰勒·斯威夫特专辑《一九八九》中的《欢迎光临纽约》（*Welcome to New York*）。

他听见自己心跳加速。结果我们都被耍了，哈利。

"怎么了？"爱斯坦问道。

"什么怎么了？"

"你看起来像是……呃……"

"见鬼了？"哈利问说，又读了一次，确定自己没看错。

"不是。"爱斯坦说。

"不是？"

"不是，你看起来比较像是……醒来了。"

哈利从卷宗上抬起头来，看着爱斯坦，这时他感觉到了，他感觉到内心的焦虑消失了。

"限速六十，"哈利警告说，"而且路面结冰。"

欧雷克稍微放开油门。"你有车有驾照证，为什么不自己开车？"

"因为你跟萝凯开车技术比较好。"哈利说，眯眼望着低缓的山坡，山坡上的树木为白雪覆盖，反射着刺眼的阳光。一个路标上写着距离欧纳比村还有四公里。

"那你可以叫妈来开车啊。"

"我想说带你来看看地方警局也不错，你知道，有一天你可能会被分配到这种地方。"

车子驶到一辆拖拉机后头，欧雷克踩了踩刹车。拖拉机的上链轮胎接触柏油路面发出唱歌般的声响，不断向后喷出白雪。"我的目标是犯罪特警队，不是乡下。"

"奥斯陆跟乡下也没多大差别，才一个半小时车程而已。"

"我要申请芝加哥的FBI课程。"

哈利微微一笑。"你这么有野心的话，在地方警局待个几年应该吓不倒你。这里左转。"

"我是吉米。"一个面容开朗的魁梧男子说，他站在尼特达尔警局门口。尼特达尔警局的隔壁是社会福利机构和就业服务中心，这些单位都位于一栋简朴的现代化建筑中，这类专门设置公家机关的建筑在挪威很常见。警长吉米身上的新晒痕让哈利觉得他应该是去了加那利群岛过寒假，但这想法源于哈利对名字以"y"结尾的尼特达尔人会去哪里度假的偏见。

哈利和他握了握手。"吉米，谢谢你特地在星期六抽时间来见我们。他叫欧雷克，是警察大学的学生。"

"看起来像是未来的警长哦，"吉米说，上下打量了下眼前这名高个子年轻人，"哈利·霍勒亲自来造访我们，我觉得很荣幸，所以我怕浪费时间的是你，而不是我。"

"哦？"

"你在电话上说你打给伦尼·黑尔他都没接，所以我趁你们来这里的路上很快查了一下，发现原来你们讯问过他以后，他就去泰国了。"

"原来？"

"对，他离开前跟邻居和常客说他可能会离开一阵子，所以他现在可能换了泰国的手机号码。我问过的人都没有他的电话，也没人知道他住在哪里。"

"难道他是宅男？"

"可以这样说。"

"他有家人吗？"

"他单身，又是独子，从没离开过家，自从父母过世后就一直住在他们那个猪窝里。"

"猪窝？"

"黑尔家族世世代代都以养猪为生，赚了不少钱。一百年前，他们盖了一栋惊人的三层楼豪宅，我们村里的人都叫它猪窝，"吉米咯咯笑着说，"想要扭转大家的印象可没这么容易。"

"嗯，所以你认为伦尼·黑尔去泰国这么久做什么？"

"呃，你是说像伦尼那种人去泰国做什么？"

"我不知道伦尼是哪种人。"哈利说。

"他人还不错，"吉米说，"也很聪明，他是信息科技工程师，在家工作，是个自由职业者，有时我们电脑有问题会找他来修。他不碰毒品，不做什么蠢事，据我所知他也没有金钱问题，但他对女人的事总是不在行。"

"什么意思？"

吉米看着自己口中喷出的白气飘散在空中。"两位，这里有点冷，我们进去喝杯咖啡怎么样？"

"我想伦尼应该是想去找个泰国新娘，"吉米说，在两个社会福利马克杯和他自己的利勒斯特罗姆足球队马克杯里倒了过滤式咖啡，"他在家乡这里无法跟别人竞争。"

"无法跟别人竞争？"

"对，我刚才说了，伦尼是个宅男，独来独往，不太跟人说话，也不是什么吸引女人的性感男人，而且他有难以控制的嫉妒问题。据我所知，他连苍蝇都没伤害过，也没伤害过女人，但有次有个女人打电话来警局，说伦尼跟她约会过一次以后就对她死缠烂打。"

"他是跟踪狂？"

"对，现在是这样叫了。她跟伦尼说没兴趣进一步发展，但伦尼还是给她发了很多短信，送她很多花，还站在街上等她下班。于是她明白地跟伦尼说再也不想见到他，伦尼就再也没出现过了。可是她跟我们说，后来她觉得家里的东西好像在她出门上班时被人动过，所以她才给警局打电话。"

"她觉得有人进过她家？"

"我问过伦尼，他矢口否认，后来这件事就不了了之了。"

"伦尼·黑尔是不是有一台 3D 打印机？"

"有一台什么？"

"一种可以用来复制钥匙的机器。"

"我不知道，但我说过了，他是信息科技工程师。"

"他的嫉妒问题有多严重？"欧雷克问道，哈利和吉米都转头朝他看去。

"你是说要从一分到十分给他评个分？"吉米反问道，哈利听得出他语气里的讽刺意味。

"我只是在想，他会不会有病态性嫉妒？"欧雷克说，用不确定的眼神看了哈利一眼。

"霍勒，这小子在说什么？"吉米拿起他那个鲜黄色马克杯，大声啜饮了一口咖啡，"他是在问伦尼是不是杀了人吗？"

"是这样的，就像我在电话中说过的，我们只是想厘清吸血鬼症患者案的一些枝节，而伦尼跟两名被害人都联络过。"

"可是杀害她们的是那个瓦伦丁不是吗？"吉米说，"还是说你们有疑虑？"

"没有疑虑，"哈利说，"我说过了，我只是想跟伦尼·黑尔谈谈他跟被害人的对话，看能不能发现什么我们还不知道的事。我在地图上看见他家距离这里只有几公里远，所以我在想，我们可以直接去登门拜访，把事情厘清。"

吉米用大手抚摸着马克杯上的徽章。"报纸上说你现在是讲师，不是警探。"

"我想我跟伦尼一样是自由职业者。"

吉米交叠双臂，左袖往上缩，露出褪色的裸女刺青。"好吧，霍勒，想必你也意识到了，尼特达尔警区这里向来无事，感谢上帝，所以你打来以后，我就打了几通电话，还开车去了伦尼家，或者应该说，尽量开往伦尼他家。猪窝位于一条林间道路的尽头，距离附近住户有一公里半，这条路上积了半米深的雪，雪跟道路两旁一样高，上面没有胎痕也没有鞋印，只有麋鹿和狐狸脚印，说不定还有几匹狼的脚印，你懂我的意思吗？那里已经好几个星期没人出入了，霍勒，如果你想找伦尼，只能买张去泰国的机票，我听说芭堤雅是男人去找泰国女人的盛地。"

"雪上摩托车。"哈利说。

"什么？"

"如果我明天带搜查令来，你能安排一辆雪上摩托车吗？"

哈利明白这位警长的幽默感已被消磨殆尽。原本吉米预想的可能是泡杯香醇咖啡，向大城市来的警察证明乡下警察也懂得什么叫效率，没想到对方竟然不屑他的判断，还叫他准备一辆雪上摩托车，简直把他当成了总务主管。

"才一公里半，用不着雪上摩托车，"吉米说，揉了揉因为晒伤而开始蜕皮的鼻子，"你们可以滑雪过去，霍勒。"

"我没有滑雪板。我要一辆雪上摩托车，还要有驾驶员。"

接下来的静默像是永无止境。

"我刚才看见是这年轻人开的车，"吉米侧过头，"你没驾照吗，霍勒？"

"有，但我以前开车害死过一个警察，"哈利拿起马克杯将咖啡一饮而尽，"所以不愿意那种事再度发生。谢谢你的咖啡，我们明天见。"

"刚才那是怎么回事？"欧雷克问道，他驾车在路口稍停，打方向灯，表示他们要驶入主干道，"当地警长自愿在星期六跑来帮忙，你却跟他鬼话连篇？"

"我有吗？"

"有啊！"

"嗯，打左方向灯。"

"奥斯陆要往右走。"

"卫星导航说，欧纳比比萨烧烤店左转两分钟就到了。"

欧纳比比萨烧烤店老板自我介绍说叫汤米，在围裙上擦了擦手指，仔细看了看哈利拿到他眼前的照片。

"可能吧，可是我不记得伦尼的朋友长什么样了，我只记得奥斯陆那个女人被杀的那天晚上，他跟一个朋友来过这里。伦尼是个宅男，总是独来独往，也不常来光顾，所以秋天的时候你们打电话来问我，我才会记得那天晚上他来过。"

"照片中的男人名叫亚历山大，或是瓦伦丁，你记得他们在说话的时候，伦尼有叫对方这两个名字之中的一个吗？"

"我不记得听到过他们说话，而且那天我一个人负责外场，我老婆在厨房里忙。"

"他们什么时候离开的？"

"很难说，他们分吃了一份加了意式腊肠和火腿的克努特特制超大比萨。"

"你连这个都记得？"

汤米咧嘴一笑，用手指轻敲太阳穴。"你今天点一份比萨，三个月以后再来，跟我说你要点你今天点过的比萨，我会比照我给警局同人的优惠算你便宜。我们家的比萨饼皮都是低卡路里，里头含有坚果。"

"听起来很诱人，但我儿子还在车上等我，谢谢你的协助。"

"不客气。"

欧雷克驾车驶入黄昏的薄暮之中。

两人都陷入静默，沉浸在自己的思绪里。

哈利在心中计算时间，瓦伦丁跟伦尼吃完比萨以后，还是能从容地返回奥斯陆，杀害埃莉斯·黑尔曼森的。

一辆货车从他们旁边高速驶过，使得他们的车身晃了晃。

欧雷克清了清喉咙。"你要怎么拿到搜查令？"

"嗯？"

"第一，你不是犯罪特警队队员。第二，你没有申请搜查令的法律依据。"

"没有吗？"

"如果我没记错课堂上教的，你没有。"

"说来听听。"哈利露出微笑。

欧雷克稍微放慢行车速度。"瓦伦丁杀了好几个女人，这件事罪证确凿。

伦尼·黑尔会认识这些女人中的两个只能说纯属巧合，警方掌握的证据不足以趁伦尼在泰国度假时强行进入他家。"

"我同意只基于这些理由很难拿到搜查令，所以我们要去格里尼区。"

"格里尼区？"

"我想去跟哈尔斯坦·史密斯聊一下。"

"今天晚上我要跟海尔加一起做晚餐。"

"我是想去找他聊一下病态性嫉妒。你说要做晚餐？好吧，那我自己想办法去格里尼。"

"还好啦，格里尼算顺路。"

"你去跟她做晚餐吧，我跟史密斯可能会聊上一会儿。"

"太迟了，你已经说我可以一起去的。"欧雷克踩下油门，变换车道，超过一辆拖拉机，打开大灯。

两人一时无话，车子持续行进。

"限速六十。"哈利一边说，一边按着手机。

"而且路面结冰。"欧雷克回道，稍微松开油门。

"韦勒吗？"哈利说，"我是哈利·霍勒，希望你正坐在家里觉得星期六下午很无聊。哦？那你可能要跟那位美女说你得帮一个过气的传奇警探调查几件事。"

"病态性嫉妒，"史密斯说，热切地看着刚刚来访的两位客人，"这是个很有意思的主题，但你们大老远跑来这里，真的只是为了要聊这个？史戴·奥纳不是比较擅长这个吗？"

欧雷克点了点头，看起来十分同意。

"我想跟你聊，因为你有疑虑。"哈利说。

"疑虑？"

"那天晚上瓦伦丁来这里，你说他知道。"

"知道什么？"

"你没说。"

"我处于惊吓状态,可能说了各式各样的话。"

"没有,史密斯,这次你反而话很少。"

"梅,你听到了吗?"史密斯朝正在替他们泡茶的瘦小身影哈哈大笑。

梅微笑点头,拿着茶壶和一个茶杯走进客厅。

"我说了一句'他知道',你就解读成我有疑虑?"史密斯问道。

"这句话听起来像是你难以理解,"哈利说,"你不明白瓦伦丁怎么会知道,对不对?"

"哈利,我不知道。说到我自己的潜意识,我懂的不会比你多,你说不定懂的比我更多。为什么你要问这件事?"

"因为有一个人冒出来了,好吧,这个人匆匆忙忙跑去了泰国。我请韦勒去查,在据说他离开的那段时间,这个人却不在任何乘客名单上,而且过去三个月以来,这个人的银行账户和信用卡不论在泰国或其他地方都没有任何活动。此外有意思的是,韦勒发现他的名字出现在过去一年曾购买过 3D 打印机的名单上。"

史密斯看着哈利,又转头望出厨房窗户。白雪覆盖在窗外的漆黑原野上,犹如一张闪亮亮的轻柔毛毯。"瓦伦丁知道我办公室的位置,那就是我当时说'他知道'的意思。"

"你是说他知道你的地址?"

"不是,我是说他穿过栅栏门后直接往谷仓走来,他不仅知道我办公室的确切位置,还知道通常我午夜会在那里。"

"说不定他看到了窗户透出的灯光?"

"从栅栏门那里是看不见那扇窗户里头有灯光的,跟我来,我带你们去看一样东西。"

三人走到谷仓,打开门锁,进入办公室。史密斯打开电脑。

"所有的监视器画面都在这里,我把它找出来。"史密斯说,轻叩手指。

"好酷的画,"欧雷克说,朝墙上的蝙蝠男人画作点了点头,"阴森森的。"

"那是奥地利插画家阿尔弗雷德·库宾（Alfred Kubin）的画，"史密斯说，"名叫《吸血鬼》。我父亲有一本库宾的画作集，小时候我常坐在家里看那本书，别的小孩都跑去电影院看粗制滥造的恐怖电影。可惜梅不准我在家里挂库宾的画作，她说会让她做噩梦。说到噩梦，我找到瓦伦丁的监控录像了。"

史密斯朝屏幕指了指，哈利和欧雷克倚身越过他肩膀看去。

"这是他进入谷仓的画面，你们看，他毫不犹豫，很清楚该往哪里走，这怎么可能？我是给他做过咨询，但不是在这里，而是在市中心租的办公室里。"

"你的意思是说有人事前指点过他？"

"我的意思是说可能有人指点他，这件案子从一开始就有这个问题，这些命案所展现出来的计划程度是吸血鬼症患者没有能力办到的。"

"嗯，我们在瓦伦丁的住处没有发现 3D 打印机，可能有人复制了钥匙再拿给他，这个人先替自己复制钥匙，进入曾经甩过他、拒绝他或跑去认识其他男人的女人家里。"

"认识其他更高大的男人。"史密斯说。

"也就是嫉妒，"哈利说，"病态性嫉妒，却发生在连苍蝇都没伤害过的人身上。当一个男人无法伤害别人，就需要别人来替他做这件事，而这个人必须做得到他做不到的事。"

"这个人必须是杀人犯。"史密斯说，缓缓点头。

"这个人必须已经准备好为了杀人而杀人，也就是瓦伦丁·耶尔森。所以他们一个人负责计划、一个人负责行动，就像经纪人和表演者。"

"天哪，"史密斯说，用双手搓揉双颊，"这下子我的论文真的开始说得通了。"

"怎么说？"

"最近我去里昂演讲，主题关于吸血鬼症患者杀人犯，虽然业界人士都对我的创新研究报以热情，但我一直提醒他们说我的工作少了些什么，所以不算是真正具有开创性，也就是说这些命案不符合我所归纳出的吸血鬼症患者的综合描述。"

"你归纳出的综合描述是？"

"患者出现精神分裂和偏执症状，被渴血的欲望吞没，倾向于杀害身旁的人，但无法执行需要缜密计划和高度耐心的杀人行为。而这个吸血鬼症患者所犯下的杀人案，却都指向策划型的人格特质。"

"一个策划者，"哈利说，"这个人找上瓦伦丁，当时瓦伦丁正好不得不停止杀人，因为他不能自由行动，否则很可能会被警察逮到。这个策划者提供单身女子的住家钥匙给瓦伦丁，还提供女子的照片、日常生活习惯、什么时间会做什么事，他提供一切足以让瓦伦丁去执行谋杀同时又能避免暴露行踪所需要的细节，瓦伦丁怎么可能拒绝得了这样的提议？"

"他们形成完美的共生关系。"史密斯说。

欧雷克清了清喉咙。

"什么事？"哈利说。

"警方花了好几年都找不到瓦伦丁，伦尼是怎么找到他的？"

"好问题，"哈利说，"总之他们不是在监狱里认识的，伦尼的背景干净得跟神父的罗马领一样。"

"你说什么？"史密斯问说。

"罗马领。"

"不是，我是说那个人名。"

"伦尼·黑尔，"哈利又把名字说了一次，"怎么了吗？"

史密斯没有答话，只是眼望着哈利，张着嘴无法合拢。

"该死。"哈利冷静地说。

"什么该死？"欧雷克问道。

"患者，"哈利说，"他们是同一个心理医生的患者，瓦伦丁·耶尔森和伦尼·黑尔是在候诊室认识的。史密斯，是不是这样？快说出来，命案可能再度发生，拯救人命可比保密誓言更重要。"

"是的，伦尼·黑尔是我前阵子的患者，他是来这里进行咨询的，也知道我习惯晚上在谷仓工作。但他跟瓦伦丁不可能在这里认识，因为我跟瓦伦丁的咨询是在市区进行的。"

哈利坐在椅子上倚身向前。"但伦尼·黑尔是不是有病态性嫉妒的倾向，而且可能跟瓦伦丁·耶尔森联手合作，杀害抛弃他的女人？"

史密斯专心思索，两根手指搓揉着下巴，然后点了点头。

哈利靠回椅背，看着电脑画面和瓦伦丁负伤离开谷仓时的暂停影像。瓦伦丁进入谷仓时，磅秤上的刻度显示为七十四点七公斤，如今剩下七十三点二公斤，这表示他在办公室地上流了一点五公斤的血。这只是简单算数，而简单算数同样也适用于目前的情境，瓦伦丁·耶尔森加伦尼·黑尔，一加一等于二。

"这件案子必须重启调查才行。"欧雷克说。

"这是不可能的。"甘纳·哈根说，看了看表。

"为什么不可能？"哈利说，朝莉塔比个手势，示意买单。

犯罪特警队队长哈根叹了口气。"因为这件案子已经侦结了，哈利，而且你提出来的判断根据听起来像条阴谋论了。随机的巧合：这个伦尼·黑尔跟两名被害人联络过。心理医生的猜测：只因为瓦伦丁看起来知道应该往右转。记者和作家最爱利用这种事来大做文章，像是说美国前总统肯尼迪是被美国中情局枪杀的，还有英国歌手保罗·麦卡特尼已经驾鹤归西。吸血鬼症患者案依然备受瞩目，如果根据这种证据就重启调查，我们一定会变成备受瞩目的小丑。"

"变成小丑，你担心的就是这个吗，长官？"

哈根微微一笑。"哈利，你以前叫我'长官'的口气总让我觉得自己像个小丑，因为每个人都知道其实你才是长官。我是无所谓，我可以接受，你绩效高，可以肆无忌惮地嘲弄我们，但这件案子已经侦结，盖子已经盖上，而且拴得非常紧。"

"是因为米凯·贝尔曼对不对？"哈利说，"他在就任司法大臣之前，不想让任何人破坏他的形象，对不对？"

哈根耸了耸肩。"谢谢你周六夜晚邀我出来喝咖啡，哈利，你家里一切都好吧？"

"不错啊，"哈利说，"萝凯的身体健康强壮，欧雷克正在跟女友一起做晚餐，你呢？"

"哦，也不错。最近卡翠娜和毕尔一起买了个房子，你应该知道吧？"

"我不知道。"

"他们稍微分开过一段时间，但现在决定携手共度人生，卡翠娜怀孕了。"

"真的假的？"

"真的，预产期是六月，世界已经往前推进了。"

"对有些人来说是这样，"哈利说，递了两百克朗钞票给莉塔，莉塔开始计算要找哈利多少钱，"对有些人不是，施罗德酒馆这里的时间就是静止的。"

"这样啊，"哈根说，"我还以为已经没有人在用现金了。"

"我不是这个意思。谢谢你，莉塔。"

哈根等服务生走了以后才说："这就是你约我在这里碰面的原因？只是为了提醒我？你以为我已经忘了吗？"

"没有，我不认为你已经忘了，"哈利说，"但除非我们查出玛尔特·鲁德发生了什么事，否则这件案子就不算侦结，对她家人来说不算，对这里的员工来说不算，对我来说不算，我看得出对你来说也不算。你心里明白，米凯·贝尔曼如果把盖子拴得死紧，怎么样都打不开，那我会直接去把伦尼·黑尔家的窗玻璃打破。"

"哈利……"

"听着，我只需要一张搜查令还有你的许可，让我把尚未厘清的案情解决，我保证一旦解决我就停手。甘纳，你只要帮我这个忙就好，然后我就会停手。"

哈根扬起一侧粗眉。"你叫我甘纳？"

哈利耸了耸肩。"你自己说的，你已经不是我的长官了。别这样，你从警以来不是一直都站在好人阵线这边吗，甘纳？"

"你知道这句话听起来像拍马屁吗，哈利？"

"那又怎样？"

哈根深深叹了口气。"我不敢保证什么，但我会考虑，好吗？"他站起身来，扣上外套扣子，"哈利，我记得我刚开始办案的时候，有人给过我忠告，那就是如果想要活下来，就必须学会适时放手。"

"这的确是个好忠告，"哈利说，端起咖啡杯凑到嘴边，抬头看着哈根，"如果你觉得活下来他妈的有那么重要的话。"

35

星期日上午

"他们在那里。"哈利对史密斯说。史密斯踩下刹车，把车停在两个男人前方。那两人双臂交叠，站在森林道路的中央。

"唉，"史密斯说，双手插进他那件颜色缤纷的休闲西装外套口袋里，"你说得对，我应该多穿点衣服出来的。"

"这给你。"哈利说，摘下头上的黑色羊毛帽，帽子上绣着骷髅头和交叉人骨，底下写着"圣保利"。

"谢了。"史密斯说，戴上帽子往下拉，盖住耳朵。

"霍勒，早安。"警长吉米说，他背后是车辆无法通行的积雪道路，雪地上停着两辆雪上摩托车。

"早安，"哈利说，摘下太阳眼镜，雪地反射的阳光刺痛他的双眼，"感谢你在这么短的时间内同意帮忙，这位是哈尔斯坦·史密斯。"

"你用不着谢我。"吉米说，朝一个跟他同样身穿蓝白连身裤的男子点了点头，那身穿着让他们看起来宛如巨型儿童，"阿图尔，你载这个穿休闲西装的家伙好吗？"

哈利看着雪上摩托车载着史密斯和阿图尔消失在道路彼端，雪上摩托车的引擎声宛如电锯般切开了清澈、冷冽的空气。

吉米跨上雪上摩托车的椭圆形座椅，咳了一声，转动钥匙发动："请准许本地警长驾驶雪上摩托车。"

昨晚哈利跟吉米的对话十分简短。

"我是吉米。"

“我是哈利·霍勒，我得到我需要的了，可以请你安排雪上摩托车，明天早上载我们去黑尔家吗？”

“哦。”

“我们会有两个人去。”

“你是怎么拿到的？”

“十一点半可以吗？”

一阵静默。

“好。”

雪上摩托车沿着第一辆车留下的雪痕驶去，只见山谷下散布着小区屋舍，玻璃窗和教堂尖塔在太阳的照耀下闪闪发光。摩托车驶入浓密的松树林，阳光顿时受到遮蔽，温度骤降。接着摩托车朝一处洼地驶去，那里有一条结冰的河川流过，气温到了此处更是笔直滑落。

这段车程只花了三四分钟，但雪上摩托车停在史密斯、阿图尔和一道冰雪覆盖的高大围墙旁边时，哈利的牙齿仍在不停打战。四人前方是一扇牢牢立于雪地之上的熟铁栅栏门。

“猪窝到了。”吉米说。

栅栏门内三十米处，矗立着一栋看起来摇摇欲坠的三层楼豪宅，四周环绕着高大松树。豪宅的木壁板看起来卜过漆，但现在漆已剥落，使整栋房子呈现出不同色泽的灰色和银色，窗内的窗帘看起来则像是粗布和帆布制成的。

“竟然在这么阴暗的地方盖房子。”哈利说。

“三层楼的老哥德式建筑，”史密斯说，“这一定打破了这里的建筑规定吧？”

“黑尔家族打破过各种规定，”吉米说，“但从不犯法。”

“嗯，可以借我一些工具吗，局长？”

“阿图尔，你有撬棒吗？快点，把这件事解决。”

哈利一下车踏进雪地，半条腿就陷了进去，但他还是努力走到栅栏门前，攀爬过去，其余三人也跟了上来。

　　豪宅前方有一排加盖露台，面向南方，所以这栋房子在夏天正午应该晒得到一点阳光，否则怎么会有人在吸血小黑蚊肆虐的地方盖露台？哈利走到大门前，透过结霜玻璃窗往里头看了看，按下锈红色的老式电铃。

　　至少电铃还能用，因为大宅深处传出铃声。

　　哈利又按了一下门铃，另外三人陆续走到他身旁。

　　"如果他在家，现在一定会站在门口等候我们，"吉米说，"雪上摩托车的声音几公里外就能听到，这条路又只通到这里。"

　　哈利又按了一下门铃。

　　"伦尼·黑尔在泰国听不到啦，"吉米说，"我家人在等我一起去滑雪呢，阿图尔，把玻璃窗打破吧。"

　　阿图尔挥动撬棒，大门旁的窗户应声碎裂。他脱下一只手套，伸手穿过破玻璃，专心摸索了一会儿，接着哈利就听到了门锁转动的声音。

　　"你先请。"吉米说，把门打开，做出请进的手势。

　　哈利踏进门内。

　　屋里看来没人住，这是哈利进屋后的第一印象，也许是因为屋内缺乏提供舒适感的现代化设备，才让他觉得这栋曾有当地名人居住的宅邸已变成了博物馆，就像他十四岁时父母曾带他和妹妹去莫斯科参观的陀思妥耶夫斯基的故居，那是哈利见过的最死气沉沉的房子。也可能正因为这个缘故，三年后他读《罪与罚》才会受到那么大的震撼。

　　哈利穿过玄关，走进偌大的客厅，按了按墙上的电灯开关，但没反应。灰白色窗帘虽然遮蔽了阳光，但仍足以让他看见自己喷出的白气，以及散置在房间里的老式家具。那些本该摆在一起的成套桌椅看起来像是在激烈的继承纠纷后被分了开来。墙上挂的笨重画作歪了，可能是因为温度变化出现的歪斜。这时哈利发现伦尼不在泰国。

　　屋里毫无生气。

　　伦尼·黑尔本人，或者至少是某个神似哈利在伦尼·黑尔的照片上看过的人，坐在一张翼状靠背椅上。那人的堂皇坐姿看起来像以前哈利的爷爷喝醉后睡着的样子，不同的是那人的右脚稍微离开地面，右小臂也悬空在椅子扶手上方几厘米处。换句话说，那具尸体在尸僵现象发生后稍微倾斜了一点，而尸僵现象是在许久之前发生的，可能大概五个月前。

尸体的头部让哈利联想到复活节彩蛋，干燥、易碎，里头空无一物。那颗头看起来像是缩小了，迫使嘴巴张开，露出支撑着牙齿的又干又灰的牙龈。尸体额头上有一个黑色小孔，孔中无血，头部后仰，姿态僵硬，张口凝视着天花板。

哈利绕到椅子后方，看见螺栓穿过了靠背椅。有个黑色金属物体躺在椅子后侧的地板上，形状像是口袋型手电筒。哈利认得这种东西。在他大约十岁时，爷爷觉得最好让他知道圣诞晚餐上的猪肋排是怎么来的，于是带他到谷仓后面。那里有个奇妙的机器，爷爷称之为屠宰面具，尽管它根本不是面具。屠宰面具置于大母猪海德龙的额头上。爷爷按动开关，机器发出砰的一声，十分刺耳。海德龙突然一阵抽搐，像是被吓了一跳，然后就倒在地上。接着爷爷抽干海德龙的血液。但让哈利印象最深刻的是火药的气味，以及海德龙倒下之后还在不断抽搐的四肢。爷爷解释说海德龙已经死了，尸体都会这样。后来有好长一段时间，哈利都会做噩梦，梦见抽搐的猪腿。

哈利背后的地板传来咯吱声响，随即传入耳中的是越来越沉重的呼吸声。

"他是伦尼·黑尔？"哈利问道，并没有回头。

吉米清了两次喉咙才有办法回答："对。"

"别再靠近。"哈利说，蹲下身来，环顾四周。

这个现场并未对他说话。这个犯罪现场沉默无语。可能由于时间已经过去了太久，也可能由于这里根本不是犯罪现场，只是屋子主人自己决定不想活了。

哈利拿出手机拨给侯勒姆。

"我在尼特达尔的欧纳比村发现一具尸体，有个叫阿图尔的会打给你，跟你说在哪里跟他碰面。"

哈利结束通话，走进厨房，试了试电灯开关，但也没反应。厨房整理得甚是整齐，但水槽里放着一个盘子，上头有发霉又干硬的酱汁，冰箱前方结了水坝状的冰。

哈利回到玄关。

"你去看看能不能找到保险丝盒。"哈利对阿图尔说。

"电力可能被切断了。"吉米说。

"门铃还会响。"哈利说，沿着玄关旁的弯曲阶梯走了上去。

二楼有三间卧室，都经过细心打扫，但其中有一间的床罩反折，椅子上挂着衣服。

三楼有个房间显然是办公室，架上摆着书本和档案，窗前有一张长方形桌子，上面放着一台电脑和三个大屏幕。哈利转过身去，看见门边的一张桌子上放着一个方形盒状物，边长大约七十五厘米，有着金属边框，侧边是玻璃材质，里头的框架上有一把白色小钥匙。那正是一台 3D 打印机。

远处传来钟声。哈利走到窗前，窗外看得见教堂，钟声可能是教堂正在举行周日礼拜。黑尔家的高度多于宽度，犹如矗立在森林里的高塔，屋主当初建屋的用意可能是为了让自己看得见别人，别人却看不见自己。哈利的目光落在前方桌上的一个档案夹封面所写的姓名上，他打开档案夹，阅读第一页，又抬头看了看书架上许多同款式的档案夹，然后走到楼梯间。

"史密斯！"

"是？"

"上来这里！"

三十秒后，这名心理医生踏进房间，并未立刻走到哈利正在翻阅档案的桌子前，而是在门口停下脚步，脸上露出惊诧的神色。

"认得这些东西吗？"哈利问道。

"认得，"史密斯走到书架前，拿下一个档案夹，"这些是我的患者记录，被偷走的资料。"

"我想这个应该也是吧？"哈利说，拿起一个档案夹，让史密斯阅读上面的标签。

"亚历山大·德雷尔。对，这是我的笔迹。"

"我虽然看不懂这些专有名词，但我看见这里写说德雷尔执着于《月之暗面》，以及一个女人，还有鲜血。你还写说他可能发展出吸血鬼症，底下还注明如果这件事真的发生，你就考虑打破医师誓言，把你的担忧告诉警方。"

"我说过了，后来德雷尔就没再来做咨询了。"

哈利听见门打开的声音，往窗外看去，正好看见警员阿图尔把头伸到露台栏杆外，朝雪地里呕吐。

"他们去哪里找保险丝盒了？"

"地下室。"史密斯说。

"你在这里等着。"哈利说。

哈利走下楼去，只见玄关亮着灯，通往地下室的门已经被打开。他弯腰走下阴暗、狭窄的地下室楼梯，但仍撞到了头，感觉破了皮，原来是撞到了水管边缘。接着他觉得脚下踩到坚实的地面，并看见一间储藏室外亮着一颗灯泡。吉米站在储藏室门口，双手软绵绵地垂落身侧，双眼直盯着门内瞧。

哈利朝吉米走去。伦尼·黑尔的尸体虽已出现腐烂迹象，但客厅的低温让人闻不到气味；然而地下室甚为潮湿，虽然寒冷，但温度不会低到零摄氏度以下。哈利走上前去，原本以为鼻子闻到的是腐烂马铃薯的气味，但其实是另一具尸体所散发出来的尸臭味。

"吉米。"哈利轻声说。吉米慢慢转身面向哈利，双眼圆睁，额头上有一小道刮痕。哈利一看吓了一跳，随即想到他下楼梯时也撞到了水管。

吉米站到一旁，哈利往门内望去。

储藏室里有个三米乘二米的方形笼子，笼身以铁丝网构成，笼门上有个挂锁。目前这个笼子没有囚禁任何人，因为被囚之人早已死去。这里同样毫无生气。哈利看见令年轻警员阿图尔反应那么剧烈的原因了。

尽管腐烂程度显示女子早已死去多时，但老鼠够不到吊在笼子顶端的赤裸女尸，因此尸体保存完好，这表示哈利可以清楚地看见她生前受到了什么样的对待。她身上多半是刀伤。哈利见过无数尸体和千奇百怪的凌虐方式，照理说应该会感到麻木，而事实也的确如此。他已习惯看见随机暴力、激烈斗殴、疯狂仪式、招招致命的刺杀所产生的结果，尽管如此，眼前的这一幕却令他震惊。他看得出这种残害方式想达到什么效果。他看得出死者不仅得遭受身体上的痛苦，还得承受在明知自己会有的遭遇后所产生的绝望与恐惧；他看得出凶手所享受的性愉悦和发挥创意的满足感；他看得出这具尸体要让发现之人所感受到的震惊、凄凉与无助。只是不知道凶手是不是已在这里得到他想要的？

吉米在哈利背后咳嗽起来。

"别在这里咳，"哈利说，"去外面。"

哈利听见吉米蹒跚的脚步声在背后逐渐远去，他打开笼门，踏入笼内。吊在笼里的女子身材颇瘦，皮肤白得如外头的雪，皮肤上有红色的斑点，那不是血，是雀斑。她的腹部上方有个子弹穿出的黑色小孔。

哈利不确定女子借由上吊自杀来求得解脱是否就可免受痛苦折磨。当然了，她的死因可能是腹部中弹，但这一枪也可能是在她死后才打在身上的，因为她已经没用了，就像小孩子想毁了坏掉的玩具一样。

哈利拨开女子面前垂落的红发，确认了女子的身份。幸好她脸上没有任何表情。不久之前，她的鬼魂还在夜深人静时来造访过他。他比较希望她来造访时面无表情。

"那……那是谁？"

哈利转过身去。史密斯头上那顶圣保利羊毛帽依然戴得很低，几乎盖到眼睛，仿佛他很冷，但哈利觉得他全身发抖并不是因为寒冷。

"她是玛尔特·鲁德。"

36

星期日晚上

哈利把头埋在双手之中，静静坐着，聆听楼上传来的说话声和沉重脚步声。鉴识人员正在客厅、厨房和玄关拉封锁线、拍照和放置小白旗。

他逼自己再度抬头看去。

他跟局长吉米解释过，在犯罪现场鉴识人员搜证完成之前，绝对不能割断绳子，把玛尔特·鲁德放下来。当然了，他可以告诉自己说她是在瓦伦丁的车子后备厢里流血过多而死，因为在瓦伦丁车上发现了她的血，而且血量足以致命，然而笼子左边地板上的床垫却述说着不同的故事。那床垫吸收了各种从人体排出来的东西，久而久之变成了黑色的，床垫上方的铁丝网上挂着一副手铐。

楼梯上传来脚步声，一个熟悉的声音大声咒骂，接着侯勒姆来到地下室，额头上有道伤口正在流血。他在哈利身旁停下脚步，看了看笼子，又看了看哈利。"现在我明白为什么有两个同事额头上都有同样的伤痕，而且你也有，可是你们怎么都不提醒我一声？"他突然转头，朝楼梯喊道，"小心水——"

"哎哟！"一个惨叫声传来。

"怎么会有人建楼梯是故意要人撞到头的？"

"你不会想看她的。"哈利轻声说。

"什么？"

"连我都不想看。毕尔，我已经在这里将近一小时了，妈的，还是没法习惯。"

　　"那你干吗还坐在这里？"

　　哈利站起身来。"她在这里很久了，我想说……"哈利听见自己声音发颤，便快步朝楼梯走去，向站在楼梯上正在搓揉额头的一名鉴识员点了点头。

　　吉米正在玄关打电话。

　　"史密斯呢？"哈利问道。

　　吉米朝楼上指了指。

　　哈利走进办公室，看见哈尔斯坦·史密斯正坐在电脑桌前，阅读亚历山大·德雷尔的档案。

　　史密斯抬眼望来。"哈利，地下室那个是亚历山大·德雷尔干的好事。"

　　"还是叫他瓦伦丁吧，你确定？"

　　"我的笔记里都写了。他跟我描述过他幻想如何凌虐和杀害女人，说得好像在计划完成一件艺术品一样，尸体上的割伤跟他描述的一样。"

　　"这样你还不告诉警方？"

　　"我当然想过，但如果我们把每个患者在脑中幻想的恐怖犯罪都一一报告给警方，那大家其他事都不用做了，"史密斯把头埋进双手之中，"只要一想到原本可以拯救那么多条生命，我就……"

　　"别太自责了，哈尔斯坦，就算你说了，警方能做什么也是未知数。总之伦尼·黑尔可能是利用从你那边偷来的笔记，复制瓦伦丁的幻想。"

　　"这不无可能，虽然可能性很低，但不是全无可能，"史密斯挠了挠头，"但我还是不明白，黑尔怎么会知道偷走我的笔记，就能找到一个能跟他合作的杀人犯？"

　　"你话太多了。"

　　"什么？"

　　"史密斯，你想想看，你在跟伦尼·黑尔谈病态性嫉妒这个主题时，是不是提过其他患者也会想象自己杀人？"

　　"我应该提过，我常跟患者解释说他们不是唯一有这种想法的人，好让他们平静下来，不觉得自己那么怪异——"史密斯突然住口，伸手捂住嘴巴，"天哪，你是说……都怪我这张大嘴巴？"

哈利摇了摇头。"哈尔斯坦，我们可以找到一百种自责的方法。我当警探的那些年来，由于我没能及时逮到连环杀手，至少有十几个人因此丧命。但如果你想要活下来，就必须学会适时放手。"

"你说得对，"史密斯发出空洞的笑声，"但我很确定这句话应该是心理医生说的，而不是警察说的。"

"你先回家去陪家人吧，吃顿周日晚餐，暂时忘了这些事。托尔德就快到了，他会来查看电脑，看能找到些什么。"

"好。"史密斯站起身来，摘下羊毛帽还给哈利。

"你留着吧，"哈利说，"日后如果有人问起，你一定会记得今天我们为什么会来这里，对不对？"

"当然会。"史密斯说，又戴上帽子。这时哈利突然觉得那顶羊毛帽上的骷髅头图案配上心理医生的快活面容，似乎产生一种不经意的滑稽与不祥之感。

"你没有搜查令，哈利！"甘纳·哈根大声吼叫，哈利不得不把手机拿远一点。托尔德坐在伦尼的电脑桌前，抬头望来。

"你没得到许可就擅自闯入民宅！我已经大声且清楚地说过不行了！"

"长官，我没有擅自闯入，"哈利望着窗外的山谷，夜色缓缓降临，灯光逐渐亮起，"是本地警长闯入的，我只不过按了电铃。"

"我跟他谈过，他清楚地记得你说你有那栋房子的搜查令。"

"我只跟他说我得到我需要的了，这是真的啊。"

"那是什么？"

"哈尔斯坦·史密斯是伦尼·黑尔的心理医生，他有权去探望他所担心的患者。有鉴于黑尔和两名命案被害人的关系最近浮上台面，他认为有担忧的必要，所以才找我陪他一起去，因为我有警察的背景，以防黑尔有暴力倾向。"

"我想史密斯一定会附和这个说法吧？"

"当然会，长官，心理医生和患者之间的互动关系可是不能乱来的。"

哈利听见哈根发出怪笑声，接着又怒斥道："哈利，你欺骗了一个警长，你知道的，所有证据在法庭上都会被视为无效，如果他们发现——"

"甘纳，闭嘴别说了。"

手机另一头沉默片刻。"你刚刚说什么？"

"我好声好气请你闭嘴，"哈利说，"因为没什么好发现的，我们进入那栋民宅的方式非常正确，而且没有人会站上法庭受审，他们都死了，甘纳。今天所发生的事，只是我们发现了玛尔特·鲁德到底怎么了，还有瓦伦丁·耶尔森有共犯，我看不出这对你或贝尔曼有什么不利之处。"

"我才不在乎——"

"有，你在乎，所以我已经替警察署长拟好了下次要发的新闻稿：警方夜以继日寻找玛尔特·鲁德的下落，现在我们的孜孜不倦终于有了收获，我们十分确定玛尔特的家人和整个他妈的挪威都需要这个交代。你抄下来了吗？伦尼·黑尔不会夺走警察署长成功除去瓦伦丁的光芒，反而大大加了一分，所以长官，你尽管放心，好好享受这顿大餐吧。"哈利把手机放回裤子口袋，揉了揉脸，"托尔德，你有什么发现？"

信息科技专家抬起头来。"电子邮件的内容证实了你的说法。伦尼·黑尔第一次跟亚历山大·德雷尔联络时就说，他是从史密斯那里偷的患者记录上知道他的电邮地址的，并单刀直入地说希望两人可以合作。"

"他有用到'谋杀'这个词吗？"

"有。"

"很好，继续说。"

"几天后德雷尔或者说瓦伦丁回复了，他写说他要先去查看患者记录是不是真的被偷了，确认这不是警察用来捉他所布下的陷阱，接着又说他对提议保持开放态度。"

哈利越过托尔德肩头望去，在屏幕上看见了瓦伦丁所写的句子，不禁打了个寒战。

朋友，我对诱人提议保持开放态度。

托尔德把画面往下拉，继续说："伦尼·黑尔写说他们只能用电子邮件跟彼此联络，无论如何瓦伦丁都不能去查他到底是谁。他请瓦伦丁建议一个地方，让他可以提供女人住处的钥匙和其他指示给他，但两人又不必碰面，于是瓦伦丁提议加洛鲁浴场的更衣室……"

"那家土耳其澡堂。"

"埃莉斯·黑尔曼森遇害四天前，黑尔写信说已经将她家钥匙和其他指示放在更衣室的一个置物柜里，柜门上的挂锁用蓝漆涂了一个圆点，密码是 0999。"

"嗯，黑尔不只指示瓦伦丁，还像是用遥控器操控他。其他信件说什么了？"

"埃娃·多尔门和佩内洛普·拉施都是用类似的方式，但杀害玛尔特·鲁德的事却没有指示。情况正好相反。我看看……在这里。玛尔特·鲁德失踪后那天，黑尔写说：亚历山大，我知道是你从哈利·霍勒最爱去的酒馆绑走了那个年轻女人，这不在我们的计划之中。我猜她还在你家。亚历山大，那女人会引导警方找上你，我们必须尽快行动，把她带出来，我保证会让她消失无踪。把车开到地图坐标'60.148083, 10.777245'的地方，那儿是一条荒凉道路，晚上很少有车。今晚凌晨一点到那里，在写着'哈兰区，一公里'的路标前停车，然后往右边森林步行一百米，把她放在一棵烧焦的大树下，然后离开。"

哈利看着屏幕，在手机上的谷歌地图里输入坐标。"距离这里有几公里远，还有呢？"

"没有了，这是最后一封邮件。"

"真的？"

"好吧，我还没在这台电脑上找到其他东西，说不定他们用手机联络？"

"嗯，有其他发现再告诉我。"

"好。"

哈利走到楼下。

侯勒姆站在玄关处，正在跟一个鉴识员说话。

"有个小细节，"哈利说，"去水管上采集 DNA 样本。"

"什么？"

"第一次走下去的人一定会撞到那条水管，上面沾了每个人的皮肤和血液，基本上它就像一本厚厚的访客签到簿。"

"好。"

哈利朝正门走去，突然停步，转过身来。

"对了，要跟你说声恭喜，昨天哈根跟我说了。"

侯勒姆茫然地看着哈利。哈利用手在肚子前面画了一个半圆。

"哦，那个啊，"侯勒姆露出微笑，"谢谢。"

哈利走到屋外，冬季的黑暗与寒意立刻将他包围，他深深吸了口气，感觉很有净化作用。他朝那排由松树构成的黑墙走去。警方用两辆雪上摩托车载送人员，往返于猪窝和除过雪的道路那端。哈利很确定在这儿有交通工具可用，但现下这里一个人都没有。他找到雪上摩托车在雪中留下的痕迹，确定自己不会偏离，然后开始步行。猪窝渐渐消失在背后的黑暗之中，这时他听见一个声响，便停下脚步仔细聆听。

是教堂钟声。在这种时间敲钟？

他不知道那是丧礼还是洗礼的钟声，只知道那钟声令他打了个寒噤。他看见前方的深沉黑暗中有一双发亮的黄色眼睛正在移动，宛如动物的眼睛，也宛如土狼的眼睛。低吼声越来越响，朝他快速靠近。

哈利举起一只手挡在面前，仍被雪上摩托车的头灯照得睁不开眼睛。车子在他面前停下。

"你要去哪里？"头灯后方传来一个声音问道。

哈利拿出手机，打开谷歌地图，拿给驾驶雪上摩托车的警员看："我要去这里。"

60.148083, 10.777245。

哈利在路标旁正好一百米处找到了那棵树。

他涉雪而过，来到焦黑分叉的树干前，那里周围的积雪比较浅。他蹲了下来，在雪上摩托车的头灯照耀下，看见树干上有个颜色较浅的痕迹。可能是绳子，也可能是铁链造成的，这表示玛尔特·鲁德来到这里时还活着。

"他们来过这里，"哈利说，环顾四周，"瓦伦丁和伦尼来过这里，他们会不会碰过面？"

周围树木沉默地凝望着他，犹如不愿做证的目击证人。

哈利回到雪上摩托车旁，坐到警察后方。

"你得载鉴识人员来这里，好让他们采集遗留的痕迹物证。"

警察半转过头："你现在要去哪里？"

"带坏消息回市区。"

"你知道玛尔特·鲁德的家人已经接到通知了吧？"

"嗯，但她在施罗德酒馆的家人还没收到通知。"

一只鸟在森林深处发出一声警告的尖鸣，太迟了。

37

星期三下午

哈利移开堆了有半米高的报告，好看清楚坐在他办公桌前的两个青年。

"是这样的，我看过你们对五芒星命案的报告，"哈利说，"你们很值得夸奖，利用空闲时间做我给毕业生出的作业。"

"可是呢？"欧雷克问道。

"没有可是。"

"因为我们做得比毕业生还要好对不对？"杰西双手抱在脑后的黑色长辫子上。

"不对。"哈利说。

"不对？他们谁做得比我们好？"

"我没记错的话，安·格里姆塞那一组做得比你们好。"

"什么？"欧雷克说，"他们连主要嫌疑人是谁都没答对！"

"没错，他们说没找到主要嫌疑人，而根据我所提供的资料，这才是正确答案。你们指出了正确嫌犯，但那是因为你们忍不住去网上查十二年前谁是真凶，然后再反推回去，做出几个错误判断，好让最后的结论是正确的。"

"所以你出的作业是没有答案的？"欧雷克说。

"根据我所提供的资料是没有的，"哈利说，"这也是为你们日后做准备，如果你们真的想成为警探的话。"

"那我们现在要怎么做？"

"寻找新情报，"哈利说，"或是把已知案情用不同的方式拼凑起来，答案通常就藏在你手中已经握有的情报里。"

"那吸血鬼症患者案呢？"杰西问道。

"有些情报是新的，有些案情是早已知道的。"

"你看过今天的《世界之路报》吗？"欧雷克问道，"伦尼·黑尔指示瓦伦丁·耶尔森去杀害那些他嫉妒的女人，就跟《奥赛罗》一样。"

"嗯，我好像记得你说《奥赛罗》的主要杀人动机不是嫉妒，而是野心。"

"那就说是奥赛罗综合征好了。对了，那篇报道不是莫娜·达亚写的，真奇怪，我好像很久没看到她写的报道了。"

"谁是莫娜·达亚？"

"唯一了解这件案子始末的犯罪线记者，"欧雷克说，"一个从北方来的怪女人，半夜会去健身房，还会用欧仕派须后水。对了，哈利，快告诉我们吧！"

哈利看着眼前那两张热切的面孔，回想自己在念警察大学时有没有这么认真，结果是一点也没有，通常他不是醉了，就是等不及要再喝醉。这两个小鬼比他好多了。他清了清喉咙，说："好吧，既然如此，这只是上课，我必须提醒你们，警察大学学生也是要遵守保密誓言的，明白吗？"

两个年轻人点了点头，倾身向前。

哈利靠上椅背，想抽根烟，心知在外头台阶上来根烟的滋味一定很棒。

"我们搜查过黑尔的电脑，所有数据都在里面，"哈利说，"包括行动计划、笔记、被害人数据、别名亚历山大·德雷尔的瓦伦丁·耶尔森的资料、哈尔斯坦·史密斯的数据、我的数据……"

"你的资料？"杰西说。

"听他说完。"欧雷克说。

"黑尔写了一本手册，叙述如何取得那些女人的家门钥匙印模，他发现用 Tinder 约出来的女人，十个中有八个会在上厕所时把包留在桌上，而且钥匙多半都放在包内的小拉链夹层里。要制作三把钥匙的双面印模平均需要十五秒的时间，虽然拍照比较简单，但有些钥匙光用照片无法做出精准的 3D 档案来让 3D 打印机做出副本。"

"这是不是代表他在第一次跟对方约会的时候就认定日后他一定会嫉妒？"杰西问道。

"有些时候可能是吧，"哈利说，"他只是写说取得钥匙印模很简单，没理由不先把进入对方家中的方法拿到手。"

"真叫人毛骨悚然。"杰西低声说。

"那他为什么选中瓦伦丁，又是怎么找到他的？"欧雷克问道。

"他需要的所有资料都可以在他从史密斯那里偷走的患者记录里找到，手册上说亚历山大·德雷尔对于吸血鬼症的杀戮幻想有强烈且详细的描述，史密斯甚至想通报警方对他进行预防性拘留，但最后没这么做是因为他同时也展现出高度的自制力，生活有条有理。我推测就是因为他身上结合了杀人欲望和自制力，才让他成为黑尔眼中的完美人选。"

"可是黑尔要拿什么条件跟瓦伦丁·耶尔森交换？"杰西问道，"是钱吗？"

"是血，"哈利说，"年轻女性身上的温热鲜血，而且杀害这些女性追踪不到亚历山大·德雷尔身上。"

"没有明显动机以及凶手不曾跟被害人有过接触的命案最难侦破。"欧雷克说，杰西点了点头。哈利知道欧雷克说的这句话是他在课堂上讲过的。

"嗯，对瓦伦丁来说，最重要的就是要让命案查不到他的假身份亚历山大·德雷尔身上，再加上他整过容，所以他可以四处活动而不被抓到。他其实不太在乎让人知道命案是他干的，最后他也情不自禁留下线索给我们说他就是真凶。"

"是给我们？"欧雷克说，"还是给你？"

哈利耸了耸肩。"无论如何，就算我们知道是他干的，还是逮不到他，因为他都已经被通缉好几年了，还是可以继续依照黑尔的指示去杀人，而且过程十分安全，因为黑尔复制的钥匙可以让他进入被害人的住处。"

"一种完美的共生关系。"欧雷克说。

"就像土狼和秃鹰，"杰西低声说，"秃鹰让土狼知道哪里有受伤的猎物，土狼就前去杀死猎物，这样两者都有食物吃。"

"所以瓦伦丁杀了埃莉斯·黑尔曼森、埃娃·多尔门和佩内洛普·拉施，"欧雷克说，"却没杀害玛尔特·鲁德？那伦尼·黑尔认识她吗？"

"不是，那是瓦伦丁自己干的，而且是冲着我来的。他在报上读到我骂他是无耻变态，所以就绑走了一个我身边的人。"

"就因为你骂他是变态？"杰西皱了皱鼻子。

"自恋者喜欢被人爱，"哈利说，"或者被人恨，别人对他的恐惧可以确认和膨胀他的自我形象。他们觉得别人对他的忽视或鄙视是种侮辱。"

"就像那次史密斯在播客上侮辱瓦伦丁，"欧雷克说，"瓦伦丁就大受刺激直接跑去农场杀他。你认为瓦伦丁有精神病吗？我的意思是说，他自我控制了那么久，重出江湖后干的都是经过精密计算的冷血谋杀，但是他对史密斯和玛尔特·鲁德所做的看起来却又是非常随兴的行动。"

"也许吧，"哈利说，"说不定他只是个很有自信的连环杀手，在成功犯下几次命案之后就开始觉得自己可以在水上行走。"

"可是伦尼·黑尔为什么要自杀？"杰西问道。

"这个嘛，"哈利说，"你们有什么看法？"

"这不是很明显吗？"欧雷克说，"那几个女人甩了伦尼，伦尼认为她们罪有应得，所以拟订计划让瓦伦丁去谋杀她们，可是玛尔特·鲁德和穆罕默德·卡拉克这两个人却无辜受到波及，可以说是因他而死，所以他良心发现，在良心上过不去。"

"不对，"杰西说，"伦尼从一开始就计划好了，一旦事情结束，一旦那三个他要杀的女人，也就是埃莉斯、埃娃和佩内洛普都死了，他就会自杀。"

"这点我不敢说，"哈利说，"黑尔的手册里还提到了其他女人，房里还有其他的复制钥匙。"

"好吧，那如果伦尼不是自杀呢？"欧雷克说，"说不定是瓦伦丁杀了他？他们可能因为穆罕默德和玛尔特的死而争吵，因为伦尼认为他们是无辜的，所以可能想把瓦伦丁交给警方，结果却被瓦伦丁发现。”

"除非瓦伦丁真的受够了伦尼才会把他杀了，"杰西说，"土狼会把靠得太近的秃鹰吃了，这种事也不算少见。"

"屠宰击昏枪上只发现了伦尼·黑尔的指纹，"哈利说，"很可能是瓦伦丁杀了伦尼之后，想把它布置得像自杀，不过他为什么要这么大费周章？警方掌握的线索早就可以让他终身监禁。再说，如果瓦伦丁想消灭证据，为什么要把玛尔特·鲁德留在地下室，还把可以证明他和伦尼联手合作的电脑和档案留在二楼工作室？"

"好吧，"杰西说，"我同意欧雷克一开始说的，伦尼·黑尔觉得有无辜的人因他而死，所以良心上过不去。"

"你们绝对不要低估脑海里冒出的第一个念头，"哈利说，"产生这个念头所依据的讯息通常比你认为的还要多，而且最简单的答案通常都是正确答案。"

"但有一件事我不懂，"欧雷克说，"伦尼和瓦伦丁不想让别人看见他们在一起，这我明白，但他们为什么要用一个那么复杂的交付方式？约在其中一人的家里碰面不就好了吗？"

哈利摇了摇头。"瓦伦丁失手被擒的概率仍然很高，所以对伦尼来说，不让瓦伦丁知道他的身份很重要。"

杰西点了点头。"而且他担心瓦伦丁一旦被捕，就会向警方供出他以换得减刑。"

"瓦伦丁也绝对不希望伦尼知道他住在哪里，"哈利说，"他对这件事非常小心，这也是他为什么可以躲避警方追缉那么久的原因。"

"所以这件案子算是侦破了，没有尚待厘清的部分，"欧雷克说，"黑尔自杀，瓦伦丁绑架了玛尔特·鲁德，但你们找没找到证据指出是瓦伦丁杀了她？"

"犯罪特警队是这样想的。"

"因为？"

"因为他们在施罗德酒馆发现了瓦伦丁的 DNA，在他车子后备厢发现了玛尔特的血迹，还找到了射穿玛尔特腹部的那枚子弹。子弹钻入黑尔家地下室的砖墙，弹道和尸体位置的比对结果指出玛尔特在被吊起来之前就已中枪，子弹应该是从鲁格红鹰左轮手枪里击发的，也就是瓦伦丁原本打算用来枪杀史密斯的那把枪。"

"但你不同意这个看法。"欧雷克说。

哈利挑起一侧眉毛。"是吗？"

"刚才你说'犯罪特警队是这样想的'，这表示你有不同的看法。"

"嗯。"

"所以你的看法是什么？"欧雷克问道。

哈利伸手抚摸了下脸。"我想是谁结束她的生命可能并不重要，因为在这个案例中，结束她的生命等同于让她从痛苦中解脱。笼子里的床垫上沾满 DNA，包括血迹、汗渍、精液、呕吐物，有些是她的，有些是伦尼的。"

"天哪，"杰西说，"你是说黑尔也凌虐过她？"

"说不定还有别人。"

"除了瓦伦丁和黑尔以外还有别人？"

"地下室楼梯的上方有一条水管，只要不注意一定会撞上，所以我请资深鉴识员毕尔·侯勒姆化验那条水管上的 DNA，并寄一张清单给我。年代太久远的样本会劣化，所以最后他一共找出七组 DNA。一如往常，我们采集了到过现场的警方人员的 DNA，比对之后，发现那七组 DNA 包括当地警长吉米、警员阿图尔、毕尔、史密斯和我，再加上一个我们来不及提醒的犯罪现场鉴识员，但我们不知道第七个人是谁。"

"所以第七个人不是瓦伦丁·耶尔森，也不是伦尼·黑尔？"

"都不是，我们只知道第七个人是男性，而且跟伦尼·黑尔没有血缘关系。"

"会不会是某个去那里工作的人？"欧雷克说，"比如水电工之类的？"

"有可能。"哈利说，目光落到面前的一份《每日新闻报》上，上头印着准司法大臣米凯的特写照。哈利又读了一次照片说明："在警方坚持不懈的努力之下，终于找到了玛尔特·鲁德，为此我感到格外高兴。警方终于对受害者家属有了交代，我也能了无牵挂地离开警察署长的职位。"

"我得走了。"

三人离开警察大学，走到新堡大楼前，正要分头离开，哈利想起他们收到过邀请。

"哈尔斯坦完成他的吸血鬼症患者论文了，星期五要举行论文答辩会，他邀请我们去参加。"

"论文答辩会？"

"就是口试，亲朋好友都要盛装出席，"杰西说，"要想不搞砸都很难。"

"你妈和我都会去，"哈利说，"不知道你有没有时间，想不想去？史戴会是审查委员之一。"

"哇！"欧雷克说，"希望时间不会太早，星期五我要去伍立弗医院。"

哈利蹙起眉头。"为什么？"

"斯蒂芬斯医师又要替我抽血，他说他在研究一种名叫全身性肥大细胞增生症的罕见血液疾病，还说妈如果得的是这种病，那就是她的血液自我修复，所以她痊愈了。"

"肥大细胞增生症？"

"这是一种遗传缺陷，由 c-kit 基因突变引起。这种疾病不会遗传，但斯蒂芬斯希望血液中能协助修复的物质会遗传，所以他想采集我的血液去比对我妈的。"

"这就是你妈之前说的基因联系？"

"斯蒂芬斯说他还是认为妈是中毒，全身性肥大细胞增生症只是他在瞎猜而已，但很多伟大的发现一开始都是误打误撞得来的。"

"这倒是没错。论文答辩会两点开始，结束后有一场晚宴，你想去晚宴的话可以参加，但我可能会跳过。"

"我想你一定会跳过，"欧雷克微笑说，转头望向杰西，"是这样的，哈利不喜欢人。"

"我喜欢人，"哈利说，"我只是不喜欢跟他们相处而已，尤其是很多人凑在一起的时候。"他看了看表。"说到这个……"

"抱歉我来迟了，我刚才在做私人辅导。"哈利说，快步走进吧台。

爱斯坦呻吟一声，把两杯啤酒放在吧台上，啤酒溅出少许："哈利，我们得多找点人来才行。"

哈利看了看酒吧里的热闹人群，说："我想人已经够多了吧。"

"你个白痴，我是说来帮忙的人手啦。"

"我这白痴是在开你玩笑啦，你知道有谁的音乐品位不错吗？"

"崔斯可。"

"他很孤僻。"

"才没有。"爱斯坦又倒了杯啤酒，向哈利做了个手势，叫他跟客人收钱。

"好吧，考虑看看。史密斯来过了？"哈利朝圣保利羊毛帽指了指，帽子盖在加拉塔萨雷队旗旁边的一个酒杯上。

"对啊，他说谢谢你借他帽子，他还带了几个外国记者来，跟他们说一切就是从这里开始的。他说他后天要进行一个什么跟博士学位有关的事。"

"论文答辩会。"哈利把信用卡还给客人，说声谢谢。

"对，还有一个家伙过来跟他们打过招呼，史密斯跟记者介绍说他是犯罪特警队队员。"

"哦？"哈利说，接受下一名男客的点单，这人留着时髦胡子，身上穿着困兽乐队（Cage the Elephant）的 T 恤，"他长什么样子？"

"他牙齿很显眼。"爱斯坦说，指了指自己的一口黄牙。

"你确定不是楚斯·班森？"

"我不知道他叫什么名字，但我见他来过好几次，通常都坐在那边的包厢，而且都是一个人来。"

"一定是楚斯·班森。"

"女人都一直缠着他。"

"那一定不是楚斯·班森。"

"但最后他还是一个人回家，怪咖一个。"

"他不带女人回家你就说人家是怪咖？"

"那家伙会拒绝免费送上门的鲍鱼啊，这种人你信得过吗？"

胡子男客扬起一侧眉毛。哈利耸了耸肩，把啤酒放在男客面前，走到镜子前方，戴上圣保利羊毛帽，正要转身，却突然定住不动，看着镜中自己额头上的那个骷髅头图案。

"哈利？"

"嗯？"

"可以来帮一下忙吗？两杯莫吉托调酒加低卡雪碧。"

哈利缓缓点了点头，脱下帽子，绕出吧台，快步朝门口走去。

"哈利！"

"打电话叫崔斯可来帮忙。"

"喂？"

"抱歉这么晚打电话来，我以为鉴识医学中心的人应该都下班了。"

"我们是应该下班了才对，但是在这种整体都缺乏人手的地方工作就是这样，而且你打的又是警方才知道的内线电话。"

"对，我是哈利·霍勒，我是警监……"

"哈利，我知道你，我是保拉，而且你已经不是警监了。"

"哦，是你啊，好吧，我负责侦办吸血鬼症患者案，所以才电话来。我想跟你核对一下从水管上采集到的 DNA 样本。"

"那不是我负责的，不过我帮你看一下，还有我先跟你说，除了瓦伦丁·耶尔森以外，我并不知道吸血鬼症患者案 DNA 基因图谱档的所属人姓名，只知道编号。"

"没关系，我这里有几张表，上面列出了所有犯罪现场采集到的 DNA 及其对应的人名和编号，你念出来给我听就好。"

哈利一边聆听保拉读出符合的 DNA 基因图谱档，一边勾选。警长、地区警察、霍勒、史密斯、侯勒姆和一名鉴识组同人，最后是那个第七人。

"这个 DNA 基因图谱还是没找到符合的？"哈利问道。

"对。"

"那黑尔家其他地方采集到的 DNA 呢？有没有符合瓦伦丁的？"

"我看看……没有，看起来是没有。"

"床垫上、尸体上都没有跟瓦伦丁有关联性的 DNA？"

"没有。"

"好，保拉，谢谢你。"

"说到关联性，那根头发后来怎么样了？"

"那根头发？"

"对，去年秋天韦勒拿了一根头发来让我分析，他提到你的名字，可能以为这样可以加快分析速度。"

"可以吗？"

"当然可以，哈利，你知道我们这里的女性同人都对你关怀有加。"

"这种话不是都用在很老的人身上吗？"

保拉哈哈大笑。"谁叫你要结婚呢，哈利，是你自己要断绝后路的。"

"嗯，那根头发是我老婆住院时，我在伍立弗医院的病房地上发现的，我可能只是想太多了吧。"

"原来如此，我想应该也不是很重要才对，因为韦勒叫我忘了它，你是不是担心你老婆有外遇啊？"

"倒也不是，不过听你这么一说，搞不好有这种可能。"

"你们男人就是太天真了。"

"我们男人就是这样才能存活下来。"

"才怪呢，提醒你哦，女人就快要接管地球了。"

"呃，都深夜了你还在工作，这才奇怪呢。晚安喽，保拉。"

"晚安。"

"等一下，保拉，忘了什么？"

"什么？"

"韦勒叫你忘了什么？"

"就是关联性啊。"

"什么跟什么的关联性？"

"那根头发跟吸血鬼症患者案的一个 DNA 基因图谱档的关联性。"

"真的？是谁？"

"我不知道，我说过了，我们手上只有编号，我们甚至连编号是属于嫌犯的还是现场警员的都不知道。"

哈利沉默片刻才问说："那个编号是多少？"

"晚安。"一个上了点年纪的救护技术员说，走进急诊室的员工休息室。

休息室里只有一个人，那人将咖啡壶里的黑咖啡倒进杯子，说："晚安，汉森。"

"你的警察朋友刚才打电话过来。"

主治医师约翰·道尔·斯蒂芬斯转过身来，扬起一侧眉毛。"我有警察朋友？"

"反正他提到了你，那警察叫哈利·霍勒。"

"他有什么事？"

"他寄了一摊血的照片过来，请我们估计血量有多少。他说你曾根据犯罪现场的照片估计过被害人流了多少血，以为我们这些负责处理意外现场的人都受过这种训练。可惜让他失望了。"

"有意思。"斯蒂芬斯说，从肩头拿起一根头发。他并不认为掉发增加是老化的迹象，正好相反，他认为自己正在盛开，正在前进，正在摆脱身上没有用的东西，"他怎么不直接找我？"

"他可能认为主治医师半夜不会值班吧，而且他的口气听起来很急。"

"原来如此，他说跟什么事有关了吗？"

"他只说跟他在办的案子有关。"

"照片呢？"

"在这里。"汉森拿出手机，把短信拿给医师看。斯蒂芬斯看了看照片中木地板上的一摊血，血迹旁放了一把尺子。

"正好一点五升，"斯蒂芬斯说，"准确度很高。你可以打电话告诉他。"他啜饮一口咖啡。"一个讲师半夜还在工作，这世界到底怎么了？"

汉森咯咯地笑着说："斯蒂芬斯，你自己还不是一样。"

"什么？"斯蒂芬斯说，站到一旁，让汉森倒咖啡。

"你每隔一天的晚上都会来，斯蒂芬斯，你到底来做什么？"

"照顾重伤病患啊。"

"我知道，可是为什么？你是血液科的全职主治医师，还跑来急诊室轮班，这有点不正常。"

"谁想要正常了？一个人的最大愿望莫过于能在被需要的地方发挥所长。"

"所以你没有家人希望你在家陪伴他们吗？"

"没有，但我有同事的家人宁可他们不要在家。"

"哈！可是你手上戴了婚戒。"

"而你袖子上有血迹，汉森，你是不是送了流血的伤员进来？"

"对，你离婚了？"

"我是鳏夫，"斯蒂芬斯又喝了几口咖啡，"伤员是谁？男的女的？老的还是年轻的？"

"是个三十来岁的女人，为什么这样问？"

"只是好奇，她现在人在哪里？"

"喂？"毕尔·侯勒姆低声说。

"我是哈利，你上床睡觉了吗？"

"现在是凌晨两点，你说呢？"

"瓦伦丁有大约一点五升的血在办公室地板上。"

"什么？"

"这是基础数学，这样的话他太重了。"

哈利听见床铺吱吱作响和被子扫过手机的声音，才又听见侯勒姆低声说："你在说什么啊？"

"从监视器画面中的磅秤上，可以看出瓦伦丁离开时只比他抵达时轻了一点五公斤。"

"哈利，一点五升的血液等于一点五公斤重。"

"我知道，尽管如此，我们还是缺少证据，等我拿到证据我会再跟你解释，这件事你谁也不能说，好吗？甚至连你的枕边人也不能说。"

"她在睡觉。"

"我听见了。"

侯勒姆笑着说："她的鼾声是两人份的。"

"我们明天八点在锅炉间碰面好吗？"

"应该可以吧，史密斯和韦勒也会去吗？"

"我们在星期五的论文答辩会上会见到史密斯。"

"那韦勒呢？"

"只有你跟我，毕尔，还有我要你把黑尔的电脑和瓦伦丁的左轮手枪一起带去。"

38

星期四上午

"毕尔，你起得真早啊。"负责管理证物室的老警员在柜台里头说。

"早安，延斯，我想提领吸血鬼症患者案的一些证物。"

"这件案子重新受到关注了对不对？昨天犯罪特警队有个队员来提领过一些东西，我很确定是放在 G 架上，不过还是来看看这浑球机器怎么说……"延斯伸手在键盘上敲了几下，手指的动作仿佛键盘很烫似的，接着他看了看屏幕，"……我看看……妈的这玩意又当了……"他抬头看着侯勒姆，露出放弃又无奈的表情。"你说呢，毕尔？我们直接翻档案夹好了，你要找……"

"你说犯罪特警队的谁来过？"侯勒姆问道，极力掩饰内心的急躁。

"他叫什么名字来着？那家伙的牙齿很显眼。"

"楚斯·班森？"

"不是不是，我是说那个有着一口漂亮牙齿、新来的家伙。"

"安德斯·韦勒。"侯勒姆说。

"嗯，"哈利说，在锅炉间里靠上椅背，"他提领了瓦伦丁的红鹰手枪？"

"还有铁假牙和手铐。"

"延斯没说韦勒为什么提领这些东西？"

"没有，他不知道。我打去办公室找韦勒，他们说他调休了，所以我打了他的手机。"

"然后呢？"

"他没接，可能还在睡觉，我可以现在再打。"

　　"不要。"哈利说。

　　"不要?"

　　哈利闭上眼睛。"结果我们都被耍了。"他嗫嚅地说。

　　"什么?"

　　"没什么。我们去把韦勒叫起来,你能打去队上问他住哪里吗?"

　　三十秒后,侯勒姆把电话放回到桌上,把韦勒家的地址清楚地复述了一遍。

　　"你是开玩笑的吧。"哈利说。

　　侯勒姆驾驶他那辆沃尔沃亚马逊转入一条安静街道,两旁都是雪堆,车辆似乎都进入冬眠。

　　"这里。"哈利说,倾身向前,抬头朝一栋四层楼公寓看去,只见三楼和四楼之间的浅蓝色壁面上有些涂鸦。

　　"苏菲街五号,"侯勒姆说,"而不是霍尔门科伦……"

　　"真是恍若隔世,"哈利说,"你在车上等着。"

　　哈利开门下车,踏上大门前的两级台阶,看了看门铃旁的名字。有些旧名字换掉了,韦勒的名字在哈利的名字曾经所在位置的下方几格。哈利按下门铃。没有回应。他正要按第三次时,大门打开,一名年轻女子匆匆走出。哈利趁大门尚未关上之际侧身闪入。

　　楼梯间气味依旧,有着挪威食物和巴基斯坦食物的混合味道,还有二楼老森汉姆太太令人倒胃口的气味。哈利侧耳聆听,只听见一片寂静。他轻手轻脚爬上楼梯,下意识地跨过第六级阶梯,因为他知道那级阶梯会发出咯吱声。

　　他在二楼楼梯间的一扇门外停下脚步。

　　哈利敲了敲门,看了看门锁,知道不必费什么功夫就能进去,只要用一张塑料卡再用力一推就行了。他心想到底要不要破门而入?他感觉自己心跳加速,鼻息在面前的玻璃上喷出雾气。瓦伦丁在打开被害人家门前,是否曾感受到这种心痒难耐的刺激心情?

　　哈利又敲了敲门，等待一会儿后决定放弃，转身离开。就在此时，他听见门内传来脚步声，立刻转过身，透过雾面玻璃看见一个人影。门打了开来。

　　安德斯·韦勒身上只穿了件牛仔裤，上身赤裸，胡子没刮，但他看起来不像是刚起床的样子，正好相反，他的瞳孔看起来又大又黑，额头上满是汗水。哈利注意到他肩膀上有红色痕迹，难道是割伤？总之他身上有血。

　　"哈利，"韦勒说，"你来这里做什么？"声音不同于往常那种男孩般的高亢嗓音。"而且你是怎么进来的？"

　　哈利清了清喉咙。"我们需要瓦伦丁那把左轮手枪的序号，我按门铃了。"

　　"然后呢？"

　　"你没应门，我想你可能在睡觉，就直接上来了。我以前也住这栋公寓，不过是住四楼，所以我知道门铃声不是很大。"

　　"对啊。"韦勒说，打了个哈欠，伸了个懒腰。

　　"那么，"哈利说，"在你手上吗？"

　　"什么在我手上？"

　　"那把红鹰左轮手枪。"

　　"哦，那个啊，对，你说序号？等一下，我去拿。"

　　韦勒把门掩上，哈利透过雾面玻璃看见韦勒离开玄关。这栋公寓每一户的格局都是一样的，所以哈利知道韦勒是朝卧房走去。接着韦勒的身影又朝前门走来，然后左转走进客厅。

　　哈利把门拉开，鼻中闻到一股气味，那是香水味？他看见卧室的门是关上的，刚才韦勒把卧室房门关上了。哈利下意识地在玄关搜寻可能透露端倪的衣服或鞋子，但什么也没看见。他朝卧室房门看去，侧耳凝听，接着轻轻跨出三大步，进入客厅。韦勒没听见哈利的声音，他蹲在咖啡桌前，背对哈利，正在笔记本上写字。笔记本旁是个盘子，上面有一片意式腊肠比萨。笔记本的另一边就是那把有着红色枪柄的大型左轮手枪，但哈利并未看见手铐和铁假牙。

客厅角落里有个空笼子，那种用来养兔子的笼子。等等，哈利想起那次开会麦努斯对韦勒施压，说他泄露消息给《世界之路报》时，韦勒说泄密者不是他，还说他养的是猫。所以猫在哪里？哈利的目光移到墙壁上，那里有个又窄又长的书架，上头放着几本警察大学的教科书，包括比耶克内斯和霍夫·约翰森所著的《调查方法》，另外还有几本不在教科书书单上的书，例如雷斯勒、伯吉斯和道格拉斯所著的《性凶杀案——模式和动机》，这本书讲的是连环杀人案，最近他在课堂上引用过，因为里头有提到 FBI 最近建立的暴力犯罪缉捕计划。哈利看了看另一个书架，只见上头摆了一张照片，看起来像全家福，照片里有两个大人和小时候的韦勒。下方层架也摆着几本书，包括阿图尔·B. 梅赫塔（Atul B. Mehta）和 A. 维克托·霍夫布兰德（A. Victor Hoffbrand）所著的《血液学概览》，以及约翰·D. 斯蒂芬斯所著的《基本血液学》。这个年轻人对血液疾病有兴趣？有何不可？哈利又靠近了点，仔细看了看那张全家福。照片中的男孩看起来很开心，父母则没那么开心。"你为什么把瓦伦丁的东西提领出来？"哈利说，看见韦勒的背影僵了一下，"卡翠娜·布莱特没叫你这么做，命案证物通常也不会带回家，即使案子已经侦结。"

韦勒转过身来，哈利看见他的眼珠下意识地朝右方看了看，那是卧室的方向。

"我是犯罪特警队的警探，你是警察大学的讲师，严格说起来，应该是我要问你，你要序号做什么？"

哈利看着韦勒，知道从他口中问不出答案。"警方没用那把枪的序号追查过原始持有者，而且持有者不可能是瓦伦丁·耶尔森，因为他根本没有枪支执照。"

"这件事很重要吗？"

"难道你觉得不重要吗？"

韦勒耸了耸肩。"据我们所知，这把左轮手枪没用来杀过人，就连玛尔特·鲁德也不是被这把手枪射杀的，因为验尸报告指出她中弹前就已经身亡。我们给这把枪做过弹道测试，结果并不符合数据库中其他刑案的数据，所以我并不认为追查序号很重要，因为其他要办的案子还很多。"

"原来如此，"哈利说，"说不定我这个讲师可以发挥一点用处，追查一下序号，看看它指向何方。"

"当然啦。"韦勒说，从笔记本上撕下一页，交给哈利。

"谢谢。"哈利说，看了看韦勒肩膀上的血迹。

韦勒送哈利到门口，哈利在楼梯间回过身来，看见韦勒保镖似的堵在门口。

"我只是好奇，"哈利说，"客厅的那个笼子，你是用来关什么的？"

韦勒的眼睛眨了眨。"没什么。"他说，静静把门关上了。

"你找到他了吗？"侯勒姆问道，驾车驶离路肩。

"对，"哈利说，从自己的笔记本上撕了一页下来，"这是序号。鲁格是美国厂牌，你能跟美国酒精、烟草、火器和爆炸物管理局（ATF）查一下吗？"

"你不是真的以为他们能追查到那把左轮手枪吧？"

"为什么不行？"

"因为美国人对登记枪支持有人这件事很随便啊，美国境内的枪支数量超过三亿，也就是说，枪比人还多。"

"真吓人。"

"更吓人的是，"侯勒姆说，踩下油门，转弯时控制车身摆动的幅度，下坡驶向彼斯德拉街，"就连那些不是罪犯、说他们持枪是为了自卫的民众，都会开枪打错人。《洛杉矶时报》有一篇报道说，二〇一二年开枪错杀的数目是自卫杀人的两倍，而开枪射到自己是将近四十倍，蓄意谋杀还不算在内。"

"你会看《洛杉矶时报》？"

"呃，因为《洛杉矶时报》会发表资深乐评家罗伯·希尔伯思（Robert Hilburn）写的评论，你看过乡村歌手约翰尼·卡什的自传吗？"

"没有，希尔伯思就是那个评论过性手枪乐队美国巡回演唱会的家伙吗？"

"对。"

车子在红灯前停了下来，前方就是贝利兹屋，那里曾是挪威朋克文化的据点，现在偶尔还能看见朋克头在此出没。侯勒姆对哈利咧嘴一笑，现在他很快乐，为即将成为人父而感到快乐，为吸血鬼症患者案侦结而感到快乐，为可以开着一辆散发出二十世纪七十年代气息的古董车，并谈论该年代的音乐而感到快乐。

"毕尔，如果你能在十二点以前回报追查结果给我就太好了。"

"如果我没记错，美国酒精、烟草、火器和爆炸物管理局位于华盛顿，现在那里是午夜。"

"他们在海牙的国际刑警组织设了一间办公室，你可以打去那里问问看。"

"好，你知道韦勒为什么提领那些东西了吗？"

哈利眼望信号灯。"不知道，伦尼·黑尔的电脑你拿到了吗？"

"电脑在托尔德那里，现在他应该在锅炉间等我们。"

"很好。"哈利不耐烦地盯着信号灯，希望它赶快变绿。

"哈利？"

"什么事？"

"你有没有想过瓦伦丁离开住处时显得非常仓促？他前脚刚走，卡翠娜和戴尔塔特种部队后脚就到了，好像有人警告过他一样。"

"没有。"哈利没说实话。

绿灯亮起。

托尔德指着电脑屏幕对哈利说明，他们背后的咖啡机发出喷溅声和呻吟声。

"这些是埃莉斯、埃娃和佩内洛普命案发生前，伦尼·黑尔寄给瓦伦丁的邮件。"

邮件都很简短，只写了被害人的姓名和地址，以及一个日期，也就是作案日期。邮件也都以相同句子结尾：指示和钥匙置于指定地点，指示读完后立即销毁。

"内容不多，"托尔德说，"但十分足够。"

"嗯。"

"怎么了？"

"为什么指示要销毁？"

"很明显啊，上头写的东西可能引导警方找到伦尼。"

"可是他没有删除电脑里的邮件，难道他知道就算删除了，像你这样的信息科技专家也可以找回来？"

托尔德摇了摇头。"现在可没那么简单了，如果发件人跟收件人都彻底删除了邮件，就会很麻烦。"

"伦尼应该知道如何彻底删除邮件，那他为什么没这么做？"

托尔德的宽肩耸了耸。"可能因为他知道我们拿到他的电脑时，游戏已经结束了。"

哈利缓缓点头。"说不定伦尼从一开始就知道会东窗事发，他从他那座碉堡所挑起的战争有一天会失败，到时他就会朝自己头部轰一发。"

"可能吧，"托尔德看了看表，"还有别的事吗？"

"你知道什么是文体学吗？"

"我知道，就是一种书写风格的分析方法，安然案的会计丑闻发生后，很多人投入于这方面的研究，数十万封电子邮件被公之于世，好让研究者辨识寄件人是谁，成功率在百分之八十到百分之九十。"

托尔德离开后，哈利打电话到《世界之路报》犯罪组。

"我是哈利·霍勒，我想找莫娜·达亚。"

"哈利，好久不见，"哈利认得这名老犯罪线记者的声音，"你要找她是没问题啦，但她已经人间蒸发好几天了。"

"人间蒸发？"

"几天前我们收到一则她发来的短信说她要休假几天，手机会关机，这个决定还算挺明智的，这几年来她工作得非常卖力。可是我们的编辑快气死了，因为她没有事先获得许可，只是丢了一则短信来，然后就像是人间蒸发一样。现在的年轻人真的是的，你说是不是啊哈利？还有什么事需要帮忙吗？”

　　"没有了，谢谢。"哈利说，结束通话。他怔怔地看着手机好一会儿，才把手机放回口袋。

　　早上十一点十五分，侯勒姆查出将那把红鹰手枪进口到挪威的男子的姓名，男子是法尔松市的一个水手。早上十一点半，哈利跟男子的女儿通了电话。她还记得那把红鹰手枪，因为那把枪超过一公斤重，她小时候曾不小心把它砸在父亲的大脚趾上，但她不记得那把枪的下落。

　　"我爸退休后搬到奥斯陆，跟我们这些后辈住得近了点，可是他到临终前都一直在生病，还做了很多奇怪的事。我们在整理他的遗嘱时才发现他把很多东西都送人了，后来我再也没见过那把枪，说不定他也拿去送人了。"

　　"你知道他送给谁吗？"

　　"不知道。"

　　"你说他一直在生病，那病情一定跟他的死因有关吧？"

　　"不是，他死于肺炎，死得很快又没有痛苦，感谢老天。"

　　"原来如此，那他还生了什么病？谁是他的主治医师？"

　　"问题就在这里，我们都知道他身体不好，但他老是认为自己还是过去那个高大强壮的水手，我想他可能觉得没面子，所以一直没讲。他没跟我们说他生什么病，也没跟我们说他看哪位医生。他只跟一个老朋友说过，我是在丧礼上听那个老朋友说才知道的。"

　　"你认为这个老朋友会知道你父亲的主治医师是谁吗？"

　　"应该不知道，爸只跟他说他生什么病，没交代细节。"

　　"那他生的是什么病？"

　　哈利写了下来，看了看那个病名。那是个希腊名词，在充满拉丁名词的医学世界里相当孤单。

　　"谢谢。"他说。

39

星期四夜

"我很确定。"哈利对着漆黑的卧室说。

"动机呢？"萝凯说，依偎在哈利身边。

"《奥赛罗》，欧雷克说对了，重点不在于嫉妒，而在于野心。"

"你还在说《奥赛罗》？你确定不想把窗户关上？今晚的气温应该是零下十五摄氏度。"

"我不确定。"

"你不确定窗户是不是应该关上，却很确定吸血鬼症患者案背后的主谋是谁？"

"对。"

"这里头你只少了一个小玩意，叫作证据。"

"对，"哈利将萝凯抱紧了些，"所以我需要他的自白。"

"那就请卡翠娜·布莱特把他叫来讯问就好啦。"

"我说过了，贝尔曼不让任何人碰这件案子。"

"那你打算怎么办？"

哈利凝望天花板，感觉到萝凯身体的温热。这样是不是就够了？窗户是不是应该关上了？

"我打算亲自讯问他，却不让他知道那是讯问。"

"身为律师，我必须提醒你，非正式的一对一自白在法律上的参考价值是零。"

"那我们得好好安排才行，让我不是唯一听见的人。"

史戴·奥纳在床上翻身，拿起手机，看了看来电者是谁，按下接听键："喂？"

"我以为你睡着了。"手机那头传来哈利低沉的嗓音。

"那你还打？"

"你得帮我一件事。"

"你讲话还是这么以自我为中心。"

"本性难移嘛，你还记得我们聊过《禅与摩托车维修艺术》那本书吗？"

"记得啊。"

"我需要你在哈尔斯坦的论文答辩会上设下一个猴子陷阱。"

"真的假的？你、我、哈尔斯坦还有谁？"

奥纳听见哈利深深吸了口气。

"一个医生。"

"你认为这个人跟案子有关？"

"多多少少。"

奥纳觉得手臂起了鸡皮疙瘩。"你的意思是什么？"

"意思是我在萝凯的病房里发现了一根头发，当时我有点小心过度，就把那根头发送去化验，结果那根头发出现在病房一点可疑之处也没有，因为那是这个医生的，可是化验报告却指出这个医生的 DNA 基因图谱跟吸血鬼症患者案的犯罪现场出现关联性。"

"什么？"

"也就是说，这个医生的 DNA 和一个从头到尾都跟我们一起办案的年轻警探有关联。"

"你在说什么？你是在说你手上有证据显示，这个医生跟这个警探涉及吸血鬼症患者案？"

"不是。"哈利叹了口气。

"不是？给我解释一下。"

二十分钟后，奥纳挂上电话，聆听着屋内的阒静与平和，大家都在睡梦之中，但他知道今晚自己是睡不着了。

40

星期五上午

文卡·赛弗森脚下踩着踏步机，双眼望着窗外的维格兰雕塑公园。有个朋友建议她别用踏步机，因为会让臀部变大，这个朋友显然不明白文卡的用意，她就是想让臀部大一点。文卡在网络上读过一篇文章说运动只会让臀部更有肌肉，若你想要一个更大、形状更完美的臀部，方法就是摄取雌激素、提高食量或是去做丰臀手术。丰臀手术最简单，但文卡剔除了这个选项，因为她有个原则就是让身体保持自然，她也从未动过刀，从来没有。当然啦，除了丰胸手术，但丰胸不算。她可是个有原则的女人。这就是为什么她从未对赛弗森先生不忠，尽管送上门的男人满坑满谷，尤其是在健身房。想钓她的通常是年轻男子，以为她是个来健身房寻觅猎物的美魔女。文卡比较喜欢成熟男人，所谓成熟男人不是像此时在她旁边骑健身脚踏车、满脸皱纹又干瘪的老男人，而是像她邻居哈利·霍勒那样的男人。哈利那种男人虽然智力比她低，心智也比她幼稚，却能撩起她的欲火，她需要能够在精神上和物质上刺激她和娱乐她的男人。真的就只是那么简单，没有必要假惺惺的。赛弗森先生在物质上非常能满足她，而哈利显然已经心有所属，何况她是有原则的。再说，赛弗森先生很容易打翻醋坛子，有几次他发现她在外面偷吃，就威胁说要收回现在她所享受的优渥物质生活，当然这是在她设下不偷吃原则之前发生的事。

"你长得这么漂亮，怎么还没结婚？"

这句话说得像是被滚地球出局似的充满惋惜之情。文卡转头看着正在骑健身脚踏车、面露微笑的那个老男人。那人脸瘦长，皱纹深得像山谷，嘴唇又大又厚，留着油腻腻的浓密长发。他身材颇瘦，但肩膀很宽，有点酷似英国摇滚歌手米克·贾格尔，只不过头上绑了红色印花大手帕，脸上还留着卡车司机式的胡子。

文卡微微一笑，抬起没戴戒指的右手。"我已经结婚了，只是运动的时候把戒指拿下来而已。"

"真是可惜，"老男人微笑说，"因为我未婚，不然我现在就可以当场向你求婚。"

他也举起自己的右手。文卡心头一惊，以为自己眼花了。这家伙的右手掌心真的有个大洞吗？

"欧雷克·樊科来了。"一个声音从对讲机传出。

"请他进来。"约翰·D.斯蒂芬斯说，从办公桌前推开椅子，朝实验大楼输血医学科的窗户向外看去。他看见年轻的欧雷克·樊科从一辆日系小轿车上下来，车子停在停车场，引擎没熄火，另一个年轻人坐在驾驶座上，车内暖气可能开到最强。今天艳阳高照，太阳照得人眼花，天气冻得人直发抖。许多人不明白为什么万里无云的天空在七月代表酷暑，换成一月就变成酷寒，只因他们懒得去了解基本物理学、气象学和地球的自然现象。大家总以为寒冷是具体存在的东西，不明白寒冷只是热的不存在，斯蒂芬斯已不再为此烦心了。寒冷是一种普遍性的自然状态，热是反常的，就像谋杀和残忍是自然且符合逻辑的，而慈悲是异常现象，是人类群体用来促进种族生存的一种精密手段。人类的慈悲仅止于人类本身，人类只有对其他动物施加无止境的残忍暴行才能让种族持续繁衍。比如说，人口数的增长代表肉不能单纯只靠狩猎取得，而必须生产，所谓肉品生产就是这么一回事！人类把动物养在笼子里，剥夺它们一生的幸福快乐，让母兽授精，好让它们非自愿地生产奶水和鲜嫩多汁的后代，幼兽一出生就被带走，不顾母兽悲痛的嗥叫，接着又尽快让母兽怀孕。如果有人食用特定动物，比如狗、鲸鱼、海豚、猫，民众会义愤填膺。然而基于某种不可知的理由，人类的慈悲仅止于此，比这四种动物更聪明的猪是可以受到羞辱并且被吃掉的。人类的这种行为由来已久，我们早已不会去思索这种经过计算的残忍行为是现代食品生产的一部分。这就叫作洗脑！

斯蒂芬斯看着即将打开的办公室门，心想大家究竟什么时候才会了解，有些人以为是天赐且永恒的道德，就跟我们的审美观、敌我观和流行趋势一样是容易改变且通过学习得来的。看来很难有这么一天。因此，他们当然无法了解和接受激进的研究计划，因为这和他们根深蒂固的观念相抵触，无法了解其中的残忍性是符合逻辑且必需的。

门打开了。

"早安，欧雷克，请进，请坐。"

"谢谢，"欧雷克坐了下来，"在你抽血之前，我能请你帮个忙吗？"

"帮个忙？"斯蒂芬斯戴上白色乳胶手套，"你知道我的研究可能让你、你母亲和你未来的家人都受益吗？"

"我知道对你来说研究工作比我能否长寿更重要一点。"

斯蒂芬斯微微一笑。"没想到你年纪轻轻竟会说出这么聪明的话。"

"我是代父亲来请你拨冗两小时参加我们一个朋友的论文答辩会，并提供专业意见。你如果肯去，哈利会很感谢你。"

"论文答辩会？那一定要去，受到邀请是我的荣幸。"

"问题是……"欧雷克说，清了清喉咙，"这场论文答辩会不是已经开始，就是快要开始了，你抽完血以后我们就得立刻出发。"

"现在？"斯蒂芬斯低头看着摊开在他面前的日程本，"我待会儿有个会要开——"

"哈利会很感谢你的。"欧雷克说。

斯蒂芬斯看着眼前这名年轻人，若有所思地揉揉下巴。"你的意思是说……用你的血来交换我的时间？"

"差不多是这个意思。"

斯蒂芬斯靠上办公椅椅背，双掌互抵，靠在嘴前。"欧雷克，告诉我，哈利·霍勒不是你的生父，为什么你跟他的关系这么亲密？"

"你说呢？"欧雷克说。

"回答我这个问题，再让我抽血，我就跟你去参加论文答辩会。"

欧雷克思索片刻。"我本来差点要说因为他很坦诚，虽然他不是什么'世界上最棒的父亲'之类的，但我相信他说的话，不过我觉得这不是重点。"

"那重点是什么？"

"重点是我们讨厌相同的乐队。"

"你们什么？"

"我是说音乐，我们喜欢的音乐不太一样，但讨厌的音乐是一样的，"欧雷克脱下铺棉夹克，卷起袖子，"准备好抽血了吗？"

41

星期五下午

萝凯抬头望着哈利，挽着他的手臂，和他并肩穿过大学广场，朝多姆斯学院走去。多姆斯学院大楼是奥斯陆大学的三座建筑之一，位于市中心。她说服哈利穿上她在伦敦帮他买的帅气皮鞋，尽管他说这种天气穿这种皮鞋走路太滑了。

"你应该常穿西装。"萝凯说。

"那他们应该多开一些研讨会。"哈利说，假装脚底又是一滑。

萝凯大笑，紧紧挽住哈利的手臂，感觉到他的西装外套硬硬的，那是因为那个黄色卷宗被折起塞入了内侧口袋："那不是毕尔·侯勒姆的车子吗？还明目张胆地违规停车？"

他们从那辆停在阶梯正前方的黑色沃尔沃亚马逊旁边走过。

"风挡玻璃里放着'警察执行公务中'的牌子，"哈利说，"很明显是公器私用。"

"是因为卡翠娜啦，"萝凯微笑道，"他只是担心她会跌倒而已。"

老礼堂的门厅里传来嗡嗡的说话声，萝凯在众人之中寻找熟人，看见到场的多半是学术界的同事和家人，不过她在门厅另一侧看见了一张熟悉的面孔，原来是楚斯·班森，他显然不知道西装是参加论文答辩会的正确衣着。萝凯替自己和哈利开路，朝卡翠娜和侯勒姆走去。

"恭喜你们啊！"萝凯说，抱了抱他们两人。

"谢谢！"卡翠娜容光焕发，摸了摸浑圆的肚子。

"预产期是？"

"六月。"

"六月啊。"萝凯说，看见卡翠娜脸上掌管微笑的肌肉抖了抖。

萝凯倾身向前，伸出一只手放在卡翠娜的手臂上，轻声说："别想那么多，不会有事的。"

萝凯看见卡翠娜脸上露出茫然的神情。

"有无痛分娩，"萝凯说，"非常神奇，一针打下去什么痛楚都没有了！"

卡翠娜的眼睛眨了两下，接着大笑说："你知道吗？我从来没参加过论文答辩会，完全不知道这么正式，我是看见毕尔打上他最好的波洛领带才明白的。这到底是怎么进行的？"

"哦，其实很简单，"萝凯说，"我们先进礼堂，站着等审查委员会主席、博士候选人和两位审查委员进场。史密斯在昨天或今早已经对他们说明过论文，但现在他大概还是很紧张，他可能最担心史戴·奥纳会很难应付，但其实应该不难。"

"不难吗？"侯勒姆说，"奥纳说他根本不相信吸血鬼症的存在。"

"史戴相信学术研究的存在价值，"萝凯说，"审查委员应该吹毛求疵，直探论文主题的核心，但评论不能超过论文主题和答辩会的范围，也不能依自己的喜好任意发挥。"

"哇，你做功课了啊！"卡翠娜说。

萝凯深深吸了口气，点点头，继续说："审查委员每位各有四十五分钟时间，在此期间，与会者可简短提问，这称为'旁听者提问'，但这种提问不是很常见。答辩会结束后有晚宴，由博士候选人自掏腰包举办，但我们没有受到邀请，哈利觉得非常可惜。"

卡翠娜转头望向哈利。"真的吗？"

哈利耸了耸肩。"一边吃大餐一边听你其实不太认识的人的亲友团发表半小时让人打瞌睡的致辞，谁不喜欢啊？"

周围的人群开始移动，相机闪光灯开始闪烁。

"准司法大臣来了。"卡翠娜说。

　　米凯和乌拉面前的人群犹如左右分开的水潮般朝两旁退开，他们夫妇手挽着手走进门厅，脸上都挂着微笑，但萝凯觉得乌拉似乎皮笑肉不笑。也许乌拉不习惯微笑，又或许她一直是个害羞的美丽女子，知道笑容太灿烂会招惹不必要的注意，保持冷酷表情可以让生活过得轻松一点。若真如此，那么萝凯难以想象乌拉成为内阁成员的妻子后会过着怎么样的生活。

　　米凯在他们前方停下脚步，这时有个记者高声提问，并将麦克风塞到他面前。

　　"哦，我只是来替一个朋友庆祝，这个朋友协助我们侦破吸血鬼症患者案，可以说贡献良多，"米凯用英语说，"你们今天应该访问的对象是史密斯博士，而不是我。"但他依然十分乐意回应摄影记者的要求，摆姿势供他们拍照。

　　"国际报社的记者。"侯勒姆说。

　　"吸血鬼症炙手可热，"卡翠娜说，朝群众望去，"所有的犯罪线记者都来了。"

　　"只有莫娜·达亚没来。"哈利说，环顾四周。

　　"锅炉间小组的都来了，"卡翠娜说，"只有安德斯·韦勒没来，你们知道他在哪里吗？"

　　其他人都摇了摇头。

　　"他今天早上打电话给我，"卡翠娜说，"问我能不能跟他单独聊聊。"

　　"聊什么？"侯勒姆问道。

　　"天知道他要聊什么，哈，他来了！"

　　韦勒出现在群众另一侧，他取下脖子上的围巾，看起来气喘吁吁，脸面潮红。这时礼堂的门打开了。

　　"好了，我们得找位子坐，"卡翠娜说，快步朝门内走去，"让开，孕妇要先过！"

　　"她好漂亮，"萝凯低声说，伸手挽住哈利的手臂，倚在他肩膀上，"有时我会猜想你跟她是不是在搞暧昧。"

"搞暧昧？"

"就是我们不在一起的时候，你会跟她搞一点小暧昧。"

"恐怕没有。"哈利沉下了脸。

"恐怕没有？什么意思？"

"意思是有时候我会后悔没好好利用那些小空当。"

"我可不是在开玩笑，哈利。"

"我也不是。"

哈尔斯坦·史密斯把门打开一道小缝，朝气势恢宏的礼堂偷偷望去，看了看挂在观众席上方的枝型吊灯。礼堂里挤满了人，就连二楼也站得满满都是人。这座礼堂曾举办挪威国民会议，如今他——小小的史密斯——即将站上这里的讲台，捍卫自己的研究成果，并获颁博士头衔！他看了看梅，见她坐在第一排，神色紧张，但仍骄傲得像只母鸡。他看了看远从海外而来的心理医生同行，虽然他警告过他们说答辩会以挪威语进行，但他们还是来了。他看了看记者，又看了看米凯，米凯和妻子坐在第一排正中央。他看了看哈利、侯勒姆和卡翠娜，他们是他新结交的警察朋友，在他的吸血鬼症论文中扮演重要角色，而瓦伦丁案更是成为备受瞩目的焦点。即便最近发生的事件揭露了真相，使得瓦伦丁在众人心中的形象出现大幅变化，但只是更强化了他对吸血鬼症患者个性所做出的结论。他指出吸血鬼症患者的行为主要受到本能驱使，并受欲望和冲动的主宰，因此这个真相曝光得正是时候，原来伦尼·黑尔才是这些计划缜密的命案的幕后主使者。

"论文答辩会开始。"主席说，伸手扫去学院袍上的灰尘。

史密斯深深吸了口气，步入礼堂，观众纷纷起立。

他和两名审查委员入座。主席说明答辩流程，接着便请史密斯开始答辩。

第一位审查委员史戴·奥纳倾身向前，低声祝他好运。

史密斯走上讲台，望着观众席，感觉现场安静了下来。今早进行的论文说明会十分顺利。只是顺利而已吗？应该说棒极了！他很难不注意到众审查委员看起来喜形于色，就连奥纳都对他的精彩说明赞赏点头。

现在他要简短说明自己的论文，最多不能超过二十分钟。他开始演说，没过多久心中就开始出现跟早上一样的感觉，觉得自己脱离了眼前的讲稿，思绪立刻化为言语，觉得自己灵魂出窍似的从身体之外看着自己，看着观众，看着观众脸上的表情，看着他们仔细聆听他说的一字一句，看着他们全神贯注地望着他，望着吸血鬼症教授哈尔斯坦·史密斯。当然啦，目前还没有这个头衔，但从今天开始，他将改写历史。演说即将迈入结尾。"我加入由哈利·霍勒所领导的独立调查小组后，在这短暂的时间里，我学到了许多事情，其中之一就是任何命案都有一个中心问题，那就是'动机为何？'但要回答这个问题，同时也得回答'方法为何？'才行。"史密斯走到讲台旁的一张桌子前，桌上摆着三样东西，上头盖着一条绒布。他执起绒布一端，等了一下。在答辩会上是容许创造一点戏剧性效果的。

"而方法就在这里。"他高声说，掀开绒布。

观众席传来一片惊呼之声。绒布底下是一把大型左轮手枪、一副风格怪异的手铐和一副黑色的铁假牙。

他指着那把左轮手枪说："这个工具是用来胁迫的。"又指着手铐说："这个是用来控制、俘虏和囚禁的。"最后指着铁假牙说："这个是用来咬入人体、取得鲜血、举行仪式的。"

他抬头望去："感谢安德斯·韦勒警探让我借用这三样工具，向各位说明我的观点，因为它们不仅仅是三个'方法'，同时也是'动机'，但它们为什么是'动机'呢？"

观众席传来心照不宣的零落笑声。

"因为这些工具看起来都有点年头了，有人可能会认为根本没这个必要，但吸血鬼症患者大费周章弄到某个特定年代的手工艺品的复制品，符合我在论文中所提到的仪式重要性，吸血这个行为可以回溯到人类需要崇拜和安抚神明的时代，而崇拜和安抚神明所要用到的就是血。"

他指着那把左轮手枪说："这把枪可以联结到两百年前的美国，当时印第安部落相信喝敌人的鲜血可以吸收对方的力量。"他指着那副手铐说："这副手铐可以联结到中世纪时代，当时的人会搜捕和驱逐女巫和巫师，并施以仪式性的火刑。"他指着那副铁假牙说："这副假牙可联结到古代，当时用来安抚神明的方法是献祭和放血，就像今天我希望用这些答案……"他朝坐在椅子上的两位审查委员比了比。"……来安抚这两尊神明一样。"

这次观众席传来的笑声比较轻松一些。

"谢谢各位。"

掌声响起。在史密斯耳中，现场简直可用欢声雷动来形容。

奥纳站了起来，调整脖子上的圆点蝴蝶结，收起小腹，朝讲台走去。

"博士候选人，你的论文是根据案例研究写成的，我想问的是，你是如何得出结论的？因为伦尼·黑尔在案件中扮演的角色曝光之前，你的主要研究对象瓦伦丁·耶尔森并不符合你的结论。"

史密斯清了清喉咙："心理学的领域比大多数的科学有更大的诠释空间，所以我很自然会用我已经知道的典型吸血鬼症症状去诠释瓦伦丁·耶尔森的行为，但身为研究者，我必须老实说，在几天之前，瓦伦丁·耶尔森并不完全符合我的理论，就好像现实中的地形并不符合地图上绘制的地形，我得承认这让我感到非常沮丧。虽然伦尼·黑尔的事是个惨剧，没什么好高兴的，但他的案例强化了这篇论文的理论，也更加清楚地勾勒出吸血鬼症患者的轮廓，让我们有更精确的了解，并希望如此一来，未来我们可以早一点逮到吸血鬼症患者，防止惨剧发生。"史密斯清了清喉咙。"我必须感谢审查委员会容许我在黑尔的角色揭露之后对论文做出修正，让一切都说得通了……"

当主席低调地比个手势，表示第一位审查委员的时间到了时，史密斯觉得时间只过了五分钟，而非四十五分钟。这一切就像一场梦！

主席走上讲台说现在是中场休息时间，接下来旁听者可以提问。史密斯等不及要跟台下观众述说这篇论文有多么出色，虽然内容带有一点恐怖色彩，但仍展现出人类心智的美妙与美丽之处。

史密斯利用休息时间走入门厅里的人群，跟未受邀参加晚宴的人谈话。他看见哈利站在一个深色头发女子身边，便走上前去。

"哈利！"史密斯说，跟他握了握手，只觉得他的手如大理石般冷硬，"这位一定是萝凯了。"

"是的。"哈利说。

史密斯和萝凯握手，他看见哈利看了看表，走到门口。

"你在等人吗？"

"对，"哈利说，"他终于来了。"

史密斯看见两个人从另一侧的门走进来，一个是高大的深色头发青年，另一个是五十来岁的金发瘦长男子，脸上戴着方形无框眼镜。史密斯觉得那青年的面容酷似萝凯，另一个男子则看起来有点眼熟。

"我是不是在哪里见过那个戴眼镜的男人？"史密斯疑惑地说。

"我不知道。他叫约翰·D.斯蒂芬斯，是血液科医生。"

"他来这里做什么？"

史密斯看见哈利深深吸了口气。"他是来替故事画下句点的，只不过他自己还不知道。"

这时主席摇铃，以洪亮的嗓音宣布休息时间结束，请众人回到礼堂。

斯蒂芬斯走到两排座椅之间，欧雷克走在他身后，他环顾四周，寻找哈利，却看见一个年轻金发男子坐在后排，令他心头一惊。那金发男子正是韦勒。与此同时，韦勒也看见了斯蒂芬斯。斯蒂芬斯看见对方脸上现出惊惧之色，立刻回头跟欧雷克说他忘了有一场会议要开，必须先走。

"我知道，"欧雷克说，完全没有让开的意思。斯蒂芬斯发现眼前这个青年几乎跟他继父哈利一样高大，"但现在我们要让事情继续进行下去，斯蒂芬斯。"

欧雷克只是把手轻轻放到斯蒂芬斯肩膀上，但这名主治医师仍觉得他是被按着坐到椅子上的。他坐下之后，感觉心跳逐渐变慢。尊严，是的，他必须维护自己的尊严。欧雷克知道了，这表示哈利也知道了，而且不给他任何机会逃跑。从韦勒的反应来看，他显然什么都不知道。他们被设计了，竟然出席同一个场合。那么接下来呢？

卡翠娜在哈利和侯勒姆中间坐下，主席在讲台上开始说话。

"候选人收到了旁听者的提问，哈利·霍勒，请提出你的问题。"

哈利站了起来，卡翠娜一脸讶异地看着他。"谢谢。"哈利说。

卡翠娜看见许多人也面露惊讶之色，有些人只是嘴角含笑，仿佛期待听见一则笑话，就连站上讲台的史密斯似乎也觉得好笑。

"恭喜你，"哈利说，"你就快达成目标了，我也必须感谢你协助我们侦破吸血鬼症患者案。"

"是我该谢谢你。"史密斯说，微微鞠躬。

"是啊，也许吧，"哈利说，"我们发现了是谁在背后操控瓦伦丁，而且正如同奥纳所指出的，你的整篇论文都是以这个为基础，所以你非常幸运。"

"的确如此。"

"不过还有几件事我想大家都希望知道答案。"

"我会尽力回答的，哈利。"

"我记得看瓦伦丁走进谷仓的监视器画面时，他看起来对该往哪个方向走胸有成竹，却不知道门内有个磅秤。他毫无戒心地踏进门内，深信踩下去的会是坚实的地面，结果却差点摔跤。请问为什么会这样？"

"人总是会倾向于认为事情理所当然，"史密斯说，"在心理学中称之为合理化，基本上这个意思就是我们会把事情简化。少了合理化，世界会变得难以掌控，大脑会被我们所面对的所有不确定性给塞爆。"

"这也说明了当我们毫无戒心地走下地下室楼梯，完全不会想到自己的头会撞上水管。"

"正是如此。"

"可是如果我们经历过一次就会记住，或者至少大部分人下次走到同一个地方都会记得要小心，这就是为什么卡翠娜·布莱特第二次走进你家谷仓时会注意不要踩到磅秤。也因此我们在黑尔家地下室的水管上采集到的血液和皮肤样本包括你的和我的，却不包括伦尼·黑尔的，这很正常且不难理解，他应该在很久以前……呃，可能在小时候就知道下楼梯时要俯身避开那条水管，否则我们就会在水管上采集到他的 DNA，因为水管上沾到的 DNA 只有在一定年限之内才化验得出来。"

"我想是这样没错，哈利。"

"这件事等一下会再说到，我先说一件有点令人难以理解的事。"

卡翠娜坐直了身子，她不知道这是怎么回事，但她了解哈利，感觉得到他低沉嗓音中所隐含的独特振动。

"根据监视器画面，那天午夜瓦伦丁·耶尔森走进你家谷仓时，体重是七十四点七公斤，"哈利说，"他离开时，体重是七十三点二公斤，正好少了一点五公斤。"哈利用手比了比。"最显而易见的解释当然就是他在你办公室门口流失了血液，体重才会变轻。"

卡翠娜听见主席发出不耐烦的轻咳声。

"但后来我想到一件事，"哈利说，"我们都忘了那把左轮手枪！瓦伦丁前往谷仓时身上带着那把枪，离开时那把枪被留在办公室里。一把鲁格红鹰左轮手枪的重量是一点二公斤，所以加起来的话，瓦伦丁只流失了零点三公斤的血……"

"霍勒，"主席说，"你不是要问候选人问题吗……"

"首先我要请教一位血液专家，"哈利说，转头望向观众席，"约翰·斯蒂芬斯，你是血液科主治医师，佩内洛普·拉施被送到医院的那天晚上你正好在值班……"

众人的目光齐向斯蒂芬斯射来，他觉得额头开始渗出汗水。对他来说，这感觉就像那次他坐上证人席，说明自己的妻子是如何遭人刺杀，躺在他怀中流血过多而死的。此刻众人朝他射来的目光就和当时一样；韦勒朝他射来的目光也跟当时一样。

他吞了口口水。

"是的，没错。"

"当时你露了一手，展现出你对测量血液量的好眼力。你根据犯罪现场的照片，估计被害人流失的血液量是一点五公升。"

"是的。"

哈利从夹克口袋里拿出一张照片，举了起来。"这张是在哈尔斯坦·史密斯办公室里拍摄的照片，有个救护技术员把这张照片拿给你看，你估计这张照片里的血液量同样也是一点五公升，换句话说，就是一点五公斤，这样没错吧？"

斯蒂芬斯吞了口口水，心知韦勒正从背后看着他。"没错，误差为一两分升。"

"我想先厘清一件事，一个人如果流失了一点五公升的血液，有可能站起来逃走吗？"

"这个因人的体质而异，但只要这人体能好、意志力强，的确有可能办到。"

"这就关系到我想提出的一个非常简单的问题。"哈利说。

斯蒂芬斯觉得一颗汗珠从额头滑落。

哈利转头望向讲台。

"史密斯，这件事怎么可能发生？"

卡翠娜倒抽一口凉气。礼堂里一片寂静，这片寂静让人觉得有实质的重量。

"这个问题我得跳过不回答，哈利，我不知道，"史密斯说，"我希望这不代表我可能拿不到博士学位。但如果要我答辩，我会指出这个问题不在我的论文范围之内，"他微微一笑，这次没发出笑声。"这是属于警方的调查范围，所以你可能得自己回答这个问题了，哈利。"

"好吧。"哈利说，深深吸了口气。

不会吧，卡翠娜心想，屏住呼吸。

"瓦伦丁·耶尔森进入谷仓时身上没有带那把左轮手枪，那把枪已经在你的办公室里了。"

"什么？"史密斯的笑声听起来像是礼堂里一只孤独鸟儿的啼哭声，"那把枪怎么可能在我的办公室里？"

"是你带去的。"哈利说。

"我？我跟那把左轮手枪又没有关系。"

"那把左轮手枪是你的，史密斯。"

"我的？我这辈子从来没拥有过一把左轮手枪，你去查枪支登记数据就知道了。"

"那把手枪的登记持有人是法尔松的一个水手，你曾经治疗过他的精神分裂症。"

"一个水手？哈利，你到底在说什么？你自己说瓦伦丁在酒吧里曾用那把左轮手枪威胁你，还用它杀了穆罕默德·卡拉克。"

"后来你又拿回了这把枪。"

一波焦虑感在礼堂里迅速蔓延开来，窃窃低语和椅子挪动声此起彼伏。

主席站了起来，扬起穿着学院袍的双臂示意大家冷静，犹如张开羽翼的小公鸡。"抱歉，霍勒先生，我们在举行的是论文答辩会，如果你有情报要提供给警方，请你交给相关单位，不要拿到学术殿堂来讨论。"

"主席先生、两位审查委员，"哈利说，"请问检验这篇博士论文是否基于曲解的个案研究，这是不是极为重要？请问这类事情是不是应该在论文答辩会中揭露？"

"霍勒先生——"主席开口说，洪亮的声音中带有怒意。

"说得没错，"奥纳在前排说，"主席先生，身为审查委员会的一员，我很想听听霍勒先生对候选人的提问。"

主席看看奥纳，看看哈利，又看看史密斯，最后坐了下来。

"好，"哈利说，"我想请问候选人，你是不是在伦尼·黑尔家里挟持了他，而实际上在背后操控瓦伦丁·耶尔森的人是你，而不是黑尔？"

礼堂内传来一阵低到不能再低的惊呼之声，紧接着是一片完全的寂静，静到像是空气全都被抽走了。

史密斯不可置信地摇了摇头。"哈利，你这是开玩笑吧？你是不是在锅炉间想出这样一个玩笑来让这场答辩会多个余兴节目？"

"我建议你回答这个问题，哈尔斯坦。"

也许是因为听见哈利直呼了他的名字，史密斯这才意识到哈利是认真的。至少，卡翠娜觉得她看见站在讲台上的史密斯渐渐明白了过来。

"哈利，"史密斯低声说，"我从没去过黑尔家，我第一次去他家就是上星期日你带我过去的时候。"

"不对，你去过，"哈利说，"你非常仔细地清除了你可能在房子里留下的指纹和 DNA，但你忘了一个地方，就是那根水管。"

"那根水管？上星期日我们都在那根该死的水管上留下了 DNA 不是吗，哈利！"

"但你没有。"

"有，我有！你去问毕尔·侯勒姆，他就坐在那里！"

"毕尔·侯勒姆可以确认的是水管上发现了你的 DNA，而不是你上星期日在水管上留下的 DNA。上星期日你走下地下室时，我已经在里面了，当时你静悄悄地出现，我根本没听见你下来，你还记得吗？你没发出声音，因为你的头根本没撞上那根水管。你低头避开了，因为你的大脑记得要避开。"

"真是太可笑了，哈利，上星期日我有撞到水管，你只是没听见而已。"

"可能因为你戴了这个，所以撞击力道有了缓冲……"哈利从口袋里拿出一顶黑色羊毛帽，戴在头上。羊毛帽的帽缘有个骷髅头图案，卡翠娜看见上面写着"圣保利"。"既然你头上戴了这顶羊毛帽，还拉低盖住额头，你怎么可能在水管上留下皮肤、血液或毛发的DNA？"

史密斯用力眨了眨眼。

"既然候选人没回答，"哈利说，"我就代替他回答。哈尔斯坦·史密斯第一次撞上那条水管是在很久以前，早在吸血鬼症患者案发生之前。"

礼堂里一片静默，只听得见史密斯咯咯的轻笑声。

"在我提出任何意见之前，"史密斯说，"我想我们应该先给前任警探哈利·霍勒先生大声拍手，感谢他说出一个这么精彩的故事。"

史密斯拍起手来，有几个人跟着拍手，但掌声很快就停了下来。

"但是就跟博士论文一样，这则故事要成为事实，必须要有证据才行！"史密斯说，"哈利，你什么证据都没有，你做的这整个演绎推理只是根据两个非常含糊的假设。第一，你认为谷仓里的那个老磅秤会显示出一个人的真实体重，而那个人只在磅秤上站了将近一秒的时间，我可以告诉你，那个磅秤有时会卡住。第二，你说上星期日我头上戴了羊毛帽所以不可能在水管上留下DNA，我可以跟你说，我下楼梯撞到水管时没有戴帽子，后来因为地下室比较冷，我才又把帽子戴上了。我额头上没有伤疤是因为我的身体愈合得很快，我老婆可以证明那天我回家时额头上有伤口。"

卡翠娜看见那个身穿自制黄褐色衣裳的女子面无表情，一双深色眼眸只是看着丈夫，仿佛因为手榴弹爆炸而处于惊吓状态中。

"梅，你说是不是？"

女子的嘴巴张开又闭上，缓缓点了点头。

"哈利，你看吧，"史密斯侧过头，用哀伤的同情眼神看着哈利，"你看，要找出你这番说法的漏洞有多么简单？"

"这个嘛，"哈利说，"我敬佩你老婆对丈夫的忠贞，但恐怕DNA证据是无可辩驳的。鉴识医学中心的分析结果不只证明水管上的有机物质符合你的DNA基因图谱，还证明存在时间超过两个月以上，所以不可能是在上星期日留下的。"

　　卡翠娜在椅子上突然一动，转头朝侯勒姆望去，只见他以极其细微的动作摇了摇头。

　　"因此，史密斯，去年秋天你去过黑尔家的地下室不只是推论，而且是事实。就像那把鲁格左轮手枪是你的，而且你对手无寸铁的瓦伦丁·耶尔森开枪时，那把左轮手枪就在你的办公室里，这也是事实。更何况，我们还做了文体学分析。"

　　卡翠娜看见哈利从西装外套的内侧口袋里拿出一个皱巴巴的黄色卷宗。"有一种电脑软件可以进行文体学分析，它可以通过比对用字遣词、句型结构、文体风格和标点符号来辨识作者。不少文学家曾对莎士比亚究竟写过哪些作品有过争议，这套软件替这些争议带来了全新视角，它正确辨识出作者的成功率在百分之八十到百分之九十之间，换句话说，成功率不足以高到拿来当作证据，但它排除某个特定作者、比如说莎士比亚的成功率却高达百分之九十九点九。我们的信息科技专家托尔德·格伦利用这套软件，拿瓦伦丁收到的邮件来比对过去伦尼·黑尔跟别人往来的上千封信件，最后的分析结果是……"哈利将卷宗交给卡翠娜，"……瓦伦丁收到的那些有作案指示的邮件不是伦尼·黑尔写的。"

　　史密斯看着哈利，头上刘海已垂落到汗湿的眉毛上。

　　"这些事我们将会在警方侦讯中继续讨论，"哈利说，"但这是一场论文答辩会，你仍然有机会对审查委员会解释，不让他们拒绝授予你博士学位，是不是这样，奥纳？"

　　奥纳清了清喉咙。"没错，理论上科学应该无视于该时代的道德观，历史上也有很多人虽然在道德上受到质疑，甚至直接动用非法方式来做研究，但最后还是获颁博士学位。我们这些审查委员在通过这篇论文之前必须知道的是，瓦伦丁是不是真的曾经受人操控，如果不是的话，我想审查委员是不会接受这篇论文的。"

　　"谢谢你，"哈利说，"所以你说呢，史密斯？在我们逮捕你之前，你是不是要在此时此刻对审查委员会说明清楚？"

史密斯看着哈利，礼堂里只听得见他的喘息声，仿佛整座礼堂只有他一个人仍在呼吸。有个闪光灯孤单地闪了一下。

主席勃然大怒，倚身靠向奥纳，在他耳边低声说："我的天哪，奥纳，这到底是怎么一回事？"

"你知道猴子陷阱是什么吗？"奥纳反问道，双臂交叠，靠回椅背。

史密斯的头抽动了一下，仿佛受到了电击。突然间，他抬起手臂，指着天花板大笑。"我有什么好损失的呢，哈利？"

哈利默然不语。

"没错，瓦伦丁受人操控，而操控他的人就是我，那些邮件当然也都是我写的，但重点并非幕后究竟是谁在操控，而是科学证据指出瓦伦丁是个纯正的吸血鬼症患者，就跟我的研究结果一模一样，你所说的这一切都无法推翻我的研究结果。我所做的跟其他研究人员没什么两样，只是调整了一下情境，重现实验室里的设定条件而已，"他环视整个礼堂，"说到底，他要怎么做并不是我决定的，而用六条性命换来这个——"他用食指轻叩装订成册的论文，"这个代价非常合理，吸血鬼症患者的症状和描述全都写在这里面，未来这篇论文可以拯救无数人免于遇害和受苦。杀人和吸血的人是瓦伦丁·耶尔森，不是我，我只是替他把路铺好而已。我既然碰到了一个真正的吸血鬼症患者，当然有责任好好利用这个机会，怎么能让短视近利的道德观阻碍呢？我必须把眼光放远，替全人类的福祉着想，想想看原子弹之父奥本海默，想想看成千上万罹患癌症的实验室白老鼠，不都是如此吗？"

"所以你是为了世人杀了伦尼·黑尔，并枪杀玛尔特·鲁德的？"哈利问道。

"是，没错！他们是奉献给研究的圣坛的祭品！"

"所以你也是为了全人类的福祉，才牺牲你自己和你自己的人性？"

"就是这样，一点也没错！"

"所以他们不是为了你、哈尔斯坦·史密斯而死，好让你证明自己，好让你这只猴子能坐上宝座，留名青史？毕竟这些才是自始至终驱使你做出这些事的动机，不是吗？"

"我让你们大家见识到什么是吸血鬼症患者，还有他们有能力做出什么样的事！难道你们不应该感谢我吗？"

"这个嘛，"哈利说，"首先呢，你让我们大家见识到一个受到羞辱的人能做出什么样的事。"

史密斯的头又抽动了一下，嘴巴张开又闭上，但没说话。

"我们已经听够了，"主席站了起来，"答辩会到此结束，可不可以请哪名警察上来逮捕——"

史密斯反应奇快，脚下迅速踏出两步，将桌上那把左轮手枪抄在手中，又朝观众席跨出一大步，举枪指着最靠近他的观众的额头。

"站起来！"他大声吼道，"其他人都给我坐着别动！"

卡翠娜看见一名金发女子站了起来，史密斯将她背转过身，犹如一面盾牌般面对观众挡在他前方。那女子正是乌拉·贝尔曼，她嘴巴张开，在无声的绝望中看着坐在第一排的一个男子。卡翠娜只看得见米凯的后脑勺，看不见他脸上是什么表情，但他只是僵坐在原位，动也不动。这时突然有人发出呜咽声，那声音来自梅·史密斯，只见她的身子斜靠在椅子上。

"放开她。"

卡翠娜循着这粗哑的嗓音望去，看见楚斯·班森在后排站了起来，步下台阶。

"站住，班森，"史密斯尖声吼道，"不然我就先杀了她，再杀了你！"

楚斯并未停步。他的厚斗下巴从侧面望去比平常还要突出，但他最近锻炼的肌肉在厚毛衣底下隐约可见。他走到观众席前方转了个弯，沿着第一排朝史密斯和乌拉直直走去。

"你敢再靠近一步……"

"史密斯，你得先对我开枪，不然你的时间绝对不够。"

"那就如你所愿。"

楚斯发出呼噜一声。"干你妈的死老百姓，谅你不敢……"

卡翠娜突然感到耳膜承受一股极大的压力，仿佛她正在搭飞机而机身正失速坠落。过了片刻，她才明白原来那股强烈的冲击波来自那把左轮手枪。

楚斯停下脚步，站在原地，身形微晃。他的嘴巴张开，眼睛突出。卡翠娜看见楚斯的毛衣上出现了一个洞，而那个洞正等待鲜血喷出。片刻之后，鲜血泉涌，楚斯看起来像是用尽最后一丝力气直挺挺地站着，双眼直视乌拉，接着仰身后倒。

礼堂里传来一名女子的尖叫声。

"都别动，"史密斯吼道，拉着乌拉挡在身前，朝出口的方向后退，"我只要看见有人站起来，就开枪杀了她。"

史密斯自然只是虚张声势，但谁也不敢轻举妄动，以免他真的下此毒手。

"把亚马逊的钥匙给我。"哈利低声说，这时他仍站着，朝侯勒姆伸出了手。侯勒姆怔了片刻才反应过来，掏出钥匙放在哈利手中。

"哈尔斯坦！"哈利高声喊道，沿着他那排座位横向移动，"你的车停在大学里的访客停车场，现在鉴识人员正在车上搜查，我这边有一辆车的钥匙，那辆车就停在礼堂正前方，而且比起她，我是更好的人质。"

"为什么？"史密斯答道，脚下不停后退。

"因为我会保持冷静，因为你还有一丝良心。"

史密斯停下脚步，若有所思地望着哈利几秒钟。

"过去那边把手铐铐在手上。"他说，朝桌子点了点头。

哈利来到观众席前方，从楚斯身旁走过。楚斯躺在地上动也不动。哈利走到桌前停下脚步，背对史密斯和众人。

"转过来让我看见！"史密斯高声喊道。

哈利朝史密斯转过身，双手高举，让他看见那副带链的仿古手铐已经铐在他自己的两只手腕上。

"过来这里！"

哈利朝他走去。

"好，站住！"

卡翠娜看见史密斯用空出来的手抓住哈利的肩膀，将个头比他高大的哈利转了个方向，再架着哈利朝他先前没完全关上的门走去。

乌拉看了看那扇半开的门，又朝丈夫的方向望去。卡翠娜看见米凯对乌拉点头要她过来。乌拉踏出短促而蹒跚的步伐，宛如走在薄冰之上，朝米凯的方向走去，但当她走到楚斯身前时，却双膝一软跪了下来，把头靠在楚斯染红了的毛衣上。阒静无声的礼堂里只听得见乌拉发出悲恸的啜泣声，那声音听起来似乎比左轮手枪的击发声还要响亮数倍。

哈利走在史密斯前方，感觉左轮手枪的枪管抵在背脊上。妈的，该死！他从昨天就开始仔细计划，设想各种可能的情境，却没算到事情竟如此发展。

哈利把门推开，冷冰冰的三月空气扑面而来，前方的大学广场空无一人，沐浴在冬日阳光中，侯勒姆那辆沃尔沃亚马逊的黑色烤漆在太阳底下闪闪发光。

"往前走！"

哈利步下阶梯，踏上空旷的地面，在下一步踏出去之时，突然鞋底一滑，整个人往旁边倒去，还来不及反应肩膀就直接撞击到了结冰的地面，剧痛传遍手臂和背部。

"站起来！"史密斯怫然不悦，一把抓住手铐的链子，把哈利拉了起来。

哈利心想机不可失，顺着史密斯拉他起来的力道，刚一站起就双腿一撑，一记头槌朝史密斯脸上撞去。史密斯倒退两步，一个踉跄往后便倒。哈利立刻踏上一步，但史密斯虽然仰躺在地，双手却仍紧紧握住左轮手枪，指着哈利。

"少来了，哈利，这我早就习惯了，以前在学校的时候，下课时间我老是被推倒在地，所以你想都别想！"

哈利看着指向他的手枪枪管。他撞到了史密斯的鼻子，只见一片断裂的白色鼻骨从皮肤里穿透而出，一个鼻孔鲜血长流。

"哈利，我知道你在想什么，"史密斯笑道，"短短两米的距离他开枪都打不死瓦伦丁。你给我省省吧，快把车门打开！"

哈利的大脑进行必要的计算。他转过身去，慢慢打开驾驶座的车门，耳中听见史密斯站起来的声音。哈利坐上驾驶座，花了点时间才把车钥匙插入钥匙孔。

"我来开车，"史密斯说，"坐过去。"

哈利依照指示，笨手笨脚地慢慢跨过排挡杆，坐到副驾驶座上。

"把你的双脚跨过手铐。"

哈利看着他。

"我可不希望开车的时候有链子绕上我的脖子，"史密斯说，举起手枪，"你不上瑜伽课算你倒霉，我看得出你想拖延时间，给你五秒钟，现在就开始倒数，四……"

哈利在硬质座椅上尽量向前倾身，把铐了手铐的双手伸到前方，弯曲膝盖。

"三、二……"

尽管甚为困难，哈利还是设法让擦得锃亮的皮鞋穿过了手铐的链子。

史密斯坐上驾驶座，倚身越过哈利，拉起旧式安全带，穿过哈利的胸部和腰部，将安全带扣上，又用力一拉，使得哈利就像是被绑在座椅上。他从哈利的西装口袋里拿出手机，然后系上自己的安全带，发动引擎，踩了踩油门，费了点力气挂挡，放开离合器，倒车半圈。他摇下车窗，把哈利的手机丢出窗外，接着又把自己的手机丢了出去。

车子来到路口，右转驶上卡尔约翰街，奥斯陆皇宫映入他们的眼帘，阳光下一片绿意盎然。接着车子左转，经过圆环，眼前又见苍翠绿意，他们经过了音乐厅，接着是阿克尔港。今天的交通十分顺畅，简直太顺畅了，哈利心想。他们在卡翠娜通知巡警和警察直升机之前驶得越远，警方要搜寻的地区就越广阔，要设的路障就越多。

史密斯朝峡湾望去。"奥斯陆在这种天气看起来格外美丽，对不对？"

他说起话来带着鼻音，此外还夹杂着一丝咻咻声，看来鼻子可能断了。

"你打算当沉默的旅伴吗？"史密斯说，"也好，你今天说的话已经够多了。"

哈利望着前方的高速公路，心想卡翠娜无法用手机追踪他们，但只要史密斯一直把车开在主干道上，他们还是有希望很快被发现，因为从直升机的高度看下来，一辆车顶和后备厢有着赛车格纹的车子十分显眼。

"他来找我做心理咨询，自称是亚历山大·德雷尔，想谈谈平克·弗洛伊德乐队和他听见的声音，"史密斯说，摇了摇头，"但你也知道，我很会看人，很快就发现他不是一般人，而是个十分罕见的精神病患者，所以我拿他说的性癖好去询问心理医生同行在道德方面的专家，最后终于发现了他的身份，也发现了他进退维谷的处境。他亟欲顺从自己的杀人本能，但只要出一个错、露出一点马脚，就会引起警方怀疑，让亚历山大·德雷尔的假身份被识破。你在听吗，哈利？"史密斯瞄了哈利一眼。"他如果想再杀人，先决条件是必须知道自己安全无虞。他是个非常完美的人选，因为他别无选择。我只要在他身上拴上皮带，打开笼子，他就会吞下眼前的一切。但我不能亲自去跟他谈条件，我必须找一个假的玩偶师、一个幌子，万一瓦伦丁被警方逮到并供出一切，会找上的是这个人。无论如何，这个人最后一定会被警方发现，他会证实我论文里所描述的吸血鬼症患者确实就是那么冲动、幼稚和疯狂，就好像让现实中的地形符合地图所绘制的一样。伦尼·黑尔一个人住在那栋孤零零的大房子里，离群索居，从没访客上门。但有一天，他家来了个意外的访客，也就是他的心理医生，这个心理医生头上戴着老鹰帽子，手中拿着一把大型的红色左轮手枪，口里发出嘎、嘎、嘎的叫声！"史密斯哈哈大笑。"伦尼发现自己成为我的奴隶时，你真该看看当时他脸上的表情。我先叫他把我的患者记录搬到他的工作室，然后我又发现他们家族用来运猪的笼子。我们把笼子搬到地下室，我一定就是那个时候撞到那根该死的水管的。后来我们把替他准备的床垫搬进笼子，我再用手铐把他铐起来，然后他就一直坐在那里。那时他已经没用了，我已经仔细问出他跟踪了哪些女人，并拿到了她们家的复制钥匙，还拿到了电脑密码，这样我就能用他的电脑写邮件给瓦伦丁。但我还是得等待时机成熟，才能安排他自杀的戏码。另外为了避免瓦伦丁被逮到或被杀死，或警方太早找到伦尼，我必须替他在第一件命案发生时安排一个完美的不在场证明。我知道警方一定会调查这个，因为他曾用电话跟埃莉斯·黑尔曼森联络过，所以我在指示瓦伦丁杀死埃莉斯的那个时间，带伦尼去了当地的一家比萨店，让别人看见他。当时我正忙着在桌子底下拿屠宰击昏枪指着伦尼，以至于没注意到比萨饼皮里竟然含有坚果，发现时已经来不及了，"史密斯又哈哈大笑，"结果伦尼只好自己在笼子里待了很长一段时间。你发现床垫上有伦尼的精液就判断说他曾经在那里凌虐玛尔特·鲁德，当时我听了还暗自窃笑。"

车子经过比格迪半岛，又经过斯纳里亚半岛。哈利在心中默默数算时间。他们离开大学广场已经过了十分钟。他抬头朝空荡荡的湛蓝天际望去。

"玛尔特·鲁德没遭受殴打，我把她从森林带回地下室以后就开枪杀了她，那时瓦伦丁已经把她折磨得不成人形，所以我结束她的生命可以说是大发慈悲，"史密斯转头望向哈利，"我希望你能了解这点，哈利。你觉得我话太多了吗，哈利？"

车子朝贺维古登驶去，奥斯陆峡湾再度出现在左手边。哈利在心中计算，警方可能有时间在阿斯克镇设立路障，他们再过十分钟就会抵达那里。

"哈利，你能想象吗？当你邀请我加入调查小组时，对我来说这就像是天上掉下来的礼物。当时我非常讶异自己竟然一口回绝了你的邀请，后来我才想到加入调查小组可以获得所有情报，这样我就可以在警方非常靠近瓦伦丁时警告他收手，我的吸血鬼症患者将会超越屈滕、黑格和蔡斯，成为史上最著名的连环杀手。不过那家土耳其澡堂受到监视的事我并不知情，我是跟你们一起坐在这辆车上前往那里时才知道的，那时我已经开始控制不住瓦伦丁了，后来他杀了那个酒保，又绑架了玛尔特·鲁德，但幸好我及时发现亚历山大·德雷尔去提款时的影像被认出来了，于是叫瓦伦丁赶快离开他的住处。当时他已经发现在幕后操控他的人是我，也就是他以前的心理医生，但那又怎样？跟他坐在同一艘船上的人是谁根本无关紧要。我知道警方正在收网，也知道我计划了一段时间的大结局终于要派上用场。我叫他离开公寓，住进广场饭店，我知道他没法在那里待太久，但我至少能请饭店递交一个信封给他，信封里有谷仓和办公室的复制钥匙，我还指示他要躲到午夜，等大家都入睡了再来找我。当然，我不能排除他心中起疑的可能性，但那时他已形迹败露，还能有什么选择？他只能赌一把，赌我可以信任。哈利，那天我安排的戏码你一定得替我拍手叫好才行，我打电话给你和卡翠娜，让你们成为电话中的证人，还拍下了监视器画面拿来当作证据。是的，这当然可能会被视为冷血的清算，但我塑造出了一个英雄研究者，这名研究者通过媒体放话，惹恼了连环杀手，最后出于自卫不得不杀了对方。没错，我接受这点，因为这让一场十分平常的论文答辩会成为国际媒体争相采访的焦点，还让十四家公司买下版权，出版我的论文。但最重要的还是在于研究成果和学术成就，其他都只是过程而已，哈利。通往地狱的道路可能是由善良的意图铺成，但这条道路也让人类通往更光明的未来。"

欧雷克转动钥匙，发动引擎。

"去伍立弗医院的急诊室！"年轻的金发警探在后座高声喊道，楚斯的头就枕在他的大腿上。韦勒和欧雷克的身上都沾满了楚斯的血。"油门踩到底，打开警笛！"

欧雷克正要放开离合器，后座车门却被打开了。

"别上来！"韦勒怒声吼道。

"安德斯，坐过去！"原来是斯蒂芬斯，他奋力挤上车，逼得韦勒挪到座椅另一侧。

"把他的腿抬高，"斯蒂芬斯高声吼道，双手抱住楚斯的头，"好让——"

"好让血液可以流到心脏和脑部。"韦勒接口说。

欧雷克放开离合器，车子驶离停车场，高速飙向马路，冲到一列电车和一辆出租车之间，电车司机赶紧鸣笛，出租车司机猛按喇叭。

"他怎么样？"

"你自己看啊，"韦勒怒道，"失去意识，脉搏微弱，但还有呼吸，子弹打中了他的右侧胸腔。"

"前胸不是问题，"斯蒂芬斯说，"问题在他的后背，帮我把他翻过来。"欧雷克瞄了后视镜一眼，看见他们把楚斯翻到侧躺姿势，撕开他身上的毛衣和衬衫。欧雷克再度把注意力放到前方路况上，按喇叭超越了一辆卡车，然后加速冲过了亮红灯的十字路口。

"哦，×！"韦勒呻吟道。

"果然有个大洞，"斯蒂芬斯说，"子弹可能轰断了他几根肋骨，这样下去还没到医院他就会流血过多而死，除非……"

"除非？"

欧雷克听见斯蒂芬斯深深吸了口气："除非我们能比以前我处置你母亲那次做得更好。你把双手手背放在他伤口两侧，就像这样，然后用力挤压，尽量让伤口闭合，除此之外没别的办法了。"

"我的手很滑。"

"撕下他的衬衫包在手上，这样可以增加摩擦力。"

欧雷克听见韦勒发出沉重的呼吸声，又瞄了后视镜一眼，看见斯蒂芬斯将一根手指放在楚斯的胸部，再用另一根手指轻敲。

"我要替他做叩诊，可是我这个位子太挤，没法弯腰用耳朵去听，"斯蒂芬斯说，"你可不可以……"

韦勒倾身向前，双手并未离开伤口，把耳朵附在楚斯胸口上。"声音很模糊，"他说，"听起来没有空气，你认为呢？"

"对，他恐怕有血胸，"韦勒的父亲斯蒂芬斯说，"就是胸腔积血，这样下去肺脏很快就会衰竭。欧雷克……"

"我听见了。"欧雷克说，大脚踩下油门。

卡翠娜站在大学广场中央，手机按在耳边，抬头看着晴朗无云、空无一物的天空。她已要求空中警察从加勒穆恩机场出动直升机，从北方飞来奥斯陆，扫视 E6 高速公路，但现在空中仍未看见直升机的踪影。

"没有，没有手机可以让我们追踪，"她高声叫道，盖过从城市四面八方聚集过来的警笛声，"目前没有收费站回报通行记录，我们正在 E6 和 E18 公路的南向车道设置路障，一有发现我马上会通知你们。"

"好，"傅凯在手机另一头说，"我们随时待命。"

卡翠娜结束通话，这时手机再度响起。

"我们是分派到 E18 的阿斯克警察，"一个声音说，"我们把一辆铰链客车横向停在通往阿斯克这一侧的道路的下坡路段底端，并且正在过滤从这里到环岛之间的车辆。目标是二十世纪七十年代生产的一辆亚马逊，上头有赛车条纹图案对吗？"

"对。"

"所以歹徒选了这么一辆车来逃跑根本就是跟自己过不去喽？"

"希望如此，有事随时通知我。"

侯勒姆跑了过来。"欧雷克和那个医生开车送班森去伍立弗医院，"他气喘吁吁地说，"韦勒也跟他们一起去了。"

"你认为他活下来的概率有多大？"

"我只懂死尸而已。"

"好吧，那班森看起来像死尸吗？"

侯勒姆耸了耸肩。"他还在流血，起码这代表他的血还没流干。"

"那萝凯呢？"

"萝凯坐在礼堂里陪贝尔曼的老婆，贝尔曼的老婆整个崩溃了，贝尔曼自己急急忙忙地走了，说什么要去一个能够纵观全局的地方指挥。"

"纵观全局？"卡翠娜哼了一声，"唯一能纵观全局的地方就只有这里而已！"

"我知道啊，可是亲爱的，请你放轻松，我们都不希望小宝宝承受太大的压力吧？"

"妈的，毕尔，"卡翠娜手里紧紧捏着手机，"你怎么不告诉我哈利的计划？"

"因为我不知道啊。"

"你不知道？你一定知道些什么，不然他怎么可能带鉴识人员来搜查史密斯的车子？"

"他没有啊，他是吹牛的。就跟他胡诌说知道水管上发现的 DNA 是在什么时候沾上去的一样。"

"什么？"

"鉴识医学中心没法判断 DNA 存在的时间有多久，哈利说他们发现史密斯的 DNA 已经超过两个月完全是胡说八道。"

卡翠娜看着侯勒姆，把手伸进包里，拿出先前哈利递给她的黄色卷宗，打开一看，只见里头只有三页 A4 纸，而且全是白纸。

"他全都是在虚张声势而已，"侯勒姆说，"文体学分析软件要达到一定程度的正确性，参考文本至少要有五千字，可是寄给瓦伦丁的那些邮件都很短，根本分析不出写信的人是谁。"

"哈利手上什么都没有。"卡翠娜低声说。

"对啊什么都没有！"侯勒姆说，"他只是要逼史密斯自白而已。"

"妈的真是乱来！"卡翠娜把手机贴在额头上，不知是要替额头保暖还是要让额头冷却下来，"那他为什么事前一个字都不提？我的老天，不然我们可以在外面部署警力啊。"

"因为他一个字都不能说。"

说这句话的人是史戴·奥纳，他走了过来，在卡翠娜和侯勒姆面前停下脚步。

“为什么不能说？”

“理由很简单，”奥纳说，“如果他事先把计划跟任何警方人员说，而警方却没有出手干预，那么刚才在礼堂里发生的事就会被认定是警方侦讯。但这场侦讯完全不符合规定，因为受侦讯者没被告知权利，侦讯者又刻意误导对方，如此一来，今天史密斯说的话就不能拿去作为呈堂证供，但是现在……”

卡翠娜眨了眨眼，缓缓点头。“现在哈利·霍勒只是个讲师，也是个平民，他只是来参加论文答辩会，而史密斯却选择说出自己的罪行，现场还有目击证人。你事前知道这件事吗，史戴？”

奥纳点了点头。“哈利昨天打给我，告诉我说所有迹象都指向哈尔斯坦·史密斯，但他却苦无证据，所以他打算利用这场论文答辩会来设下一个猴子陷阱。他除了需要我的帮助，还需要斯蒂芬斯医生来提供专家证词。”

“那你怎么回答？”

“我说哈尔斯坦·史密斯这只‘猴子’以前就落入过这种陷阱，不太可能再次中计。”

“可是呢？”

“可是哈利用我自己论文里写的一段话来反驳我。”

“人类在重蹈覆辙这方面可说是恶名昭彰，”侯勒姆说，“他们会一而再、再而三地犯下同样的错误。”

“没错，”奥纳说，“而且史密斯曾在警署电梯里对哈利说，如果要他在博士学位和长寿二者中做选择，他宁可选博士学位。”

“结果不出所料，他直接落入了猴子陷阱，天哪那个大白痴。”卡翠娜呻吟一声。

“他‘猴子’这个绰号真是名副其实。”

“我不是说史密斯，我是说哈利白痴。”

奥纳点了点头。“我要回礼堂了，贝尔曼的老婆需要帮助。”

“我跟你一起回去封锁犯罪现场。”侯勒姆说。

“犯罪现场？”卡翠娜说。

“班森中枪。”

“哦，对对。”

奥纳和侯勒姆离开之后，卡翠娜抬头望着天空，心想直升机怎么还不来？

“可恶，”她喃喃地说，“妈的哈利·霍勒你真可恶。”

“这是他的错吗？”

卡翠娜转过身去。

只见莫娜·达亚站在旁边。“我不是故意要打扰你，”她说，“我现在不是在工作，只是在网络上看到消息才过来的，如果你想利用《世界之路报》向史密斯传达讯息或是什么之类的，我可以帮忙……”

“谢了，达亚，有需要我会跟你说。”

“好。”莫娜脚踏高跟鞋，踩着企鹅般的步伐转身离去。

“我很惊讶没在论文答辩会上看到你。”卡翠娜说。

莫娜停下脚步。

“因为打从一开始，你就是《世界之路报》在跑这案子的头号记者。”卡翠娜说。

“原来安德斯没跟你说。”

莫娜把韦勒的名字叫得那么自然，卡翠娜听了不禁扬起一侧眉毛。“跟我说？”

“对，安德斯跟我，我们……”

“你在开玩笑吧？”卡翠娜说。

莫娜哈哈大笑。“不是，我不是在开玩笑，虽然我知道我们在工作上得面临一些现实问题。”

“你们是什么时候……”

“其实不过是这几天的事而已，我们都休了几天假，两个人几乎都窝在安德斯的那间小公寓里，看看彼此适不适合。我们都觉得要先确定才能跟别人说。"

"所以目前还没人知道喽？"

"那天哈利突然去找安德斯，差点把我们逮个正着，但安德斯认为哈利已经猜到了，因为我知道哈利打电话去公司找我，我想他只是想确认自己的怀疑对不对吧。"

"那家伙猜得可准了。"卡翠娜说，抬头在天空里寻找直升机的踪影。

"我知道。"

哈利聆听史密斯呼吸时发出的细微咻咻声，接着又注意到峡湾上似乎有个奇怪的东西，有一只狗看起来像是行走在水面上。现在外头的气温依然在冰点以下，但冰面上的裂缝使得海水渗到冰层之上，所以才会让那只狗看起来像是走在水面上。

"我一直被人指控说我希望吸血鬼症存在，所以才会到处看见它，"史密斯说，"但现在已经彻底证实有吸血鬼症了，不管我发生什么事，不久之后全世界都会知道史密斯教授口中的吸血鬼症是什么，而且瓦伦丁不是唯一的患者，还有很多其他人，这个世界还有很多关注吸血鬼症的机会。我跟你保证，他们已经受到征召了。你曾经问我，扬名立万是不是比生命更重要，当然是啊，获得认可等同于永生。你也即将获得永生，哈利，世人会知道你是那个差点逮到绰号猴子的哈尔斯坦·史密斯的人。你觉得我是不是讲太多话了？"

车子正在接近宜家家居，再过五分钟就会抵达阿斯克，那里通常会塞车，车子若是陷入车阵，史密斯应该不会太在意。

"丹麦，"史密斯说，"那里的春天都到得比较早。"

丹麦？难道史密斯疯了不成？哈利突然听见冷冷的咔嗒声，车子正在打转向灯。不好，他们的车驶离了公路！哈利看见了一个路标，上头写着"纳赛亚岛"。

"融水应该足以让我把船开在冰层边缘，你说是不是？一艘船身超轻的铝质小船只载一个人应该不会沉得太深。"

小船。哈利紧咬牙关，暗暗咒骂。船屋。史密斯说过他老婆继承了一间船屋，他就是要把车开到那里。

"斯卡格拉克海峡有一百三十海里宽，小船行进的平均速度是二十节，哈利，你这么会算数，你说穿越海峡要花多长时间呢？"史密斯哈哈大笑，"我早就用计算器算好了，要花六个半小时。我上岸之后，可以再搭公交车穿越丹麦，不用花多长时间就可以抵达哥本哈根市诺雷布罗区的红场，我可以找一张长椅坐下，手里拿着公交车车票，等旅行社人员来跟我接洽。你觉得乌拉圭怎么样？那是个风景优美的小国家。我已经把通往船屋的路给清理干净了，还把船屋里面空出来，足以停进一辆车，不然这辆车的条纹车顶一下子就会被直升机发现，你说对吧？"

哈利闭上眼睛。史密斯为了以防万一，早就把逃亡路线规划好了，而他现在会把这件事告诉哈利只有一个原因，那就是哈利不会有机会活着告诉别人。

"前面左转，"斯蒂芬斯在后座说，"十七号大楼。"

欧雷克转动方向盘，感觉轮胎脱离冰面，又再度接触路面。

他知道医院内有速限，但也知道楚斯的时间和血液已经快要流光了。

他在急诊室入口踩下刹车，那里有两名身穿救护技术员黄色罩袍的男子已经手握推床等候着，他们以熟练的动作把楚斯从后座抬出来，放到推床上。

"他没有脉搏了，"斯蒂芬斯说，"直接进复合手术室，急救小组——"

"急救小组已经在待命了。"年长的救护技术员说。

欧雷克和韦勒跟着推床和斯蒂芬斯穿过两道门，进入一个房间，里面有个六人小组正站立等候，他们都头戴塑料护目镜，身上穿着银灰色罩袍。

"谢谢。"一名女子说，做了个手势，欧雷克知道这表示他和韦勒只能止步于此。推床、斯蒂芬斯和急救小组进入一扇双开推门，门随即关上。

"我知道你是犯罪特警队队员，"四周恢复安静后，欧雷克说，"但我不知道你读过医科。"

"我没有啊。"韦勒说，看着那扇紧闭的门。

"没有？可是刚才在车上你听起来很懂的样子。"

"大学的时候我读过几本医学书籍，可是我没正式念过医科。"

"为什么不念？因为分数的关系吗？"

"我的分数过线了。"

"那为什么？"欧雷克不知道自己这样问是因为好奇，还是为了不去想现在哈利怎么样了。

韦勒低头看着自己沾满血迹的双手。"我想跟你的原因一样吧。"

"我？"

"我本来想跟我爸一样当医生。"

"后来呢？"

韦勒耸了耸肩。"后来我又不想了。"

"你反而想当警察？"

"至少当警察我能救她。"

"救谁？"

"救我妈，或是有相同处境的人，至少我是这样想的。"

"她是怎么死的？"

韦勒又耸了耸肩。"有个窃贼闯进我们家，结果演变成挟持事件，我跟我爸只是站在一旁呆呆看着，后来我爸变得歇斯底里，歹徒用刀刺伤我妈以后就逃走了。我爸在那里跑来跑去像只无头公鸡，一直在找剪刀，还大声叫我不要碰她，"韦勒吞了口口水，"我爸是主治医师，却一直在那里找剪刀，我则站在那里眼睁睁地看着我妈流血过多而死。事后我问过几个医生，发现当时如果我们能立即处置，可能能救回她一命。我爸是血液科医师，国家投资了数百万克朗教导他关于血液的知识，结果他却连最简单的止血都没办法做到，如果陪审团知道他懂得多少拯救人命的知识，一定会判他过失杀人。"

"所以你爸犯了个错，是人都会犯错。"

"就算是这样好了，他坐在办公室里自以为高人一等，只因为可以说自己是主治医师，"韦勒的声音开始发颤，"而一个具备基本资格、受过一周近身搏击训练的警察，就有办法制伏那个窃贼，不让他用刀刺伤我妈。"

"可是他今天没犯错，"欧雷克说，"斯蒂芬斯就是你爸，对不对？"

韦勒点了点头。"今天要救的是班森那个贪污又懒惰的人渣，他反倒没犯错。"

欧雷克看了看表，拿出手机，没看见母亲发短信过来，又把手机放回口袋。先前萝凯跟他说，他没法帮忙救哈利，但有办法帮忙救楚斯。

"这不关我的事啦，"欧雷克说，"但你有没有问过你爸他放弃了什么？他花了多少年时间努力学习关于血液的知识？还有他的工作救过多少人的性命？"

韦勒低着头，摇了摇头。

"没有？"欧雷克说。

"我不跟他说话了。"

"一句话都不说？"

韦勒耸了耸肩。"后来我搬走了，改名换姓。"

"韦勒是你妈的姓氏？"

"对。"

他们看见一名身穿银色罩袍的男子快步走进复合手术室，门随即又关上了。

欧雷克清了清喉咙。"我知道这不关我的事，但你不觉得你对他太严苛了吗？"

韦勒抬起头来，直视欧雷克的双眼。"你说得对，"他说，缓缓点头，"这不关你的事。"然后他站起身来，朝出口走去。

"你要去哪里？"欧雷克问道。

"我要回奥斯陆大学,你要不要载我回去? 不然我自己坐公交车回去。"

欧雷克也站起来,跟了上去。"那里的警察已经够多了,但现在这里有个警察可能会死,"他追上去,把手放在韦勒肩膀上,"身为警察同袍,现在你是他最近的亲属,所以你不能离开,他需要你。"

欧雷克转过韦勒的身子,看见这名年轻警探眼泛泪光。

"他们两个人都需要你。"欧雷克说。

哈利心想他得做点什么才行,而且要快。

史密斯把车驶离主干道之后,就小心翼翼地把车子开在一条狭窄的森林小路上,路的两旁都是积雪。车子和冰冻的海水之间有一间红色船屋,船屋的双开门上架着一块白色木板。哈利看见小路两侧各有一栋房子,但都被树木和岩石遮蔽,距离小路也有段距离,他就算大喊救命也不会有人听见。他深吸一口气,用舌头舔了舔上唇,只觉得尝起来有金属味。他感觉汗水在衬衫内涔涔而下,尽管身体觉得十分寒冷。他试着转动脑筋,揣摩史密斯在想些什么。史密斯打算驾驶一艘小型敞舱船前往丹麦,这计划显然十分可行,同时又非常大胆,警方绝对想不到他会利用这个路线逃亡。那哈利他自己呢? 史密斯会打算如何解决哈利这个问题? 哈利试着喝止脑中响起的两个声音,其中一个声音心焦如焚,正在祈求自己能幸免,另一个冷漠的声音在说一切都完了,多做无谓的挣扎只是徒增痛苦而已。哈利只聆听脑中那个冷静且理性的声音,那声音说哈利已经失去了人质的价值,带他上船只会拖慢速度,而且史密斯不怕用枪,他已经朝瓦伦丁和一名警察开过枪,很可能在下车之前就会在车上了结哈利,因为在车内开枪有不错的消音效果。

哈利想倾身向前,但三点式安全带将他牢牢固定在座椅上,此外手铐压在他腰背上,摩擦着手腕肌肤。

距离船屋还有一百米。

哈利大吼一声,吼声发自丹田,十分凄厉、响亮。他左右晃动身体,用头猛力撞击车窗。车窗龟裂，宛如开出一朵白玫瑰。他再度厉吼一声，用头猛力一撞，白玫瑰更为绽放。他撞击第三次，一片碎玻璃应声掉落。

"闭嘴，不然我立刻就毙了你！"史密斯高声说，一边看路，一边手举左轮手枪对准哈利头部。

哈利看准时机，张口一咬。

他感觉到牙龈因承受压力而感到疼痛，同时嘴里尝到一股金属味，这味道自从他站在礼堂那张桌子前且背对史密斯时就已在他嘴巴里，当时他迅速拿起铁假牙塞入口中，才把手铐铐在自己手腕上。尖利的铁假牙轻而易举地嵌入史密斯的手腕中，这感觉真奇怪。史密斯的叫声回荡在车内，哈利感觉那把左轮手枪撞上他的左膝，再掉落在他双脚之间。哈利绷紧颈部肌肉，将史密斯的手臂往右拉。史密斯放开方向盘，朝哈利头部挥出一拳，但他身上的安全带限制了身体活动，使得这拳没能命中。哈利张开嘴，听见咯咯声响，再度用力咬下。霎时他口中灌入暖烘烘的鲜血，也许他咬中了动脉，也许没咬中。他不由自主吞了一口，只觉得血液颇为浓稠，仿佛在喝调味的棕酱，而且味道甜腻得令人作呕。

史密斯用左手再度握住方向盘。哈利以为他会踩下刹车，但他反而踩下油门。

亚马逊在冰面上疾驰，接着高速冲下山坡，这辆超过一吨重的瑞典古董轿车就这么撞上船屋大门。大门上架着的木板犹如火柴般应声断裂，两片门板也被撞得脱离了铰链。

车子撞进那艘十二英尺长的金属小船的船尾，哈利的身体往前飞，但被安全带紧紧拉住。那艘船被这么一撞，船头冲破了船屋面向海水那一侧的门。

引擎熄火之前，哈利注意到插在发动装置上的车钥匙折断了，接着他感到牙齿和嘴巴一阵剧痛，因为史密斯试图抽回手臂，但哈利知道虽然自己无法再造成更多伤害，仍必须尽力咬住。他虽然咬穿了史密斯的动脉，但割过腕的人都知道桡动脉很细，得花好几个小时史密斯才可能流血过多而死。史密斯又试图抽回手臂，但这次力道较弱。哈利从眼角余光看见史密斯脸色发白。倘若他难以忍受看见鲜血，那哈利说不定有机会把他弄昏。哈利尽全力咬住史密斯的手腕。

"我看见我在流血，哈利，"史密斯的声音虽然微弱，但很冷静，"你知道'杜塞尔多夫吸血鬼'彼得·屈滕在被处决之前，曾问过卡尔·伯格博士（Dr. Karl Berg）什么事吗？他问说在他的脖子被斩断、他失去意识之前，是否有时间听见自己的鲜血从脖子喷出的声音？如果可以的话，那种喜悦可以胜过其他所有喜悦。我现在的处境恐怕跟处决相去甚远，而我要享受的喜悦现在才正要开始呢。"

史密斯很快用左手松开安全带，倚到哈利身前，把头靠在哈利大腿上，伸手下去在橡胶地垫上摸索，却摸不到那把左轮手枪。他再往前倾身，把脸转向哈利，将手臂伸得更深。哈利看见史密斯嘴角急遽上扬，显然他找到枪了。哈利抬起脚，重重踩下，透过薄薄的鞋底，他感觉到自己踩到了一块金属和史密斯的手。

史密斯呻吟一声，抬眼朝哈利望去。"哈利，把你的脚移开，不然我就拿匕首出来宰了你，听见了吗？把你的——"

哈利的嘴巴放开史密斯的手腕，绷紧腹肌，用模糊的声音说："遵命。"

哈利猛然抬起双腿，利用安全带的牢靠固定力，把自己的膝盖连同史密斯的头一起往自己胸口抬起。

史密斯感觉哈利的鞋底离开了那把左轮手枪，但他被哈利的膝盖抬起的那一瞬间，手枪也从他指间滑脱。这时哈利已放开他的右手，使得他的左手臂能再往下探，让两根手指碰到枪柄。现在他只要拿起左轮手枪，把枪转个方向，对准哈利就行了。就在此时，史密斯才发现不对，他看见哈利再度张开嘴巴，看见铁假牙闪现微光，又看见哈利俯身而下，接着就觉得一股温热鼻息喷上他的脖子。那感觉就如同冰柱插入皮肤。史密斯放声尖叫，但叫声戛然而止，只因他的喉头被哈利给咬住了。接着哈利把脚放下，重重踏在他的手和左轮手枪上。

史密斯想用右手去打哈利，但角度太小，用不上力。哈利并未咬穿他的颈动脉，否则鲜血一定会喷到车顶，但他的气管被紧紧锁住，他已经能感觉到脑中的压力开始逐渐累积。然而他还是不肯放开手枪，他的个性向来如此，他一直是那个不肯放手的小男孩。猴子。所以他们都叫他猴子。他得吸到空气才行，否则他的头一定会爆炸。

史密斯放开左轮手枪，枪可以等一下再拿。他抬起右手打中哈利的左侧头部，接着左手横过哈利的耳朵，又用右拳猛打哈利的眼睛，感觉婚戒刮伤了哈利的眉毛。他看见哈利流出鲜血，一时之间怒火中烧，有如火上浇油，同时感觉自己获得了新的力量。他开始挥拳猛打。战斗，他要继续战斗。

"现在该怎么做？"米凯说，望着窗外的峡湾。

"首先，我不敢相信你竟然做出这种事。"伊莎贝尔在他背后来回踱步。

"事情发生得太快，"米凯说，看着自己在窗上的映影，"我根本没时间思考。"

"哦，你有时间思考，"伊莎贝尔说，"你只是没时间思考得更久而已。你有时间想到如果你出手救人，他会对你开枪，但你没时间想到你如果不出手救人，所有的媒体都会拍到这一幕。"

"我手无寸铁，他手里拿着一把左轮手枪，任何人都不会想在那个时候出手救人，只有楚斯·班森那个白痴会脑袋断线，选在那种时候当起英雄，"米凯摇了摇头，"那可怜虫总是被乌拉迷得神魂颠倒。"

伊莎贝尔哼了一声。"楚斯就算有那个心也没法伤害到你的事业，大家看到这一幕的第一个念头不会是你不出手救人合不合理，而是你不出手救人是不是因为你是懦夫。"

"等等！"米凯怒道，"现场又不是只有我一个人没出手，很多警察都在场……"

"米凯，她是你老婆。你就坐在第一排，又坐在她旁边。就算你快要卸任了，也还是警察署长。你应该是领导警察的人才对，现在你又即将就任司法大臣……"

"所以你认为我应该让自己去吃子弹吗？后来史密斯真的开了枪，楚斯也没有救到乌拉！这不是证明我身为警察署长所做的判断是正确的，而楚斯·班森的一时冲动是犯下了致命的错误吗？他才是让乌拉身处危险之中。"

"是，现在我们就是要把事情说成这样，但我可以说，这件事的难度会很高。"

"有什么难的？"

"因为哈利·霍勒自愿去当人质，而你没有。"

米凯双臂一挥。"伊莎贝尔，这整件事都是哈利·霍勒挑起的，他揭开史密斯才是幕后黑手的真相，逼得史密斯拿起那把左轮手枪，而且那把枪一直都摆在他面前。哈利·霍勒自愿去当人质只不过是为他自己的过错负起责任而已。"

"对，但人都是先感觉才去思考的。我们看见一个男人不出手去救自己的老婆，第一感觉一定是鄙视，然后才会冷静下来去客观反思，但这其实只是要找到新的信息来证明自己当初的感觉是对的而已。米凯，也许只有愚蠢和不懂得反思的人才会心生鄙视感，但我相信，每个人看见这一幕，心里一定都会有这种感觉。"

"为什么？"

伊莎贝尔默然不答。

米凯直视她的双眼。

"好，"他说，"因为你现在就有鄙视的感觉是不是？"

米凯看见伊莎贝尔的鼻孔夸张地张开，深深吸了口气。"你有很多种能力，"她说，"也有很多种特质，才能让你爬到今天这个位置。"

"所以呢？"

"你的其中一种能力是懂得什么时候要躲在一旁，让别人替你中拳，你的懦弱在这种时候是可以换得好处的，但这次你忘了旁边有观众，而且不是一般的观众，是最糟的一种观众。"

米凯点了点头。这次的观众是国内外的记者。眼前他和伊莎贝尔有很多工作要做。他从她家窗台拿起一副德国制的望远镜，可能是她的男性爱慕者送的。他将望远镜凑在眼前，朝峡湾望去，看见了一样东西。

"你认为什么样的结果对我们来说是最理想的？"他问道。

"你说什么？"伊莎贝尔说。她虽然是在乡下长大的，但也可能正因如此，她说起话来仍然像是西奥斯陆的上流社会人士，而且听起来一点也不奇怪。米凯虽然试图学上流人士说话，但他的东奥斯陆成长背景已经在他身上造成无法弥补的伤害。

"楚斯是该死还是该活？"米凯调整望远镜的焦距，过了片刻他才听见伊莎贝尔的笑声。

"这是你的另一种特质，"伊莎贝尔说，"如果为情势所逼，你可以抹去所有情绪。这件事会对你造成伤害，但你可以撑过去。"

"死的话是最理想的对不对？这样就表示他做的决定是错误的，我做的决定是正确的，一点疑问也没有。他如果死了也就不能接受采访，这整件事的寿命就很有限。"

米凯感觉到伊莎贝尔的手伸到了他的皮带扣环上，她的声音在他耳畔轻轻响起："所以你希望你的手机收到的下一则短信是你的好朋友死了？"

米凯在遥远的峡湾上看见了一只狗，那只狗到底要去哪里？

这时米凯脑中冒出一个新念头。基本上，这名警察署长兼准司法大臣在他的四十年人生中从未有过这个念头。

我们到底要何去何从？

哈利耳中响起高频耳鸣，一只眼睛充血，拳头仍然不断朝他头上招呼。他已感觉不到疼痛，只觉得车内越来越冷，天色越来越暗。

但他不肯放弃。过去他曾放弃过很多次，他曾屈服于疼痛、恐惧和求死的愿望，但他也曾任由自私的原始求生本能喊出对无痛虚空、永恒睡眠和黑暗的渴求，这就是现在他还活着的原因。他依然还活着，所以这次他不会放弃。

哈利觉得下巴肌肉十分酸痛，痛到他整个身体都在颤抖。拳头仍不断袭来，他还是不松口。人类可以产生七十公斤的咬合力。如果他可以掐住对方的脖子，就可以阻碍鲜血流到脑部，对方很快就会昏迷。然而只是阻碍对方吸入空气的话，得花好几分钟才能使人昏迷。又一拳击中他的太阳穴，他觉得意识模糊。不行！他在座椅上抽动一下，牙齿咬得更紧。坚持住，千万要坚持住。狮子对上水牛不外乎如此。哈利数算自己的鼻息，数到了一百。拳头还是不停打来，但间隔是不是变长了？力道是不是变轻了？史密斯的手指按上哈利的脸，想把哈利推开，过了片刻，史密斯不再发力，松开了手。史密斯的脑部是不是终于因为缺氧而停止运作了？哈利觉得松了口气，吞下一口史密斯的血，这时他脑中闪现过瓦伦丁的预言：你一直等待有一天轮到你当吸血鬼。有一天你也会吸血。也许由于脑中冒出了瓦伦丁的这句话，哈利的注意力有所分散，就在这一刻，哈利觉得踩在他鞋底的左轮手枪动了动，这才发现原来他在不知不觉中放松了咬合的力道，而史密斯不再挥拳打他是因为要伸手去拿枪，而且已经够到枪了。

卡翠娜在礼堂门口停下脚步。

整座礼堂已人去楼空，只有两个女人仍坐在第一排，拥抱着彼此。

卡翠娜看着她们，只觉得这个组合颇为奇特。萝凯和乌拉，两个死对头的老婆竟然抱在一起。所谓女人比男人更容易彼此安慰是不是就是这么回事？卡翠娜并不了解，她对姐妹情谊向来不感兴趣。

卡翠娜走到她们旁边。乌拉的肩膀正在颤抖，但她的啜泣是无声的。

萝凯抬头望向卡翠娜，露出询问的表情。

"我们还没接到任何消息。"卡翠娜说。

"好，"萝凯说，"不过他会没事的。"

卡翠娜突然觉得这句话应该由她来说才对，而不是由萝凯来说。萝凯·樊科，这女子有一头深色头发，内心相当坚强，一双褐色眼眸又十分温柔。卡翠娜总是嫉妒萝凯，但并不是因为她希望在哈利身边的是她而不是萝凯。哈利也许会让女人在短时间内觉得快乐得像是要飘起来，但长期来说，他带来的是悲伤、绝望和破坏。若以长期的眼光来看，侯勒姆才是正确的选择。尽管如此，卡翠娜还是嫉妒，嫉妒萝凯才是哈利要的女人。

"不好意思，"奥纳走进礼堂，"我找到了一间办公室，我们可以去那边聊聊。"

乌拉点点头，依然抽抽噎噎，然后站起身来，随同奥纳离开。

"紧急心理咨询？"卡翠娜说。

"对啊，"萝凯说，"怪的是这很有效。"

"是吗？"

"我是过来人，你还好吗？"

"我？"

"对啊，你承担着这些重责大任，又身怀六甲，而且你跟哈利也很亲近。"

卡翠娜摸了摸肚皮，这时她脑中冒出一个奇怪的念头，至少她从没有过这种想法。她跟哈利到底有多亲近？他们算是生死之交吗？毕竟有了生，就预示了死的必然性，人生就像没完没了的抢椅子游戏，在获得新生前必先经历死亡。

"你知道是男孩还是女孩吗？"

卡翠娜摇了摇头。

"那名字决定了吗？"

"毕尔说要叫汉克，"卡翠娜说，"以美国创作歌手汉克·威廉姆斯来命名。"

"原来如此，所以他觉得是男生喽？"

"不管是男是女都要叫汉克。"

两人哈哈大笑，一点也不觉得不合时宜，她们笑谈的是即将诞生的生命，而不是即将到来的死亡，因为生命是奇迹，而死亡微不足道。

"我得走了，一有消息我就会通知你。"卡翠娜说。

萝凯点了点头。"我会待在这里，有什么需要帮忙的尽管跟我说。"

卡翠娜犹豫片刻，下定决心，又摸了摸肚子。"有时候我会担心失去宝宝。"

"这是人之常情。"

"然后我会想在那之后我会变成什么样子？我有没有办法继续活下去？"

"你可以的。"萝凯坚定地说。

"那你得跟我保证你也能办到，"卡翠娜说，"你说哈利不会有事，怀有希望的确很重要，但我想还是应该告诉你，我跟戴尔塔小队联络过，他们评估绑架人质的哈尔斯坦·史密斯可能不会……呃……最常见的状况是……"

"谢谢，"萝凯说，执起卡翠娜的手，"我爱哈利，如果我失去他，我答应你我一定会活下去。"

"还有欧雷克，他会……"

卡翠娜看见萝凯眼中流露出痛苦的神色，立刻后悔说出这句话。萝凯欲言又止，只是耸了耸肩。

卡翠娜回到礼堂外，听见旋翼运转的声响，抬头一看，一架直升机飞在空中，机身在太阳的照耀下闪闪发亮。

约翰·D. 斯蒂芬斯打开急诊室的门，吸入冰冷的空气，走到年长的救护技术员旁边。那人背靠墙壁，闭着眼，让阳光晒暖脸颊，同时缓缓地吞云吐雾，一副很享受的样子。

"汉森？"斯蒂芬斯说，靠在汉森旁边的墙壁上。

"冬天真好。"汉森说，眼睛依然闭着。

"我可以……"

汉森拿出一包烟递给他。

斯蒂芬斯拿了一根烟和打火机。

"他熬得过来吗？"

"还要再看看，"斯蒂芬斯说，"我们替他输了血，但子弹还在他体内。"

"你认为自己必须拯救多少条性命，斯蒂芬斯？"

"什么？"

"你上夜班，而且你现在还待在这里，跟平常一样。所以你认为你还要再救多少人命才算做了好事？"

"我不太知道你在说什么，汉森。"

"你老婆，你没救到你老婆。"

斯蒂芬斯默不作声，只是抽了口烟。

"我去查了你的背景。"

"为什么？"

"因为我担心你，因为我知道那是什么样的心情。我也失去了我老婆，但是加那么多班，救那么多性命，都没法挽回她的生命。不过我想这你已经知道了吧？然后有一天你会出错，因为你累了，结果又有一条性命会记在你的良心上。"

"会吗？"斯蒂芬斯说，打了个哈欠，"你知道急诊室的血液科医师还有谁比我在行吗？"

斯蒂芬斯听见汉森远去的脚步声。

他闭上眼睛。

沉睡。

他希望自己可以沉睡。

日子至今已经过了两千一百五十四天，这指的不是他妻子伊娜，也就是安德斯的母亲死后至今的日子——那应该是两千九百一十二天，而是他已经有多久没见过安德斯。伊娜死后不久的那段时间，他们至少偶尔还会通电话，虽然安德斯非常愤怒且怪罪于他。他有很好的理由这样做。后来安德斯搬了家，远走高飞，尽可能远离他，比如说放弃念医科的计划，转换跑道跑去当警察。在他们偶尔为之、火药味十足的电话中，有一次安德斯说他宁愿成为他学校的讲师，也就是前任警探哈利·霍勒那样的人，后来他也真的开始崇拜哈利，就像过去崇拜他父亲一样。斯蒂芬斯曾去过好几个地方和警察大学找过安德斯，几乎像是在跟踪自己的儿子，但安德斯都对他避而不见。斯蒂芬斯希望让安德斯明白，如果他们留在彼此身边，那么失去伊娜的痛就可以少一点点，如果他们彼此相守，伊娜的一部分就可以依然活着，但安德斯完全不愿意听。

　　因此当萝凯·樊科来医院做检查，斯蒂芬斯发现她是哈利的妻子时，自然感到非常好奇。这个哈利·霍勒为什么可以对安德斯有那么大的影响力？他可以从这个哈利·霍勒身上学到什么，好让他修复跟安德斯的关系？后来他发现当哈利的继子欧雷克明白哈利无法救他母亲时，反应跟安德斯如出一辙。亲情的背叛都是一样的，同样的轮回永无止境。

　　沉睡。

　　今天他看见安德斯时十分震惊，脑子里冒出来的第一个疯狂念头是他们被设计了，欧雷克和哈利故意安排了这样一个让他们重修旧好的见面机会。

　　沉睡吧。

　　天色渐暗，一阵寒意拂过他的脸庞。难道是云朵遮住了阳光？斯蒂芬斯睁开眼睛，只见一个人站在他面前，阳光在那人背后形成一圈光晕。

　　斯蒂芬斯眨了眨眼，光晕刺痛了他的眼睛。他清了清喉咙才能发出声音。"安德斯？"

　　"班森会活下来，"对方顿了一下，"他们说多亏了你。"

　　克拉斯·哈夫斯朗坐在他的冬日花园里望着峡湾，只见冰层上覆盖着一层完全静止的海水，看起来有如一面偌大的镜子，构成一幅奇特的景象。

他放下报纸，报上登的仍是一页又一页关于吸血鬼症患者案的报道。大众应该就快厌倦了吧？幸好纳赛亚岛这里没有那种怪物，这里终年都平静优美，虽然这时他听见某处传来恼人的直升机声响。可能 E18 公路发生车祸了吧。就在此时，他听见砰的一声巨响，吓得他跳了起来。

声波滚过峡湾传了开来。

那是枪声。

听起来像是从哪个邻居的私人土地上传来的，可能是哈根的，也可能是赖纳特森的，那两个生意人老是在吵他们的土地界线是从一棵百年老橡树的左边还是右边经过，一吵就是好几年。赖纳特森在当地报纸的访谈上说虽然这个争议看起来有点可笑，因为他们两人的地都很大，有争议的不过只是土地边缘的几平方米而已，但这争议绝对不算小事，因为这有关地主的做人原则。他很确定纳赛亚岛的屋主同意每位奥斯陆公民都有权利为自己的原则奋斗，因为那棵树是生长在赖纳特森的土地上，这一点毋庸置疑，只要看看这片地产原始主人的家族盾徽就知道了，这片地产是他从他们手中买下来的，盾徽上画着一棵大橡树，任何人都看得出盾徽上的橡树就是饱受争议的那一棵。赖纳特森还声明说他只要坐下来看着那棵大橡树，就觉得灵魂深处温暖起来（此处记者附注说赖纳特森得坐在他家屋顶才看得见那棵大橡树），因为他知道树是他的。这篇访谈发表后第二天，哈根就把那棵老橡树砍了下来，用来当壁炉的柴火，并告诉记者说现在那棵树不只温暖他的灵魂，还温暖了他的脚指头，还说从今以后赖纳特森只能欣赏他家烟囱冒出来的烟，因为接下来好几年他家壁炉用的柴火都会是来自那棵老橡树。这番话的确充满挑衅意味，而刚才那砰的一声也的确是枪声，但克拉斯难以想象赖纳特森竟然会为了一棵树对哈根开枪。

克拉斯看见一间老船屋那里有动静，那里距离他和哈根及赖纳特森的地产大约一百五十米，有个身穿西装的男子正在冰层上涉水而过，身后还拉着一艘铝质小船。克拉斯眨了眨眼。男子一个踉跄，膝盖以下跪入冰水之中，这时男子突然朝克拉斯家望来，仿佛知道有人在看他似的。男子的脸是黑的，难道是难民？难道有难民刚登陆纳赛亚岛？克拉斯觉得受到了侵犯，便从背后架上取下望远镜，朝男子望去。不对，男子不是黑人，只是脸上沾满鲜血而已。这时男子将双手压在船侧，摇摇晃晃地重新站起，拾起绳索，再度拖着小船前行。克拉斯没有宗教信仰，却觉得自己看见了耶稣。耶稣走在水上；耶稣拖着十字架要前往髑髅地；耶稣死而复生，特地前来纳赛亚岛探望克拉斯，手中还拿着一把大型左轮手枪。

西韦特·傅凯坐在一艘充气艇的船首，风迎面吹来，眼前就是纳赛亚岛。他最后一次看了看表。距他和戴尔塔小队接获通报并立刻联想到人质绑架事件，已过了整整十三分钟。

"有民众报案说纳赛亚岛上听见枪声。"

他们的反应时间是可接受的。他们抵达时，被紧急派遣到纳赛亚岛的警车也应该到了，但无论如何，子弹飞行的速度总是比他们快多了。

他看见了那艘铝质小船，以及冰层边缘的海水轮廓。

"到了。"傅凯说，回到船尾加入其他队员，让船头翘起，利用充气艇的速度滑行在冰层上的融水中。

负责掌舵的队员将推进器从水中拉上来。

小艇撞上冰层边缘，傅凯听见船底传来摩擦声，但小艇的速度仍足以载着他们穿越冰层，抵达可以让人行走的冰面。

至少他希望如此。

傅凯爬到船侧，伸出一只脚踩到冰面上测试，融水深度正好到达他的脚踝。

"我先走二十米，你们再跟上来，"他说，"每个人相距十米。"

傅凯开始朝那艘铝船前进，脚边溅起水花。他估计距离有三百米。铝船看起来是遭到弃置的，但他们接到的线报说疑似开枪的男子把铝船从哈尔斯坦·史密斯的船屋里拖了出来。

"冰层没问题。"他朝无线电对讲机低声说。

戴尔塔小队队员身上都配备了冰镐，绳子系在制服的胸口处，如此一来，他们若是掉落到冰层之下，就可以利用冰镐自己爬上来。这时那条绳子缠到了傅凯的半自动步枪枪管上，他低头解开绳子。

此时一声枪声响起，由于正低着头，他没看见开枪之人位于何处。他本能地往前扑倒在水中。

接着又是一声枪响，这次他看见一小阵烟从铝船的方向升起。

"对方在船上开枪，"他听见耳机传来说话声，"我们都看见了。等待下令轰烂他。"

他们接获的情报是史密斯持有一把左轮手枪。对方要在两百米外射中傅凯的概率很低，但绝非不可能。傅凯趴在冰水中呼吸，寒冷的融水渗入制服，贴在他的皮肤上。他的职责并不是判断饶过这个连环杀手一命可以替国家节省多少钱，这些钱将花在审判、狱警和五星级监狱的每日住房费上。他的职责是判断歹徒对他和队员的生命威胁有多高，并依现场状况做出反应，而非考虑托儿所、医院床位和重新装修老旧学校。

"自行开枪。"傅凯说。

没有反应，只听得见风声和远处直升机的声音。

"开枪。"他又说一次。

依然没有响应，直升机越来越近。

"你听见了吗？"耳机传来声音，"你受伤了吗？"

傅凯正要回答，却想到他们在哈肯斯凡受训时也发生过同样的事，海水导致麦克风故障，只有接收器正常运作。他回头朝小艇大喊，声音却被直升机淹没，这时直升机已盘旋在他们上空。他做了个开火的手势，右手握拳，右臂往下快速挥动两次。依然没有反应。搞什么鬼？他往小艇方向匍匐前进，看见两名队员在冰层上直挺挺地朝他走来，也不采取蹲俯姿势以缩小目标。

"趴下！"他喊道，但队员依然冷静地朝他走来。

"我们跟直升机联络过了！"一名队员在直升机的噪声中高声喊道，"他们看见他了，他躺在船上！"

他躺在船底，闭着眼睛，让阳光照射在脸上。他什么都听不见，只是想象海水轻轻拍打着金属船身，溅起水花；想象现在是夏天，他们全家都坐在船上，这只是一次家族出游，孩子发出阵阵笑声。他只要一直闭着眼睛，也许就能一直待在这个情境中。他不确定小船是在漂浮，还是他的体重使得船搁浅在冰层上，反正这都不重要，反正他哪里都去不了。时间暂停了。也许一直以来时间都是暂停的，又或者时间是刚刚才暂停的，为了他暂停，也为了那个还留在亚马逊里的男人暂停。对那人来说，现在是不是也是夏天？那人是不是也去了一个更美好的地方？

有个东西遮住了阳光，是一片云吗，还是一张脸？是的，是一张脸，一张女人的脸。突然之间，黯淡的记忆被照亮了。

她坐在他身上，正骑着他。她低声说她爱他，一直爱着他，她一直在等这一刻。她问他是否也有相同的感觉，觉得时间暂停了。他感觉船身开始震动，她的呻吟声拉高成为持续的尖叫声，仿佛他插了一把刀进入她体内。他呼出一口气，睾丸也释放出精液。接着她趴在他身上死去，她的头撞上他的胸部，强风吹过公寓床铺上方的窗户。就在时间再度开始流动之前，他们都沉沉睡去，失去知觉。记忆不存在，良知也不存在。

他睁开双眼，看见一只巨大的鸟盘旋在空中。

那是一架直升机，盘旋在他上方十到二十米处。他还是什么也听不见，但他知道船身震动的原因了。

卡翠娜站在船屋外的阴影处冷得发抖，望着警察朝船屋内的那辆沃尔沃亚马逊靠近。

她看见警察打开两侧前门，一只穿西装的手臂从门内垂下来。手臂出现在她不希望看到的那一侧，也就是哈利坐的那一侧。那只手鲜血淋漓。

警察把头伸进车内，可能是去检查鼻息或脉搏。过了一会儿，卡翠娜按捺不住，扯开颤抖的嗓音说："他还活着吗？"

"可能吧，"警察大声吼道，盖过海面上传来的直升机声响，"我感觉不到脉搏，但可能还有呼吸，如果他还活着，那剩下的时间也不多了。"

卡翠娜往前踏上几步。"救护车已经在路上了，你看得见枪伤在哪里吗？"

"到处都是血。"

卡翠娜走进船屋，看着垂落在车门外的那只手。那只手看起来像是在寻找什么，可能是想抓住一样东西，也可能是想握住另一个人的手。她抚摸自己的肚子，有一件事她得告诉他才行。

"我想你说错了，"另一个警察在车内说，"他已经死了，你看他的瞳孔。"

卡翠娜闭上双眼。

他往上一看，看见船身两侧分别探出两张脸，其中一人取下黑面罩，张开嘴巴形成字句。从颈部肌肉的紧绷程度来看，那人应该是在扯开嗓门叫喊，可能是在叫他放下手枪，可能是在喊他的名字，也可能是在喊着要复仇。

卡翠娜走到那辆亚马逊敞开的车门前，深深吸了口气，往内看去，一看就发觉心头所受的震撼比她准备好要面对的还要强烈。她听见救护车的警笛声在背后响起，但她见过的尸体比那两名警察多，只看一眼就知道这具身体的主人已永远离去，况且她认得他，知道这只是他留下的躯壳而已。

她吞了口口水。"他死了，什么都别碰。"

"但还是要试试心肺复苏才行啊，说不定——"

"不用了，"卡翠娜很确定地说，"不要动他。"

她站在原地，感觉心头的震撼逐渐退去，取而代之的是惊讶。她惊讶的是史密斯竟然选择自己开车，而不是胁迫人质开车。她惊讶的是驾驶座上坐的竟然不是哈利。

　　哈利躺在船底往上看，看见了人脸，看见了直升机挡住阳光，看见了湛蓝天空。先前，就在史密斯即将抽出左轮手枪之际，哈利抢先把脚踩下，接着史密斯似乎就放弃了。也许只是幻觉吧，但哈利透过牙齿和嘴巴，感觉史密斯的脉搏似乎越来越微弱，最后不再跳动。哈利两度失去意识，最后才设法把铐着手铐的双手绕到身前，解开安全带，从自己的西装口袋里掏出手铐钥匙。插在发动装置上的车钥匙已经断了，他知道自己没有力气爬上结冰的陡峭斜坡，也无法翻越道路两侧的围栏。他试过呼救，但史密斯似乎连他的声带都打伤了，口中发出的微弱声音完全被某处传来的直升机噪声淹没。那可能是警方派出的直升机，他们在空中看得见他，于是他把史密斯的小船拖到冰层上，躺进船里，朝空中开了数枪。

　　他放开那把鲁格左轮手枪，它已经达成使命了。一切都结束了，他可以休息了。可以回到夏天，回到他十二岁那年，躺在船上，把头枕在母亲大腿上，和妹妹一起聆听父亲述说威尼斯人和土耳其人大战时，一个嫉妒的将军的故事。哈利知道晚上上床以后，他会再跟妹妹解释一遍这则故事，而且暗自感到开心，因为不论要花多久，他一定会解释到妹妹听懂故事中的关联性为止。哈利喜欢关联性，即使他内心深处知道其实关联性并不存在。

　　他闭上双眼。

　　她依然躺在那里，就躺在他身边，正在他耳畔柔声细语。

　　"你觉得你也能赋予生命吗，哈利？"

尾声

哈利在酒杯里倒入占边威士忌，将酒瓶放回架上，拿起酒杯，放到吧台上的一杯白葡萄酒旁。吧台前坐的是安德斯·韦勒，他背后有很多客人推推挤挤抢着要点东西。

"你看起来好多了。"韦勒说，低头看着那杯威士忌，但没碰杯子。

"是你爸把我治好的，"哈利说，朝爱斯坦看了一眼。爱斯坦点了点头，表示他会先独自应付客人一阵子。"最近队上怎么样？"

"很好啊，"韦勒说，"但你也知道，这只是'暴风雨后的宁静'。"

"这句话好像应该叫作……"

"对了，今天甘纳·哈根问我愿不愿意在卡翠娜休假的这段时间暂时担任调查小组副召集人。"

"恭喜啊，不过你来接这个职位是不是有点嫩了？"

"他说是你提议的。"

"我提议的？那一定是我在昏迷的时候胡说八道来着。"哈利调高扩音器的音量，让游击队乐队（Jayhawks）把《坦帕到塔尔萨》（*Tampa to Tulsa*）这首歌唱得大声一点。

韦勒微微一笑。"对，我爸说你被打得很惨。对了，你是什么时候查出他是我爸的？"

"其实也没什么好查的，是证据告诉我的。我把他的头发送去做DNA检验，鉴识员发现它符合犯罪现场的一个DNA基因图谱，那个DNA并不属于嫌犯，而是属于一名警探，因为只要到过犯罪现场的人都必须归档。结果那个警探就是你，安德斯，但DNA只是部分相符，也就是有亲属关系，所以你跟他是父子。你是最早收到检验结果的，但你没把结果告诉我，也没告诉队上的人。我是过了一段时间之后才知道原来你们的 DNA 相符，简单一查就知道斯蒂芬斯医生的已故妻子姓韦勒。为什么你不告诉我这件事？"

　　韦勒耸了耸肩。"这个检验结果又跟案情无关。"

　　"而且你不想跟他扯上关系？所以你才用你母亲的婚前姓氏？"

　　韦勒点了点头。"说来话长，但我们的关系有所改善，现在我们会交谈，他也谦卑了一点，知道自己不是完美的。而且我……我也长大了点，可能也比较有智慧一点了吧。所以说，你是怎么知道莫娜在我家的？"

　　"靠演绎法推理。"

　　"可想而知，怎么个推理法？"

　　"你家玄关有欧仕派须后水的香味，可是你没刮胡子，而且我听欧雷克提过莫娜·达亚都是用欧仕派须后水当香水。另外还有猫笼，一般人不会有猫笼，除非他们家经常有对猫过敏的人要来。"

　　"你真行啊，哈利。"

　　"你也是啊，安德斯，但我还是觉得以你的年纪要接这个职位太嫩了。"

　　"那你干吗还要提议我去接？我连警监都还没当上。"

　　"这样你才会彻底检讨，发现自己什么地方有待加强，然后婉拒啊。"

　　韦勒摇了摇头，哈哈大笑。"好吧，我确实已经婉拒了。"

　　"很好，这杯占边威士忌你不喝吗？"

　　韦勒低头看了看酒杯，深深吸了口气，摇了摇头。"我其实没那么喜欢喝威士忌，老实说，我点占边威士忌可能只是想模仿你吧。"

　　"然后呢？"

　　"然后我该找一种我自己爱喝的酒了，请你把这杯占边威士忌倒掉吧。"

　　哈利在背后的水槽里把那杯占边威士忌倒掉，心想是不是该建议韦勒喝喝看奥纳送他的那瓶迟来的开业礼物，那是一种橘色且带有苦味的利口酒,叫"野牛九九九极致红"。奥纳解释说以前他们系上的学生酒吧就有一瓶这种酒,酒吧经理就是用瓶身上的数字作为保险箱密码的,后来才会发生史密斯中计的猴子陷阱事件。哈利转身正要告诉韦勒这件事,却看见一个人走进妒火酒吧,两人目光相交。

"先失陪一下,"哈利说,"有贵客光临。"

哈利看着她穿过拥挤的人群,但在他眼中却觉得整家酒吧只有她一人。她走路的姿态就跟哈利初次看见她在车道上朝他走来时一模一样,宛如一个优雅无比的芭蕾舞者。

萝凯走到吧台前,朝哈利微微一笑。

"好。"她说。

"好?"

"我同意,我愿意接下工作。"

哈利露出灿烂笑容,把手放在她搁在吧台上的手上。"我爱你,女人。"

"很高兴听你这么说,因为我们要成立一家有限公司,我要当董事长,我要有百分之三十的股份,做百分之二十五的工作。这里每天晚上至少要播放一首英国歌手 PJ. 哈维(PJ Harvey)的歌。"

"没问题。爱斯坦,你听见了吗?"

"既然她要来这边工作,那就叫她赶快进吧台来帮忙!"爱斯坦没好气地说。

萝凯走到爱斯坦旁边,韦勒离开妒火酒吧。

哈利拿出手机,打了一通电话。

"我是哈根。"对方说。

"你好啊,长官,我是哈利。"

"是你啊,怎么现在我又是你的长官了?"

"你再去叫韦勒接那个职位,坚持一定要他接。"

"为什么?"

"我错了，他已经准备好了。"

"可是——"

"他担任小组副召集人，可以搞砸的事有限，却可以从中学到很多。"

"对，可是——"

"现在是'暴风雨后的宁静'，是最理想的时机。"

"你知道这句话应该叫作——"

"我知道。"

哈利结束通话，推开脑中冒出的思绪，他想到的是史密斯在车上跟他说过的话。他已经把这件事跟卡翠娜说了，他们也查过史密斯的信件，但并未发现其他吸血鬼症患者受征召的迹象，所以他们能做的事并不多，再说那可能只是史密斯那个疯子一厢情愿的想法。哈利又把扩音器的音量调高两格，没错，这样游击队乐队的歌听起来才对味。

"未婚夫"斯韦恩·芬内踏出淋浴间，全身赤裸地站在镜子前，此时奋进健身房的更衣室里空无一人。他喜欢这个地方，喜欢公园的景致，喜欢这里的空间感和自由感。不，他一点也不害怕，不像他曾被警告过的那般。他让水从身上流下，让皮肤蒸发水气。他刚运动了很久，他在狱中早已习惯了一连数小时的呼吸、流汗和倾注全力。他的身体应付得来，也必须应付得来。眼下他还有一长串工作要做。他不知道联络他的人是谁，只知道对方已经很久没跟他联络，但对方开出的条件让他难以拒绝，包括一间房子、一个新身份，还有女人。

他抚摸胸前的刺青。

接着他转身走到一个置物柜前，那置物柜上的挂锁用粉红色油漆画了一个圆点。他转动拨轮圈，直到数字显示 0999。这四个数字是对方寄给他的，天知道有什么含意。挂锁顺利打开了。置物柜里有个气泡信封袋，他把袋子打开，倒转过来，一把白色钥匙掉落在他手中。他从信封袋里拿出一张纸，上头写着一个地址，在霍尔门科伦区。

　　信封袋里还有一样东西，但那东西卡在里头。

　　他撕开信封袋，看着那样东西。它是黑色的，带有一种简约、残暴的美感。他把那东西放入口中，合起下巴。感 的怒火。感觉内在的焦渴。

图书在版编目（CIP）数据

焦渴 /（挪）尤·奈斯博（Jo Nesbo）著；林立仁
译 . —长沙：湖南文艺出版社，2019.6
　　书名原文：Torst
　　ISBN 978-7-5404-9105-5

　　Ⅰ.①焦… 　Ⅱ.①尤…②林… 　Ⅲ.①长篇小说—挪
威—现代 　Ⅳ.①I533.45

中国版本图书馆 CIP 数据核字（2019）第 053982 号

著作权合同登记号：图字18-2018-384

TØRST by JO NESBØ
TØRST: Copyright © Jo Nesbø 2017
Published by arrangement with Salomonsson Agency AB, through The Grayhawk Agency Ltd.
本书译文由台湾漫游者文化授权简体中文版出版发行

上架建议：畅销·悬疑小说

JIAOKE
焦渴

作　　者：[挪威]尤·奈斯博
译　　者：林立仁
出 版 人：曾赛丰
责任编辑：薛　健　　刘诗哲
监　　制：吴文娟
策划编辑：董　卉
特约编辑：包　玥
版权支持：辛　艳
营销编辑：徐　燧
封面设计：利　锐
版式设计：张丽娜
出版发行：湖南文艺出版社
　　　　　（长沙市雨花区东二环一段 508 号　邮编：410014）
网　　址：www.hnwy.net
印　　刷：北京天宇万达印刷有限公司
经　　销：新华书店
开　　本：875mm × 1270mm　　1/32
字　　数：435 千字
印　　张：15.75
版　　次：2019 年 6 月第 1 版
印　　次：2019 年 6 月第 1 次印刷
书　　号：ISBN 978-7-5404-9105-5
定　　价：49.00元

若有质量问题，请致电质量监督电话：010-59096394
团购电话：010-59320018